小说月报

FICTION MONTHLY

2023年精品集

《小说月报》编辑部 /编

天津出版传媒集团

百花文艺出版社

图书在版编目（ＣＩＰ）数据

小说月报 2023 年精品集 /《小说月报》编辑部编
. -- 天津：百花文艺出版社，2024.1（2024.4 重印）
ISBN 978-7-5306-8698-0

Ⅰ. ①小… Ⅱ. ①小… Ⅲ. ①中篇小说–小说集–中
国–当代②短篇小说–小说集–中国–当代 Ⅳ.
①I247.7

中国国家版本馆 CIP 数据核字(2023)第 229276 号

小说月报 2023 年精品集

XIAOSHUO YUEBAO 2023 NIAN JINGPINJI

《小说月报》编辑部　编

出　版　人：薛印胜　　选题策划：汪惠仁
编辑统筹：徐福伟　　责任编辑：齐红霞　　王亚爽
装帧设计：郭亚红
出版发行：百花文艺出版社
地址：天津市和平区西康路 35 号　　邮编：300051
电话传真：+86-22-23332651（发行部）
　　　　　　+86-22-23332656（总编室）
　　　　　　+86-22-23332478（邮购部）

网址：http://www.baihuawenyi.com
印刷：天津新华印务有限公司
开本：787 毫米×1092 毫米　　1/16
字数：626 千字
印张：38.75
版次：2024 年 1 月第 1 版
印次：2024 年 4 月第 2 次印刷
定价：78.00元

如有印装质量问题,请与天津新华印务有限公司联系调换
地址:天津东丽开发区五经路 23 号
电话:(022)58160306　邮编:300300

目 录

【短篇小说】

【中篇小说】

白色猛虎

◎ 金仁顺

他们差不多是最后出来的。齐野推着行李车，车上有两个拉杆箱，加上一个双肩包，边走边扭头跟身边的女人说着什么。女人穿了件白色紧身 T 恤，前面印着几个黑色英文字母，下身穿条牛仔裤，背着帆布双肩包，脚上是双帆布鞋。

有人拉着拉杆箱从后面急匆匆地奔跑，在出口处朝着齐野他们直撞过去，齐野把女人拉到怀里躲避，那个人一边冲他们点头表示着歉意一边毫不减速地拉着箱子继续往前冲，齐野看着他的背影说了句什么，环住女人的手在她肩上拍了拍。验过行李出门后，齐野朝接人的人群里扫了一眼，动作一下子僵硬了。

齐芳举起手，挥摆了几下，看他们走到近前。

"跟你说了不用接的，"齐野说，"我们都定好专车了。"

"你坐你的专车，"齐芳说，"我开车在后面跟着你们。"

"你好，"女人笑了，朝齐芳伸出手，"我是杨枝！"

杨枝的手跟她的名字一样，肌肤柔嫩，但骨节分明，软中有硬。

"欢迎来长白山。"

这些年齐芳在机场说得最多的就是这句话，针对不同客人，汉语、英语、韩语、日语，切换自如，流利至极。

"很高兴。"杨枝说。

三个人一起往外走,齐芳想,"很高兴"是指什么呢? 很高兴见到你,还是很高兴来到长白山,还是说她现在的心情?之前齐野说她在国外读完了高中、本科、硕士才回国的,"很高兴"只是她的口头语?她如此揣摩一句口头语是假意还是真心是不是有病?

"我们真的叫了专车。"快走出大厅时,齐野对齐芳说。

"谁拦着你了?"齐芳沉下脸。

"跟专车司机说一声儿我们有车接就好了啊,车费照付。"杨枝拍了拍齐野,南方口音软软糯糯的。

出门后齐芳径自往停车场走,听齐野在身后打电话退专车,行李车发出咔嗒咔嗒的声响,她的心里疙疙瘩瘩的。上一次齐野回来的时候,她来机场接他,一米八五的大个子从出口奔出来张开双臂抱住了她:"芳芳,想死你了! "

"别整没用的,"她把他推开,"啥时候领个女朋友回来?没有漂亮的,丑的也凑合啊。"

"女朋友分分钟换一个,老妈才是常青树。"他搂住她的肩膀,跟她撒娇,"今天晚上我要吃烤肉! 明天吃紫苏汤年糕、榆黄蘑菇馅儿饺子、野生蓝莓给我买好了吧? 多多益善啊——"

她打开车门上了车,杨枝坐到了后面,齐野开后备厢把行李放好后,也拉开后车门。

"你坐前面陪陪妈妈吧。"

"巴掌大的地方,坐哪儿不是陪?"齐野边说边上了车,在后视镜里对齐芳笑笑,"是不是,老妈?"

"说谁老呢?"齐芳瞪了他一眼,发动了车子。

要说老,杨枝倒是有点,三十四岁了。齐野跟齐芳说找了女朋友的时候,说她如何酷,如何聪明,如何漂亮,如何阅历丰富、年轻有为。时间长了,齐芳品出不对劲儿来,"阅历丰富"是几个意思? 另外,再年轻有为,本科生或者研究生能是高级白领,在事务所的位置举足轻重?在她追问下,齐野才承认杨枝三十四岁,是他当实习生时的顶头上司。

齐芳把车停到客栈门口,让齐野和杨枝先下车。齐野把行李箱拿下车后,她把车开进车库里。走回来时,发现杨枝站在客栈前面,用手机拍照。

客栈的外墙是青砖,上面涂着白色油漆,涂得不厚(人工费越来越贵,最近三年都是齐芳带着张嫂李嫂自己动手，每次都预备涂三遍，最后都是涂两遍将就了)，偏冷的灰白色在下午的光线中，透出橙红色的调调，大门右边用几块带皮的桦木板拼接出一块招牌，上面是黑色铸铁的四个字——白色猛虎。

"名字很酷！"杨枝笑着说，"怎么起这么个名字？"

"就随便那么一取。"

客栈装修的那一年冬天，镇上一共没多少居民。齐芳把齐野安顿在市里亲戚家，独自在山上，每天整这整那，忙得不可开交。那年冬天雪多，小雪天天都下，大雪隔三岔五，铺天盖地，齐芳有几天感冒窝在家里没动，等病好些了想出门，门已经推不开了。她走到三楼，费了好大劲儿打开一扇窗户，往下一看，大雪把半栋楼都埋进去了。客栈变矮了，再往远处看，整个镇子都被埋进白茫茫中。

雪湮没了所有。天、地、云、风。只剩下了白和冷。风在雪面上刮过时，会打起一个个旋涡，雪末儿扬起又落下。

她给林场场长打电话，说客栈被雪封住了。

他也被封在家里，闲着没事儿，两人在电话里聊了半天。他说以前也遇上过这么大的雪。"那会儿我还是青头小伙儿，刚成了林场正式工，得意得不行。那年冬天，我在林场值班，刚入冬那一个月没觉得怎么着，冷是肯定的，零下四十多摄氏度，大烟泡儿风能把我这样的大老爷们儿卷飞。有一天晚上下大雪，冬天日头短，睡得早，半夜里我们几个突然就醒了——屋外的风刮起来时像哀号，撕心裂肺的，那天晚上的风里还夹杂了别的声音，以及气息，说不清道不明的。我们把屋里能搬动的东西全撺到门口堵着门，围在火炉边上坐成一圈儿，一边烤着火一边打着哆嗦，我心里这个憋屈啊：刚有个正式工作，美了没几个月，命就要没了，我没孝敬过爸妈，也没娶媳妇儿呢，这辈子活得太窝囊了。我们听着外面的动静，守着炉子不敢动也不敢说话，坐了好几个小时，最后在椅子里睡着了。天亮后推开门一看，屋外的雪地上，有好多脚印，一圈儿又一圈儿，岁数最大的老陈腿一软坐在门槛上，说："妈呀，这是东北虎啊！"

而且不是一只，他们确定不了东北虎是因为风雪太大，借用房子来挡风；还是闻到什么味道把他们当成了食物。它们没撞开门，但雪地里冻的几只鸡、一头猪被它们发现了。它们吃光抹净,走了。接下来的两个月,林场值班职工们只有白菜土豆可吃,但他们仍旧庆幸不已。

"东北虎是吧?"放下电话,齐芳对着窗外的白色喊,"来啊!谁怕谁?!"

她站在窗口,不到十秒,身上就被寒风打透了,但她持续对着白色世界喊叫:"来吧,来啊!谁怕谁?!"

寒冷在长白山的冬季是看不见的固体,喊声刚发出去就被撞得稀巴烂。喊叫的碎片和寒风雪屑混在一起,反打回来,让她脸颊生疼。她关上窗子,在客栈里走来走去,像只困兽,不,她就是困兽!没到半分钟她又推翻了这个想法,不,她不配,她最多是只蛐蛐,在笼子里面转圈圈儿,叽叽咕咕,哭哭啼啼。

"来之前我上网查过这个客栈,"杨枝指了指门口的招牌,"是网红打卡地呢。下面还有很多留言,什么'不入虎穴,焉得虎子',什么'威虎上山',女孩子自称'虎妞',男人说自己是'虎兄虎弟',可热闹了。"

"年轻人喜欢搞事情。"齐芳笑笑,推开门,示意杨枝进来。

"老妈,"齐野把拉杆箱放在门厅,自己钻进吧台里面,在电脑上查找空房间,"我看'美人松'被预订了,不是让你给杨枝留着吗?"

美人松是客栈里最贵的套房。旅游旺季时,一天的费用是八百八十八元。齐野订了机票后,齐芳一早在网上给这间房挂上了"已预订",昨天一对情侣跟她商量只住一晚上她都没给。

"是给杨枝预留的,"齐芳对齐野说,"你的房间也收拾好了。"

齐野顾不上拿行李,先拉着杨枝在客栈里转来转去。客栈一楼一进门是前厅吧台,往里面走分别是客厅、餐厅、小酒吧和厨房。客厅里摆了三组沙发,落地窗对着外面的广场,广场依湖而建。湖水幽蓝黑绿,湖边树林郁郁葱葱如一块海绵,时不时地飞起些鸟儿来,羽毛斑斓,惊飞了在广场上啄食的鸽子。湖面如上古宝镜,白天鹅和黑天鹅脖子弯成半个问号,悠游游走,鸳鸯在湖畔不远处耳鬓厮磨。穿过过道往里面走是餐厅,整面墙的落地窗,窗外的那片树林仿佛巨幅天然油画,除了白桦树,大部分是岳桦树。山里的树绿得纯粹,新生的叶片嫩黄或者浅红,蜷成小小蜗牛的样子,高山树种树干坚实而纤细,五六十年的树也瘦瘦一根,根系却是个巨大的爪子,在地下拼命地抓挠、纵深,抵御八级的大风对它们来说是家常便饭,十二级的风能把整个客栈刮成碎片,能把树拦腰折断,却拿地下的大树根爪子毫无办法。厨房摆着两张能容纳二十个人吃饭的长桌，吃饭、喝咖啡和喝酒，都在这里。厨房是开放式的，岛台和壁炉是前年客栈二次装修时添置的。齐芳在岛台和壁炉之间放了把自己专用的沙发椅，忙活累了，她喜欢坐在这儿喝茶，落地窗外的景色随着季节变换，春绿秋红，夏凉冬暖，山中日月如一段段哲思。

客栈是用石头、水泥、钢筋加固垒盖起来的（花光了齐芳离婚时拿到的钱，银行贷款十年才还清），二楼和三楼是客房，大大小小加起来有十五间房。三楼上面加盖了一百二十平方米的房子，一个客厅加上两间各带卫生间的卧室，是齐芳和齐野的家。其余的两百平方米阳台，春夏秋三季是空中花园，冬天如果放任大雪不清扫，几天就会把整个房子埋进去。齐芳带着张嫂李嫂在阳台的雪里面挖过地道，但大部分时间，她们及时把雪清扫成一个个雪堆，再把雪堆堆成一座座金字塔。每年冬天都有些艺术家在镇上搞冰雕雪雕，齐芳曾想找人雕个狮身人面像，但费用太高，就作罢了。

齐野带着杨枝四处参观，边走边介绍，杨枝听得津津有味。然后他们各自回房间淋浴、换衣服。晚餐是每次齐野回来必吃的烤肉，三楼阳台上，齐芳早早地准备好了木炭，新鲜玉米、山药和带皮土豆也早就洗干净，用锡纸包好了待用。

齐野带着杨枝上来，杨枝换了条墨绿色长裙，头发松松地绾了个发髻，穿了双夹趾凉拖，妆容精致，端庄大方又风情万种。齐野看着齐芳的目光落在杨枝身上，冲她挤了下眼睛，用口型说："我女朋友漂亮吧？"

"去厨房里拿酒，"齐芳对齐野说，"想喝什么拿什么。"

齐野答应一声转身下楼了。

"这里太美了。"杨枝在阳台四周走了走，"我在朋友圈里发了几张照片，好多朋友以为我去了欧洲。"

"客人们都这么说，"齐芳说，"好多人来了就不想走了。他们觉得长白山很神奇，也很神秘。但他们只是这么说说，真正留下来的很少。"

"美是用来膜拜的，注定是寂寞的。"杨枝吟诗似的说，在齐芳身边坐下，"小野刚来公司的时候，话特别少，我们都以为他无比内向。有一天公司加班结束去吃烧烤，大家闲聊说起旅行，提到长白山，他就跟换了个人似的，手舞足蹈，说山，说树，说动物植物，说你，还有'白色猛虎'，话匣子打开，跟滔滔江水似的，拦都拦不住。"齐野提着个篮子上来了，听见杨枝最后的两句话，笑了。

"你还不是被我说动了心？"

他把篮子放到她们面前，里面有冰镇啤酒、红酒和白兰地。

"公司里的人知道你们的关系吗？"

"不知道。"齐野说。

"有人可能会猜到些。"杨枝说。

齐芳用镊子翻了翻木炭，烧得正是时候，她把烧烤架支起来，把穿好的牛肉串儿摆上去。

"当地的黄牛肉，"她对杨枝笑笑，"小野最喜欢了。"

齐野以前回来，总是一手握着串儿，一手举着啤酒瓶仰着脖子咕咚咕咚，嘴里吵吵着"大口喝酒大块吃肉，人生豪迈"。这次他吃得很斯文，细嚼慢咽，啤酒倒在杯子里喝。他知道齐芳在盯着自己，转开目光不与她交集。杨枝在齐芳的介绍下，用紫苏叶片和野菜叶加上蒜片儿、辣椒段儿，卷着烤肉吃。

吃完饭张嫂李嫂上来收拾，杨枝说回房间回几个电话和邮件。

齐芳和齐野回了"自己家"。

齐野说吃了烧烤身上有味道，又冲了一次淋浴，出来时见齐芳坐在客厅，手里端着杯茶，他在齐芳对面的沙发上坐下。

两个人沉默了一会儿。

"杨枝挺好的，"齐野说，"除了年龄，她几乎没有缺点。而且年龄这事儿也分怎么看，按社会标准来说，她还很年轻。"

"她是你领导，又比你有钱，别人背后会怎么说你？傍富婆，还是抱大腿？"

"她算什么富婆？我们是姐弟恋。再说了，你是客栈老板娘，长白山金香玉，我凑合凑合也算富二代，谁傍谁啊。"

"女人老起来很快的，"齐芳顿了顿，"我离婚那年就三十四岁。"

"你离婚跟年龄没关系，你遇上的是个浑蛋！"齐野犹豫了一下，"田大雨最近联系你了吗？"

"联系你了？"

"嗯。"

"说什么？"

"他说他生病了，很重，问我能不能去看看他。"

"你怎么回的？"

"我说你哪位？打错电话了。"齐野说，"然后我就把他拉黑了。"

一个半月前山上春光如同滤镜，随手一拍都是美景，整个镇子水绿水绿的，桃花李花粉白粉白的，客栈远看像是银子盖成的；客人多时，齐芳把茉莉花茶叶直接扔进杯里，冲上热水，得空咕咚几口。那天客栈里面就她自己，花香和春风潮汐般一波又一波地从窗子里涌入，春天轻盈而繁盛，齐芳拿出工夫茶茶具，给自己泡了一壶存了二十年的班章。那还是刚开"如意居"时，她去云南进货时买的。

门被推开，风铃响的时候，她刚喝了一口，感慨二十年的时光，发酵了茶的甘甜，浓郁了茶的香气。

她放下茶杯，刚站起身，来人已经进来了，很瘦，戴着帽子，捂着口罩，穿着薄羽绒服，走近时，身上有股奇怪的味道。

齐芳心里咯噔了一下，开店久了，什么事儿都经历过，这是来了硬茬儿？来人摘下口罩，叫了她一声"芳芳"，她眨了眨眼睛——

她从未想过田大雨会变成这样：皮包骨，脸色黑黄，眼睛四周青得像被人打了，脸颊凹进去，鼻子、眼睛显得特别大。

"你生病了？"

"肺癌晚期，撑不了几天了。"

她一时不知道说什么好，让他坐下，拿了个杯子放到他面前。

"咱俩离婚时你骂我做了亏心事，不得好死。"田大雨笑了笑，"让你说着了。"

"恶有恶报。"

话语涌上田大雨的嘴边，但随后而来的咳嗽声把他的话吞掉了，他转过身去咳嗽，声音大得吓人，他的身体内部变成了风箱，呼啦呼啦地响，背对着齐芳的肩胛骨隔着羽绒服支起来，仿佛两只翅膀要从他身体里面展开。

好几分钟后他平息下来，转身看着齐芳，说："我都快死了，你就不能客气点？"

"你以为你死了就完事儿了？想得美！我爸在地底下等你呢，还有赵小环。你们两个狗男女欠的账，地上地下连本带利，一分一毫也别想少。"

十五年前齐芳妈妈生病住院，她去医院陪床，饭店忙，她把放寒假的齐野送回娘家,让他跟姥爷做伴儿。有天晚上齐野闹着要回家取寒假作业,齐芳爸爸拗不过他,打车去齐芳家里取,一开门,撞见床上两个人。老爷子一股气上来,脑血管迸裂,送到医院时,人已经走了。

齐芳手持菜刀满大街找人,就想砍死这对狗男女,杀人偿命!整整两天两夜,她不吃不喝不睡,在"如意居"和所有她能想到的地方翻找这两个冤家,派出所的两个警察寸步不离地跟着她。第三天的时候,齐芳满嘴火泡,嘴唇开裂,嗓子哑得说不出话来,她在"如意居"门口的马路牙子上坐下,整个人都虚脱了。

警察把齐野(那会儿他还叫田齐野)带来,齐野眼睛红肿,说:"姥姥一个劲儿地问你去哪儿了、姥爷去哪儿了。"

"姐,"刚认识两天的女警察劝她,"你杀了那两个王八蛋容易,但杀人得偿命,这孩子没爸没妈的,以后怎么活?还有你妈,现在还在医院住院,你忍心留下老的老、小的小、病的病?"

齐芳扔掉菜刀,把齐野抱进怀里,放声大哭。

一个月后,齐芳妈妈也走了。临走时,她握了握齐芳的手,她的手瘦得皮包骨,"握"也是象征性的。

"芳啊,"她看着女儿,过了好久,眼泪从眼角流出来,"芳——"

老太太咽了气,那滴眼泪凝固了似的,挂在她脸颊上。

齐芳盯着那滴眼泪,在床边坐了很长时间。护士提醒她再不换衣服人就硬了,她才起身去取寿衣。

"半个月前,田大雨死了。"齐芳看着齐野,"他留了张卡,里面有一百万元,说是给你结婚用。"

齐野嘴唇半张,说不出话来。

第二天早上,杨枝先下楼吃早餐。她的T恤是紧身弹力的,胸部像藏着两颗果实,当她走动,或者做某些动作时,腰会露出来一截儿,白腻润泽。她边喝咖啡边跟加拿大中年夫妇聊天。他们很高兴遇上语言交流如此顺畅的客人,问了一大堆问题。

"从长白山流下来的那条河叫什么?"杨枝替他们问齐芳。

"白河。"

"山是白色的山,河是白色的河,所以名叫白河?"

"这么说也行，"齐芳想了想说，"一年之中有半年，河是封冻的，冰雪是白色的；其他季节瀑布和河流远远看上去也是白色的。"

加拿大人又说，他们昨天上山，看到岩石上面长着很好看的花朵，越野车开得太快了，他们看不清花朵具体的样子。

"野花有很多种，他们看到的可能是高山杜鹃。"

"这里有雪莲吗？"

"没有。有一种冰凌花，春天的时候开在冰雪里面，黄色的花瓣是透明的。"

齐芳从手机里找到照片，给他们看。"这么娇弱，"他们一片惊叹声，"却开放在冰雪里！"

"美强惨！"刚从楼上下来的齐野看一眼照片，笑着说，"最流行的。"

他坐在杨枝身边，和加拿大人互相问好。他们聊得那么愉快，齐芳把新鲜玉米磨碎煮粥时，给加拿大人带出来两份儿，上桌前，每碗粥里撒了几粒松子仁。

齐芳昨天订了温泉鸡蛋，鸡蛋是当地散养的本地鸡下的，在温泉水里面煮熟，蛋清是透明的，蛋黄是溏心的。她装了一小筐送到桌上。

"哇哦！"他们纷纷发出惊叹声，"太美味了。"

"这里有黑松露吗？"

"不知道。"齐芳说，"这里有松茸，稀少，很珍贵。"

"昨天晚上他们闻到烧烤的味道了，"杨枝扭头问齐芳，"他们问今天晚上可以在楼顶开烧烤派对吗？他们可以付费。"

吃完早餐，加拿大夫妇去大峡谷地下森林，齐野杨枝去看天池。几个人换了衣服背着双肩包出门，在门口互相告别。

"小野这女朋友，"张嫂打量杨枝，"性格挺好的。"

齐芳最不相信性格。当年的赵小环就是因为性格好，才被她挑出来，在饭店做最让人眼热的收款员，厨师满头油汗，服务员跑断腿，她坐着收款，工资不比别人少一分。饭店里忙起来从早到晚，她让赵小环三不五时地去家里做做保洁，照顾下齐野。可赵小环是怎么回报她的？

齐芳按杨枝嘱咐的，把晚上阳台办派对的消息写在黑板上，支在门口处，客人进出时一眼就能看见。

当天晚上客栈里有一半客人来参加阳台派对,加拿大夫妇穿上了西装和低胸碎花裙子,几杯酒下肚,笑得很大声。杨枝穿了一件抹胸小黑裙,腰细得像个漏斗,裸露的肩背奶油似的,男人们的目光时不时地黏在她身上。

齐野楼上楼下来回好几趟,把酒水饮料拎上来,再把空瓶收拾进空箱里搬下去。没活儿的时候他也拿了瓶啤酒,站在栏杆边往远处看。杨枝走过去跟他说了几句话,还用手在他头发上揉了揉。

墨蓝天幕上星星亮晶晶的,既近又远。音乐声欢快悦耳,有几个人手里拿着酒杯摇摆着跳舞,笑容灿烂,越来越多的人从座位上站起来,跳起舞来。

派对持续到半夜才结束,杨枝回了房间,齐野帮齐芳她们把阳台清理出来,把餐具酒具送到楼下。齐芳和张嫂李嫂在厨房一边清洗餐具一边准备明天早餐的备料,回房间都快一点了。齐野坐在客厅玩手机,听见她进来抬起了头。

"你怎么在这儿?"齐芳有些意外。昨天半夜她听见齐野轻手轻脚地开门、关门。她在监控屏幕上看着他穿过二楼走廊,走到最南侧的"美人松"套房门口敲了敲门,杨枝穿了一件吊带睡裙,把齐野让了进去。

"等你啊。"

"想喝茶吗?"

齐野摇摇头,收起手机。

"田大雨这笔钱,赵小环知道吗?"

"他们早就离婚了。"齐芳叹了口气,"我也刚知道。"

跟齐芳离婚后,田大雨带赵小环去了南方,开了家餐馆。赵小环以前眼热齐芳是老板娘,住大房子,有车开,在店里呼风唤雨,她如愿以偿后,才知道老板娘意味着什么。前两年她嫌辛苦哭哭啼啼,天天抱怨,田大雨被她哭烦了就一巴掌抢过去,打得她闭嘴。她开始藏心眼儿,收银的钱一半掖进了自己的小金库,再后来她遇到一个油嘴滑舌的帅哥,跟他走得头也不回。

"遭报应了。"田大雨太瘦了,笑的时候满脸皱纹动起来,更像哭。

"他怎么没回来找你?"齐野问,"拉不下脸吧。"

她接到电话后回去参加葬礼。以前的公公婆婆还活着,见到齐芳哭得稀里哗啦,把她弄得泪水涟涟。他们哀求齐芳,让他们见见孙子。

"'三七'的时候,你回去一趟吧,上个香,烧点纸,"齐芳说,"也看看爷爷奶奶,八十多岁了,怪可怜的。"

"如果他没留这笔钱给我,你还会让我回去吗?"

齐芳自己也想过这问题。答案是不知道。"你有了这笔钱,是不是可以考虑找一个正常的女朋友?"

"杨枝怎么就不正常了? 我跟杨枝在一起是我高攀她。"

"高攀容易摔下来,所以让你找个正常的。"

齐野看着她,叹了口气:"我不想跟你吵架。"

"好像我想似的,"齐芳转身往自己房间走,她早上六点不到就起床,忙到这个时间,后背酸疼,腿像灌了铅,"你要去找杨枝就大大方方去,别偷偷摸摸跟搞外遇似的。"

"谁搞外……"

"客栈里到处是监控摄像头。"

"我已经二十五岁了!"

"可不,你都二十五了。"

第二天,他们一起下楼吃早餐。

"早安呀!"杨枝对齐芳露出笑容,她的牙齿整齐漂亮,白得像刚下的雪,跟齐芳打招呼的同时,冲正吃早餐的加拿大夫妇摆手。

"早!"齐芳也笑笑。

齐野像跟谁生着闷气,没帮忙往餐桌上拿东西,一屁股坐在杨枝身边。

齐芳也没像前一天那样,给他们额外准备小灶。齐野坐了一会儿才反应过来,自己去取咖啡面包。他把东西摆上桌的时候,杨枝正跟加拿大夫妇聊天,有些意外地抬头看了看他。

齐芳给自己煮了杯咖啡,坐在她的"专座"上,看着落地窗外的树林,把咖啡喝完。开客栈,当老板,听着很酷,只有她自己知道有多累。干不完的活儿,操不完的心,每天晚上临上床前,腰都僵得跟块钢板似的。她花了十年还完银行贷款,又攒了三年的钱,前年重新装修了客栈,刚装修完,就闹了疫情,好多店铺撑不下去,关门大吉,齐芳算是幸运的,好歹没有贷款压力,能够撑到疫情消停,游客回来。

早餐吃了一个多小时,加拿大夫妇退房离开,杨枝和齐野送他们到门口,四个人互相拥抱,依依惜别,仿佛他们才是亲人。

把他们送走后，齐野和杨枝回房间换了衣服出门去原始森林"林中漫步"，齐芳在楼上库房听见齐野跟张嫂李嫂说下午回来。"美人松"房里，齐野比前一天小心多了，一些物品没再大咧咧扔在垃圾筐里，被褥也整理了一下，杨枝的衣物还是有些乱，出来玩儿，居然带了两个大拉杆箱，客栈衣橱被塞得满满的，拉杆箱里仍然有至少一半衣服没挂起来。鞋子也有四五双，洗护用品七七八八，都是大瓶，排成了一排，护肤品、化妆品房间里到处都是。小客厅茶几上也堆得满满的，笔记本电脑、平板电脑，以及几本书；杨枝还带了茶叶茶具、几盒挂耳咖啡，但都没用。她更乐意喝店里提供的饮品，直言没想到会这么好。

齐芳在房间里寻找齐野的痕迹，几乎没有，至少能放到台面上的东西，没有一样是他的。

房门被房卡刷开，发出嗞的一声，齐野走了进来。看见齐芳，吓了一跳。

"你怎么在这儿？"

"你说呢？"齐芳扬了扬自己戴着胶皮手套的手。

齐野脚步僵硬地走进来，在拉杆箱里面翻了翻，拿出个眼镜盒，说："我来取杨枝的墨镜。"

齐芳把垃圾袋系紧、收好，扔到门外，换了另外一副手套收拾卫生间。

"我回来收拾就行。"齐野一脚门里一脚门外，看着齐芳，"你放那儿吧。"

"你是就收拾这一个房间，"齐芳直起腰来，问，"还是帮我收拾所有的房间？"

"你抬什么杠啊？"齐野变了脸色，"我哪儿惹着你了？"

"你这话说的，"齐芳冷笑，"就好像你以前不知道我打扫客房似的！怎么了？不好意思了？你不用不好意思，走的时候付房费就行。"

"我爸不是留了卡吗？"齐野转身往外走，"你从卡里扣。"

齐芳手里的抹布扔出去打到门框上，说："留了张卡给你，他就又变成你爸了?!"

门外静了静，然后是齐野下楼的声音。齐芳浑身发抖，做了好几个深呼吸才平静下来。她收拾完二楼所有的房间，把需要洗的床单被罩扔进洗衣机清洗，毛巾浴巾扔进另外一个洗衣机清洗，又把仓库收拾好才下楼。

"小野想吃蘑菇馅儿，"张嫂正和着面，抬头看她一眼，"怎么了？"

"没怎么啊。"齐芳从她身后过去,倒了杯水。

"儿大不由娘,跟孩子较什么劲儿?"

"就是,"李嫂也劝她,"小野是男的,这种事儿上吃不着亏。"

下午有两个韩国女生和一个澳大利亚中年男人入住。他们在餐厅里跟杨枝相谈甚欢,晚上的阳台派对也得以继续下去。旁边旅馆的客人看到他们这边热闹,也跑来凑趣,虽然折腾了些,但收益倒很可观。

"你这未来的儿媳妇儿,脑袋瓜儿真好使。"李嫂说。

"卖了小野,小野还得谢谢她,帮她数钱。"

接下来几天,齐野大部分时间都在杨枝房间里待着。每天下午杨枝来餐厅喝茶,跟齐芳聊天,齐野有时候帮张嫂李嫂干点杂活儿,有时候出门跟朋友见面。

齐芳自己烤点心,烘焙的香气经常把客栈里的客人勾引出来,他们下来点杯咖啡,或者要壶茶。

"这是我想象中的生活,"杨枝说,"不紧不慢,岁月静好。"

齐芳煮了一壶咖啡,用玻璃茶具沏了壶菊花茶,血菊是当地的,小小的花头,入水后一朵一朵活了过来,茶水(或者说花水)冶艳无比。她们坐在沙发椅上,面对着玻璃窗外的树林,雨中的树木绿如新翡,通透、干净,开着的窗里,空气中流荡着植物鲜嫩的气息。

"我会想念这个地方的,'白色猛虎'。"杨枝望着餐厅落地窗外的风景,隔着一层玻璃的森林,几近魔幻,雨停的时候张嫂李嫂带着篮子出去,一个小时就能捡回满满一筐的蘑菇,最近几天的食谱一直有蘑菇汤和蘑菇馅儿饺子。

"一想到明天就回去了,怪舍不得的。"杨枝笑着说,"我现在理解为什么每次提起长白山,小野就一副打了鸡血的样子。"

"你们可以再来。越来越多的客人喜欢冬天来这里了,虽然冷,但冰雪漂亮,山上雪大,有时候一下一整天,客栈快被雪埋到看不见了,网上订房的客人经常找不着门。客人里面,年轻的大部分是来滑雪的,年纪大的是来泡温泉的,一来都能住个十天半月的。壁炉里面的火炭不断,烤松子、榛子、核桃,还有地瓜、土豆,整个客栈香喷喷的。"

"听着都让人流口水,"杨枝笑着说,"冬天我带着欢欢、乐乐来。"

"来这里的人都欢欢乐乐的。"

"欢欢和乐乐是我的孩子。"

齐芳的笑容定在脸上,举到嘴边的茶也忘了喝。

"我结过两次婚。欢欢是女儿,今年七岁;乐乐是儿子,今年五岁。他们各有各的爸爸。"杨枝笑了笑,"我就知道小野不会把这些事情告诉你。"

"我就说嘛,"齐芳喝了口水,仍旧觉得嗓子干得厉害,"你这么漂亮、聪明、优秀,怎么可能……"

这些年齐芳开店,阅人无数。杨枝是个厉害的:温柔起来,嗲嗲的调调能哄得人骨酥肉烂;认真起来(齐芳听见她在电话里安排工作),领导的架子端得又稳又高;又是个贪玩儿的,疯闹起来不管不顾,烟酒都上手。齐野跟在她身后,就是个小迷弟。

"小野以前没正经谈过恋爱,喜欢他的女同学有过几个,他跟我吧啦吧啦地讲,听着挺热闹,但转眼就凉了;遇上你,他什么都不跟我说,我知道这回他是真动心了。"

"小野来我们公司应聘实习生,我觉得这小孩儿跟别人都不一样,气息清新,眼神儿干净,其实他的业务能力不太好,但我仍然把他留下了。"

"那天晚上他给我打电话了,高兴得啊,"齐芳说,"说能进这个事务所实习,即使留不下,以后想找个工作也很轻松。那天他跟我说主管是个女的,气质好,气场大,气势足。我还逗他一句,领导这么多气,你以后不得变成受气包儿?"

"我没想到会跟他变成现在这种关系。"杨枝看着齐芳,"他就像个小老虎似的,让我招架不住。"

"你会和小野结婚吗?还是,只是跟他谈场恋爱?"

"你希望我们结婚吗?还是,希望我们只是谈场恋爱?"

他们走的那天天气晴朗。

齐芳开车送他们到机场,第一次,她希望齐野快点走,早点走,飞机千万别停航,别延误。

离开前,杨枝结了这几天的房费。

齐芳跟她在吧台前面争执了半天:"你是小野女朋友,是我们家的客人。"

"如果我住他房间,我就不会结账,"杨枝笑着说,"但我是住了你们最好的套房,我是客栈的客人,账是必须结的。"

齐芳说不过她,最后给她打了七折,收了她五千元。刷卡的一瞬间,齐芳觉得自己输了。

车上,杨枝坐在副驾驶位上,跟齐芳聊了几句对长白山的印象、对"白色猛虎"的喜欢。到了机场,齐野忙着打开后备厢搬运行李,她对齐芳轻声说:"我会对小野很好的,你放心吧。"

齐野找了个行李车把两个拉杆箱放上去,齐芳跟他们挥挥手,正要开车离开。齐野叫了一声:"妈!"

齐芳愣了愣。

杨枝冲她摆摆手,推着行李车先进候机厅了。

齐野绕到齐芳车窗外,脸都憋红了:"能不能把——田大雨那张卡给我?"

齐芳看着他。

"借我也行,我以后有钱了,会把钱还回去。"齐野低头说,"过几天是杨枝生日,我想给她买个包。"

齐芳拿起自己的包,从夹层里面拿出张卡,随手扔出窗外:"密码是你身份证最后六位。"

她一脚踩上油门,车子忽地蹿了出去,一辆刚停下来的车跟她的车差点撞上。

"你有病啊!"那辆车的司机探头骂她。

"败家玩意儿!啥也不是!山喜鹊,尾巴长,娶了媳妇儿忘了娘!"齐芳骂个不停。踩着油门时,她觉得自己精神油耗在更快地消失。十五年前,齐野还小,需要抚养,但现在他不需要她了,他有了杨枝——性感上是女朋友,年龄上可以当姐姐,阅历上能充任妈妈——她算什么呢?"白色猛虎"和长白山金香玉不过是齐野跟人聊天时的一个噱头、一个逗趣?

齐芳抬头看着公路的前方,天蓝得像块冰,云彩丝丝缕缕,寒烟似的从冰面上掠过。她想起小时候看过的一部电影,一个医生在阳台上对一个男人说话,语调平稳而魅惑:"多么蓝的天啊,一直朝前走,你就会融化在天空里。"

她把油门踩到底,就会融化在天空里,融化在蓝色里。

齐野乘坐的飞机像只银鸟飞过这同一片天空,落地开机时,他会接到消息,然后立刻再回来:他会难过,会后悔,但同时他也会觉得解脱,她和客栈就像一个被废弃的茧壳,遗留在长白山上,变成他的过去和记忆,它们在他的生命里所占的比例会越来越小，直至缩成胶囊。

　　齐芳的思绪回到了三十五年前，她是高一女生，一心想考所好大学，窗外的秋蝉叫声响亮，她的同桌田大雨才高一个头儿就蹿到了一米八，在操场上打球打到上课铃响才冲进教室，他拉开她身边的椅子坐下，她为他那一身汗味儿皱起眉头，他冲她呵呵一笑，棕色的脸孔上，一口牙齿白得耀眼——阳光如一柄利刃，朝汽车穿刺而来，白得耀眼！

　　【作者简介】金仁顺，1970年生，现居长春。著有长篇小说《春香》、中短篇小说集《桃花》《松树镇》《僧舞》等、散文集《白如百合》《失意纪念馆》《时光的化骨绵掌》等，编剧电影《绿茶》《时尚先生》《基隆》，编剧舞台剧《他人》《良宵》《画皮》等。曾获全国少数民族文学创作骏马奖、《小说月报》百花奖、庄重文文学奖、作家出版集团奖、林斤澜短篇小说奖等奖项。部分作品被译为英语、韩语、阿拉伯语、日语、俄语、德语等多种语言。现为吉林省作家协会主席。

见麒麟

◎ 哥舒意

丁丑年秋，日本陆军侵占了南庄。一小队士兵在军曹的带领下，砸开苏园生锈的门锁。他们放下"三八大盖"，揣起扫帚抹布，打扫荒芜院落。日本兵脱下军服，穿着背心或者光着上身的士兵，看起来和本地的半拉年轻汉差不多，就是更精壮一点。村里的野孩子趴在院墙上，隔着满山满园的桃林，望着里面的人影。胆子更大点的，在日本兵光膀子吃饭时靠近院门，在"苏香门第"的牌匾下探头张望，直到有日本兵朝他们扔了什么东西。野孩子们以为那是手榴弹，撒腿逃跑，耳听日本兵一阵哄笑。不怕死的从地上捡起了扔来的东西，是几块日本糖，甜，黏牙。吃了糖的野孩子，牙疼了一个秋天，还在立冬那天拉出了两条没有眼睛的长虫。

村民发现日本兵没有拆毁屋子，轻手轻脚干活儿，修葺了不少残破角落。自从园主举家避难后，屋子从来没有这么敞亮，琉璃闪光，红漆扑面，青石冷沁，让人想起苏园最好的年份。一门五相，崇祯帝煤山自尽后辞官，从此不再出仕，返家在屋后种下了第一棵桃树，每年开春又种下新树。娶妻种一，生子植二，悲丧立三，园子里的桃树变成了桃林，桃林又连成一片，从屋里往外望，是漫山遍野的桃树。桃花一旦绽开，满眼都是花海，南庄方圆百里都能闻到桃花清香，人称"万里桃花"。

丰田军卡拉来五车家私，随之驶来一辆轿车，停在宅门，一个男人下车，身后跟着一个男孩。他们走进苏园大屋，不再出来，在立秋之后，成为园林的住者。不久日本翻译就传出话,要找个家庭教师,要求是四书五经、唐诗宋词、史记通鉴无不精通,还要一手工整行书。整个南庄唯有一个私塾先生符合要求,当地人称"苏夫子"。翻译传令,藤原长官请私塾夫子前来苏园一叙。

藤原长官在书房备下茶饮,招待客人。他面色白净,胡须劲黑,如写了一笔捺的绢纸,穿一身白色文士和服,另有一套陆军官服挂在墙面。

"先生上座。吾藤原仁,字慕之。"藤原一口中国话,言语间有北声,"请勿要拘谨,我只是一介文官,非涉战事,无须在乎军职。请先生来寒舍相见,是因为听说先生师承前朝探花,为今天读书种子,我在奉天亦有所耳闻。"主客相对而坐。私塾夫子三十有余,着蓝布长衫,身形单薄如纸,面色淡黄。"回藤原长官,野民是苏养浩,南庄乡下人,没有字号。"私塾夫子说话带点南庄乡音,如江南秋水缓缓漾开,"家父是清朝最后一科的探花,我幼时他已经过世。"藤原说:"难怪先生是当世大儒,原来是自幼家学童功,遗憾未能亲见令严。听说先生教书?"

私塾夫子说:"我只是个教私塾的,所以被村里人戏称夫子。"

藤原问:"苏夫子教什么?"

私塾夫子说:"教村里孩子认字读书,古文诗词、先哲道理,以望他们长大后不至于忘本。"

藤原问:"现在还有学生?"

私塾夫子说:"时局纷乱,学生失散,只在家里教教小女,一边受里正托付编纂本地方志。"

藤原问:"苏夫子怎么不去城里教学?"

私塾夫子说:"城里人都上新式学堂,学英法德俄等西文,学会以后去海外留学。我是古董,在那里派不上用处。"

"在愚看来,实在是舍本逐末。"藤原击节叹息,"这次奉命调到中国,以后或许举家定居在此,既来之则安之,所以我想聘请夫子作为家教,按照传统私塾,教授汉儒文章、唐宋诗词。"

"阁下的中国话已经很好,已经无须我这个乡野迂腐多余教授。"私塾夫子低头相叩。

"苏夫子想必误解了。"藤原击掌,一个男孩从屏风后走出,"这是犬子承太,跟随我一起辗转中国。学习是孩童之本,然而时局纷乱,我一直未能寻觅到合适的教师。现在定居南庄，正好苏夫子在此，所以我想请夫子来我藤原府邸，教授犬子中华文化。"藤原说，"太郎，来见过夫子。"

"藤原承太，见过夫子。"日本男孩鞠躬。

"我只教过我们乡下顽童，没有教过贵国童生。"私塾夫子低首，"况且现在往来通行多有不便，动辄被捉走关押，怕是很难做到每天教课。"

"这个无须担心。我已跟军部申请了通行证件，先生在村子里通行无阻，可自由进出我藤原府邸。"藤原拈起托盘上的纸证，瞥了眼私塾夫子，"犬子按拜师礼准备了束脩，固定月酬，米面菜肉。战时艰难，礼数难免不周，还请先生不吝笑纳。"

私塾夫子正视了一会儿通行证："藤原先生想要我怎么教授令郎？"

"我已经让人收拾了一间向南的房间作为教室。"藤原说，"苏夫子的女儿，是否和吾郎年龄相仿？"

私塾夫子说："年龄或许相仿，小女是乡野孩子，性格相当顽劣。"

"苏夫子不妨带令爱一起来教室就读，让两个孩子可以做伴读书。承太初来中国，课堂以外，还请令爱多教他一些中国习俗礼节。上课期间，餐食均由藤原家厨供给，以免夫子父女操心琐碎，不能尽心课业。"

藤原稍等，私塾夫子无言。"既然夫子没有反对，就请按自己的教法，我想让承太接受最纯正的儒家教育，"藤原说，"太郎，来拜苏夫子为师。"

承太执起茶盘，举通行证和束脩至私塾夫子面前，再次鞠躬。

"承太请苏夫子多加关照。"

守真跟随父亲，一路低头走进苏园的大门。门口的日本兵检查了通行证，放他们进入。她在藤原为上课准备的房内，见到了一个孤零零的日本男孩。这个日本男孩要比南庄所有野孩子都要干净。他比她小一岁，但是身体反而高壮，看起来他才是年龄大的那个。

"我是学生藤原承太。"他弯腰说，"师姐和老师早。"

"我是苏守真。"她回礼，"藤原同学你好。"

"守真是我的女儿。你们都是我的学生。"夫子说，"在这个教室里，不论父女，也不论国别，我们之间只是老师和学生，你们之间只是同窗同学，我们从今天起开始读书上课。"

两个孩子点头。

"我问一下你的学业进度。"夫子说,"你的中国话已经说得很好,学过中国文字没有?"

"家里从小教我,也请过留学的中国学生,"承太说,"除了听说,可以读写简单的文字,背过数十首唐诗。《三国演义》听人讲过多段,但自己读还有些费力。"

"小说家言可以暂缓,诗词是枝端开花,语言文字,先学语文根本。正好守真也是差不多的进度。我们跳过'三百千',从'四书'起。今天我来讲孔师论道,传解他在两千余年前说过的话。"

夫子把手上书本放在承太桌上,并没有再另拿一本,闭眼背手低吟。承太看着守真翻到了《论语》第一章,一边看书一边跟着夫子吟读。夫子先吟一段,然后讲解一句,讲通后再吟一句,让两个学生复吟。说是吟读,但声调如同清唱,承太的功底听讲有点吃力,夫子放慢了等他,如此反复,晨课过去,夫子停下喝茶。守真望了望承太的样子,就问他哪里还没听懂,再慢慢讲给他听。几天以后承太掌握了吟读的技巧,能够跟上夫子和守真的语调,三人先后吟唱一本《论语》。

早课后是习字,夫子让承太准备了方盘黄沙,以沙代纸,以棍为笔,在沙盘上勾字。承太望了望守真,她已经提起木笔在沙盘上悬画,就对夫子说:"夫子,我家不缺纸张,既有清御开化纸、高丽竹青纸,也有我父从国内带来的上品雪纸,夫子想用哪样,我这就去拿,不用在沙盘上比画。"夫子不言。承太转头看守真。

守真说:"夫子教沙盘习字,和纸物无关。这是古时先师教我们敬畏文书,爱惜字纸。"她看了看承太在沙盘上写的字,微撇了撇嘴,"你的字写成这样,再好的纸也会羞愧吧。"承太涨红了脸,不说话,开始学着守真在沙上书写。写完一字,守真先看,多数是直接画一道,让他抹平再写,只有偶尔会在沙上勾一下,意思是这个字还算要得。

课间休息时,夫子背手望着窗外。窗外是苏园的桃林,但现在不是观赏的季节,半山桃树不见花叶,夫子偏偏看得出神。承太问守真:"你父我师,夫子在看什么?"守真说:"夫子可能在看万里桃花吧,万里桃花是苏园盛景,南庄只有上了年纪的人看到过。"承太说:"现在漫山枯树,没有桃花。"守真说:"那夫子就是在看过去的万里桃花。"承太又问:"你见到过没有?"守真说:"我小时候苏园已经破败,没有见过万里桃花,但我见过别的。"承太问:"守真师姐见到的是什么?不知道南庄的桃花,和我们的樱花是否相像?"承太又说,"樱花时节,我们会在树下喝茶吃点心。这个园子现在既没有桃花,也没有樱花。"守真望向窗外,在漫山遍野寻觅所见,窗外只有枯涩枝干,旁枝丛生,枝叶凄切,一无所获。

军队公务繁忙,承太的父亲日常不在苏园,只偶尔归家旁听夫子私教两个孩子,有时也请夫子前往书房茶歇小叙。他点火煮水,煎了日本的茶汤请夫子品尝。夫子说:"贵方茶汤和我们南庄的清茶不同,别有风味。春天时我家有新茶采摘,到时还请藤原先生品茗。"藤原说:"日本的茶道源于中国唐时。最澄禅师和我祖上带回茶种,开启茶道。"夫子放下茶盏问:"先生祖上是?"藤原说:"我藤原祖上曾为遣唐使,家族素来景仰中华文化,对孔孟之道推崇备至,所以我自小就受了汉文教育,对中国天生亲近。"夫子说:"原来藤原先生家学渊源,与我中华有缘,所以让承太继而学习。"

藤原说:"可惜科举已停。我幼时曾做一梦,渡海来考宋科,就算不得一甲三名,烧尾及第也算是此生无憾。"夫子说:"八股死板落后,学而无用,我虽教授私塾,但八股文章远不如西方教育学以致用。"藤原说:"我曾前往英美就学,西文浅薄短暂,虽然科学发达,但也只是现在而言,今后未必。"夫子说:"今后会怎样?"藤原说:"日本亦有儒学,我国武运来源于此。今日两国间仍有纷争,想必不会很久。今后我们不分彼此,共同将东方文化发扬光大。"夫子摇头,说:"我只懂教书。"

"今天我们煮茶论天下,"藤原微笑,"和儒一家,就让一切从承太成为苏夫子的学生开始。"

夫子不答。

不管背书还是写字,承太都很艰难,起初两周都被守真拖拽着走。两周过后,他觉得脖颈渐渐放松了些,可以抬头喘口气,低头看见沙盘上的字方方正正,有点骄傲,就在写字时问守真,自己长进到了什么程度。守真说,好像是有长进,已经赶上以前一起上私塾那批学童里最差劲的那个了。

待他们写满一课,夫子也在沙盘上写下一字,问承太是否知道这个字。

承太点头说:"我认识这个字。这是'仁',我父亲的名字,仁。"

夫子说:"那你知道这个字何解?"

"是仁慈的意思。"承太说,"父亲说过,他名为仁,就像皇帝对待臣民仁慈,不要凶恶。"

"你父说的是其中之一,仁为二人,子曰,爱人。仁为爱惜他者。"夫子抚书说,"仅《论语》一书,仁有一百单九处。仁是儒家根本之道,你如果理解了这个字,就理解了所有书的根本。"

承太面露困惑,夫子不言,只教他不同的写法,汉隶、唐楷、兰行,在黄沙间倏忽出现,又渺然消去,很多个不同的"仁"字,现于沙粒,落入承太的眼里。书法课后他们稍作休息,夫子继续教授"子曰"。因为守真已经学过,学过的部分夫子就让她代为教授承太,教他吟读段落,讲解晦涩,背默文章。

他们一周上课六天,只有周日歇息。周一大早,承太沐浴后来到教室,等待老师和师姐。夫子和守真会在早饭后到来上课,上午课毕,和服仆妇会送上午餐饭盒,杂粮米饭蔬菜饭团不一,摆在他们课桌上。守真看见父亲的书桌上没有饭盒,脸上一愕。

承太说:"我父军务归家,请夫子午食一叙。我和师姐直接动筷吧。"守真点头。他们拈起竹筷,低头开吃。承太吃了几口饭,抬头见守真噎红了脸,他连忙端起茶汤递过去,守真连喝几大口才咽下去。承太看见守真的饭碗已经扒了一半,问:"师姐早饭吃了什么?""早上没吃。""为什么没吃?""家里没吃的了。"承太疑惑:"夫子上周没有收到束脩吗?"守真说:"分给了村里的孤儿,我们把口粮给了他们,自己都不够吃了。"承太又疑惑:"你们为什么不留着自己吃,要分给他们?"守真说:"他们以前上过我家的私塾,给过我们学费,现在他们家大人被打死了,就都没饭吃了。"

承太说:"一份束脩只够两人口粮,供不了太多人吃饭。"守真说:"我上课时可以在这里进食,夫子说,每个人少一口,只是吃不饱。每个人有一口,可能就不会饿死人。"承太端起碗慢慢往口中拨米,过了一会儿说:"在京都时,如果天气好,大家会下午去树下喝茶赏花。"他看了看外面,说,"如果这里的桃树开花就好了,可惜都是枯树。"守真说:"总有老树新生,枯树生花。"

趁大人不在,午饭后两人结伴去桃园散步,走到一半,真的找到了开花的枯树,是守真先看见的,一株干树一枝点了骨朵,很不起眼,但是从教室的窗户努力可以望见。他们在窗边等待三日,待它放心绽开,走到树下,近前赏析。秋日白桃难得一见,枝头一朵瘦花,弱不禁风,纯白到近乎惨白。

　　承太在树下铺了草席,摆上茶壶和茶杯,还有一匣点心。"这是我们京都和果子,昨天军队正好送来军需,捎给了父亲。"承太说,"我来中国后也很少吃到,今天在树下赏花,特意请师姐品尝我家乡特产。"守真低头道谢,两人脱鞋在草席上坐下,各倒一杯茶,吃着点心,仰头望那朵纯白桃花。承太说:"这个抹茶味的,名叫善哉,用来配白花更是绝佳。"守真说:"我更喜欢这个糯米团子,有点像我们南庄的定胜糕,可惜现在找不到现成的,我找到了带给承太你尝一下。"天明云清,秋阳散漫,两人不知不觉吃完了糕点,赏过桃花,差不多到了下午课的时间,守真起身穿鞋。

　　承太说:"等我一下。"

　　守真立于桃树下,见承太跑向屋内,须臾提一根长棍回来。到了近前,才见到那棍是刀形。

　　"这是我家传太刀。"

　　承太肃穆而立,抽刀出鞘,双手握柄,举过头顶,直面桃枝。须臾呵斥一声,一刀劈下。守真忍不住闭上眼睛,再睁开时,承太已经从地上捡起那枝白桃。

　　"母上精研花道,佛堂供花,正需一枝白花。我将这枝桃花献给母上。"承太对守真微笑,"感谢师姐带我赏花。"

　　守真忍不住问:"为什么斩落桃花?"

　　承太说:"一枝弱花,留枝不易,不久便会枯萎。但是如果化身为道,其美便会留存永久,让我们铭记在心。"

　　守真垂目不言。

　　过了一会儿,她说:"现在这个桃园里,再也没有一枝桃花了。"

　　承太收刀携花先去书房,守真在树下收拾残席。她抬头仰望断茎绿痕良久,跪地卷起草席,卷到一半,突然停下来注视树根。她不确定自己看见了什么,那是一处不明显的足印,好像有什么动物曾经在那里驻足赏花,在树干上和泥土中留下了蹄印。她呆立许久,见卫兵从门口走来巡视树林,慌忙用脚踩乱蹄印痕迹,捧着茶盘返回屋里。

　　晚上回家,守真对父亲说:"我好像又看见了。"

父亲问:"又看见了什么?"

守真不言,取笔在书纸上写字。

她写下两个字。

守真幼时见过相同的蹄印。她和私塾的孩子们玩耍,渐渐走入桃林深处,一个人越走越远,树荫茂密,不闻鸟声,她绊了一跤,低头望见一脚陌生足印。她以为这是大人的足迹,跟随足印往前,走进日暮余烬,在晨昏明暗间,第一次看见了一个奇特身形。

她以为它是死去的树干,或是雕像,或是弃犬,或是麻风病人,或是暗影,是黑夜形状,是纯白梦境。她们相对静默,直到互相吐露气息,她意识到那是和自己一样的活物,只不过有了走兽的外形。她最后记得的是它正在向她走来。再次醒来时,守真已经躺在父亲的怀里。父亲和私塾的孩子找了半宿,在一株茂盛桃树下找到了睡着的守真。

"我好像看见了一头走兽。"守真说,"我看见了它的蹄印。我以为它会吃掉我。"父亲说:"我们找到你的时候,似乎是有个身影守在你的身边。火把惊扰了它,它避开了我们。你见到它的样子了?"守真点了点头,想了半天:"它像是很大的狗或者很大的鹿,但要比它们都大,它头上有冠冕一样的犄角,昂着脖颈,看起来很骄傲,又孤独,像是落单了在寻找伙伴,但是它看着我的时候,眼神就像看着自家幼崽。"她起身去父亲的书堆里翻找,找到一本带图的西文百科书,翻了里面每一页动物的插图,摇头,说:"它不在这里面,不在洋人说的所有动物里。"父亲说:"因为它是中国古代的动物,所以西洋的百科书里不会有它。"守真睁大眼望着父亲。

父亲提起笔,在粗纸上写下两个字,两个非常多笔画的古字。

"这两个字很难写,有四十二笔,我来教你写。"

守真学着写四十二笔,一笔一画,写出这两个字。她看纸上墨字,仿佛一头沉默古兽,浓缩在她笔端。

半夜,守真等父亲睡着后,偷偷拿了通行证,从家里溜了出来。村街上没有巡逻的士兵,她摸到苏园的外墙,找到破损的那段翻进去。苏园大屋里有微光,但白天上课的教室已经关灯。她摸到承太斩花的那棵桃树,如迷路羊羔一样蹲在树下。月亮出来,乌云飘过,雾气遮蔽了月光,也盖上了整片桃林。她瞌睡了一会儿,再睁眼时,眼前出现了一行蹄印。踩着月光的蹄印,从她脚下伸展到远处的树影下。

她掩住嘴巴，又想叫它，又怕惊动了别人。古兽感觉到了她的存在，转过身望着她，目光如同月光一样清澈，似乎认出了她。她甚至可以看见古兽的身体，躯体上仿佛有许多斑纹，斑纹看起来有些熟悉。它渐渐走过来，守真想看得更清楚些，忽然守夜的军犬吠叫起来，有人大声喝问。守真受到了惊吓，再看那边，躯体已经消失。她继续蹲在树下，等周围一切平静下来，从原处翻出围墙，比猫还悄无声息地溜回家。

她的父亲已经醒来，在方桌上写字，好像正在等她，说："以后不要这么晚出去，太危险。"守真放回通行证说："以后不会了。"

父亲写了四十二笔，两个字。

父亲说："麒麟，这是它的名字。"

守真说："我见到麒麟了。"

"麒麟是古兽，古人把它视为仁慈的化身，太平之世，或者祥瑞之人才能看见它。"父亲说，"孔子就曾经见过麒麟。"

守真说："可是现在是乱世。"

父亲说："所以麒麟不应该现在出现。"

守真问："爸，你也见过麒麟吗？"

她的父亲不言，撕去写了"麒麟"的字纸，投入火炉里。

"我们不该见到它。"父亲说，"不要告诉任何人，你见过它。"

承太学得很快，渐渐赶上了守真的进度。到了这周六，午课结束，师生三人听见屋外桃林喧哗，走到屋外，一队士兵正在挖树。他们挖倒枯萎桃木，斧劈刀锯，连根铲起，将枯木劈成废柴，堆在厨房外，然后军卡驶来，从车上扛下一棵大树。

"是从国内运来的树木。"承太开心地说，"这么快就到了。"

守真问："为什么要运树过来？"

承太说："父亲说，园里桃树已经枯死，想看看樱花树移植过来能否存活。"

守真说："如果能呢？"

承太说："那就把桃林都砍掉，全部换成樱花树。反正这片桃林都快死了。

这样到了隔年春天，我们就能看见漫山樱花了。"

守真说："樱花不是南庄的桃花。"

承太说："你不是没见过樱花吗，这是有名的枝垂樱，樱花开时垂落如纱，你一定喜欢。我们春天就能看到。"

士兵们唱着《昭和维新之歌》，欢乐地在土坑里种下樱花树，一起踏脚踩实。桃林一片，只在屋前立了一棵樱花树。夫子关上窗户，和他们一起写字静心，不再理会外面吵闹。他们写的是书里开篇的一句。守真写完一盘，抹掉沙上文字，转头看承太字迹，对他小声说话。"这句话的意思符合你，我爸说，要对你客气，因为你们是客人，是远方友人，友人自远方来，我们本来是应该不亦说乎。"承太也抹掉一层黄沙字迹，咧嘴笑着说："我这个远方友人，又有长进了吧。"守真不想他。承太又小声说："晚饭后我来找师姐。"

他们回家，入夜后点灯。夫子专心阅读从藤原家带回的《时报》，守真溜了出来，看见日本男孩蒙着头在街口等她，如果不是身上背了陆军书包，还以为是谁家胆大男童。承太望见她，脸上露出点做坏事的骄傲。守真说："你背着书包干什么，找我有什么事？是哪章功课不会了？"承太说："现在又不是上课时间，我问你功课干什么，你看。"他打开书包盖子给守真看，里面是很多个报纸包好的饭团。

守真带承太七拐八拐，拐进南庄的破落祠堂。祠堂已经被炸弹炸毁了一角，供桌上的木牌东倒西歪，每片木牌上都有残缺的名字。承太问："这是什么地方？"守真说："这是我们以前上私塾的地方。"她吹了声口哨，从供桌下钻出来很多身影。承太还以为都是丧家犬，却看到这些身影都爬了起来，看见生人，畏缩地靠在一起，都是些半大孩子。守真对承太说："他们以前都是夫子的学生，现在都失学了，成了孤儿。"野孩子看是守真，就慢慢聚过来，他们看见了承太的陆军书包。"是日本军包，他是日本人。他是日本人的孩子。"

她转过脸，对这群野孩子说："别怕，这是你们的小师弟，夫子也在教他读书写字。"承太看了看这群孩子，慢慢打开书包。所有孩子都看见了饭团。承太一个一个取出饭团，递给守真，守真再递给身后的孩子。一个孩子迟疑地伸手接过，但是一旦闻到米饭香味，就一个赶一个地拿起了饭团。承太最后把一个饭团放在一个最小的孩子手里，这个孩子的小手仿佛小猴崽的爪子，紧紧抓住了饭团。守真点燃了火堆，往火里扔进很多片木牌，烧开一壶茶，倒进几个饭碗里。孩子们就着热茶吃完了饭团。野孩子吃了饭团就不那么怕承太了，饭团上沾了时局战事。他们想起了夫子教过的课，就说："不亦乐乎，人皆可以为尧舜。"

吃过饭喝过茶，守真从火堆里捡起一枝焦黑树枝，其他孩子也都捡起一节树枝。守真先写，黑炭为锋，其他孩子看着她写在地上的字。她写的是承太的名字，其他孩子也跟着写承太的名字。守真说："今天学两个新字，我们要感谢承太师弟，感谢他带饭团来。"野孩子们写，承太，饭团。他们说："感谢日本师弟承太，带饭团给我们吃饱。"

时间已经不早，野孩子们又躲了起来。守真和承太离开他们藏身的祠堂。守真说："以后你就有朋友了，他们和我一样，把承太当朋友，当小伙伴，我觉得承太和我们南庄的这些野孩子差不多。"承太说："我比师兄弟们要干净些，你看他们脏得像我们京都动物园里的猴子，你去过动物园吗？那里有外国送来的狮虎象熊。"守真摇头，说："我没有亲眼见过你说的那些，但我见过你没有见过的，只有中国才有的动物。"承太问："是什么？"

守真不语，一直望着承太，望着背着空空书包的男孩。

她说："你跟我来，我带你去看一眼。"

守真带承太离开正街，从小路返回苏园，避开了大门，找到了那处破损外墙。承太问："你怎么知道这里？"守真说："我小时候就知道。"她从破损处翻了进去。承太略为犹豫，也跟着翻进去，他们蹑手蹑脚走进桃林，找到了白天樱花树的位置，然后蹲守在不远的桃树下。守真说："我们就在这里等一会儿，等一会儿你就能看见。"

他们蹲在树下，月亮渐渐隐没，云隐风起，风起树动，树叶簌簌作响。承太说："要下雨了，这里什么都没有，你到底想让我看见什么？"守真不答，默默望着樱花树影。承太见守真不说话，生气起来，用力推了守真一下，大声说："你们最喜欢说谎。"守真倒在地上。

卫兵听见动静，拉动枪栓，用日语大声喝问。承太看了眼守真，走出树影，往大屋走去，一边大声说："俺样（是我）。"卫兵收声。

守真歪坐地上，头发低垂。闷雷阵阵，雨点渐渐落下来，须臾大雨如注，雨水顺着她的发尖滴下。有什么东西在轻轻触碰她的肩膀，她以为是承太回来了，抬起头。麒麟就立在她身边，低头轻轻蹭她的脸颊。

她第一次这么近看见麒麟的样子，她慢慢站了起来，抬起手轻轻抚摸麒麟的躯体，感觉手上一片湿滑，还以为是雨水，再看向麒麟的身躯，她看清了它身上的斑纹。那些斑纹不是普通纹路，有形而具意，是一行又一行的文字。有的字她认识，有的只在字帖摹本见过，有的字不知其意。有的古朴如鼎，有的行飞如云。字和字连在一起，有时会形成句子，句子又结成了篇章。白日依山奔流到海，十年生死不尽长江。她能认出一些诗句，每当她读出所见的文字，随着雨水的冲刷，躯体上的文字又变成了新的字句。她仔细分辨，看着自己的手，雨水的颜色没有这么深，在夜里，这是像黑墨一样的颜色，黏在她的手上。麒麟身上遍布伤口。

雨夜惊雷大作，一道闪电劈下桃林。守园的日本兵清晨换岗时才看见，一棵大树被昨夜的雷电一劈为二，正是刚刚移植到园子的枝垂樱树。他们走近倒伏树身，树下的焦土上，有四枚深深的蹄印。

夫子正吟读新篇时，卫兵敲门通告，藤原请夫子前往书房一叙。夫子叫守真和承太继续练字，自己前往书房。

夫子进入书房，看见藤原正在写字，书桌上平放着一张字纸，比一般纸张要厚，正是自己日常写字的老旧宣纸。藤原正在以此为帖，运笔在雪纸上临写。藤原让夫子坐，说："这是从苏夫子家里捡到的废纸，夫子的颜体，真有真卿先生的风骨。隐于南庄真是屈才了。"夫子说："胡乱写几个字，勉强赶上账房先生，不登大雅。"藤原说："这样的账房先生估计找不到几个，相比真卿行楷，我对另一位大家的字体更为推崇。"夫子说："哪位大家的字体？还请不吝赐教。"藤原捏起刚写完的字纸，上面的字迹瘦硬绰约、神闲气定。

夫子说："这是瘦金体。"藤原说："正是北宋徽宗皇帝的笔法，有宋以来，没有比它更具美感的书法了。"夫子说："字是好字。"藤原说："夫子擅长否？"夫子说："没练过，恐非所长。"藤原说："书法之道，不能勉强。我们不说书法，来说一下这两个字。"夫子问："哪两个字？"

藤原拈起老旧宣纸，上面是夫子写的两个字，四十二笔。

"麒麟，"藤原说，"我们就说一下麒麟。夫子既然写了，我想听夫子说文解字。"

夫子摇了摇头："麒麟是传说中的动物，大多出现在上古神话、民间传说，麋身牛尾有角,现实里并无这种动物,我想这大抵是古人的想象,牵强附会。"

藤原说:"原来在夫子看来,麒麟只是想象。这么说起来,孔子二见麒麟,《春秋》见麟而止,只是孔子想当然。"

夫子说:"也许孔子见到的只是一种驼鹿,所以这两字都以鹿为字首。"

藤原叹赏道:"原来是这样,夫子觉得麒麟要么是古人想象,要么是已经灭绝的驼鹿,总之是不存在的动物。可是我读到的史料却和夫子说的不太相同。"

他拿起一本破破烂烂的线装书。

"这也是从夫子家'借'来的,《南庄简史》,上面也有夫子的笔迹。"

夫子说:"这是方志,由私塾先生代撰,都是些地方琐事,给后人看的,除了撰写者,也没什么人会读。"

藤原说:"在吾看来,这是一本有趣的地方志,不由彻夜翻阅,正好看到了苏园的起源。

"按这本地方志上说,此地最早在汉武帝时就建了一座楼阁,因为村人在这里见到了祥瑞,一只麒麟,汉武帝就让人建造了一座守麟阁,以纪念在此出现的神圣动物,之后就没有了记载。楼起楼塌,灰飞烟灭,虽然守麟阁在汉末毁于战火,但是文字却由儒生记载下来,没有湮灭。现在守麟阁已无,但在原址又盖了一座苏园,有了万里桃花。所以,如果麒麟再度出现也不足为奇。"

夫子说:"前人虽有记录,却未必是信史。"

藤原说:"孔子春秋时见麒麟,看见的是什么?"

夫子说:"想必是一头驼鹿。"

藤原说:"西汉武帝猎得白麟,又是什么?"

夫子说:"应是一头罕见的白鹿。"

藤原说:"北宋记载获贡两头独角麒麟。"

夫子说:"有可能是爪哇犀牛。"

藤原说:"明永乐年间,永乐帝获得麒麟,命翰林院沈度绘麒麟图,并写下一篇《瑞应麒麟颂》。"

夫子说:"《明人画麒麟沈度颂》,据我所见,画上的麒麟是一头非洲长颈鹿。"

藤原说:"所以夫子并不相信中国有麒麟这种祥瑞之兽?"

夫子说:"子不语怪力乱神。敢问一下藤原先生,如果见到了麒麟,又会怎样?"

藤原说:"如果我有幸看见这种神圣高贵的动物,绝对不会抓去动物园圈养,我们会请回京都,尽一切可能保护和研究。真是可惜,麒麟并非野兽,我觉得麒麟代表了中国文化里最宝贵的那一部分。"

夫子说:"遗憾的是,藤原先生见不到麒麟。不管在这个园子里,还是其他地方,都没有藤原先生想象中的麒麟,那只是传说中的动物。"

藤原不语,继续写字,过了片刻说:"夫子先请回,明日若有空,我来旁听夫子教课。"

夫子退出书房,慢步走回教室,望着两个写字的学生,发了会儿呆。守真和承太问:"夫子继续上课吗?"夫子笑了笑,说:"好。"于是他们继续吟唱经文。

雷雨过后,南庄执行宵禁,全天都有士兵在街上巡逻。第二天进苏园上课时,大门卫兵仔细检查了夫子的通行证,才放他们进入府邸。园里小队士兵进进出出,巡逻队的军犬在桃林间不断嗅探,不时吠叫几声。直到午后才稍有平静,夫子避免噪声打扰,临时把课程改为练字,下午才开始讲解经文,讲的是《里仁篇》章节。

藤原进入教室听讲时,夫子正好说道:"朝闻道,夕死可矣。"两个孩子随之吟唱,仿佛这是一句孔子千年前吟唱的诗。藤原端坐一边,听了个段落,问夫子:"承太的功课怎么样了?"夫子说:"令郎天资聪颖,短短月余,一部《论语》已经过半。"藤原沉吟片刻,说:"只学到半部,真是可惜,接下来承太跟我要随军去别处,不能再上夫子的课了。"夫子说:"半部《论语》也可以了,只要知道了根本,剩下可以自学。"藤原说:"我会给承太找新的先生,按礼今天应有谢师宴,夫子看可否?"夫子说:"这倒也不用,非常时节勿要拘礼。"藤原于是说:"承太,请感谢夫子。"

承太望了望夫子,又望了望守真,脸颊流汗。他离开课桌,面向夫子跪下,用力磕了个头:"承太感谢老师。"夫子扶着承太说:"不要忘记读书写字。"藤原拍了拍手,从教室门外走进两名日本宪兵。

藤原说:"最后还想再问夫子一次,夫子见过麒麟没有?"

夫子说:"我从没有见过麒麟。"

一名宪兵搭住了夫子的肩膀，另一名握住守真的手臂。夫子嘴唇动了动，想说点什么，守真低声说："爸，覆巢之下。"夫子就不说话了。

承太忽然对着父亲跪拜，额头抵地，全身都在颤抖，他压低嗓音说："父样（父亲大人）。"藤原一笑，说："以为我是你们中国人吗？"他挥了挥手，宪兵就松开了守真。

供桌下的野孩子等了很久都没有人送来吃的，巡逻的日本兵离开街道后，他们才敢爬出来张望。直到晚上，才看见有人往祠堂方向走来。来的人跟他们差不多高，可能还更矮一点，一看就不是夫子。孩子们看见是守真师姐，她背着书包，提了小半袋米。

守真架起柴火，煮了一小锅稀粥，分给几个饥饿的孩子。孩子们一边小声喝粥，一边问怎么夫子没来。忽然孩子们互相指着对方的脸，每个人的脸上都映着红光。孩子们说："哎呀，着火了！"守真望向苏园的方向，那里红光艳艳，不知道火从何而起，是谁放火烧山。漫山的桃林都在燃烧，看起来仿佛万里桃花一起盛开。孩子们仿佛赏花一样望着燃烧的山林，山林间火光绰绰，隐隐约约，真真切切，如有什么活物浴火奔走，化为灰烬，散于花海。

守真看了一会儿，从书包里取出一本破破烂烂的线装书，翻到最后一页。最后一页上是夫子的颜楷，写着："丁丑年秋。"之后空白。

守真取出毛笔砚台，一边磨墨一边抹泪。她擦去眼泪，开始在最后一页上笔记，纸页上渐渐出现了后面的文字。

"丁丑年秋，夫子化麟，隐入桃林，是夜桃林花开万里，绵延不绝。"

最后她在句尾写下自己的名字，秀气的颜体楷书："南庄苏守真录。"

祠堂里的野孩子喝完了粥，就问守真："师姐我们今天还上课吗？"守真点头，说："上的，今天我来教你们两个新字，很难写，一共四十二笔，你们看仔细。"守真合上书页，执起桃枝，和他们一起在地上写起。

【作者简介】哥舒意，青年作家，鲁迅文学院第十四届中青年高研班学员。已出版《恶魔奏鸣曲》《中国孩子》等多部长篇小说。作品多次在《收获》《萌芽》《青年文学》《上海文学》《小说界》《山花》等文学杂志发表。

天空划过一道白线

◎ 东西

　　杜八又喝醉了，躺在后山的草地上乱喊乱叫，一会儿骂他老婆一会儿骂他儿子。全村人都听得见，但他们听多了听烦了就下意识地屏蔽他的内容而只听他的声音，好像他的声音是一种自然现象，时不时会来那么一下。也有连声音和内容一起听并听得心惊肉跳的，那是他八岁的儿子杜远方。杜八喷出来的每一个字都跟杜远方有关，哪怕他只喷他的老婆或他的命运，那也是指桑骂槐、含沙射影。所以，每次杜八开骂杜远方就远远地躲着，把脖子缩了再缩，恨不得一头钻进泥里。杜八的骂声时高时低、时远时近，像锋利的钢针扎得杜远方头皮发麻、脊背冒汗、全身颤抖。直到杜八骂累了，睡过去了，杜远方才踮着脚尖来到他身边，把手指伸到他的鼻孔前试探，感觉还有气进出，心里便又腾起一丝美好的盼望。他像等待一个即将改正错误的孩子那样坐在一旁等待，有时从上午等到傍晚，有时从傍晚等到深夜，没有其他选项，他就他爹这么一个亲人。

　　现在是午后，天空一片碧蓝，干净得像用水刚刚洗过，太阳照得地皮发烫，整个山谷瓦亮瓦亮。阳光、树叶、青草、泥土以及水塘的气味混合发酵，一股熏人的杂香弥漫。鸟虫声不时响起，偶尔插入人的呼喊声、鸡的打鸣声和牛马的走动声，空气因这些声音的突然闯入产生微妙的气流，即开即合。杜远方坐在后坡的那棵伞状的树下，一团椭圆形的树荫像一滴硕大的墨汁滴在他身上，仿佛一团水珠滴在一只小小的蚂蚁身上。离他十米远的草地上躺着杜八，由于担心他被晒坏，杜远方折了一些枝叶把他覆盖。每次折枝叶时杜远方都一边折一边怨自己不够狠心，想这么丢脸的爹醉死他算了晒死他算了，可每次他所做的和他所怨恨的总是相反。

太阳往西偏了一点，树荫大了一圈，热气在风的吹拂下减弱。杜八已经睡了一个小时，胸腔顶着的枝叶一起一伏。透过枝叶的缝隙，杜远方看见杜八额头上大颗大颗的汗珠。他想帮他擦汗但没带毛巾，他想把他叫醒，但试过多少次了，这种时候即使摇他、拍他、掐他、拉他都是白干。他至少要睡到太阳落山，杜远方正想着，却不料杜八忽地扒开枝叶坐起来，大叫一声儿子哎，快来看啊……他一边呼喊一边指着天空，根本没看见儿子就坐在离他不远的身后。可他知道只要他这么一喊，杜远方无论躲在哪个犄角旮旯，准会停下手里的动作抬头张望，跟他分享这份不期而至的眼福，他也会因为儿子能够分享而产生美妙的获得感和幸福感。

一切仿佛静止了，包括心跳和时间，包括听到呼喊的村人和动物，甚至包括植物、风和那些飘荡的气味……杜远方随着他的手势看去，心里顿时涌起莫名的欢喜。他看见天空划过一道白线，那是一道又直又细的白线，像一团雾、一束云、一根长长的香烟，在碧蓝的天空无声地迅速地划过，最终两边都看不到头。或一年或半载，村庄的上空就会划过一道白线，而每次划过最先发现的都是杜八，仿佛他对这道白线有第六感。大家都觉得白线好看，比什么彩虹什么火烧云都好看，尤其是在碧蓝碧蓝的晴天，但大家都不知道它是什么划出来的。有人说那是超音速飞机划的，可白线的前方却看不见飞机。有人说那是火箭划的，也有人说那是导弹飞过留下的印子，可谁都说得不够自信，下结论时连舌头都捋不直，每个音节都打飘，仿佛它是无法破解的世界第十大奇迹。

奇迹还发生在杜八的身上，无论他喝得多醉睡得多沉，只要这道白线一出现他就立刻清醒，好像它是他的 Wi-Fi，一下就把他激活了。他突然觉得天空是那么漂亮，好看得都让他想哭，连疙疙瘩瘩的心情都荡平了。他兴奋，好像他是这道白线的发明人，抑或因为自己最先发现它而发现了自己与众不同的天分。我跟他们不一样，他想，我本来就不属于这里，老婆跑了算什么？孤单和被人看不起又算什么？这些通通都抵不上这道白线，仿佛它把他所有的困难都打败了。

在杜八心情好的时候杜远方会向他打听妈妈的情况。他说，你妈好漂亮。说完他得意一笑就咬紧了嘴唇，不愿再多说关于她的任何一个字，好像伤自尊了。但是杜远方忍不住要问，而他有时也忍不住想说，尤其是喝醉以后。于是，他断断续续地像吝啬鬼发红包似的一次说一点点，一次比一次说的信息量少。你妈怪我只讲这里空气好风景好，却没告诉她这里偏僻。你妈是在广东瓦塞皮革厂打工时跟我好上的。你妈说别指望我们家抽屉里会有什么像样的东西，其实我们家连一只像样的抽屉都没有。你妈骂我是酒鬼醉汉。平心而论，你妈没跑之前我也喝酒，可从来没醉过。你妈叫刘丽洲。你妈说我骗了她的感情。儿子哎，长大了你就知道，感情这东西是能骗的吗？谁骗我试试？

从八岁问到十岁，杜远方才获得这些零零星星的信息，但这些信息怎么也不能让他拼凑出一个完整的母亲。他一直在找母亲的照片，装衣服的箱子里没有，装稻谷的木桶里没有，米缸里没有，镜框后面没有，枕头下席子下也没有。家里能藏的就这些地方，他找了不知多少遍，以为只要这么找下去总有一天照片会被感动得跳出来。他找得眼圈都撑大了，眼珠子都定了，杜八才从衣服的夹层掏出一个扎紧的小小的布袋。他接住，手心仿佛被烫了一下，问，这是什么？杜八说，你妈走之前把照片烧了。他仔细地打开布袋，里面是一撮纸灰。他把纸灰倒到桌上摊成照片的形状，每天要看好几回，幻想纸灰能变回照片，就像幻想衣服能变回棉花。倒腾中，纸灰越来越少，有的沾在桌面再也装不回去，有的被风吹走，于是，他再也舍不得把纸灰从布袋里倒出来，生怕连这一点纪念也会从指缝里溜掉。

一天晚上，杜八又喝醉了。这次他没骂老婆也没骂儿子，而是一把鼻涕一把眼泪地哭，哭得全村人都不适应，好像发生了自然灾难，连牲口和家禽都竖起了耳朵，连树也静悄悄的，没有一丝风。杜远方突然看不起他，觉得他像个小孩自己反而像个大人，他矮下去了自己却高大起来。他说，你为什么不骂了？语气里除了不习惯他的不骂之外似乎还夹杂着一丝挑衅。杜八心里一阵内疚，说，对不起，儿子，有时骂不是骂而是爱。杜远方说，那你继续骂呗，骂了你心里会好受些。杜八说，你都读初中了，再骂人家就笑话你了。杜远方问，那你为什么哭？杜八说，想你妈了。杜远方说，想她为什么不去找她？杜八说，我要是去找她了，那你怎么办？杜远方说，家里那么多粮食，够我吃两年了。杜八说，你当真？杜远方说，当真。杜八不信，久久地盯着杜远方的眼睛。杜远方一点都不露怯，跟杜八对视。杜八第一次从杜远方的眼里看到了一股蛮气。

　　几天之后的早晨，杜八背起了行李，杜远方站在门口送行。天亮了许久，但太阳还没露出来。山谷腾起一层层雾，把远山近树都染白了。雾越来越宽越来越厚，朝着村庄缓缓飘移。杜八说，只要一找到你妈，我就立刻把她带回来。杜远方问，你知道她在什么地方吗？杜八说不知道，然后抬头看了一眼灰蒙蒙的天空，接着说，但我知道她是沿着天空划过的那道白线走的，我会沿着这个方向找下去，直到找到她为止。说完，杜八转身走去，他的背包一耸一耸的，他的铁壳水壶在屁股上一甩一甩的。随着杜八的远去杜远方感到左胸被强大的吸力拉扯，仿佛要把他的皮肤撕脱，仿佛要扯出他的心脏。他用意念按住自己的双脚，但双脚却不由自主地飞奔起来。他叫了一声爹。杜八停住，回过头来，说，你要上学，你有你的前途。杜远方说，可我想跟你一起走。杜八说，如果你要跟着走，那我就不走了。杜远方停住。杜八又转身走去，他走一步回一次头，回一次头说一句"你回去"，像驱赶一只跟随的小狗。他一连说了五次"你回去"，就被大雾笼罩了。杜远方再也看不见他的背影，只听到噗哒噗哒的远去的脚步声。杜远方想追，但天上忽然哐的一声，太阳冒出来了，它的万道金光像万道金箭穿雾而下，噼噼啪啪地扎向大地，震得地皮都抖了。真好看，雾里有一条条斜斜的金黄的光线，光线里有一团团一缕缕飘浮的乳白色的雾。儿子哎，快来看啊……杜远方听到从远处传来杜八的呼喊，便坚持着仰视。他知道这一刻不能看爹的方向，否则他又会忍不住追上去。

　　从杜八离开的那一刻起杜远方就开始了等待。这天，他眼睁睁地看着日光怎么一点点变淡，又怎么一点点变暗，直至整个被夜色吞没。他没开灯，坐在门槛上盯着黑沉沉的坳口，想象他爹像一盏灯那样突然出现，想象他爹带着他妈像两盏灯那样一起出现，他们一边奔跑一边喊他的名字。可是，坳口没有出现他期待的灯，眼前只有萤火虫在飞舞，它们像他爹发回的信号，左三圈，右三圈，亮一下，灭一下，一共三下。它们重复着循环着，让他生起希望又坠入失望。他提醒自己没那么快，爹最多才走到县城，从县城往前走，一边走一边打听，至少要走一个月才走到海边。即使到了海边他也不一定马上能找到，至少要打听一个月吧。掰着指头一算，两个月过去了，就算他爹撞了狗屎运真把他妈找到了，但她还愿不愿意回来？她有没有重新成家？如果她没有重新成家，那得给他爹三天时间劝她。三天后他把她说服了，他们一起坐车往回赶,这得多少时间?至少也得两天吧?也就是说他们回来至少是两个月之后的事情。那太久了,他恨不得现在他们就回来,恨不得他们从来就没有离开。

杜远方不停地想,竟然忘记了饥饿,虽然有几个瞬间真切地感受到了饿意,但他不愿意承认,也不想生火做饭,好像只有一动不动地坐在门槛上想,他爹才能快点回来。所以,一旦有了饿意他就赶紧想他爹,仿佛想爹能填饱肚子。他一遍一遍地想象他爹寻找他妈的过程,从他爹出村时开始,到他们回村时结束,如此循环反复,想象陷入了怪圈。想到天亮,他满怀信心地认为七天,只要七天时间他爹和他妈就会出现在他面前。他甚至认为这都不是想象,而是伸手可及的真实,因为他连他们的声音、表情、气味、动作都想象出来了,虽然母亲的面貌有些模糊。

可是,他等了两年多时间,把自己等高了,把坳口看矮了,把门槛坐光滑了,也没把他爹等回来。他开始担心爹是不是出事了。有人说,两年多时间,即使你爹找不到你妈也应该回来了,他怎么忍心留下你一个人不管?有人说没准儿你爹已经成了孤魂野鬼,也有人说你爹是不是被哪个女的拐走了……不会的,我爹不会不管我的。虽然他总是这么斩钉截铁地回答,但心里却越来越虚,因为他的等待已远远超出了他的预期。他开始感到害怕,害怕自己的等待没有意义,害怕某天突然传来关于爹的坏消息。于是,他自言自语以舒缓压力,有时也跟墙壁说话,好像墙壁能听懂他的心事能录下他的声音。他把想跟他爹说的话全部说完,写了一张字条压在饭桌上,就背起了行囊,锁上了大门。村民们站在路边为他送行,有的人送钱,有的人送食物,有的人送祝福。他把他们送的揣在身上,沿着他爹走的方向去寻找。走着走着,他感到前方的吸力渐渐变弱,身后的吸力却越来越大,忍不住一回头。全村人都在朝他挥手,他们的手像风里翻飞的树叶。而他的家孤独地站在村头,被狂风呼呼地吹着,仿佛快要被吹哭了。

杜家的小屋从此大门紧闭,既没有人的声音也没有烟火气,更没有坐在门槛上的盼望眼神。外墙的颜色越来越深,上面渐渐出现了褐色的水渍。从屋后长出的一株青藤沿着墙壁往上爬,即使枯萎了也仍然紧紧地趴在上面,好像那是它的床。小草从地缝拱出,沿着墙边断断续续、弯弯曲曲。天黑以后,屋里屋外被夜虫的声音淹没,每当人们经过它们就停止鸣叫,一旦脚步远去,它们又放肆地歌唱。风吹断了屋角李树的两根枝丫,一枝断落了,另一枝还没有完全折断,吊在树上渐渐枯黄。三格玻璃窗被石头砸坏,一些玻璃碴掉进屋内,一些没有完全破碎的玻璃仍卡在框上。路过的村民偶尔会趴在窗口朝内张望,看着满地的灰尘和零星的鸟粪,感叹这一家子就这么消失了,一个都可能回不来了。

嘭的一声,杜家的大门在杜远方出走两年后的一个深夜被打开,打开它的人是刘丽洲。刘丽洲拿起压在饭桌上的字条,拍掉上面的灰尘,看见一行字:爹,饭我帮你做好了,在锅里。刘丽洲转身揭开锅盖,锅里黏着一坨黑,那坨黑变得已无法辨认,就像一团黑炭。她不知道字条是什么时候留下的,没写日期。他的字写得比她的还工整好看。他该长得比我还高了吧?孩子他爹为什么没回来吃这餐饭?明显,这屋里已经很久没人住了。难道他们进城打工去了?也许我不该回来,也许他们并不欢迎我。但大门的锁头还是原来的锁头,钥匙还放在老地方,这钥匙到底是他们为我放的还是他们其中一个为另一个放的?一时间她竟无所适从,好像她不曾是这里的主人,好像他们就躲在某个角落看着她,考验她,继而再决定接不接纳她。生疏了,这地方,这房子,已经没有她的半点痕迹。要不是老高被人谋杀了,要不是老高被人谋杀后突然冒出三个妻子和六个子女驱赶她谩骂她,让她分不到丝毫遗产,甚至怀疑她是凶手,那她是无论如何也没有脸面回到这里的。人就这么贱,只有落难的时候才想起谁对自己好,才知道自己最想依靠谁。她对着空荡荡的屋子叫了一声远方,叫了一声杜八,说了一声我回来了,就像跟他们打招呼或者给自己壮胆,然后放好行李,打开水龙头,清洗落满灰尘和鸟粪的地板。起夜的人听到杜家有响动,看见杜家的灯突然亮了,便悄悄走过来,趴在窗口一看,当即惊叫,天杀的,你怎么现在才回来?他们都去找你了,你怎么现在才回来?你跑到哪里去了?怎么跑了这么多年?她想不清这些问题,更回答不了,只是默默地清洗地板。恍惚间地板一片血迹,她仿佛在清洗老高的被害现场,但再一恍惚血迹消失。

这个刘丽洲和从前的那个刘丽洲有区别了。从前的刘丽洲嫌地面脏整天踮着脚尖走路,既不下地干活儿又不做任何家务,大部分时间都跷着二郎腿遥望远方,像一只受伤的鸟在积聚起飞的能量。她是因为怀上了孩子才勉强同意跟杜八回乡的,如果他们不回乡而只靠杜八一个人打工挣钱,那是无法应付一个孕妇在城里的开销的,尤其是像她这种喜欢模仿有钱人生活的孕妇。凭怀孕这一条，再凭没来之前杜八对家乡的过度美化，她就有资格做个懒人。但是，现在的刘丽洲勤快得像一支秒针，她把杜家荒芜的田地打理干净，种上粮食、蔬菜和水果，希望用丰收的景象迎接他们回来。然而，一年过去了他们没有回来，两年过去了他们仍然没有回来，她开始担心儿子的命运。闲聊时，村民们跟她讲儿子的可爱，讲儿子如何想念她。他们说他在梦里叫妈妈那是再平常不过的事，用照片的残灰想象照片也不算稀奇，最令人震惊的是他整天照镜子想象母亲的容貌，一照就是几个小时，因为他爹说他长得像母亲。村民们说得越是生动刘丽洲就越挂心，她担心他迷路了，遇上了坏人，被人谋害了。当然她也曾想象他在城里打工发财了，娶上漂亮的老婆。但是担心总是多于放心，于是她出发了，在一个静悄悄的清晨。她决心把儿子找回来，否则这辈子都内心不安。她想象儿子行走的路线，想象他有可能去的地方，想象这个世界到底有多大，想着想着，天就下起了瓢泼大雨，仿佛在阻止她挽留她。可她不但没有回头，反而加快了步伐。

雨断断续续地下了五天，第六天杜八就回来了。村民们说，挨刀砍的，你怎么现在才回来？刘丽洲等了你两年，五天前刚离开。杜八惊呆了，看着刘丽洲留下的字条和那些粮食，满含热泪。这四年多，他找得太辛苦了。他一边寻找一边打工挣钱，干过搬运工、安装工、泥瓦工和油漆工，睡过桥洞、公园和工地。他的皮肤粗糙了，手指变形了，目光里多了一点凶狠或者坚毅。他找到了刘丽洲在海边的家，但她的父母也不知道她去了哪里。他们说她从来没回去过，也不跟家人联系。一个活生生的人失联了，他们竟然说得比丢了钥匙还轻松。他怀疑他们说谎，却没有办法证实。他找到了他们一起打过工的瓦塞皮革厂，她的工友说她回来过，但上了一个星期的班就不再上班了。他每到一个地方就找当地公安局查她的身份证，但都没有查到她活动的痕迹，仿佛连她的身份证都具备隐身功能。他被关于她的假消息指引，又被假消息中的假消息蒙蔽，走了许多弯路，认识了许多不该认识的人。绝望时，他以为她已经退出了这个世界，没想到，真幸运，她还好好地活着，而且还回来了。

这天傍晚他喝了许多酒，喝醉后他就骂老婆和孩子。但他不是真骂，只是用这种方式怀念过去。村庄好久没响起他的骂声了，村民们听得既亲切又伤感。在他的骂声中，西边层层叠叠的山峦上夕阳像一枚软软的蛋黄正在下沉，天边铺出一片霞光，那片霞光像铺满了金黄色稻谷的宽阔无边的晒谷场。在霞光的映衬下,天空忽然划过一道白线,就是过去他经常看见的那种白线。他一激灵,酒醒了大半,对着天空大喊,儿子哎,快来看啊……他一遍一遍地呼喊,越喊越苍凉,仿佛要把杜远方从这个世界的某个角落喊出来。黄昏因为他的呼喊充满感情。

刘丽洲留下的字条是:老杜,别找我,如果三个月之内找不到儿子,我就回来。他把字条装进左胸口袋用力按压,好像那里多长了一块肉。有了这张字条,他的心里多少踏实了一点点,但令他不踏实的是不知道儿子在哪里。他以为儿子一直在等他,没想到儿子也离开了。第二天,他到县公安局报案,让他们查查儿子的下落。儿子的下落没查到,杜八又回来了。他坐在门前遥望坳口,等待奇迹出现,甚至把凳子搬到楼顶,好像坐得高看得远就能看到奇迹。可三个月过去了,刘丽洲竟然没回来,他等得脊背直冒冷汗。也许她根本就不想回来,也许她又遇到了合适的男人,也许她被人骗了,也许在寻找过程中她忘记了寻找,这样的遗忘在他寻找时也曾产生。如果说儿子留下的那张字条是盼望,那她留下的这张字条会不会是阻止?难道她在阻止我去找她?他越想越觉得不对劲,后悔回来的当天没有立刻去追赶她。等待变成了煎熬,继而产生恐惧,同时产生屈辱。他重新出发,谁都拦不住,除了寻找他们还想寻找真相。

杜家的大门再次紧闭,由于没有烟火气,墙壁很快就长出了霉斑,风雨放肆地刮淋,外墙的颜色仿佛人的表情越来越凝重、越来越悲伤,好像谁都可以欺负它。然而,一个寒风呼啸的下午,杜远方回来了。因为风太大,吹得树叶门窗喳喳直响,以至于村民都说他是被风刮回来的。这时,离他爹离开只有三个月的时间,村民们为他们父子的错过惋惜得直拍大腿。杜远方同样惋惜,拿着他爹留下的字条,右手微微一抖却马上稳住。他已经学会了掩饰,甚至学会了忍住眼泪,但他却无法掩饰他右手的小指,那里短了一小截,虽不影响工作却略显突兀。他长高了,留着短发,脸部轮廓柔和,皮肤比过去白,眼神里透射出迷茫与忧郁。他讨厌喝酒,却学会了抽烟。

只要他们还活着就会找到我,杜远方说。他如此有信心是因为他带回了一部手机。他说凡是他经过的大街小巷都贴满了寻人启事,上面写着知道杜八和刘丽洲下落者请拨他的号码,有酬谢。村民们问他,有什么酬谢?他说钱,他打工积攒了一些钱,酬谢至少两千块。村里几乎没有手机信号,偶尔有也是一闪即过,就像害羞的姑娘丢给她刚认识且喜欢的男人的眼神。手机一直不响,他每时每刻都盯着,除了睡觉。一天中午,西北风呼呼地刮,他坐在门口遥望枯黄的远山。树叶都落了,光秃秃的树枝张牙舞爪,像坚硬的粗细不一的铁丝在风中震鸣。忽然,他感到脖子的某个点一冷,紧接着脸上也出现了不同的冷点。他缩了缩脖子,知道那是雪。雪零零星星地下着,在风中飘摇,仿佛天上撒落的麦片。这时,手机就像卡了鱼刺似的突然响了半声,他立刻按下接听键,却听不到对方的声音。信号不好,他歪着头用脖子夹住手机,飞快地爬上屋角的那棵李树。当他爬到李树的半腰时声音出现了:儿子哎,我是你妈,你在哪里?他大叫一声妈……失声痛哭,眼泪如雪片簌簌而下。雪越来越大,他就站在雪花飞舞的李树上一边哭一边跟他妈说话。

两天后,刘丽洲回来了,分离了十九年多的母子终于见面。刚见面时他们还不太适应,伸出去的双手只伸到一半就缩了回来,但缩了不到三分之一又立即伸了出去,把对方紧紧拥入怀里。他们有许多话想说却不知从何说起,于是,刘丽洲就变着花样做好吃的,仿佛要用吃的来代替她满腹的语言。他们一边吃一边打量对方,当眼神相遇时都尴尬一笑,都露出友好的表情。几天了,他们仍然没有深度交流,好像交流是敏感部位,抑或彼此都觉得只要待在一起交不交流已不再重要。杜八留下的字条是:找不找得到你们我都会回家过年。离过年还有半月,刘丽洲忙着准备年货、清洗被褥、打扫卫生。刘丽洲做什么杜远方就跟着做什么,哪怕只需要一个人做的事他也要搭手。空闲时,杜远方会坐下来抽烟。他把香烟叼在嘴里,用镀金的打火机叭地把香烟点燃,又叭地把打火机盖上,仿佛抽烟就是为了听打火机发出那两下动听的金属声,一副很享受的样子。由于他短了一截的小手指过于扎眼,一开始刘丽洲并没有注意打火机。当她习惯了他的小手指后,那只打火机像一声惊雷瞬间把她吓得脸色惨白。

她说,你认识老高?他说,我不认识老高。她说,老高就是那个死鬼。他说,死鬼我也不认识。她说,你的打火机是金子做的。他说,不可能,最多是镀金。她说,镀金的哪有这么沉?他掏出打火机掂了掂,说,确实沉。她说,你在哪里拿到的打火机?他说,路过一个砖厂时,在路边的草丛里捡到的。她想说当时她就在那个砖厂帮老高管财务,但她没好意思讲,因为她就是被老高从瓦塞皮革厂诓走的,老高有钱而且还说自己单身。他问,你为什么对这只打火机感兴趣?她说,你看没看见打火机上印着一个"高"字?他说,看见了。她说,那是老高定制的,全世界只有这么一只。他说,别人也可以定制,天下姓高的不止他一个。她说,老高抽烟时也像你这样叭的一声把火打燃,然后又叭的一声把火盖上。他说,难道我要把它还给老高吗?她说,你不知道他死了吗?他哦了一声,不再说话。她盯着他的眼睛,他迎着她的目光。她想起跟老高相处的日子,想起老高在砖厂附近被谋杀后,身上唯一消失的就是打火机。想到这儿,她感到脊背冰冷,率先把目光撤回来。

她沉默了,忽然被恐惧笼罩,仿佛有两束刀子般的目光在暗处盯着自己。她害怕了,害怕杜八回来后问她这些年是怎么过来的,害怕杜八喝醉了还会像过去那样骂她,更重要的是害怕杜远方的那只打火机不是捡来的。腊月二十八清晨,她清点完所有的年货后便悄悄地走了。杜远方一起床,就看见了她留在桌上的字条:儿子,我找你爹去了。杜远方想爹不是马上要回来了嘛,她为什么还去找他?她在撒谎。杜远方冲出门去,外面已是白茫茫的一片,雪覆盖了山川大地。他沿着她留下的脚印追赶,发誓一定要把她追回来。然而,他们都没有回来。除夕这天,杜八回来了。过完正月十五,他就背上行李去寻找母子俩。

杜家的小屋越来越寂静,越来越显得孤独。一年半载,他们中的某位会回来住几天,然后又以寻找其他两位的理由离去。如此循环,他们一个寻找另一个,在这个世界上转着圈圈,却没有谁愿意永久地停下来。等待是漫长的,他们没学会等待;寻找是美好的,他们却用来逃避;停止已不适应,他们过惯了流动的生活。每当天空划过那道白线的时候,村民们便倍加思念杜八一家。村民们仍然觉得白线好看,他们仰望着,仰望着,忽然就听到一阵歌声。歌声仿佛来自天上,仿佛是那道白线唱出来的:

　　天空划过一道白线,地面走出许多圈圈……

【作者简介】东西,本名田代琳,1966年生于广西天峨。出版有长篇小说《耳光响亮》《后悔录》《篡改的命》《回响》。中篇小说《没有语言的生活》获首届鲁迅文学奖,根据该小说改编的电影获第十五届日本东京国际电影节最佳艺术贡献奖。小说已翻译成多国语言出版。现为广西民族大学创作中心主任。

流浪汉麦克

◎ 林希

题记：

　　沽上者，旧时津地俗称也。

　　津沽一带，原为滩涂之地，退海之后，残留七十二沽或谓七十二洼，土著民众依沽而居，或耕或织，或商或渔，和睦相处，温饱即安，津人天性和善，吃苦耐劳，邻里和睦，市风肃正，果然人间福地也。

　　近代开埠以来，津沽一带领西风之先，工厂林立，高楼群起，更有精英人士聚集定居，不多时，天津已成为世界繁华大都市了。

　　繁华都市，八方民众杂处，水旱码头，人人辛勤奋斗，或兴或衰，或成或败，每日皆有感天动地的表演。

　　不才如我，寓居沽上八十五载，沽上乃天下趣闻、奇事繁生之地，记下几宗市井怪谭，以为消遣，倒也乐事。

　　《沽上纪闻》，非史非文，多是市井闲杂无聊传闻，于人无所教益，于己无所成就。迟暮之人，教化民众，早已无能为力；传世流芳，更非吾辈所能。天生我材必有用，身无重任在肩，胸无大志于心，随意文字，聊作自娱。

　　如是，便有了这不成体统的几则粗俗文字，乡中诸贤知我怜我，宽宥体恤，如此，就任我放肆了。

欧罗巴游轮在天津大光明码头靠岸，德国流浪汉麦克最后一个从甲板上走下来，手里提着一个破皮箱，脚上蹬着一双锃亮锃亮的法国名牌路威酩轩皮鞋。就因为这双名贵皮鞋，流浪汉麦克被一辆小汽车接走，送进了天津英租界有名的野鸡窝公寓。

　　时代变了，许多事情年轻朋友听不明白是怎么一回事，所以只能先把正事按下，说说那个时代的种种猫腻。

　　头一宗事，大光明码头是从渤海进入天津市区的第一个可以停靠万吨级轮船的大码头，也是当年外国游轮进入中国的第一大港，那时候天津虽然没有现在这么多的高楼大厦，但是各租界也很是繁荣，连美国人、英国人来到中国，第一站看看天津，都觉得大开眼界。

　　那时候西方世界许多人都跑到中国来淘金或者说是到中国来发展，这些人中许多人带着资本带着技术来中国开办实业，但更多的人，两手空空，是中国人说的俩肩膀顶一颗人头来中国找饭辙。那时候中国刚刚敞开门户，商机多，无论做什么生意都能发财，于是许多外国失败者，就跑到中国来碰运气，那个时候在中国除了中国人没运气之外，是个洋人就有运气，许多洋穷光蛋来到天津，没几个月时间就成了大富豪，买了房子，办了公司，有了汽车，收认了"干闺女"，一个个都成了社会名流。

　　那么野鸡窝是什么地方呢？

　　野鸡窝是一处教会办的收容站，来天津碰运气的流浪汉，在大光明码头下船，常常遇到码头上停着的一辆小汽车，凑过去，用英语搭讪，说我是谁，只身一人到了天津，身上分文没有。好了，野鸡窝的汽车打开车门，请你坐进去，一阵风就把你拉到位于英租界的野鸡窝去了。

　　进了野鸡窝，洗澡、睡觉，一日三餐有面包、咖啡、火腿，白吃白住三个月没人撵你，住满三个月，你还没找到事由，滚蛋，再来野鸡窝，没人理你了。

　　有人说，野鸡窝风水好，无论什么流浪汉，住进野鸡窝，保证到不了三个月，准能找到事情做。有本事的，可以进公司做职员，吗也不会的，也能找到一处有饭吃的地方，顶顶不济，还能做个小生意，反正不会挨饿。

　　野鸡窝怎么就这么灵，身无分文，吗也不会，在野鸡窝里住上三个月，有人当上了经理，有人坐上了汽车，有人办起了公司。天津人在天津活了好几辈，一辈子没辙的人多的是，要是他们也来野鸡窝蹭蹭仙气，好歹能有个活路,不也算是你野鸡窝的德行吗?

不行。

野鸡窝不认中国人。

难道无论哪个洋人在天津登陆都可以登上野鸡窝的汽车,被拉进野鸡窝白吃白喝三个月,然后一拍屁股走人吗?

非也。

停在大光明码头的野鸡窝汽车里坐着野鸡窝的堂主,两只眼睛在从船上拥下来的流浪汉中扫来扫去,看着是个人才,野鸡窝堂主一点头,司机才拉开车门,迎接这位爷登车去野鸡窝。

今天野鸡窝堂主怎么就将流浪汉麦克迎进汽车里了呢?

非常简单,因为流浪汉麦克从轮船上走下来的时候,脚上蹬着一双法国路威酩轩皮鞋。路威酩轩皮鞋,世界驰名,手艺人路威酩轩家族专门侍候法国皇室成员,据说拿破仑大人一生只穿路威酩轩皮鞋,及至现代,在法国能够穿上路威酩轩皮鞋的,无论进哪家餐厅都会被引进最豪华的餐室,餐厅老板亲自侍候他一顿大餐而且绝对不收钱。您老能够屈尊光临我家小小的餐馆,已经是我小小餐馆无限的光荣了,本餐厅于此表示无上感谢,云云。

不过,这也奇怪,身无分文的流浪汉麦克何以脚下蹬着一双价值连城的路威酩轩皮鞋呢?或者说,这双无价之宝的皮鞋怎么穿到穷小子流浪汉麦克脚上了呢?

嘿嘿,昨天夜里,这艘轮船上发生了一桩风流奇案。

一位名士,半夜摸进情人房里,两个人云雨一番成其好事,偏偏他二人正要入港之时,就听见外面房门"咯吱"一声被打开,这位贵夫人的丈夫喝酒回来了,这位名士匆匆从床头上蹦下来,幸好窗外跳板连着走廊,名士赤着双脚溜回自己老婆身边去了。

第二天,名士夫人发现丈夫的路威酩轩皮鞋不见了,自然一番审问,名士回答说,昨晚在甲板上玩球,踢球时用力过大,一只鞋甩到海里去了。看着如此名贵的路威酩轩皮鞋只剩下了一只,一气之下,他又把另一只也甩到海里去了。果然,不会说谎的男人不是好男人,夫人一听,有理,还嘱咐丈夫说,以后晚上不要去甲板踢球了,黑乎乎,若是跑得太猛,一个收不住脚,翻过栏杆掉进海里,那可比一双路威酩轩皮鞋的损失大多了。

就是,就是,夫人所言极是。

尽管如此,这双路威酩轩皮鞋怎么就穿到流浪汉麦克脚上了呢?

流浪汉麦克多年的习惯,无论乘车还是坐轮船,到地方他都最后一个离开。为什么?因为他要在各个房间巡视一番,看看床上、床下有没有什么遗留的东西。这一次,他遛到一间特等房间,就看床下有一双锃亮的皮鞋,流浪汉麦克也不知道是什么品牌,脚伸进去一试,还能凑合,他就穿着走下轮船来了。

野鸡窝堂主身患颈椎间盘突出,坐在汽车里东瞧西望,脖子直不起来,只能低头看地面,忽然眼睛一亮,路威酩轩皮鞋,就是他,快请进来,野鸡窝迎来贵客了。

住进野鸡窝,堂主好酒好肉地侍候着流浪汉麦克,只是可悲,流浪汉麦克在野鸡窝住了三个月,最后还是被六亲不认的堂主一脚踢出去了。

自从天津教堂设立下了野鸡窝,多少年来,凡是被野鸡窝接进来的流浪汉,都是住不到三个月,就有了立身之处,有的被什么洋行接走,摇身一变成了副经理,有的自己开办实业,做起了大生意,只有这位流浪汉麦克,在野鸡窝白吃白喝三个月,一桩事由也没找到,一点饭辙也没有。按说野鸡窝养你三个月,到时候不等野鸡窝哄你,你就该有了去处,还清三个月的酒肉钱,早早地搬出去了。野鸡窝堂主等了三个月,不见流浪汉麦克有任何动静,还是每天出去遛大街,晚上空着两只手回来,有时候回来晚了,饭厅已经打烊,流浪汉麦克自己爬窗户进去,拿两个面包填肚子。

倒霉蛋流浪汉麦克怎么就如此不走运呢?好大一个天津卫怎么就没有一处地方收留他呢?

不是他没本事,野鸡窝朋友教给他的几手活,他都尝试过了,不顶用。

他在起士林饭店门外窗台上坐过,看见小汽车停下,车里下来一位洋人,他远远地招一下手,别管人家理不理他吧,跟在大腹便便的洋人后面就往起士林餐厅里面走。

走进起士林餐厅,人家大腹便便的洋大人被侍者引到一张餐桌,坐下,他自然不敢跟着坐下,自己悄悄走近,从餐桌上抽一个牙签,叼在嘴里,潇洒地往外走,当然不会有人阻拦,只是玩这手活的人太多了,起士林餐厅侍者也没冲他背影鞠躬,也没有人把他踢出去,只由他自己没趣儿地溜出去了。

据说,这套活最管用,专门有人在起士林餐厅门外等着这种人,天津老土豪开的洋行,都要找个洋人坐在洋行里充数——没有洋人的洋行,能是洋行吗?怎么就没人看上流浪汉麦克呢,人家脚上还蹬着一双路威酩轩皮鞋了呀。只是,天津人眼多尖呀,隔山买牛,都能看出公牛母牛,一看你走路的德行,就知道你那双路威酩轩皮鞋是"借"来的,不跟脚,鞋号小,脚大,走路时脚后跟不沾地,用脚尖踮着走路,路威酩轩皮鞋都是按脚形定制的,不是你的鞋,你能穿吗?

穿帮了。

再有一个原因,流浪汉麦克没有受过音乐教育。天津特色,给洋人做马仔,你得有十足的洋味儿,腊头(即现在的猎头)冲着他吹口哨,他没接茬儿,别把天津人看土了,真货洋人,有讲究,吹的口哨,都是西洋歌剧名曲,流浪汉麦克接不上茬儿,失之交臂了。

自己做小生意吧,实在没有本钱,就是卖香烟火柴,你也得有几元钱呀。身上一文没有,天天逛马路,连电车都不坐,你说他怎么有本钱做生意呢?

一不能混事由,二不能做生意,怎么办? 流浪汉麦克可就真要挨饿了。

最最重要的是,流浪汉麦克太笨了,在野鸡窝住了三个月,"半拉咯儿"的中国话只学会了几句:"你好""吃了吗""多少钱""您老贵姓""官茅房在哪里"等等。而且发音不准,"你好"说成了"你耗";"吃了吗"说的是"七拉木";"官茅房"三个字,不好发音,他就一只手揪着裤裆向小孩们比画,天津小孩也坏,往天上一指,朝天上滋吧,爷们儿。

在野鸡窝混到三个月,你得给人家滚蛋了呀。可是,哪儿去呢?再三恳请,野鸡窝堂主答应只能给他一个睡觉的地方,就在野鸡窝的储藏间里,储藏间里堆放着破衣服、臭皮鞋,这倒也好,流浪汉麦克每天从野鸡窝储藏间扒出几件破烂,摆在马路上,好歹也能换几个小钱,如此就可以在马路边上的小摊上买两个窝窝头,有时候还是枣窝头,日子虽然狼狈,到底也没饿死。

野鸡窝储藏间里的破烂,最终也有被流浪汉麦克盗卖一空的时候,储藏间空空如也了,流浪汉麦克真没辙了。

在天津卫,天津人饿肚子街坊邻居们看着不能不管。大杂院里,谁家今天没饭吃,天津人说是扛刀了,挨饿的人家门外的煤球炉子没冒烟,到了饭口,邻居们就会趁着院里没人,悄悄地在他家窗沿上放两个窝头,他自己也要趁着院里没人,悄悄把两个窝头拿进房里,悄悄给孩子吃了,再嘱咐孩子出去别说咱们家今天断炊了。

洋人住在野鸡窝,野鸡窝里住户没有煤球炉,洋人流浪汉即使今天扛刀了,也还要西装革履地出去装蒜,抽冷子混进大饭店,拿根牙签叼在嘴里,走出来装酒足饭饱的德行,一双眼睛东瞧西望,看马路上有没有谁丢了一分钱,好捡起来去换窝头——洋人说的"天津面包"。

终于到了走投无路的一天,偏偏黄鼠狼专咬病鸭子。天时已到深秋,寒风专打独根草,流浪汉麦克在外面逛了一天,也没找到办法,饿肚子了,天又下雨了。上帝呀,阎王爷呀,真把人逼上绝路了,没办法,肚子饿事小,先找个地方避避雨吧。捂着脑袋瓜子走呀,走呀,流浪汉麦克走进了德租界。德租界的房子,都是两层独栋小楼,一个大阳台伸出来,住户们晚上各自坐在自家的阳台上和邻居说话。

天已经快黑了,德租界冷冷清清,流浪汉麦克钻进一家的大阳台下面避雨,这倒霉的雨下个没完,流浪汉麦克躲在阳台下面犯困,把破大衣拉长了蒙住脑袋瓜子,晕晕乎乎,渐渐地睡着了。

睡着了,就都是美事了。

睡梦中,流浪汉麦克驾驶着一艘游艇在大西洋上飞驰,迎面的浪花,一片一片打在他的脸上,好爽,最最浪漫的是,一只大龙虾跳出海面,直愣愣地扑在流浪汉麦克的脸上,流浪汉麦克自然不会放过这只混账龙虾,一伸手似是抓住了尾巴,龙虾一挣,跑了,又一只龙虾跳上来,重重地砸在流浪汉麦克的脑袋瓜子上,好痛好痛,脑袋瓜子几乎被龙虾砸破了。

一下子流浪汉麦克蹦起身来,抬手捂着脑袋瓜子,这一抬手,从脑袋瓜子上抓住了一个东西,很重。哎呀,这若是一块面包多好呀,德国人爱吃硬面包,即使面包块小点吧,好歹也能填肚子,流浪汉麦克已经一天没有吃东西了。

抓着那个东西放在眼前一看,硬纸盒,比火柴盒大些。什么东西?德国妇人的首饰匣,哎呀,真若是一枚钻石戒指,爷们儿发财了。想着,想着,流浪汉麦克激动得双手发抖,紧紧地闭上眼睛,将硬纸盒拉开,突然睁开眼睛,再看,呸,针,缝纫针。

对于此类没有任何用处的东西或者是没有一点用处的人,中国有句老话,说是食之无味,弃之可惜。流浪汉麦克手里的这盒针,何止是食之无味,你敢将它放进嘴里,它不把你嘴巴扎烂才怪,留下吧,野鸡窝里的男人不会做针线活,白被针盒砸了一下,一点好处没沾着。中国人说,人走了倒霉运,放屁砸脚后跟,喝口凉水都塞牙。

灵机一动,流浪汉麦克想起马路上有人卖缝纫针,他围观过,大约一分钱一根针,那是什么针呀,就是铁丝磨出个尖尖来,再有个针眼儿,用不了几天,就生锈了。偶尔也看见过小贩卖德国缝纫针,简直就是表演,立起一块木板,远远地将一盒德国缝纫针扔过去,"当"的一声,一根根德国缝纫针插在木板上,拔出来针尖锃亮。天津人围过去抢着买,一根德国针可以卖到一角钱,比十根中国针还贵,人家的东西就是好嘛。

回野鸡窝在储藏间里睡了一会儿,还没等天亮,流浪汉麦克就爬了起来,逛马路去了,今天也怪,逛了大半天,没遇见一个卖针的汉子。他一只手揣在裤兜里,紧攥着德国缝纫针盒,一双眼睛东瞧西望,天津人眼贼,一看就知道这小子口袋里"有货"。

吗货? 一个青年凑过来,向麦克问着。

麦克是何等精明的人,立即把德国缝纫针盒掏出来,向中国人递了过去。

玩儿去。天津人抽了一下鼻子,不屑一顾地走开了。

麦克小哥还没闹明白天津人说的什么话,第二个天津人凑过来说,瞧瞧。

麦克小哥自然明白,识货的来了,再把德国缝纫针盒送上去。

这次,天津人没让麦克小哥玩儿去,信手扔过来一张五角钱的钞票,转身走开了。

No! No! 麦克追上去,拉住天津人的衣领,表示五角钱太少,天津人也不争辩,一扬手又扔过来二角钱,几步就跑远了。

本来麦克想追上去,要那个天津人再加点钱,麦克知道德国缝纫针,小市儿一角钱一根,一个针盒,里面两打二十四根针,至少你得给我一元五角。

只是,没等麦克小哥追上去,又一个天津小贩拦住麦克,还有吗?

麦克被问愣了,这盒针是昨天夜里从租界楼上扔下来的,今天夜里还会有人往下扔针盒吗?

有,有,你要多少? 也不知道麦克小哥哪儿来的智商,当即他就答应天津人说,明天还有德国针。

有多少要多少。

明天还在这里。麦克信口答应着说。

好咧,不见不散。

一言为定,明天的生意做成了。

手里捏着七角钱,麦克小哥跑上大街,买了七角钱的天津麻花,便提着一筐天津麻花回到租界地,挨家敲门。太太,有缝纫针吗?一盒缝纫针,换一根天津麻花。呼啦啦,半天时间,麦克小哥就换到手五十盒缝纫针。

第二天,发财了。麦克小哥也非等闲之辈,小架子端上了,一元五角一盒,言不二价。讨价还价者,Go away! 再磨蹭,Get out! 你给我滚蛋。

口袋里有了钱,流浪汉麦克体会到有钱人的感觉,腰板儿硬了,走路抬得起头了。对面有人走过来,不必早早溜边儿了,理直气壮了。

只是,这点钱花不了几天呀,就算不吃大餐,只吃天津煎饼馃子,也吃不了几天呀,想办法,还得想办法。

想什么办法?

还得进德租界想办法,昨天晚上从阳台往下扔针盒的那位太太,今天会不会还从阳台上把第二个德国针盒扔下来?

笑话。

可是,昨天从阳台上扔针盒的德国夫人,今天不肯再扔第二个针盒,那明天买面包的钱哪里来呢?

管不了那么多,反正今天肚子填饱了。

回到野鸡窝,麦克先生拉开被窝就要睡觉。几个挤在墙角犯愁、没辙的倒霉蛋看见流浪汉麦克好像刚啃过面包喂饱了肚子的模样,过来和他搭讪,问他今天买面包的钱是哪片天空飘下来的,还是在地上捡的。流浪汉麦克灵机一动,有了。何不将这几个倒霉蛋利用起来,派他们到德租界挨家挨户收集德国缝纫针去呢?

果然有效,几个没辙的倒霉蛋一听流浪汉麦克要他们去德租界挨家挨户收集德国缝纫针,问好价钱,收一盒缝纫针,流浪汉麦克给你一元钱。条件之一,外包装不得破损。

好咧!呼啦啦,野鸡窝一群流浪汉一股脑跑进德租界。"当当当",一阵骚乱。后半夜,一个个回来,流浪汉麦克床头堆起了上百盒德国缝纫针,包装完好,有饭辙了。

转天晚上,流浪汉麦克坐着小汽车回到野鸡窝,俨然德国贵族老爷了,西装换了,手表戴上了,文明杖拿上了,眼镜配上了,金戒指戴在手指上了,大雪茄叼上了。野鸡窝堂主听说野鸡窝来了一位大富豪,立即跑下楼来,站在大门口,鞠躬迎接,德国大富豪趾高气扬地走进野鸡窝,堂主伸过手去,正要握手,抬头一看,嘻,你小子呀,你还欠我三个月的饭钱、房钱呢。

野鸡窝堂主何等精明,一眼就看明白流浪汉麦克是怎么回事了,真发了财,口袋里都是大额钞票。

你流浪汉麦克掏出来一大把小票,要来的?

不是,不是,我没有讨饭,没给野鸡窝丢人,我做的是正宗零售生意。

什么生意?

德国日常生活用品,零售。

哟,别拿二郎神不当神仙,我早就看出来阁下不是凡人,普通人能足蹬路威酩轩大皮鞋吗?只是阁下不肯屈尊低就,小庙供不下您的尊位,这才终于找到了大庙。住着吧住着吧,您大可不必急着搬家,先大房间合伙住着,臭皮鞋味不舒服,我立即让人给您收拾楼上的房间,什么饭钱房钱呀,免了,全免了,您在我这儿住过,就是给我面子。

冒昧冒昧,您的公司在什么地方? 正好有一批正牌德国日常用品寻找贸易伙伴。原来野鸡窝一位朋友,想做厨房用品生意,从德国带来一批厨房用具,其中有菜刀、水果刀、剪刀。

好了好了,别啰唆了,你告诉他把东西全送来吧。

可是,送到什么地方去呢?

明天我告诉你,地址早找好了,说是什么大道,一时记不住,明天让秘书告诉你。

第二天下午,野鸡窝堂主接到一位女子的电话,这位女子声音好甜,只一个"喂",就让堂主一双膝盖瘫痪掉了,"咕咚"一声,坐在沙发上,屏住呼吸,静听这位女士说话。

喂,喂,堂主先生,我是董事长麦克先生的办公秘书,请您通知送货方于明天下午五点二十九分准时将货物送到德租界巴德利路增一号。请复述电话内容。

是是是，堂主将那位女士刚才通知他的内容复述了一遍。准确无误，女士放下电话，堂主先生这才眨眨眼知道自己还活在世界上。

麦克的生意火了。德国厨房用具"菜刀不用磨，使用十年依然削铁如泥"，缝纫机"纳鞋底"越用越好用。铲子、勺子，无论什么厨房用品，绝对经久耐用，天津各家饭店厨房全都用上了德国厨房用具。麦克先生呢，早就不在野鸡窝住了，麦克洋行在一幢大楼门外挂上了牌子，大门外三个印度人站岗，一个印度人鞠躬，一个印度人开门，一个印度人引路。走进大楼，接待登记，找什么人，办什么事，传达室和里面联系，电话应了，一位小姐走过来。先生，请随我来。小屁股一扭，你就跟着走吧。那股法国名牌香奈儿香水味儿呀，熏得你不要不要的。

在天津住了八九年，麦克先生的生活习惯发生了许多变化。

首先，麦克先生喜欢上了天津美食，煎饼馃子、锅巴菜。每天早晨麦克先生一定到马路边的小摊上买一套煎饼馃子，还要夹"馃箅儿"——棒槌馃子吃着不脆，再要一碗锅巴菜。最最重要的是，入乡随俗，麦克先生对辣椒油吃上了瘾，锅巴菜摊辣椒油只有一小缸，全倒给麦克先生还嫌没味儿，锅巴菜小摊给麦克先生预备下一小碗辣椒油，供他单独享用。

几年时间，麦克先生染上了第二大天津症候——看热闹。天津人的看热闹，世上少见，一个人蹲在马路边上看天，一会儿时间就围拢过来一群人，一起望天看了半天，吗也没有；原来看天的那位爷站起身来走了，后来围过来的人还蹲在那里接着望天，望了半天，还是吗也没有，但还是不肯散去，接着你一言我一语讨论，你说，他刚才看吗？说着说着四面钟敲了十二下，吃饭去了。

麦克先生到底受西方文化熏陶，热闹事只看一眼，看看就走，不浪费时间。可就是看看就走，也赶上倒霉了，麦克先生又变成穷光蛋了。

那一天麦克先生正坐在他的洋行里读流行小说，就听见外面人声鼎沸，明明就似大河决堤，洪水滚来，地动山摇。天爷，发生什么大事了？透过洋行大玻璃窗向外张望，成千上万的人一面喊叫着一面往一个地方奔跑，前面跑得慢的小孩，被后面冲上来的人推倒。没人管，人浪立即拥了过来，也不知道被推倒的那个孩子被踩死了没有。

麦克先生正想外面究竟发生了何等大事，就听见外面人们大喊，着火啦！大舞台着火了！

世界知名大都市天津卫，那年月每天都要"发生"几起火灾，一天从早到晚，救火车鸣叫着刺耳的警笛声在马路上跑，反正人们只要听到救火车的鸣叫声就立即散开，没人问什么地方失火。老天津人都知道这点猫腻，没事。发生火灾，救火车奔赴现场，有出警费，白天一元，过了夜间十二点，出警费两元。消防队警察，上班后抽上一支烟，哥几个活动活动啦，一个警察把报警器用力一摇，"噔噔噔"，全体警员乱哄哄地跳上救火车，"嗷"一声，救火车开走了，有光膀子的，有趿拉一只鞋的，一支烟没抽完，回来领出勤费和外落儿。所以，天津卫后半夜救火车满城跑，车上的警员相互打招呼，我们那儿三缺一呀，候着您啦。

如此，在中国看中国热闹是一桩很有兴味的事，麦克先生在中国看热闹最多的地方是天津卫，很是看了七八年的热闹，也见识了许多他做梦也想不到的情景。麦克先生爱思索，每看过一桩热闹，他都要深思这桩热闹是什么事件，其中又含蕴着怎样的华夏文化，它又达到了怎样的文化高度，云云。

麦克先生看到过婚礼游行，就是娶媳妇的迎新队列，他思考中国人结婚为什么要把新娘子装在一个花布房子里在大街上穿行，还要吹奏着各种乐器，耀武扬威地热闹一番。他更看过中国人为死者送葬的场面，中国人说是出殡，他不明白，中国人的送葬行列，为什么送葬人走在棺材前面，那个走在最前面的人，穿着白布袍子，一路上"呜哇呜哇"地放声大哭，正常情况下，一个人大哭是要流眼泪的，而这位大哭的送葬者却只是听声不见泪。其中含蕴着什么博大精深的东方文明呢？

不理解就不理解吧，非我族类也，慢慢学着吧，兴许有一天，你老爸死的时候，你也就被人搀着走在你老爸的棺材头前面，"呜哇呜哇"地感天动地了。

今天赶上了着火一定要去长长见识。

说着，麦克先生蹬上了他那双价值连城的路威酩轩大皮鞋，鞋后跟也没有提好，匆匆地就往外跑。出门一看，又令麦克先生不可理解了，明明说是大舞台失火了，正常情况下，发生火灾的地方必然是火灾现场的人往外跑，逃离现场。而他看到的情景，却是成千上万人从远离火灾现场的地方往火灾现场跑，想了想，麦克先生明白了，果然是东方文明呀，一方有难，八方支援，大家得知大舞台那地方失火，各地的人一齐跑来救火，值得学习也。

救火，至少要提个桶呀，麦克先生跑出来的时候太匆忙，没有带一件救火的用具，好在天津人包容，看他是个老外，不懂规矩，空着手跑来出个人力，终究精神可嘉。往里面跑吧，跑了一大段路，看见天上滚滚的浓烟了，看到排成长队开不进去的救火车了，更看见成千上万的人指手画脚地各自评说了。看到就看到了，再看也没有什么意思了，麦克先生转过身想退出来，公司还有事情要做呢。

只是，麦克先生退不出来了。前面是成千上万的人，背后更有成千上万的人，人与人之间挤不进一条腿，麦克先生用力想拨开后面的人，用他熟练的天津话大声央求，借光借光，让我出去，让我出去，我有事。

你有事呀，有事去吧。这地方是你想来就来，想走就走的地方吗？中国有句老话，既来之，则安之，你老老实实地在里面待着吧，起码一半的人退出去，你才能转身往回走。

麦克先生不肯"则安之"，一定要退出去。他用力推开一个人，更用力分开后面的一群人，肩膀碰肩膀，双脚踢双脚。倒行逆施也。直到大舞台天空上黑烟消散了，人群动了，麦克先生才退出了身子。

我的天爷，麦克先生挤出了一身大汗，抬起胳膊来抹抹头上的汗，一低头，哎呀，大事不好。麦克先生发现脚上的路威酩轩大皮鞋，被人踩掉了一只。

我的鞋，我的皮鞋！麦克先生大声喊叫，无人理睬，人群还是呼啦啦往外跑，没有理会有人丢了一只大皮鞋。

再挤进去找呀，可好不容易挤出来，再想挤回去，没那么容易了。

看热闹丢鞋，平常小事也。天津卫每一桩热闹，最后清场，都要捡出成筐的鞋，有布鞋，有皮鞋，有高跟鞋，有拖鞋，一只一只，成千上万，反正没有成双的。

只是，麦克先生被踩丢的可是一只非同小可的路威酩轩大皮鞋呀。

靠着这双大皮鞋，穷光蛋麦克先生来到天津卫，一下船立即被请进英租界野鸡窝，在野鸡窝里白住了三个月，吃得白白胖胖。再后来，蹬着这双路威酩轩大皮鞋，又去起士林西餐厅里转了一圈，终于遇到一位中国洋行大经理，立即把他带到一幢大楼，请他坐在一张办公桌后面，聘书下来，任命他为这家洋行的副经理，工作就是每天穿着这双路威酩轩大皮鞋，在洋行里坐着吸烟、喝茶,见有人进来谈生意,先冲他甩两句洋文,然后请出真经理,由他们两个零售多少、批发多少地谈生意去也。

从大舞台火灾现场出来,麦克先生全身哆嗦,心里阵阵发冷。他知道丢了一只路威酩轩大皮鞋,对他意味着什么。明天他如何跛拉着一只鞋去洋行闲坐去呀?面对大玻璃窗,是把足蹬一只皮鞋的大腿架在光脚的一条腿上,还是把光脚的一条腿架在穿鞋的一条腿上呀?哎呀哎呀,难了难了。

一夜没睡,第二天天光未明,麦克先生匆匆跑回大舞台火灾现场,现场一片狼藉,地毯式检查,吗也没有。灵机一动,找到清洁队,找到清理火场的工人,询问昨天清理火场拾到的鞋子倒在哪儿了,说是送垃圾场了,天津垃圾场有好几处,说是送到河东老坟场去了。麦克先生坐胶皮车来到河东老坟场,喜出望外,果然看到一堆鞋,找到一根棍儿,一只一只扒拉,扒拉过来,扒拉过去,到下午五点半,没有路威酩轩皮鞋,其中绣花鞋不少,看来天津姐姐和天津大哥一样爱看热闹。

失魂落魄,麦克先生耷拉着脑袋瓜子回来,晚饭也没心思吃了,蒙头大睡。第二天早早给洋行送去请假信,再去寻找路威酩轩大皮鞋。

请假到半个月洋行解聘书送来了,麦克先生只甩了一句地道天津话,我×,介是怎么说的。

悲夫,麦克先生又当他的流浪汉去了,只是,德租界那位从楼上往下扔缝衣针的住户搬走了,流浪汉麦克又得找饭辙去了也。

【作者简介】林希,1935年生于天津。师范学校毕业,做过老师、编辑,后为天津作协专业作家。曾获中国作家协会第二届优秀新诗(诗集)奖,小说《小的儿》获得第一届鲁迅文学奖。出版有长篇小说五部、小说集数十部,最近出版《林希自选集》十二册。作品被翻译成英文、法文、俄文。现居美国。

昙花现

◎ 黄咏梅

　　阳台那里有一个区域，信号一定会不稳定。有可能是那根粗大的廊柱，挡住了网络通行。这是父亲的判断。不过语音竟然不受影响。从疫情开始到现在，两年不能回家，视频通话变成我的必修课。做惯家务的母亲动手能力强，加上比父亲年轻几岁，她操作手机更流畅，提及家里每个角落每件物事，她都能准确移动镜头让我看见。她每次非要炫耀她种的花，一说起，就动身晃去阳台，手机扫向凌空加盖的那排花架子，月季、海棠、石斛兰、绣球花……运气好的时候，镜头会定格在一朵绛色的月季花上，背景是河对岸绿茵茵的榜山，看着像一幅画。但大概率画面会停留在她脸上某个松垮垮的局部，或者一排锈迹狰狞的铁栏杆。

　　"妈，别往阳台走。"我对着手机大声喊，像来不及阻止一个人踏进路边的水洼，眼睁睁看她麻利地拉开那扇镶嵌着隔音玻璃的移门，又迅速关上。

　　这一次，镜头刚好停在晾衣竿一端挂下来的几只年代久远的竹篮上。闭着眼睛我都能认出那里用牛皮纸包着的草药，凤尾王、一点红、百花草、蒲公英、车前草……

　　"林姨妈走了。"母亲的声音从几只满当当的竹篮里跑出来，跑到一千多公里以外我的耳边。

　　"我知道，妈你说过了，是在养老院。"

　　频繁视频，我们已经没有什么话题可聊，不像真的坐在一起，围着工夫茶盘,东扯西扯,就连微微感受到空气中湿度加重了,我们都可以一起抱怨今年的"黄瓜季"过于绵长,导致人酸软无力,然后顺着这个话题交流去湿养生的做法。我们相聚的时间多半都是这么度过的。屏幕画面有限,一周或两周甚至更早以前说过的话,又经常被当作新的事情被母亲说一遍两遍,倾听很考验我。要是有耐心,我会装作第一次听,间或还提些已经知道答案的问题,但多半我会像现在这样,简单总结,试图阻止她主题不集中的絮叨。

"嗯。她好像知道自己要走,给我打电话说,阿莲,我要回家了。我问她是不是小坚要来接她回家,她没说是,也没说不是,又重复两句,我要回家了。之后电话就断了。不像是挂断的,养老院那里信号总是不好。"

第一次讲这些的时候,母亲尽力克制,哽咽得像个孩子。我比她更早流下了眼泪。母亲自责在电话断掉以后没回拨过去。她反复强调自己以为林姨妈说的回家,是指小坚来接她回家过中秋,就想着等过两天,中秋节再给她打电话,毕竟她接电话的时候,锅里正处于小火转大火的收汁阶段,她怕搞焦了那只花一下午工夫卤起来的猪肚。她们之间从来没有什么要紧的事情要急着打电话,几十年都没发生什么要紧的事。母亲责怪自己现在很没用,已经不能同时做两件事。

"我哪里知道,她说回家,其实是走。"已经过去两个多月了,母亲说得平静。我也静静在听,眼睛盯着屏幕,希望信号如同福至心灵,会跳出母亲的脸。可那几只静止的篮子一动不动。

"妈,翻篇吧,不要再去想这些负能量的事。"

不记得从什么时候开始,父亲将一些不好的消息统统称为"负能量",要求我们的通话避开负能量,恨不得在耳朵外竖起一根粗粗的廊柱。对于七八十岁的老人们,不好的消息无非就是生病和死亡。这些年,陆陆续续从他们那里听到的负能量,多数来自他们认识或者知道的远远近近的人。与其说害怕这些负能量会影响血压、脉搏的数值,不如说是害怕负能量的残酷本身。中年以后,我也不知不觉害怕残忍的事情,在手机上看网剧,遇到诛心的情节,会不由自主拉进度条跳过。

"嗯,你爸在书房。"我忽然意识到母亲跑到阳台的廊柱后边,不是为了重复讲林姨妈的去世,一下子心被揪了起来。说到底,害怕听到他人的负能量,不就是害怕负能量最终降临自身?我担心那里微弱的信号支撑不了母亲的吞吞吐吐。好在,那几只篮子虽然纹丝不动,但母亲的声音还很连贯,除了一些地方是因为她本人的停顿。

母亲是求我做件事——找一找钟俊仁,如果他还在的话,"告诉他,林姨妈回家了……但是要让他明白,她是走了,时间是二〇二一年九月十六日,酉时"。

我的几个姨妈当中,林姨妈最好看。母亲一直是承认的。她们当年一起从农村被招到文工团,到各个区县演样板戏。不是科班出身,但都在十七八岁的年龄,学东西也快。林姨妈必然是主角。《红灯记》里她是铁梅,母亲是慧莲,而徐姨妈和王姨妈因为骨架宽大、肉多、显老,往往只能轮流化装演李奶奶。《红色娘子军》里,林姨妈是吴琼花,她的腿又长又直,"向前进,向前进,战士责任重,妇女怨仇深",她稳立舞台中央,腿绷直抬高,一点不影响脸上昂扬的表情,母亲她们几个则站边边,矮下去半截,腿潦草上踢。林姨妈身材比例好,腰短、腿长、脖子细,穿肥大无形的土布衫都好看,又有一张小鹅蛋脸,化妆最省心。母亲说,她最费事的是眉毛——样板戏要求一字粗眉。林姨妈的柳叶眉是她的苦恼。我看过林姨妈演戏的照片,只觉得她五官精致,哪里都好看,唯独那道粗黑的眉毛突兀,好在底下有一双明眸救场。在她们几个人的生活合影中,即使不站在中心,我也能一眼确认林姨妈的主角相。我母亲仅有过一次主角时刻。因为长得的确蛮像陶玉玲,她在《霓虹灯下的哨兵》里捞到了演春妮。

主角往往会遭到嫉妒,但林姨妈和配角们玩得很好,她们的友谊跨越半个世纪。文工团解散之后,她们得到了样板戏的回馈——被安排进城里工作。林姨妈在棉纺厂,徐姨妈在印刷厂,王姨妈在工人医院,而母亲因为早在进城前嫁给了父亲,作为家属被安排到了政府后勤处。四个人按着时间给出的剧本,各自演着人生这出大戏,结婚生子,工作至退休,继而含饴弄孙。那些样板戏的岁月,仅作为几张黑白照片存放在各家的相册或抽屉里。父亲书桌的玻璃板下,压着母亲演春妮的一张后期放大处理过的黑白照片,不过已经不完整——额头、脸颊、脖子、围巾以及斜襟扣子系得紧紧的胸部,这些地方都被我和弟弟的彩色照片盖住了,而我们那些彩色照片又陆续被他们两个孙儿的搞怪大头贴盖住了大半。

林姨妈跟我母亲最亲密,她是我家的常客。她挨着母亲窃窃私语的样子,倒像她是母亲的妹妹，实际上她比母亲大一岁。奇怪的是，我并没有遗传到母亲对林姨妈的亲密，整个童年我最怕见到她——她的到来必然伴随一个热烈的见面礼，这种热烈不见得是有多喜欢我，而是进他人家门那一刻的开心。她抓住我，像啃苹果一样，口水印在我胖嘟嘟的脸颊，接着又从正面乱亲一气。我肯定是挣扎躲避过的，但这讨厌的见面礼几乎伴随我整个童年，等我长到有足够的力气，能让她感到我的挣扎是认真而不是出于小孩子的忸怩，她才停止这样做。有一次，林姨妈开玩笑问我："妹妹，分了新班级，同桌男同学好不好看？"我大方地点点头。她又问："有多好看啊？"我恶作剧地大声喊："像钟俊仁那么好看。"那时，我已经不止一次从母亲与林姨妈的窃窃私语中听到过这句话。林姨妈用手把整张脸捂起来，手心里传出一阵咯咯咯的笑声，像是在害羞，笑过之后，忽然将我一把拉到她的腿边，不顾我的挣扎，对我一阵乱亲。她亲得很用力，好像怀着某种善意的报复，又好像在我脸上撒娇，嘴里咬牙切齿般喊出"钟俊仁"这个名字。

"妈，林姨妈嘴巴好臭。"我终于确认我的不适来自那些口水的臭味。我小时候有一些奇怪的逻辑，比方说看到满脸皱纹的老人，我会悄悄对母亲说："这个老爷爷好痛啊。"同样，林姨妈的口臭让我认定她总是不开心，甚至觉得她身体里藏有什么东西在腐烂。

"你林姨妈白长了一张好脸壳。"母亲认为林姨妈不经营自己，更不经营家庭。样板戏主角在台上演着别人的人生，催人振奋，台下却一塌糊涂。但这反倒使林姨妈和母亲她们之间构成了一种平衡，她们和谐安好一辈子。她们时常聚会，各自牵着两个或三个孩子，呼呼喝喝，鸡飞狗跳。只有林姨妈单丁独户，偏坐一侧，瘦瘦的两腿间夹着一个同样瘦瘦的"小萝卜头"。小坚向来不合群，融入不到我们这些时而合作时而互相抢地盘的孩子中间，他咯嘣咯嘣咬完一块水果硬糖，就开始闹着要回家找爸爸，嘴里被塞进一块新的水果硬糖才消停。多塞两次，他不干了，脸埋在林姨妈腿上故意使自己憋气，两只手在林姨妈身上抓来挠去。林姨妈一点办法都没有，只得草草收兵回家。她们说，小坚好像不是林姨妈生的一样，养不熟，也治不住。林姨妈根本没有心思研究出对付小坚的办法，同样，她也没心思研究出跟林姨父家和万事兴的秘诀。那个沉默寡言的林姨父，一辈子在生产资料局工作，凭票购物的时候有过点小权力——我们家第一台黑白电视机，就是托林姨父拿到票买的。新旧世纪交替之际,单位转企,毫无斗志的林姨父干脆提前退休回家。林姨父总是一个人到河边小公园看人下象棋,间或按捺不住低声发几句议论。像小坚一样,林姨父也没能融入棋局作为对弈的任何一方。他和林姨妈各玩各的,直到最终先于林姨妈独自走上黄泉路。

二十世纪七十年代,"独生子女"这个词还没有被造出来,只有一个孩子的家庭,时常被人暗戳戳地揣测问题出在男方还是女方身上。林姨妈生下小坚,刚出月子,就跑去工人医院找王姨妈,瞒着林姨父做了结扎。我母亲知道这事后,把王姨妈大骂一通。王姨妈说:"你来拦拦看?林莉这个癫婆,死都解不开那个结。"她一遍又一遍搬出钟俊仁来说:"你叫我怎么劝?"母亲一听,怒气顿时熄成叹气。

那只节育环早早地在林姨妈子宫深处套上了一个结,就好比现在一个已婚人士把一枚戒指套在了无名指上。只不过,这种宣誓的形式不是出于爱,而是——拒绝。因为身体里的这枚"戒指",林姨妈跟林姨父的关系变得很糟糕。有段时间,林姨妈像是把家当成旅舍,一到晚上就爱跑我们家。有时给我妈的家务搭把手,更多的时候会坐在窗下一张板凳上,默默地织毛衣。母亲没工夫理她,父亲在书房写领导发言稿,我和弟弟趴在桌子上写作业,差点忘记了屋子里还有个林姨妈。到我们准备刷牙洗脸睡觉了,她才理平针脚,毛线团一卷,往小篮子一装,塞到板凳底下,伸个懒腰,好像刚结束夜班收工。隔天,她又来我家上"夜班"。

中秋节晚上,林姨妈也照样来。月亮还没升起,她就拎着用油纸包的四个大月饼和一网兜柚子,直接爬到天台等我们。那时我们住在宿舍楼最顶一层。我家门口往上还有一截楼梯,尽头是一扇虚掩的小木门,从小木门走出去是个公共的天台。除了邻居偶尔趁天好爬上来晒晒被子,这里几乎属于我们家自用。母亲施展农民出身的本领,在天台四周用大大小小的花盆种满了蔬菜,中央搭起一个高高的瓜架,丝瓜、苦瓜、葫芦瓜、葡萄……藤蔓四处攀爬,绿叶密密麻麻隔出来一个小天地。父亲从家里牵出根电线,在瓜架上吊两只小灯泡,这里就变成了一个小茶室。天气好的时候,我们在地上铺席子,放张小茶几,坐到这个小天地里喝喝茶嗑嗑瓜子望望天。逢着节假日,父亲有空,检查我和弟弟背诵唐诗宋词,也在这里进行。"谁知林栖者,闻风坐相悦。草木有本心,何求美人折?"父亲最欣赏这几句,摇头晃脑单拣出来背。这些时候母亲是插不上嘴的,她只会简单的"鹅鹅鹅"。母亲指着夜空中那三颗等距排列的星说:"看,扁担星,多平。"白毛女逃进深山老林,夜夜望星空,盼救星。林姨妈穿着破衣裳,一头披散的白发,对着夜空苦大仇深地唱。舞台一侧那棵纸皮糊起来的树梢顶端,挂着三颗整齐的红五星。团长在台下一看,蒙了,这一场,八路军还没杀到,哪里来的红五星?仔细又一想,后边出场的那些八路军帽子上不是有两颗扣子吗?谢幕之后,团长调查这几颗无中生有的星星,才知道,是我那几个没文化的姨妈,为了增加舞台效果,请钟俊仁在部队仓库里翻出些褪色废弃的旧红旗,剪下三颗红星,用毛线整齐串在一起。高高挂着的扁担星陪伴凄苦的白毛女。

样板戏从上边出发到区县,专业性会大大减弱,业余班子业余演出,在故事情节大方向不变的情况下,道具会因地制宜做些微调整,有时细节也会结合当地观众的喜好进行改动。比方说,《沙家浜》的芦苇荡在我们这里变成了一塘荷田,《智取威虎山》里座山雕的皮草大衣改成了我们这里有钱人穿的香云纱袄。类似这样的改动很常见,是为了更能引起当地观众的共情。反正这里的观众谁也没有看过正版的演出。但这三颗被姨妈她们发挥出来的扁担星,使团长大发雷霆,责令她们逐个写检讨书。

"这个死馒头,差点要给我们定性为'破坏革命样板戏'。"母亲笑着骂的那个人,我们经常见。中山电影院放映新电影时,等观众都在位置上坐好,我和弟弟到门口跟检票员讲:"馒头让我们来的。"要是还不让进,我们会绕到电影院的侧门,那里有间小屋子,馒头叔叔一准儿在那里面办公。他会赶在剧场熄灯前把我们领进去。在空旷的影院前厅,他挺着圆滚滚的肚子在我们前面小跑,腰上一串钥匙抖擞雀跃,如同我们看"霸王戏"的心情。退休后,姨妈她们经常约他在西江边饮早茶,杯盏一推,几个人打斗地主,轮番赢他的钱。

"妈,八路军帽子没有红五星的啊?"我弟弟那一阵的理想是当解放军,他拿母亲做衣裳余下的布条绑在小腿上,皮带在腰上一捆,深深吸着气,木头枪困难地插进皮带内侧,敬起军礼也是雄赳赳的。

"救白毛女的八路军是没有的。"母亲只记得戏里的服装。

父亲说:"八角帽才有红五星,国共合作后,红军改编为八路军,帽子正前方缝两颗扣子,是为了跟国民党军的帽子区分开来。"

弟弟就吵着母亲给他的帽子缝上两颗扣子。

比起父亲那些"小园香径独徘徊"的诗词,我更爱听母亲讲她们演样板戏的故事,台前和幕后,戏里和戏外。

天台的避雷针塔下,有块小平阶,林姨妈在那里扦插种下了两盆昙花。林姨妈不知从哪里听说,昙花好养,又可以入药,煲汤清热解毒,种昙花符合她的日常需求。这两盆昙花也是她经常来我家的一个理由。施肥,修剪枝叶,在林姨妈的精心照料下,它们长得比母亲种的菜还肥壮。每到夏天,叶子边缘会伸出一些长长的花苞。大清早,母亲给她的蔬菜浇水,翻开那些像海带一样肥厚的叶子,找到一朵垂头丧气软塌塌的花。"咿,这朵昨晚开过了。"好像刚发现昨晚那里发生过一些不为人知的事情。

总会有那么几朵昙花像是被林姨妈施下了魔法,准时在月圆时分开放。我从没见过昙花开放的整个过程。往往只看到,昙花挣脱紫色的衣裳,昂起头,好像下定决心要出来跟我们一起望月。它的嘴巴刚刚张开一个小口,我就呵欠连连。那些发誓要等昙花开的话,就像大人哄孩子入睡前的承诺。迷迷糊糊被父亲从天台上抱回床,第二天醒来记起,跑去看,那几朵昙花又整齐地扣好了紫衣裳,什么事都没发生似的,开花只是做了个梦,跟我一样刚醒过来。不过它们不再昂起头,泄了气般垂落在叶子下,远远看就像那里晾着我和弟弟的几双白袜子。

除了林姨妈,我们家没人看见过昙花开到尽头的样子。在我们小时候的那个年代,大家作息都还很"农民",早睡早起。我们小孩子自然是抵挡不住瞌睡,父母那时候似乎也特别缺觉,绝对不会为一个月亮一朵花熬夜。但林姨妈对熬夜很不以为奇,好像在夜晚醒着是她练习出来的一个本领。她独自在天台守一整夜,等昙花开,又像是为了送走天上那轮圆月。南方的中秋夜,暑气仍盛,躺在席子上一夜到天明也不觉得凉。暗夜里,昙花与明月同色,因过于洁白亦有光一样的明亮。

"昨晚昙花怎么开的呀?"我们问林姨妈。

林姨妈表演给我们看。她将五个手指尖拢在一起,自己制造出某种节奏,一下,一下……直到将手掌张开到最大,每根手指仍保持微微的弯曲。"最大的时候,有我们吃饭的碗那么大。"

很多年以后,我在微信上看到有朋友发夜晚昙花开放的全过程视频,类似于孔雀开屏。在那洁白的花苞里,仿佛含着一股力量,先是挣开了紫红色的棱脊,接着冲破白色花瓣的重重包裹,绽放如同破裂。由于经过剪辑技术处理,五个小时的花开过程,被压缩成一分多钟,但不觉得急速,倒使人安静地看到一种时光流淌的节奏。最终,视频定格在花开的极致处,果然"有我们吃饭的碗那么大"。

开过的昙花,林姨妈会将它们剪下,用毛线针在粗茎上穿个小孔,绳子一串,倒挂在晾衣竿上,跟那些她不时从北山上、河滩边、公园里摘来的凤尾王、一点红、车前草、蒲公英、百花草、鸡骨草之类的挂在一起。等到晒干晒透,这些她称为"看门药"的东西,就会被逐样分成几等份儿,包在一种黄色的牛皮纸里。"看门药"在我家以及每个姨妈家的阳台上都挂着。我结婚后搬到现在住的家,阳台上也同样有,只是,在我的那些牛皮纸面上,母亲生怕我不会分辨,让父亲用钢笔分别写上了:凤尾王 2015、一点红 2015、车前草 2018、蒲公英 2019……

这一类常见的野草晒干后变成了"看门药",它们分别负责一些常见的病症:凤尾王负责小腹坠胀、车前草负责小便不畅、蒲公英负责白带异常、鸡骨草负责口苦口臭……事实上,这些仅仅是林姨妈的常见病症。久病成医,她总觉得大家——主要指女人,都会像她那样,在戴上那枚"戒指"之后,仿佛就携带了终生不愈的妇科病,从小腹到腰到双腿的整个下半身,连绵不绝的酸酸胀胀,描述不准是什么滋味,总之是那种可以忍着不去医院的症状。

记得有一次,我生完孩子回家度产假,林姨妈专门拿一包金婴子来,吩咐母亲用四十度酒加红枣枸杞浸泡。每天饮半两,专门保养被胎儿伤害过的子宫。初为人母,我仍沉浸在婴儿奶香芬芳的甜蜜期,听到她用"伤害"二字,心里觉得印证了小时候对她母爱淡薄的判断。不过有一次,我突然感到小腹剧痛,母亲从阳台的篮子里扯了一把凤尾王,煮水,一大碗喝下去,症状竟很快消失。从此对林姨妈那些"看门药"有了些许迷信,虽然极少使用,但还是会让它们挂在我家,看门。

我母亲认定,最终是那枚"戒指"要了林姨妈的命。对照自身,母亲甚至认为那"戒指"早已经腐烂在林姨妈的子宫里。五十二岁告别月经那年,母亲在父亲的陪同下,去医院将那枚戴了二十多年的"戒指"取下。本来以为是个门诊小手术,没想到,随着子宫的衰老、萎缩,"戒指"嵌入肉内,与子宫相连相生,需要用钳子将它一点点剥离。手术花两个多小时才结束。因为出血量大,母亲从门诊转到住院部,吊水消炎,前后三天才出院。母亲说,比任何一次生孩子都疼。她朝父亲乱发脾气,好像这"戒指"真的是父亲当年送给她的劣质礼物。父亲任由母亲骂,他向来严肃的脸上出现一种我几乎没怎么见过的坏笑。

经母亲这次经历的提醒,我那几个姨妈才忽然记起她们身体里的那枚"戒指"。日久年深,她们已经忘记了它的存在,如同忘记了自己年轻时的模样。徐姨妈退休后马不停蹄接连带大三个孙子,一直拖拉到六十多岁才有空闲想想自己的身体,多亏了一次剧烈不止的腹痛,检查出那枚戴了三十多年的"戒指"已经逃离她荒芜的子宫,跑进腹腔里试图继续寻求安居的沃土。幸而发现还不算晚,做一个腹腔的大手术后,徐姨妈说话的中气少去一半。"好在几个孙子已经念书了,完成任务了。"提起自己的身体状况,徐姨妈总不免这么说明。

但林姨妈一直都记得的。她的一生被它硌得酸酸胀胀,下半身状况迭出,但却从未曾想过将它取出,她与它共存到生命的最后一刻,直至将它带进坟墓。她的去世离奇,听小坚说,突然连着几天吃不下东西,人就没了。后来,养老院里有个母亲认识的护工,小心翼翼在电话里跟母亲讲:"你那个姐妹,刚走掉的那个林莉啊,一点不'突然'的。来这里之前就有子宫癌,不治疗,不让说。儿子也没来管。难受了,就让我们护工帮煲点草药喝喝。癌啊,喝草药能喝好的?"放下电话,母亲哭一阵,骂一阵。两个姨妈知道后,也是哭一阵,骂一阵。

我以为林姨妈害怕怀孕是为了保持身材,就像现在很多女明星那样。

"你别忘了,林姨妈怎么说都是女主角,跟你们不一样的,她会在意自己的形象。"跟母亲逛街买衣服,懊恼一条裤子的加大码断货时,我不止一次这样打击过她那如同怀胎六月的大肚腩。

母亲哈哈一笑,一副云淡风轻的样子。"草台班子的女主角,谁还记得谁演过谁。"那些几十年前坐在台下看到过她们的人,用母亲的话来说,"多半已经入土的入土,老懵懂的老懵懂了吧"。

林姨妈吃再多再好都不可能胖。"这个钻牛角尖的人,怎么会胖?"母亲接下去又要提到钟俊仁。

掐腰的红衣裳,翠绿色的裤子,喜儿的大辫子扎上了红头绳。林姨妈把钟俊仁看痴了。作为当时地委书记的贴身警卫员,常常得以坐在前排看戏,谢幕接见演员的时候,他也在场。他近水楼台,顺利获取了林姨妈的芳心。在人们眼里,他们两个的确般配。无论什么时候,母亲讲起钟俊仁,即使往往带着一种惋惜的语气,都不忘赞美他的英俊。退休在家,母亲跟我一起看港剧《原振侠》,见到黎明出场,她会指着屏幕说,钟俊仁就长得像他,脸形和鼻子特别像。我曾经狂热喜欢过黎明,无数次想过,不知道什么样的女人才能嫁给他。要是我有一个这样的林姨父,我跟林姨妈会不会亲密一些? 不过也有可能会更疏远,至少她不会以经常到我们家玩为乐。

在情感道路上跌跌撞撞,我拖拉到三十四岁终于出嫁,婚事定下之前,母亲有一次拉我进房间,关上门,那架势像是要独授我一份沉甸甸的家传之物。"妹妹,结婚一定是要跟自己喜欢的人。"仿佛一句经典的台词,母亲存了好多年终于说出口。

林姨妈没能跟自己喜欢的人结婚,原因在她。人生中某件重要事情出了一个错,好像之后容易一错再错。而对于那个时代的女人而言,没有什么比嫁人更为重要的事情了。林姨妈跟钟俊仁的恋爱在那个小县城是很轰动的,又因为得到地委书记的认同而有了极大的正确性——这其实在很多人看来可以列为光荣。没想到,一九六八年,我们这一片开始"武斗",两派对垒,地委书记站错了派,钟俊仁不可避免跟着倒霉。

在一个明月皎洁的夜晚,钟俊仁拿着一张地委书记签署的结婚介绍信,跑来征求林姨妈的意见。那个时候,传言已经四起,大趋势大家也看清楚了。地委书记命运未卜,他此前所有的政绩都将被推翻甚至被视为反面教材,他的派系队伍即将溃散,有他名字签署的文件将统统失效。而林姨妈和我母亲她们,也已经听说钟俊仁将被"流放"到山区农场护林。时年二十七岁的钟俊仁向林姨妈拿出那封信,但并没有提及自己的明日厄运。他不提,她也没问。两个人,坐在被黑夜笼罩的小河边,隔着这张未被捅破的窗户纸。黎明到来之际,希望跟月亮一起隐去,失望渐渐日出东方。年轻的林姨妈没能正确地做出决定。我猜,"正确"这两个字,是跟我说起这事的时候,母亲自己加上去的。

在这张结婚介绍信作废之前,像是部署某个战略,由地委书记牵线,钟俊仁迅速跟另一个女人结了婚。一个黄昏,县长途汽车站的黎司机给母亲她们几个带来了一包喜糖,托运人是来自二百多公里以外松村农林站的钟俊仁。

"妈,这不能怪林姨妈,他不说出来,难道打算骗她结婚?"

"从来就没有人怪她,是她自己怪自己。"母亲苦涩地笑笑。

在母亲仅存的几张老照片里,有一张林姨妈和母亲、徐姨妈三人的剧照。林姨妈坐在铺满稻草的木板上,母亲和徐姨妈则分别坐在她的左右,大概是因为寒冷,三个人身体紧紧挨着,目光望着同一个远方,脸上却是那种夸张的坚定。这是在狱中临刑前话别。再说几句话,母亲和徐姨妈就会被国民党拉出去枪毙,独剩林姨妈一人,等待乌豆那一幕经典的刑场救人。《杜鹃山》,林姨妈演视死如归的铁血队女党员贺湘。她们演过很多场类似于这种表达坚强意志的戏。演得多了,好像感觉自己真的连赴死都不害怕。我母亲告诉我,有一个晚上,她们到梅花村演出,因为第二天一早要开大会迎接最高指示,她们连夜走三十几里的山路回县城,半途掉队了,她们举着仅有的一盏煤油灯,路过一片磷火乱飞的山坟地,她们大声唱着歌走过去,一点都不感觉害怕。可是那次,她们商量了一整夜,拼命劝阻林姨妈,再也不能回到松村那种穷山旮旯里生活了。她们更对那种穷及无望的生活感到彻骨的害怕。她们对"新生活"满怀激情和希望,坚强的意志在"新生活"的召唤下变得风吹草动,即使用爱情这种美好的东西也难以固定。

谁说不是?爱情从来就是生活的一种。仅仅是其中一种。

母亲在舞台上只演过一次爱情戏,就是她当主角的《霓虹灯下的哨兵》。春妮的丈夫——三排排长陈喜,被上海南京路的"香风"腐化,一度丧失革命意志,幸而最终被英雄感化,回归正确的革命道路。有一幕:陈喜嫌弃糟糠之妻,将他们的定情物——一只针线包,扔得滚落舞台。那只针线包是林姨妈一针一线做出来的,被母亲像勋章一样留下来,纪念自己的这次主角身份。小时候我时常偷穿母亲的衣服,在一只大大的樟木箱里见过它。红缎面上一只手绣的小鸟,展着灰色的小翅膀。

挂掉视频,不一会儿,我收到母亲微信传来的照片,不是原图——她总是忘记点下边那个小圈。但那张旧纸片上的字够大,够严肃,笔画不做潦草的勾连,好认:钟俊人邕县良宁镇自然资源所。我第一个反应竟然想笑。原来他的名字是这样的,几十年来,我一直很自然地认为是钟俊仁。要早知道是这样的

"俊人"，估计每次听到我都会忍不住笑出来。我甚至怀疑，之所以隔着那么遥远的记忆，使得她们对他的俊美不减赞赏，多半是受这个名字的暗示。

为了腾出老房子给小坚二婚，林姨妈收拾好一些自己的东西，准备住到北山脚下的养老院。这张旧纸片就在这些东西里面。去养老院之前，她把它放到我母亲的手中。

"哪天我走了，想办法，告诉钟俊人。"这句话让我母亲伤心了好多天。她们在一起好了那么多年，互相帮忙的不过是些柴米油盐、芥豆之事，这张旧纸片就像一个即将奔赴"刑场"的人托下的愿望。母亲想起前半生她们一起演过的那些英勇故事，觉得这件事情非做不可。

我其实并不太抱希望，潜意识里还有些嫌麻烦。这不是一个电话打过去就能完成的。人海茫茫，大费周章去为一个已经离世的人完成一件事，其实只是为了告慰活着的人。何况是这样的一件事。这又算是一件什么事呢？

在电话里，我跟母亲兜来兜去，最后说出了我的心里话："妈，你算一下，五十三年了，五十三年间没任何联系的一个人，说不定他早就不在那个地方了。"其实我想说的意思是，说不定他早就不在了。但这话我不敢对一个跟他年龄相仿的人讲。

"我觉得不会。嗯，不一定会。她之前还去找过他。"母亲把声音压得很低、很轻。

我才忽然醒悟，这张旧纸片上的地址不是松村，不是那个把母亲她们吓怕的穷山旮旯。

"之前是什么时候？有电话号码吗？"我仍然希望一个电话能搞掂，或者加个微信搞掂。现在跟人联系，即使是一个陌生人，不须见面，在微信上也能说很多话，交代很多事。

"呃，只有这个地址。"母亲在心里算了一下，"林姨父去世的那年，应该是二〇〇七年。"

我在心里迅速地算了一下。"妈呀，十五年前了啊，那还叫什么之前啊，妈，你这是什么时间概念呀……"十五年前，我的孩子才刚刚出生。

二〇〇七年，林姨妈偷偷跑去松村找钟俊人。谁也不知道她想干吗。她对母亲她们从没说过，直到她将那张纸片放到母亲手上。她也只是简单告诉母亲，她"之前去找过他"。那时，松村已经不存在了，合村并镇，钟俊人就在纸片上这个地址。现在,拉进度条一样,我从五十三年前前进到十五年前,要找到十五年前的钟俊人。即使时间"咻"一下缩短,我也觉得并不是件容易的事。

我默默在我的人际圈里搜索了一番,确定在邕市有联系的只有一个老同学,不过她的工作跟自然资源一点不沾边,她是个中学老师。硬着头皮电话打过去,简单把事情说了一下,装作好像为了找这个人我在很多地方已经说过很多遍似的。我认为她顶多只会帮我打几个电话,毕竟只是——这样的一件事。倒是反复回味刚才在那通电话里,我灵机一动,将钟俊人这个人定义为"我姨妈的前男友"。老同学还以为要找的是这个单位的在职人员,觉得难度不大,答应得也干脆。不过,当我接着说出他的年龄,她沉默了好一会儿,最后改口说:"那我帮你问问,我尽力啊。"

这事要不是身处其中,外人总归是会觉得过于戏剧性,能否做成,也不是编剧说了算。

那通电话后,几天没消息。有一天傍晚,在社区做核酸,工作人员扫我的健康码,一个机器里立即准确地念出了我的名字。我的心里亮了一下。

按照我提供的思路,那个老同学找到了她一个学生的家长,这个家长在邕县卫健委工作。果然,几天之后,万能的大数据让我们锁定了生于一九四一年的钟俊人。他属于良宁镇一个叫益民社区的网格管理范围。

我添加了一个微信名为"人在旅途"的人,头像是有山有湖的风景。此人是良宁镇平安养老院的院长。对于我和母亲来说,"人在旅途"现在是这个世界上离钟俊人最近的人了。在我的微信朋友圈里,居然有几个人不约而同叫"人在旅途",有男有女。如果不是及时添加备注,我根本分辨不出谁是谁。他们平时不怎么发圈,一到周末,美景美食几欲刷屏,各种节假日会分享官方制作的贺卡。我猜,"人在旅途"也属于这类中年人。

加上不到一分钟,"人在旅途"发来一张照片。他老得不像一个刚跨入八十岁的人。要是按照我小时候那种奇怪的逻辑,这个人一定会被我列为"好痛啊"的那类。除了因为肉少而倔强挺直的鼻子,他脸上每一个地方都塌下来了。不过他花白的板寸头,让我确信他就是我要找的钟俊人。这一点跟母亲多年来对他的描述是吻合的。吸引我注意的是,在他长满老年斑的手上,竟然拿着一张报纸。从他的姿势上看来,拍照是为了使镜头更好地展示这张报纸。

这张照片不是特意为我拍的。每个月,"人在旅途"都会为那里边的老人拍这样的照片,然后上传到社区街道办的一个系统,照片被确认后,这些老人才能领到每月八十元的养老补助金。因为疫情的缘故,本人没法前往街道办确认身份并领取八十元,"人在旅途"每个月就多出了这么一桩任务。像道具一样,他们手上会拿着一张当天的报纸,上边的日期就是他们当月活着的证明。

"他只认得出少数人。脑萎缩啦。""人在旅途"用语音发给我。她果然懒得打字。

我将照片转给母亲。隔了很久,母亲才给我回电话:"怎么那么老了啊!好像真的是他,眼睛和鼻子都像钟俊人。"

又过了一阵,"人在旅途"发来一段视频,时长一分三十七秒。

跟我想象的不相上下,"人在旅途"的确是个中年妇女,肥胖。唯一称得上特征的是她的穿着——一件紧身的橙色毛衣,一条黑白竖条纹的阔腿裤。她一出现便夺走了我的注意力。

她凑近椅子上的老人,嗓门很大,说出了我写给她的那段话。

"你还记得林莉吗?"她跟我说过,钟俊人是那里边唯一一个讲普通话的老人。好在,她的普通话讲得还行。

在养老院做久了,"人在旅途"很能把握跟老人说话的节奏。她停顿了一下,看看他的反应。

"嗯,是的,住在梧市的那个林莉。"我不清楚她是怎么能接收到他表达过"是的"的意思,我一点都看不出他有任何反应。

"林莉有个亲戚,让我告诉你,林莉回家了,时间是二〇二一年九月十六日,傍晚六点左右。"在我写给她的那段话里,在"酉时"的后边,我用括号注明"傍晚六点左右"。看到她这么讲,我竟生起一丝得意,仿佛相比整件事,我更期盼这个地方的出现,更为自己的用心感到满意。

"人在旅途"又停了下来,这次停得比上一次久一点。

"你听懂了吗? 林莉过世了。林莉过世了,听懂了吗?"

说完,她指了指我这边,让他看过来。他的眼睛就看向我了。我突然感到有些慌乱,好像他真的能看见我。好在,他那双深凹下去的眼睛,一如往常只能看见他所身处的熟悉的周遭,那些将伴随他到达人生终点的时间、地点和人物。他脸上的迷茫没有一丝改变。想到这个,我顿时释然。

视频结束了。那么短，短到我都很难在它底部的进度条进行拖曳。一拖就到了开始，或者到了结束。它并非像人们回忆中的时间，自成节奏，有的会被无限压缩，有的会被尽力拉长。

【作者简介】黄咏梅，女，生于20世纪70年代。著有诗集《少女的憧憬》《寻找青鸟》，小说集《把梦想喂肥》《隐身登录》《少爷威威》等。2002年起在《花城》《钟山》《收获》《天涯》《人民文学》《大家》等刊陆续发表小说。作品多次被各种选刊选载，曾获鲁迅文学奖、百花文学奖等奖项。

喜丧

◎ 杨知寒

一

路上我和大陈换两次班，车开一宿到市区，见着了人影和炊烟。和主家约定的地点，是个老火车站，有两台黑悍马醒目地停在广场上。我把睡后座的大陈叫醒，他摸摸板寸头，摇下车窗，迅速和车前站着的几个精瘦小伙儿将手一挥。不知道的，还以为他唱大轴呢。一个胖子从停住的车里走下来，在他夹克服下，腰间扎孝。胖子有颗大瘊子，栽着黑毛，种在滚圆的下巴上，还没相认，他和我握手，欢迎，刘老师，远道而来。胖子讲话有点儿憨，许是被脸上肥肉给挤的，眼睛眯成一线。可我记得电话里约活儿的是个老头儿。他笑，那是我爸，在老家等呢。后头跟的是乐队？我点头，说，我们也是两台车，从五市过来。一有演出，我跑哪儿乐队跟哪儿，都老伙计了。除了大陈，都是今年才加入。大陈不知何时站到我身旁，说，别客套了，是坐你们车，还是我们跟着走，怎么安排？胖子捋捋瘊子上的毛问，这位？我说，我师哥，姓陈，喇叭匠。大陈也和胖子握了回手，笑意矜持，十分拿派。

春天时大陈想招儿打听到我的住址，刚敲门，通过猫眼，被我看见他那张长条脸，我第一反应，是抵在门上，同时和身后的齐眉比画，别出一声。隔门我和大陈说，你先下楼。他骂骂咧咧，对我老大埋怨，跟到我租的一个平房改的工作室里，好好叙了回旧。茶水小妹十指纤纤，坐下后，为我俩摆弄连套的几个杯子。小妹看茶，大陈看她。据我观察，五六年没见，这人秉性，一点儿没变。当年我们一块儿学习、吃喝、演出，他最后被戏团踢出门的原因是什么？那晚的大陈就像条野狗，到各个屋里东躲西藏，还想往女孩戏服里钻，让我给他找顶假发戴上。我叫他，师哥，你怎么了？他往脸上拍粉的手颤颤巍巍，边比画边借镜子瞧门口。我又问了一遍，说，我指定能帮上你，这屋就咱俩，啥事儿你说。他一声叹息，都他妈来找了。武松组团了，我跑不出这狮子楼。我于是知道事儿还是坏在他作风上，越想越气，也到镜前上妆，准备下场演出，不搭理他。我气的是，大陈和我一同长大的，我俩小时住的地方，相隔不到两百米。都被一样的水土养，吃一样的米饭粒，论戏功，他且比不上我，论长相，也没觉他比我强多少。无非是个头高点儿，谁让我发育到一米七，就到了天花板呢。大陈的优势是会使飞眼儿，会卖嘴儿。虽说，这都是艺人本门功课，可他就是能把台上本事也使到台下，更锦上添花，变成自己的一门绝活儿。光我所知，这一年半载，团里和他牵扯的娘儿们就不下仨，我却还单崩一人，找不着自己的一副架。有时晚上演出散了，我俩会一块儿到附近吃烤串，要啤酒喝。我劝他，定下心，可一个祸祸吧，你也做回人。他听不进，沾醉后，眼里东西暧昧，更不受禁。大陈手指蘸酒，不断在桌上画圈，一圈套一个，九连环似的。他自言自语，给自己打气，这个我真能整上。他再飞眼儿，我真能啊。

主家车前领，我们跟后，两台悍马开路，道上看不出阵势，等近了村，当真夹道欢迎，有跟拍手的，有跟送花的。车在村口开不进去，停就有人迎上，给胖子和跟车的几个小伙儿胸前扎上白骨朵儿。到了地方，我和大陈下车抽烟，解解一晚上的乏。胖子指点我们说，刘老师，村里最大那个院，就是我家，都在家等你。乐意逛，你随意走走，不急，咱下午场。大陈问，午饭咋掂对？胖子说，你俩啥时去，啥时满汉全席。这个甭担心，好吧？我道声谢，回头安顿乐队一车，愿意吃饭跟去吃，愿意逛景，逛。都看好时间点儿。身后人四散，大陈插兜在村里转悠，不少孩子围着他走，一些大点儿的孩子则拿手机对准我，嚷嚷，就他，上过电视呢。我手里掐着烟，不想被人看见，好些事儿在脑子里转，闹腾不是一两天了，想独自消化消化。农村空气清新，植物都肃杀，枝干光秃，积着雪块儿，是我怀念的童年景象，心事不觉落些下来。远处茫茫一片，可不是雪，是漫长的白布盖在了帆布帘上，瞧去，棚上扎着成片白花白球白锦带，好大一场丧。唢呐连绵，悲哭不绝，一起一落，显得风景更静。我不回头，择道往前走，身后跟的人越来越少，风吹脸上，嘴唇都有点儿发干。经过的一户人家里，正放着熟悉的二人转磁带《马前泼水》。磁带里，我去的是朱买臣，在和现实差不离的风雪天中，唱朱买臣晚间归家，路上自得其乐：天下三尺鹅毛雪，山野荒郊断行人。砍柴驱寒心中暖，映雪读书更提神。这书中明礼仪妙趣无尽，讲伦理论道德字字重千斤。手捧诗书往前走，不知不觉过了家门。走过人家，我心皱皱着疼，猛吸两口烟，试图断念。

戏里唱，崔氏女强逼落地秀才朱买臣，写休书，离家门。在我眼前，直闪烁灵灵的那张脸。她两只扇窗似的水眼睛，过去瞧着，总疑心要有蝴蝶飞出来。更疑心什么山伯英台、商林雪梅，不只戏词里才能发生的事儿。艺术当真源于生活，未必比生活高出一截。我简直迷透了她。按说今天灵灵该跟我下演出的，因现实种种，她没跟着。现在这个时间点儿，她大约留在戏团，或是带几个师妹练活儿，或是和几个师弟逗闷子，最不济，是她又一人抱着酒瓶不撒手，东倒西歪在后台。我和齐眉已经谈好了离婚，风言风语后者也听够了，不想跟我再挨这种日子。这趟来前，我俩约定，回去就离，等我把这趟挣下的钱，也交到她手里头，往后俩人，各自再不相见。想到这儿，我又乐一乐，许是朱买臣唱多了，觉得谁都亏欠自己。可但凡我是崔氏女，这样没出息起外心的爷们儿，何苦去留他。

大院好找，顺白布寻去就是，偌大广场似的围院里，灵棚架起老高。孝子贤孙抽空吃了饭，匆匆跪成两列，没劲儿号啕，也有劲儿哭唧唧抹眼泪。我其实不擅长出白活儿，这么说也许要遭师傅骂，毕竟是给人捧场的戏子，什么场合都该能料理，红的白的，可着主家颜色来。可白活儿的确不好出，尤其碰上今天这种，喜丧。来前，胖子他爸跟我交代，这趟是送他家老老爷子，人活到快一百岁，吃饱饭后两腿一蹬，利落爽快，上了西天。你要不唱出点儿悲，于漫天白布都不合适；要唱不出喜庆，则辜负叫戏子来演一回。喜丧喜丧，本就有点儿悖论，唱戏的得摸清是喜还是丧，拿捏好中间一根分寸弦儿。车上我直掂量这个事，和大陈也商量，这户，咱高低别出差错，哥儿俩平平安安挣钱，平平安安拔营。我心里还存的话，没说出口，想等回到五市后，再告诉大陈，即我接济你没一年也有半载了，这趟活儿后，师弟送你上阳关大道，咱互相别有往来。

大陈总也不知道，他多像颗定时炸弹。甚至觉得，在这个世界上，我和所有被他祸祸过的女人老公，心态不差多少，始终悬心，这人会把爪子再伸到什么地方去。会不会越是亲近,越是僭越,越是信任,到头越要喂我吃颗榴弹炮?进院后,我被主家围上饭桌,胖子和他父亲频频举杯,嘱咐我,点到为止,不用多喝,等会儿再发挥不好。酒我只抿了抿,专注填肚子,四下看,没见着大陈,又上哪儿玩儿去了?胖子父亲坐我身边,不是贴耳朵,就是拍我肩头,他人很瘦,脸色在最亲昵时,也不阴不晴,看不出笑模样。行走江湖这些年,遇上这样的主顾,最叫人怕。因你觉不出他性格如何,更觉不出他如何看你,满意还是不满意。屋里密密匝匝,我疑心这家不得近百口?问了,答我果然一百多口。村不大,举村都是一家,开枝散叶,散叶开枝,刚去世的老老爷子,是现今辈分最高的一个爷。他一去,村里等同一个小国家重新搞选举,一个主权的原则不变,但在分散开的子孙之中,还要看谁最尽孝、最得人心,谁也就最能接到往后领头的宝位置。吃饱喝足后,我看着大陈在门口站着,漫不经心擦手里的唢呐。我问他,刚哪儿去了?大陈说,从村口走到村尾,见你垂头丧气,就没敢叫。咋,还因为那个灵灵啊?我说,嗯。他说,灵灵没多出色,小孩儿一个。嗓儿还没见亮儿呢,身段也一般。我看他,你再说?大陈嬉皮笑脸,她能成角儿,成大角儿,行了吧。我说,快上场了,主家没安舞台,让咱们在棺材前唱。上点儿心,别惹麻烦。大陈不信,就在那大黑棺材前?我说,对,一村人瞧着,得拼把子力气了。他说,想不到啊师弟,你也有不易的时候。还以为,到哪儿,你都有人追着扔赏钱。我白他一眼,大陈朗眉星目,按说在一批出来的学艺人中,他才该是那个角儿,如今他到底不是,只能弃了台前,到台下给人吹乐队混营生。我还是想灵灵,几乎咬牙切齿,到屋后扎了孝带,戴上白帽头,等唢呐声起,跪在黑沉棺材前,大声号哭,将嗓子开了天,唱《哭七关》。这戏不哭就算白唱。我想到了和灵灵的"哭七关",在阳间。一关人言,二关可畏,三关前生,四关今世,五关错遇,六关缘尽,七关未定。

七关没唱一半儿,在被我带起的哀号里,大陈直把唢呐吹散了营。

二

一身缟素的小媳妇站在廊下,半避着人,半露出脸色,头盘着,下巴颏儿尖尖。大陈喇叭吹失音儿的时候,我挪眼睛瞧,他正端详她,眼光是我不能再熟悉的,如递飞信,如诉忠言,眼神若能拧成一股绳,另一端,已系在了小媳妇腰间。我顿生股恨，想找个气口，给大陈递上一脚，过去挨揍还少是咋的？我这边哭咧咧，努力将唱声压过喇叭，猛拔一个音，更有意喊在大陈耳边上，吓他一跳。大陈装作若无其事，嘀嘀嗒嗒吹下去，再看，小媳妇倒不见了。记得她穿重孝来着，是至亲才有的装扮，论关系，她和躺棺材里的老老爷子，该出不去五服。下午戏好容易散去，大陈臊眉耷眼跟在我身后，我领他去个没人的地方，上来就是一腿，指他鼻子说，能不能看看地方？周围老多些人。你他妈真整出事儿来，我毁不毁，咱俩能出这村去？他没言声，拍了雪，自己爬起来。我继续撂狠话，一会儿就给你买票，还得唱两天，别给我惹麻烦。他说，不走不走，这是干啥？大陈揽我一侧胳膊，从我兜里掏出两支烟来，再给递上火。我说，你是吃一百个豆儿不嫌腥。他笑嘻嘻，和我碰肩膀，碰几次后，许是在回味，脸色隐在越来越暗的天光下，模糊不清。大陈说，我这辈子来世上，就不是守规矩来的。我说，不守是你的作风，别带累我吃饭。他笑，尿玩意儿吧。我再搡他一把，从他面前走了，感到没话好说。大陈和我确是两条道上的人，这辈子能和他有一段交情，算我上辈子没积下德。

　　晚上还一顿酒，草草收尾，村里生活安静，不到九点，挨家挨户熄了灯。除了外头守灵的几个老爷们儿低低抽泣外，世界再无动静。我和大陈被安排住一间，大炕睡起来舒展，被褥都是新换的，闻着一股清香的洗衣粉味儿。躺下来，我简直怀疑，是又回到了小时候，枕在妈妈给我缝好的荞麦枕上，听她放的戏匣子里，声儿渐微弱，讲出那么多爱恨情仇。大陈睡另一头，也不言声，我俩都不知道，谁更早醉了。手机传来振动，是灵灵。看她发的信息，话里不无埋怨，你就这么走了？走前，我是想告诉她一声的，但灵灵最近的确给我惹下不少麻烦，团里都劝我，冷冷她吧，小女孩儿一个，你越伤心她越闹，到时谁都活不好。你是柱子，你不能塌。说实话，白天里我赶路、唱戏，心思都不在家，老是幻想，灵灵在我走后，不是摸了电门子就是喝了药罐子，灵灵也许等不到我回来。其实啊，人与人的命运里多重误解，往往是一句话的事儿。都说我们唱戏的，文化不高，四六不懂，给钱就是爹，要不怎么叫人骂下贱。事实哪儿如此。我们唱的，都是踏实得不能再踏实的戏词儿，若论真实，我是不觉得还有什么人，能比我们这行，更日日泡在真实里头。只需提防自个儿，别把真实当生活，否则累人，更累己。毕竟唱一出戏，就活下一辈子；接一回钱，就短截脊梁骨，要在一日复一日的生活里，仍说服自己，你也是个人——如此要付的辛苦，说来都是泪。思前想后,更不忍,想把心里话都倒给灵灵听,叫她安心,更不叫她受罪。

我手指头粗,打字慢,总得留心错字。不怕灵灵笑我没文化,怕她多心,觉得和她说话,我神儿不在家。我说,灵啊,安心等哥这趟回来,回来就娶你。灵灵说,我难受,我没想过人能这么难受。我再也躺不住了,起身穿衣服,要回电话给她。大陈没动,他似乎笑了一声,我也没在乎。出门是个小院,月光清白,照见院里栽的一排葡萄架,到冬全干枯了。雪没铲净,留出一条行人的道,天冷得厉害,我披件棉衣就出来,哆哆嗦嗦的,不能久站,于是边跑边跳,和灵灵说话。她正在哭,电话里声音嘈杂,似乎她刚带上扇门,稍静了一些。灵?我在外给人演出呢,别哭,怎么了慢慢说。没不要你,哪儿能?别哭了啊。我哄的像是个任性的婴儿,而她根本听不懂我说话。到底怎么了,别让我跟着急好不好,谁在你边儿上呢?我追问,听见灵灵不说话的时候,从其他地方传来的笑声及笑声的回声。还在剧场吗?几点了都?我不傻,我什么都听得出来。压着火气,我重复道,踏踏实实,等我这趟回来,啥事儿都能解决。我这边儿都解决好了,你再等不用多,就两天,行不行?灵灵说,明天吧。我说,明天不行。你懂事,我家灵灵最听话。这两天没事儿,你正好背背词儿,回来咱还得唱呢。到时咱俩一块儿挣钱,一块儿享福,多美啊。

回到屋,大陈披了被子,在炕上坐,正点烟来抽。他的姿势就像前一刻还趴在窗沿上偷看,这一刻刚回了正。我问,怎么不睡?大陈将身后那半边窗帘也拉开,月光洒在炕上,不点灯也能见着彼此的脸。他耸耸肩,神色有点儿忧伤。蓝灰色的气体在炕上蔓延开,飘在一切事物上面,和雪一个样儿,覆盖住心情。天上那一轮孤月,正如吊在驴子眼前的红萝卜,引我俩抽抽烟,都伸头去看,先带着期望,后带着消沉,再后是种沉重乏味的东西。大陈哼着《叹情缘》的调儿,手在膝盖上打点儿,并不唱出来。

齐眉长得不丑,他突然说,似乎回忆起什么,我和她见过几面,你忘了?真不丑,还不给你添乱,为啥非得离?别跟我说为爱情啊,幼稚。我不知道怎么跟他解释,就是因为爱情,遇上这码子事儿,哪儿有幼稚成熟之分。但我的确也总想起齐眉,想起她平时在家做饭,背对我的身影;想起有时我说笑话,她眼皮不抬半下的敷衍。我很清楚,她心里在嫁我之前,早住进去了一个人。她一样清楚婚姻对我其实不公平,几年生活下来,她基本事事顺我意,不挑不拣不苛求。我也曾想过，别人不都这样过下来了一辈子?戏是戏，生活是生活，没那么些牵肠挂肚、挂肚牵心。直到在这世界上，一个灵灵出现了。非让我去形容，好比你是个半辈子的盲人，习惯了天是一个颜色、地是一个颜色，而在某天突然见着，从没人和你形容过的色彩，你也不知能和谁说，因实在叫不准，这一抹亮色，是不是大家都见过，还是只落在了你的眼睛里。但我总算是饱尝了随之而来的一切。一切都清晰记得，不刻意，矢志难忘。去年，开春后一个傍晚，我和灵灵走在江边，天不阴不晴，下了整个白天的雨，刚刚停住。还能闻见叶子上新鲜的气味儿，空气微暖。江边空荡荡的，类似今夜，世界徒剩下一轮月、两个人。灵灵坐在白色大理石的桥杆上，活泼得像只小玉兔，跟我一句句学戏，每个拖音都被她不住地在嘴里荡来荡去。她人更叫我提心，毕竟晃着晃着，她身后就是大江。我上前拉她一把，手指刚接触，万事都奏效了一瞬。虽说平日在台上，演出各式痴男怨女，搭档间搂抱摸手不能再平常，就那一下子，还是突破了古今。灵灵百灵鸟似的嗓子像被人掐住了喉，在潮湿的空气里，她愣瞧着我，半晌突然笑，笑完，咬住自己的嘴唇。

又是突然，记忆在我心里窜到了不久之前。那天我刚下场，接着戏院老板的电话，让我赶快到门口来。原来是灵灵和齐眉碰上了，又才知道，齐眉是被灵灵约来的，灵灵有意当着所有人，给齐眉一个下马威。我到的时候，灵灵脸通红的，肿成了一片。齐眉不说话，灵灵也不哭，后者狠瞪着我。我猜得出，揍是灵灵有意让自己挨的，好叫我心疼，更让齐眉看看，两人在我心中分量如何。齐眉撇开众人，向我走来，我怎么也忘不了她边走边甩两只手的动作，那么轻巧，仿佛刚扇了一条狗，要对狗主人有个交代。她问，你想我怎么做?我说，先回家。齐眉从没那么开心笑过，就是在两人度蜜月的时候，也没见她那么笑。像是她刚看完了我的一场演出，巴掌不是扇人扇红的，是拍巴掌拍红的。准备跟齐眉往家走，我稍转身，就听到灵灵破嗓子哭，高喊寻死。下午，太阳特别烈，我身上还穿着供人取笑的红兜兜，画着刻意裁短的黑眉毛，妆在被我抹去几次后，浑浊地晕开，成为我最狼狈的一次亮相，沿途谁人不笑?不回去瞅瞅啊?齐眉也笑我，猛地，泪水淌到我脸上。她最后看我一眼，不急不慢自己走了。我都忘了那天是怎么回的家，那天有没有回家。天黑后，世上只剩我和灵灵。她哭累了趴在一个小桌上睡，我则醉倒在一个灯光璀璨的地方，不知前世今生，哪儿有区分。

三

一千瓦的碘钨灯，高挂在头顶，照见灵棚里，入夜后视野清晰，甚至能瞧得清，每个跪下去的后脑勺儿上，是长一个旋儿，还是两个，反骨又生在哪一块。今夜是最后一场，如果不是主家非要求唱到十点开外，我本计划，当天赶回去。我不断看时间，想灵灵为什么打不通电话，两天来，我打电话给很多人，都和我说没见着她，她没去过戏团，团里有她的演出全给换了下来。谁也不知，灵灵身在何地。彼此像都约定好了，在电话里宽慰我，小姑娘家，耍性儿，和你僵呢。我却有种沉甸甸的猜想，预感像憋闷许久的天气行将结束前，那块儿不容忽视的积雨云，总要落下点儿什么到人头上来。眼前，是口阴沉的大黑棺材，一块儿风吹不到、雨淋不着的厚棚布，在上头罩，往下，则垫了数十根松木头，怕雪还没化，棺离地太近，会生潮湿。乐队里那帮老伙计，吹吹打打，哭哭唱唱，唱到月亮星星都和人见了面，可当中没一颗，闪动着我的灵灵。我将焦虑都投入唱段，任愤怒、委屈、不舍集体爆发，《十跪父重恩》，唱到七跪。七跪父重恩，孩儿在外爹担心。孩儿若是回来晚，老爹心急如火焚。站在街前把儿盼，盼儿早日回家门。我眼泪一重接一重，叫好声连连。村人朴实，无不竖上大拇哥，叫胖子和他阴阳脸的父亲，也不住给我添赏钱。

哭着哭着，喇叭匠听不出换班儿，抹泪四下看，整一天没见过我师哥了。再细想，似乎从昨晚上睡半道，他起夜后，就没见人回。昨晚睡前，大陈将手抱在一处，枕到自己脑袋下，脸上不乏喜色，瞧住我在那边儿抓心挠肝的样儿。这回他明目张胆对我笑。我给他踹起来，没留意他多不对劲儿，当时我正沉浸在万种担忧中，慌不定神。我求他告诉告诉我，师哥，你是过来人，什么事儿都不会有，是不？我俩能过这一关。大陈头歪着，看我说，来，告诉告诉，为啥会这么惦记一个人。你觉得，她也是这么惦记你？我说，你不知道，我俩情多深。他说，如果你不是角儿，你俩能深？我的这个师弟啊。大陈没乐，像在说掏心窝子话。他说，对灵灵，你又了解多深？大陈盘腿坐起，审犯人似的，气氛有点儿瘆。我看见他一双眼睛青黑，人也瘦得没了当年的精气神，如今我遭的这些，在大陈看来，难免会不当事儿，他何止经过，简直都踩过、飞过、飘过了。对于女人，我俩兴趣点全不同，我一时不知道该说啥。大陈话里有话，似有悬念，我问，你听说什么了?他贼笑,不是和你吹呀,小姑娘天生,没有和我不亲近的。她们的事儿,也没我不知道的。但是师弟,我不预备告诉你。不是想跟你拿一把,是你帮衬过我,我记情。现在没必要推你一把,让你往无底洞里陷。师哥能做的,是劝你看开。没事儿,抓紧睡吧。明天还一天,咱俩谁都不要理会谁,专注各自领域就好。我还问,你啥领域?他盖好被子,头乖巧地露在外头,表情温顺又满足,他说,我的领域,从来富贵险中求。

九跪父重恩,父为孩儿操碎了心。为儿牵心去还债,累得爹爹病一身,走路把腰弯,迈步两脚沉。不几年满头白发,脸上尽添新皱纹。在棺材前跪着,我心坠得厉害,想快唱完了,这一程送别人家的老老爷子,可算送到了头。胖子再给我扔下沓钱。头一转,我像看见棺材动了一下。看周围,尽是埋头哭的后脑勺儿,离我最近的喇叭匠,也在身旁闭眼吹着曲儿。我定定神,接唱:十跪父重恩,儿不争气爹伤神。昨日恨儿不成材,今日恨儿不成人。眼下您老归天去,孩儿抱头哭闷声。想见爹爹再一面,除非去到梦里寻。棺材又动了,我停下唱。喇叭匠眼也睁开,我俩四目一对,确认彼此都没花了眼。

大阴沉黑棺猛往前蹿,哭灵的人往后惊叫,齐瘫在地上。我扔下手里竹板,立马撒腿跑。

小孩们最先沸腾,扯嗓子叫,可不好,诈尸了!主家人要拿主意,几十口人眼巴巴瞧着灵棚,瞧棺材分明先前好好地安置了,现今的确往外蹿出一段距离来,若没外力,是做不到的。棺材十分沉重,而底下铺好的松木棍,此刻成了滚轮,能使它被推动。胖子父亲喊众人闭嘴,指挥胖子和几个男丁,到灵棚后,合伙儿看看情况。胖子几人,使好眼色,齐力将棚顶上的厚布白花全掀下来,布一落,露出棺后瞠目结舌两个人,都衣衫不整,都脸通红。他俩立时被围,小媳妇最先被踹倒在地,脸被按进了雪里。跟着他们揍我师哥,拳脚如雪片儿,打出他好些血珠,也洒进雪中。

一群人把我师哥揍个半死后,胖子父亲叫人关门,远亲先回吧,剩下的事儿他们自己人料理。人都不走,院里闩了门,全扒在墙头看审,连上房顶的都有。胖子父亲脸上罩层冰,上前拽起躺地上的大陈的脖领子,问,谁认识他,知道这人哪儿来的?胖子指住我,姓刘的带的,是他师哥。我想逃,早没出路,眼前刚还给我叫过好的孝子贤孙,此刻恨不能要走我的命。我不敢帮大陈一把,我带来的十几个人,面对此景也臊得慌,各自收好手上家伙儿,远远避开来。

这个时候，谁出头，谁挨揍。我想过了各种解释，说我和大陈其实不熟，说我也劝过，骂过他；说大陈是一时糊涂，这趟不要钱，咱算了，好不好？所有钱都不要了。我将怀里几沓赏钱给胖子递回，胖子没收，反手给我一巴掌，打得我也坐进雪地。胖子给父亲搬来凳子，后者当坐院中，清凌凌的月光下，周围声音都像哼哼。和大陈远远相望，我也看不清他的一张脸。小媳妇刚被扒了裤子，和我按在一块儿。胖子拖死狗一样，将大陈也拖过来。几个男丁上前，给我们戴好重孝，将白斗篷披上。大陈眼看跪不起来了，他满脸满窟窿地往外冒鲜血，站他身后的人，则直扳住他肩膀，叫他塌不下去。胖子父亲抽上支烟，看我们都跪在棺材和他脚底下了，像上了阴间公堂，周围戴孝的人，则为我们仨相送一程。老头儿把烟掸了掸，说，继续，唱《哭七关》。你们仨都唱，不用打板儿了，由我们使鞋底子打节奏，扇你们仨脸。他说完眯着眼，烟气徐徐从他不阴不阳的瘦条脸上弥散，让我怀疑，棺里是否有着同样一张脸。他说，唱不完不许走，唱不好也不许走。唱不出动静来，你们试试。

　　几天里漫长的哭声，如今全赏给我们仨，要尽情表演、发挥，开完羞耻的专场。眼前各站上一个主家人，手都攥着布鞋底，先往上啐了口痰，再预备抽。准备好后，等我起调，我唱：哭呀么哭七关啊，哭到了第一关。第一句四下鞋底子，啪啪扇得我金星乱冒。第二句六下，身畔小媳妇本就光腿，直打哆嗦，又恐惧又挨痛，人后仰过去，两腿乱蹬。忘了唱到第几关，腥味儿从我嘴里蹿出来了，我双手向前撑地，嘴还没停，我记得刚才胖子父亲提的要求，唱不出动静来，都不行。大陈动静可是越来越虚，转头看一眼，给我吓丢七魂和六魄，他没人形了。知道我们很难走得了，我也没指望，唱还是哭，说不明白：哭呀么哭七关啊——血跳出来，又几下鞋底子，打烂我的鼻子。

　　胖子父亲走到我们仨身前，其余两人已昏死了。他让我好好地看着他，抬头，我看了。听他问，都是人，你们怎么做到这么下贱的？我说，我们错了。他又问，第几回了？我说，我不记得。他没说话，胖子给我一脚，我彻底栽下去，吃进了雪。断念前，鬼使神差，我眼前还是灵灵的脸。她也为我一样受过不光彩的打。灵灵，我怎么总有坏预感，咱俩要见上上？我怎么总有坏预感，却总在预感前强行侥幸？我在许多事前，都想着拖延，不信它叫人后怕的可能性。风在深夜凶起来。眼撑不住还是闭上，可还能听到响儿，听见自己被人拖着，唰唰在地上摩擦的动静。听见快门声，小孩子们，那些曾给我拍过照片，羡慕我上过电视的孩崽子,再拿出手机,拍下了我的此刻。听见挨家挨户,仿佛抱柴火来的声音,我们仨最后被安排躺在火堆旁,闻见烧塑料的气味儿。一村之中,我的所有磁带、光盘、荣耀,被尽数投进烈火,在老老爷子灵前烧了去。火光连天,照得人间疯狂又明亮。大陈在我身边默默断了气。小媳妇在我身边失了禁,奄奄一息。我魂儿也被烧了过去。血流进眼窝,听见满堂满室,孤魂恶鬼喊出来统一一声:杀——

四

灵灵很瘦啊。她缩在一只小小盒里,最后叫我见着时,里头装她白骨烧就的末儿。

逃回来后,我很长时间没去戏团。人言口口相传,出这么大事儿,搭一条人命,扯出一场官司,捂哪儿能够捂得住?我耳边总是乱得很。到身体恢复,能出去走走了,我去团里,看见节目单上冒出的,都是新鲜名字。老板在门口接待我,两手倒是握得热,顾忌我的伤情和心情,不敢太摇晃。他委婉说,不用着急上戏。再等等,等开春吧。我同意,我已经破相,往后难登舞台。这趟来,其实是想替灵灵收走她留的东西。老板说,没啥啊。我点头,没啥好。我给你唱几年了?他掰指头数,快五年,得有。我问,五年,我总共给你挣了多些钱?他目光机警,说,你医药费可是我拿的。还有这趟乐队的开销、大陈的丧葬,好些都是我垫的。刘儿,咱做人得凭良心,啊?我说,啊。他捏捏我肩上的骨头,劝道,挺起来,别被打倒。我问,后来到底怎么回事儿,是谁跟灵灵说什么了,还是谁欺负她了?为啥等我回来,就见着她一捧灰了?老板诅誓,和他一点儿关系都没有。我说,我是没出路的人了,又给你挣过银子,你最好还是告诉我。老板酝酿来酝酿去,一星泪花在他眼里荡,挤下一行。他说,灵灵没受啥委屈。是她心窄,等不起了。我问,那你为啥哭?他说,哭灵灵该等你的。那天还是我发现的她,电话咋也不通,好些戏等着上,没法,我带两人去了她住的地方。门没关,当下我就觉得不对劲儿。后来你也知道了,她飘飘荡荡的,拿一根绳了断了自个儿。这姑娘心思忒重,总和我们哭,说你和她逢场作戏,跟大陈似的,玩弄人感情。哪儿是这回事啊。我问,她这么说的时候,你们怎么劝的?老板眼睛瞪溜圆,看我好半晌。我懂问到这儿就可以了,他知道的不比我多。除了挣走我们身上几个钱,商人什么都不预备去知道。

　　身体好了,我染上新的毛病,夜夜做噩梦,总梦见有小孩啼哭,在雪地里,在屋棚后。对我这番遭遇,齐眉没说是报应,她照顾我仍悉心,和过去一样负责任,言谈总算是客气。深夜醒来,我梦见一口大阴沉棺材,无数次压上心口,闹得冷汗淋漓,睁眼再也睡不着。从小屋望窗外,我想月亮,想谁才会是毁我一生的那个仇人,又该到何处寻仇。我联想到团里每个人头上,咬定又推翻,想不出灵灵到底是被谁给欺负了。拳头发硬,我不高的个头儿紧着上跳,蹦得蛤蟆似的,想跳出困住我的顶,给天捅个穿,状情才好直抵灵霄,告去最高一层殿。夜晚静谧,叫我感到陌生,当我不再是角儿了,夜晚将我从掌声和叫好里,把自己还给自己。我曾哭问齐眉,是不是你祸害的?趁我走,你耍了什么招?她泼掉杯里的酒,到我脸上,说,你戏唱多了。你不值我耍阴谋。酒在脸上干掉,我又问,那谁值得?你心里早有一个人,在我去你家入赘前,你就有事儿瞒我。咱俩早不存重修旧好的希望了,我只是很闹得慌,觉得你们女人,心都藏着秘密。不爱我的,对我藏也罢了。爱上我的,也一样去藏。我不准备原谅灵灵,当着你我也这么说。说完,我把酒往地上洒。齐眉无限怜悯地望着我。本来我就不俊,如今眉骨塌一块,鼻子少半截,嘴里豁着牙齿,身上拖残肢,往后若想活命,除了把自己打扮成啐痰不羞、泼屎不恼的丑儿,哪儿有活路走。我哭得难喘上气,比去火葬场那天,见着灵灵化成烟和灰,清楚她再不能和我讲一句笑话时,内心更为摧毁。我说,总觉得灵灵把我也给害死了,我骨头被人砸碎了,我的魂儿不在了。你明白吗?齐眉问,听实话?我点头,傻笑着看她。齐眉过去分得很开,总被我和鱼作比的两只眼睛,当夜闪闪发亮。她说,我真就没瞧得起你过。那天和你的灵灵在戏团前,其实她扇我,比我扇她巴掌多。可她不像我,她太依附你,其实她就想看你替她出次头,问题是你出了吗?我说,没。大陈曾和我说过一句话,我现在品出味道来,其实对谁,我也没了解过深。我深处想的,从来是我自个儿。我总在想我唱过的戏,经历过的几辈子,说穿了,爱感动我自己。我还老想感动一个世界呢,嘻。

　　齐眉说,那晚你能活着,就该感恩了。我问,活着就得感恩?她说,活着就得。这几年,我也总想死,每当去戏院看你在台上眉飞色舞,我都想死。我问,现在你活着,还感恩不?她冷笑,你活着,不也和瞎子差不多。感不感恩的,我早死透了。夫妻在一起几年,还没像今夜这样,推杯换盏,诉说心情。齐眉趴到桌上,眼泪落她一只胳膊上,蹭出晶莹一片。再过会儿,她喝多了,瞧我乐说,她爱的人,也被人生生打死了。我真傻,早该想到,多年来她恋着谁,又想起了大陈死前的相貌。他明明已不信感情了,明明在他和齐眉之间,没有我和灵灵这种牵绊,可齐眉还是一往情深,以不足为人道的痴,爱一个不值得的相。我小心翼翼对待着眼前共眠几载的女人,可以猜想,当我活着从村里回来,还带回大陈的尸骨时,她内心是如何绝望,又如何深感荒唐的。

对彼此共同的怜悯,让我俩在散场时,肝胆相照了。齐眉将酒桌收掉,扶我回去睡,走前在我脸上丢下一张皱巴巴的纸。那是十一月的第七日,灵灵离开人世前一天,寄给齐眉,想转给我的信。在灵灵一生中,这是她最后一次给齐眉"上眼药"。语气既扬扬得意,又有别的东西。

哥:

你说,我们总共唱多少出戏啊。好些调子、曲儿,都是你一字字揉进我脑袋里。你是我的贵人、兄长,更是我师傅。可你很蠢,论天赋,我且比你高。当初见第一面,在戏团选人,你已是个角儿了,你看着我,打肿脸充胖子,说我唱得不咋好。进团后,我知道你有家室,更知道,你过得不快活。记得那晚在桥边,你惊慌失措,像《回杯记》里张廷秀多年归来,再见王兰英,受不了她半点儿审问和啼哭;像《包公赔情》,自知有违情面,想不出如何面对恩嫂的包公拯;更像《梁祝下山》里,咱俩唱了无数回的那出戏,呆头呆脑,不往歪处想的梁兄,山伯。你受不了我的眼睛。后来你多回说,很受不了我眼睛,而今想让你再看一回,却办不到了。不想对你说的,现在都该对你说,我累透、累疯了。别人告诉我说,你这趟下场,是给人去唱喜丧。你总能料理得好,所有敏感的分寸,再没人比你捏得更稳当,你都能稳当地把椅子坐成炕。这丧,当也给我唱吧。哥,当你深打一躬,长跪月前,是替我,替你的灵灵去超度。记着多替我念一回。哥啊,灵灵困。

我打了一场漫长的官司,总要出庭,站在原告和证人席的双重位置间,诉说那晚在我眼里发生过的一切。来听官司,替大陈眼泪涟涟的妇女少女,都组成一营,庭散后,她们跟在我脚边,细问当时前因和后果。还真有个小媳妇吗?她们不信。小媳妇出不了庭,她被驱逐出族谱,驱赶进了精神病院,我没再见过她。从法院往家走的一路,我心里不是滋味儿,春过完了,现在是春夏两交,想起雪的触感,漫天白布前,我手拿麦克风唱出的哭灵,都似前尘往事。等这场官司落定,我人生也要重新洗牌,往后无非下村、进乡,将先前在城里度过的热闹晚上,代成平静的早眠。再过几天,就到清明节了,为谋生计,我又接下几个白活儿,预备随同行的十几个演员,挤一辆大巴车,浩浩荡荡开过去,过上有人看、没人赏的新生活。灵灵注定要成为我噩梦的一部分,虽然我也常怀念她的眼神、唱曲时她甩小性儿的情态和卖弄,但直到我死,她的死都是一个谜。我希望赶紧忘记,如人所愿,的确忘下了不少,再记不住任何一本大套戏词儿。

　　齐眉今夜搬走,没说几点。进屋时门没关严,让我听到她正和人讲电话,讲着讲着,齐眉唱起来:海枯石烂不变更,长亭洒下离别泪,但愿早日得相逢。贤弟呀,梁兄呀,但愿早日得相逢。我听傻了,从不知道,齐眉也会唱,而且唱得好。披着怎么也披不挺括的西装外套,我倚在墙后,胡思乱想,往日和灵灵,同扮眷侣的画面闪现眼前,或许我真该终身为她哭丧,为她念透所有超度的经。人生常这个样儿,一辈子没说开的话,随盖棺论定,成为一辈子解不开的结。齐眉最后腻声,向电话里道句再见。我简直乐弯了腰,瘸腿撑着我,形神并茂,像个上了台的丑儿,在台上鞠躬施礼,舍不得下,只想听完满场巴掌声和叫好声。

【作者简介】杨知寒,女,1994年生。作品见《人民文学》《上海文学》《花城》等刊,并被本刊及《小说选刊》选载。曾获豆瓣阅读征文大赛最佳人物奖、萧红青年文学奖等奖项。现为中国作家协会会员,居杭州。

山中有虎

◎ 焦典

松果如塔,斗榫严密,密致庄严。顺山爬,腿胀腰酸,攀十步歇两步。倚靠树脚,喘口气,说话声音大些,就啪啪坠落,砸得头鼓大包。抬头欲骂,一树松塔,如金刚怒目,不动自威。风凉凉过,如在耳边轻轻提醒,"嘘"。于是噤声,顶礼,愤懑而去。

山高藏树,跟着白影往上,愈走愈浓稠。

四下一片漆静,月光间隙透进,疏疏如硬雪。山色苍苍,夹杂白点,难免眼花。前脚眼见白影在左,后脚就已经消弭无形。不能跟丢,凝神再看,白影隐于高处,枝叶间露一双眼,湿绿色,定住人双腿。若不是常常见此,恐早已吓得拔腿跌下山去,以为是怪、是精,最不济,也是一团幽冥火。

目视久之。等人双腿发麻,白影转身没入林间。跟跄两步,屏息凝神,听软爪踩叶声,寻踪迹追去。

堪堪追上。白影一跃,立于石庙边沿。说是庙,不过一人高,三面石壁,一面顶,乱杂杂石头垒个底座。锈蚀斑驳,供的是哪路神仙已经看不清了,大抵就是土地山神之类。小时候都去过的,逢到过年,大搪瓷盆囫囵个儿装上完整猪头,猪耳朵团扇似的,扇着风就供奉到跟前。山中怕火,专门用石头围一个圈,纸就在那里头烧,边烧边用树枝压着,不让火星子跳出来。还得有响,五千响大地红鞭炮,围着绕一圈。害怕也不能跑,都站在边上,看到有炮带着火跳到草里,就得赶紧冲上去,用脚、用膝、用背、用腹,哪怕鞋底被炸裂、衣服被炸破，火一定压灭。若是着了，山崩地裂，烟火吞云，远近皆被牵连，不是一家一人能担当。诸事完毕，依序跪拜磕头，念叨山神郎君保佑，土地爷爷土地奶奶赐福。实际上并不知道石碑上刻写的名字，那些笔画似乎雕刻之初就被云雾遮挡住，模糊难视。但总归是好的，总归会慈眉善目地看着我们，因此山再阴，风再凉，也不必怕。

现在同样如此。即便石皮剥落、黑苔淤积，不辨哪家庙祠，但总归是保护人的吧。因此我背靠石壁，盘腿而坐，静静等着。

等白影慢慢地踱步数圈，仿佛很忧愁地挠挠石壁；等白影向西而立，引颈翘首，意尤孤子；等白影最终垂下尾巴，叫一声"喵"。我拍拍手站起来，招呼它，回克（方言，回去）了，猫。

猫没有名字，非要说的话，应该就叫"猫啊"。猫啊是我妈捡回来的，刚来时，浑身毛发湿硬，一簇簇扎在身上，仿佛刚打了一场苦战的将军，刚渡过了奔涌的江水，疲惫地登上了岸。我妈靠到近旁，帮它一缕缕梳毛。可惜下雨，浑身湿，越理越缠得紧。猫啊倒不在乎，舒服地叫一声，十支鱼肠小剑伸展亮出，透一透气，随即收回爪内，韬光养晦。我妈就敲敲碗，喊它，猫啊，甩饭（方言，吃饭）了。它就甩着尾巴，过来吃饭。我妈出门，站在门口跟它招手，猫啊，妈妈赶街去了。它就"喵"一声，算是应答——你走吧。

我一直觉得，我妈爱猫胜过爱我，大概因为我不是亲生小孩，而从来没有人指望一只猫会和自己有血缘。

猫啊闭门高卧，直睡得灯火俱亮，鼾声不绝，我妈进门，欣慰一笑，悄悄掩被。猫啊恍惚醒来，起身跳到餐桌上，打一呵欠，歪斜着又睡。如若是我，睡一整日，必迎接一顿痛骂，大概说我应该去扫大街扫厕所，是只大白胆猪（云南方言，大意说人很懒惰，做事不积极，态度很敷衍）一类。沐浴亦是，猫啊用香波、强力吸水麂皮绒毛巾、橡胶鸭子、柔风吹风机，以泡、以揉、以玩耍、以抚摸。我由此闻到沐浴液香精味就怒火上涌，坚持用香皂洗澡二十余年，积怨日久。一日，我携猫啊离家数十里，以极低廉价格，卖给花鸟市场老板，他人转身买走。归家后，我妈痛哭数日，哭至力竭，连打我的精力也耗尽了。我于心不忍，趴在窗前默默祈求，猫啊，你偷偷跑出来吧。一连数日，我在街上游荡，遍寻猫啊肥嫩白色身影不得。一个午后我颓然进门，见杯盘狼藉，我妈珍藏的云南红葡萄酒倾倒一地，猫啊已酒醉饭饱，酣然卧于桌上，不知魏晋。

此后猫啊经常会独自出门，整日不归。我忧心其一去不返，惹我妈伤心，哀毁骨立，我不愿见到她那样。于是每当猫啊出门时，只要我在家，都会悄悄跟随其后。其实猫啊也知道，有时候被车流或是高墙丢了身影，猫啊就会在下一个转角处等我，眯着眼睛，喊一声"喵"。

这次回家，猫啊身形已瘦了大半，神情也苍老了许多。以人的寿命计算，此时猫啊已是耄耋之年了。但猫啊身手灵活，机敏不减，我想，大概是它在我离家的这十余年里，依旧时常外出历练的原因。现在每逢猫啊出门，我依旧会撵着它的猫爪痕迹，只不过不再是怕它离家出走，害我被埋怨打骂，而是以此为借口，走出家门，寻个风月清爽罢了。

对于我的辞职，我妈怒不可遏。中国首都的体制内，不锈钢的饭碗，我告诉我妈我把它丢了的同时，我妈手里的碗也被狠狠摔在了地上。那只瓷碗，比我的年龄还要大上几分，碗底深，带一朵青花，碗口敞开，有着不同于现代工艺的古朴气势。我只好从网上又给她买几只碗，光光滑滑，一路从广东包邮挤大货车来。摔不烂，打不破，唯恐我们七天无理由退货。只是偶尔晚上在碗柜里发出脆脆轻轻一声响，大概是夜里想家，要哭，又怕人听见，就装作咳嗽。我本想告诉我妈，我在外面也是这样的，想起她的时候，就想哭。后来想想还是算了，这并非我辞职的真正理由。真正的理由是什么，我也说不清楚。我妈总说我小时候很爱笑，那时候我怎么会想到，在接下来要体验的这个世界里，"人"和"爱"都被分门别类，十分险峻。

我只好告诉她，我的身体逐渐变差，尤其是视力，已经没办法胜任坐在办公室面对电脑敲字的工作了。我妈说我鬼扯十扯，也不知是随了谁。她干了一辈子活儿，视力还是"5.0"。如果我真的是她生的，那我的视力大概也不会这么差。我带着埋怨看着她，她随即收了声，只是敲锅打碗，默默发泄着，虽然我并没什么资格去埋怨她，但至少这一点，我说的是实话。长大了视力就稳定了，也是一个"××了就好了"的经典谎言。我的眼轴如同一条弹力绝佳的橡皮筋，没有限度的，可以一直拉长。即便佩戴足度眼镜，所见之物边缘依旧有毛毛糙糙的叠影。医生说，这已经是我视力的极限了，光学的矫正手段无法达到更高的清晰度。我对医生笑笑，没事的，反正我也没什么需要一定看清的。

猫啊似乎并不服老。年轻时常常白日睡觉，一梦华胥，现在年纪大了，反而有空就往外跑。它总是知晓一些密径，带我钻到禁止游客通行的密林里，钻到被封存的工厂里，甚至钻到干枯多年的老井里，抬头往上看，小小一片天，对我和猫啊这样的中小型杂食动物来说，刚刚好。四下无人，静若太古。我回想起学校里的大红色光荣榜、一路北上的火车、恋爱、泪水、年终表彰、被歧视的眉毛、令人羡慕的眼角泪痣……回想起生活了三十余年的城市烟火，好的坏的，臻臻至至，竟有隔世之感。

寂静实在诱人，寂静令人上瘾。我跟随猫啊，准备深入西山保护区时，被工作人员叫住了。猫啊侧脸一瞥，装作没听见，兀自进山了。我四肢愚笨，目标又大，只好止步。

站到起（方言，站着），你看不见写的不准进嘎？那人训我。

我指头敲敲眼镜片，高度近视，看不见。

哦莫莫，赶紧回克啦，山里面有老虎晓得不？

我想起小时候在猫啊脑门上画一个"王"字，猫啊站在冰箱上，我给它唱《狮子王》的插曲《生生不息》，哑然失笑。我点点头，是呢是呢，有老虎，还是只纯白的。

归家时，天色已不早。这几年，眼睛散光愈重，视物重影相叠，往天边一看，夕阳成群落下，颇为古劲悲壮。视力不佳如我者，反而得见常人难见之景致，想想也很得安慰。

好心情来得轻易，去得也迅速。一进门，满屋劣质香烟味，熏得直想干呕。我妈和全婶、李佩玉正在麻将牌桌上大摆长城，一根烟连上另一根，不断地杀着彼此的心肝脾肺。还有一角，座上无人，一台平板电脑支在桌沿，视频通话进行中。一张褶子能藏人的老脸，在屏幕里发出号令：正手边第三颗，活的，活的，就是那颗，打打打。李佩玉听着指挥，伸手帮他出牌摸牌，头不歪，眼睛不瞥，面上看着君子，拇指肚一搓，摸得什么牌，其实一清二楚。几回就和牌，平板电脑老脸点炮，送给李佩玉一个杠上开花。屏幕里骂声大起，震得平板电脑机身嗡嗡响。李佩玉云淡风轻，老表，莫着急嘛，打牌打牌，要慢慢打，牌才会来嘛。

二人隔屏幕对辩，兴头不减，我侧身挤进卧室。我妈抬眼看我，张嘴欲言又止。卧室里狼藉一片，我儿时费尽心力收集的《老夫子》全套，拉拉杂杂地丢了一地。一黄黑小儿正酣睡在我的床上，看其凸起眼泡、面庞膨胀，是全婶的孙子没错了，血缘就是这样，藏不住任何秘密，好的坏的，都会在经年之后显露人前。小儿不过七八岁，但鼾声如霹雳，晴天炸响，让人头皮发麻。我抬手提起，丢至门外。小儿梦中惊醒，痴痴呆坐片刻，俄而大哭，哭声比鼾声更加凌厉。

全婶惊慌抱起，嘴里大念，不善的要偿还，耶稣基督云云。末了，她说，认不得哪点来的种，再养也养不像，你妈那么好的人……

我一肚子空荡荡山谷，一肚子流徙，一肚子郁结，正正遇着发泄的当口。抬手，往全婶右脸呼去，面颊糙厚，留不下掌痕。全婶脸却白一块，从里往外，扭头望着我妈，呆呆地。

李佩玉起身，念念有词，大概是追忆年轻时是如何以棍棒教育幼子之类，转至厨房，提起扫帚，将要扫向我身上时，被我反手一挣，李佩玉失力，屁股着地，跌在麻将桌边。桌子倾倒，绿油油麻将牌，哗哗啦啦洒落一地。

两女一男，两老一少，如同梨园武行，马腿吊毛，翻桌翻椅，搬演了《雁荡山》《战马超》《穆桂英挂帅》，一出接一出。

如此一番闹剧，以我妈砸破电视，垂泪喝止为结。

道歉，将全婶和李佩玉送出门。我妈拉着我的手问我，你哪哈回北京？你不回北京也得了，你想去哪点就去哪点，不要再来折磨我了。

我点点头。我会走的，不过现在我得去找猫啊，它进了西山一直没有回来。

白日里，西山游客如织，尤以清晨六七点为甚。年轻人少，年老者多，但都精壮朗健，前呼后应彼此招呼着爬山。偶尔遇到有雅兴的，站在半山亭子里，高唱《地质队员之歌》，声浪遒劲，腰板笔直，俨然一立地金刚，年轻时风采可见一斑。现在夜深了，人踪全无，山深月清，中间杂有不知名动物呜咽呜啼。独自一人，我有些许畏怯，不敢贸然进山，立于山门外，心想猫啊也玩耍多时，不久后应该会径自归来。

候许久，不见猫啊。自嘲实在迂腐，猫非俗物，怎么就非要遵循钟点时刻，由他人设立的门进出。猫有它自己的起止自由，有它自己的独门蹊径。打电话回家，我妈说猫啊尚未归，我吸足一口气，进山寻猫啊。

正门早已关闭，我找到猫啊"偷渡"进西山保护区的窄道，防护网透一大洞，刚容人，杂草遮蔽，不是因猫啊，路过多少次也不会看见。缘山继续西行，老木、古石、幽篁、蜿蜒掩映，错落有致。路尽有树桥，河床窄浅，早已干涸，落满枯枝败叶。用脚试探踩踩,还算结实,走至三分之二处,脚下一陷,树桥内部已被蚀空。没等反应过来,我已经滑下树桥,尾椎骨落地,狠狠地哀号了一声。

万籁俱静。周围所有的活物,似乎都被我痛苦的惊呼震住了心魂,不再聊天,不再求偶,不再警示同伴,如果我能夜视,也许会看见它们齐刷刷的目光正投在我身上。片刻之后,山林才恢复响动。天天坐电脑前,缺乏运动的身体,此刻让我尝到了苦头,努力想爬起来,却四肢绵软。腰间不断传来剧痛,提醒我离了现代的城市文明,我不过是一只退化到在自然之中寸步难行的虚弱动物。我想给我妈打个电话求助,但拨出号码前,我还是按灭了屏幕。

我坐在地上,好像又回到了十四岁的时候。坐在柜台的玻璃前,打开户口本,看到我的名字下面清晰到尖锐地写着两个字"收养"。我妈说,有两个小孩是她的愿望,她不愿被罚款,更不能失去队里的工作,因此只能委屈我,这样之后才能再有一个妹妹或者弟弟。她还给我买了一个三色的冰激凌,我没有吃,把它放在窗子外面,蚂蚁蜂拥而至。后来趁我妈上班时,我在家里到处翻找。我不知道我要找什么,但我知道一定会有什么的。然后我就找到了,我的亲生母亲写的"自愿放弃抚养"保证书,字迹歪歪扭扭,宛如虫爬,下面两个签名加手印。最后一句话,我至今记得,"保证永不来往,永不打扰"。我坐在地板上,一动不动,就像是一颗卫星突然逸出了轨道,在冥茫的宇宙里飘浮。

现在我依然飘浮在这里,在这个夜晚,在这座无人的山中。我突然发现其实那个十四岁的我一直都在,之后漫长的成长岁月不过就是在其表面不断地包裹上涂层。现在它融化了,又露出里面的核,一颗坚硬又易脆、皱巴巴的榛子。我坐在地上,不断地喊"猫啊,猫啊",喊得眼泪直流,眼前一片模糊。

似在看我笑话,一中年两脚动物,如无助幼儿般啼哭,山中诸物,满堂哄笑,声响如沸。一股猛烈的臊腥味,沉沉地压了过来。我头皮一紧,突然反应过来,动物们不是在嘲笑我,而是对即将到来的致命危险,发出了绝望的呼号。

是老虎。

云南应该已经很多年没有出现过野生的老虎了。是从动物园里跑出来的?还是自然保护区真的起到了作用,生态已经恢复到了老虎得以栖息的程度?我不知道。但那股又臭又臊的味道,带着与生俱来的威压和震慑,正逐步靠近。腥风荡起,扑面而来,眼睛本就病弱敏感,一时竟无法睁开。

心下怖畏,忽闻一声极熟悉嗥叫——猫啊从莽中跃出,睁目张口,站在我身前,舌面倒刺,根根岌起,浑身毛发,森森而立。欲拦、欲扑、欲以命相搏,我从未见过猫啊这般愤怒,更怕它螳臂当车,白白在老虎面前送了性命。

我呼唤猫啊,猫啊猫啊,乖喵乖喵,快点跑吧。

猫啊以头抵我的背,我艰难地站起来。虽然腰间仍旧刺痛,但也顾不上那许多了。

急奔。路嶙峋,枯枝参差,刮得双腿痛,面颊刺痒。摔倒,膝盖冷湿,不知是血水是露水。猫啊身前引路,高木千章,层层绕绕,草可没人。及一老树,四人合抱之粗,我从小不少来西山,竟从未见过如此粗壮苍老的巨木。树的底部有一小洞,猫啊的身体轻松可过,人则需要贴地蛇行而入。天暗无光,树洞里漆漆然,黑暗不可测。暂时得喘一口气,我怀抱住猫啊,它小小暖暖的身子令我昏然欲睡。

不等我眼皮垂下,老虎又至。黑暗中看不到脸,但老虎口中那股血腥味直扑面门。老虎在洞口极力猛钻,树干吱呀作响,大概很快就会破开。已不可退,不可逃,不可躲。绝望之际,怀抱中的猫啊渐渐变硬、膨胀,那种触感很奇怪,就像是猫肚子里有一个吹玻璃的匠人,正在大口大口地吹气,柔软而多毛的猫皮,又在逐渐硬化,变得光滑,接近瓷器的手感。猫啊越来越大,大到我抱不住,大到及人高,大到把老树撑破,最终成为一座小庙那么大。

猫啊大大地张着嘴,眼睛整个地往外凸着,犹如旧时衙门前的两面大鼓。我抬头努力地辨认,虽然整个身体变成了介于石头和瓷器之间的材质,但它是猫啊没错。猫啊小心翼翼地张开爪子,勾住我的衣领,把我提了起来。它的嘴张得更大了些,轻轻地把我吞进了肚中。

猫啊肚中有种奇异的温暖,很纯粹,很安稳,如同这个世界还没有孕育出生命,无知无觉,无所求、无所惧的安然。老虎好像在外面不断地撞击,发出砰砰的声响。我很快睡着了。

醒来,在家中。

昨日满地狼藉,现在已经一片明净。微信里躺着我妈的消息:起来自己点点外卖。

看来所谓老虎,是大梦一场。

但又不全然。腰椎依旧刺痛,枕头边放一残片。不知何物,不知何处来,摸上去,和那只变成小庙的猫啊,倒是一般感觉。

猫啊懒懒躺在阳台上，半眯着眼看太阳。尾巴上毛秃一块，我想看看，猫啊尾巴往怀里一缩，胡子耷拉着垂下，终于显出几分它这个猫龄该有的老态，弓起背睡了。

因为腰痛，我在家躺了几天，哪里也没去。见我妈每日清晨出门，冲锋衣、运动鞋，登山包挂一个三升水壶，如同参加荒野求生。午后至傍晚，则着轻薄衣衫，带着猫啊，深居卧室内，哼哼哈哈，不知在练些什么。一日，我实在好奇，敲门，推开一看，我妈正在一块瑜伽垫上，四掌着地，头向下，肚皮朝天，把自己扭成一团油渍麻花。猫啊睡在我妈肚皮上，稳稳当当。

我妈说，她这练的是冥想瑜伽，能打通自己和自然天地的隔阂。我问她，又是跟何方尊圣学的，佛祖、天主，还是耶和华？不用说也猜到，无外乎又是全婶、李佩玉二位。李佩玉原本生意做很大，这些年经济下行，各方形势又颇严峻，原本的产业倒了七七八八，于是四处捣弄，磁石按摩、射线床垫、中药针灸种种，转折再三，不复以往。无事时，就到处遛狗斗鸡、玩牌泡澡，倒与当厌了家庭妇女的全婶做了个玩伴，时常找些乐子，来寻我妈一起加入。

中场休息，手机小声放山涧流水音乐，一温柔女声徐徐引导：放松你的颈部、你的身体、你的四肢，想象你正走在松软的沙滩上，细细的沙粒抚摸着你的脚趾……我妈躺在瑜伽垫上，大口喘气，衣服贴身，两侧肋骨明显地凸了出来。我掩门出去。

没过几日，我妈练习瑜伽倒立，伤到颈椎。颈托外固定，每日送到医院做理疗。生活不便，不得已向我求助。我笑她，天天和破产老板、家庭老妈妈鬼搞瞎搞，这回把自己搞成歪脖子了。难得，我妈也笑，不认老不行，还总觉着自己是苗老大。我妈姓苗，年轻时，在队里，除了队长和党支书，其余人都叫我妈"苗老大"。这个称呼像一个颇有年代感的日记本，红皮、硬壳，表面很多划痕和污渍，我和我妈偶尔翻看，里面变黄发脆的纸张间，还总夹着些细细小小的干花。

那些年很热闹，大家也爱热闹，商店餐馆、活动游乐，都以热闹为佳。天暗月上，两台卡带机，大唱《连锁反应》《跳舞街》《黑街》。震地翻天，呼叫不闻。我妈留偏分短发，地质队工作服也不掩帅气。有绝技，抱古典吉他，高坐阶上，唱 *Take Me Home, Country Roads*。英文发音对错与否，谁也不懂，然而人人都不喧哗,静坐倾听,点头称好。我妈为人潇洒,讲公正。未担任任何官职,职称就是普通的地质工程中级工程师,但却算是队里的"意见领袖"。有二人斗,其间抵牾,复杂难说,相持不下,请我妈一决。其中一人,常将自己的新摩托借我妈出入,因此颇有信心。未想我妈丝毫不偏袒,此后我也失去了坐摩托后座飙车的乐趣。

听说我妈也曾有机会升一升,奈何匿名队友一笔"作风问题",我妈也就平头小兵一路干到退休。倒也无妨,绘图技术过硬,谁也奈何不了,无官无职,反而乐得自在。至于那句"作风问题",有人看很重,在我和我妈心里轻如鸿毛。找男人有作风问题,找女人也有作风问题,结婚多了是作风问题,不结婚也是作风问题;车轱辘糨糊话,无甚所谓。每日照例行止自由,没摩托了,就和李佩玉一起骑自行车兜风。

后来,李佩玉讲,要停薪留职,自己出去单干。彼时,其实我妈也已觉察到,在那地质队合金大门外面,有一头猛虎正在虎视眈眈。湖边假装喝水,把下巴牙齿都没在水里,只等夜深人静,就会翻墙入户,把大家以为会长久稳固的大理石地板、窗户、办公楼都撞得粉碎。但我妈就想守在队里,为了什么,我不知道。我们母女和大多数中国传统的家庭一样,很少坐在一起,也不说什么太交心的话。

李佩玉奔生活后,很快就显露头角,周边这些人,他做生意做得最大。他从来就聪明,心也狠。在吉玛特市场上,海鲜和冷冻产品销售,成为他一家之业。谁要想在市场里卖货,得先至他家挂上名号,糕点、水果、火腿,下面压住几条"大重九",算是见上面。每月月底,二八分账,不论利润薄厚,要抽取两分"市场介绍费"。有一位从贵州来的小媳妇,带俩孩子,做事麻利爽辣,无有不成。不愿处世蝇营狗苟,自租了摊位,卖她的黄辣丁。李佩玉不打人、不砸摊,强令其余摊贩以极低廉价格抛售货物。小媳妇卖十元一斤,市场其余家就卖六元七元,小媳妇亏本卖七元一斤,其余家就卖四元五元。不出数月,小媳妇就被打压得翻不起身,欠了几万货款。被人要债,当其幼女幼子面,扒了衣服,袒胸露乳,跪地写保证书。等再露面,状貌大变,犹如经年旧衣,残破不堪。每有新人入市,李佩玉便带其"偶遇"小媳妇,对其谐谑谈笑,话里话外,透着威逼,也透着利诱,其人行事大概如此。

但对我妈,李佩玉依旧见面敬一声"苗老大",邀合伙、入股云云数次,我妈皆一一婉拒。铜墙铁壁，无缝可入。无奈，转头向全婶，大概李佩玉总要找一个女人，以证其成功。全婶那时还叫小全，眼皮未塌，面盘也还算正常，只是稍稍泛黄。

小全信教，近似基督教，但又不完全一样。李佩玉和其好了一年，嫌其迂腐，就弃之如敝屣。小全改嫁队里钻井技术工，成为全婶，在丈夫拳脚下和厨房、厕所里团团打转，度过无数个疼痛难忍的夜晚。

有过一个面目不清的女人，披肩发，抑或马尾辫，长衣长裤，一个咖啡色的模糊影子，来我家。进门、脱鞋、洗水果，熟门熟路，自然妥帖。我妈见到她，神色张皇，似喜似怒，全然不复平日里洒脱不惊的样子。那两日，我妈罕见地请了假，时常与其出门，告诉我说，办事，明日再问，又说，逛公园。全婶好事，跑来问我，是哪个？克哪里？我毫无头绪，依葫芦画瓢，告诉她，克办大事，隔天又说，克外国旅游。如此逾月，我以为这个女人就要永永远远和我们一起生活下去时，她说要走。那天，她拉着我的手，说要带我一起，我妈不许，两人几番推搡拉扯。我倒丝毫不担心，她比我妈矮一头，我看得出来我妈招招都在让她劲，要见真章，我妈不会吃亏。后来她找来个男人，说是"罗耶"，我妈体格和嘴上功夫都落了下风。这时李佩玉来了，嘴皮子不输人，但动起手就露拙，被"罗耶"反手擒在胯下，十分狼狈。李佩玉说，阔以（可以），阔以，你以为就你介懂法律，来地质队占马门。李佩玉打大哥大，叫来警察，警察不能打人，更得讲法，也拿"罗耶"没有办法。李佩玉又叫来全婶，全婶日夜被丈夫拿来练拳脚，身体被打磨得精壮，也从丈夫那儿学了两招，把"罗耶"打得龇牙咧嘴。得胜后，全婶眉欢眼笑，齿牙春色，好像断电了许久的钨丝灯泡，终于得以在那一刻发了一次光，虽然也就那一次而已。

那几年我妈意气飞扬，女人走后，我妈罕见地哭了一场。没过几日，我妈就领回猫啊，初时它烟灰色，像兑了太多水的墨汁，冲淡后只剩一点颜色。彻底清洗后，显出真身，通体雪白，双耳竖立，十分机警。起先谨慎非常，偷肠窃肉，悄无声息。有顺风耳，百倍甚于人。我偷看电视，闻我妈脚步即关，但我妈进门伸手一探，还是难逃屁股开花。有了猫啊，观其藏匿赃物，它跃下灶台时我即关闭电视，扇风降温，五分钟后，我妈遂至。平安无事。日久，猫啊见我妈对其偏爱，每闯祸事，遭难的只我无它，便日益放纵，常行白日纵酒、深夜狂歌之事。我妈睡眠深受其害，工作渐疏，终于在一个"五一"，提出休整七日，全家外出观海。

摆开中国地图,猫啊大爪一拍,定下目的地,广西北海。进站安检,不许私自携带活物,藏匿猫啊于书包之中。恐被人识破,轻拍书包,谓猫啊,装死。猫啊机敏,一动不动,顺利通过。

云南没有海,称之为海的,实际只是巨大湖泊。一路火车,摇摇晃晃,眼见高山渐平,成丘陵,成平地,天边隐隐露出一线蓝灰色。我兴奋异常,我妈和猫啊倒是神色淡然,仿佛在此之前,她们都已见惯了海似的。

空气很快湿透,海在我面前露出它的柔软弧线。海面不纯粹是蓝,有绿、有黄、有灰,甚至有紫,灿烂之景,不可名状。石碓坚致,风涛漱击,海岸柔和,海浪酥润。我们沿滩步行,不觉间走了颇远,四下已无游人。立碓石上望远,怀中的猫啊突然挣扎,扑腾入海水中。伸手欲拉,不得,当下情急,又觉自己泳技尚可,泳池里常能轻巧过人,我竟效仿猫啊跃下。入海方知危险,海水苦咸,难以睁开双眼,表面算得平静,水下浪潮涌动,难以自持。我妈岸边呼救无果,随之入海。

海水此刻露出它残酷的另一面。海浪翻滚起落,将我揉得七荤八素。我妈拉住我手,疾呼躺平。水中调整身姿,我仰躺在海面上,随波漂浮。海水有时候还是涌上口鼻,屏息咽下,苦苦辣辣。我妈躺在我身边,双脚略低于水面,小腿和脚掌在水下轻轻打水。我问我妈,我们会漂到海中间?我妈说,放心。最后,我们竟然就这样漂着,靠上了岸。

我咳嗽着,问我妈,要是海浪把我们往里边推咋个办?

我妈说,不会。

我又问她,你什么时候学会的在海里游泳?

我妈说,不会。

我忖度着面前的海水,如果真的淹死在里面,多久会被人发现?几天?几年?也可能永远都无人知晓。与猫或人相比,它都太大,大到失去了比例尺,大到失去了比较的意义。猫啊荡漾一圈,自在地泅水归来,看来关于猫不会游泳的说法,纯是以偏概全的谣言。我看着海水,一层层地把猫啊淹没,又一层层地退去,脑海里全是我妈一直在水下轻轻打水的双腿。山堆堆,堆成了云南,说到底,我们骨子里都是山里人,大概一辈子也学不会顺着浪潮游泳。我妈躺在水面上,浪推着她,她不会借势,也无力抵抗,但在那无言的水面之上,她一直拍动着自己的双腿,轻轻地,一直打下去。直达今天,那幅画面始终藏在我脑海里,偶尔,也会悄悄冒出头来。

我妈的颈椎还没好利落,李佩玉就失踪了。

李佩玉在离开之前,和要债的人大大搏斗了一番。和以往的孱弱不同,他这次应该使出了他全部的气力和憋屈。地上留下要债人的一只耳朵,不知道属于谁的血,慢慢地流了一地。所有熟人的联系方式,删除;家里可以变卖的东西,电视、冰箱、微波炉、带不走的名贵手表,砸烂;在此生活了几十年的痕迹和连接都被他亲自一一销毁。他做了永不再归的准备,下了任谁都佩服的决心。

警察来调查走访,我妈和全婶都摇头。只是偶尔听他抱怨,经济衰退、闭店通知、客流量归零、又下了政策什么的,那些名词,整天飘在新闻里,飘在阳台上,大家也都没怎样。这几年大家都说不好做,谁知道他是真的不好做。

警察走后,全婶说要去帮李佩玉清整清整,我妈暂时干不了活儿,就由我陪同全婶一同前往。除了警察,我们也并非首位造访者,门锁已被强行敲坏,屋里脚印纷杂,沙发处空余一圈印痕,餐桌的四条桌腿被粗糙锯断,丢在墙角,面上的大理石桌面不知所终,连墙边几盆发财树、琴叶榕也被收拾掠走。全婶强撑颜色,这费么倒不消我来搞么了。还是尽力,衣柜席梦思床整理如初,地面脚印灰尘清扫净爽,掠夺余料尽数丢弃,完毕后,整间屋子空旷静默,更显萧索凄凉。李佩玉上山下海几十年,最后除了自己带走的一副躯干,竟一无所有。墙上还剩一幅字:云山不求吾是,林泉不责吾非。不是名家手笔,写得勉强犹豫,倒还苟且保全。我取下来,卷好,暂免它屋子被拍卖后,垃圾场烈火焚烧的命运,也算是一个留念。

我和全婶相对坐,默然无言。我先开口,致歉,对不起,全婶,那天我不该那样子对你。全婶摆手,没么子事,没么子事,是我讲话难听。在家你大爹就老是讲我,不会讲话,没得办法,我念书念得少嘛。要是有下辈子,哎哟,不管我爹我妈是打我还是骂我,我都要克多念几年书……走前,全婶说她不久要去昆明,帮姑娘带第二个娃娃,不能像李佩玉,最后一个挂念他的人都没有。我点点头,然后又摇摇头说,李叔用不着别人挂念他,他会继续折腾的,一直折腾到他一口气都没有,其实我挺羡慕他的。全婶笑我,乱讲话,不要挨你妈听见。

回到家，一如既往，猫啊又不在。我妈让我附近找找，它老了，走不了太远。我在心里暗暗嘲笑我妈，这么多年，对她的宝贝猫秉性还不了解。猫啊再老，也是那种眉发皆白，还"脚著谢公屐，身登青云梯"，在大江大河旁高颂自己"老骥伏枥，志在千里"的猫。结果出门，下楼，一回头，猫啊正站在楼顶。迎风而立，毛发飞扬，偶尔左右侧头，扫视一番，仿佛自己是一只正在巡视领地的老虎。老式居民楼不过五层，但见猫啊这般立在边缘，还是有些心惊。我忙上至五楼，从爬梯登上楼顶。

天气舒爽明朗，凉风扑面，畅快淋头。从楼顶俯瞰，平日里觉得庸俗老旧的职工小区，竟也有几分可观。灌木齐整，枇杷果疏疏杂入，高槐深绿，天竺桂叠翠，水木明瑟，难怪古时文人雅士都爱登高望远了。沉浸一番，我轻唤猫啊回家，猫啊踌躇犹豫一会儿，跟我下了楼。我跟猫啊说，猫啊，以后不能上楼顶了，很危险。猫啊故技重施，打一呵欠，佯装听不见。

说也奇怪，连续多日，猫啊都偷溜上楼顶，长久逗留，正襟危坐。我妈说她近日心里常觉不安，我安慰她，人在慢慢变老的时候都这样，不是有什么事，只是身体自己发出的伤感情绪罢了。我妈放心不下，多次试图说服我去医院做全面体检无果，遂强行带猫啊前往宠物医院，预备给其来个猫咪血常规加腹部彩超加胸部 X 射线的豪华宠物体检套餐。

一猫一人，离开不过一刻钟，家里来了客人。彼时我正把眼镜摘掉，戴上护眼仪，准备给疲劳不堪的残败眼球做个热敷，门就响了起来。开门，依旧是进门、脱鞋、洗水果，熟门熟路，只是动作不再如当年那样自信和麻利，透着迟缓，更透着试探。因为我没戴眼镜，那人的脸还是模糊不清的，这反倒和记忆中的样子一模一样了。

那人说普通话。我这几天都在你们小区的亭子里坐着。我不敢上来。

嗯。

你们家的小猫很威风，天天站在天台上看着我，生怕我来打扰你们似的。

它就是站着玩。

我尽力忍住紧张和害怕，心跳如擂鼓，我害怕她真说出什么，但又害怕她什么都不说。

屋子里陷入寂静。这时，猫啊突然回来，从窗子外一跃而入，站在茶几上，舔了舔爪子。

来人大概有些惊诧，发出了一声轻呼，虽然我看不清她的表情。

猫啊像要打呵欠，大大地张开了嘴。好几秒钟过去了，还是张着。茶几上的杯子、刚洗好的水果、电视遥控器、前几天抢购的布洛芬药片都缓缓地移动，窸窸窣窣地彼此摩擦着。

猫啊一吸气，所有物件尽数被它吸入腹中。

还不够，猫啊向外吐了口气，发出类似叹息的声音，缓了口气，继续张开嘴。整个屋子开始融化、变形，就像那年我放在窗外的三色冰激凌，在阳光下逐渐变软，彼此渗透、扭曲。然后是树，是小区里那潭久未有人清理的金鱼池，是风，是雨，是金沙江上的船影。沉水秋月，棱砺山石，皆若乘风，飘飘乎落入猫啊嘴中。

等万物静止，我和那人也已成为猫啊的腹中之物。环顾四周，长河荡波，巨麓无言，俨然一辽阔山河。

中有小桌，不知何人设了普洱热茶，又一盘玲珑花饼。我与那人相对而坐，渐渐放下心防，相谈甚细。她告知我许多我妈的旧事，是比我参与的那几年，还要更年轻的时候。我也把我和我妈、猫啊这些年的种种，趣事难关，或喜或悲，一一描绘。不知谈了多久，猫啊腹中日月交替了无数次，我们把该说的能说的都说干了，说尽了。她拉住我的手问我，做了决定，不跟她走，永远不会后悔吗。我说，永远不会后悔。

猫啊似乎也累了，深深地打了一个呵欠。腹中星霜屡变，物换星移，猫啊张口一吐，万物归位，恍若什么都没有发生。四下空寂，那个女人不见了，甚至连猫啊都消失了。

我妈跟我说，养久了，就有感情，动物在临死之前，就会自己悄悄离开。猫啊大概是寿命到了，不想让我们伤心，自己走了。我说不会的，以猫啊那般的恣意，它肯定是又去了别的地方，或者别的人家，继续纵情山水，快意生活。不仅是为了安慰我妈，我心里也是真的这么相信的。

路上逛街，看到老街子上有人在卖瓦猫，我买了一只回来，放在客厅里。虽然还是陶土烧的，但上了白釉色，和猫啊倒是有几分相像。瓦猫前爪抚一块方形的太极八卦图，猫口大张，双目鼓暴，两只耳朵尖尖地立着。虽然刻画凶猛，但看着却并不可怖，反倒有几分憨态。以前大家还不住楼房的时候，家家屋顶上都会安置一只瓦猫,张着大嘴,威风凛凛,会把一切不好的事物都吞吃掉,守护着瓦檐下的家。后来大家都住在高高的楼房里,这些瓦猫也就渐渐少了。我妈时不时会给买回来的瓦猫擦擦灰,就像原来给猫啊洗澡一样。

我跟我妈说,我决定留在这边,做个民宿,或者搞个小酒吧,都蛮好。我妈还是训我,永远跟大部队反到底,人家现在各个奔着"国央公"去,我又要出来自己搞。我说,我们家哪个赶上大部队过。最后她叹口气,讲,不要想着我,你自己该干吗干吗。我笑她老孔雀开屏,自作多情,我是要守着等猫啊,才不是稀奇她。

这久在家,不像以前天天伏案盯着电脑,眼睛感觉松快了不少。晚上洗漱完,照镜子,两只眼睛亮亮的、湿湿的,像猫啊早晨刚睡醒的样子。

【作者简介】焦典,一九九六年生于云南。北京师范大学文学创作博士研究生在读。小说及诗歌发表于《人民文学》《十月》《花城》《诗刊》《北京文学》等刊。曾获二〇二〇年"中国·星星年度大学生诗人奖"、第六届"青春文学奖"中短篇小说奖、首届"京师–牛津'完美世界'青年文学之星"金奖等奖项。

非洲鹦哥

◎ 马晓丽

　　山路很险，胳膊肘弯一个接着一个，提在半空中的心始终也无法落下。盘山路一侧靠山，一侧是立陡立崖的岩壁，一眼望不到底，扔块石头下去半晌都听不到落地声。山也靠不住，随时都有可能发生滑坡。刚才就经过了一个滑坡现场，砂石泥土滚落在路面上，幸好是个小滑坡，没把路堵死。这场大地震真是把山都给震酥了。

　　我瞄了一眼后视镜，兵蔫瓜似的缩在后座上，脸色青白，眉头紧蹙，一看就是个黄嘴丫子还没褪净的新兵。兵肚子疼了好几天了，初步诊断是急性阑尾炎。医生说阑尾炎虽说不算大病，但如果继续在山里耽搁下去，一旦阑尾化脓破溃造成腹膜炎就麻烦了，弄不好会出人命的。今天进山这趟就是来拉这兵的，准备把他直接送到前指随行医院，估计肚子上这一刀怕是躲不掉了。兵怀里还抱着个包，是开车前那个满脸堆笑的二班长塞给他的，之后兵就一直把包抱在怀里，跟《天下无贼》里的傻根儿似的。

　　我回头对兵说，你不舒服可以躺在后座上，用那包当枕头。

　　不用不用，兵惊慌地说，谢谢首长。他反而把包抱得更紧了。

　　司机在一旁悠悠地插了句，告诉你别躺啊，路不好，小心把你那个烂盲肠给颠碎喽。

　　我不悦地把头转向车窗外。

　　明摆着司机这是直接否决我的话，虽然他没明着冲我来。说实话，要是别的司机，我当即就能给压住。毕竟我是带车干部，我坚持命令司机把车开稳点，让兵躺着休息，他司机还能有什么牙啃？但这司机有点特殊，他是个高级士官，据说驾驶技术一流。原本已经决定留用再提一级的，这样他就能干到顶，成为最高级别的士官了，挺难得的。可不知为什么，临了临了突然决定转业了。正巧就在他离队之前，发生了大地震。前指首长点名要他参加抗震救灾，他就跟随首长赴灾区来了。我倒不是忌惮他在首长身边，我是对他这个人感兴趣，觉得这是个挺不错的报道线索，所以就一直想找机会跟他谈谈，写个转业士官奔赴抗震前线的新闻稿。要不是存了这个心思，我今天也不会主动要求带车进山的。

虽然我也听到过一些其他的说法，说司机之所以肯来抗震救灾前线也是有想法的，应该是首长给他许了愿，抗震救灾回去后可以继续留队。实际情况是不是这样，我无从得知，也不想核实。对我这样的基层报道干事来说，能抓住表象及时报道出去就足够了，顾及不了那么多。眼下我能看到的表象就是，司机在转业前毅然以身涉险奔赴了抗震救灾前线，这是基本事实。怎么根据这个基本事实，按照宣传需要去解读，那就由我说了算了。我也知道我有点太那啥。但没办法，老实说我这段日子挺焦虑的。进入灾区之后，部队在前面抢险救灾打硬仗，各部队的报道人员也在后面打硬仗，都在比看谁出稿子快，上稿子多，版面好，转载量大，影响面广。那感觉就好像报道决定了部队在抗震救灾中的表现，报道上不去就说明你这个部队的工作没上去似的。身为报道干事，我当然感到"亚历山大"。

前段日子我一直没找到机会采访司机。司机在前指主要负责给首长开车，整天东一头西一头地跑车，忙得昏天黑地根本抓不住他人。按理说，一般情况下是不会派他出车执行其他任务的，但这次情况不同，进山接病号这条路又高又险，行程来回得七八个小时，当天还必须赶回来。首长不放心，就专门指派他来出这趟车。我一听他出车，立刻主动申请带车，说我正好可以进山看看部队，顺便挖点报道线索。正好医务人员也错不开点，阑尾炎途中又不需要特殊护理，只要把人安全拉回来就行，领导就同意了。

车窗外其实没啥可看的，颠簸中一切景物都变得零碎含混无法确定，看着反倒心烦。

又是一个胳膊肘弯，路面太窄，靠外侧的车轮几乎悬空驶过，惊得我出了一身冷汗。没想到刚转过弯来，车就突然开始加速，后座上咚的一声，兵被甩撞到了车门上。

慢点！我对司机说。

司机没理睬我，继续加速。

我提高嗓音厉声道，让你开慢点，听没听见？！

司机斜瞄着山顶，仍旧没理我。

我顺着司机的目光抬眼望去，忽然发现山顶上冒出了一股尘烟，不好！我猛然意识到要滑坡了。停车！我大叫着命令司机，快停车！前面有滑坡！

坐稳！司机只简短地说了句，一脚油门向前冲去。

我大惊失色，不顾一切地朝司机吼，停车！停车！停……

但已经来不及了，我听到了石块噼里啪啦砸在车顶上的声音。这是最先滚落下来的碎石，接下来就该是大块石头和大量泥沙了。完了，结局在我的脑子里飞快闪过，即便侥幸没被巨石砸中，没连人带车滚落山崖，这一面坡的泥沙也足够把我们彻底埋葬了。

我真有些后悔了，也许自己今天就不该……我猛然想起了早上那条蛇。

那条蛇真挺怪异的，早上我急着出发往外走，刚走出帐篷就被它挡住了，匆匆忙忙差点踩到蛇身上。我不由吓了一跳。定睛一看是条小红蛇，通体通红通红的，一动不动地横在帐篷门口。我打心眼里硌硬这种软体动物，厌恶地瞪着它，见它僵僵的没什么反应，就想回身去拿把工兵锹把它给收拾掉。但这时车来了。

司机喊我上车，我见没工夫理睬这货了，就想从蛇身上迈过去。不料我刚一抬腿，小红蛇就动起来，迅速游动到我看准的落脚处，惊得我赶紧把腿缩了回来。我改变方向准备躲开它从侧面出去，不料小红蛇几乎同时挪到了侧面，又挡在了我面前。我不由有些吃惊，以为小红蛇可能想从这个方向走掉，就赶紧收回脚怕挡了它的去路。没想到我一收脚，小红蛇立刻就转头回来了，仍旧横在了我脚前。这下子可把我给惊到了，怎么看这货都像是有意挡道，专门跟我过不去的那种。心中不由一凛，只觉得后脖梗子上的汗毛都乍起来了。

司机跳下车边朝我走来，边说得赶紧出发了，路不好，晚了天黑前就赶不回……咦？司机突然看见了我脚前的蛇，脸上的表情顿时灵动起来。他慢慢蹲下身子,像看稀罕物似的端详着小红蛇,连声说,漂亮!啊,真漂亮!你发现的?

我不置可否地在鼻子里哼了一声。

只见司机伸手逗引着小红蛇,嘴里发出咝咝咝的声音。

我目瞪口呆地看着小红蛇听招呼地朝司机爬了过去,任凭司机把它抓在手里;又目瞪口呆地看着司机边点着脑袋逗弄小红蛇跟它说着话,边小心翼翼地把它放进了草窠子里;再目瞪口呆地看着司机跟小红蛇说再见,等我回来再找你玩呀。真是活见鬼了,小红蛇竟然听懂了似的回头看了一眼,这才转身钻进了草窠子深处。

赤链蛇,司机转身对我说,也叫红斑蛇、红麻子什么的。别担心,这种蛇很常见,没什么毒。咱们赶快走吧。

此刻想来,那条蛇真的很是怪异,就像是专门跑来向我预警,用肢体语言警告我说,不要出门! 不要出门! 不要出门! 我早就听人说过蛇是通灵的,莫不是小红蛇真的预见我今天有危险,是特地前来阻止我出门的? 我越想心里越不安,也许我今天真就不该进山跑这一趟。

其实进山这一路还算顺利,中午就到了。但还没来得及喘口气,就接到前指电话,说堰塞湖下午可能要泄洪,让我们抓紧时间往回赶,千万别被洪水堵在路上。

回程不能饿着肚子跑,赶紧扒拉两口饭吃。正吃着,二班长进帐篷来了,他刚堆起笑脸开口说了声首长好,我就看见从他身后滚进来一团灰色的毛球。灰毛球朝着我直扑过来,我下意识地抬脚一挡,只听嗷的一声,灰毛球被踢翻在地。原来是条狗。

哪儿来的狗? 我有点不高兴,怎么弄进来了?

二班长的笑容顿时僵在了脸上,首长……这……这是……

赶紧把它弄出去。我说。

二班长尴尬地咧了咧嘴,提起灰毛球,转身往外走。

我在后面问了句,有什么事吗,你?

二班长踌躇了一下,犹豫着停下脚步,回过头满脸堆笑地说,没事没事,打扰首长了不好意思。说罢就出去了。

车狂奔了一阵,终于停了下来。我惊魂未定地喘着粗气回头看,不由后怕地惊出了一身冷汗。

好险啊……我长吁了一口气。

司机沉默良久没吭声。

这滑坡虽然不大,但也足够成全咱仨一起去当烈士了。我感叹道。

司机示意下车抽支烟,他自己猛吸了几口之后,又递给我一支。待面部表情松弛下来后说,咱商量个事?

你说。

司机处理紧急情况时,咱能不能别在旁边喊?

我不高兴地说,我那是发现了险情提醒你!

当时我已经发现了,司机说,我正根据距离角度对落点进行判断,决定停车还是加速。这时你在旁边喊,特别影响判断。

嘿,我还正想跟你说这事呢! 我说,我让你停车不对吗? 你知不知道刚才你不顾一切往前冲有多危险? 很可能我们连人带车就被埋进去了!

结果呢? 司机说,结果我们不是冲过来了吗? 眼下人车不是都完好无损吗?

这是侥幸! 我说,没车毁人亡纯属侥幸!

侥幸?你以为这是侥幸?司机突然把大半截烟掐灭掉,抬起眼认真地对着我说,那好吧,我把道理跟你讲讲。如果当时刹车,正好就停在了滑坡的落点上! 按说发现上面有滑坡的迹象,最好的选择就是倒车退回去,但咱车上不是拉着病号不能回去吗?当时滑坡刚开始,我观察那面山不算太陡,而且是岩性地质,力学强度比较高,按坡度和高差计算,下滑速度应该不会很快,这才决定闯过去的。

可是当时上面已经开始掉石头了,我说,你没听到车顶被砸得噼里啪啦响吗?

那是碎石,司机说,山体晃动变形时先落碎石,接下来才是整体急剧滑落,这中间有个时间差,我就是看准了打这个时间差的。

见司机讲得头头是道,我一时倒语塞了,但我还是护着面子强词夺理地说,那也是侥幸,侥幸我们遇见的不是大滑坡。

司机把眼睛从我脸上移开,看着前面一字一句地说,我从来不相信侥幸,只相信经验和判断。否则,咱俩可能就没有机会在这儿掰扯了……

后座上突然发出一串奇怪的动静,断断续续的喘息和哼唧声。我赶紧回头看后面的兵,兵满头大汗,面色紧张。

是不是肚子疼得厉害了? 我急切地问。

不是不是。兵慌乱地使劲摇头。

吓到了吧,我说,别紧张,现在没事了,我们已经安全了。我伸手拍了拍兵,想安慰安慰他,没想到一把拍到了兵怀里的包。令我猝不及防的是,那个包突然动了起来,里面发出了喘息和哼唧的声音,把我吓了一大跳。

怎么回事? 我吃惊地问。

兵也吓得不轻,磕磕巴巴地说,是……是……二班长……

我问,你那里是什么? 我指着包厉声道,打开!

兵哆哆嗦嗦地刚打开了个小口,一团灰色的毛球就迫不及待地钻了出来。

前指来电话,问我们现在所处的位置,嘱咐我如果堰塞湖提前泄洪,一定要听从沿途警戒部队的指挥。

车里的空气骤然紧张起来,我和司机互相看了一眼,同时脱口而出,快走!

车明显超速了。作为带车干部,我应该随时提醒司机控制车速,但此刻已经无须提醒,车速是带我们脱离险境的唯一办法了。何况刚才的那番争辩,也让我看出了司机的经验和处理突发情况的能力。我开始信任这个司机了,难怪首长会点名带他来灾区。

倒是后座上那个东西不让我省心。我打死也想不到,那个随和地堆着笑脸的二班长会夹带私货,偷偷把一条狗塞到了车上。怪不得我总闻着车上有股子怪味,还以为是兵身上的,原来是狗身上的,是那条灰不溜秋脏兮兮的狗身上的。兵说,班长怕你发现,给狗灌了酒,还用胶带把狗嘴缠上,塞进包里让我偷偷给带下山。

为什么要把它带下山? 我问。

二班长跟前指的炊事班长说好了,让炊事班长先帮忙养一段时间,然后再想办法给它寻个好人家送出去。

喊,谁会要这么一条野狗?

小白不是野狗,二班长说它是跟我们一起进山的战士。

还战士? 我不屑地问,它叫小白?

是。

小白？为什么叫小白？

二班长给起的名，可能因为它是条白毛狗吧。

它是条白毛狗吗？我忍不住笑起来，我怎么没看出来？这么灰不溜秋脏兮兮的，还好意思叫小白？

就是白毛狗嘛，兵不服气地扒开毛给我看，他说，你看里面的毛就是白的，主要是山里缺水一直没给小白洗澡，洗干净就是白的。

在山里抓的？我问。

不，小白是跟着我们步行进山的。兵说，我们在山下救灾时，小白就整天跟着我们，它的家被震垮了，没家人了。原以为它跟着我们只是为要点吃的，后来发现小白能嗅出生命气息，带着我们救出了两个人呢。部队转场进山我们没想带它，但小白非在后面跟着走。部队是徒步行军，攀石爬坡苦得很，都以为小白跟不上了就会退却，没想到小白竟然一直跟着，那么小的狗，一天走几十里路，足足走了三天，生生把脚都磨破了，踩了一溜道的血印子。那天二班长都掉眼泪了，他用自己床单撕成的布条，把小白的四个蹄子挨个包了起来。后来再遇到上坡、过河、路不好走，我们就轮番抱着小白。

怎么又不想要它了？

不是不想要，部队要撤离灾区，不能再带着小白了。我们想找个人家收留它吧，但山上群众生活环境艰难，没人愿意养一条不能看家护院的宠物狗。二班长跟前指炊事班长是老乡，就跟他商量好了送过去。

那为什么偷偷摸摸搞事情，不明着跟我说？

二班长说……兵小心地看着我说，二班长说你……你踢小白，说你不喜欢小白，肯定不会同意带它走。

哼，判断正确，我是不会同意的。我说，我们是来接你这个病号的，不能莫名其妙地夹带着接回一条狗！一会儿找个停车的地方，赶紧把它扔出去。

别，别，首长，千万别，兵带出了哭腔，说，我没法跟二班长交代呀。

我还没法向领导交代！话音刚落，就觉得兵在后面轻轻地搂我的胳膊，回头一看是小白。我正想甩开胳膊，就看到了小白那双乌溜溜的黑眼睛，眼里泪汪汪的，正乞求地望着我。莫名其妙地我心里就动了一下，转头缓声对司机说，一会儿看到路边有人家就停一下车，还是趁早把它送人吧。

司机看了我一眼，笑呵呵地回头对兵说，兄弟放心，这一路都不会有人家的,不信咱走着瞧!

真是怕什么来什么。刚出山没走多远,车就被警戒部队拦住了,通报说上游的堰塞湖已经开始泄洪,警报等级由黄色预警升级到橙色预警了。橙色预警是绝对不能走的。我们只好找了一个宽敞处把车停下,老老实实等待洪峰过去再上路。

真不知道还要等多久。我担心兵的病情,就打电话给医生,让医生在电话里向兵询问情况。听到医生说病情变化不大,应该没问题,我这才放下心。我让兵先把小白放下,嘱咐他躺下抓紧时间休息一会儿。兵却像被吓到了似的,说什么也不肯放下小白。

司机见状伸出手说,交给我吧。兵迟疑地看着他。司机说,你放心,我不会把它扔了,这附近也没有人家。

兵这才把小白递给了司机。

司机接过小白冲着兵一笑,说,兄弟你就瞧好吧。随后从后备厢里拎出个洗漱包,直奔山脚下的小河边去了。

等待。

来震区这么久了,还从来没像现在这样,可以静下心看看周围的风景。

河对面的山形很美,正是草深林茂的季节,本应山峦青黛满目葱茏,但不断发生的滑坡如利爪般,把山体挠开了一道道伤口。伤口中流淌出的砂石滚落而下,一路摧毁了绿色的植被,把整座山弄得遍体鳞伤,活像一张被抓花了的美人脸。

狗叫,我扭头望向河边。

已是黄昏时刻,司机把小白按进金色的河水里,小白欢叫着在水里使劲地扑腾,溅起了一串串金色的水花,溅得司机满头满脸的灿烂。司机不依不饶地揉搓着小白,小白满身泡沫拼命挣扎。人欢狗叫,在这个意外滞留的橙色黄昏里,一人一狗搅活了整条落寞的河,温暖了灾后这片忧伤的天地。

看着小白褪去了灰色的铠甲,披着一身银白色的披风,焕然一新地跑来时,我心里忽然若有所动:在大自然的意志面前,小白与山石草木江河湖海,与一切碳基生命本就没有什么区别。

车上有吃的吗?我问司机,咱们吃点东西吧,还不知道得等多久呢。

司机在后备厢里翻腾了一会儿，拿出一盒军用午餐肉罐头递给我，说，你先把小白喂了吧，我得把车胎检查一遍。

我从来没喂过狗，不知道该怎么对付这家伙，心里虽然不情愿，但还是接过了罐头。令我感到奇怪的是，小白就像听懂了似的，立刻高兴地叫着跑到我面前，眼巴巴地盯着我手里的罐头，两个前爪合在一起不停地作揖。我把罐头打开，抠出一块肉送到小白面前，小白急切地一口吃下，嘴巴流淌出来的哈喇子弄了我一手。我嫌弃地皱了皱眉头，不再伸手喂，而是把肉一块块抠出来放在石片上，看着小白风卷残云般，很快就吃了个精光。

我想叫兵一起吃点东西，见兵闭着眼睛很难受的样子，摸了摸有点发烧，就转头对司机说，咱俩先吃吧。却见司机只拿出了几包压缩饼干。

就这？我问司机。

就这。司机说。

不是有罐头吗？我问。

没了，司机说，就剩最后一盒了。见我满脸疑问，他又略带歉意地说，真没了，咱就吃点压缩饼干垫巴垫巴吧。

没办法，我只好撕开压缩饼干，干巴巴地啃了一口，说，故意的吧，你？

司机一笑，满嘴喷着饼干渣子说，对，我看就剩一盒了，怕你从小白嘴里抢肉吃。

我白了司机一眼，愤愤地咬了一大口，呛咳了好一阵子。

这个司机挺难弄的，貌似不急不恼，但老猪腰子比谁都正，一般人弄不了他。进山来的路上，我一直想跟他攀谈，可是说什么他都跟你打哈哈，整个一推拿高手。

听说你要转业了？我问。

没错。

那为什么还来抗震救灾？

命令嘛。

都转业了，可以不服从命令了吧？

习惯了。

不是习惯，是觉悟。我说。

不是觉悟,是毛病。司机说。

毛病?

嗯,当兵时间长当出毛病了。

不能这么说吧?

别不信,我这耳朵真有毛病。

什么毛病?

时不时就会短路。

开玩笑吧,耳朵短路?

真的,有些声音进了耳朵立刻就会发生短路,然后不过脑子,直接行动。

你是指听到命令?

是指听到某些特定的声音,命令当然是其中一种,所以才会一听到命令就身不由己了。

哈哈,你这是妄自菲薄,故意把精神行为说成是生理行为。

哎对对对,就是生理行为。

这嗑还怎么往下唠? 我发现司机对我的采访很戒备。这我可真就不明白了,对他来说这是好事呀。如果他想在离队之前再立新功,让自己的军旅生涯更圆满,宣传报道不是最好的助力吗?再如果,如传言所说他还想借此机会留在部队,那不是更需要宣传报道为他推波助澜了吗?

也许他只是跟我装呢? 我干脆单刀直入,告诉他我准备写他的报道,宣传他在转业即将离队的情况下,还能毅然奔赴灾区,以身涉险,积极参加抗震救灾。我很诚恳地告诉他,部队参加抗震救灾的人很多,但像他这种情况的绝无仅有,所以很有新闻点。我认为他的事迹很值得宣扬,一定会获得很大的反响。

我相信司机应该能听得懂我这些话。我希望司机会就此转变态度,积极配合我的采访。但是,可但是,但可是……

哦,司机做出恍然大悟状,说,原来你是要拿我写报道呀?要是这样的话,那我可得跟你说清楚了——不能够!

为什么? 我问。

司机指了指后背说,这儿,我这里可背着个处分呢。

处分?

没想到吧? 司机狡黠地笑着说,咱就别费那神了。

我愣在那儿，一时还真不知说什么是好了。

橙色警报刚降为黄色警报，我立刻跟警戒部队交涉，请求放行。路卡不敢放，说黄色警报也很危险，现在水位太高，通过前面那段江桥尤其危险，保不准会出什么突发情况。我说车上有病号，再耽搁下去会出人命的。路卡就在对讲机里跟上级请示。急切之下，我抢过对讲机说明情况，对方犹豫了半天，才勉强同意放我们通行。

赶快出发！我跳上车对司机说。

是！司机把小白往我怀里一扔，一踩油门冲过路卡，加速奔跑起来。

干什么你？我猝不及防地看着扔到自己身上的小白，没好气地说，你就不怕我顺窗户把它扔出去？

不怕，司机胸有成竹地回答，车窗我都锁死了。

我想把小白递给后面的兵，回过头才发现兵的情况似乎不太好，可能是烧得厉害了，一点精神都没有。

就让他安生躺着吧，司机说，后面没山路了，我尽量开稳点。

没办法，小白算是妥妥地赖到我身上了。我低头看着小白，这家伙正在往我怀里拱，拱得热烘烘刺痒痒的。我没好气地拍了小白一巴掌，说，老实点！小白倒是停了一下，抬起小黑眼睛看看我，但立刻又埋头拱起来。

司机在一旁悠悠地说，把它抱起来嘛，抱起来它姿势舒服了，自然就老实了。

我这才不情愿地把小白抱了起来。小白果然老老实实地趴在我怀里，不再乱拱了。刚消停了一阵儿，我就感觉手背处凉津津的，低头一看，小白正伸出粉红色的小舌头，一下一下地舔我的手。我第一反应是想把手缩回来，但不知为什么没动，只抱怨地说了句，它怎么还舔起来没完了？

司机笑着说，是不是很舒服？人家小白这是在感激你，感激你喂它肉吃，感激你肯屈尊抱着它。

存心的吧？我说，故意把它扔给我，别以为这样我就认它了。

你认不认我不知道，司机说，反正小白现在是认你了。

江桥这一带的水位仍旧很高，桥墩只露出了水面一两米，从上游下来的水流很大，流速也非常快，混浊的江水不断地冲击着江桥，发出骇人的轰隆轰隆的声响。

车驶上桥之后，明显地感觉到桥身在晃动，似乎这桥随时都有断裂垮塌的危险。虽然司机加快了车速，但我还是觉得这座桥太长太长，怎么加速好像都开不到头。

好不容易下了江桥，我这颗心还没等放下，就又紧张起来了。江对岸这一侧显然是有险情了，隔不远就能看到一个身穿橙色救生衣的战士，背手站立在江边警戒。我从没见过这么多的舟桥部队，车在舟桥一辆接着一辆，沿着江岸绵延数里排开，一眼都望不到头。

关键是只有我们一辆车在路上跑。这就是说，没有任何车敢在这个时候在这条路上行驶。我紧张地在心里预判着各种可能出现的情况，万一洪水漫上来把路冲坏了怎么办？万一车被洪水淹了来不及跑怎么办？万一……

没事，司机就像是听到了我的想法似的，说，万一洪水来了，我就把车轮子卸下来当救生圈，加上小白，咱们正好一人一个胶皮轱辘。

我白了司机一眼，说，这么危险，你还有心情扯淡。

危险？司机说，这才哪儿到哪儿呀，我在非洲维和时遇到的危险比这多了去了。

你参加过维和部队？我惊讶地问。

嗯，回来没多久。

能去维和可不简单，那可都是经过层层选拔出来的。

就算是吧。司机似乎不愿多说。

我心中不免疑惑，参加过维和的官兵回国后一般都会被提拔重用，司机不仅没被提拔，反倒被安排转业了，这其中必有原因。我很好奇，特别想引着司机说点什么。何况这条充满危险的路令人心里发慌，说点什么也能分散注意力，缓解下紧张的情绪。

听说那边气候又干又热？我问。

是，真他妈的热。司机爆了句粗口，像是忽然想起了什么，又呓语般地低声重复了一遍，真他妈的热……

你遇到过的最危险的是什么情况？

最危险的一次，司机想了想说，我掉进了树林中的陷阱，是一个已经遗弃了的、当地人为抓野兽挖的陷阱，很深，没有外力相助自己根本没法出来。

怎么会掉进陷阱了？我问。

为一只鹦哥。

是非洲鹦哥吗？兵突然捂着肚子坐起来，问。

是，非洲鹦哥。司机说。

真的？兵兴奋地说，我家邻居养过一只非洲鹦哥，有一次我从他家窗前经过，突然听见有人在喊我：小帅哥，小帅哥！抬头一看竟然是只鸟，声音脆生生的，简直跟人说话一模一样，好听极了。

我们驻地旁边的小树林里就有一群鹦哥，司机说，应该是个小家族群，有五六只的样子。

兵热切地把脑袋伸到前面问，也会说话吗？

当然会，鹦哥聪明着呢，一听就会。司机说，我们刚到驻地的时候一切还没理顺，起居操课都是由管行政的副队长通知。每天早上副队长都会挨个敲门，喊大家起床。有一天突然提前敲门，喊起床了，起床了。大家以为发生了什么事情，赶紧起床跑去问副队长。谁知副队长一脸蒙，说这还没到点呢，他没喊起床呀。这事真是奇了，明明听声音就是副队长喊的起床，结果他愣是不承认。大家私下里猜测，莫不是副队长有梦游症？

如果只是偶尔一次也就罢了，没想到第二天又是如此。副队长火了，坚决认为是有人故意制造混乱，损害他在队里的威信。副队长找到我，让我跟他一起蹲坑，看看究竟是谁在干这种事。

我和副队长天没亮就起来候着了，但一直没见人影。天已经蒙蒙亮了，眼看就快到起床的点了，我心里想，看来那人没出来，今天肯定是没戏了。就在这当口，凭空突然响起了咚咚咚的敲门声，接着就听见副队长的声音在喊，起床了，起床了。当时我都傻眼了，没见着人呀，这不是活见鬼了吗！我惊魂不定地看看副队长，他已经跌坐在地上了，脸上的表情比我还恐怖。我心一横，说我过去看看，就轻手轻脚地走上前去。

你们知道我看到了什么？

鹦哥！兵说。

没那么神吧？我不相信。

真就那么神，正是鹦哥。司机说，我看见一只黑头鹦哥站在第二个宿舍门前，先用嘴咚咚咚地敲了三下门，然后用副队长一模一样的嗓音喊，起床了，起床了。之后再飞到第三个宿舍门前重复一遍,极其敬业地依次把所有的宿舍都敲了一遍,喊了一遍。

太有意思了,兵说,后来呢?

后来我就跟这只鹩哥交上了朋友,它是这群鹩哥的首领,我管它叫黑头。

你是为救黑头掉进陷阱的吗? 兵问。

不,是为救其中一只我起名叫黄脖子的鹩哥。当时黄脖子差点被老鹰叼走,我只顾着赶老鹰没注意脚下,一不小心掉进了陷阱。是黑头救了我,司机说,要不是黑头,我这条命就撂那儿了。

黑头怎么能救你呢?

黑头飞回驻地,挨个房间敲门,拼命地大喊大叫,起床了起床了,操场集合,操场集合……大家都发觉黑头不对劲,声音特别急切,其间还夹杂着一些听不懂的当地话,就纷纷跑出来看究竟。结果他们就被黑头引到树林深处,找到了陷阱中的我。

天黑了,车终于驶离了沿江路,甩掉了一路追赶的洪水威胁,前方就是城市了。

突然响起了呼噜声,原来是小白,小白竟然趴在我怀里睡着了。我这才想起,自己这一路是一直抱着小白的。连我都对自己的行为感到奇怪,平日里最烦狗的我,竟然能任小白在身上折腾,竟然没烦。

兵这会儿精神好多了,听到小白的呼噜声赶忙说,真不好意思,给首长添麻烦了,还是把小白给我吧。

我低头看了看怀里的小白,看着小白那副安逸的睡相,忽然有点不忍心放手,就说算了,好不容易老实一会儿,别把它弄醒了,让它睡吧。

车驶入了市区,本以为一路惊险,总算可以放松下来了。我环顾四周,却感到头皮一阵阵地发麻,一种毛骨悚然的感觉紧紧地攥住了我。我惊恐地发现眼前这片地区第二大城市已经变成了一座死城。城里已经空了,在余震警报和堰塞湖泄洪的威胁下,所有的居民都紧急撤离了。我无法想象曾经繁华的大都市,顷刻间会变成眼前的这副样子。全城没有一丝光亮,也没有一点声音。那些曾经霓虹闪烁、歌舞升平的高楼大厦,此刻怪兽般黑压压地静默着伫立在路旁,看得人心里瘆得慌。偌大的城区中,只有我们一辆车孤零零地在空寂的道路上行驶,前后不见一辆车,左右不见一个人,犹如行驶在鬼城之中,令人不寒而栗、毛骨悚然。我这才发现,进入一座毫无生命迹象的死城,比在充满未知危险的旷野中行路还要令人心生恐惧。

突然而至的震惊和恐惧紧紧地攫住了车上的每一个人,车里的空气似乎凝滞了,沉寂了许久都没人说话。我故意咳了一声,没话找话地问司机,哎,你说的那个黑头,还真挺神的哈,它说话都是你们教的吗?

没人教黑头说话,司机说,但黑头绝顶聪明,整天在营区混,听了就学,而且学什么像什么。我们常在一起抽烟聊天,黑头就会跑过来,学着我们的口气说,来支烟,来支烟。有一次,我刚掏出烟盒要给别人递烟,黑头就在一旁大喊,空的,没有了。也不知道是哪一次没烟了,顺口说一句就让它给学去了,弄得我哭笑不得。当地天气太热,实在热得受不了,我们常会气哼哼地发泄一句,真他妈的热!黑头把这句也学会了,并且还知道这不是句好话。

鹦哥不是只会学话,不知道是什么意思吗?兵问。

鹦哥可比我们想象的聪明多了,司机说,我常常逗黑头让它好好表现,说表现好就带它去中国。黑头知道这是好事,一高兴了就叽叽,去中国,表现好去中国。有一次黑头把我的杯子碰翻了,我生气地说了句,烦死了,表现不好,不带你去中国了!黑头愣在那儿想了想,突然愤愤地回了我一句,真他妈的热!当时把我都给乐疯了,估计黑头是气急了,好不容易才想出一句最不好的狠话来怼我。

那你带它回国了吗?兵问。

没有,司机停了好半天才说,黑头……死了。

前指的电话又追来了,问我们现在到哪儿了,还有多长时间能到。我回答说现在已经驶出城区进入乡道,估计再有半个小时就能到了。这一大天!我心中暗想,本来以为天黑之前就能返回,没想到天都黑透了还没到家。

快到了呀,兵不舍地说了句,便赶紧追问,黑头是怎么死的呢?

我们大家都喜欢黑头,司机说,但副队长不喜欢它。副队长嫌黑头它们总在营区飞来飞去,动不动还挨个屋子串门,特别影响内务卫生。黑头也不喜欢副队长,因为副队长对它们从来没好脸,一看到就赶它们走。所以黑头一见副队长就喊,烦死了,真他妈的热!

有一次,我国大使要陪同联合国维和官员来驻地视察。副队长组织大家打扫营区、整理内务。副队长说那群鹩哥整天在营区飞来飞去观感不好,特别是领头的黑头,动不动就爆粗口,万一领导视察期间黑头跑来爆个粗口,那可就造成国际影响了。副队长决定彻底解决这个问题,把树林里鹩哥搭窝的那棵枯树伐掉,逼这群鹩哥搬家,远离驻地。

这……这也太狠了吧? 兵说。

司机说,伐树那天副队长故意把我支开,给我派了个外出的任务。我刚回到驻地,黄脖子就迎着我飞过来,飞到我面前焦急地大喊,烦死了,真他妈的热! 真他妈的热! 我心里一惊,立刻明白黑头出事了。

你怎么立刻就会想到黑头出事了? 我问。

通常情况下,一群鹩哥里只有领头的那只鹩哥开口说话,司机说,其他鹩哥都闭口不言,看上去它们都像是不会说话似的。但一旦老大不行了,老二立刻就会开口,接续老大的责任,而且老大说过的话,它几乎都会说。

我跑进小树林的时候,黑头已经死透了,但眼睛还不甘地睁着,一只被砍掉的翅膀甩落在旁边。据说黑头当时拼命啄副队长,不让伐树。副队长急了,挥起电锯一挡,结果把黑头的翅膀一下子砍掉了。副队长也没想到会搞成这样,赶紧停止伐树把人撤回去了。

黑头用自己的性命,拼死保住了这群鹩哥的家。我用针线仔细地把黑头的翅膀重新缝到了它的身体上,把它完整地埋在了小树林中。安葬完黑头后,我就去找副队长。

我虽然心里有气,但也只是想跟副队长商量一下,让他别再赶鹩哥了。那些鹩哥是这里的原住民,不能我们来了就把人家赶走。但副队长是个硬性子,早就想到我会找他兴师问罪,一见到我就把硬话顶上来说,你别来给我找事啊! 告诉你,我早晚得把那个鸟窝给端了!

当时如果副队长说话不那么硬,可能也就没什么事了。可能副队长觉得我这人性子不刚,说几句硬话就能压住。这倒没错,但也得分说啥呀。结果我这耳朵一听"端鸟窝"这三字,脑子立刻就短路了。我也不知道拳头是怎么打出去的,反正等我反应过来,副队长的鼻梁骨已经断了。

打骨折了? 我一惊,那可麻烦了。

给力。兵在后面小声说。

打架是一回事，我说，骨折了性质可就不一样了。

谁说不是呢。司机说。

你就是为这事受的处分？我问。

嗯。

后悔吧？

老后悔了。司机说，其实副队长人不错，对我也一直很好。

我沉默了一会儿又问，转业也是受这事影响吧？

就算是吧。司机说。

大家一时都无话了。

过了许久，司机故作轻松地说，也好，回家就轻松了。他又忍不住低声叹道，不过在部队这么多年了，真要脱了这身军装，一下子还真不知道怎么办好了。

终于回到了前指驻地。

我把兵送到随行医院。医生检查之后说幸亏送来了，炎症已经控制不住，必须立刻施行阑尾切除术。我一直看着兵被推进方舱手术室，才转身离开。

炊事班长还一直在等小白。我把小白交给炊事班长的时候，小白的两个小爪子死死地抓着我不肯放手。我摸着小白的头安抚着说，别怕，别怕，我让炊事班长去拿盒午餐肉罐头来。小白见了肉就放开手扑了过去。我也不知道自己怎么会那么在乎小白，出了门又转头回去，再次嘱咐炊事班长要好好待小白，要找到喜欢它的好人家再送出去。见小白吃得香，我这才转身出去了。

夜深了，我把最后两支烟摸出来，递给司机一支后，举着空烟盒问，黑头是怎么说的？

空的，没有了。司机说。

空的，没有了。我一把捏扁烟盒，下意识地又跟了句，真他妈的热！

我俩相视一笑，吸着烟并肩往回走。

你为什么对报道那么反感？我突然问。

没有，司机说，我不是受处分了吗？

别以为我听不出来，你那是托词。

不是托词，是真不合适。

就是托词。

好吧，你说是就是。

为什么？

为什么？司机犹豫了半天才说，这可是你硬逼我说的哈，说啥不兴翻脸。

不翻脸，你说吧。

你们写的那些东西也不靠谱呀。

我有些尴尬，一时不知说什么是好了。

烟已经烧到手指了，烫了我一个激灵。我甩着手，尴尬地开口说，问题肯定是有的，但我会尽量实事求是的……见司机狡黠地笑着看了我一眼，我又很没自信地补充了一句，尽量吧。

一时无话。走到分手回各自帐篷的路口，我停下脚步心有不甘地说，我还是想写你，我希望把你的事迹宣传报道出去，我希望能让大家都看到你的价值，我希望你能再立新功，我希望……我犹豫了一下心想干脆咬牙明说吧，我真诚地对他说，我希望能帮你，希望你能功过相抵，继续留在部队。

司机惊讶地看着我说，你这是想哪儿去了？我离队手续都已经办完了，怎么可能留队？再说来灾区之前，我已经把行李都寄回家了，准备这边一结束，就从这儿买火车票直接回家。

我哑口无言，默默地看着他，忽然发觉自己很小。说实话我心生惭愧，内心中生出一种难以言说的自卑感。我不无尴尬地拍了下司机的肩膀，说，好样的！

司机诧异地笑着，挥挥手转身回自己帐篷了。

我又在原地站了一会儿，心里乱七八糟的，那里就像是一个很久都没有清扫过的房间似的，我想，也许真应该认真整理打扫一番了。

在帐篷门口停下脚步，我扭头向深草窠子方向望去。小红蛇明天早上还会不会来呢？我还真希望能看到它呢。

【作者简介】马晓丽，一级作家，主要作品有长篇小说《楚河汉界》、长篇传记文学《共和国科学拓荒者传记系列——王大珩传》、长篇纪实散文《阅读父亲》、中短篇小说集《手臂上的蓝玫瑰》《催眠》。曾获第六届鲁迅文学奖、第二届中国女性文学奖、《小说选刊》双年奖、曹雪芹华语文学大奖，并多次获全军文学一等奖及辽宁文学奖。

豹猫穿过丁香花丛

◎ 潘向黎

　　等渐渐急促的呼吸透露出山的高度,她们已经爬到了山顶。这座山处于莫干山中心地带,这里果然是成熟的景区,到处都是平展的道路和规整的指示牌,就在前方,道路陡然向左侧斜切过去,旁边有一块巨大的指示牌,但是她们都没有顾得上细看,因为她们发现道路到这里消失了,而两段颜色暗沉、线条略带凌乱的石阶充当了新的路标,引领着三个女人的目光,一路向上,最后撞在了一座教堂的石壁上。

　　这座教堂和其他的教堂很不一样,其他各处的教堂或多或少总是在周遭环境中标新立异或者异军突起,而这一座教堂,就像是从这座山的泥土里长出来的一棵大树。它完全是山石砌成的,石头保持了原有的起伏和质感,看上去格外朴拙苍劲,整个轮廓似乎有力量在向外奔涌。教堂外表的颜色是灰黑色的,而且年久斑驳,灰的地方有明有暗,黑的地方深不可测。一座石头砌的、灰黑色的教堂,就那么高高地立在山顶,带着神秘的力量和不屑于解释的超然,似乎刚刚从时光的海洋深处浮出来,浑身挂满了往昔的海藻。

　　三个人中最年轻的贝语新说:"这个,有一百年了吧?风格很特别!"卫婉之说:"像城堡。"冉一秋说:"对,中世纪风格的城堡。"

　　走进去一看,眼前一亮,意外的是,里面是一个宽敞的大厅,除了两排柱子,没有一排排桌椅,几乎是空旷的,感觉可以容纳四百人的样子。这里面的装饰风格也与众不同,没有多余的摆设,到处是几何形状,穹顶是三角形的,穹顶和花窗上的彩色玻璃形状也和一般教堂的不同,既没有花卉,也没有宗教意味的装饰图案,都是简单利落的长方形和正方形,玻璃的颜色主要是白色的,点缀了彩色玻璃,是红、黄、蓝、绿四色,颜色也显得直截了当。三个人都好奇这是哪个国家的人建的,贝语新在手机上查了一下,是美国人建造的。一个叫海依士的美国人,一九二三年建的。"真的一百年了!"她小声惊呼。

教堂的光线总是与别处不同。这里的玻璃穹顶和四面的落地窗让大量天光自然倾泻进来,同时彩色玻璃又让光线变得柔和且带着一些不易察觉的色彩变幻,让人可以安心地完全投入光线之中,而不会觉得被刺得疼痛。仰起头,闭着眼睛,仍会感到光线像一件从天而降的丝绒大氅,把人从头到脚,连同此刻的疲惫、过去的伤痛都轻盈而绵密地包裹起来,使人心满意足得想要叹息。

卫婉之仰头看着穹顶和天空,看了很久,然后闭上了眼睛。她的身材几十年没有变化,纤瘦且挺拔。她穿了一身黑色的无领小西装和长裤,只有颈间系了一条白色的小丝巾。果然是专业的演员,形体和气质就是不一样,她站在那里,看上去就像在拍摄电影:女主人公独自上场,即将回忆几十年前的家族故事、恩怨沉浮,还有凄美的爱情。冉一秋示意贝语新看卫婉之,贝语新脱口而出:"卫姐姐好美啊。"确实是。冉一秋去卫婉之的拍摄现场探过班,所以很容易就发现此时卫婉之的状态与她真的拍电影时相去甚远:工作状态的她脚下是有根的,站在哪里都像定海神针,而此刻她是松弛又走神的,在大量的光线之中,她的重量似乎被抽走了,整个人轻盈而透明,分明端端正正地站在那里,又似乎根本不在那里——在那里的不是一羽仙鹤,而是仙鹤的影子。

冉一秋说:"确实好看。不过还是应该带一丝烟火气,涂一点口红。"

卫婉之对她笑了一下,从包里拿出一管润唇膏,随手往嘴唇上抹了两下。虽然只是给双唇增加了光泽,但整张脸看上去马上生动了许多,甚至有了一丝温婉的明媚。

贝语新说:"这里适合拍婚纱照。石头墙、花窗都很衬婚纱。颜色、质感,都反差强烈。新娘新郎只要有一点点表情暗示,拍出来会很有故事性。"

冉一秋说:"那不如直接拍电影呢。"

卫婉之说:"小贝可以演新娘。"

贝语新说:"我想当导演。"

这时她们发现教堂一侧的空地上有漂亮的铁艺桌椅,原来那是咖啡馆的露天座位,贝语新欢呼:"正想喝杯咖啡呢!太好了!我请两位姐姐!"说起来,在电视台当了十年主持人的贝语新今年三十五岁,作家冉一秋比她足足大十五岁,卫婉之又比冉一秋大十五岁,也就是比贝语新大三十岁,按照惯常的做法,贝语新对她们应该都叫老师的。不过贝语新是何等人,怎么肯流俗,她说她留学新加坡的时候,看见那里的人对行业里资历深的女性,不管年龄,都叫姐姐,姓陈的就是陈姐姐,姓李的就是李姐姐,她觉得这样很好。加上她总是说:"两位姐姐都是无龄美女。"然后她就一直叫卫姐姐、冉姐姐。两个年长的女人当然知道她没说出来的心思:这样可以模糊掉年龄和辈分。其实卫婉之和冉一秋都不太在意年龄,但面对贝语新的一番好意,也无谓计较这些小事,对贝语新的这种叫法也就无可无不可地接受了。

三个人坐下来喝了一杯咖啡,味道自然不能和上海咖啡馆里出品的相比,但是山中层层叠叠的绿,加上教堂、树荫和天光,还有新鲜的空气、清爽的风,都是让人不在乎喝什么的。她们静静地享受着,不知道过了多久,才起身离开。走了几步,冉一秋回头,立即惊呼:"你们看!"

教堂侧面的拱门这时候成了一个取景器,门里一片橘红色的光,异常醒目,而且景深变了,门里咖啡馆的陈设和咖啡馆的人,都如在印象派画家的画中。此时的教堂,像黑色丝绒垫子上的巨大琥珀,既耀眼又柔和,既透明又深邃,似有千言万语,却欲语还休。

"电影镜头。太美了!我要当导演。"贝语新说。

"看到这片光了以后,再转过头来,才发现天已经黑了。"冉一秋说。

卫婉之悠悠地说:"就因为天黑了,门里的光才那么好看,就像人生一样。"

某个内心暗室的按钮似乎被触碰了,接下来的山路行进中,三个人都各怀心事不再说话。路灯的光线中,仍然可以看到道路两侧不时出现的野花,一簇,一片,主要是白色的,像是小雏菊。一只特别精神的猫哗啦一声冲进白色花丛,看不见了,然后又在高处出现。贝语新喜欢猫,她说那是一只豹猫。

她们住在芦花荡饭店,就在剑池的上方,她们的房间在一幢民国时期建的老别墅里面。楼里没有餐厅,所以路过主楼的时候,她们就进去吃了晚饭。三个人都是控制饮食的,简单吃了一点,也就打发了。回到住处,贝语新忙着给自己来一杯挂耳咖啡，冉一秋在喝自己带来的冻顶乌龙，卫婉之突然说了一句："今晚来点酒。"这就是卫婉之，她看上去那么温婉安静，但偶尔会说出让人惊奇的话。事实上，很难说清楚卫婉之是什么样的人。六十五岁女性的生活，在寻常人眼中似乎只有含饴弄孙和跳广场舞两个选项了，但是卫婉之就是卫婉之，她对这些世俗的观念丝毫没有反馈，她依然在拍电影、演电视剧、演话剧，她依然苗条雅致，整个人保持了一种有事业的人才有的弹性和轻捷。相比之下，比她小十几岁的冉一秋倒是有点发胖。说起冉一秋，读者们对她的印象是笑容灿烂、穿着时髦、口齿伶俐的女作家，而在朋友们当中，冉一秋是以"懒"著称的人。这样将近两个小时的步行，对她来说已经是体力的极限了。她把茶端到床头，正躺在床上如释重负地休息，听到卫婉之的这句话，马上说："我箱子里有。语新，拿一下。"贝语新走到沙发前，她和冉一秋两个人的箱子都打开平摊在地上，而卫婉之的箱子关得好好的，四轮着地，立在靠近阳台的角落。在冉一秋的箱子里，贝语新很容易就找到了一瓶酒，酒瓶不是修长流畅的葡萄酒瓶，更不是"适合女性"的奶油甜酒的酒瓶，而是体态敦实的洋酒瓶，芝华士十八年。

五十岁和六十岁的女性，行李里面放着远比外人想象的要丰富和强烈得多的东西，正如她们的内心。自从三十五岁的贝语新和这两位比自己年长的同性来往，她已经习惯了这种惊讶。

酒真是个好东西，喝在嘴里好像一阵有柔软芒刺的风掠过，带来充满愉悦感的丰盛刺激，接着那些柔软芒刺一收，丝丝顺滑地从喉咙里滑下去，香醇一路潺潺而下，舒坦到胃，到五脏六腑。渐渐地，血液流速加快了，全身所有骨骼肌肉润滑了，周身看不见的绳索松开了，整个人松懈了，唯独情绪的水位涨起来。

"我最近有个烦心事，想请教两位姐姐。"贝语新说。

"是关于男人的吗？"冉一秋啜一口酒，一副准备拿绯闻当下酒菜的样子。

"我也说不好，和男人……有点关系吧，但在我心里，主要和工作有关，也和我在单位的人际关系有关。"贝语新说。

冉一秋说："你不会搞办公室恋爱吧？对方还是有家庭的那种？"说起来这个贝语新也不普通，一米七的身高，五官立体、肌肤雪白，又行动飒爽，是个略带英气的美人。但她丝毫不倚仗美貌，一不娇气，二不自恋，三不造作。自从和一位京剧明星的异地恋结束了以后，最近几年她的感情一直处于空窗期，而且丝毫不见寂寞幽怨，工作时专业能力非常能打，能屈能伸能吃苦，逢年过节同事需要代班时也有求必应，因此这几年她的事业风生水起，江湖上也有了"贝女侠"的绰号。空下来她要么泡泡咖啡馆看看书，要么就是和卫婉之、冉一秋，约了一起吃饭、喝酒、打理头发。如果三个人时间都允许，就一起来一趟旅行。

贝语新赶紧撇清："冉姐姐小看人，我至于吗？单身男人我都没空理，何况有家庭的，多麻烦！我哪有时间啊。我现在真的觉得，忙事业多带劲啊，有耕耘就有收获，每天的太阳都是新的，每天的咖啡都是香的。何况我现在正处于事业最关键的阶段，我才不想为一个男人断送呢。"

卫婉之微微一笑："是什么事？说吧。"她的声音始终轻柔，喝了酒也是这样。

贝语新遇到的，果然不是感情纠葛，只是有个人让她动了猜疑、犯了难。那是一位名气很大的文科教授，这个人已经七十多岁了——比贝语新的父亲还大，十年前退休了，又被另一所大学高薪聘请去继续任教。"他叫——哦，他的名字，我就不说了。"冉一秋见缝插针地表扬她："好，有进步。"冉一秋一直告诫贝语新：不要在当面聊天和微信里随便说出某一个人的名字，尤其是当对方是公众人物的时候。卫婉之的目光有意无意地投向阳台外面，似乎想在夜色中寻找远山淡淡的影子。贝语新感到自己需要加快故事的节奏，才能抓住面前两个见多识广的听众，于是她说："这位教授，他出席一个读书会，我去主持，就这样认识了。第一印象是：这个人确实很会讲，也很知道听众需要什么，很会掌控全场的节奏，也很自然地……流露？或者说展示吧，展示自己的学问和阅历。那天他当场夸了我两次，一次说我声音好听，一次说我读的书不少、作为主持人不容易，我还挺高兴的。然后我们和主办方一起吃了一顿饭，吃饭的时候，我还挺开心的，还有那么一点点被学术大咖认可的感觉。但是他在私下和在公众面前就不太一样了。"

"对你色眯眯了？"

"也没有。他要我坐在他旁边，然后吃饭的时候，他一直给我布菜，弄得像他请我吃饭似的。喝了一点酒之后，他就开始讲笑话，其实是段子，都是带一点点荤，也不是太黄的那种，满桌子就我和化妆师两个女性，我们都有点尴

121

尬。然后也就过去了。那天我们加了微信,后来他隔两三天就给我发一首诗,他自己写的,我不知道他为什么要一直给我发。"

冉一秋惊呼:"老年版徐志摩啊。"

卫婉之的表情连一丝涟漪都不起,只问:"自由诗还是旧体诗?写得好吗?"

"旧体诗。写得好不好我不懂,但是用了好多冷僻的字,好多字我不认识,也没空查。我觉得有点奇怪,他经常这样给我私信发他的新作,是出于什么心理?我们不是老朋友,不是师生,他为什么觉得我会对他的新作有兴趣?我觉得这是一种打扰。"

"你别理他就好了。"冉一秋说。

"那不是不礼貌吗?其实我一直还挺尊敬他,或者说,想保持这种尊敬。所以我就每三四首里面选一首给他回一个表情,一个大拇指或者一个抱拳,也算回答了。可是就这么冷淡,他还是照样新作源源不断地发过来啊。我真的不知道,他想做什么?"

"你也是年轻的老江湖了,打发这么个疑似爱慕者不是问题吧。何况如果他当面骚扰,估计他打也打不过你。"冉一秋说完,连卫婉之都笑了。

"你接着说。"卫婉之说。

"最近我们台里要做一档节目,有关传统文化的阅读推广的,台长点名说要请他来当一期嘉宾,然后我的同事去和他联系,没想到他就在电话里说:'不要跟我说什么台长,那是你的领导,不是我的;你们台我只和贝语新有交情,如果小贝来请我,看她面子我就去。'结果——我有个同事,是编导,平时和大家关系不错,大家都叫他李大头,这个李大头就从楼上飞奔下来找我,说我如果出面搞定了这位有学问也有流量但是实在会发嗲的老先生,他就对我千恩万谢外加请我吃一顿大餐。这下子我被顶在杠头上了。不去请吧,对李大头不够意思,作为电视台一员好像也不够敬业,这毕竟是工作;去请吧,又好像有点自己往坑里跳的感觉,说不清哪里有点不对劲。所以这几天我心里老有个事在晃荡。"

卫婉之说:"这位教授,他倒很直接。"

冉一秋冷笑了一声:"什么老教授,老脸皮厚。"

"卫姐姐、冉姐姐,你们说,假如他看我面子来做节目了,是不是从此我就要对他知恩图报,以后他的每首新作我都要在微信里吹捧几句?"

冉一秋说:"隔空聊天那怎么够? 总要见见面,单独吃个饭,喝个咖啡,你笑靥如花奉承他两句,他摸摸你小手搂搂你小腰之类的吧。"

"妈呀,你这么一说,我鸡皮疙瘩都起来了。他长得……嗯,出于教养我从来不议论别人的长相,可是这个年纪了,他不知道自己作为男人都过了赏味期限了吗? 实在是……违和呀。我为了工作,再付出,也不能牺牲到这个地步吧。"贝语新说。

卫婉之从沙发上探过身来,轻轻打了冉一秋的手背一下:"你呀,真是作家的一张嘴,太损了。"

冉一秋一笑:"你怎么不说她? 她说赏味期限,都把男人当罐头食品了。"她没有等来卫婉之对贝语新的反应,话头一转,问卫婉之:"刚才在教堂,你想起了什么? 没见过你那么出神的样子。"

"我想起了四十年前的一件事。"卫婉之说。

"教堂里的邂逅吗? 和帅哥吗?"贝语新问,似乎唯恐她不再说下去。谁能当面听卫婉之披露自己的感情生活? 说起来卫婉之已经演了三四十年,是演艺界罕见的到这个年纪还能一直在接戏的女演员。她一直保持着专业水准和口碑,所以有一种"我就是我"的气度。唯一令人捉摸不透的是她的私生活,除了年轻的时候有过两段恋爱,她的生活里很多年一直没有男人的身影。这怎么可能? 空谷幽兰,分明一直暗香浮动,别有一番动人心处。可是谁敢问呢。

"邂逅? 不能算邂逅吧。认识也不在教堂,在课堂。那时候刚恢复高考,所以我是插了两年的队,二十岁进大学的,遇到他的时候,我二十一岁,大学二年级,他是我的任课老师。他课上得真好,我像从一片沙漠中刚走出来,遇到了一条瀑布一样,需要的东西远远超出向往的程度,结果是手忙脚乱,一边来不及地记笔记,一边要拼命理解他随口说出来的各种理论各种典故,一边还要努力听懂他随口说的英语单词和人名,真是又紧张又幸福。我后来才知道,那是真正的启蒙啊。"

她说到这里,举了一下手里的杯子,和冉一秋、贝语新碰了一下,说:"为启蒙干杯。"

"班上的好多女同学都仰望他,好几个经常在下课以后围着他问问题,渐渐还和他一起在食堂里吃午饭,说说笑笑。我从来没有加入其中,也觉得他根本没有注意到我。"她看了两位听众一眼,否定了她们眼神里透露的东西,"不,我不是矜持,当时我可能因为在一群漂亮女孩子中间觉得自己很一般,所以没那么自信。也可能不太认同那些同学的态度,因为我把他当成很了不起的老师,而她们似乎是把他当成可以互相嘻嘻哈哈的男人。"

"他帅吗?人舒服吗?"贝语新问。

"我不知道,也不太记得了,在我的印象里,他应该不属于帅的,但是对当时的我们来说,真的好像对异性不怎么注重外表,只注重精神。"

"他当时多大?结婚了吧。"冉一秋说。

"大概三十岁,结婚了,有个三四岁的孩子。所以,当时我更不可能往师生以外的地方去想。"

"后来呢?"

"我们学校的图书馆是教堂改建的,我很喜欢在那里看书,有时候一楼没有座位了,我会上二楼,二楼有点像包厢,位置不多,而且平时人少,经常积灰。有一次,我就在图书馆二楼遇见了他。我们打了招呼,这时我才确认他认识我。后来不知道从什么时候开始,我经常会在那里遇见他,至少每个星期三都会见到。图书馆里没法聊天,所以我们经常是微笑着互相点点头。直到有一天,下着特别大的雨,那天我穿了一件白色的连衣裙,我怕淋湿了衣服贴在身上,会显出身体的线条,让人看见难为情,就坚持在二楼继续看书,等雨停。那位老师也在,那天他穿了一件白衬衫,平时他穿什么衣服我都记不住,不知道为什么却记得那天他的白衬衫特别白,白得有点发光,给他整个人罩上了一层光晕。雨一直下,后来,图书馆的二楼只有我们两个人。"

"白袷玉郎啊。"冉一秋说。

"什么意思?白甲?白色铠甲吗?"贝语新问。

"不是,'怅卧新春白袷衣'的'白袷'啊。算了,不重要,别打岔。"

"对对,"贝语新转过脸来看卫婉之,"后来呢?"

"我们坐在一起,中间隔着一个空位置。因为没有别人了,我们就随便聊起了这座教堂和学校的历史,但是两个人都心不在焉,好像在扮演聊天的师生,其实只是拙劣的演员。他一直看着我,那种目光有温度,有穿透力,好像能在我的皮肤上烫出一串烙印,我也模模糊糊地看了他一眼,但是不敢对视。我觉得喉咙有点发干,想走,又觉得突兀,会对他不礼貌;不走,又不知道该说什么。"

冉一秋说："二十一岁的女孩子，那个年代的，又单纯又好学，多么干净，就是蒙昧、傻，你那叫战又不战降又不降，就那样木头木脑地面对着一个男人，嗯，我都有点同情你这位老师了。"

卫婉之浅浅地笑了："你居然这样想？可也没有人宣战啊。说起来，我还真没想过他的感受。"她喝了一口酒，接着说，"我们就那么坐着。那天雨下得特别大。"她的目光投向了阳台外面，那场四十年前的雨似乎还在那里下着，给她的语调带来了某种湿润。

房间里出现了一阵子寂静。然后听见了外面昆虫的声音，好像是金蛉子的鸣叫，也许还有迷路的小飞虫振翅的声音。

贝语新瞪大眼睛看着卫婉之，想说什么，又赶紧低头喝了一大口酒，把到了嘴边的话也咽了下去。

"后来我就仰头看图书馆的那个穹顶，天是灰的，因为下雨，光线朦胧，朦胧的光线从上方泻下来，我觉得很舒服，就有点忘却了刚才的紧张。这时候，身边的那个人说话了。他的第一句话，就让我很奇怪。'我羡慕一个人。'我奇怪地把脸转向他，用表情表示了疑问。然后他说：'那个将来要娶你的人。其实我一直不理解书里和电影里的教堂婚礼，因为觉得没有人配得上教堂的神圣，而世俗的人结婚无非是为了现实利益和繁衍后代，为什么要到这么神圣的地方来打扰这里的清净呢？可是你不一样。每次在这里看到你，我都觉得你是配得上的。你的洁净配得上教堂的洁净，你的美好配得上教堂的美好，你的透明配得上从教堂穹顶泻下来的光线的透明。你如果穿上雪白雪白的婚纱，那就是真正的白玫瑰，就是光明天使。将来会有一个人，能在教堂里迎娶那样的你，所以我羡慕他，简直有点恨他。'我听了这番话，一时间惊呆了，心里也不知道是什么滋味，但是感觉发生了非同小可的事情，而我完全不知道怎么应对，脑子都是乱的，所以我只能沉默。"

冉一秋叹了一口气。没有人问她为什么叹气，似乎她们都懂得她为什么叹气，或者她们都知道，连冉一秋自己也不知道为什么要叹气。

"后来呢？"

"雨停了，我就走了。他也没有再说什么。这件事总让人觉得不真实，很像在雨声中我自己做的一个梦。但是从那以后我去图书馆就不敢再去二楼了，后来这位老师的课上完了，我们就再也没有见过面。过了好几年，我才听说那位老师后来到底还是和他那个纺织厂工人的妻子离了婚，娶了一个当年的学生，大家都在猜测他们的感情是什么时候开始的。我知道那个女孩子，她是我们这一届里最漂亮的一个，后来想起来，她是有点像影视明星。"

"你当年这位老师，这么……博爱啊。"贝语新让过了"花心""油腻""不要脸"这几个第一批涌上来的词，选了一个客气的，"卫姐姐，你肯定觉得震碎三观了吧？"

冉一秋又叹了一口气："震碎三观不至于，但是总归觉得不舒畅。"

"我不知道自己当时的感觉……我说不好，有一点是肯定的——我是震惊的。来龙去脉我也不想知道，因为一位我佩服的老师不见了，一个体面的男人也不见了。"

"唉，所有欣赏都难逃失望。不过师德也是道德层面的事情，只能用来自律，不能用来要求别人。感情的事，说不清，因为人性太复杂。"冉一秋叹了一口气。

贝语新说："面对无敌青春，有点动心，其实也挺符合人性的，但作为老师，是只能心动不能行动的，至少在对方在校期间是这样吧。"

冉一秋看向卫婉之："这人不太靠谱，幸亏你当时没选择他。"

卫婉之淡淡一笑，说："哪有什么选择？我其实整个人是蒙的，根本来不及想清楚。他那么直接地赞美我，而且像在舞台上念台词一样，我当时很不好意思，不过还是开心的，内心也觉得有点荣幸。以我当时的辨别力，他的学问、他的才华、他的阅历，他身上是有光环的。"

贝语新突然灵光一闪，说："对，这种光环是专业优势带来的！滑雪教练、潜水教练身上也会有。"

"难道说，你当时还有可能陷进去吗？"冉一秋问卫婉之。

"不会，不可能。因为他有家庭。这是我的铁则，我们那个年代的铁则。"卫婉之说。她轻柔的嗓音里有些许追忆的调子，但脸上的表情在淡然之下，又似乎有一层薄薄的嘲讽的笑意。

三个女人又喝了一会儿酒，冉一秋的手机响了，是女儿打来的，说她在外地，不知道为什么房东说楼下的邻居投诉她深夜发出巨响，想让冉一秋帮忙去她租的房子一趟，和物业一起开门让对方看看，证明她的无辜。冉一秋说：

"我也在外地。你可以自己回上海了再去办，也可以找你爸爸。"冉一秋离婚多年，女儿大学毕业后就自己租房子住了，曾经的一家三口现在住在三个地方，冉一秋毫不避讳这些事，因为她觉得这十多年她过得越来越自由，心里越来越透彻——既清楚自己要什么，也清楚别人怎么看，同时对别人的看法既不对抗也不妥协，当然更不解释，因为不需要。冉一秋的人生信条是：成年人的生活，不要依赖；成年人的选择，不要解释。"这个信条其实有一个粗俗版本，就是：你的生活，关我屁事？我的生活，关你屁事？"她还这样补充，卫婉之和贝语新都听到过，卫婉之几次都假装没听见，贝语新每次都哈哈大笑，还竖起一个大拇指，表示强烈赞成。

冉一秋挂了电话，把手机往床上一扔，说："我想起一个故事。"

"也因为教堂吗？"

"因为颜色。卫姐姐刚才说到白连衣裙和白衬衫，白色成了记忆中很重要的一个点，我觉得那是女孩子对纯洁特别重视导致的选择性记忆。我遇到过一个男人，他从来不穿白衬衫，基本上都是暗色系，然后也没什么设计没什么质感，整个人没什么看点的那种。当时连我自己也早就不穿白色衣服了。那时我四十岁，离婚几年了，自己的穿衣打扮一下子找不到属于自己的风格，加上还在当记者，所以衣服都是最方便省力的中性风格。"

冉一秋又喝了两口，说："本来我是文化记者，但是那天不知道为什么，可能说是为了时效，临时让我代替一个跑教育线的记者去采访一位名校的教授，我就去了。他大概有六十岁了？反正那所学校说是六十五岁退休，而他还没有退。他给我的第一印象很正常、很温和，谈吐还算有趣，也比较客气。后来，那篇专访出来了，他说一起吃个饭，我就去了，本来想请他的，结果他抢着把单买了，然后我就回请了一次，本来以为回请了就不会再来往，没想到他谈到我的小说，看得很仔细，评价也挺有道理。那时候我刚出了一本小说集和一本长篇小说，所以对这样的学术界高人的意见很在意，后来我每发表一篇，都会把杂志快递给他，听听他的读后感，他有时候简单地说挺好的，有时候会提一点很具体的意见，我心里挺感激他的。我们几乎不见面，就是通邮件和短信。我们的聊天从来没有用'你''我'这样的开头，都是'这篇小说'或者'这个主题'开头的，所以有点像同行的讨论，也有点像老师在专业上指导学生，这样持续了大概半年，也许一年，记不清了。"

"后来呢？"

"有一次我获了奖，他打电话来祝贺，说我应该请他吃饭，我正高兴，就答应了。后来想起来，我总是奇怪自己为什么不多想想就答应了。可能是谈作品谈文学久了，人会忘记一些现实的事情吧。那次吃饭，我点的菜，他自作主张要了一瓶酒，是五粮液，我有点惊讶，因为那个品牌的酒在饭店里卖得很贵，客人一般不会擅自点的，但是我想他对我的写作也有点功劳，好不容易我得奖了，应该大方点。因为有点心疼，我就陪他喝了几杯，我不知道他的酒量，只知道五六杯下去，他的话就多了起来，而且表情变得活泼起来。我觉得这是酒后的正常反应，暗暗觉得有点心烦，但是作为请客的人，又是半个徒弟的身份，也不好拔腿就走。突然他说：'第一次看见你，你记得吗？那天你穿了一件淡粉色的衣服，涂了玫瑰红色的口红，好看极了。'我说他记错了，我没有淡粉色的衣服，更绝对没有玫瑰红色的口红，我只有无色润唇膏。然后他说：'记错了？那就是我梦里看见的。'这句话一出来，我就觉得整个谈话彻底不对了。我还想让谈话恢复正常，我就说：'哈哈，你抬举我了，我这么粗糙的一个人。'然后他说：'你一出现，我就想起一种水果：荔枝。外面是一层有点硬、有点粗糙的壳，只要剥掉那层壳，里面是那么水灵、那么性感，特别诱人。'我听了一下子呆住了，说真的，我的汗毛一下子竖了起来，一阵反胃，我不知道自己做错了什么，为什么居然要面对这么奇怪的事情。凭什么他可以对我说这样的话？毫无道理，毫无逻辑。"

卫婉之迟疑地说："也许他是欣赏你，但表达得不太恰当。"

冉一秋笑了一笑，说："就是套路，你不知道他玩得多熟练。我吓了一跳，整个人都不好了。这种突如其来的所谓赞美或者撩拨，完全是从天而降的羞辱。"

贝语新问："你当场就走了？"

"没有，我还是保持礼貌，吃完了那顿饭，按照原来的想法买了单，才告别的。我记得我最后还说：'某某某先生，再见。'从那以后，我再也没有见过这个人。不会见了。他发来消息，我都不回，隔一段时间删掉一次。其实我也没有特别生气，只是觉得败兴，觉得自己有点可笑，一把年纪了，还会被专业光环骗了，自取其辱。我以为是专业上交流的关系，甚至是文人雅士之间来往的感觉，谁知道从一开始人家就是纯套路。"

卫婉之悠悠地说：“他有家庭的吧？”

冉一秋说：“应该吧。不过我不是因为这个，以我原来的感觉，我们的来往是和私生活无关的，因此彼此都不用关心有没有家庭。虽然我没想到他会把我当女人看，但是无论如何都要尊重我吧？那种套路，从一开始就全是虚的，而且没有一点尊重。人和人，没有一点真心，何必呢。他不把自己当人，我还把自己当人呢。”

“你们报社有人知道吗？”

“我没说。但是后来，那个教育线的记者有一次在电梯里遇到我，问我现在和那位教授还来往吗，我说没有。她说那就好。原来当初是她受不了这个人的纠缠，所以坚决拒绝再去采访。领导不知道真相，以为教授个性太强要求太高，和记者沟通不顺利，就换个人去了。哦不，我想想，也可能不是这样，也可能当初领导是知道真相的，但是觉得我不像个女人，应该能幸免，所以就派我去了。”

贝语新惊叹地说：“看你现在这样讲究的打扮，想象不出来你曾经是那么中性化的。”

冉一秋说：“那种人玩套路，已经到了本能反应的地步。不过，说来也奇怪，从那件事以后，我好像打破了一个心理禁忌，知道别人怎么对待你和你怎么打扮没关系，这一下子在穿衣打扮上面就放开了，喜欢什么就穿什么，开始化妆了，也戴一点首饰了。看这块手表，是我用上一本书的版税买的，这条项链，是我用上上一本书的版税买的。我后来明白了，其他人的评价真的无所谓，最需要在意、最需要取悦的人是自己，这么一想，人就松弛了。谁知道我这样一松弛，异性缘反而变好了。我上一个男朋友，特别帅，比我小五岁，要不是后来他迫于父母压力想结婚而我不想，说不定到现在还在一起呢。”

“冉姐姐，你想得好清楚啊。”

“是啊，我觉得自己不适合婚姻，不想再迁就任何人，而那个男朋友是普通人，他是要结婚生子、夫唱妇随的，既然如此，那就算了。成年人最怕勉强。分手后的戒断反应？还好吧。我对自己是什么货色看得很透，知道自己是个不随和不贤淑的货色，所以这是我自己的选择，求仁得仁，没有什么好说的。”

卫婉之说：“很多人恐怕很难理解。”

冉一秋耸耸肩，笑着说：“比起传说中理想的婚姻，我更想得到理想的事业和理想的体重。"

贝语新笑了起来:"我也是!我也是!来,干杯。"

卫婉之也笑了,举起了酒杯,三个人碰了一下杯子,夜深了,酒杯轻轻碰在一起的声音格外清亮。

贝语新说:"我有个发现!如果拍电影,这三个故事里的男人,可以设置成同一个人哟。我将一下时间线啊,卫姐姐读大学的时候,他三十岁;冉姐姐认识他的时候,他六十岁出头;现在我遇到了,他七十几岁了,从年龄上看,完全有可能。"

卫婉之神色一凝,眼皮向下一抹,表情显出了几分锐利:"不会吧?"

贝语新立即觉得自己冒失了,赶紧说:"不会那么巧,我想到哪儿去了。再说,一个年轻的时候把白衬衫穿得那么好看的人,老了也不会这么油腻。"

卫婉之的语气恢复了清淡:"就不必考证了吧。"

贝语新看向冉一秋,冉一秋喝了一口酒,轻松地说:"前几天我去了一个艺术家朋友的工作室。工作室的墙上挂了一张摄影作品,是风景和天空,天上的云有移动的痕迹,那个朋友就对我解释说,这是多次曝光的结果,他在同一个位置按了很多次快门,拍了同一朵云,这朵云在不同位置的样子,被他叠加到一起了,所以作品中的云是我们现实中看不到的样子。他当时用手在照片上平移比画:'这里、这里、这里,都是同一朵云。'我现在突然想,那真的是同一朵云吗?如果每一个瞬间都是这朵云,那么其实下一个瞬间它就变了;如果要全部的瞬间叠加起来才是这朵云,那么又可以说每一个瞬间都不是这一朵云。所以,是不是同一朵云,确实可以有不同的看法。"

卫婉之笑了:"作家开始谈哲学了。"

冉一秋说:"是不是同一朵云都说不清楚,何况人呢?一个人二十岁、四十岁、六十岁,他是同一个人吗?可以说是,也可以说根本不是。何况我们这些'三脚架'——观察者的角度和立场也在变化,所以,有些事情根本没有办法说清楚。只要我们自己心理上不拧螺丝,让自己松弛,其实也都不重要。"

贝语新:"我们自己不拧螺丝,金句啊,姐姐。"

冉一秋说:"夸我没有用,你想好了吗?到底要不要出面请那位老教授啊?"

"我刚才已经在微信里请了,他答应出镜做节目了。"

卫婉之有点惊讶："那你……准备怎么应对？"

冉一秋说："那种饭绝对影响健康。你真准备为了工作牺牲色相啊？"

"哦，对！我同事还在等我回音呢，我得给我同事打电话了。喂，李大头，那个事我搞定了。没事，也不麻烦，只不过我答应他当天拍好了以后，请他吃饭。我是为了你两肋插刀，所以你不能让我单独应付这顿饭。对，那天你也来，再带着摄影师、化妆师都一起来。对，大家热热闹闹吃个饭。我来请。什么，你买单？那太好了！哦对了，他肯定以为是和我单独吃饭，为了让他做节目的时候情绪好，我们得保持这个错觉，你可别说漏了。"

冉一秋惊讶地问："你什么时候问他的？"

"就刚才啊，咱们一边喝酒我一边在微信里邀请的。他要我拍完了节目就请他吃饭，我答应了，可我没说要单独请他啊，我现在拉上几个人，不就好了吗？多方共赢，相当完美！"

卫婉之听着，半赞半嗔、有点啼笑皆非地说了一句："现在的小朋友，真是太有办法了。"

这天晚上，因为解决了难题放下了心事，贝语新面膜做了一半，就睡着了。冉一秋也睡着了，只有卫婉之在有雕花石栏杆的阳台上坐着，独自慢慢地喝着杯子里剩下的半杯酒。喝到最后，她对着夜空举了一下杯子，说了一声"Cheers（干杯）"，然后一饮而尽。真得谢谢冉一秋，出门带上这瓶酒。卫婉之决定下一次把人家送她的一条名牌丝巾送给冉一秋，那条丝巾颜色浓郁、质地华贵，但是卫婉之从来只戴黑白两色的丝巾，最多是黑白千鸟格的，所以那条丝巾一直没有用，送给冉一秋倒是合适。

卫婉之不知道，这时候冉一秋正在做一个梦，梦见在白天走过的山路旁边，有一大片白色的花，一只特别精神的豹猫，动作矫健地一头撞进花丛中，然后从好几米以外的地方冒了出来，重复了一次又一次，每次它都回头看着冉一秋，似乎要告诉她什么。冉一秋走过去仔细看了看花，说："我看清楚了，这不是雏菊，是丁香花，谁说白色的就是雏菊，这是白丁香花。"豹猫摇了摇头，再次撞进花丛，然后再从另一头冲出来，再次回头看着冉一秋。冉一秋突然明白了："是什么花不重要。"这一回，冉一秋清清楚楚地看到，豹猫笑了，而且它笑出了声音，是冉一秋从来没有听见过的笑声，那声音，像一串风铃在风中自在摇动的声音。

【**作者简介**】潘向黎,文学博士,专业作家。生于福建泉州,12岁移居上海至今。出版有长篇小说《穿心莲》,小说集《白水青菜》《十年杯》《我爱小丸子》《轻触微温》《女上司》《中国好小说·潘向黎》《上海爱情浮世绘》等多种,专题随笔集《茶可道》《看诗不分明》《梅边消息:潘向黎读古诗》,散文集《万念》《如一》《无用是本心》《茶生涯》等多部。曾获鲁迅文学奖、庄重文文学奖、冰心散文奖、中国报人散文奖、朱自清散文奖、花地文学榜年度散文作家等奖项。小说五次入选中国小说学会主办的中国小说排行榜。作品被译成英、德、法、俄、日、韩、希腊、蒙古等语种,出版英译小说集《缅桂花》及俄译随笔集《茶可道》。现为上海作家协会副主席。

夜游神

◎ 史玥琦

一

叶子女士敬启：

　　来稿已阅，感谢关注。奉主编之命，我本应给您写一封言辞恳切的退稿信，首先表扬您文笔流畅、叙述有力、完成度颇高，再笔锋一转，谈些人物深描不足、尚欠缺文学性之类的套话，最后做小结，希望您多改多练、笔耕不辍。

　　我不打算按此常规回复，而是借本信"越界"，说些心底话，原因有二：一是此故事足够打动我，在我看来，有些笔法恣肆蔓延，但叙述仍够冷静，我很快看了进去，也能捕捉到叙事空隙中有幽小情感在暗流涌动；二是刚刚填写信封时，又想到您和我是老乡，我来自哈尔滨近郊的双城堡，前年全家搬到市里，大学考到南方，毕业后落脚上海做了编辑。这里东北人并不多见，看到您的投稿，小说描绘的地理风貌，尽是我在哈尔滨市区念高中时所熟悉的，心间温暖。我想这第二个原因也解释了我第一个原因。

　　您的这篇《夜游神》，我不太想用概括性的语言破坏它，究竟讲的是救赎、绝望，还是兼而有之？我不敢去猜，我想编辑的工作并非如此，我需要的大概是尽全力帮助作者在一些暧昧的时刻，让它生长出来。我的一点困惑和纠结在于您已隐晦地表明了伤痛,企图用"非人"的方式揭开伤疤,但因为太多限制,仍在事实的外围打圈。我想,如果它们都化身成人,这又是怎样的故事和场面?我不清楚,但我似乎明白那是切肤之痛。我思索再三,还是决定写信给您,小说或许是最真诚的镜,尽管现实千疮百孔,我们仍能用书写去记录、讲述,因此您的笔触不必忌讳。也许那是您最不愿讲述的,但我坚信,换一种写法,总有勇敢,让我们再次喊出自身存在的意义。

上午看稿太久,眼睛酸痛,我走到阳台,在一排枯槁废弃的花盆间,望向远处,阳光从梧桐枝叶的缝隙钻出来,令高楼间的天色更加清澈透明,很多颜色从心底涌起,而我面前像一场虚空。刚刚读到的许多来稿,只有您的故事像地缝间的草根挤出来,反射雨后多变的虹光,这和您笔触的色彩有关,也与我自身相连。好的小说是有生命的,您能摸到它,感受它慢慢在体内长成一棵树,因而,我的建议也只是培育的方案,如何浇灌,全凭您的手。

写下这些,我很忐忑,但还是从容落笔。因为一些变故,我本想夏末离职,不再坚守这块行将就木的阵地,文学日益不受欢迎的今日,我像个垂垂老矣的守门人,背后是一座逐渐成为博物馆的大酒店。今天看到您这一篇,我希望等一等,帮一帮您。您不必负累,也不必在乎我的期待,只要真心去修改它,就好。

感谢您看到这里,客套话不说了,如果您希望再次投稿,可直接邮寄给我。地址照旧,只需注明"给小穆"就行。(随信附上一片梧桐叶,刚刚我展开双臂趴在阳台上,它突然落到我手上。)

顺颂文绥。

《大众》文学编辑部小穆

二〇一七年三月二十日

二

一九九七年(《夜游神》一稿节选)

第三个年头,我们并没泄气,从文化宫散场往回行的路上,决定扩大地处来寻。那晚放的是《霸王别姬》，蝶衣在大幕布那头喊：差一个月、一天、一个时辰，都不算一辈子！底下传出几声小心翼翼的啜泣，我们顺着椅脚，擦着老姑娘们的脚腕子，静悄悄钻进八角形的活动楼后身。犄角堆满废弃的单双杠，月下锈光闪闪，我们从容地蹑脚越过，步向犄角处。铁皮在这儿零落，形成一个见方的窝，被瓤子泛黄，仍堆在里面，棉花外翻，有几条慵懒的长虫趴伏。我们不由自主地伸出爪子，抓死它们，又嗅四周，没人来过。我刨走小窝前发蔫的花茎，老三叼来新鲜的狗尾巴草，一瘸一拐，扔到上面，随后都呆站在那儿。愣了半晌，后面幕布上乒乒乓乓，鼓琴声响，我们呜咽了两下，就跑开了。

饲养员老周说，米粒那天是衔着花走的。至于什么花，他给忘了。我们便每隔一周换一个品种，把花叼到她爱去的地处，包括当年发现她的小窝，市内松花江以南的花全试个遍。主意是老二出的，她说狐狸不像咱们，鼻子灵着哩。我反嗔道，她古灵精怪，走丢了更难说了。尽管如此，每晚我还是跟着她俩，沿着民生路向东，或再顺和平路朝北，七拐八绕，钻进所有胡同，嗅察蛛丝马迹。遇到人来，我们立刻隐进黑暗中，不怕别的，担心吓坏他们。比如现在，从后面看，老三说不清是什么生物，哪怕反复端详，也很难讲她是只狸花猫。

爆炸以后，她被按着做了七八次手术，虽足以活命，但皮毛全脱，像没生下的死胎，光溜溜、血涔涔，她一下切断同过去猫群的联系，谁也不见，只容许我们几个探望。我叼来街角拣选出的半块油酥饼，呜呜地同她一起哼泣，帮她舔舐伤口。她左后腿截了半条，全身几乎没有一块光滑的表皮了，凹凸不平，反着冷光，如碎烂的豆腐，粗糙蠕动。裂痕处依稀有新长出的绒毛，皮肤下面依稀可见血管，赤红的溪流努力地流动。我舌尖的毛刺勾到她尚未结成的血痂，她抖了一下，转身夹着尾巴靠到角落里。

我们伤势大体相当，被分在一个笼舍，除了老周，没人敢近前。早先他在社会上招了个徒弟，帮忙料理后勤，小子号称从小跟家人杀猪，胆子大，见啥怪物也不打怵。头一天给我们送食，他穿过大楼昏暗的长廊，皮鞋啪嗒作响。老三尾巴竖着，一瘸一拐地到门口张望，他"嗷"地大叫，一下坐到地上，饭也扣翻。我冲他叫两声，然后轻咬老三耳朵，把她拽到后面，从此我们再没见过他。

老三在前面慢慢踱步，我们绕开人群，从与群乐街平行的通乐街往回走。

到废品站附近，她一下跳到布满油渍的垃圾箱上，东翻西找，扯出一长帘黑塑料袋，照例落到地上，打个滚，袋子熟练地卷在身上，老远望去，成了黑猫。她向我们眨了眨眼，我们照做，披上伪装。街灯昏暗下来，这片老旧的红砖墙细影闪闪，除了蚊虫还有不耐烦的风。过去我喜欢盯着两边红墙整齐的反光，随着大伙眼珠从圆到尖，墙面因周围二十世纪五十年代建筑的形状投出变幻的阴影；闲下来时，我跑上楼顶，呆望一整天。我伸着懒腰，企图如此这般消磨到死，冬日阳光晒向我伤痕累累的肚皮，我的橘色软毛仍茂密地生长，盖住被烧坏而荒芜的部分，我舔着只剩一半的左爪，感受热在身上蔓延。其他猫也过来了，在楼顶的阳台，我们互相望着各自奇形怪状的脸，鲜少说话。那点事早在半年前便讲尽了，剩下的只有重复，以及对外面世界难过的臆想。老二打破沉默，念叨着可能找不着了，再不就得出市，可我们这个样子，走不远。老三用胡子蹭了下她，说别放弃，先慢慢扩大范围，总有线索。米粒无缘无故地失踪三年，我们一直注意周围人的作息、动向，甚至走遍市内每一块狐皮大衣的广告牌，看谁比较可疑。此刻，我们踅进一条没灯的胡同，往前走，好像以后的生活也将灰暗下去。

米粒刚来的时候，我们没什么指望，甚至说着，断奶之前要送出去。在废旧铁皮的窝前，她母亲呼吸微弱，眼睛半闭，从体内传出恳求的呜咽。她背上的伤口尚未愈合，因为灰尘太大，再次病倒，费尽气力，产下这团雪白的绒球。那天下午我们将自己遮得严严实实，本来想趁夜里去文化宫凑热闹，在民生路主路上，一个男孩跑跳四顾，发现了我们，向后面的人大喊，快看呀！塑料袋成精了！在屋檐上长脚自己跑！我们只好转向小路，绕到大院的后身，从狗洞进去，便听到角落里的呼救。她太小了，一直睁不开眼，鼻翼翕动，静悄悄地团着。白狐强撑着气力说，她父亲被炸死了，我现在唯一想的是，她能活下去，替我看看世界。我们眼睛圆睁，不知所措，一齐凑过去舔舐母女俩，不一会儿，更多的血水从她白肚皮下流出来。咽气以后，我们将她叼到树旁，活动楼的舞会喧闹得很，我们没去看一眼，径直带小家伙回了我们高耸的黄色笼舍。

过了半个月，她仍没睁眼。老二揣度，大概和猫不同，狐狸另有讲究，我们把她安置在几个窝中间，方便轮流探望。我舔着她脑袋顶不多的软毛，叹气，她真看见我们，还不吓回娘胎呀。结果像顺着大家期望，那条眼缝一个月也没开启。老周心领神会地给我们笼舍多送了牛奶，她的身子倒率先长起来，渐渐有我四分之一大，团着睡觉时，她老实得很，模样喜人，像颗晶莹的大米粒。她逐渐熟悉我们的气味，常常凑过来哼唧，眯缝着眼，在整幢楼摸瞎闲逛，甚至认了两只三花猫当干妈。三个月，老周请来后楼医疗中心的人，都蒙着眼布穿过长廊来看。手电筒在她眼前晃了半晌，一个年轻的声音说，娘胎带下来的，角膜有问题，就这样吧。我感到一些不应该的欣喜，回头看老二，她正咬开身上的袋子，外头来人，并不避讳。

我们仨再次站到这一路口，身披塑料布。散场后一小时，没有人再来胡同闲逛，这是属于我们的一方天地。三年前的初冬，还没落雪，我们在老周脚旁大叫一刻钟，他一拍脑门，才意识到米粒那晚还没回来。他掸了掸身上的烟灰，小跑到院门口，指向西边。这条大路曾繁华一时，有几家能在门口捡吃食的饭庄，爆炸以后，兴建伤病动物集中笼舍，便纷纷搬迁，避开这里，此处成了家长吓唬小孩的地方。这条街荒废下来，与两侧的民生路、文景路相连的路口被堵住，只有狭窄的胡同可钻行。老三急得跳来跳去，老周并不看向我们，说，就是这儿，我以为她找你们玩去了。那小瞎白狐，叼着花，什么来着？妈的，色我都给忘了，这他妈破记性。

老二在前面胡同口停住，让我们留神。竖起耳朵听，有人在打架，是被捂住嘴巴发出的惨叫，我俩蹦跳着过去，借着外围新修高架桥上的灯光，从堆积的杂物缝隙间望去，有人影闪动，而这头电线杆上，米粒的寻狐启事被扯下来一半，剩下半张摇摇欲坠，雨水冲刷，只剩下"七岁"依稀可辨。我向后退两步，借力跳过去，将纸咬下来，说，找了三年，还是要找，我们每晚都这么走，一直走，走完每一块砖，走不动为止。她俩表示默许，问要不要过去看看。我率先跑了过去，跳到酸菜缸顶，还看不清楚，就又顺窗沿，跳到再前面的破旧自行车车筐里。前面两个壮小伙，挡死路口，面前瘫倒一个孩子，口含一长条麻布，正努力地想叫出来。

其中一个猛地抬腿踹他，说，我明明看着你往兜里揣那一百块钱了，你给哥赶紧拿出来，我俩不往死里整你，不然你今天回不了家。那男孩只是哭，长长的泪痕在微光下发白，我想起米粒不顾命似的疯耍起来，也像一道模糊的白。另一个将长麻布从他嘴里拽出来，说，你别以为我俩不敢下手，你是不是吞肚了？吞了我拿刀剜出来，要不你就赶紧痛快地给我俩。男孩打着哭腔说，大哥,你们真看错人了,那是我同学,一百块要交学费,他妈给他多拿的。对面给了一耳光,说,真他妈能撒谎,我就看见你一个人。男孩定了定,突然起身,扬起一把沙土,两人大骂,挥着膀子踹他,他双臂抱头,动弹不得。突然一声大叫,老三从比我更高的矮房檐径直蹦下来,扑向他们。她已脱了外皮,昏黄的光下像块红色的水晶。几乎同时,我和老二也大叫着往上奔,老三已一把抓到其中一人脸上,被一掌打飞。我俩正紧紧钩着另一人的衣角,他突然失去重心,摔到地上。他们大喊着,×,真他妈有怪物,有怪物!随即连滚带爬、鬼哭狼嚎地跑远了。二十秒后,男孩站起身,盯着我们,眼睛里是一如既往的恐惧,但总好像多些什么。我哼了一声,转过身,翘着尾巴,和她俩一起隐进黑暗中。

三

叶子阿姨吾念:

首先恳请您原谅,直到收到您再次来稿,我才意识到几个月前的自己有多冒昧、鲁莽、迟钝。有时我在安静的夜晚,听到小区流浪猫叫,也会想起您这篇小说,在想它们如此执着的情感出口,究竟为何她们要对养女如此看重。我没有发现,其实自己也陷入了一种执着当中,对于某类逻辑真相的执念,让我过分在乎背景现实。看到您坦诚的叙述,洗去所有修辞地复刻真相,我由衷敬佩,倍觉惭愧。我企图让您撕去全部隐晦,还原的现实就是如此,我反复问自己,为何要这样做呢?

或许世间人们的悲苦,总是无法共享前提。您寄过来的二稿如此清晰地告诉我,我陷入了相当长的自责中。您在二十五岁所遭遇的灾难,我在哈尔滨读书时其实有所耳闻,但从未如此感同身受。那次二十世纪八十年代末的亚麻厂大爆炸,在我读书时,演变成了一个轻巧的城市恐怖故事,以及男孩子为了壮胆逞能的证明。故事您或有所耳闻,讲的是一个卖豆腐的流动小贩,遇到一个男人赊账,买两块豆腐,男人称下次出门便还,然后拎着袋子走了。小贩看见他转进街角,打开把角第二扇门,进去了。过了几天,小贩仍在四周贩卖,却总不见男人,心下恼火,横着心去敲那扇门,长敲不应。过路有老太太问,你来错了吧,这是亚麻厂分配的宿舍。这屋没人,男人在厂子里被炸死了,女人难产死了。小贩汗毛倒竖,硬砸开门，只见院内桌椅摆放齐整，毫无人迹，只桌上放着两块发霉的豆腐。对您来说，这似乎是人们遗忘的开始，外面的人们，用一则寓言、一段逸事，消解掉具体的苦难、具体的人和情感，我想，这是全人类的过错，文学是我们可坚守的最后阵地。

这样想来，您的来稿，我无权给出意见，它们相互补充，形成您独有的生命。我也意识到您叙事的前后用心，在于米粒成了"我"余下生命的眼睛，而这一状态，正是用她的"盲"换来的，所以寻找成了必要，是故事仍要继续下去的动力。如果您认同一二，可以将更多的笔触伸向共处的美好，哪怕十分短暂，但它是我们这一故事最鲜艳的底色。叶子阿姨，我不敢说，我多么能体会您的痛苦，但希望我们这一文学沟通能保持下去。离职的事情我准备暂缓，上回所说的变故，是在警队的男友执勤时受伤，他瞒过了父母，没瞒过我。虚弱的声音出卖了他，但我在南方却无能为力，想到在这里和人们的虚幻想象打交道，我总是很烦闷。但您的书写，让我相信我在给人提供出口，哪怕是一小点，哪怕是一个时刻。

最后，感谢您随稿寄过来的红肠和鱼肝油，办公室立刻香气四溢。按说我们是不能接受作者赠礼的，但我看是商委红肠，老哈尔滨人都知道，只那一家，没有分店，心想您一定是托人，或者自己蒙着全身，在马路旁排了半天的队。保质期在即，寄回也会坏掉，我咬下去第一口，泪就流到脸上了。鱼肝油的意思我也明白，因我上次好像提到了眼酸，您这么留心，我实在惭愧。不过我是先天弱视，也影响到了神经，以至于我记事很晚。想小时候，世界总是模糊的一片，什么都记不得，对外界的第一印象是某个冬天哈尔滨江北的焰火。大约十岁，家里东拼西借，为我做了角膜移植，那是一位白血病患者捐献的，因为保密，我无法得知他的姓名。我高中时视力又恶化，到了大学才逐渐好转，现在要定期疗养，不过不大碍事，鱼肝油是常备的。啰唆一堆，无甚主旨，只为尽快和您说上话。我这次用的大信封，塞进几只羊毛毡，分别是橘猫、三花和狸花，上个月等您来稿时扎出来的，希望叶子阿姨别嫌弃。

《大众》文学编辑部小穆
二〇一七年六月八日

四

一九八七年（《夜游神》二稿节选）

一开始，我们都没日没夜地哭，根本止不住。他们说，爆炸是三月十五号凌晨两点三十九分发生的，我能记得吗？我记得这串数字有什么用？我们能回到那之前吗？谁都不敢回想，因为那天太普通了，跟平时没什么不同。有什么预兆吗？我想了想，和事故调查组的人说，没有，和往常一样。

车间的灰还是很大，我们习以为常，只需多加一个棉口罩。下工的时候，再一起到浴场洗净身上的纤尘，头发、脖子和鼻孔，照例趁主任不在相互泼水玩。邹洁泼得最凶，她是厂花，所有人都得意她，男工还集资为她买巧克力。她说，最近嗓子痛，明天要多戴一层口罩。还有明天吗？她边做工边发着呆，瞬间被一个巨大的火球推倒在地，口罩在她脸上熊熊燃烧，瞬间熔化一切。我很久以后问她，你当时想的什么？她那模糊不清的脸冲向我，说，姐，我忘了。我好像啥都没想，但是我好像又哼着啥。我不说话，看向她，她穿着男式的二背心，为了露出伤口。她全身烧伤百分之九十二，腿部几乎找不到光滑的地方。我想起她用温度刚好的热水偷袭我们，那时她真美啊，才十九岁，身材比我们娇小，像只打湿羽毛的白天鹅。阳光在她身上照射一半，暗中如同还有那个美丽身影，那半截腿还存在，而不是因为严重炭化而截肢。她突然说，姐，我想起来了，我哼的是你们传唱的那首小曲，你们当时惊讶我来做工前怎么没听过："远看一团火，近看一枝花，亚麻厂的姑娘到我家。"

直到现在，我分不清美梦和噩梦，都说梦是反的，人活着的盼头和生活本身不也是反的吗？亚麻厂是哈尔滨的骄傲，产品营销世界，不光全中国第一，全亚洲也是第一。进亚麻厂工作是所有人艳羡而梦寐以求的事，吃穿住行、儿女未来，厂里全包。女工能买到世界上最流行的尼龙绸，回家做出最漂亮的裙子。刚进厂时，我胸前别着红花，主任组织我们到文化宫看二十世纪五十年代的工业纪录片。傍晚，夜空又晴又蓝，幕布里走出新中国第一代纺织女工，她们白裙白帽，各个微笑着向厂门口走，披着夕阳，在分配的职工宿舍互相试穿布拉吉。放映后，我们学唱苏联歌曲《纺织姑娘》："在那矮小的屋里，灯火在闪着光，年轻的纺织姑娘，坐在窗口旁……"

那年，我二十一岁，我努力呼吸文化宫上空清凉的空气，几颗星星半闪，我感觉未来只是一瞬间的事,做工、嬉戏、找个像样的男人生儿育女,和这些建筑一样,光洁粉红。我从没想过,这幢看似永远不会倒的大楼会在三年后坍塌。那天,是最普通的一天,我凌晨上工,火从天上糊下来,钢筋水泥筑成的墙壁瞬间破碎,车间那些牢靠的几十吨的机器被抛到空中。电全停了,我周围滚烫,漆黑一片,被浓烟呛得咳嗽不止。我大叫着,往外跑,可什么也看不见,借着隐约的火光,我沿着机器间的小路走。四周尽是滚烫,像从地上捡起一块火炭,手掌立刻被烤焦,我全身湿透,还不知道那是血。我听到无数求救和呻吟,被灼烧的嘶喊、被重压的惨叫,像一场巨大的冰雹,万物塌陷。我只感到冷,衣服和血肉粘连在一起,天寒地冻,浑身战栗,我想出去。

从此没人再穿尼龙绸,它一旦烧着就粘在身上,取不下来。大火呼啸,数不清有多少人没跑出去,倒在无法到达的路口前。烧伤医院立刻满员,向省院借调人手。我醒来时,周围都是缠满纱布的同事,我想说话,感到喉咙被堵住,拼尽全力,只发出了呜呜声。声带受损,先别说话。邻床别过脸,全身被包成了粽子。她说,你不认识我了,姐,我,王亚丽,六车间压布机线上的。我努力想扭过头,却无能为力,只得继续呜呜地叫。王亚丽后来告诉我,那天我们像电影里演的木乃伊似的,隔离房的玻璃窗上扒着好多人,人群里就有她新处不久的男友,她曾给他打一身大红毛衣,街巷的人都说捡到宝了。在另一头,男人辨认不出哪个是王亚丽,都缠满纱布,一动不动,他大喊着,要好好活下去。喊声被周围病房更大的惨叫盖住,铺天盖地叫着,爸爸!妈妈!那动静我始终记得,疼痛渐渐蔓延全身,你感到全身所有毛孔炸开,身上长出无数辣椒,而你被层层箍住,动弹不得。当纱布一点点撕下来,我想到了蛇如何蜕皮。后来听说,半个月内,我们输光了哈尔滨市所有医院的血浆,外省仍纷纷派人援助,安抚办的人穿着白大褂,跟大家捶胸顿足、起誓发愿:放心,只要大家配合治疗,我保证各位容颜如初,人见人爱,没结婚的都能找到对象,结了婚的丈夫还会像以前那样爱你。党和国家不会放弃大家,大家也不要放弃自己!

因为上了那年报纸,年底,王亚丽当真和那男人领了证,风头一过,便不再让他找她,三个月后就离了婚。她是伤势最重的一批,三度烧伤面积百分之九十三,双乳被切掉,手也和我一样被烧残,回不了弯。我们如此默契地拒绝亲朋好友的看望,又互相打气。别照镜子!是一九八七年以后我们彼此最严厉的警告。有比我小几岁的年轻女工,身材高挑、皮肤白净,男朋友来探望,她嘴唇颤抖地大喊,我不见!我不要他来!让他滚!还有一位女孩,头一天进厂就赶上爆炸,只照了一眼镜子,大喊着,这哪还是我呀,这不是我!我怎么被换了一个头啊!她将镜子摔碎,大喊着不治了,不活了,很快精神失常,愈合后转入精神病院。王亚丽能坐起来的时候,常对着我叹气,她说,姐,你说我还有人样吗?她浑身只有腹部一小块、嘴的周围和后脑残存完好的皮肤,做皮肤移植几无可用,后背只能用猪皮。我说,咱得先把自己当人,咱确信自己是人,你说是不?

　　她的腿几乎残疾,因皮肤脆弱害怕感染,夏天大腿也得裹毛线裤,小腿像被虫子啃噬过的树桩,后来她开玩笑,就像煮开锅的苞米粥。半年后,事故原因出来时,我们已经搬离医院,住进政府新建的两栋安抚楼,专门安置亚麻厂烧伤女工,就是后来哈尔滨人口中的“鬼楼”。楼是淡黄色的,远处看像长颈鹿,两楼夹一院,中间搭间平房,作为活动中心。为防有人轻生,窗子用铁闸封死,安抚办又派了从武警退役的老周负责两栋楼安保。在我的申请下,王亚丽和我一间,还有厂花邹洁。她从轮椅上罕见地站起,手拿报纸,单着腿蹦过来,说,姐,说是粉尘爆炸,静电导致的,没有人为,就是厂子建这么久了,从来没梳理过,一直是苏联的技术。我捏着她的手,让她坐下,我左手因为炭化,被截掉三根手指,她的手也没了模样,布满网格状疤痕。王亚丽说,天天落在我们身上的粉,那么致命?我们很快不再去想,只是涂花玻璃,每天呆坐着,避免看到自己。一个月后,另一栋楼有孕妇要生产,我们互相蒙起周密的黑纱,十几位姐妹,赶过去帮忙。医院不敢接收,由于烧伤后的持续用药,不知会出现什么情况。我们只好转到省医院,那大夫若有所思,表情凝重,隔着口罩,看向我们的眼睛,问,保大还是保小?孕妇努着劲举手,她俩胳膊肘以下已因爆炸完全截掉,她轻声哭喊,各位姐,我丈夫在厂里被砸死了,我在这儿无依无靠,这么活着已经没有希望。我必须保小,我只求你们,别把她送到孤儿院。她手残了,使不上劲儿,胎盘粘连,加上术后排异,全身鼓包,终究没出手术室。

　　那年冬天雪格外大,一个清早,我们向老周打了报告,全副武装,套上比黑无常还繁重的纱衣,抱着她去江边。江北烟火起伏,已是郊外,此后每年三月十五,我们都在安抚办的组织下去对面的黑天鹅度假村联欢,那是片人迹罕至的景点,南方人普遍不知道。这些年来,伤员女工像定时炸弹,撕过亚麻布,砸过车间的机器,因此我们成了重点安抚对象。我们望着冰面,大人小孩你追我赶,爬犁车一辆挨一辆,不时有晨起抽陀螺的人望向这边,猜测我们的身份来处。雪在冰上轻柔地散开,像之前我们身上每日清洗掉的粉尘,王亚丽打着寒战,冲着襁褓说,孩子,你还能睁眼看看不?看雪。她睡得很熟,在我怀抱里,像块散热气的白发糕,安静地喘息。因为母亲的长期用药,她视觉功能受损,始终没法睁眼瞅我们,只伸着小手,摸向我们仨的鼻尖。邹洁在远处喊我们,一抬头,她站到了两尺宽的护栏上,背对我们,拐杖扔在地上,那截腿下的义肢不住地晃动。我说,你快下来,别摔着!她不理会,转了个身,将一把雪一下撒出来,落在我们头顶和她的眼皮上。邹洁喊着,谢谢你,姐,有了她,我们就有希望!我和王亚丽点点头,看见一群候鸟正掠过江北,排阵向市中心飞去,隔着面纱,日光正在我们衣上慢慢亮起来。

五

叶姨见信如晤:

多谢您肯定我的手艺,您说做得和三位主人公一模一样,恐怕是谬赞。当编辑让我唯一为自己和别人确保的是,凡落笔者,本于内心,看到您的三稿处理,我涌上一种说不出的感动,刚要下笔千言,竟一时噎住,溢出几颗泪滴。于读者而言,信这种写法是最能代入情感的形式。您的叙述不急不缓,梦和现实糅在一起,有一瞬间,我竟认定那说的是我,可能因这和我的经历相似,感谢叶姨给我这些眼泪,它是最好的擦亮眼睛的圣水。

有一阵,我甚至很喜欢哭,想把过去看不清的、没打湿眼眶的,全找补回来。我捧着各色言情小说,专挑悲情的结尾,结果哭坏了失而复得的眼睛,很早就戴上眼镜。曾几何时,对我而言,世界只是无数的声音,沉默中什么也没有,故事连成了我心里的山。常常,看云的时候,我想,它们为何要飘浮,如果注定不会落到我头上?在您的来稿中,我看到了云的用意,其实有时我看不见它们,但总有人,在世界的某个角落,注视着你。

除了"照单全收"外,我还是希望和您斟酌,正如您也希望我一定回信一样,小说的结尾,您最后处理成了一种哀悼式的平静,但是否会有可能的转折呢？我们虚构一部作品，除了真实的力量外，或许可以增加想象的纬度，甚至排开"我"这个人称，去看其余主体，我想，这或许是给人希望的办法之一。当然，您尽可以反驳我，因我这一发问的前提是您不满于现状，但通过您的文字和三种文本，我清楚您面对世界的坦然，这是我目前做不到的。

　　您想多听些我的故事，尤其关于恋爱，这也是我想和您倾诉的。和我一样，我的男友也是哈尔滨人，左侧有颗很可爱的虎牙，我们是高中同学，但高考之后，并无联系。那时我每天去眼科医院做康复治疗，很少和人交际，留下的朋友也不多，只剩下半屋的书。他考去了警校，毕业后留在队里工作，是很偶然的一次，夏天他在南岗周围执行任务，遇到了正在公园读小说的我。那时我母亲因癌症过世，我办了离职，回家休养半年，每天深居简出。我年迈的父亲让我别闷在家里，我只得遵命，顺便散心。我们碰见以后，他就时常陪我绕湖散步，偶尔讲些奇怪的话，又支支吾吾，大约都是他碰见的各类案子。这半年我重新认识了这位老同学，我坐火车南下时，他大包小裹来送我，塞给我一只外层镀金的万花筒，沉甸甸的，里面一直有各色的花在盛开，在车站的大钟下，我们确定了关系。

　　他平常话不多，但已不像小时那么发闷，聊起来也刹不住。他说因为从小挨欺负，所以想当警察，心思极重，逻辑分析能力也强。有时他讲，你应该多出去走走，想想自己真实的经历，以及未来，不能老活在小说里。我当时不以为然，还反驳他没有文字的敏感度。现在想想，他说得很有道理，我爱看的，也是扎根在生活里的故事。因为执勤的原因，我们只有休年假才见面，他每次都给我带一大兜维生素A、胡萝卜干、鱼肝油之类，我开玩笑说，你真是给我上眼药了！如果时间够长，我想我们会一直在一块儿。一转眼，我们都快三十岁了，他现在升了警阶，开始接触一些大案要案，有时抓获犯罪分子，经常负伤。记得上次和他见面，他背部有两条长长的刀疤，伤口刚愈合好，我总想着，有一天要回到哈尔滨，换家杂志社上班。可他并不赞同，只是希望我在南方开心就好，不用担心他，直到现在，我仍在犹豫当中。

　　辛苦叶姨听我倒这通苦水，我边吃您寄过来的菇茑，边写下这些话，它们饱满多汁，每一颗都像太阳般金黄，我意识到已经很多年没尝过了。

如您小说所写，它也让我想起很多个哈尔滨的秋天，既熟悉，又陌生。

另：按您的请求，给您附上我的两张照片，都是由拍立得翻拍的。一张是大学的毕业照，另一张是读您的小说之后，我在阳台上的自拍。不过我不会像您所说，不想见到您的样子，人们说见字如面，我想，面和字都是相通的呀。希望我过年能回乡，和您见面。

《大众》文学编辑部小穆

二〇一七年九月十三日

六

二〇〇五年(《夜游神》三稿结尾)

亲爱的小米粒：

这是你离开的第三千六百天，算起来你今天该成年了。

我常常想，此时此刻，你可能在哪里？会出现在外面世界的哪一个角落？你无法看见，你会听得清吗？周围人们的语言，有些笑中带着恶，有些蜜里掺着毒，他们会有恶意吗？是否对你报以微笑？但我知道，你很善良，你会摸每个陌生人的脸，说，你真美。如果两个阿姨同时出现在你面前，你会说，你们一样美。

是的，小米粒，你走之后，我们也学会了美。千禧年后，王妈妈带着我们化妆，我们描过眼线、涂过粉底，买面膜，买防晒霜，做头发，尝试各种新式的烫发，我们都说，等小米粒回来了，要让她也试试，过去只给你梳马尾辫，现在长大了，可以玉米烫、离子烫、陶瓷烫、爆炸烫，怎么高兴怎么来。你还记得王妈妈吗？你喜欢她抱你，她的手臂因皮肤常年发炎而肥肿，摸上去肉墩墩的。秋天早上下雾，她会带你去楼下骑老树，把你抱到较粗的权上，她故意打趣你，说，米粒，你能看见远处的烟囱吗？你说，我看到啦。她问，烟囱是什么形状的？你说，是螺旋形的。她又问，那你知道王妈妈是什么形状的？你说，王妈妈是椭圆形的。

我曾暗自庆幸，你的面前是一团虚空，这样我们不必每天装扮，披着厚重的黑纱衣见你。从我们相遇到你跑丢的七年里，我不止一次忐忑，如果你去上学,谁去接你?你可能永远无法理解,你的三位妈妈不能见人,我们的真实面目,将会吓坏大家。对你而言,和我们相处只是声音的传递、肌肤的触碰。我想,到时我只能拜托你周大大,我会说,妈妈的样子会伤害到其他小朋友,只有你是免疫的。你会问我,为什么?我却不忍心说,因为你看不见妈妈呀。

在我们没意识到你不能看见时,曾很多次在你熟睡时偷偷跑出去哭。大晚上,你邹妈妈将拐杖横到院前的石椅上,使劲儿拿那只假脚踢着石礅,她抽泣着说,我不想让米粒觉得她妈妈是个女鬼、丑八怪,谁见谁害怕!而当我们最终决定面对时,你却封死了这件事。有时我想,这是老天爷在这么对待我们之后施舍的最后一点幸运吧。老周说你天生如此,不会后悔看不见,让我们放宽心。我们便大着胆子,和你坦然相见。你喜欢拉着我那只残手,伸另一只手抚摸我断指的关节处,你总好奇地问我,为什么我只有两根手指。我说,每个人不一样,有的人多一些,有的人少一些。你脑筋转得很快,央求我找一个比我多的,我把你带进活动室,让你周大大配合我,你从左往右,一一细数,四、五、六,你喊,你骗人,这是火腿肠,好吃的!我一下把你抱起来,吻你面颊,你回我一个。我说,嫌妈妈脸糙不?你说,只要是妈妈,就喜欢。我说,那一直和妈妈在一起,好不?你说了个我们从没说过的词,一辈子。

小米粒,我停笔了一阵,因为一直在哭,弄湿了信纸。这个已经卷边的脏兮兮的本子,记满了你可能去过的地方、遇见的人,从街道到饭店,包括只带你去过一遍的圣索菲亚大教堂,我们本着受伤女工权益应得到保护的原则,走遍了市内的公安局,把所有路口能调的监控都查遍了。第一次去派出所时,一个愣头青看我们在监控面前愣愣地站着,补了一句:不排除失踪儿童有可能已经遇害的情况。你王妈妈顿时沙哑地大喊一声,伸手要摘掉面罩,被我和你邹妈妈拼死拦下。我想,倘若她真露了脸,那小伙突然一见,可能会吓出心理疾病。

我们这一找,就找到现在,找了十一年,从你七岁失踪,找到你十八岁。派出所过来人劝慰,事情由公安负责,我们只需要耐心等待,尽量别有大的动作,言外之意怕我们白天出去吓着人。第二年,我们便转入无人的夜晚,明知徒劳无功,却都默契地挺着。每天吃过晚饭,我们就穿戴整齐,在哈尔滨的夜晚游荡,寻人启事不知贴了多少,还意外地帮别人找回宠物狗。

治安混乱的头两年,总能碰见地痞流氓欺负人,你的三位妈妈不需上前,只远远地露个脸,对面的人便闻风丧胆,狼狈逃窜。有时我们相互打趣,人生多可笑,前二十年做人,后半生做鬼。好在鬼是无所顾忌的,只要出现,人们就起敬畏之心。小米粒,你是从生命开始就在我们身边的,是你给了几位妈妈另一种人生的视角,尽管只有七年。七年来你让我们从中国最大的一次工厂爆炸中苏醒,让我们敢于面对镜子。也许你还记得安抚楼的长廊吧,它狭窄闭塞,刚够两人肩并肩通行,我们总是喊你多拿盲杖探探,别踩着玻璃碴子,其实那是摔碎的镜子,凡是能映照我们的,统统被打碎,我们的头发先前留得很长,只为多挡住一些烧毁的面容。

小米粒,你何以消失了这么久呢?老周说你拿着一束花,叫你也不应,以为是要送给我们谁呢。我们无数次自责,不该一齐进活动室帮忙,至少留一个照看你。那是一次相亲,当时出台政策:乡下小伙与亚麻厂残疾女工结婚可解决城市户口问题。有个来务工的年轻人过来和一个伤势不算太重的姑娘聊,那人已和姑娘认识半年多,态度诚恳,姑娘那年二十五岁,未经世事,想让我们把把关。他俩现在孩子很大了,和你一样,认为世上妈妈最美。

米粒,我常常做梦,梦到你回来了,像平时一样枕到我的肩头,央求我为你讲故事。你最爱听故事,更爱问温暖和热有什么区别这些让我也得思索一会儿的问题。虽然你的眼球混浊,但脑袋装满了聪明的想法,你多爱听故事呀,听我讲故事的时候眼睛就有了光。妈妈从你一岁半开始,就每个月买一本故事书,读给你听;等你大一点,开始买小说,现在妈妈还保留着这习惯呢,屋里的小说快堆成山了。读过以后,我便学着写,希望把妈妈自己的故事也读给你听。可听故事的人,又跑到哪里去了呢?我想,你现在回来,肯定已经出挑成一个大姑娘了,要比你邹妈妈当年还美。想跟你说件不幸的事,也是我写这封信的原因,我一直不知如何开口,但今天你成年了,我想告诉你,邹妈妈去年已经离开了人世。我们夜游持续到第十年,她当年因为输血得的血液病复发,吃不下饭,也彻底下不了床,她的最后心愿,是希望能看你一眼。我和你王妈妈说,一定能把你找到,让她过来见你。她攒下的积蓄不多,都留给我们两个,我想着你哪天回来了,一定和我们去哈平路祭奠她。楼里的人集资为她弄了块不大的碑,上面是她在厂里跳绳大赛上的照片,我昨晚去端详,她真美啊,和你心中的一样美。

米粒,我还有太多的话,我说不完,爆炸十几年后,生活彻底停摆了,有意思的是,据说当年爆炸时厂里的时钟也定格在那个时间。我们仍旧每年春天组织活动,就在爆炸发生那几天,去你小的时候带你去过的黑天鹅度假村,那里面有温泉游泳池。我想,我喜欢那片泳池,我们可以坦然地赤身裸体,唱一些过去的歌。

该说再见了,小米粒,这封信我永远不会寄出去,因为我不知道寄给谁。今晚我仍会和你王妈妈披挂好,在这样的深秋夜游;楼里的姐妹们仍会一圈又一圈地搓麻将,直到困意袭来。这两栋楼越来越丑,外墙面脱落,广告横生,渐渐就成了哈尔滨过去的脚注,被人遗忘,但我和你王妈妈,还有邹妈妈的灵魂,随时欢迎你回来。如果注定找不到你,我想我也不会歇脚,我们已经足够疲惫,穿过空荡荡的街和夜,我感到繁星般的满足,我们是这座城市的夜游神。

妈妈

二〇〇五年十月

七

叶××:

对不起。现在我去找您,我自己能找到。

《大众》文学编辑部小穆

二〇一七年十二月十五日

八

二〇一一年(《夜游神》四稿节选)

二〇〇九年从公安学院毕业后，我没顾家里反对，入职刑警队工作。刚接手的都是档案整理、指纹入库的活儿，大约过了一年，冬天，副队长响应上面要求，命令翻出快超出诉讼时效的案子，查漏补缺，大部分是二十世纪的各类诈骗案，受害人多已换过手机，通知不到。其中有一桩一九九五年的儿童拐卖案格外扎眼，上面红笔标注了"重要"，我打开档案夹，看到受理该案的民警李哥在案情报告的附言写着：报案人不好对付，慎重。我心觉有趣，跑到李哥的办公室，他处于半退休状态，正在无聊地对着计算机屏幕钻研川剧变脸。李哥拍了拍锃光瓦亮的脑门，说，这事你可以追，当时很有名，受害人的监护人不听劝，坚持每晚去找，半夜在马路上晃悠，找孩子，神佛难挡。因为她们，整个民生路段都很太平，不过你别瞅见她们，能给你吓出阴影。

我做好心理准备，开车往南，顺和平路拐进老亚麻厂厂区。听老人说，这地方曾盛极一时，可我停到路边，感到这已是城市边缘，路口堆着撤掉的公交车站牌，路灯也见稀。顺亚麻二胡同往里走，是一片开阔的空地，地上一些红炮仗皮，表明有孩子，空地上摆两尊石膏雕塑，是纺织姑娘，身上布满了裂缝，感觉死冷寒天，也站不了多久。再往前探，左拐，就瞅见那两栋黄楼，老远看破败，榆树和白桦的枯树枝正张牙舞爪。

跟楼下岗亭的人沟通，老头儿姓周，正襟危坐，却和和气气。他抿了口保温茶杯里的茶，再次发问，你当真要见？她们岁数开始大了，可能就这么着了，追不着也是念想。我摘下皮手套，说，大爷，您看我这手背上的茧子，咱遇着人间的强盗多了，啥都不怕，为这才干这一行，跟鬼反而亲近。老头儿笑说，我看你是真没遇见过鬼。他摸了下窗沿，从那里捻出一把钥匙，锈迹斑斑，递给我，说，靠西那栋楼，第二个门洞，别找错了。我们这小区特殊，一户门一把锁。

我往二楼奔，顺着地址簿的指示寻门，穿过长廊，漆黑一片，只有前后两头有幽黄的钨丝灯。轻轻敲门，发现没锁，刚要推开，却受到阻力。里头问谁，是沙哑的女人声。我照实说完，她让等会儿，过了一刻钟，才拉开门。眼前是俩"黑无常"，蒙面蒙身，啥都看不着。我被领着脱鞋进门，屋里整齐利索，沙发还套上白纱罩，茶几几乎挨到跟前，没有空隙。其中一个说，实在不好意思，我们平常都没客人，说着将那白纱罩摘下来，示意我坐。我切入主题，说，没事，姨，不用麻烦，我说一下情况，了解下诉求，说两句话就走，咱们谁是当年主报案人叶姨？稍瘦一点的站前一步，着另一个去厨房烧水。我俩坐下，她说，我知道是时效到了,但这几年,其实也没人追,不是吗? 我说,可能是这样,当年案子太多,错审漏审的都不少,我现在其实也就是走访。她说,那你们还能给点时间过过流程不? 我说,能,姨,您有要求我肯定得往上反映。茶端上来,她在黑袍子下缩着一条胳膊,用另一只手端到我面前,还吹了口气,说小心烫。她说,感觉你这孩子态度不错,你不怕我们,真是难得。我咽一口茶水,说,本来也不怕,其实你们不用挡,我啥都不怕看。叶姨笑,说,那我摘了,你要是怕,就走吧,我们也没啥诉求,这么多年了,我们也没了个人,多少是为了找而找了。要是你吓着了,就算我最后跟你们发泄一下不满吧,委屈你了,孩子。她说着缓缓抬手,我才注意到只有两截手指,凑起一招,随后面罩脱落,那是张扭曲坑洼的脸,五官只稍微显露,其余尽是山谷般的伤疤,右颊有深深的缝合痕迹。盯着她的眼睛,我感到脊背发凉,脑门奇热,无数星尘向我涌来,我扑通一下跪倒,大喊,姨,当年是您救了我,我那时快被打死了!

之后三个月,我按叶姨手头存的绘图和笔记,反复琢磨。她甚至安慰我说,过了追诉期也没关系,我知道她在哪儿就行了。其间,我站在亚麻胡同和民生路路口扔掉十几盒烟头。女孩走丢在冬天,手里拿的花一定是室内盆栽,也可能是别人给的。我顺着这个思路,找到一九九五年的哈尔滨市区图,把里面花卉市场走了个遍,其中大部分已经倒闭,有三家还开着,且离亚麻厂步行两公里内。我驱车调查,几个老板都感到匪夷所思,上哪儿记得十几年前的客人去,何况店面也来回易手几次了。我不信邪,几经周折,强要来他们当年的通讯册,由于早期都是家族经营,上面密密麻麻一大厚本,记满了 BP 机号,我利用整理档案的闲差,成天成宿地对查,整整一个月,果然被我找见和平路75 号的花店,通讯录上有涉嫌几宗人口拐卖的嫌犯,一九九六年被捕,当年被枪毙。

过完年,我顺着他的案底,查出四起十岁以下的女童拐卖案,全部是拐到双城堡。联合警校的同学,我又筛查了三十多个二贩子,大多已经服刑期满,直到找到一个现在在双城南大门摆水果摊的,是个农村妇女,我开门见山:我不抓人,也不找麻烦,打听出来,五百块钱拿走,够你摆俩月摊的了。她捋了捋自己的头巾,呼了口长气,说她尽量。我说,一九九五、一九九六年那阵,有没有瞎子,女孩? 她愣了一下,将面前的冻梨胡乱摆了摆,说,倒是有一个,以为卖不出什么价钱，结果被一家大户买走了，姓穆，女方不生，得了绝症，说孩子有病给治，他们请仙家看过了，越盲越灵，能延寿。

将近入夏，我查好户籍，发现是她，一阵惊悸。找一个下午，往她们家走，开门的是她父亲，印象里我没见过她家长，高中我们做过一学期同桌，后被分开，她总看不清黑板，被调到最前排。那老头儿看着快七十岁，我差点当成她爷爷，我的借口是，许久不见，叙旧，我得绝症了，想和之前的同学都见上一面。老头儿突然抬头，请我进屋坐，我说，不用，叔，你就告诉我她在哪儿就行，见一面就走。

按照指示，我步行到南岗的文化公园，从正门的牌坊径直走，一路石栏林立，上面小兽各式各样。穿过两排杨树，有不少孩子在人工湖边吵嚷着捞鱼，只有一个穿裙子的在那埋头看书。我从后面走过去，拍了下她肩膀，说，小穆同学，这么用功？她愣了很久，突然眼神放光，那光像刚从心脏涌上来的，说，你怎么在这儿？我说，五六年了，你没变样，我便衣执勤，经过这儿。

随即一阵沉默，我顿了顿，忽然说，那时候我蔫淘，在你自习课看的小说里放带鬼的图片，也吓不着你。她又愣了一下，然后站起来，掸掸裙子，好像我们昨天刚见过，说，我当时眼神不好，谁放啥我也看不清。我指着她手里，说，为啥能看清字？她说，字是读出来的，不是看的。我点点头。

随后我们有一搭没一搭地聊着，水面弯弯曲曲，不紧不慢地波动着，像她新烫的鬈发。天气炎热，我脱掉外套，披在身上，有一段时间，我不声不响，走在她后头。这才想起来，上大学以来，我们互寄过一次明信片，她在上面写的啥，全忘记了，包括她提起的我们的同桌记忆，对我而言，好像磨成黯淡的一块，被人工湖里新下放的金鱼群抢食了。我俩晃晃悠悠走到凉亭，她突然站住，转过身盯着我，说，你是来做啥任务的？我说，保密。但我一直有个问题想问你，刚刚转了一大圈，才想起来。她那双大眼盯着我，示意我问。我说，每个人的记忆是不同的，十岁之前，你记得多少，尤其是你看见的事？她将头别过去，朝向水面，我注意到她那书上的字奇小无比，远处看像一群群蝌蚪，随时可以长大，吞没整片湖。她说，我感觉，我什么也记不住，全是别人的故事。我眼睛突然放光，说，以后，我们就这个点，在这儿见，我给你讲更多故事，行不？水面一阵波动，我们朝那边看，孩子们齐力拽上了张巨大的空网。

也许很多年后，我能理解叶姨彼时的选择，当天下午我疾驰到亚麻厂安抚楼，告诉她我破获了整场案件。她看着我手上她的照片，先是吃惊、凝视，然后慢慢垂头。她说，如果她真不记得，就当没这回事吧。我踢了下院中老旧的石礅，说，那怎么行？我得去跟她说。叶姨在面纱下竟流出哭腔，好孩子，人得有指望，但指望不能落地，你看她顺眼，就多陪陪她。我说，那您呢？她用那残手捏着我的手腕，像青蛙的表皮一样冰凉：我快死了，如果哪天我决定最后告个别，会用我的方式告诉她我们的事，你走吧。

　　我突然感到一阵空白，半年来的追索结束了，叶姨披上黑风帽，颤颤巍巍地上了楼。两座安抚楼之间，什么也没有，没有云彩，没有鸟儿，也看不见一个人。夏日炎炎，我却感到天寒地冻，即将入夜。

　　我想起三个月前，追查二贩子时，叶姨打电话过来，要我来江北一趟，黑天鹅度假村。凌晨，我驾车飞驰而过，那里悄无声息，许多尚未开发的工地在冬夜间静默。我赶到时，一群人披着黑衣，黑压压的，已集合在度假村的大门口，我辨认不出叶姨，看了眼表，半夜两点三十九分，那群人的注意力立刻转移到天上。与此同时，烟火嘶吼着在空中散落，万色交替，像无数无名的花朵，被夜空捧出，照亮周围寂静的冰雪。我知道，这是独属于她们的庆典。今晚，有人抽烟，有人喝醉，有人哼唱，有人发呆，我知道，过了今晚，寒风依旧吹彻。未明真相的孩子，会将"妈妈"两个字用眼泪打湿。陪我夜游半辈子的星星，不会告诉我，她和我很近，她会穿过整条河，在一个温暖的地方安全坠落。

【作者简介】史玥琦，1996年生于长春，武汉大学文学学士，复旦大学创意写作硕士，现为北京师范大学文学创作专业博士研究生。小说、诗歌见《收获》《作品》《青年文学》《诗刊》《星星》《北京文学》等；获第二届京师-牛津"青年文学之星"金奖、第四十七届香港"青年文学奖"等。南京市青春文学人才计划签约作家，创办有猫头鹰小说社、野草莓观影会。

无名之地

◎ 卢一萍

一

从往奇台达坂去的堆垄望下去，红柳滩像一坨风干的牛屎。一座兵站靠在新藏公路左侧，背后是一座秃山，秃山再往上就是金字塔似的无名冰峰，闪着银光的峰巅顶着无垠的苍穹和看不见的巨神屁股。

兵站对面，寄生着三家世界上最简陋的饭馆：一对四川夫妻卖川菜、一个甘肃嘉峪关的中年汉子卖兰州拉面、一个和田的小伙子卖馕和烤肉。靠北那家酒吧是最后才来的，搭了四顶白色的帐篷——一顶大帐，三顶围绕着大帐的小帐，它们在那个荒凉无比的地方，显得比宫殿还要耀眼，它们有一个醒目的招牌：天堂酒吧。酒吧里卖啤酒、白酒和各种饮料，店主叫"黄毛金牙"。

其他三家饭馆原是没有名号的，一看那阵势，觉得也该有个店名。卖川菜的小店是土坯建的，店主叫刘大财，四川巴中人，上过初中，就赶紧在硬纸壳上自书了"四川酒楼"，挂在了低矮的门楣上；卖拉面的馆子是石头垒的，店主马德小学毕业，也找了张三合板，自书了"兰州拉面店"的牌子，那些字看上去像一群蚯蚓；小伙子艾孜拜不会写汉字，但他的招牌最气派、最醒目，"888 烤馕烤肉店"，招牌把纸箱搭建的小店都快遮没了。

在这条公路上往返奔波的人，大多会在此停留，吃一顿热饭，然后就一头扎进天堂酒吧里，使这个原来只偶尔被盘羊、高原狼、雪豹和天上的乌鸦及秃鹜打量的地方,显出一番梦幻似的繁华来。红柳滩,这个寂寂无名之地也越来越响亮了。

天空是高原的天空——无限深邃,无限蔚蓝,以至让荒凉显出了生机,雪变成了蓝色,荒原笼罩了神圣的光芒。

叶尔羌河急切地流向自己的葬身之地——浩瀚的塔克拉玛干沙漠,太阳在天空无声地运行。看不见风,但可看到几丛红柳一次次被风粗暴地按倒在河床上,像在被强暴,又像在磕头。几只黄羊在河对岸一片金色的草地上吃草,一只鹰在天空无声地游弋。

黄毛金牙三十来岁,那天他睡觉起来,洗漱好了,对着一面可能是喀喇昆仑山腹地最大的镶了廉价欧式花边的明镜,把自己的黄毛梳理好,看到染过的发根已经变黑,颇不满意地嘀咕了一句:"看来要去趟喀什噶尔了。"他的头发从不在叶尔羌的美发店里染,而是宁愿多跑两百多公里尘土飞扬的长路,去喀什噶尔一个名叫"魅发"的美发店去弄。

那三个女人来跟他交了账,她们把他当长兄一样尊敬,也像爱自己的情人一样爱他。他给予她们家人一般的关怀和体贴。一个女人伺候他喝了奶茶,就着熬了一夜的羊肉汤吃了一个馕,充满母爱地把他嘴巴周围的油渍用餐巾纸擦拭干净;另一个女人便把擦得锃亮的皮夹克和长筒皮鞋拿来,给他穿上,然后把双管猎枪交到他手里;那个长得最漂亮的女人到马棚里去给他那匹叫吉普的枣红色伊犁马上好鞍,牵到大帐门口等着。

他收拾停当,出了帐篷,跨上马,来到了公路上,开始溜达。他看了看四周的风景,感觉自己的确像这喀喇昆仑之王。

他朝奇台达坂的方向走去。路上没有一个人,也没有一辆车。他来到一处台地上,上了外星建筑似的堆垒,勒住马,俯瞰着河谷。他能看见叶尔羌河的河水反射着或明或暗的亮光,看不见的似乎都已融入喀喇昆仑荒凉的山体。

就在这时,一股烟尘从北面的公路升起,越来越高,很快,随着烟尘的移动,一辆轿车出现在了他的视野里,他不禁惊讶得张大了嘴巴:"我的个天哟!"

吉普是他两个月前购买的退役军马,很是高大俊逸,他一骑上去,就觉得自己有了几分霸气。作为一匹退役军马,吉普已习惯高原气候,它在这里奔驰行走,颇为自如。它似乎也发现了那个拖着长长烟尘的新鲜玩意儿,激动得连打了几个响鼻。

"小轿车开上了昆仑山,这不稀奇得跟上了月球一样吗? 我的个老娘,他们是怎么把这玩意儿开上来的? 不会是用火箭发射上来的吧? "

小轿车车背上顶着警灯,因为蒙了尘土,沾满了泥浆,已看不出是什么颜色。但它好像外星来物,在这荒芜之地,仍闪耀着异样的光芒。

"是警车啊,那就不奇怪了,警察是能把它开到这里来的。"黄毛金牙对胯下的吉普说。虽然他有三个塑料花似的女员工,但在喀喇昆仑山里面待了不到二十天,他就有了对自己、对帐篷、对石头、对天空说话的习惯。他意识到是警车后,一下担心起来:"不会是冲着老子的天堂酒吧来的吧? "这么说着,他勒了马缰赶紧往回走,但小轿车对红柳滩这个小地方似乎不屑一顾,它并没有停留,而是有些清高地、盛气凌人地只顾往前赶。

从叶城上来,要翻越阿卡孜、库地、麻扎、黑卡四座达坂,经过三十里营房,到红柳滩的路虽难走,还是公路,但即使这样,也从来没人会想到要把小轿车这么个娇滴滴的东西开上喀喇昆仑山来。

红柳滩好像公路上最后一个伊甸园,由此直到多玛,已无严格意义上的公路,只有越野车和卡车可以通行,很多路段要司机凭经验和胆识去闯。

黄毛金牙放心了,他有些好奇地伫立在原处。虽然是警车,但他还是想等着看它的笑话。他把猎枪挂在马鞍上,点燃了一支雪莲牌香烟,深吸了一大口,悠然地吐了好几个烟圈。

引擎声近了,他听出那车爬得很吃力,歇斯底里的。

是一辆日产尼桑,在二十世纪九十年代很少见。在这只跑解放牌卡车和北京吉普车的蛮荒大野之中,那车即使安着警灯,也没有一点英武之气,只显出一种做作的娇媚样子。

他看到车上的人穿着警服,驾驶座上的人瞪着眼睛在开车,副驾上的人同样盯着前方,这路显然快把他们折磨疯了。

当两人看到他的时候,车停顿了一下,像受了惊似的。

四只眼睛透过蒙尘的挡风玻璃同时盯住了他,但又几乎同时迅速地收了回去。

"哎,这是国道吗? "副驾上的人摇下车窗,恼怒地质问黄毛金牙,好像这路是他修的。

"当然是啊,赫赫有名的 219 国道,地图上都标着呢,你们警察应该很清楚的。"他语气恭敬地回答。

"那为什么是这个鬼样子! 这个鬼样子的路还叫什么国道! "那人气急败坏,显然要崩溃了。

"你问我,我问谁去? "黄毛金牙干笑了两声,耸耸肩,"不过,这里又不是北京、上海,有这样的路就不错了。"

"地图上标的是国道,看着跟其他国道一个样子,都是一条红线,开上来后却是这个鬼样子,这不明摆着害人吗? "

"你们是警察,该知道轿车是不能往这上面开的,从来没有人会开着轿车往喀喇昆仑山上跑。"

"我哪知道。"司机猛踩着油门,警车嘶叫着往前冲。

"我还是第一次看到有轿车开上来,回来时欢迎到天堂酒吧来喝一杯! "他看着警车屁股后面喷出的黑烟,捂住了鼻子。

"谨防老子给你端掉! "副驾上的人从车窗探出身子,回过头来吼叫。

"如此美好的地方,你会舍不得的。"

警车继续往前开去,一副马上就要散架的样子。

黄毛金牙对着警车后轮胎碾起来的泥巴和砾石说:"还往前开,本大爷看你还能开多远! "

黄毛金牙骑马回到红柳滩时,有些车已经歇下来,不想再往前开了。他帐篷里的笑声和打情骂俏声已经响起,饭馆也开始忙碌,准备做饭,满足那些人的胃口。

刘大财问:"黄毛金牙,你看到那辆轿车了吗? "

"我长着这样一双有神的眼睛,怎么会看不见呢? 我不但看到了,还跟他们说话了。"他跳下马来,"那是一辆警车。"

艾孜拜撅着屁股从馕坑里把烤好的馕取出来,抬起胳膊抹了一把脸上的灰:"小轿车往这山上跑,我就从来没有听说过。"

黄毛金牙说:"人家可能是执行什么任务嘛。"

马德问:"他们身为警察,难道不知道这条路轿车不能上来? "

黄毛金牙显然不想跟他们再闲扯,有些不耐烦地说:"你们管那么多干啥? 该炒菜的炒菜去,该拉面的拉面去,该烤肉的烤肉去! "

三人一听,一哈腰,把媚笑堆到粗糙的红黑脸庞上,各自忙碌去了。

在太阳的影子往山上退去时,炊烟直直地升起,肉味弥漫开来,吆喝声此起彼伏,越来越显出了一副热气腾腾的人间景象。

二

东面雪山的影子填满了暗淡下来的叶尔羌河河谷,红柳滩的人们又度过了多半天的时光,离自己生命的终点又近了那么一点点。在四川酒楼喝酒的人已有些迷糊,在艾孜拜那里吃烤肉的人也打起了饱嗝,有人钻进了天堂酒吧,过不了多久,又心满意足地钻了出来。

黄昏即将来临,河谷里起了风,白天阳光留下的一点温暖被风扫得一干二净。就在这时,一个人徒步从奇台达坂上走了下来。他被高原反应折磨得已没了人形,既沮丧又疲惫。待他的身影慢慢变大,大家看清他是一个警察。他径直走进旁边的拉面馆,脸朝公路坐下,要了一碗砖茶,咕咚咕咚灌进去,又倒了一碗,然后咽着唾沫,着急地说:"老板,赶紧给我来一份过油肉拌面,多放点肉。"

"同志,车坏了吧?"马德像玩魔术似的把面块扯成面条,随口问。

"你咋知道呢?"那人警惕地飞快瞅了一眼四周,口气很生硬地问道。

"我刚才看你走路来的。如果车没坏,谁会在这鬼地方走路啊。"

"那你知道谁会修车?"

"敢开车跑这条路的,都会修。但你那是进口货,会修的人就少了。"

"那还麻达(方言,麻烦的意思)了。"那人有些绝望。

"听说黄毛金牙也会修车。"

"黄毛金牙?就是总骑马的那个人?"

"就是。"马德把拌面端上来,"但他一般不会去做这种粗活儿,他不屑挣那个钱。"

那人像饿鬼似的把一大口拉面呼噜进嘴里。

"这路上车一坏,就倒霉了,你得给钱才有人去帮你拖车。"马德说。

"多少?"

"一百元,至少。"

"抢钱啊,一百元!"

"达坂上嘛,海拔高,有人愿意去就不错了。你是第一次走这条路吧？"

"以前从没来过,谁知道这路这么破,简直比机耕道还不如。"

那人说完,风卷残云般把一大盘拉面吸溜了一半,很惬意地舒展了一下身子。

"给我来一碗面汤。"

"好嘞。"马德把一大碗面汤端到他面前,没话找话,"你应该是今天上来的那辆警车里的警察吧？"

那人只顾往嘴里呼噜拉面。

"看来你们对这条路一点也不了解。小轿车怎么能往这上面开呢！你们能开到达坂上去,已经很不错了。你们的车修好了就开回去吧,前面是甜水海、死人沟、界山达坂,就是大车好多时候都开不过去,何况小轿车。"

"真没想到这路这么破。"那人恶狠狠地说。

"你们警察难道不知道这路难走？"

"我们是甘肃的。"

"难怪！"马德格外亲热了一些,"那咱们是老乡,你甘肃哪儿的？"

那人想了想,说:"酒泉。"

"我玉门,那咱们是一个地方的。"马德他乡遇老乡,格外激动,赶紧给那人出主意,"你们如果想省钱,可以去兵站求助,他们会帮忙的。最主要的是他们会修车。"

那人吃完了面,装作无意地冒出一句话来:"他们肯定有枪吧？"

"当然有枪了,他们晚上站岗还要带枪呢。"

"我也有枪,我们都带着家伙！"他拍了拍自己右腰。

"你们警察嘛,肯定有枪！这就像农民有锄头一样。黄毛金牙也有一杆双筒猎枪,不过,在这上面除了打狼,没啥用。"

"这个老板竟然有枪？"

"他就是装装样子,有事没事都拿着,唬人。去年冬天快封山的时候,河谷里来了一群狼,他骑着马去追,差点把马跑死了,一坨狼屎也没捞着。"

"钱都被黄毛金牙挣了。"

"是啊,靠上面这个嘴巴挣不到什么钱。黄赌毒,沾上就脱不了手,那个'川耗子'的钱被婆娘管着,还想方设法往黄毛金牙的帐篷里钻呢。"

"你的钱也填进去了吧？"

马德不说话了。

"肯定填进去了不少。"

"没有的事。"马德不想承认，顿了顿，又讪笑着说，"人啊，这个××最难管！"

"没有什么不好意思的，你到这里来挣钱是为啥，不就是为了吃喝玩乐嘛。"

"我们那地方出产不好，弄不上个钱，上有老下有小，我可玩不起。但每个月还是会去一两次。哦，对了，你们咋开着那么娇贵的车上山来了？"

"我们上来执行任务，没想到这鬼路这么难走，把老子害惨了！"

"本来就是牲口走的路嘛，千金小姐的三寸金莲怎么走得了呢。"

"有个杀人犯跑了。任务急，也不了解路况，开着这破车就上来了。"

"逃犯？他不会到红柳滩吧？"马德一下紧张起来。

那人很响亮地喝了一大口面汤，压低声音说："那家伙杀了好几个人，逃到叶城后，又在那里抢了一个卡车司机，把人杀了，抢了钱，抢了车，然后把车开到西藏去销赃，现在应该快到阿里了。"

"那家伙说不定还在我这里吃过拉面呢。"

"那也有可能。买单。"

马德想讨好他："你们警察辛苦，为民除害，我们又是老乡，算我请客。"

"那不行，我们有纪律。"他说着，掏出一沓十元人民币，抽出一张，拍在了桌子上。

这时，帐篷里传来了喊叫声。

"那个酒吧热闹得很啊。"

"你是警察，你懂的。"他找了五元给那个人，"哎呀，受不了，搞得这里的石头都成天发情。"

那人嬉皮笑脸地说："所以你每个月都会去一两回。"

"就是啊，受不了嘛。不过，有她们好，有了她们，这里就有人气了。"

"那个什么黄毛金牙不知道这是犯法的买卖吗？"

"这鬼地方有什么法哟，黄毛金牙就是法！"

"他是什么法？今天我就要让他知道，老子才是法！"他虚张声势地把袖子撸起来,大声武气地喊叫道。

"你们都是法。"马德见他那个样子,声音低了下去。

"老子才是法!"他把自己的腰拍得嘭嘭响,拍得腰上的肥肉像触电一样乱颤。

马德不敢吭气了。

"老子这就过去拜会拜会他!"他把马德找给他的五元在桌子上猛地一拍,就手装进了裤兜里。

三

黄毛金牙的帐篷是哈萨克族式风格的,帐篷的材料用的是毛毡,能遮风挡雨。其中三顶是圆锥形的小毡房,是三位"女神"工作和睡觉的地方。他自己的大帐可谓豪华,能容纳二十多人在里面吃喝聚会。穹顶由六十根坚固又富有韧性的红柳木撑杆搭成,圆形墙围高约两米,外围加设一道彩色墙篱,墙篱是用芨芨草编织而成的有花纹的草帘,内围则用和田地毯装饰。朝向公路的门正对一个吧台,上面摆放着泸州老窖、尖庄、伊力特、古城老窖、奎屯特曲、昆仑大曲,还摆放着西藏、青海产的青稞酒和俄罗斯的伏特加,以及吐鲁番、阿克苏产的葡萄酒,还有一些啤酒、饮料、香烟及十多种小吃。那把双管猎枪摆放在吧台上方最显眼的位置,像是镇店之宝,有一种很明显的威慑力。台面上摆着一台红灯牌双卡收录机。吧台两侧半圆状的地台上铺着毡子、地毯,上面各摆放了十张铺着艾德莱丝绸的桌几,每个桌几后面整齐地叠放着用花布盖着的被褥,供客人躺卧。中间的铁皮炉子里煤炭烧得呼呼响,炉子和挨近炉子的一截排烟管烧得通红,把帐篷烤得暖烘烘的,炉子上的大茶壶里装着砖茶,不停地冒着热气。

那人推开雕花木门,再撩开厚厚的棉毡门帘,走进了黄毛金牙的帐篷宫殿。他故意把头抬得很高,不去看里面的人,只看帐篷顶上天窗外的一小片天空——他从那里看到了一座雪山峰顶。

没有一个人睬他。当他意识到这一点,不得不把抬起的头低下来时,他的眼睛一时没能适应里面的环境,有十来秒的时间,他只看到了模糊的、粉红色的一片,只听到了邓丽君的《往事只能回味》。他揉了揉眼睛,看清了黄毛金牙,然后看清了十多个喝酒、喝茶的人,他们或盘腿坐着,或随意躺着,或靠在被褥上,面前的桌几上放着酒、花生米、怪味胡豆、牛肉干、葡萄干,也有从马德那里点来的烤肉和在四川酒楼点的炒菜。

那人径直走到黄毛金牙面前,语带恼怒地问道:"你这里有什么?"

黄毛金牙没有抬头,数着手里的钱:"你想要什么?"

"想要你把这个地方关了。"

黄毛金牙还是没有抬头:"你是今天开警车上山的同志吧。"

"你原来是长了眼睛的啊。"

"在这个地方,眼睛只有两个用处,一个是用来看清楚钱的,一个是把自己的小命看好,这才上得了这山,也下得去叶城。"

那人的脸有些变形:"有人举报你这个地方胡整。"

"在这鬼地方,不胡整还怎么整?"

"你没有看到老子是警察吗?你整的这些东西都是违法的。"那人变得义正词严起来。

"警察?"黄毛金牙抬起了头,很潦草地瞅了他一眼,"我这里什么人都来。何况,这灯光把你身上染得红红绿绿的,哪能看清楚?"

"现在看清楚了吧?"

"可能是灯光的原因,还是不太清楚。"黄毛金牙把头像秃鹫似的往前伸了伸,盯着他的警服看了看,又把他的脸瞅了瞅,语带讥讽,"这下看清楚了,的确是把轿车开上喀喇昆仑山的英雄。"

"看清了就好。"

"看来警察同志出门很久了,头发太长了,胡子该剃了,这警服也至少一个月没有洗了。"

"是有些久了,我在外执行任务已一个多月。"

黄毛金牙给他递了一支雪莲烟:"先喝一杯吧,要找乐子,得排队。"

"我还有任务,没时间排队。"那人望了一眼双管猎枪,"你有枪油吗?"他拍了拍肥胖的腰部,"我的五四式手枪好久没有擦过了。"

黄毛金牙听说他有枪,语气软了:"同志,五四式手枪的枪油我这里没有,但你那个'枪'的'枪油'我免费提供,正宗的印度神油。"他停止了邓丽君正在唱的《何日君再来》,压低了声音:"但你还是得稍等,得等人家完事儿吧。"

"我要最好的。"那人抬头看了一眼简易货架,"来两瓶乌苏。"

"最好的当然要给你。"黄毛金牙把收录机重新打开,邓丽君甜美的声音再次在这洪荒之地响起。他把啤酒打开,交到那人手上,又给了他一包雪莲烟、一袋花生米、一袋牛肉干,说:"警察同志辛苦,这个,我请客。"

"这就对了。"那人接过东西,缓和了语气。

"听说你会修车?"

"以前我在塔尔巴哈台就是干这个活儿的。我以前喜欢车,现在喜欢马。"

"我们的车在达坂上抛锚了。"

"我就在想,你怎么没有驾驶着那辆车往前飞,而是返回这里了? 还有个同志呢? "

"他在达坂上守着,我下来找人帮忙。"

"你那辆是日本进口的车,不好弄,得找兵站的同志帮忙。"

"这个时候去找,影响不好。"

"我看还真的只有去找他们,达坂上晚上会冻死人的,你得赶紧把车和人都弄下来。"

他又喝了一大口啤酒,说:"我们是警察,能坚持住。"他说完,很舒服地卧下了,拿起一瓶啤酒,痛快地往肚子里灌了半瓶。

四

那一声狼嚎是在夜幕降临时传来的,天堂酒吧里的那人停止了在女人肚皮上的动作。但他只是稍做了停顿,就又折腾开了。一个多小时后,那人带着几分醉意从一号帐篷重新回到了大帐里。他对黄毛金牙说:"我刚好今晚没地儿住,现在先跟你说好,等会儿包夜。"

"在这里包夜可不便宜。"

"不就是钱嘛! "那人不屑地撇了撇嘴,"刚才是狼在叫? "

"是,是狼嚎。"

"我还是第一次听见,挺瘆人的,你们不害怕? "

"我们听到狼嚎,就跟听见狗叫一样。"

"再给我开两瓶啤酒! "

"同志，你得先把刚才的钱付了。"

"多少？"

"一百元，到处都是这个价。超半个小时是要另外收费的，你是警察，就算了，连同那些吃喝，都算我请客。"

"明早和包夜费一起算。"

黄毛金牙把啤酒开了，说："不行，本来是消费前买单的，这也是我们这一行的规矩，你走南闯北，见多识广，肯定知道。"

那人仰起脖子，灌了一大口啤酒，打了个酒嗝，有些生气地说："我是走南闯北，也的确见多识广。你知道不，我还从来没有在这种地方花过钱，都是别人求着老子，还倒给我钱的。你干这行，连这个规矩都不懂吗？我刚才说明早给你，是不想坏了我今晚的兴致，已经是给你脸面了。"

"我还真不懂这个规矩。"黄毛金牙一听，口气也变硬了。

"那我就告诉你，你这个什么鸟天堂酒吧能不能开，也就是老子一句话的事。"

"那我也告诉你，甘肃警察管不了我这事。"

那人愣了一下，说："老子多久说我是甘肃的警察了？谁说老子不能管了？"

"你一张嘴我就听出来了。不要总是老子老子的，你是警察，那样不文明。"

那人又灌下一大口啤酒，嚣张之气减弱了些："我不想破坏今晚的兴致，这个钱先给你，明天我们走着瞧！"他说着，从左边衣兜里摸出一个皮夹子，抽出几张百元钞票，啪地拍在了桌子上。

黄毛金牙撇了撇嘴，把钱收下，没再理他。

那人回到了自己先前的地方，气哼哼地卧下了。他一边嚼着牛肉干，补充刚刚耗去的精力；一边喝着啤酒，解着口渴，满怀激情地期待着夜晚降临，好重温鸳鸯梦，早把那个困在达坂上的同伴忘到九霄云外去了。

五

达坂上的那个人蜷缩在车里，他体形瘦小如猴，与酒吧里那人壮硕如熊的身板反差巨大。那声狼嚎让他的身体缩得更紧了些,成为瑟瑟发抖的一小团。随着夜晚的降临,高原上的气温直线下降,天地好像开启了速冻模式。他向红柳滩方向的来路望了无数次,想看到同伴带着人,至少是带着食物返回的身影,但他越来越失望,最后终于绝望了。他不停地咒骂那人挨枪子、遭天杀,最后也不想骂了,因为寒冷使他像打摆子似的不停颤抖,上牙击打得下牙哒哒哒直响。

他们对山上的情况一无所知,上山时身上只穿着夏天的衣服。他把车上能御寒的东西——坐垫、靠垫,甚至擦车布都裹到了身上,但一点用处也没有。水喝光了,能吃的东西也没有了。四周山脊上的"U"形山口,像一柄柄刃口朝上的镰刀,锋利的刀刃闪着薄薄的寒光,准备随时收割贸然闯入的任何活物;车屁股对着的,是一座铁锈色的高山,前面的群山则是黑铁色的,山顶是似乎凝固了的白云和终年不化的积雪;轿车左侧,是坦阔的阿克赛钦荒原,分布着没有任何生命的戈壁和起伏的群山,一条灰白的路绕下奇台达坂后,直插天际。

车窗外只有又冷又硬的风在鸣咽、尖啸、吼叫,粗暴地摇晃着轿车,击打得车身不断发出嘭嘭的声响,像无形的鬼魂在愤怒地拍打它。他感觉这个世界只剩下了他一个人,如此空旷、荒凉,像置身月球背面。他又渴又饿,高原反应折磨得他头疼欲裂,恐惧、饥寒、孤独一齐向他袭来。

他想搭一辆过路车离开这里,但附近连车的影子都没有。

"看来那个杂种已经把我忘掉了。无论如何,我也要下到红柳滩去,要到有人的地方去。"他把一把五四式手枪抓在手里,绝望地推开了车门。在他准备关上车门的时候,风像个强奸犯似的,猛地把他掀翻在地。寒风如刀,他感觉更冷了,又逃回到了车上。车里也像冰窖,但至少能挡一挡那要命的风。"我如果待在这里,明天早上肯定会成为一具僵尸。"他决定还是要往红柳滩走。

从车抛锚的地方爬上奇台达坂至少有五公里路,从奇台达坂到红柳滩还有四五十公里。他心里估算过这个距离,知道自己不可能走到红柳滩,但往那里走,是他可能活命的唯一希望。

夜幕已降下好久了,高原被笼罩其间,一切都变得缥缈、虚幻起来。直到一轮硕大的即将圆满的月亮猛地从山顶的白云后蹦跳出来,高原才又重新变得清晰、真实了一些。

月亮出来后,风在月光的照耀下,似乎不敢那么放肆了。风势小了些。他把轿车的座位套都扯下来,裹在自己身上,锁了车门,开始往达坂上爬。

身体只能感知三样东西:凌迟一样的寒意、斧劈一样的头痛和辘辘饥肠的撕扯,其他的感觉都已失去。这使他每迈动一步都异常吃力。

他看着自己被月光扯得变形的身影,"这不是鬼吗?"他对自己恐惧起来。"这两年,我过的就是鬼一样的日子啊!"他感到悲哀,想哭,却哭不出声。

月光如雪。他踉踉跄跄地走着,不断跌倒,把路上的尘土砸得腾起老高。

狼嚎声再次传来,似乎比刚才近了些,他吓得一下停住了脚步。

他想返回车上,却迈不动步子;他想往前走,双脚却像定住了一样;他去摸枪,手却是僵硬的;他想喊叫,嗓子却哑了,喊不出来。他沉重的脑袋里冒出了一个血腥的场面——一匹狼扑上来,咬住了他的脖子,其他狼围上来,撕咬他,他还没有断气,肉却已被撕扯光了。不要这样!等我冻死了你们再来吃吧。他在心里祈求。反正都是死,冻死也不一定比被狼撕咬好过啊。他琢磨着,做着人生最后的算计,狼吞得快,应该是速死了,而被冻死的过程肯定缓慢得多。如果我浑身冰冻、僵硬,脑袋却是清醒的,知道自己的身体被狼一口一口地撕扯掉,那不更痛苦吗?他这样想着,对狼嚎声也就不害怕了,他又吃力地迈动了脚步。

狼嚎声是奔跑的,不时变换着位置,一会儿在东边的山脊上,一会儿在阿克赛钦的旷野里,一会儿似乎就在离他不远的斜坡上,甚至就在公路的下一个拐弯处。但他只是往前走,什么都不管了,即使它们就在前面,他也会迎着它们走过去,直到走进一张张狼嘴里。无惧死亡之后,他的脚步走得顺溜了一些,力气增加了,身体也没有之前那么僵冷了。

当狼嚎再次响起,他拔出了枪,朝狼嚎所在的方向开了一枪。枪声那么清脆,把他自己吓了一跳。

好像是他那一枪打出来的,一束雪亮的光柱猛地在天上晃了一下,晃到了前面的一座雪山上,然后又不断地晃动着。"来车了!"他这次喊出了声,"老子不会喂狼了,老子不会冻死在这个鬼地方了!"泪水像决了堤,哗地淌了他一脸。

他站在路中间,一定要把这辆车拦住,即使被这辆车撞死,他也不会动一动。

车灯凌厉、雪亮的光柱在月夜里乱撞，把完好无损的月夜不时撞出一个大洞——他似乎可以听到古代攻城略地时，武士们扛着一头包了铁皮的木头撞击城门的那种声音。他知道黑夜要在它该结束时才会结束，所以他知道那些光柱无论多么有力，夜晚还会在那里。但对他来说，他有活下去的希望了。

汽车颠簸着行驶在达坂的盘山公路上，小心地、不停地向他靠近，他已听到了引擎声——不是幻听，的确是汽车发动机发出来的声音；当汽车拐过弯道，车灯光柱先射向空洞的天空，然后一转，猛地打在对面的山体上，他看到了那辆真实的车。他看清了车灯照耀着的岩石，清晰得像白天看到的一样。

车灯的光圈越来越小，然后，它拐了过来，猛地照亮路面，唰地刺向他，他感觉那是世界上最神圣的光芒，他的眼睛一时没能适应。他本能地举起了双手，开始挥舞。因为双臂冻得僵硬，他更像是投降——现在，只要能获救，他愿意向任何东西屈服。

六

卡车上的司机是个老司机了，这条路他已跑过很多次，但一个人夜行高原，他还是得靠汽车的轰鸣声来给自己壮胆。他拉的是冻肉和蔬菜。冻肉没事，蔬菜不抓紧运到，损耗会很大，所以他要连夜赶路。他的车保养得很好，车况不错，能够顺利地跑到狮泉河，他心里是有底的。但他有些困了，下了达坂，到甜水海后，他想眯上个把钟头再往前走。

高原上主要的危险是狼。每年都有骑行客在露营时被狼吃掉。之前在死人沟，有个司机车坏后，被狼群围住。他没有吃的，没有水喝，也没法下车，最后被狼群活活困死在驾驶室里。想到这里，他不禁有些害怕，想起他上达坂时听到的狼嗥，浑身不禁哆嗦了一下。但只要车不坏掉，他就是安全的。他正准备舒一口气，突然看到了那个鬼一样的人。

老司机刚看到那个人的时候，由于车灯的照射，那人显得像影子一样薄，真像一个在那里飘忽的鬼影。他吓得脑子一片空白，汽车猛地刹住，差点翻车，同时汽车喇叭也摁响了，在世界屋脊的无边寂寥中，像惊雷一样炸响。但那人一动未动，像一根铁桩，仿佛在大地还是一片洪荒之时，他就已在那里生根。

"今晚真撞到鬼了！"老司机惊魂未定，先骂了一句为自己壮胆。

那个东西还在那里，只不过比先前看到的要厚实些了，有了轮廓，还机械地挥动着手臂。"活鬼啊……"他大叫了一声，依然让车灯照射着他，随手把车窗关紧，似乎这样鬼魂就奈何不了他。念经都不管用，看来今天晚上遇到厉害的了，这一定是那个在达坂上被狼吃了的家伙的鬼魂吧……他不敢再去看他，只感到后背发冷，不由得浑身哆嗦起来。

他裹在皮大衣里的身体已变得冰冷僵硬，正当他恐惧不已的时候，耳边传来了敲击车窗的声音，他往前一看，那个影子没有了。冷汗一下把他贴身的衣服浸湿了。就在这时，他听到了同样是哆嗦着的声音："救……救……我，救……救……我……"

"是人是鬼？"

"救我……救救我……"

"是人！是人在说话！"他抬起了头，嘴里先骂了一句，"吓死老子了！"他虽然吼叫着，但还是不敢侧脸去看那个人。

"我……我的车……车坏了……救我……"那个人继续拍打车窗，把脸贴在车窗上，用尽力气大声乞求。

他听清楚了，侧过脸去。他看到了那个人变形的脸，看到了一张因极度绝望后又重新找到了一丝希望的扭曲的面孔，然后长舒了一口气。"吓死老子了。"他一边说，一边摇下车窗。他用仍带惊恐的，但一下变得恭敬的口气说："我的个老娘啊，你这个同志难道不知道'人吓人，吓死人'吗？我十魂都被你吓掉九魂了，我可是知道什么叫魂飞魄散了。"

那个人似乎没有听见他说的话，只望着他，乞求道："老哥，救我！"

"咋搞的，同志？"他一边说着，一边打开了车门，"快到驾驶室里来。"

那个人一听，一边忙不迭地道谢，一边吃力地往车上爬。他送出半个身子，拉了他一把。

"太……太感谢你了。"

老司机看着他身上裹的东西，笑着说："你就差没有把小车壳子扒下来裹在身上了，你要不这么穿，还不会这么吓人。"

"驾驶室暖和多了。车坏了，差点把人搞死了。"他身体抖得像筛糠，上牙猛烈地磕着下牙。

"这上面，车坏了是最要命的，好多人就是因为车坏了，把命丢这里了。"老司机又盯了他一眼，"你上高原，难道皮大衣都没带？"

"第一次走这条路，来之前看了地图，是219国道，以为好走。加之又是大热天，多的衣服都没有带。"

"你这不是找死嘛，你们应该提前了解这里的路况啊！"

那个人不停地搓着手，拍打着手臂、双腿："跟一个朋友趁休假，想开单位的车上来逛一圈，没想到走到这里就趴窝了。"

老司机想把刚才受到惊吓的魂魄安顿妥当后再上路，连着呼出了好几口长气："你那个朋友呢？"

"到红柳滩找人修车去了。"

"应该是穿着警服的那人吧，我刚才在马德店里吃拉面的时候，刚好他也在那里吃饭。胖，蛮实，大个子，看起来凶巴巴的。"

"应该就是他。你说对了。"

"难怪，看来我看人还是很准啊！"老司机有些得意，"我听他倒是问了一下修车的事，但他吃完饭就钻进天堂酒吧乐和去了。"

"他喜好那一口。"

"想想也是，他那个职业比我们跑长途线的压力还大，总得有个化解的门路。他说你们是去执行任务。"

"哦，其实是……执行任务，我刚才还想保密呢。"

"什么车？"

"蓝鸟。"

"日本车吧？进口货，那玩意儿我可修不了，金贵，不敢乱整。"

"那怎么办？"

老司机没有再接他的话，摇下自己这边的车窗，往外看了看："你刚才吓得我差点把车开到路下边去了。"

"真是对不住啊。"

老司机把车往后倒了倒，把悬在公路外的车头倒回公路上，才想起问那个人要到哪里去："我是要到狮泉河，你如果去那里，我可以带上你。"

"我……你有吃的吗，还有水？我又渴又饿……"

"哎呀，忘了这茬事！"老司机有些抱歉，从座位后面提出一个五公升的白色塑料胶壶,递给那个人。那个人有些小心地喝了几口。老司机又从座椅后面扯出一个布袋子,拿了一个馕给他。

那个人眼睛潮湿,接过馕就咬了一大口,他这才似乎有力气继续说话:"我要回到那个鬼红柳滩去。"

"那我可帮不了你的忙,我说了,我是要去狮泉河的,车上拉的是肉和菜,耽误不得。"老司机感到很抱歉,"我车上还有一套棉衣,你如果要的话,可以便宜处理给你。"

"大哥,你留下我,我可能就活不成了。为了让那个刽子手找到修车的人,钱和车上的水、干粮都让他带走了。他说肯定能找到修车的人,天黑前肯定能赶回来。"

老司机很是为难,他沉默了一会儿:"你们不是也到阿里吗?"

"车坏了,就不一定了。"

"没关系,我看你是个实诚人,我可以给你一点吃的喝的,那套棉衣你就穿着吧。二十元,我给你留个地址,你到时寄给我。"他说完,把自己的名片递给他。也不是啥名片,就是个联系卡片,上面写有寄信的地址。

那个人接过名片,上面满是污渍,司机名叫陈国富。

"你去的都是险地方啊!"

"跑这些地方不缺货源,运价高,跑一趟顶在下面跑好几趟呢。"

那个人把后面的地址看完,笑着说:"我第一次见到这么长的地址。"

司机半开玩笑地说:"这个地址好,很多人就因为这个把我记住了,有些人正愁得不行,看到这个地址,也会咧开嘴巴呵呵笑。"

"大哥,我还是笑不出来。求你把我送回红柳滩,到时我给你钱,五十元,怎么样?"

"我得讲信誉,我车上拉的有蔬菜,我跟人家说了,明天晚饭前送到。"

"给你八十元!"

"我很想挣你的钱,但信誉至上,我不能违背。"

"国富大哥,来回也就两三个小时……"

那个人咬了咬牙,说:"那就一百元!"他说完,一只手摸到了别在裤腰带上的枪,心想,要是这个老家伙再不答应,我就要来硬的了。

"哎——"陈国富很是为难地叹息了一声,"我这是跑来回,又是世上最烂的路,最主要的是影响我的信誉,但看在你警察同志的面子上,就送你一趟吧。"

那个人把手从腰间拿开了,眼里泪花闪烁:"感谢大哥救命之恩!"

七

陈国富在一个稍微宽点的地方把车掉了头,开始往回开。

那个人放心了,紧张的身体放松了些。但没过五分钟,他想起那人,又变得愤怒起来,"看老子不杀了你!"他突然恶狠狠地说。

"你说什么?"汽车正往达坂上爬,开足了马力,陈国富更是两眼死盯前路,不敢有丝毫马虎,所以没有听清。

刚才的话一出口,那个人自己也吓了一跳:"没什么,我是说这路太难走了。"

"我一年得跑二三十个来回,已经走惯了。"

那个人还是气哼哼的,表情不时会变得狰狞。那人让他差点死在奇台达坂,自己却在红柳滩吃饱喝足后寻欢作乐,早把他忘得一干二净。他咬牙切齿地在心里怒吼:"看我不杀了你个狗杂种!"

汽车越接近红柳滩,那个人心里的气就越大。

红柳滩很安静,月光遍洒,给这个破烂的地方镀上了一层圣洁的光芒。天堂酒吧的霓虹灯还妩媚、色情地闪烁着——黄毛金牙把发电机安放在一个角落里,可以听到声音,但并不怎么影响大家休息,它突突突的响声像人在吟唱情歌。对面雪山上传来几声狼嚎,不过大家早已习惯,只当它跟狗叫差不多。

汽车在天堂酒吧门口停下,陈国富把车倒过来,准备收了钱继续赶路。汽车没有熄火,他和那个人下了车,径直钻进了黄毛金牙的大帐里。

里面的灯光比先前要昏暗许多,由烟臭味、酒臭味、脚臭味、口臭味、羊膻味、卤牛肉味、机油味以及另一种难以说清道明的情欲的气味混合成的复杂味道,形成了一种令人窒息、难以忍受的污浊不堪的有力气团,差点把他们推出了帐篷。他们的眼睛很快适应了里面昏暗暧昧的环境。过了夜里两点还要在大帐里睡觉的,给十块钱就行,睡这里肯定比睡车上舒服,所以帐篷里横七竖八地躺满了人,各种声调、风格的鼾声如雷霆般不断滚过,其间夹杂着粗野的梦呓声、放屁声以及咂巴嘴巴的声音,好像在进行一场重金属音乐演奏。

"在哪里能找到那个杂种?"那个人恨恨地低声问陈国富。

"跟我到吧台看看这里的老板在不在。"

他们跨过一个个躺卧的人体,来到吧台前,黄毛金牙没在那里。

"老板肯定搂着女人睡觉去了。你的同事可能在这些睡觉的人里头。"

那个人便凑近躺卧着的每张脸,一个个地看了,一摊手:"没有。"

"那就肯定在小帐篷里睡,就三顶小帐篷,很好找。黄毛金牙肯定会把他安排在一号帐篷,我带你去。"

"看来你对这里也很熟啊。"

陈国富呵呵笑了两声:"这人间天堂,跑这条线的哪个不熟!"

两人钻出了帐篷,从鹅卵石铺成的通道,来到大帐后面,三顶小帐篷沐浴在月光里,远处雪山如梦,冰峰显得更为高拔,一侧的叶尔羌河的流水哗哗流淌着,寒冷的河水闪烁着银光。黄毛金牙的马打了个响鼻,在如此静谧的夜晚里,连陈国富的汽车发动机发出的声音都充满了诗意。"天堂一号"里传出了笑声和哼哼唧唧的声音。

那个人已听出笑声是那人的,嘴里骂了声"杂种",无名火起,故意把步子踏得很重,低着头,气冲冲地就往帐篷里钻。

帐篷里只有暗红的灯光,两个肉体在里面翻滚。

陈国富不便进去,只好站在帐篷门口,说:"同志,麻烦你稍微快点,我的车没有熄火。"

没有人回答他。帐篷里的灯猛地亮起,接着,便听见帐篷里传出那个人气愤至极的吼叫:"你个杂种!"接着便听到了女人的尖叫。

"嘿,朋友,咋了?"

"你说咋了?你差点让老子死在达坂上!"

"我不是还没找到修车的人嘛。"

"你找了吗?你可把老子害惨了!"

"谁害谁呀?以前老子做那么多回事,都是顺顺当当的,你这一入伙,就成这样了。"

"你不拉我,我能成今天这个样子?"

"你不要用那个鬼东西指着我。"

"枪!"那个女人大喊了一声。

"什么枪,他用小孩的玩具吓唬我呢。"那人对那女人说。

"老子没有吓唬你!"

"你不要命了?"那人显然被迫缓和了声调,"拿着那玩意儿干什么?"

"先给老子一百。"

"你要钱干什么?"

"我拦了个师傅,让他把我拉下来的,我答应了给他一百。"

"五十!这么点路就五十!"

"他不拉我下来,我今晚就死在达坂上了。"

"没有钱。"

"你不是还有一百多吗?"

"花了。你把那个师傅叫进来。"

陈国富心里着急,一听那人的话,知道可以进去了,便说了声:"我进来了。"

那人还半裸着卧躺在床上,旁边有个娇小的女人像被惊吓的羔羊,蜷缩在被子里不敢动。那个人用枪指着那人,但看上去,那人一点也不害怕,这使陈国富以为那真的是把假枪。那人眯着眼睛看了一眼陈国富,用轻蔑的口气问:"你就是那个这么一点路,就敢收一百的杂种?"

"同志,你怎么能这么说话呢,这个价钱是讲好了的。"

"你这是乘人之危,是敲诈!"

"你不能这样说。"

"我就这么说,怎么啦!"

陈国富显然有些害怕,他对那个人说:"同志,我们可是说好了的,是你求我的。我也是担心你在上面出事才送你到这里来的,我可是一片好心。"

"你放心,我说出去的话,一定会算数。"那个人本已把枪收起来,现在又掏了出来,指着那人,"我不是蹲着拉尿的人,一百是我答应了要给的。"

"你!"那人一生气,站了起来,也摸出了一把枪,指着那个人,"来,你有种就朝我来一枪!"

见两人真要干起来,那个女人裹着床单,想要溜走。那人一见,大声说:"老子包夜,今天晚上你就是老子的女人,你现在敢走?!"

女人一听，赶紧老实地蹲下了。

陈国富赶紧劝解："有话好好说，好好说！我看你们那是真家伙，赶紧收起来，不然，出了事可不好。"他把脸转向那人，用商量的口气说："同志，你嫌一百贵了，那你给个价。"

"我给价？那好，一分钱也没有！"

"哪有这么说话的呢？"

"我说了，一分钱都没有！"

"你总得讲点法理吧？"

"这个鬼地方，老子就是法理。"

陈国富又把脸转向了那个人："同志，你说说……"

"他肯定把钱花掉，拿不出来了。"

"那这样吧，这个钱我不要了，就当我做好事吧。"陈国富一见这个阵仗，只能自认倒霉，一边说着，一边往帐篷外面退。

"对不住了，感谢你救了我的命，我有你的地址。"他说着，把陈国富的名片掏出来，"这个我会好好收着，钱我一定会寄给你的。"

八

陈国富没想到帮忙会是这样的结果，很沮丧地从帐篷里钻出来。月光把他的影子拉长了，他抬头看月已偏西，不敢耽误，骂骂咧咧地开着车，颠簸着，重新独自上路了。

爬上达坂顶，他的气还没有平息下来，高原反应使他更加难受。"在这里，老子是在拿命救人呢，一百还嫌贵！"他讨厌那个胖硕的家伙，"哪像个警察，简直跟地痞无赖差不多！"

他把车停在达坂顶上，摇下车窗，吸了一口寒冷的空气，然后把它呼出去，感觉心里的气也随之吐出来了，不那么堵了。他看了看远处被月光镀了银边的雪山和雪山上的云，又抬起头望了一眼无限深邃的夜空，合掌念了一句："保佑我平安顺利！"这是他每到一架达坂上都要做的功课。做了这件事，他心里有底了，心情也舒畅起来，开始往达坂下走。

到了昨晚那个人拦车的地方，他也没有怎么生气，但拐过那道弯，看到那辆停在路边的警车,他心里又堵上了。他想起了那个长了一身油腻肥肉的家伙,就停了车。他把皮大衣一裹,下车围着那辆车转了一圈:"开着这么好的车到这鬼地方来,可以去找婊子,却死活不给我那一百,最后连一句好话都没有!"他越想越生气,拉了拉司机座位一边的车门,没有拉开。他捡起路边的石头,"哐"的一声,把副驾一侧的玻璃砸碎,打开了车门:"你不仁,就不要怪老子不义!老子至少得拿上一百元的东西才划算。"他打开手电,翻找起来。

前排没有找到什么值钱的东西,后排也没有什么有用的物件。"啥东西也没有。"他失望地叹了一口气,觉得右手有点黏,用手电一照,是血!他以为是自己的手被划伤了,仔细看后,一双手好好的。"哪来的血?"他用手电又把后排座位照了照,手电晃到了脚垫旁一块拳头大小的血迹。"竟然有血!这是个什么鸟车?"他把脚垫拿开,脚垫黏在车底板上,扯开一看,是还没干透的血。他的身上立马起了一层鸡皮疙瘩,触电似的把手上的脚垫扔掉了。

陈国富钻出轿车,看到了车顶的警灯,又看了看车牌,看上去的确是警车。"人家是警察,这些血可能是抓犯人受伤时留下的吧,也可能是哪个被抓的罪犯受伤留下的。"这么想着,他把轿车门关上,开车离开了。

在这座高原上,似乎只有陈国富这辆车在跑。东边的天空变得绚丽起来,晨光即将把高原从月夜切换过来,进入白日模式。左侧的荒原上,一群藏羚羊风一样奔驰而过;天上,一只鹰在展翅翱翔,高原又有了生机。陈国富看到这些景象,唱起了歌,似乎真的把昨晚的不快忘掉了。

过了甜水海,就是死人沟,那里的很多路段更难走。到了死人沟口,陈国富准备眯一会儿再往前赶。他把汽车停在路边,拿出馕,就着胶壶里已经冰凉的水,填着肚子。

就在这时,一辆北京吉普车从死人沟里开了出来。他一看,知道是辆军车,再看车牌,知道那车是机务站的。他下了车,挥了挥手。常年在这条路上跑,他跟这条路上的人都认识了。吉普车停住,面色黑红的李勇排长下了车,很亲热地和他打招呼:"陈师傅,这么早?"

"命苦啊,拉的有蔬菜,路上没法耽搁。李排长,你们也早得很。"

"通信线路出了问题,要巡查,急活儿,我们接到任务就出发了。"李排长给陈国富递了一支雪莲烟,又掏出打火机给他点上。车上的其他三个战士也下了车,跟他打招呼。

"多谢你的烟！"陈国富用力吸了一口，"我这一路过来，能看到的线路都没事。"

"那问题可能出在奇台达坂到康西瓦达坂之间了。"

"还得跑那么远啊，你们真是辛苦。"陈国富几口就把一支烟吸掉了一大半，听李排长说到奇台达坂，他又想起了那辆警车，"昨天遇到两个傻子，开着辆轿车，上这高原来了。"

"啥？不可能吧！什么轿车啊，能开到这里来？"

"好像是那个什么蓝鸟，进口货，开到奇台达坂上趴窝了，一个家伙昨晚困在车里，求我把他送到红柳滩，说好给一百元，最后一分钱没拿着。要不是因为这事耽误时间，我现在都过了死人沟了。"陈国富说起这个事，又生起气来。

"哪个警察这么傻啊，不晓得这里的路况？"开吉普车的老兵说，"警察怎么会不给你钱？"

"说是身上没现钱了，但却有钱在天堂酒吧里快活，一个警察说回头寄给我，我看悬。"他把烟吸得过滤嘴都着了，"两个糊涂警察，把车扔在达坂上，挨副驾那边的玻璃都被砸掉了。"他压低了声音，"我瞅了一眼，车上还有血迹呢。"

"哪来的血迹呢？"李排长问。

"鬼知道啊，我估摸是警察抓罪犯受了伤留下的，要么就是哪个被抓的罪犯受伤留下的，不过后排座位脚垫下的血还是新鲜的。"陈国富说着，掏出自己五毛一包的天池烟，给每人散了一支，"不好意思，我这是便宜烟。"

大家都把烟点上了。李排长问陈国富："你说血还是新鲜的？"

"是啊，黏手。两人都有枪。"

"长的，还是短的？"

"短的。"

李排长说："警察带枪，也属正常。他们的事，我们当兵的管不着，他们做的事，我们也不懂。不管他，陈师傅，我们得出发了，祝你路上顺利！"说完他就和战士们准备上车。

"你们也注意安全，甜水海那段路全是大坑，得走最右侧的道。"说完，陈国富又像突然想起来什么似的，对李排长说："你们到奇台达坂后，如果那辆

175

车还在那里，到了红柳滩可以告诉那两个警察，他们的车玻璃被石头砸烂了。"

"好的，放心吧！你真是好人哪，钱都没有拿到，还替别人着想。"

"人家毕竟是警察嘛。"

吉普车开动了，李排长笑着向他挥挥手，陈国富也转身爬上了自己的车。

九

李勇看到那辆娇滴滴的轿车是在他和陈国富分手的两小时零十九分钟之后。大家下车围着它转了一圈，觉得它像个被强暴了的大家闺秀，已看不出本来的样子，感到很可惜。

看了车牌，的确是公安的，但李排长还是对它产生了怀疑。

他拍了拍车顶："这车很可疑啊！"

老兵问："有什么可疑的？"

"这样的进口车很少，公安很少装备，即使有那么几辆，也只会放在机关当接待车用，不可能用这么好的车跑长途。陈国富送人去红柳滩，无疑是救命，竟然赖账不给钱，这也很少遇到。"

"难道……这会是一辆赃车？"另一个战士有些惊讶。

"现在还很难说，还是看一眼车里是不是有陈师傅说的血迹吧。"李排长说完，拉开了驾驶室一侧的车门，钻进了车里。

他撅着屁股把后座看了，座位上的确有血迹，脚垫下的血还没有干透，揭开另一个脚垫，下面也是。他感到有些恶心，抬起头，舒了一口气，把恶心感压下去后，又把手伸进前排座位下，竟摸出了一把沾血的菜刀、一个警官证，还有一副军车牌照。

他从车里出来，表情变得十分严肃："这辆车的确有问题。"

三个战士急切地想知道有什么问题。李排长跟他们说了他发现的东西，然后，他对驾驶员说："陈吉祥，你想办法把后备厢打开。"

"进口车不晓得好不好弄，我研究一下。"

陈吉祥到了车后面，不到三分钟，后备厢打开了。在打开后备厢的同时，一股血腥味扑面而来，陈吉祥像被谁捅了腰子，尖叫了一声，转过头说："你们还是不要看了，太恶心了。"

李勇看到，后备厢里血肉模糊，除了血糊糊的衣物，还有用塑料包裹着的一颗人头和一条人腿。

"他们肯定不是什么警察。"李勇把车上的冲锋枪交给一名战士，"武国庆，你在这里看护现场，不要让人再动这辆车。陈吉祥，我们走，以最快的速度赶往红柳滩！"

陈吉祥把这辆已在世界屋脊跑了十三万七千五百四十九公里的吉普车开得像赛车一样，车屁股后面的烟尘腾起至少有八丈高。

"看来是杀人分尸，怎么整？"陈吉祥问。

"得报案，但首先要想办法控制住他们，不要让他们再伤人。"李勇看了一眼已升起的日头，"好多司机都上路了，要防止他们找车逃跑，更要提防他们劫车、劫持人质。"

两人说着，车已翻过达坂，下行了三十七公里后，他们看到了第一辆开往阿里去的卡车。

"得让那辆车停下！"李勇对另一个战士说，"陈小双，你带上枪下车！"

陈吉祥刚把车停稳，李勇和陈小双已跳下了车。陈小双把那辆卡车挡停了，师傅把头伸出车窗，问道："同志，有啥事？"

李勇说："部队演习，可能要下午两点才能结束，你要在这里等着。"

"知道了。"

"多谢！"李勇转过头，"陈小双，你就在路中间站着，把往阿里去的车挡住。"

陈小双向李勇敬了个军礼："排长，您放心！"

陆续上来的车都被挡住了。

李勇到了红柳滩，跳下车后，他对陈吉祥说："你就不要下车了，继续前行到八号桥，把上阿里和下叶城去的车都拦住，就说部队演习！"

"决不拉稀摆带！"陈吉祥说了一句四川话。

李勇看到一些人还在兵站对面吃早饭。天堂酒吧像个还在睡懒觉的人，现在最安静。黄毛金牙拿着刷牙缸，从帐篷里钻出来，对着无名雪峰伸了个懒腰，然后开始刷牙。李勇和他认识，想去探个虚实，就快步穿过公路，半开玩笑地搭讪道："黄老板，早啊！"

黄毛金牙抬起头,一见是李排长,忙把一口牙膏泡沫吐出来:"哇,李排长啊,你怎么到这里来了?"

"有点事。"李勇严肃地说。

黄毛金牙把嘴巴递到李排长耳边,压低了声音说:"还有两个人在'挺尸',都是警察,都带着枪,有个昨晚包夜,半夜又来了一个,他俩就占了一顶帐篷!昨晚就想吃白食,我等会儿看他怎么跟我算昨天晚上的账。"

"这个账一定要算,一分钱也不能便宜他们。"

"听我们的小妹说,昨晚是陈国富师傅送他们中一人下来的,最后硬是一分钱没有要到。"

"陈师傅是好人,大家都认识的,把他的钱也要上。"

"人家是警察,钱可不好要啊。不过,你晓得我是江湖中人,'义'字在先,陈师傅那个钱我一定尽力!"

"那好,兵站开早饭了,不耽误你刷牙了,我走了。"

黄毛金牙嘿嘿地笑了。

十

帐篷里有电热毯,被窝里热烘烘的。陈国富走后,那个人本来要找那人算账的,但他实在太困了,倒头便打起鼾来。那人有些恨那个人坏了他的好事,让那个女人溜掉了。

他点了一支烟,慢慢抽起来。想起刚才和女人做的事,他扯着嘴笑了笑。他的笑不难看,他笑的时候,烟雾笼罩的面部表情显得很柔和,一点也不像个舔着刀刃上的血活命的人。他决定去把那个女人要回来,不然就亏待了这个夜晚。

他穿上衣服,披上黄毛金牙给他的皮大衣,钻出帐篷,在月光下撒了一泡有些疲软的夜尿。看来今晚是不行了。是她跑掉的,明早那个黄毛跟我要钱,刚好有个不给的理由。这么想着,他又缩进了帐篷里,听着叶尔羌河的流水声,没过多久,也沉沉地睡着了。醒来的时候,发现自己这一觉睡得不错,一夜无梦——好梦没有,噩梦也没有,感觉很是满意。看着那个人还睡得跟死猪一样,想起车还在达坂上,晚上没事,白天过往的人多,万一发现了什么异常,他这条贱命就玩儿完了,因此,一下子紧张起来。

那个人显然还记恨着昨晚的事,睡脸上依然带着恼怒,睡觉时都咬着牙。那人看着他的样子,轻蔑地一笑,踹了他一脚。那个人猛地坐起,一下站起来,惊慌失措地要逃跑。

"你看你那个样儿!"

"我梦见警察追我。那些警察都长着翅膀,我逃到哪里他们都能追上。我也想飞,刚飞起来就被一个红脸警察踹了一脚,我从天上直往下掉,好半天才落到地上。"

"那是老子在踹你。"那人想把警服的风纪扣扣上,但脖子太粗,很费劲,"被警察追! 记住,你我都是警察,走出去了要有个警察的样子。"

那个人眼带仇恨地在背后盯着那人,不屑地撇了一下嘴:"你昨晚至少应该给那个司机师傅一点钱,一分钱不给太过分了!"

那人转过身:"老子这里没有'应该'这个词儿,也没有'过分'这个说法。我现在问你,你跑下来做什么?"

那个人像被点燃的钻天炮,一下蹿起老高:"我跑下来做什么? 你说我跑下来做什么! 老子不跑下来,今天早上就死翘翘了,人都变硬了!"

"你看你,怎么跟我说话呢!"那人呵斥道,"一个晚上都坚持不了,出了事怎么办?"

"那你为什么不快点找人上去修车,却在这里吃喝胡搞?"

"这个鬼地方就指甲盖儿那么大个地方,修车的人想找就能找得到? 何况那是进口货呢。我打听了,只有这个黄毛和兵站的人能修。兵站的人能去找吗? 黄毛晚上要照顾酒吧的生意,能上去吗? 我只有在这里等着,准备今天一早叫他上去。"

"那现在怎么办?"

"你赶紧到旁边去拿上十几个馕,带上水,搭一辆过路车上去。无论如何要赶紧回到车上,特别是后备厢里的东西要赶紧处理掉,扔到离公路越远的地方越好,让它尽快变成狼屎。"

"我不去。我在下面找人。"那个人赌气说。

那人很生气:"你不去老子去,等货处理了,钱不再是四六开而是三七开。"

"给我一成都行,这次过后,老子再也不干了。我要活命。"

"一成,这可是你说的!"那人说完,气冲冲地要往帐篷外面钻。

"你得给我钱,我要吃饭,你昨天把所有的钱都拿走了。"

"自己去抢!"

"好,反正也不差这一次!老子先去抢馕,再抢一个女人。"说着,那个人把枪从裤腰上拔了出来。

那人回过头,看到一把枪正指着他。

"你不是要去抢馕抢女人吗?"

"老子先把你一枪崩了,再抢也不迟。"

那人转过身,盯着那个人,指着自己的脑门说:"来,有种你朝老子这里来。"

那个人咔地打开了保险:"你不要逼我!"

"老子就逼你了! 来,不开枪你是杂种!"

"老子说了,你不要逼我!"那个人提高了音调,声音一下变得尖细起来。

"老子今天就逼你了,有种你就开枪!"

那个人的脸愤怒到变形了。

就在这时,黄毛金牙撩开了帐篷门帘,那个人一分神,那人也掏出了枪。两人用枪相互指着对方,像枪战片里一个固定下来的镜头。两人僵持着,互不相让。黄毛金牙看着两人,被吓了一跳,但还是调侃道:"哟嚯,两个警察同志在练枪法啊?"

那人把枪先放下了:"你有什么事?"

那个人也把枪放进了裤兜里。

"打扰了。"黄毛金牙拱了拱手,"我在大帐里等你们吃早饭。"说完赶紧退了出去。

"你先去饭馆买点吃的、喝的。"那人从裤兜里摸出几张十元的纸币,压低声音,咬着牙对那个人说,"兄弟,我们不要闹了,把那车处理了,还是四六分成。但你现在必须赶到轿车那里去,不然,一旦露馅,你我都会被枪毙的。"

那个人软了口气:"你今天上午必须找到修车的人,来把车修好。"

"我去填一填肚子,马上就带着刚才那个金毛上山修车。在我们上来前,你要把车收拾干净。"

那个人没有进大帐,而是到马德的饭馆要了一碗羊肉汤、两个肉馕,大口吃起来。他把馕泡进肉汤里,很快就填饱了肚子。

"再给我十个馕,再买你一个胶壶,给我灌上水。你跟过往的驾驶员熟,能帮我拦一辆车吗?我的车坏在达坂上了,我要去修。"

"没问题。可能得给点钱。"

"多少?"

"你自己去说,怎么着也得收你三十元。我去讲讲,二十元应该没问题。"

"那太感谢你了!"

马德走到一辆准备去阿里的卡车前,跟司机嘀咕了一阵子,然后走回来,对那个人说:"讲好了,二十元。那个师傅叫艾山,他马上走。"他把用塑料袋装好的馕和灌满了水的胶壶递给那个人:"同志,我这羊肉汤和馕咋样?"

"好得很。"

"等你回来再尝尝我的烤肉,那更过瘾!"

"一定。"

那个人接过东西,赶紧往那辆车跟前走。到了车跟前,艾山伸出长满黑色汗毛的手,同他握了握,然后对自己的伙伴说:"你嘛,先到大厢上看风景去,驾驶室这个座位嘛,要让警察同志坐。"

"谢谢艾山师傅!"

"现在嘛,二十元先拿来。"

"这就给你。"那个人赶紧掏出两张十元纸币,递给艾山。

"现在嘛,请您上车。"

那个人爬上了车,艾山把车发动了。

公路两边的堆垄和寸草不生的砾石陡坡不断掠过,面目狰狞。对比之下,他更愿意去看喀喇昆仑山脉腹地碧蓝的天空,停滞不动却在偷偷变化着形状的白云,远处或高拔或庸常的雪山,渐渐高升的日头,甚至在大地与天空之间无声掠过的疾风。他突然陷入一种悲哀,因为他意识到,他已不可能拥有天空中,甚至大地上的任何东西。他羡慕起每一粒砾石、每一棵无名的小草、叶尔羌河的每一滴水,甚至每一粒停留在高处的雪……他突然想大放悲声。他把头转向车窗外的方向,抑制住了想大哭的欲望。他看了看自己的那双手,它是完好的,手掌不大不小,手指甚至有些修长,但他突然觉得它们不属于自己,觉得它们很恶心。他发誓，这次如能侥幸无事，他一定洗心革面，改名换姓，找个地方重新生活。想到这里，他似乎觉得人生又有了一点希望，之后他便看到一些上下高原的车都停下不走了，他问艾山："朋友，这些车怎么都停下来了？"

"具体的情况我也不清楚。"艾山把车停靠在公路右侧，"可能有什么军事演习吧，要么就是出了车祸。"

"不会堵太久吧？"

"堵车很快就会处理，如果真是军事演习就不一定了。"

"哎，怎么这么倒霉！"

"这个地方，这样的事嘛，经常发生。你是第一次在这条路上走吗？"

"第一次走。"

"难怪。"

"小轿车能开到那个什么狮泉河吗？"

"小轿车？"艾山露出夸张的、无比惊讶的表情。

"是的，小轿车。"

"朋友，这是什么路你不知道吗？你想把小轿车开到狮泉河，就相当于想骑着母鸡上天哪。"

"我不知道这条路会是这个样子，开着车子翻过这个达坂，车子就趴窝了。"

艾山再次露出惊讶的表情："你这是不要命啊！"

"那现在怎么办？"

"再不能往前走了，根据我的经验，你那辆车嘛，能颠到这么个地方，已经是奇迹了，但它嘛也颠散架了，就像人一样，骨头嘛散开了，经脉嘛断掉了，心肝脾脏嘛颠坏了。"

那个人一下子绝望了："那怎么办啊？"

"把车扔了，赶紧回到氧气多的山下去；反正是公家的车嘛，找辆车，把它运下去，报废就是了。"

那个人觉得自己一下瘫软了，过了一会儿，像重新找回希望似的，对艾山说："我们那辆车是进口货。"

"在这喀喇昆仑山上嘛，什么货都一样。"

那个人哀叹了一声："没想到会这样。"他彻底绝望了,不想再往前走了。但想起车里要处理的东西,他还得赶紧赶到那里去。

<h1 style="text-align:center">十一</h1>

李勇来到兵站时,站长叶成福正准备起床。这个上尉到这里才两个月,已被高原折磨坏了。因为高原反应和失眠,他已从一个精壮干练的青年军官变成了一脸沧桑的老兵,他一边穿着军装,一边听李勇说事。李勇说完,他的身体一下挺直了,有了精气神:"还有这事!"

"现在怎么办?"

通信员给站长和李排长端来了热水。"失眠使人口苦。"站长说着,端起水杯漱了口,把漱口水噗地用力喷射到门外,"抓起来!"

李勇说了他想好的处置方案。

"整得好,不让车走,他们就没法逃了。"

"需要报警和报告上级吗?"

"线路不通。"

"线路可能坏在奇台达坂和康西瓦达坂之间了。"

"发电报吧。"

"好。"站长已换上作训服,叫通信员把兵站在岗的干部和战士都叫过来。很快,大家小跑着到了站长跟前。站长概要地说明了情况,然后开始下达命令。

"袁排长,你带几个人立即备枪备弹,加强营区警戒,听候下一步命令;陈副站长,你带两个人,全副武装,去八号桥接替陈吉祥,在那里设检查站,就说部队演习,暂停车辆通行,让陈吉祥去把电话线路搞通。"

交代结束,叶成福来到话务室,左手叉腰,让报务员发报。报务员准备好后,他已想好电报内容:"据红山河机务站李勇排长今日八点二十三分来报,其巡线时,在奇台达坂 K545 里程碑附近,发现一坏在路边的日产进口警车,人已离开,车后座有血迹,前排座椅下有沾血之菜刀及伪造证件,后备厢内有被肢解的人头和大腿,血迹甚多,可能为劫车杀人分尸。两嫌疑人持枪,现已派人去车辆现场进一步查证。目前嫌疑人滞留在红柳滩,为防其逃窜,我站已限制红柳滩至奇台达坂方向及红柳滩往三十里营房方向车辆上下通行,我站已做好准备,随时应对突发状况。下一步如何行动,请指示。鉴于部队无权抓人,请速向叶城县公安局报案。"

发完电报,他脱下军装,换了便服,对通信员说:"你就守在这里,我要出去侦察一下,一刻钟后返回。"说完,他出了房间,从兵站侧门走了出去。

太阳还没有照进河谷,河谷仍有萧萧寒意。艾孜拜正撅着屁股把馕往馕坑里贴,馕坑里的炭火把他半个身子映照得通红。叶成福往他的屁股上拍了一巴掌,艾孜拜把上半身从馕坑里拔出来。

"是站长啊,你可是很少到外头吃早饭的。"

"给我来一个馕。"叶成福在靠近馕坑的地方坐下了。

艾孜拜拿了一个热的馕递到叶成福面前。

"噢,对了,最近上阿里的人好像多了,你这里生意也应该好了吧?"

"现在是人最多的时候,生意还可以。你听说没有,有人都开着小轿车上山来了?"

"不可能吧。"叶成福假装不知道。

这时在旁边忙活的马德接过话茬说:"开车的还是警察呢! 不过,车刚翻过奇台达坂就坏了,一个人昨天下来找修车的,他们开的是进口轿车,只有你们和黄毛金牙能修,我让他去找你们,但他没有去,而是大摇大摆地到天堂酒吧鬼混去了。但今天早上又冒出来了一个,说是那人的同伴,在我这里吃的早饭,吃完后让我帮他拦车,说要上奇台达坂。"

"已经走了?"

"走了一个,瘦的、矮的、小的,估计是昨天半夜下来的那个人,壮实的那个还没有走。"

"他坐的是谁的车?"

"艾山的,给了二十元。"

"你确定只走了一个?"

"当然确定了,另一个还在天堂酒吧。"

"帮我去把黄毛金牙叫出来,你晓得的,我们军人不方便到那个场所。"

"好的。"马德说完,小跑着钻进了天堂酒吧。

叶成福把馕撕成小块,泡进肉汤里,往口里填着。

马德进去时,大帐里已经空了,好像昨晚所有存在于那里的东西都只是一个纷乱的梦。一团光从帐篷顶上的天窗漏下来,凡尘在里面飞舞、上升。一个女人跪在地上收拾东西,但可能是被他们的动作吓住了,一动不动,马德也一下愣住了。

只见那人的手枪对着黄毛金牙的心口,黄毛金牙的双管猎枪也对着那人的脑袋。

马德的魂魄似乎跑走了,脑子里面是空的,不知该进还是该退,也变成了一尊雕像,半晌才冒出一句:"你们……要着咧……"

没人搭理他,帐篷里的空气似乎是凝固的。马德转身想走,那人低声吼叫:"不要动,就站在那里。"

马德不敢动了。"出门在外嘞,有话好好说,动刀动枪的,又不是演电影。"他劝解道,"为啥吗?"

"这个警察睡了女人不给钱。"

"老子是包夜,但昨天半夜那个女人就跑了,老子为啥要给钱。"

"那是因为另一个男人钻了进去,女的肯定只能走开。"

"老子是包夜,就是十个男人钻进了帐篷里,她也不能走!"

听他们都说了话,马德松了一口气:"钱的事好说嘛,何况又不是成千上万的钱,莫要把命拿来耍。真要动了枪,近旁就是兵站,哪个也跑不脱。"

"这个人看来吃白食吃惯了,昨晚陈国富把他的人从奇台达坂上送下来,说好给一百元,最后一分钱没拿着。他今天不仅要付我的钱,还得把陈师傅的钱给付了。你在其他地方怎么横吃横喝都可以,但在红柳滩不行!"

"别人的钱关你鸟事?包夜的钱老子是不会给的,算我在你帐篷里睡了一宿,只给你住宿费,五十元,多一分钱没有!"那人想想事宁人。

两人扯来扯去,显然都服了软。马德看出他们不敢来真的了,就说:"你们都把枪收起来,都是真家伙,可不好耍。不就是两三百的事嘛,坐下来慢慢说咧。"他说着走了过去,把两人的枪口都朝下按着。

那人也不想再僵持下去,便说:"我给你一百,给那个陈国富三十。"说完,把一百三十元愤怒地拍在了桌子上。

马德一见,赶紧说:"这样就好了,都是久走四方的人,退一步海阔天空嘛。"

黄毛金牙把钱拿过来:"看在你是警察的份儿上,这次就便宜你了。"他把其中三十元递给马德:"这个你交给陈师傅。"

"好好好。"马德把钱捏在手里,"黄毛金牙,我是来喊你吃早饭咧,先吃饭嘛,汤熬得正好。"马德说完,赶紧往帐篷外退。

叶成福已经把馕和肉汤都填进了肚子里。马德脸色有些煞白地回来了。他的脚步有些飘,声音有些发虚:"那个胖子还在。要吃白食,黄毛金牙的白食岂是好吃的? 都用枪指着对方咧,我如果不进去,如果不劝他们,他们可能都已经火拼上了。"他有些后怕地突然提高了嗓音,"你知道吗?那个杂种竟然用枪指着我。"

"哪个杂种?"

"就是那个胖子。那个杂种的枪口对准我的时候,我的腿一下就发软了。"

"黄毛金牙会出来吗?"

"我去喊他,估计会出来的,他逼着那个杂种给了一百三十元,其中三十是帮陈国富要的。这就说明那个杂种也欠陈国富的钱,他怎么会欠陈国富的钱呢?"

"看来这里面越来越复杂了。"

两人正说着,黄毛金牙钻出帐篷,来到了马德的店前。他的脸色不好,怒气未消,看到叶成福坐在那里,赶紧把脸上的怒气抹掉,堆上了笑。

"大老板怎么了?你的哪个'王妃'又惹你生气了?"叶成福用玩笑的口气问道。

"首长,一个警察竟用枪顶着老子的头,要吃白食,你说丢人不?"

"马德跟我说了,你们是用枪互相顶着,有点像警匪片里的镜头,肯定是你先用枪顶着人家吧。"

"神了! 你怎么知道?"

"你那个是猎枪,使用起来哪有手枪方便? 如果人家先用手枪顶住你了,你哪还有机会去拿猎枪顶着人家呢。"

"厉害!"

"你觉得他拿的是真枪?"

"当然是真的。枪口发冷,有钢铁和枪油的味儿。"

"这个人很可疑,你要盯着他。"

"咋个盯？"

叶成福嘿嘿笑道："你都能在红柳滩弄家天堂酒吧，还没有办法把一个人盯住？"

"交给我好了。"黄毛金牙故作轻松地说。

"有什么情况，你告诉马德，他会随时到兵站报告。"叶成福把饭钱放在桌子上，转身大步朝兵站走去。

黄毛金牙和马德彼此望了一眼对方，觉得红柳滩的空气变得和雪线下的岩石一样沉重了。

十二

一只鹰在天空盘旋，下面是它熟悉的大地——明亮的河流、斑斓的荒原、苍茫的褐色群山以及点缀在群山间的白色峰峦；雪兔小心地出没，羚羊跃过山冈，藏野驴在奔驰，野鸭和灰头雁在泪水般晶莹的高原湖里游弋，秃鹫在啄食一头死亡的野牦牛，一群狼正飞奔着去抢夺秃鹫的美食；公路像一根缠绕在高原上的细草绳，红柳滩像它打的一个结。靠近这个结的两边，各串着数十辆一动不动的汽车，不时有人烦躁地从车上跳下来又爬上去，而那辆不该出现在达坂上的小轿车，像个玩坏了的玩具被遗弃在那里。这片大地看似荒芜、大寂大静，但依然有欢乐，有绝望，有生老病死、悲欢离合，也依然充满勃勃生机。

那个人总觉得有一双眼睛在盯着他，要么在背后，要么在头顶。这让他头皮发凉，脊背发冷。他心里越来越慌乱，像跳鼠似的，不停地从驾驶室跳下去，看一看后路，望一望前程，又骂骂咧咧地跳进驾驶室，问艾山路多久能通。艾山开始还说："演习呢嘛，我咋知道？"后来就说："你不要问我了，我说过我不知道，这里氧气少得很，我的头嘛被你问疼了。"最后索性闭目养神，不再搭理他。

那个人也自觉没趣，坐在路边，绝望地看着排成长龙的各式车辆。然后他望了望天空，他看到太阳是新的一轮，蓝天是昨晚才诞生的，白云是刚被蓝天分娩出来的，甚至那绵延逶迤的雪山上耀眼的积雪也是在他眨眼间覆盖上的。他很少往天上看，很少望过远处。他现在看到的世界竟然这么新、这么辽阔、这么不同。他不由想起了自己破烂的人生,眼睛突然又潮湿了。

自他有记忆起,母亲就卧病在床,九岁那年,母亲撒手人寰。考上高中那年,像一头老牛一样辛劳的父亲看到他的录取通知书,很高兴,刚要站起来出门去,突然大叫了一声,捂住心口,靠在土墙上,身体顺墙滑坐在地上。他飞奔着去把医生叫来,父亲已经去世。读书成了泡影,他开始打工。

一年后,爷爷去世了,他到一个建筑工地干活儿,还没干到四个月,听说奶奶得病,他赶紧往家赶。老板恩赐似的甩给他两百元,让他不要再来了。想着这钱还得回去给奶奶治病,他捡了个塑料瓶在火车站接了一瓶自来水,花一元买了一个馕,又花一元买了一张站台票,挤进了沙丁鱼罐头般的火车里。

车刚过大河沿,挤上来一帮扛着一摞摞塑料小凳的人,十元一个,要没有座位的人每人买一把,不买就要挨打——他们就是那个年代的“车匪路霸”。但车上太挤,买了凳子的人根本没法坐下,只能把凳子举起。他身边的座位上就坐着那人,当时穿着公安的制服。他的两百元缝在内裤里。他说自己没有挣到钱,求那人帮帮他。那人说:“你先在我的座位上坐下。”那些人自然不敢让公安买那个破凳子。他感激不已,两人由此攀谈起来。最后那人给他留了一个地址,让他以后要做事就去找他。临分手时,那人还掏出一百元给他,非得让他给老人家买身衣服。

六个月后,他奶奶去世,安葬了老人,他就按照那人留给他的地址,找到了他。但他们见面时,那人已不是公安,而是一位有着少校军衔的军官,说是某团后勤处处长。那人直接告诉他,他有伪造的各种证件、各种身份,每个证件上的姓名都不一样,所以他不用知道他的姓名。

他犹豫是否要留下来。那人说:“你现在不能走了,要走,也得等我换了新地址、新身份再说。不然,你带着警察来抓我怎么办?”

他也无处可去,他叫对方老大,问:“老大,那我们究竟做什么?”

“什么来钱容易就做什么。”

他只好留下来,跟着老大偷车。两人很少失手,他开始紧张,后来慢慢就习惯了。那人开始也算他师傅,教他开锁、开车,管他吃喝;半年后,他手艺学成,即二八分成,再半年,就三七开了。他不再缺钱,觉得这比他之前去仓库扛包、去荒野修路、去建筑工地码砖轻松多了。每单活儿只要做成,那人从不拖欠他的钱,这让他尤为感动。人一旦过上那样的日子,就不愿再改变,他也没再提起过离开的事。

　　本来一切都好好的。他甚至想过,等再干几单,挣够了"第一桶金",就转行做正经事,按那人的说法,早晚得把自己洗白。

　　这单活儿是那人答应给他四六分成的第一单。

　　他们来到了喀什后,那人盯上了那辆蓝鸟,据说这种车大多是从巴基斯坦走私来的,所挂车牌非警即军,但绝大多数是假的,所以,被偷之后,很多人都不敢报案。两人从开锁到把车开出城,都很顺利。但出城不久,后座却有人放了一屁,两人相互看看,都以为是对方放的,没有在意,打开车窗,让风把臭气刮走了事。不想后座那人经夜风一吹,酒醒了,迷迷糊糊地坐起来,向两人要水喝。

　　"水! 老子……渴死了! "

　　两人三魂被惊掉了两魂,都把脸尽量朝前。

　　那人应付说:"车上没有水,等会儿我给你买去。"

　　"你们又把老子灌醉了,这是……哪里? "

　　"回宾馆的路上。"他应付说。

　　"去宾馆……干什么? 老子要回家! "

　　"好,回家。"

　　酒鬼想把头往前排座位间伸:"是谁……在跟我说话? 你……是谁? "

　　他刹了一脚车,酒鬼往前伸的头又被顶了回去。

　　"我是你朋友的朋友,他们都喝醉了,叫我们来送你回去。"

　　"哪个朋友,叫什么名字? "酒鬼显然清醒了一些。

　　"你在后面好好休息,马上就到家了。"

　　酒鬼摇下了车窗:"这是什么鬼地方? 黑灯瞎火的,你们是谁? "

　　他猛地刹了车。那人坐在副驾上,在车刚刹住时,已顺手摸起脚下的扳手,打开车门,钻出了车,随即把后车门打开,抓住酒鬼的衣服,将他从车上拖了出来。

　　酒鬼有些瘦小,一见这阵势,酒被吓醒了,爬起来拔腿就跑。那人将手里的扳手猛地朝酒鬼砸了过去。

　　他什么都没想,追了上去。没跑出几步,他就看到酒鬼扑倒下去,消失了。

　　扳手正中酒鬼的后脑勺,像长在了脑袋里,他在地上无力地挣扎了一阵,断气了。

两人都傻了，最后，那人说："活该他死！"

"我们可以不要这辆车，我们跑吧。"

"倒血霉了！谁想到，这上面还睡了个酒鬼，谁想到一扳手出去，就把他砸死了！"那人也有些沮丧，"终于杀人了……"

"怎么办？"他害怕起来。

"销赃呗，怎么办？先把他弄到车上。"

"往哪里销？"

"这一单活儿既然已经这样，只能走趟远路了。走219国道，去拉萨。沿途人少，进了昆仑山，把这玩意儿卸成几块，喂狼、喂秃鹫，成了狼粪、秃鹫屎，哪里找去？我们把车拾掇干净，说不定在拉萨还能卖个好价钱。"

于是，两人给车加装了偷来的警灯，上好伪造的公安车牌，就连夜往喀喇昆仑山里开，过了阿卡孜达坂，两人趁天黑分了尸，然后每隔几十里就抛掉一块。到奇台达坂，抛掉剩下的头和半条人腿，就完事了——没想到，报应来了，车趴窝了。

十三

阳光明澈，吹过的风却带着寒意。一声汽车的喇叭声惊得那个人猛地一跳。

是一辆部队的北京吉普车，车头离他只有三尺远。玻璃的反光晃了他的眼睛，他赶紧跳到路边。他看见驾驶室里的两张脸很严肃地一晃而过。

那个人站在路边。如果他们发现了车里的东西该咋办？他心里想着，突然感到一阵害怕。他的头剧烈地疼痛起来，像有人在用铁锤砸着他的脑仁儿。他有些眩晕，不得不把双手撑在一块冰凉的石头上，使自己不倒下去。

我得……离开这里！他这么想着，就往车上爬。

"你这个朋友，好好坐着嘛！爬上爬下的，这是车，又不是女人。"艾山很不高兴地说。

"你屁话多，我忍你很久了。"那个人说着，突然掏出手枪，"咔"地打开保险，把枪口顶在了艾山右边的太阳穴上。

"干吗？哎，朋友……同志，我就抱怨了两句，也不至于这样子嘛。"

那个人把枪口移到了艾山的右腰上："把车掉头，往回开！"可能是高原反应的缘故，他说起话来一副咬牙切齿的样子。

"可我要去阿里啊！"

"别这么多废话！我一扣扳机，这颗子弹就会从你肋下穿过心脏再从你左边的颈项处飞出去。"

艾山哆嗦了一下："同……同志，我……我马上掉头。"

这段路不宽，掉头不易，但艾山是跑新藏线的老司机，还是把车头掉过来了。车上的同伴刚才裹在皮大衣里睡着了，现在醒了过来，问他掉头干什么。

"让他滚下来！"

艾山停了车，冲着车窗外，颤抖着声音喊叫道："你……你下来，我跟你说。"

"别胡说！"

"明……明白。"

一个人像一头熊似的滚下车来，在车下望着艾山。

"这个同志加了钱，要返回红柳滩，刚好堵在这里也不能走，你在这里等我一下，我把他送下去就返回来。"

同伴刚睡醒，没怎么想，就爽快地答应了。

汽车颠簸着向前开去，艾山的额头上冒出了细密的汗水，身上的狐臭味也随着汗腺分泌出来，在驾驶室里弥漫。那个人的高原反应似乎更严重了，脸色发紫。

"同志，您……您拿枪对着我，我……我紧张得很，手发抖，心嘛也抖得很，感觉这辆车嘛也抖得很。我开不好车，会……会很危险的。您……您不就是要回去嘛，我送您，哪怕送到叶城也麻达的没有。"艾山乞求道。

那个人的手腕也有些酸软了，他把手臂往回收了收，但枪口还是对着艾山："老实点！"然后骗他说："你好好开车，你的损失我会一分不少地赔给你。"

艾山长舒了一口气，赶紧说："能给警察同志帮个忙，我高兴得很，你不用拿枪对着我。"

"那就好好开车。"

艾山的车技一流，却把汽车开得战战兢兢的。到了红柳滩，他小心地说：

"警察同志,到了。"

那人把红柳滩扫了一眼,咬了咬牙:"我们下叶城。"

"可是……同志,我车上还拉着给人家的货物,我也是好不容易才开到这个地方的,现在我开下去还得开上来。"

"你不是说了把我拉到叶城也麻达的没有吗?!"那个人又把枪口抵在了艾山的右腰上。

艾山觉得右边的腰子已被子弹击碎,右半个身子一下虚脱了,嘴唇不由得哆嗦起来:"麻达……麻达的没有,麻……麻达的……没……有……"

"那就往前开。"那个人用枪口顶了顶他的腰。

艾山的额头冒出了汗,驾驶室里狐臭味一下变得浓烈起来,那个人不得不用另一只手摇下了车窗。

汽车开出不到十里路,就看到了从红柳滩往山下去的车被拦住了,而往阿里方向的车也没有一辆开上来。

"咋回事?"那个人有些慌张。

"这个嘛,肯定是在前面也设了关卡。"艾山心里不由得一阵高兴。

"咋办?"那个人更慌了。

"你是警察,你跟他们说一下,应该会让我们过去的。"

"平时当然可以,但人家如果是搞演习,谁说都没用。"

"那是往前走,还是退回去?"

那个人已感到绝望,但他没有流露出来:"先往前开一段路再说。"

转过一个从荒凉山体伸出来的狗头似的堆垄,一辆吉普车横在了八号桥上,吉普车的两边都是等待通行的车辆。几个战士,荷枪实弹地站在车前。

"退……退回去!"那个人一见那阵势,赶紧对艾山说。

"怎么退?这条路嘛这个鬼样子!"艾山见他那么胆小,说话的口气不由得重了。

"那也得退。"

"我嘛就不懂得很,你去跟他们说一声,说自己有事情,要过去一下,啥麻达事也不会有嘛。"

"你不要废话,我让你退后就退后!"那个人把枪口又顶到了艾山的腰上。

"我退,我退,你把那个东西拿开一点,不然嘛我这半个身子冷得很,右边的这个手嘛也没感觉,这个样子怎么倒车?"

那个人一听,把抵着艾山肋骨的枪口拿开了点。

车总算退回到了红柳滩。两头的路不通,一些人便在这里闲逛,也有人趁此空闲,钻进了天堂酒吧。有人在四川酒楼点了菜,喝上了。很多人都知道,在高原上活命,要像云中漫步,急不得,该干啥的时候就干啥,不让干啥千万莫要去勉强。就像现在,你咋整?着急上火,高原反应就可能要了自己的小命。

那个人把枪在艾山眼前晃了晃。"等会儿路通了,还坐你的车。"下车前,又吓唬艾山说,"这是执行任务,你不要胡说八道,不然,吃不了兜着走!"

艾山连忙说:"您放心,我的嘴严得撬棍都撬不开的。我的车就停在这里,路通了,我来叫您。"

十四

黄毛金牙回到大帐,见那人靠在一摞被子上,已经鼾声大作。他撑着一张略微有些发青的、纵欲过度的、疲惫不堪的脸,张着嘴,一挂哈喇子随着鼾声从嘴角淌出来半截,又吸进去小半截。这使他看上去更令人厌恶。

黄毛金牙看了那人一眼,那人竟马上就醒了,一只手撑起自己的身体,一只手摸向腰间。

"不愧是警察啊,这么警觉!"

"正睡得香呢。"

"昨晚你肯定没有睡好,不打扰你了,我也要眯一会儿。"

那人的呼噜声随即响起。黄毛金牙不得不佩服他的这个能力,他瞟了一眼那人枪可能在的位置,也靠在那人斜对面的一摞被子上,假装睡起觉来。没想到没过多久,也真的睡着了。

那个人气冲冲地闯进来。那人在他掀开帐篷门帘的时候,一下睁开了眼睛,把枪握在了手上。

"你怎么还没有去那里?"

"这里在演习,所有的车都不让动,我只好退回来了。"

"这里在演习?"

"演习是常有的事。"黄毛金牙伸了个懒腰,带着惺忪的睡意说。

"真是撞到鬼了,这样的演习要多长时间?"

"大的演习十天半月都有可能,这次看来是小规模演习,最多半天就结束了。"

那人骂了一句,然后对那个人说:"那就没有办法了,总不可能走路去那里,等演习结束吧。"说完,他的倦意再次袭来,又把眼睛闭上了。

帐篷正中有好大一柱圆锥形的日光,干净得发蓝。那个人径直走到那人跟前,一看他那个样子,有些生气,踢了他一脚。

"你还真能睡得着。"

"那咋整?"那人把自己的身体往旁边挪了挪,"你也来躺一会儿吧。"

黄毛金牙说:"先休息一会儿吧,在这高原上,海拔那么高,要走路去,恐怕还没走到,人就报销了。"

"老板说得对,高原上走上几步,气就喘不匀。"那人说。

"我看你在女人肚皮上折腾的时候,气喘得很匀嘛。"那个人言语里带着酸味儿,在离那人五尺远的地方躺下了。

"那个时候,咋可能把气喘匀?"那人用追忆春梦的口吻说。

"现在没事,要不你也去折腾一盘?"黄毛金牙显然想诱惑那个人。

"青天白日的,做那龌龊事,老子还怕不吉利呢。"他打了一个长长的哈欠,哈出满腹淤积的恶气,用对人世充满极度厌倦的口气说,"老子……现在……只想睡觉……"

说完他又打了一个哈欠,把头搁在枕头上,一歪,便听到了他的鼾声。

"看来,这个同志的确累坏了。"黄毛金牙一边说着,一边很随意地退回到吧台里,用抹布抹着柜台。

那人没有回黄毛金牙的话,一看,他仰躺着,张着嘴,也睡着了。

黄毛金牙在心里不屑地冷笑了一声,看来,这高原是真令人困倦。他把猎枪小心地取下来,放在了自己顺手的地方。

十五

一辆吉普车带着高原的尘土冲进了兵站的院子里,还没有停稳,李勇已跳下车来。他向叶成福报告了查证的情况。

叶成福说:"两人携枪,红柳滩又聚集了这么多人,得尽快处理。"

"可我们没有权利抓人,叶城警方出动了吗?"

"叶城县公安局的人接到报案后,已经核实,这两人是近几年来流窜西北的盗车惯犯,并多次伪造证件、军警车牌,还私藏枪支,冒充军人、警察,警方多次抓捕多次漏网。现在叶城警方已经马不停蹄地赶往红柳滩,但再快也要十三四个小时,堵了这么多车辆,其间很难保证不出问题。"

"那怎么办?"

"把警报器取下来。"

"那玩意儿有啥用?"

"等会儿你就知道了。"

李勇把警报器取下后,叶成福很利索地接好电源,然后拿出冲锋枪,把子弹推上膛,对李勇说:"我要智取杀人狂魔。"

"怎么智取?"

"等会儿你就明白了。"叶成福说完,命令报务员,"你现在开始计时,二十分钟后把警报弄响,然后安排好进到营区里的人员,让他们不要乱跑。"

报务员看了看手表,说:"好。"

叶成福对李勇说:"你跟我走。"

两人出了营区。滞留的车辆挤满了红柳滩的空地,有些人困兽般来回闲逛,有些人聚在一起打扑克,有些人在车上昏睡,到处充满了一种无聊透顶的气息。这种气息与周围的荒凉糅合在一起,给人一种地狱般的虚无感。

"你我分头行动,你从东头开始,让红柳滩的司机锁好车,把他们都集中到兵站院子里,以免出现危险。我去西头,想办法把那四家店里的人也转移出来。"

叶成福来到马德的店里:"已经确认那两个人有杀人嫌疑,你有什么办法把黄毛金牙弄出来?"

"我喊一嗓子就得了。"

"那两个人还在他帐篷里呢。"

"我喊他出来拿烤肉。"

"你试一下。"

马德就喊了一声:"黄毛金牙,你要的烤肉烤好了——"

黄毛金牙听到喊声,心里狐疑道,老子多久叫烤肉了?但还是从柜台后站起来,瞥了一眼那两个人,看他们睡得死人一样,便走了出来。

马德在自家的店门口朝他招手。他钻进门帘,看见叶成福站在里面。

"那两个人呢?"

"睡得像死人似的。"

"已经确认那两个人有杀人嫌疑,我们要采取行动,红柳滩所有人都要转移到兵站去,你店里那几个女的也要转移出来。"

"那好办,她们都在小帐篷里补觉哪。"

"赶快,不要惊动那两个人。"叶成福看了一眼表,"还有九分钟,你马上把她们带到兵站去。"

黄毛金牙说了声:"麻达的没有。"一躬身出去了。

看见餐馆的人都跑进兵站后,叶成福把子弹推上膛,隐蔽在一辆解放牌汽车后面,然后着急地向天堂酒吧望去。四分钟过去了,他才看见三个花枝招展、衣衫不整的女人从帐篷里钻了出来,踩着碎步,向兵站方向去了。他没有看见黄毛金牙,正着急,却看见他牵着自己的马,从另一侧走了出来。叶成福示意他快点。

黄毛金牙到了叶成福身边,小声说:"可不能让他们把我的爱马骑跑了。"

叶成福看了一眼表:"你赶紧牵着马到兵站去。"

"你一个人?"

"足够了。"

"你抓他们的时候,可不要把我的帐篷弄坏了。"

"不要啰唆,根本就不会进你帐篷里去。"

话音刚落,警报响起,黄毛金牙愣了一下,他的马惊得前蹄腾空,长嘶了一声。

那人一听到警报声,立马翻身而起,把枪摸在手里。看那个人翻了一个身,还要睡去,便用力踢了他一脚:"妈的,警察来了!"

那个人一听,吓得一个激灵,睡意全无,也把枪摸了出来,哀叹道:"完了完了!我就晓得,久走夜路会碰到鬼!"

"莫要叨叨了!"那人一边说着,一边向帐篷后门跑去。

那个人也跟着那人出了帐篷,朝刮着无形冷风的荒野逃跑。

这时,叶成福对着天空,适时开了两枪。

两人一听枪声,更是不要命地朝前狂奔。叶成福和李勇的枪声再次响起。

那人朝后胡乱开了两枪,继续奔逃。跑了不到三百米,他们的脚步就变慢了,又跟跄着跑了几步,身影就开始发飘。快到叶尔羌河边的时候,那人嘴里"哇"地喷出一股黄黄绿绿的东西,然后人像是要飞起来,最终一头栽倒下去,啃了一嘴自己喷出的秽物和泥沙,不动弹了。

那个人没有回头看他一眼,跑到河边后,一看过不了河,又沿着河岸跑了有一百多米,眼前一黑,手里的枪先飞了出去,在一块卵石上碰出几星火花后,枪口朝后,落在地上;几乎同时,他也一个扑趴,扑倒在了坚硬、冰凉的乱石堆上。

叶成福和李勇从汽车后面走出来,不慌不忙地朝两人走去,把枪捡了,然后反绑了他们的双手。

由于缺氧,两个人脸色发紫,仍然昏迷未醒。叶成福只好让李勇守着他们。李勇问:"是不是叫几个兄弟来把他们抬到兵站去?"叶成福对李勇说:"等他们苏醒后,让他们自己滚到兵站去。"

红柳滩的空气一下松弛了。

那人苏醒后,抬头望了望天空,寒意让他感到冷,他的上下牙磕碰着,发出的声音令他厌烦。那个人不久也醒了过来,用满含怨气的目光死死盯着他,哀叹道:"完了!"

那人说:"早晚会有这一天。"

那个人问了一句:"今天是几号?"

"十七号,一九九八年……十月十七日,你……你这都不知道了?"

那个人哭了:"老子才二十七岁,再过五天就是我的生日。可等着我的,只有死期了。可我不想死啊!"

寒冷和饥饿逼迫两人爬起,一前一后、步履蹒跚地往兵站走来,走进了为他们准备好的、临时关押的房间里。

次日一大早,叶城警车的警报声打破了红柳滩的宁静,所有人都醒了,长舒了一口气,然后站在高原寒意萧萧的清晨里,袖着手,缩着脖子,眼看着两人被押上警车。

黄毛金牙和三个女人也站在天堂酒吧门口看热闹。

一个警察微笑着朝黄毛金牙招了招手。他一见,迈开长腿,朝警察走去。

"听叶站长说,抓捕这两个人,你出力了。"

黄毛金牙咧嘴一笑,金牙一闪,谦虚地说:"没啥。"

"虽然你在这件事上有功,但你还得跟我们走一趟。"

那个警察说这句话时,另两个警察已站到了黄毛金牙身后。

"你知道你干的是啥营生吧,我们已注意很久了。你要明白,即使是这里,也没有法外之地。"

黄毛金牙有些意外,但他没有反抗,顺从地伸出了手,让警察给他戴上了手铐。

【作者简介】卢一萍,男,1972年生于四川南江,毕业于解放军艺术学院,上海首届作家研究生班学员。著有长篇小说《激情王国》《白山》《少水鱼》,小说集《父亲的荒原》《天堂湾》,长篇纪实文学《八千湘女上天山》等。曾获解放军文艺奖、全国"五个一工程"奖、天山奖等奖项。现供职于《青年作家》杂志社,中国作家协会会员。

美人鱼

◎ 赵德发

一

"咸油饼再次考糊。"

在朋友圈发出这句话，后面加上三个泪水滂沱的表情，咸优优趴在电脑桌上痛哭流涕，把那个表情真真切切地演绎了出来。半年前，国考考糊；现在，省考考糊。咸油饼没人要，只配做猪饲料了！

她估计，咸科这会儿肯定也从考公平台上查到了结果，他女儿报考的岗位初选三人，公布的考号中没有他想看到的那一个。"优优，你只要进了面试环节，我找我的老同学帮忙，先给你搞几次模拟面试；再找另一个老同学打个招呼，让面试官心里有数，这就有把握了。"这是咸科在她参加国考之前说的。结果是她没进面试，让咸科的老同学们没有了用武之地。省考前，咸科也这么说，现在他再次失望，大概正坐在单位的办公桌前长吁短叹，恨铁不成钢。

老爸咸正是个官迷，一心要往上爬，结果事与愿违，年过半百还是咸科。"官至处级止，人到五十休"，这是市直机关干部中流行的一句话。咸科没当上咸局，万念灰了九千九百九十九，唯一没灰的一条是让闺女替他实现梦想。咸优优大学毕业后，咸科天天念叨这事："优优，你一定是优中之优，一定会成为你爸的骄傲！"她答应着："嗯，那时我就成了一块香喷喷的油饼了。"咸科笑了："你这吃货，就喜欢油饼，还把微信名也弄成'咸油饼'。快换换，弄个正能量的。"但咸优优就是不换,说油饼就是正能量,并且三天两头叫唤一次:"咸科老婆,给我烙油饼吃呗!"既是咸科老婆又是优优母亲的女户籍员刘春苹说:"死丫头,就不怕吃胖了?"咸油饼拍拍肚皮:"不怕,吃胖了备考才有劲儿!"

可是,咸油饼接连两次考糊,就不好交代了。怎么会有那么多人去考,一个岗位竟然有两百三十六个人竞争。"内卷",严重"内卷",这是叫人"躺平"的节奏呀!

盛楼发来微信:"优优,咱们出去玩玩吧。"咸优优立即回了"OK"。男朋友约她出去玩,有让她散散心的意思。再说,咸优优也不想在家里躺着,等到咸科下班回家,她将无颜以对。

盛楼肯定是考上了,因为语气中有掩饰不住的欢欣。咸优优查了查,盛楼报考的岗位入围名单中果然有他的考号,而且排在第一。他考的是县里的公务员岗位,能把另外一百三十四人打败,盛楼真不容易。

咸优优关上电脑去洗脸更衣。照镜子时,她端详着自己的小圆脸,用手指点着,学电视剧里皇上与妃子讲话:"优优,朕一向看重你,不想你却是如此不堪!"说罢,优优脸上已经是泪珠滚滚了。

盛楼发来微信,说他已经到了。咸优优赶紧擦干眼泪,背包下楼。盛楼站在车子旁边等她,面带微笑彬彬有礼地给她拉开车门。咸优优心情好了一点,与盛楼开起了玩笑:"越来越像个小公务员了。"盛楼笑了:"感谢领导表扬。"

车子开动,二人竟然沉默起来。咸优优憋不住,扭头看着他:"大楼,怎么不报喜呢?现在正是碾压我玻璃心的最佳时刻啊。"盛楼与她对视一眼,目光里满是爱怜。他左手扶方向盘,右手抓着她的左手用力握了一下。咸优优往他肩膀上一靠,全身抽搐着哭了起来。

二

看到海洋馆,咸优优的心情由阴转晴。这个海洋馆建了两年,今年劳动节正式营业,外形像一个张着巨口的扇贝,很有诱惑力。她和盛楼忙于考公,考完又去青藏高原浪了一大圈,一直没能来玩,所以刚才盛楼问她去哪儿,她立即说,到海洋馆看鱼。

这里的鱼真多，一进那条长长的"海底隧道"，两边、头顶，各种各样，熙熙攘攘。咸优优频频抬手："你好！你们好！"盛楼说："我发现，你见了鱼比见了我还亲。"咸优优说："那当然，它们又不用参加考公，活得自在！"盛楼将她肩膀一搂："咱不说这事，行不？"

看完海豚表演，二人进入一个大厅，发现有许多游客坐在那里，对面是一堵巨大的蓝色玻璃墙，墙里面是水，有各种各样的鱼在游动。这时，头顶响起一个清脆的女声："各位观众你们好，欢迎来到海洋馆表演大厅。现在看到的是一个超大展池，展池玻璃长二十米，高八米，容纳了五千吨海水和几十种海洋生物，有鲨鱼、鳐鱼、金鲳、玳瑁等等。看，它们都在自由运动，有的还向你们打招呼呢。"

咸优优指着一条鳐鱼兴奋地说："看，它向咱们笑呢！"

的确，身体扁平、胸鳍宽广的鳐鱼，嘴巴两侧有两个黑点，和上方的眼睛合成一个笑脸。它扑扇着胸鳍，到玻璃墙边侧立而游，笑容可掬。

鲨鱼向人打招呼就没有笑容了，而是龇牙瞪眼恶狠狠的。咸优优说："奇怪，它怎么不吃小鱼呢？"盛楼说："可能是让饲养员喂饱了。"

主持人接着说她的解说词："观众们都知道，大海里经常发生风暴，惊心动魄。咱们这个展池，虽是一个微缩的海，迷你型的海，但也会发生风暴。快看，金色风暴来了！"

话音刚落，只见展池左边突然出现一片密集的鱼群。那些鱼都不大，呈金黄色，在向一个穿脚蹼的潜水员靠拢。突然，鱼群顺时针方向旋转起来，而且速度越来越快，像陆地上的旋风，把潜水员严严实实地遮住了。观众嗷嗷大叫，咸优优问："怎么回事？"盛楼说："这还不明白，饲养员撒鱼食呗。"

主持人提示，美人鱼来了。展池上方果然出现一些女子，下半身都扮作鱼尾，有红有绿。不知是谁发了号令，她们一字排开集体下潜，潜至底部猛地回身，向观众飞了个飞吻，吐出一串气泡悠悠上浮。此时观众看清了她们的外国面孔，大声欢呼，热烈鼓掌。而后，美人鱼们再次下潜，悬浮在水中前后排列，表演"千手观音"，再次引发观众赞叹。接下来，"叠罗汉""孔雀开屏""花环锦簇"，各种姿态，奇样迭出。

此时，展池右边忽然出现一位红发小伙，穿着一条红色游泳裤、两只白色脚蹼。他身背氧气瓶，嘴含吸氧管，做挣扎状下沉，沉至池底一动不动。美人鱼也纷纷下潜,向他奔去。观众们以为出了意外,好多人惊叫:"怎么回事?"

主持人说:"各位不要惊慌,你们现在看到的是经典童话故事《美人鱼》。王子乘船在海上航行,突遭风暴袭击,船只下沉。王子落水后,经历了一段时间的挣扎,最终体力不支,沉入海中。这时,一群美人鱼发现了他,她们会怎样对待王子呢?"

观众们看到,六条美人鱼表现迥异:有的过去看看,便惊慌逃走;有的察看一番,伤心离去;唯有一条黄发红尾的美人鱼,到水面停留片刻,又独自回来,去了王子身边,拍打他,抚摸他,直至他苏醒过来。王子看到美人鱼,被她的美丽震撼,向她伸出双手,美人鱼却羞涩地逃到水面。王子去追,美人鱼下潜回应,二者用手势做着表白。美人鱼再次到水面换气后,游到王子面前,与他手牵手表演起了水下华尔兹,一举一动,都很优美。二人上升时,美人鱼的一只手被王子高高牵着,身体悠悠转动。

咸优优呆呆地看着,直到他俩在展池上方消失不见。她喃喃道:"如梦如幻,美不胜收。大楼,我也想当美人鱼。"

盛楼摸摸她的额头:"没发烧呀!"

咸优优将他的手一拨:"我是认真的,我真的想当美人鱼!"

"我知道你喜欢周星驰,但他拍的《美人鱼》是科幻电影,咱们是在现实之中。"

"现实之中我也要当。走,陪我去打听打听。"

两人走出大厅,咸优优问一个保洁阿姨应聘美人鱼到哪里报名。阿姨把她上下打量片刻,笑眯眯地问:"你有证吗?"咸优优问:"什么证?"阿姨说:"美人鱼证书,SSI,或者PADI。"见咸优优摇头,阿姨弯下腰继续扫地了。

咸优优小声对盛楼说:"海洋馆真是藏龙卧虎,保洁员都懂这个。"盛楼说:"咱没有证,算了吧。"咸优优嘟着嘴说:"不,没证我考。我就不信,考这个证比考公还难。"

她回到阿姨身边,又问到哪里考证。阿姨向楼上指了指:"走,我带你们去。"

上楼时,咸优优发现,这个阿姨有四十多岁,黑发中夹杂着一些白发,但身段还算苗条,脚步也很轻快。咸优优问阿姨贵姓,得知她姓冯,便叫她冯姨。

到了三楼,冯姨把她领到一个门口,门边有一块刻着"蓝梦潜水学校"字样的铜牌，里面一位中年女子正拍打着桌子上的一摞鱼尾巴在打电话："不行，你这批单蹼质量有问题，我要退货！什么问题？太硬！我让人试了，一会儿就把脚磨伤了。你用的是硅胶吗？是劣质塑料吧！你什么也不要说了，我必须退货！不然，学员会投诉我的！"

见她打完电话，冯姨立即满脸堆笑，指着咸优优对她讲："戚校长，我给您带来一个新学员。"校长立即过来与咸优优握手，边打量边说："欢迎美女，打算学潜水是吗？你身材非常棒！会不会游泳？"咸优优说："会。""那好，先填个表。"说着就从桌上拿起一张纸递过去。

咸优优和盛楼坐到旁边的连椅上并头研究，听到校长在问冯姨："冯姐，你这一段时间练得怎么样？过几天我请考官过来，发一批进阶美人鱼证书，你参加考试吗？"冯姨说："我当然要考。我儿子说了，等我拿到这个证，他回来给我办一场庆功宴！"说罢，笑眯眯地向咸优优摆摆手，走了。

盛楼一扯咸优优："听见了吗？保洁阿姨都要当美人鱼了，咱就不掺和了吧！"

咸优优说："不，我就要当。"说罢，从包里找出一支笔，趴到面前的茶几上填表。

盛楼摇摇头，起身到校长办公桌前小声问询，用手机扫码付款。回来坐下，咸优优问他付了多少。盛楼说："三千三百元，学费两千八百元，服装费五百元。"咸优优把嘴凑到他耳边亲了一下："谢谢。"

三

咸优优万万想不到，在她与社会上无数毕业生忙着考公务员、考教师、考国企职员的时候，这个城市里竟然有人在考美人鱼资格证。

咸优优填完表交上，校长发给她一张学员证，编号为 0068，还有用 A4 纸打印的"学员须知"，并把她拉进了鱼友微信群。校长让她稍等，接着打电话叫人过来领她。

等待时，咸优优在手机上看到，鱼友群简直就是个大鱼缸，扑扑楞楞溅着水花，因为群里发的消息多是美人鱼训练和表演的照片或视频。她见别人在群里的称呼都是"学号+化名"，如"0026 美人鱼""0015 海之梦""0049 蓝精灵"之类,便把自己的称呼改成了"0068咸水鱼"。盛楼在旁边看了哧哧笑,咸优优拧一下他的胳膊:"笑什么笑?"

一位身材修长、穿蓝色工作服的女子进来了,校长对咸优优说:"她是倪曼教练,由她对你进行一对一教学。"倪曼带着微笑与咸优优握手:"咱们有缘,欢迎你。"咸优优问她什么时候开始上课,倪曼说:"现在就可以,我正好有空。"咸优优说:"那就现在,我也有空。"倪曼说:"跟我走吧。"转身便去了门外。

咸优优和盛楼向校长告辞,出门跟上教练,教练却向盛楼摆手:"男士止步。"咸优优说:"大楼,你先到海边玩玩,等我上完课来接我。"盛楼点点头,转身下楼。

倪曼带着咸优优沿着楼廊走,边走边自我介绍,她五年前在深圳考取了PADI潜水教练资格,在多个城市的海洋馆做过表演,也当过潜水教练。今年四月底,三亚办了世界上最大规模的水下人鱼秀,一百一十个人共同表演,其中就有她。那次活动史无前例,载入了吉尼斯世界纪录。上个月,有朋友介绍她来这里,这个城市挺漂亮,海滩也美,她喜欢这里。咸优优见倪曼果然是见过世面的,气质不凡,美中不足的是皮肤不太细腻。咸优优不便问她的年龄,猜她在三十岁上下。

咸优优问她是不是经常在这里表演美人鱼,倪曼将眉头一皱:"表演个屁!馆长把我当高端人才引进,本来是要让我上场的,起码做个替补。谁知道那几个外国妞挣钱挣疯了,生理期也照常下水。"咸优优惊讶地张大嘴巴:"那怎么行,不伤身体?"倪曼说:"没事。""不会把水弄脏?""人家有办法。""她们是哪个国家的?""有俄罗斯的,也有乌克兰的。"

走到二楼东端,倪曼把咸优优领进一间屋子,里面挂满五颜六色的美人鱼服装。咸优优兴奋地走上前比照一下,发现每件衣服都高过她的头顶,惊讶地说:"怎么比我还高?"倪曼说:"尾巴长呀。"她让咸优优选一件,咸优优选了一件金黄色的。她觉得只有这种颜色,才能清除考公落榜的晦气。

接着,倪曼打开墙边一个橱柜门,拿了一副潜水镜给她,又取出一件金黄色的泳衣,让咸优优穿在里面。她指着大橱柜上一个标着"0068"号的小门说:"这是你的储物柜,把随身衣物放进去,锁好,带走钥匙。记住,初学阶段必须穿袜子,不然会把脚脖子磨伤的。好了,换上泳衣吧。"

倪曼转身把柜门关上，到另一个橱柜前换上泳衣。见她身上一丝赘肉也没有，咸优优由衷赞叹："教练你果然是条美人鱼。看看我，小肚腩都有了。"倪曼说："放心，练上一个月就没了。学习潜水运动，能有效训练核心肌群，有助于减脂塑形，减脂效果相当于在陆地上运动的六到八倍。"咸优优惊呼："哦，真是神奇！"

换完泳衣，倪曼为她选脚蹼。墙边放了一堆脚蹼，有红有绿，像一个个被剪掉的鱼尾巴。倪曼看看咸优优的脚，给她选了一个红色的。咸优优接过来掂了掂："哇，挺重的。"倪曼说："五斤六两，你要适应一段时间才行。"咸优优坐在凳子上穿上，活动了几下脚掌，觉得正好。倪曼说："好，带上鱼衣脚蹼，跟我走吧。"

走出屋子，来到一个大水池旁边，倪曼说："这就是咱们的课堂。"咸优优看着一池清水有点失望："不在美人鱼表演的地方呀？"倪曼说："这个潜水池四米深，适合初学者。你一下子到八米深的大缸里，水压太大，受不了的。"

倪曼先给咸优优讲了一些安全常识，教会了她几种手势：譬如身体良好，用"OK"手势；身体不适，将五指张开，左右翻转；觉得危险，将拳头紧握，手臂向上伸出。她又告诉咸优优，一般人游泳主要靠四肢，但美人鱼穿着单蹼，必须使用腰腹力量带动肩膀和臀腿来摆动身体，这样才能游出柔美感。

倪曼给咸优优示范了入水动作：只见她转身坐在水池边，双脚垂在水里，双手放在身体同一侧，在池边用力一撑，身体顺势缓缓转身，扒住池边，尾巴慢慢下沉，浸入水里，整个动作缓慢而优雅。接着是"鸭式入水"，像鸭子那样将头向前一勾，双臂贴在身体两边，猛然下潜。

咸优优下到水中，看见倪曼在她面前慢悠悠地做着动作，灯光射到她的身上，像一道道漂亮的斑纹。她想追上倪曼，但因为两脚被单蹼束缚在一起，很不习惯，看上去像一条笨拙蠕动的大虫子。很快她就憋得慌了，只好浮上去，抓住横在池边水面上的安全绳换气。

倪曼浮上来说："优优，你不要着急学动作，先找找水感。"咸优优问："什么是水感？"倪曼说："就是驾驭水的能力，是一个人对水的流动压力所能做出的相应的反应。如鱼得水，这个成语知道吧？你要找的水感，就是如鱼得水。"咸优优点点头："明白，我把自己当成一条鱼就是了。"倪曼夸奖她："对，你很有悟性！"

再次下潜，咸优优就体验到水感了。她很小就学会了游泳，在游泳馆和海水浴场里游过，但从没有人向她讲过"水感"。今天她明白了，也找到了。如鱼得水，真的是如鱼得水。她一次次换气，一次次潜游。怎么就如此轻松呢？怎么就这样愉快呢？咸优优想，哎呀，我的前生大概就是一条鱼，现在才回归水域。考什么公，那是人类的事情，与我无关！

倪曼在一边观察着，一再向咸优优竖起大拇指。过了一会儿，倪曼握住双拳，将两个大拇指竖起。咸优优想起这个手势是让她上浮，便挥动双臂游到水面上。

倪曼也跟着浮到水面，游到池边说："优优，你很棒，很有潜质。刚才我目测了一下，你一口气可以游出二十米左右，离及格标准二十五米只差一点点了。而且，你的动作也接近完美，你会成为一条优秀的美人鱼的。"

咸优优听了这话非常高兴，连声道谢。她又问："看到好多鱼友都在群里发照片，发小视频，是谁在水下拍的呀？""我呀，我有一部水下相机。""太好了。倪教练，你现在能不能给我拍几张？""可以。"

倪曼出水，解下脚蹼，去屋里拿来相机。她让咸优优解下脚蹼，在池子边上躺平，将鱼衣套上双脚，套到腰间，坐起来再穿上半截。而后，将脚脖子位置的拉链拉开，把脚蹼塞进鱼衣尾巴里，穿在脚上，再拉上拉链。咸优优觉得，两条腿被鱼衣紧紧地捆绑在一起，真像变成了鱼的下半身。

入水后，咸优优很快适应了鱼衣，浮上来让教练给她拍照。倪曼拿着相机入水，拍了一会儿，喊咸优优出来，让她看照片和视频。咸优优见视频上自己的动作还不熟练，但照片里已经有美人鱼的样子了。她越看越喜欢，说："教练快发给我，我晒出去嘚瑟嘚瑟！"倪曼说："好的，第一节课到此结束，咱们先去冲澡换衣服。晚上你可以来这里练习，好多同学都来，我也在。"咸优优说："好的。"

二十分钟后，咸优优挑选了几张教练给她拍的照片，在朋友圈里发了个"九宫格"，上面配的文字是"考不上公，做一条鱼"。

四

咸优优一边往停车场走，一边拿着手机看朋友圈的动静。反响果然强烈，像美人鱼入水激起了水花,点赞的、留言的,不断出现。一个男同学留言"惊艳",一个女同学说她"华丽转身",有一个发小表示"期待精彩演出"。咸优优看得心醉神迷,走错了方向,听到盛楼在左前方喊她才醒过神来。

她走到车子旁边,盛楼打开副驾驶位子的车门,咸优优坐上了车。这个时候,她的手机响了,她立即接起叫了一声"妈"。刘春苹在电话那头说,已经做好饭了,还专门烙了油饼。咸优优说:"我在路上,一会儿就到家。"

打完电话,咸优优看着盛楼道:"你也去呗,让咸科知道他姑爷考上了,这在一定程度上能抵消他爱女落榜的痛苦。"盛楼摇摇头:"不去了,我妈也已经做好饭了,等我回去呢。""好吧,你能陪我大半天,我就知足啦。"

回到家中,咸优优看到沙发上坐着老爸和一个白发老头儿。老爸指着老头儿对女儿说:"优优,你二爷爷来了。"咸优优这才认出来,这是老爸的二叔。二爷爷住在平川县城,好几年没见,竟然老成这样。她叫了一声"二爷爷",二爷爷向她点头,露出一口雪白的假牙笑道:"哈哈,优优长成大姑娘啦!下午你爸叫你姑过来吃饭,听说我正在你姑家里,就让我也来了。卓娅,快出来看看,优优回来啦!"

咸优优的三姑咸卓娅从厨房里走了出来,一边擦手一边看着侄女笑:"优优真美,扮作美人鱼更美。"咸优优说了一句"谢谢三姑夸奖",转身进了自己的卧室。她已经意识到,老爸今晚要办一场鸿门宴,准备对她进行"励志教育"。

三姑咸卓娅是某局的副局长,教育起人来,兼具长辈的苦口婆心和领导的语重心长,咸优优一生最怕她。

在卧室里坐了一会儿,咸优优心想,与其坐以待毙,不如主动出击,免得影响我吃油饼的心情。等到老妈喊她出去吃饭时,她立刻打开门往桌子边一坐,笑嘻嘻道:"三姑,昨晚我做了一个梦,与你有关。"

三姑瞪大了眼睛:"是吗?你梦见我啥?"

"梦见你又升官了,成市领导了!"

咸优优抄着筷子挥舞:"还梦见我考上了公务员,三姑一下子把我提拔成了咸科的领导,咸科在我面前唯唯诺诺、毕恭毕敬……"

二爷爷问:"咸科是谁?"

咸优优向父亲努努嘴。

二爷爷也笑了,指着咸优优说:"你这孩子,没大没小。"

老妈为了解围,夹一块葱油饼放到女儿面前:"快吃吧,再不吃就凉了。"

咸优优忍住笑,大口吃饼。她边吃边为刚才的说法而得意,既表达了自己要当公务员的心愿,又讽刺了老爸仕途上的困境,还挠了三姑的痒痒肉,让他们觉得没必要逮着她开训。

咸正苦笑一下:"优优三姑,你发现了吧,优优很会解压,而且有多种方式:一是做美梦;二是学美人鱼;三是嘲笑她爸……"

三姑向侄女晃了晃大拇指:"聪明孩子。"

咸优优向三姑做了个鬼脸,不再说话,只管吃饼。

刘春苹回到厨房继续炒菜,咸正给二叔和堂妹倒上酒,三人喝了起来。他们关心着二爷爷的生活,三姑说:"我大姐二姐都在外地,爸你不能一个人住,到我家长住吧,我照顾你方便。"咸正说:"二叔,你搬来吧,一个人住在县城太寂寞。"

老人家却说:"不寂寞,有你婶子我不寂寞。"

听了这话,咸卓娅突然停住筷子把嘴捂住,两串泪珠滴落到桌面上。

咸优优明白了二爷爷的意思,心中感动,抬起一只手抚摸他的后背。

咸优优从小就听说过二爷爷与二奶奶的爱情故事,现在想起还是会感动。二爷爷和二奶奶是大学同学,因为学俄语萌生了情感。二奶奶很漂亮,是班花,而且俄语成绩最好。二爷爷为了追求她,拼命背俄语单词,学俄语歌曲,一有机会就用俄语向二奶奶示爱,最终赢得了她的芳心。毕业时,二爷爷被分配到家乡中学任教,二奶奶被分到省直机关,但她没去,请求组织将她和爱人分到同一单位。二人同在平川县一中教俄语,他们喜欢在家里读俄国文学作品,那种文化把他们深深浸染。八年前,二奶奶得了癌症,弥留时刻,两位老人合唱了一首苏联歌曲。一曲唱完,天人永隔,把当时在场的医生护士都感动得掉泪。二奶奶走后,二爷爷每天都要在二奶奶照片前面用俄语说一会儿话,还给她唱苏联歌曲。二爷爷说的"不寂寞",就是这个意思。试想,二爷爷到闺女家住着,有姑爷外孙在跟前,他还能跟二奶奶保持那种状态吗?

咸优优开口为二爷爷帮腔:"爸、三姑,二爷爷想在老家跟二奶奶做伴,你们就别强求啦。"

三姑把泪水一抹:"好吧,我尊重爸的选择。"

二爷爷欣慰地笑笑,喝一口酒,忽然问道:"优优,我听你三姑说,在海洋

208

馆里扮演美人鱼的都是苏联人？"

咸卓娅说："爸，你听错了。我跟海洋馆馆长一起吃过饭，他说，美人鱼演艺公司的老板在苏联时期搞跨国贸易，后来苏联解体，他转行做跨国演出。最近十来年中国各地建起一些海洋馆，他招了一些人到中国的海洋馆扮演美人鱼。"

咸优优说："对，我听说有俄罗斯的、乌克兰的。"

咸卓娅说："还有白俄罗斯的、哈萨克斯坦的。"

二爷爷放下筷子，双手一拍："太好了。优优，你能不能带我去见见他们？没和真正的苏联人——哦，又说错了，真正的俄罗斯人——说上一句俄语，是我一生最大的遗憾，我不能带着这个遗憾离开这个世界！"

咸优优面露难色："二爷爷，我和他们接触不上……"

咸卓娅却说："爸，我给你安排。"

她拿起手机拨通电话："馆长好，我有个事想请您帮忙。您能不能和美人鱼表演团队商量一下，我想请他们吃一顿饭……"

二爷爷听到这里，掏出手机举着说："这个办法好！我请客，我手机里有钱……"

咸卓娅摆摆手，示意他别说话，走到客厅另一端继续打电话。她很快回来，晃了晃手机："说定了，明天晚上去海盛大酒店。"

五

陪二爷爷请美人鱼团队吃饭的过程中，咸优优想，可用一个网络新词"爷青回"来形容二爷爷。

看吧，二爷爷的青春真的回来了。八十岁的他，穿一件横纹 T 恤，腰板笔挺；白发梳得一丝不苟，且打了发胶；脸上虽然有几块老人斑，但精神矍铄。最厉害的是，他坚持站在酒店门前等待客人，等客人到了之后，二爷爷一直和他们用俄语交谈，而且说得十分顺溜。

美人鱼团队是坐一辆面包车来的，共八人，三男五女。其中有一个中国人，是剃着光头的劳经理。劳经理问："咸副局长来了吗？"咸优优说："我三姑今晚要出席一个活动，让我陪老爷子过来。"

走进酒店大堂，几个外国女孩看着金碧辉煌的摆设与装饰十分兴奋，立即摆出各种姿势拍照。有一男一女一直依偎在一起，咸优优猜出这是演美人鱼和王子的那一对。她指着他们向二爷爷小声介绍，二爷爷赞叹道："真像童话中的人物。"

大家进入包间，二爷爷大大方方地站到主陪位置，请大家落座。王子和他的搭档坐在老人两边，咸优优坐到副主陪位置，劳经理坐在她右首的三宾位置，一个瘦瘦的高鼻子小伙儿坐在咸优优的左首。所有人都坐下之后，劳经理开始介绍团队成员。他说："演王子的这位是乌克兰人，叫亚历。"他解释说："在乌克兰语中，亚历就是亚历山大的意思。他的搭档叫罗萨。"二爷爷立即说："我知道，罗萨是玫瑰，是花中女王。"他用俄语把这意思讲了，几个外国客人都笑着鼓掌，还向他竖起拇指。

劳经理把另外几个女孩也一一介绍，并说还有一位今晚安排了约会，没能和他们在一起。最后，他指着坐在四宾位置的小伙子说："他是白俄罗斯人，叫尼基塔，是个杂技演员，还会拉手风琴。看，他把手风琴也背来了。"

咸优优小声问劳经理客人们喝什么酒。劳经理小声说："上红酒吧。"咸优优请服务员打开一瓶红酒给大家倒上。

等到热菜上来，二爷爷站起身来，用俄语说了一通欢迎词，而后举起酒杯大声说："ТОСТ（干杯）！"外国客人也起身举杯，喊一声"ТОСТ"一饮而尽。

二爷爷敬完，咸优优问劳经理客人懂不懂英语。劳经理说："有的懂，有的不懂。这样吧，你说汉语，我给你翻译。"咸优优说："那好，我想给他们讲一讲我二爷爷的爱情故事。"

劳经理用俄语说了几句，外国客人都把目光投向了老爷子。老爷子老脸含羞，摆手道："讲那些干吗？老掉牙的事情了。"

咸优优还是讲了，她讲一段，劳经理翻译一段。听到后来，外国客人的眼睛都湿润了。罗萨转身抱着二爷爷亲了一口，眼泪汪汪地说了两句话。劳经理翻译道："罗萨说，老人的爱情太伟大了，我们为伟大的爱情干杯。"老爷子老泪纵横，举杯连声道谢。

酒喝干，再斟满，一瓶喝光再开一瓶。

这时，尼基塔起身把手风琴抱了起来，奏出欢快的乐曲，与同伴们放声歌唱。

他们唱的歌不仅咸优优听不懂,连二爷爷也听不懂。问劳经理,他说这是俄罗斯的流行歌曲。

二爷爷喝下两杯红酒,脸上现出红晕,以商量的语气和他们说了两句。随后,尼基塔的手风琴便奏起了舒缓深情的旋律,是《莫斯科郊外的晚上》。二爷爷开口便唱,客人们也一起唱。二爷爷的声音虽然有些沙哑,但他唱得有激情,很投入。咸优优深受感染,也跟着哼起来。

唱完了这一曲,客人们又跳起舞来。手风琴拉起迪斯科舞曲,王子和几个"美人鱼"全都离座,疯狂舞动。看着他们跳了一会儿,二爷爷喊道:"华尔兹!华尔兹!"琴声果然变成了流畅的圆舞曲,亚历和罗萨成对起舞,舞姿翩翩。二爷爷对孙女说:"真美呀,真优雅!"咸优优点头道:"是呀,真好看,特迷人!"

一曲终了,另一首舒缓的舞曲响起,亚历突然走到咸优优面前,向她做出邀请手势。咸优优慌了:"我跳不好……"二爷爷却鼓励她,向她连连挥手。咸优优只好起身,让亚历搂腰抓手,她也将左手抖抖地放在了他的肩上。咸优优在大学里学过交谊舞,但跳的机会少,现在跟着亚历走了几步也就适应了。曲子是慢三,跳起来很舒服,美感十足。咸优优抬头偷看亚历一眼,发现他是典型的斯拉夫民族美男子,高鼻凹目,蓝色瞳孔似乎深不可测。让她想不到的是,亚历虽然面无表情,却用左手将她的手掌捏了一下,像突然摁动了她身心的一个按钮,弄得她心脏直跳,晕晕乎乎。而此刻亚历又用托她后背的右手,带她旋转起来。行云流水,腾云驾雾,仿佛他俩就是宇宙中心,整个世界都在围绕着他俩旋转。

舞曲停止,掌声响起。咸优优向亚历点头道谢,晃晃悠悠回到座位。她觉得脸烧得快要熔化,不得不抬起两个手掌托住。

二爷爷指着咸优优同客人讲话,劳经理边听边翻译:"爷爷说,我孙女大学刚毕业,一边找工作,一边学潜水,扮演美人鱼,希望你们多多关照,给予指导。"外国客人听了纷纷点头,还转而向咸优优微笑,这让咸优优十分感动。她问劳经理:"客人们用微信吗?能不能加他们,便于我向他们学习?"劳经理说:"他们都用微信,会用翻译软件和咱们交流,可以加的。"

劳经理把咸优优的意思讲了,外国客人纷纷拿起手机,亮出二维码。咸优优万分激动,起身一个个扫码,一次次鞠躬道谢,并向他们逐一发出邀请,接着她端起酒杯,起身用英语说:"感谢各位朋友的热情,希望我们友谊长存。我很喜欢扮演美人鱼,刚刚参加学习,请各位多多指导。"

客人们纷纷和她干杯。

咸优优又加了劳经理的微信邀请。这时她才发现,七个外国客人,已有六个通过了微信,只有亚历没接受她的邀请。劳经理告诉她:"我跟你说,亚历是个妻管严,罗萨不让他接触中国女人。"咸优优笑说:"是吗?这样好,罗萨必须把他管住!"

客人们越喝越起劲,大多显露醉态。

劳经理小声说:"差不多了,该撤了。"他响亮地拍拍巴掌说了几句,然后与外国客人集体起立,向咸老爷子鞠躬道谢。老爷子也向他们鞠躬,还没忘了将右手放在左胸上。

送走客人,到门口叫了出租车,在等待时,咸优优看看手机上的信息,突然想起二爷爷没加外国客人的微信,就问他为什么放弃这个机会。二爷爷说:"我手机上的微信好友,已经有五十多个是死人了,让美人鱼的手机上不久后也增加一个,我损不损呀!"

咸优优一听,立即抱住二爷爷伤感起来。二爷爷抚摸着她的后背说:"好孩子,没事。有今晚这场宴会,爷爷死也瞑目啦。"说罢,他放开老嗓子唱起歌来。

咸优优听懂了,二爷爷唱的是《莫斯科郊外的晚上》。

六

咸优优考取了PADI基础美人鱼证书。从校长手中接到用英文印制的证书时,她很激动,立即在朋友圈晒出来,又收获了一轮点赞。

她想,我应该让罗萨看看,就给罗萨发了过去。宴会上加了微信之后,她怕打扰人家,没给罗萨发过一条信息。这次刚把照片发过去,罗萨立即发来视频通话请求。这大大出乎咸优优的预料,她哆嗦着手接通了,手机上立即出现一张有三个洞的雪白鬼脸,把她吓了一跳。原来罗萨在敷面膜。咸优优和她打了声招呼,罗萨便和她呱啦呱啦地说了起来。罗萨说的是英语,意思是祝贺你获得了PADI基础证书。咸优优刚向她道一声谢,罗萨却说:"不过,这个证书,仅仅代表了幼儿园水平,离真正的美人鱼表演者还差很远。"咸优优怯怯地问:"差多少?"罗萨说:"一个是幼儿园,一个是大学。"

罗萨对咸优优说:"咸,我给你发一个视频,你看看什么是大学水平。"接着,视频通话断掉,一个视频文件发来。咸优优发了个感谢的表情,立即观看。

这是八个美人鱼在一个很大的展池里表演,看样子是在国外,主持人说的是英语。水很深,她们一潜到底,聚成一堆,接着突然上浮,向四面八方散开。鱼尾五彩缤纷,飘飘荡荡,美得无法形容,她们的身体动作像鱼一样敏捷。更让咸优优吃惊的是,美人鱼们这时并没有浮到水面呼气,而是像遇到惊吓一样,急忙掉头下潜,分别游向左下角和右下角。原来展池的正上方出现了一个红鼻子小丑,拿着一个长杆渔网,动作与表情十分夸张。他潜到池底时,两组美人鱼突然像爆发似的鱼贯而出,一个跟着一个,箭一般射向斜上方,两组鱼在池中划出长长的对角线。那个小丑举着渔网左捕右捞,都是扑空,最后只好翻着跟斗上去,十分搞笑。

咸优优被这个表演深深震撼。不说动作与爆发力,只说憋气时间两分多钟就让她瞠目结舌。

她用英语给罗萨发去一段语音,说看了这段视频,无比崇拜,"与你们相比,我真是幼儿园水平"。

罗萨也发来一段语音,意思是她们学过花样游泳,还在莫斯科美人鱼学校里学习了一年。

咸优优说:"惭愧,我要向你好好学习!"

罗萨没有回话,咸优优也没再打扰她。咸优优心里想,我要好好练习,即使达不到她们那样的世界一流水平,也要拿到 PADI 进阶证书,获得美人鱼表演资格。

于是,她又向蓝梦潜水学校续交了学费,继续跟着教练学习;还买了海洋馆潜水池的年卡,以便随时前去苦练。

倪曼说,潜水是需要潜伴的,以便相互照应。她给咸优优安排了一个潜伴,竟然是冯姨。咸优优想,我还用她照应?面露不悦。倪曼则强调,潜伴非常重要,关乎性命。因为憋气时间过长,大脑缺氧,有可能造成昏厥;头部缺血,会导致视网膜缺血。倪曼说她在南方一个城市学习时,有个学员在水中昏厥,潜伴恰巧游到别处去了,那个学员慌乱中呛水死了。咸优优听了有些害怕,便转换笑脸叫了一声"冯姨",表示接受。

咸优优没想到,冯姨已经练得很好了。她虽已人到中年,一到水里却成了一条灵活飘逸的美人鱼,咸优优游到哪里,她就跟到哪里。咸优优想起她小时候在游泳馆学习时,她妈刘春苹就是这样,生怕女儿有什么闪失。再看冯姨时,咸优优心中便涌出被母爱包裹那样的温暖。当然,潜伴的照顾是相互的,她也随时注意着冯姨的状态。好在二人都正常,一直没发生意外情况。

练了一会儿出水休息,咸优优到冯姨身边坐下,由衷地称赞她游得好。冯姨说:"谢谢你鼓励我。"咸优优问她多大年龄,冯姨说:"四十八了。"咸优优说:"这么巧,您和我妈同岁。您这个年龄,怎么会想到学美人鱼呢?"冯姨说:"这是我从小就有的浪漫梦想。"

冯姨说,其实,每一个女人心中都有童话梦,梦的内容五彩缤纷。她小时候每读一遍美人鱼的故事就哭一回,觉得那是世界上最凄美的故事。她甚至想,要是遇上了我心爱的王子,即使粉身碎骨化为大浪中的泡沫也在所不惜。哪想到,她遇人不淑,嫁了个男人整天酗酒,还有家暴行为,只好离了婚,自己辛辛苦苦把儿子带大。因为工厂效益不好,她四十五岁时就内退了。有一天,她为了散心去了海洋馆,看到美人鱼,童年时的梦想一下子占据了她的心灵。听说这里有培训学校,就报了名。为了方便学习,也为了挣钱给儿子买房,她还在海洋馆当了保洁工,住集体宿舍。她住在这里和女孩子们说说笑笑,感觉自己也变得年轻了。

咸优优问:"您儿子不在家?"冯姨说:"大学毕业了,在济南工作。""考上公务员了?""不,在一家企业。""哦……"咸优优松了一口气。冯姨问:"优优,你考过公务员?"咸优优说:"是呀,屡考屡败。"冯姨说:"考公可不容易,竞争太激烈了。我跟儿子说,你能考就考,考不上也无所谓,世界上的路不止那一条。"咸优优将她一搂:"冯姨您太明智了,我爸妈要是跟您一样就好了。我跟您说实话,我想当职业美人鱼。"冯姨说:"好呀,我也想当,可惜年龄不饶人了。不过,我必须考下进阶证书,才有资格参加美人鱼表演。"咸优优说:"好,我跟您一起考。"

晚上来海洋馆潜水池的人很多,咸优优数了数,大约有二十个,男女老少都有。

男的有四五个,倪曼叫他们"美男鱼",有的女鱼友却叫他们"公鱼"。公鱼赤裸上身,下身穿鱼尾服,只是没有女鱼友穿得那么艳丽。有一个肚子特别大的中年人是个老板,人称"邴总"。他手拿一把金色三叉戟,站在池边大叫:"我是海王！我是亚瑟！"咸优优一年前看过一部电影《海王》，忍不住发笑，心想，你这样子，也配自称海王？

郝总喊来倪曼教练，请她拿着相机下水，为他拍摄"海王称霸海底照"。倪曼笑着答应，端着相机和他一起入水。

咸优优也下了水，一边游一边想，人啊，就应该让生命有绽放的机会。这帮鱼友能把生活玩着过，还玩出花儿，玩出高级感、幽默感，真有意思。

七

盛楼通过了公务员面试，成绩还是第一，被正式录取。他把公示名单转给咸优优看，咸优优说："咱们应该隆重庆祝一下。"盛楼说："对头，去哪里？"咸优优说："到贵县琵琶湖玩玩好吗？"盛楼说："好，你在哪里？我现在就去接你。"

琵琶湖是平川县最大的水库，三面环山，风光秀美，离市区四十多公里。

盛楼早已在水库边订好了民宿，民宿依山傍水，一间一间各有特色。

咸优优进屋一看，里面是农居风格，挂了些苇笠、蓑衣等老物件，主卧室里是一盘大炕。她正欣赏着，就听盛楼说："优优，拿到证了，也玩够了，该再接再厉了。"

咸优优放松的心猛然紧绷起来，不高兴地说："你又说考公的事，你要知道，再接容易，再厉很难。古人说了，一鼓作气，再而衰，三而竭。"

"是很难，但咱们还是要再努力一把。"

"好吧，但我想把美人鱼进阶证书考下来，我不想被罗萨看作幼儿园小孩子。"

"你在乎她的评价干吗？"

"反正我要把这个证考下来。听校长说，下个月就请考官过来。"

"好吧，考完之后，国考就快报名了。"

咸优优将身体一转，背向盛楼嘟囔："真扫兴。"

回到家中，咸科也说："优优啊，盛楼马上光荣上岗了，你怎么办？"咸优优轻描淡写地说："再考呗。"咸科将手一拍："这就对啦！我的闺女岂能是等闲之辈？"

咸优优也想照盛楼说的，再努力一把，于是把用过的考公书籍摆在电脑桌上，做出备战姿态，然而刚摸过一本书，头皮就像过电一样，麻酥酥地难受。不想看，一点也不想看。她硬逼着自己翻开书，刚看两段就要干哕，趴到垃圾桶上，却又什么也吐不出来。

不行，压力太大，必须减压去。咸优优下楼出门，径直奔向了海洋馆。下到水里，与外界隔绝，什么声音也听不到。她故意不戴面罩，眼前一片混沌，什么也看不到，她的神经系统全都放松，全身细胞无不活跃。

我是一条鱼，而且是美人鱼。子非鱼，安知鱼之乐？你们体会不到这种快乐，我和你们无法沟通！

于是，咸优优的一天天，都在海洋馆里度过。

咸科发现女儿没有投入备考，又和她谈话，上到时代需要，下到人生价值，推心置腹，让她一定振作精神，奋力拼搏。

咸优优说："放心，我一定会参加这次国考的，但你让我先把美人鱼进阶证书考下来行不？"

咸科不理解："那个证书有价值吗？"

咸优优说："当然有。它会让我感觉到人生值得、世界美好。"

刘春苹听她这样说，面现惊恐神色，急忙给丈夫递眼色："你让优优考，你答应她！"

咸科说："好吧，你愿意考就考。"

咸优优走进卧房关上门，听咸科在外面叹气："唉，这孩子三观出了问题。考不上美人鱼证，人间就不值得了？"

八

过了二十来天，咸优优如愿以偿。

那天，潜水学校请来了一男一女两位考官，女的在水中观察，男的在池边观察，对三十多个美人鱼进行考核。考完宣布，有二十二个通过，咸优优和冯姨都在其中。此时，冯姨高兴得像小姑娘，跳跃着说："太好了，太好了！我给儿子报喜！"打完电话，她回来跟咸优优说："儿子知道了特别高兴，说周末回来给我庆功。哎，小咸你也参加！"咸优优点点头："好的！"

有三个公鱼来考试，两个过了一个没过。没过的是郝总，因为肚子太大，

216

泳姿太丑。此时,他正低着头站在池边沮丧。倪曼走过来大声说:"各位鱼友别灰心,进阶不进阶,都妨碍不了咱们的幸福生活。大家看这片池水,多么清澈,多么温馨,这就是咱们的家园。我希望,无论男女老少,无论进阶不进阶,今后还要继续在这里团聚,在这里展示你们的美好姿态。我爱你们!"

郧总高举一只手喊道:"我们也爱你,教练。我还在伤心欲绝,求你进一步安慰,快抱我一下!"他说那个"一下下"时,晃着大肚子做撒娇状。

倪曼嫣然一笑,在众人的起哄声中,过去安慰性地抱了他一下。

这个证书到手,咸优优却没有在朋友圈晒出来,她怕咸科知道了,又要逼她复习备考。

冯姨的儿子周末回家,庆贺他母亲考取了美人鱼进阶证。冯姨叫了几个鱼友作陪,其中就包括咸优优。咸优优高高兴兴地答应了,还开车接上冯姨母子俩一起去饭店。

冯姨的儿子叫姚超,小伙子遗传了他母亲的身材特征,有点瘦小。咸优优目测他与自己等高,一百六十六厘米左右。姚超虽然眉清目秀,却有点木讷,脸上挂着微笑,很少说话。

冯姨向儿子介绍了咸优优,说她不光漂亮,还很聪明,别人练好几个月才考到的进阶证,她学了一个月就成了。咸优优苦笑道:"我哪里聪明?我是考公垃圾,家里人都瞧不起我!"姚超慢悠悠地说:"何苦非要考公?你上网看看,有多少公司在招聘,机会多的是。"

他们到了饭店包间,包括任大莲在内的三个鱼友已经等在那里。姚超向她们打过招呼,说他去点菜,问阿姨们有什么忌口的。任大莲将手一挥:"百无禁忌,你点什么咱吃什么!"冯姨说:"优优你也去,给他当参谋。"咸优优便和姚超一起去了点菜间。

面对大片菜品展样,姚超让咸优优点。咸优优笑道:"我是客人,客人点菜能合适吗?"姚超说:"那咱们一起当主人。"咸优优心里咯噔一下:原来这小子是个闷骚型的,用话试探我。你难道不知道本鱼已经有主了?她从兜里摸出手机,说:"我接个电话,你点。"

咸优优到外面把手机举到耳边,来回踱步良久,才回到点菜间。这里已经不见姚超,咸优优便上楼去了包间。等到菜上来,让咸优优暗暗惊奇的是,菜竟然都是她爱吃的。他怎么知道我的口味?可能是自己平时跟冯姨闲谈,冯姨记在心里，又说给儿子听的。想到这里，加上可口菜入胃，一种温暖浸润着她的身心。

大家喝的是姚超从济南带回来的一种白酒，说是用趵突泉的水酿造的。任大莲喝一口，说好酒好酒，每次举杯都要干掉。她过一会儿喝多了，眉飞色舞讲起八卦，说倪曼跟邴总有一腿。咸优优很吃惊，说："不可能吧？邴总那个模样，咱们教练能看得上？"任大莲说："看不上他的人，却看得上他的钱。那个姓邴的可有钱了，听说正在建一座七星级酒店。"冯姨说："七星级酒店？那得多么高级。"任大莲说："听他讲，对标迪拜那举世闻名的帆船大酒店。"姚超一笑："这就有吹牛的嫌疑了。那家酒店的总统套间，一夜收费相当于十二万人民币；最小的房间，也要一万元左右。在咱们这里，谁住得起？"大家纷纷点头："那是，没人住得起。"

任大莲又讲另一个八卦："俄罗斯美人鱼跟王子闹别扭了。"咸优优连忙问："是吗？你怎么知道的？"任大莲说，是她观察到的。那天，她在潜水池游累了，早早地出水休息，换上衣服到表演大厅看外国人鱼表演。她发现，以前美人鱼和王子表演都是带着感情的，要亲嘴那可是真的亲。可是现在很敷衍，嘴唇一碰就分开了。冯姨指着她笑："大莲，你观察得真仔细，你可以当作家了。"任大莲挥着筷子说："当作家我不行，我这本事，是当媒人练出来的。我这辈子就喜欢当媒人，牵线搭桥，撮合一对又一对。哎，冯姐有这方面需求的话，我甘愿效劳！"说到这里，她看了一眼姚超，再看了一眼咸优优。

咸优优见她这样，气鼓鼓地把筷子一放，又装作出去打电话。

冯姨急忙岔开话题："来来来，别光说话，吃菜吃菜！"

吃完饭，咸优优送冯姨母子俩回家，车里气氛有些尴尬。恰巧盛楼来了电话，咸优优点了一下手机屏幕，甜甜地叫了一声"老公"。盛楼说："优优，我给你搞到了考公秘籍，一本内部参考资料，马上发给你。"咸优优突然将声音提高了八度："我不要！难道不考公就会死呀？"

盛楼沉默片刻，叹一口气："唉，我本将心向明月，奈何明月照沟渠。优优，我知道你一提这事就烦，但你要明白，当上公务员，真的会让人生进入新境界。"

"什么境界？"

"优优，你需要了解这个职业。社会是需要管理的，人群是需要服务的。老百姓有难处,需要干部为他们解决;老百姓里有穷人,需要政府引领他们脱贫致富。公务员不仅仅是谋生的职业,更是真真正正地要为老百姓做事。我们单位最近要派两个人包村,我准备报名。"

咸优优说:"你讲的大道理,我早就明白了。我多希望我也考上,可以和你一起去包村,出大力流大汗,帮乡亲们种地、收庄稼! 可……"

盛楼鼓励她说:"别气馁,再考! "

咸优优懒洋洋道:"再考虑考虑吧。"说罢就摁键停止通话。

九

考虑再三,还是不想考。咸优优实在不愿再次品尝落榜的滋味。

那找一份工作就业吧,她上网看了看,招聘的单位果然很多,本地就有。她选了几个白领岗位投了简历,多数没有回音,只有一个家具厂让她去面试。她去了之后,那位女面试官用尖锐的目光看她,要求她回答一些问题。问到有什么抱负和理想,咸优优说:"你让我说实话对吧?""当然要说实话。""那我说了,我想当职业美人鱼。"

面试官面现冷笑:"当美人鱼,去海洋馆呀,到这里干吗? "

咸优优走出来,心想,古人嘲笑傻子缘木求鱼,我就是这种傻子。既然发自内心地想当人鱼,我为什么还要到这种地方来?

对了,面试官让我到海洋馆,但是本市海洋馆的大展池已经被外国人鱼霸占,就连倪曼这样的高级美人鱼也去不了。我能怎么办?只好看外地的海洋馆有没有招聘的。

没想到从网上一找,在咸优优还真找到了。南方一个大城市的海洋馆在招聘进行潜水表演的美人鱼。任职要求:五官端正,形象良好;会潜水;有耐心和爱心。工资及福利标准:每月七千元(具体面议)+餐补+全勤奖+提供住宿。年龄:十八至四十岁。咸优优想,待遇挺好,我百分百够条件呀。报名!

但她马上想到了盛楼。到南方去,就要离开他了,这怎么能行?我俩称不上青梅竹马,也是从初中就好上的,连上大学也必须考到一个城市。他到七十公里之外的平川上班我都受不了,怎么能与他相隔万水千山难得一见?

不行,我不能离开海晏市。咸优优想,当不上职业美人鱼,就在海洋馆找份工作。我可以当饲养员,在大展池里、在海底隧道游来游去,那样也能亲近海洋生物,近乎人鱼啦。

对,就这样。咸优优精神抖擞,立即驱车前往海洋馆,到人事部一问,饵料岗正缺人。部长得知她有美人鱼证书,说:"这个岗月薪四千二百元,提供食宿,你看可以吗?"咸优优说:"可以。"部长说:"好的,你办理入职手续吧。"

填好表,部长把饵料经理叫来,领她上岗。经理是个男的,姓寇,三十出头,肌肉发达。他先带咸优优去集体宿舍,走到楼后的一排活动板房,打开一间房门。咸优优进去一看,屋里安着两张床,一张床上整整齐齐叠放着铺盖,床头柜上有女孩子用的化妆品。墙上贴的照片,是个长相一般却满脸笑容的女孩。经理说:"这个女孩不会潜水,负责配料。"咸优优问:"我家就在市里,偶尔回去住,可不可以?"经理说:"只要不耽误值班,是可以的。"

看完住处,经理带她去看岗位。刚走进露天展区,就听见"呱、呱、呱、呱",接着是"啪、啪、啪、啪"。咸优优问:"这是什么在叫?"经理向前面一指:"斑海豹。整天这样讨食吃,有点烦人。"咸优优过去一看,只见水池里有五六只海豹,最大最胖的一只趴在岸边,昂着头,抖动着胡须,瞅着游客不停地叫,还拿一只翅膀拍击自己的肚子,发出啪啪的响声。

咸优优也觉得它烦人,就问:"我要不要负责喂海豹?"经理摇摇头:"不,你的岗位在海底隧道。"说着把她领进一扇大门。

一进去,咸优优就发现这是她和盛楼来过的海底隧道,蓝盈盈的世界里,各种鱼类游来游去。有两条鲨鱼从另一头游过来,凶相毕露。

经理看看鲨鱼,又侧过脸打量了一下咸优优,突然将脑壳一拍:"我来灵感了!你身材好,又有美人鱼进阶证书,在海底隧道走秀行不行?虽然还是遛鲨鱼,但装扮成美人鱼的样子,来个'与鲨共舞'!"

他兴奋地向咸优优讲,海底隧道有两条鲨鱼,每天需要饲养员遛,用饵料引诱它们游来游去,免得它们太胖。原来遛鲨鱼的是个小青年,从开馆起就干这活儿,前些天突然辞工走了。"你来顶替他,变变花样,让游客更喜欢这里。"

咸优优说:"经理您这创意很好,我学了美人鱼表演,很想有机会,想不到您给我提供了。"

"小周,小周!"他喊来一个女孩,让她带咸优优去换衣服,然后到展池上面。在和女孩去潜水池的路上,咸优优问她在这里干什么,女孩说看鱼。咸优优觉得奇怪："还有看鱼的？"小周说："我是巡视员。平时的工作就是在海底隧道来回观察，看海洋生物有没有异常，有异常马上报告。"咸优优问："你会潜水吗？"小周说："会。有时候饵料岗缺人，我们也下水撒食。"

到了潜水池旁边的屋里，咸优优打开自己的橱柜，换上泳衣，又把脚蹼和鱼衣带上，跟着小周回到大厅，坐电梯上到三楼。

三楼有一个面积很大的水池，里面多处有气泡冒出。咸优优问："这就是美人鱼表演的地方？"小周说："是的，从下面大厅里看，它是一个超大玻璃缸，实际上它三面是水泥墙，只有前面是亚克力玻璃。""美人鱼下班了？""嗯。"

寇经理穿着泳裤来了，手提两套潜水设备、两副脚蹼。他给咸优优讲解了一些注意事项，还特地叮嘱她，不能化浓妆，那样会破坏水质，影响海洋生物的生活。咸优优点头答应。而后寇经理穿双蹼，咸优优穿单蹼、鱼衣，一起下水练习。

终于来到这个展池，终于和美人鱼一样了！咸优优下水后想。她猛一发力，几乎潜到了底部。身边有银鱼、鳐鱼等等来回穿梭，身下还有一只大海龟趴着。她靠近玻璃墙向外看，看见大厅空旷无人，心想，要是盛楼在这里看我，会是什么感觉？

她突然有了异样的感觉，耳朵像坐飞机起飞时那样，嗡嗡作响。寇经理游到她面前，双手握拳，两根拇指朝上。咸优优看懂了他的手势，立即上浮到水面，抓住安全绳，摘下面镜，大口大口喘气。寇经理浮上来说："潜到深处，水压太高，需要经常练习才能适应。海底隧道的水压低，对你来说不会有问题。小咸，刚才我观察好了，你很棒，明天来上岗吧。"

回家吃晚饭，老妈给她烙了两张香喷喷的油饼。咸优优正吃着，咸科问她今天到哪里去了，她说在海洋馆。咸科用焦灼的目光看着她："你天天泡在那里，还想不想考公了？"咸优优反唇相讥："你天天唠叨这事，还让不让我吃饭？"咸科说："你要是扎扎实实备考，我还唠叨？"咸优优不再吭声，埋头吃饼，吃完，抓过纸巾擦擦嘴，就回了卧室。

隔着门板，她听见老妈说："你又倒酒！血糖越来越高了，还不收敛？"咸科叹一声："唉，何以解忧？唯有杜康呀……"

夜里，咸优优成了一条被热油煎着的鱼，在床上翻过来翻过去，一直不能平静。

她想起了一个传说:海里有鲛人,落泪成珠,她上岸后得到一户人家的照顾,就哭出许多珍珠答谢人家。咸优优伏在枕上哭呀哭呀,也想哭出珍珠来报答父母的养育之恩。她哭一会儿用手摸摸,珍珠没有,只有湿透了的枕巾。

醒来时已经上午八点,咸优优打开手机,看到母亲在微信上留言:"优优,我们上班了。高压锅里有粥,炒锅里有煎蛋,饭桌上有油条,你吃了,好好备考。"

咸优优流着眼泪吃完,回卧室在一张纸上写:"爸、妈:我思来想去,还是不考公了。我已经在海洋馆找到工作,那里管吃管住,晚上就不回来了,你们保重。不孝女优优。"

她收拾了一些衣物装进箱子,把那张纸放在客厅茶几上,拉着箱子走了。

十

海底隧道成了咸优优的舞台。每天海洋馆开门纳客之后,她便全副武装入水,在里面游来游去。她的"武装",包括鱼衣、面镜、饵料袋和一把匕首。匕首是插在腰间的,鞘和鱼衣同一颜色,不注意看不出来。这是寇经理让她带上的,他说:"这里的两条鲨鱼训练有素,不会伤人,但是带上匕首以防万一。我给你配了潜伴,他跟在你的后面,有紧急情况会救你的。"

潜伴是个叫舒亮的帅哥。下水前,舒亮向她竖起大拇指,意思是:放心,万无一失。

想不到,第二天就出现一个反常情况:她正撒着虾仁,引诱鲨鱼跟她走,不知为何,两条鲨鱼竟然停下来相互纠缠,动作猛烈,吓得其他鱼类纷纷躲避。咸优优吓坏了,赶紧抽出匕首,一边逃走一边回头张望。舒亮赶紧从鲨鱼后头游到前面,将它们与咸优优隔开。到了出口,咸优优赶紧爬上去摘掉面镜大喊:"鲨鱼打架啦!鲨鱼打架啦!"配料员小王正好在那里,捂着嘴笑。她说:"你笑什么?幸灾乐祸。"小王说:"那是鲨鱼在交配。"咸优优恍然大悟,有些尴尬地吐了吐舌头。

知道自己遛的鲨鱼是一对情侣,咸优优在工作中更有感觉了。她像美人鱼那样游动着,引领它俩从这头到那头,从这边到那边。在水中看,海底隧道的长廊就像一个大气泡,气泡里有一些人或站或走,在看她和她的水中伙伴。

水中一片静谧,观众似乎在说笑,咸优优觉得,自己跟他们不是一类生物。我就是一条美人鱼,自由自在的美人鱼。来吧,我的朋友,快跟我走,我们在人类的观赏下展示美丽,展示力量……

到了周末,海底隧道里的观众更多,咸优优更来劲了。她引领一对鲨鱼在这一边游一会儿,再越过人们的头顶到另一边。透过面镜,她看见许多观众指着他们,小孩子们甚至在欢呼雀跃。

她正兴奋地游着,低头一看,人群中有两张脸向她仰起,还抬手召唤。

是老爸老妈!

咸优优一下子慌了。她想躲开他俩,便向隧道的另一头游去。然而,她游到哪里,父母就跟到哪里,刘春苹还频频抬手抹脸,分明是泪流不止。

咸优优也哭了。她视线模糊,凭记忆向出口游去,一爬上去赶紧卸掉身上的装备,换上平常衣服,跑向电梯。

电梯门打开是顶楼。头顶是蓝天白云,东面几百米之外是大海。此时似乎在涨潮,白头浪一波一波往这走,向她表示慰问。咸优优曾听说过,海洋馆与海之间埋设了管道,馆里所用的海水都来自那里,只不过需要消毒、加温。咸优优想,这会儿如果能找到管道口,进去后逆流而行,到大海里藏下,再不回来有多好。

但是,母亲的泪眼又闪现在眼前。她喊了一声:"妈……"然后蹲在地上痛哭起来。

不知何时,小周来了。小周蹲到她身边说:"估计你在这里,果然是。你怎么啦,遇到了什么事情?"

咸优优向她讲了父母不让她干这工作,今天找到了这里。小周叹气:"可怜天下父母心。他们既然来了,你下去见见他们吧。"咸优优摇头:"我不见,我坚决不见!你跟经理说一下,我稳定一下情绪,下去继续工作。"

过了一会儿,咸优优下楼,再次入水。她注意到,观众群里已经没有了父母的身影。

下班后,咸优优看看手机,微信新消息有许多,但没有一条是父母的。这就怪了,难道他们并没来海洋馆,她看到的只是幻觉?还是他们伤透了心,忍痛割爱,要抛弃她啦?

想到这里,咸优优十分痛苦。到了宿舍,室友不在,她趴在床上一直哭,连晚饭也没吃。

忽然有人敲门，咸优优擦干泪水去开门，门外竟然站着三姑咸卓娅。三姑身后的寇经理说："小咸，咸副局长来看你啦。咸副局长，你们说话，我回去啦。再有什么事，你不用找馆长，直接打我手机就行。"

三姑向他道了声谢，提着一个大饭盒走进屋里。咸优优认出那是她家的饭盒，也闻到了葱油饼的香味儿。三姑把饭盒向她手里一递："你妈让我带给你的。"咸优优接过来，点头道："谢谢三姑，谢谢老妈。"接着打开饭盒，拿出一块饼就吃。

三姑坐在咸优优对面，看看她，再打量一圈屋里的陈设，突然扑上来抱住她。咸优优把口里的饼咽下去，举着两只油手说："三姑，你别这样，我挺好的。"三姑把她放开，站在她面前，拿指头点着她的脑门狠狠地道："好什么好！你在海洋馆待久了，脑子进水了！"

咸优优坐着不动，也不吭声，心里说：你训吧，你尽管训。

三姑在两床之间来回走动，边走边说："我很悲哀，非常悲哀！我无论如何也想不到，咱们咸家的后代会沦落到这个地步！"

咸优优不服，歪起脑袋看着三姑："我这就叫沦落？三姑，请你注意措辞。"

"这措辞还算好的，体现了我的超强隐忍力！优优，你知不知道这个社会是有等级的？你知不知道，社会分为主流社会和非主流社会？人往高处走，水往低处流。你偏偏要往水里钻！你在水里一天天泡下去，放弃考公的金光大道，这辈子能进入主流社会吗？如果进不了，那你就会过一辈子非主流的生活！"

咸优优气鼓鼓地说："主流社会、非主流社会，都是你们人类的。"

"你们？你不是人类啦？真把自己当作一条鱼？以后还过不过人的日子？"

咸优优忍无可忍，向她挥手："我不听你这些，你快走！快走！"

"道不同不相为谋。东风灌驴耳，不进反狂鸣！我走，你就当你的鱼吧，有你后悔的那一天！"三姑把脚一跺，转身走出房门。

十一

这是我自己的选择，我愿意，我快乐。三姑走后，咸优优经常在心里念叨这话，给自己打气。

她认真工作,与鲨鱼相处得越来越融洽,配合默契,不时做出各种动作,让观众惊喜赞叹。看到巡视员拍下的小视频,她也为自己和鲨鱼的精彩表演感到骄傲。

一周过去,寇经理和她说:"馆长听说海底隧道这一段时间挺红火,很高兴,决定给你加薪,每月多发八百元。"咸优优道过谢,心想,我现在一个月挣五千元,超过盛楼这个公务员的工资了。

晚上咸优优与盛楼通话,想给他一份惊喜。然而听说了这事,盛楼反应平淡,只说了一句"挺好的"。咸优优问:"你怎么样?""也挺好的。"

都挺好,可是这个通话气氛不太好。以前可不是这样,盛楼与她说起话来滔滔不绝,妙语连珠,一个话题接一个话题,有一个晚上甚至创造了连续通话六小时的纪录,最后实在困得不行了才结束。现在怎么成了这个样子?咸优优懒得追问,心想,就这样吧,都挺好就都挺好,等见了面再说。

一个傍晚,咸优优下班后回到宿舍,发现刘春苹站在门前,手里提着一个饭盒。她知道这是给她送的葱油饼,心中感动,立即跑过去将老妈抱住,两串眼泪滴到了老妈的肩头。刘春苹也哭了,说:"优优,你不回家,可把我和你爸折磨毁了。"咸优优连声说:"对不起,对不起……"

把刘春苹带到屋里,咸优优倒了一杯水给她,自己打开饭盒拿出了葱油饼,咬了一口,边嚼边说:"嗯,这就是老妈的味道,太好了,太好了……"

她把自己加薪的消息说了,得到刘春苹的表扬:"我的女儿,就是优秀嘛。"

咸优优立即警觉起来:"妈,你不会再让我考公吧?我就是在水里优秀,一上考场就完蛋!"

刘春苹说:"你别这么紧张,我不会逼你。但,你爸磨不下面子。这两年,同事的孩子有考到北京的,有考到省城的,再不济也考上了本地的公务员。单位同事一说起这些事,他就灰溜溜地哑口无言,他晚上回家就喝酒,用酒精麻痹自己。"

咸优优望着门外的夜空说:"谁叫他摊上个不争气的闺女呢。不过,请你转告咸科,我是王八吃秤砣——铁了心地不再报考。"

刘春苹说:"你爸知道你的脾气,劝不动你,可他还是惦记你。听你姑说,你住在这种地方,他难受得不行,让我过来给你送钥匙。你不想回家,就到新房子里住吧。"说着,从包里掏出了一把钥匙,递给女儿。

看着这把钥匙,咸优优大为感动。父母几年前就在观海小区买了一套海景房,说万一男朋友那边买不起婚房,就让他俩在那里结婚。这次他们把钥匙送来,肯定是经过了痛苦思考才做出的决定。

我接不接?本来想不接,但想到她和盛楼连个约会的地方也没有,咸优优说了一声"谢谢老爸老妈",就接了过来。

第二天晚上,咸优优开车去了新房。她进门开灯一看,屋里布置得很好,家具、电器,一应俱全;到主卧室看看,一张大双人床已经铺好,两床被子整整齐齐地叠放在上面。咸优优再也控制不住,扑上去哭了好长一会儿,然后发微信向老妈道谢,说自己来到新房了,感谢老爸老妈。

她起身用手机拍照,拍了卧室拍客厅,拍了厨房拍卫生间。拍完把照片发给盛楼,盛楼问:"这是哪里?"咸优优说:"父母给我买的新房,周末晚上,你来看看吧。"盛楼却说:"周末加班,不能回城呀。"咸优优:"好吧,那本宫天天在此等你。"

第二天是她的休息日,咸优优决定回家看看父母。上街吃过早点,她估计父母都已经上班,就到商场买了一箱好酒和一盒进口化妆品,抱回家中放下,又拿了几件衣服回来。中午,刘春苹打电话给她,说看到闺女回来,老两口儿高兴坏了,但不用给他们买东西。她又问:"你想不想吃葱油饼?想吃的话晚饭回来吃。"咸优优立即说:"要的要的!"

傍晚下班,她果然吃上了老妈烙的葱油饼,一家三口其乐融融。从此,咸优优隔三岔五就回去一次,像出嫁的闺女回娘家一样。

三周后,她等来了盛楼。二人闹腾了一会儿,走到落地窗前,撩开一角窗帘,看着海边的灯塔和被灯塔照耀的海面,听着隐隐的涛声,咸优优说:"多么美好。过几年你调回来,咱们天天在一起。"

盛楼说:"我本来也这样想,但下到基层之后,才知道这是天大的难事。"

"为什么?"

"现在组织部对干部的升迁调任管理很严格,即使能调回来,也需要很长时间。"

咸优优将他一搂:"没关系,两地分居也好,小别胜新婚。对了,咱们还没结婚呢,嘻嘻……"

十二

海边下过两场雪,春节到了。外国人鱼继续在海洋馆的展池里表演,咸优优也在海底隧道里与鲨鱼共舞。这两处的水温,一直保持在二十五摄氏度,温暖舒适。

腊月二十九,咸优优下班后,寇经理告诉她,馆长明天晚上请美人鱼团队吃年夜饭,安排在友谊酒店,让她也参加。咸优优愉快地答应了!

她打电话告诉老爸老妈,咸科打着官腔说:"很好嘛,这说明,咸优优同志表现优秀,引起了馆领导的特别重视。我和你妈虽然不能和你团聚,但还是很高兴的。"刘春苹说:"我包好饺子,大年初一早晨等你回来吃!"

除夕下午,海洋馆闭馆,咸优优想约盛楼到新房一聚,盛楼却说他在单位值班,不能回城。咸优优只好一个人在新房里躺到下午五点,开车去了酒店。

到了二楼包间,看见大桌子周围空无一人,咸优优正在发愣,听到木雕屏风那边有人喊:"小咸,到这里来!"她过去看,原来这里还有一个空间,头发花白、胡子花白的馆长正坐在沙发上。咸优优坐下后说:"谢谢馆长。"馆长爽朗地笑道:"咸优优,感谢你的表演为海洋馆增光添彩。今晚请你参加这个宴会,是想让你和美人鱼团队见个面,建立联系,多多交流,以便你进一步提升表演水平。"咸优优笑道:"我们早就见过面,还加了微信。"馆长说:"那更好,今晚一起欢聚,加深友情。"

外面传来欢声笑语,美人鱼团队来了。馆长起身迎接,与他们逐个拥抱。咸优优与罗萨相见,也格外激动,与她拥抱、贴面之后,牵着手久久不放。

等到大家都入座后,馆长致辞,说:"感谢美人鱼团队,你们从遥远的欧洲大陆来到中国,在海晏海洋馆长驻,为上百万观众带来了美的享受。我们中国人有句老话,'大年五更吃饺子,没有外人',意思是除夕夜坐在一起吃饭的,都是自己的家人、亲人。来,春节快乐,干杯!"

"干杯! 干杯!"大家起身,纷纷喝光杯中酒。

劳经理举杯答谢,说:"我代表团队感谢海晏海洋馆,为我们的表演提供了上等的表演场所和后勤服务。当然,馆长能够准时发放工资,还加发奖金,也极大提高了演员的工作热情。我跟他们商量好了,春节期间海洋馆闭馆,他们回到各自的国家休息一段时间,再续签各人的工作签证。"

馆长说:"好!咱们继续合作!继续共赢!"

正月初三,外国人鱼全都走了。劳经理和馆长、咸优优一道把他们送到机场。在安检入口,双方深情道别。馆长与他们一一拥抱,说:"希望你们早日回来。"罗萨、亚历和其他同伴红着眼圈说:"我们一定回来,等着我们!"

十三

大部分员工回家过年了,只有咸优优每天照旧回来看看她的鲨鱼。

因为没有人来海洋馆,海底隧道空空荡荡的,咸优优这才意识到自己只是一个负责遛鲨鱼的饲养员。

这天咸优优正遛着鲨鱼,馆长出现在隧道里。咸优优笑着向他摆摆手,馆长也向她笑着摆摆手。过一会儿她出水休息,寇经理过来说:"你每天回来遛鲨鱼,馆长看了很感动,让我把你的岗位换到展池,一边喂鱼一边练习,为开馆后表演美人鱼做准备。"咸优优喜出望外:"这是不是说,等到再开馆,我就可以在那里表演了?"经理说:"肯定是,你想,外国人哪能来得那么快。"

当天,咸优优就兴冲冲地去了大展池。她穿鱼衣下水,呼足一口气下潜,一潜到底,而后做了一连串空翻才浮到水面。另一个没有回家过年的男饲养员小郑向她竖大拇指,她做了个"OK"手势,表示感觉良好。她浮上水面,向小郑大声道:"哈哈,这才叫'海阔凭鱼跃、天高任鸟飞'!"小郑说:"你今天霸屏了,如果大厅里有观众就好了!"咸优优说:"我必须像有观众那样练习,这样等到开馆那天,才对得起观众。"

回家后咸优优打开手机,看到罗萨发来消息,说她和亚历已经到了莫斯科,打算住一段时间,再去办理续签。咸优优回复自己很想念她,期待她早日回到中国。

从此以后,罗萨与咸优优经常联系,说她和人鱼姐妹们虽然回到各自的国家,相距很远,但都很怀念在中国的经历,想念中国的朋友。咸优优说:"我也非常想念你们,希望你们早点回来。"罗萨说:"是呀,我们都盼望着那一天。"

这天,罗萨突然发来了一个小视频,咸优优打开一看,原来是她和亚历在对着镜头唱歌。这首歌是三拍子,类似圆舞曲。看画面上打出的中文字幕,这首歌叫《纺织姑娘》。咸优优发微信给罗萨说唱得真好。罗萨接着与她视频通话,说她和亚历想起咸爷爷请美人鱼团队吃饭,觉得老人特别可敬可爱。但是,咸爷爷请他们一起唱歌,他们没有积极响应,冷落了老人。现在有空了,他们唱一首歌给老人表示道歉,做些补偿。

咸优优听了她的话十分感动,代表二爷爷感谢他们,并说马上把视频转发给二爷爷。

她把视频转给二爷爷之后, 很快收到了他的微信:"感谢他俩记得我,他们唱得非常好,我也放给你二奶奶听!"

第二天早晨六点多,咸优优突然被电话吵醒了,接起一听,是三姑。三姑用焦急的语气说:"优优,我觉得你二爷爷出事了。"咸优优急忙问:"怎么了?"三姑说:"我每天早晨六点都要给他发'爸爸早安'四个字,他马上回我'闺女早安',从来不超过五分钟。但是今天早晨不知道怎么了,十分钟还没回信,打电话也没有人接。"咸优优也着急起来:"那怎么办? 对了,盛楼在那里,我让他先去看看。"三姑说:"好吧,你让他马上过去。我已经和你爸说了,让他马上回平川。"咸优优说:"我也去,我开车!"三姑说:"好吧,你先接上你爸,再来接我。"

咸优优打通盛楼电话,说了这事,接着下楼开车,接上了父亲和三姑。刚刚出城,咸优优就接到盛楼电话:"优优,我到了爷爷家门口,但是敲不开门。"三姑抢过电话说:"小盛,我授权给你,你喊开锁匠把门打开!"

盛楼又打来电话,说他进门了,爷爷正坐在桌子旁边,无论如何也叫不醒。三姑让盛楼把手机放在老人耳边,连声喊:"爸爸! 爸爸! 我马上到家了,醒醒!"但电话那头始终没有回音。三姑大哭:"爸……"

进了平川县城,来到二爷爷住处。咸优优看见,二爷爷果然坐在桌子边,背靠椅子,脸向着墙上。墙上有二奶奶年轻时的照片,美丽而高雅。

三姑伸手去试老人的鼻息,咸正握着老人的手腕试他的脉搏,两人相继摇头,而后一同跪下,哭着磕头。

咸优优擦擦泪水,拿起桌子上二爷爷的手机,发现上面正是罗萨和亚历唱歌的视频。她轻轻一点,这对青年男女的歌声立即响起:

在那矮小的屋里

灯火在闪着光

年轻的纺织姑娘坐在窗口旁

年轻的纺织姑娘坐在窗口旁

她年轻又美丽褐色的眼睛

金黄色的辫子垂在肩上

金黄色的辫子垂在肩上

她那伶俐的头脑

思量得多深远

你在幻想什么美丽的姑娘

你在幻想什么美丽的姑娘

十四

转眼过了假期，上班第一天，馆长把蓝梦潜水学校戚校长、寇经理、咸优优、靖主任叫到他的办公室，说："准备恢复美人鱼表演。"咸优优心直口快，说："这么快，美人鱼团队还没回来呢。"馆长说："美人鱼团队中的好几个人签证出了问题，一时回不来了，我们只能组建自己的表演队。我考虑，从潜水学校的教练和学员以及饲养员群体中，选拔一些有基础的进行训练。"戚校长和寇经理都说好，咸优优已经激动得说不出话来。她想，我的心愿终于要实现了，我终于要成为职业美人鱼了！

馆长接着说："咱们就叫美人鱼表演队，由咸优优担任队长。"咸优优很吃惊："馆长，您让我参加表演就行了，我哪有资格当队长？倪教练水平高，让她当不好吗？"馆长冷笑一下："她走了，攀高枝去了。"她问："去哪里啦？"戚校长脸上现出鄙夷的表情："到邴总那里当副总去了。"咸优优点点头："哦……"

馆长吁出一口气，接着说："靖主任负责起草一份美人鱼表演队招聘方案，你们看看，如果没有意见，就在工作群、鱼友群和网络上公开发布，让潜水爱好者报名。"几个人听了，纷纷点头。

下班后，咸优优把这消息告诉了父母，父母都很高兴，说闺女出息了。但她告诉盛楼时，盛楼还是不冷不淡地回了一句"挺好的"。

选拔美人鱼表演者的启事发布后，反响强烈，报名的很多，共三十六人，有本馆的工作人员,也有社会上的鱼友。咸优优看到冯姨也报了名。晚上到食堂吃饭的时候遇见冯姨,咸优优说佩服冯姨的勇气。冯姨笑道:"优优你别笑话我,我虽然是老太太了,但也想圆梦。即使考不上,能在大展池里演一回美人鱼,也算实现了梦想。"

考核那天,评委由馆长、戚校长、寇经理、咸优优四人组成。靖主任在展池上方组织报名者抓阄,让他们依次入水,每人最多下潜三次,总时长不超过五分钟。评分标准,主要看闭气时间和美人鱼动作。

应试者戴着面镜,只在腰间挂了号牌,但咸优优还是认出了一部分人,因为在一起练习了好久,各人的身体特征与潜水动作给她留下了印象。一个叫蒋湘湘的女孩特别出众,能屏气一分半钟,动作也非常优美,咸优优给她打了高分。一个姓孟的中年女人是典型的蝴蝶臂,胳膊下方垂着两大片肉,竟然也报名。寇经理看得忍俊不禁:"这是鱼呢,还是鸟呀?"低头打了一个很低的分数。

冯姨下水了,她花白的头发染成棕黄色。让咸优优想不到的是,这一段时间冯姨进步很快,一招一式都给人美感。看看手机上打开的秒表软件,冯姨屏气七十四秒,也及格,她给冯姨打了八十六分。但是最后的计分,冯姨是第十七名,没有进入十二个人的选拔名额。

选拔出的这些人,馆长给他们开了个会,宣布咸优优担任队长,让各位队友在队长的带领下认真排练,争取在表演第一天就给观众惊喜。如果表演成功,海洋馆就和每个人签订劳动合同,每月四千六百元,再加五险一金。

吃晚饭时,咸优优特意到冯姨面前向她道歉,说不好意思。但冯姨并不介意,说:"我这年纪,怎么可能跟青春女孩在一起表演?今天进了一次大展池,我已经心满意足了。"

表演队开始训练,咸优优对队员的要求十分严格,发现动作不到位,就一遍遍练习。有人累了烦了,声称要"重新做人"就退出表演队,找别的工作去了。剩下的人,咸优优给他们讲自己学美人鱼的经历,说想做美人鱼,一定要对这个工作非常热爱,不然很难坚持下来。热爱这一行,又不怕吃苦,就能在这一方水中实现人生价值。

练习了一个星期,新组建的美人鱼表演团队终于排练出了几个节目。一个是《人鳐缱绻》,八个女孩潜下去,与几只大鳐鱼混在一起游来游去。一个是

《莲花盛开》,六个女孩下水,潜游片刻,向中央靠拢,尾巴聚集,形成花朵;而后分成两组,二人相接,组成两个圆圈,另外两人穿圈而过。再一个就是《美人鱼》,照抄了罗萨和亚历的节目,由咸优优和舒亮表演。

咸优优让别人在大厅里拍了视频,看后总觉得还不完美。她想,师傅拙,徒弟弱,海晏市的大王是谁?是倪曼。倪教练经常在环海大酒店那里表演美人鱼,咸优优决定带大家去现场观摩。

第二天中午,咸优优带领几位女孩去了环海大酒店。等了一个多小时,她们看见从电梯里走出来一群人,其中有邴总、倪总。他们似乎全喝多了,邴总步态不稳,倪曼小脸通红。倪曼向邴总央求:"邴总,我喝高了,就不下水了吧?"邴总却以不容商量的口气说:"不行,君子一言,驷马难追!我已经向贵客承诺了,你快给我上!"

倪曼只好低头疾步,走进玻璃缸旁边的一个小门。很快,玻璃缸里冒泡,倪曼下水了。邴总急忙陪客人近前观看,咸优优等人也跟在后面。倪曼穿的鱼衣特别漂亮,闪着金光。倪曼果然技艺超群,她做了几个动作,贴近玻璃给客人们一个飞吻。客人们兴奋地鼓掌,边鼓边说:"饱眼福了,饱眼福了。"

倪曼上去片刻,再次下潜,但她刚刚转体向上,突然将嘴一张,吐出大量秽物,接着又吐一口。秽物在缸里快速扩散,令人作呕。有的客人惊呼:"她吐酒啦!"有的客人捂嘴躲开。邴总指着缸里骂道:"关键时刻掉链子!"

咸优优看见缸里景象,也觉得恶心。但她发现,倪曼并没有上浮,反而在水中下沉。她急忙跟着大堂经理跑进小门,沿楼梯蹿上去,一头扎进水中。她潜到倪曼身边,抓住她的头发提起,二人一同浮上水面。

下面观看的人上来了一些。大堂经理全身颤抖,让同事赶快送倪总去医院,并把咸优优领到楼上一个房间,打开淋浴让她冲洗。

咸优优洗净身上的秽物,换上大堂经理拿来的衣裳。看见同伴们都来到房间,她一边用电吹风吹头发,一边看着她们道:"姐妹们记住,咱们就是穷得要饭、卖血,也绝不到这种地方献丑!"

十五

咸优优和罗萨视频通话,说:"海洋馆组建了临时表演队,等到你们回来,让观众再观看你们的精彩演出。"罗萨说:"亲爱的,即使团队再组起来,我和亚历也不会回去了。"咸优优问为什么,罗萨拍拍自己的肚子,脸上洋溢着幸福:"这里面有了一条'小鱼'。"咸优优十分惊喜:"啊,你们要有孩子啦,太好了,祝贺你们!"罗萨说:"谢谢,我的预产期是圣诞节前后。我和亚历计划好了,等到明年春天,我们一起去乌克兰,让亚历的母亲看看孩子。我前年去过亚历的家乡,那是一片平原,长满绿油油的麦子,非常漂亮。"

咸优优想请罗萨指导一下表演队。罗萨满口答应,说:"你把视频发过来。"咸优优就给她发去了几段视频,都是他们排练时拍下来的。罗萨看后,一一点评,哪个故事情节需要改动,哪个动作需要完善,非常中肯。尤其是对咸优优与舒亮合演的《美人鱼》,她指点得更为认真,说:"你们的情感表达没有发自内心,肢体的接触还过于拘谨,必须像一对热恋的情侣那样投入。"咸优优领教过罗萨的傲慢和对自己技术上的碾压,没想到她现在竟然这样有耐心。看到罗萨和她说话时下意识地用手抚摸小腹,她便悟出了原因:因为有孕,所以温柔。

第二天,咸优优把罗萨的指导意见传达给队员们,大家的表演水平飞快提升。美人鱼团队初次亮相,一个上午就表演了三场,每一场都赢得观众的热烈掌声。当然,他们在水中是听不到掌声的,但隔着玻璃能看到观众拍巴掌,向他们竖起大拇指。馆长也特意乘电梯到楼上,向刚刚出水的人鱼们表示祝贺。

晚上,咸优优给盛楼发去他们的演出视频,很快收到三个字"挺好的"。挺好的,你要用这三个字敷衍我多久?不行,我要表达我严重的不满。

咸优优向盛楼发出语音通话邀请,接通后却听到了一个女声:"大楼正在河滩上跑步,没拿手机。"咸优优想起了平川城外的那条大河。她问:"你是谁?""我是他女朋友。"

咸优优觉得,矗立在她心中多年的大楼轰然倒塌,溅起了滔天巨浪。巨浪将她压入深海,让她眼前一片乌黑。她挣扎着让自己浮上来,深吸一口气,终于明白了盛楼为什么整天向她念"三字经"。

她再次打通电话,还是那个女孩接的。她问:"你说你是盛楼的女朋友,他向你说起过我吗?"

"说过,他说你挺好的。"

咸优优厉声道:"挺好的?我们俩都挺好,为什么有了你?"

女孩停顿了一下，语气中带着怨气："为什么？因为三观不合，因为感情观不一致……其实，我们到现在也没在一起。今年正月，县直单位派干部下沉社区抗疫，我和盛楼被分到同一个居民小区，在下沉期间，我觉得他挺好，他也觉得我挺好，产生了那种感情。我们已经达成共识，与其长期分居，不如就地安家，因为我们很难调回城里。姐姐，咱们都正视现实，另找所爱吧！我看过你发来的演出视频，你和那个王子不也挺般配吗？我和大楼祝福你们！不多说了，大楼会和你谈这件事的。"说到这里，她挂了电话。

咸优优感觉自己喘不过气来，像刚从水底出来那样。她喘息一会儿，把手放下，扶着栏杆站着。

海风正急，将她的头发吹得凌乱。她想，怎么会这样？

正视现实，另找所爱。她想起了女孩说的。

你和那个王子，不也挺般配吗？女孩这样提醒。

她想起按照罗萨的指导，她和舒亮投入情感表演，每次都有感觉。有几次亲吻，两人竟像一对真正的恋人那样。她觉得这样不好，但为了演出效果又不得不这样。

她的指头上，触觉记忆又重现了。那是舒亮与她表演水中芭蕾，突然捏了一下她的手。他是有意，还是无意？

她想起了罗萨和亚历，想起他们亲昵的样子，想起罗萨腹中的那条"小鱼"。她浮想联翩，柔情似水。

往西看看，万家灯火；往东望望，海水滔滔。咸优优在那里站了好久好久。

手机一响，盛楼发来三个字："对不起。"

她凄然一笑，也回他三个字："挺好的。"

【作者简介】赵德发，1955年生，山东莒南人，山东省作家协会原副主席，日照市文联原主席，山东理工大学、青岛大学、中国海洋大学驻校作家。至今已发表、出版各类文学作品850万字，主要作品有长篇小说《缱绻与决绝》《君子梦》《青烟或白雾》《双手合十》《乾道坤道》《人类世》《经山海》以及长篇纪实文学《白老虎》《黄海传》等，出版有12卷《赵德发文集》。曾获人民文学奖、《小说月报》百花奖、《中国作家》鄂尔多斯文学奖、中国作家出版集团奖·优秀作家贡献奖、中宣部"五个一工程"奖等奖项。

宇宙里的昆城

◎ 钟求是

一、需要一说的缘起

我知道，是时候了，是讲出这个真实故事的时候了。

两年前的一天，一位旅居美国的中学女同学回国，想购回在老家昆城的一所旧宅，一时却没法得手。无奈之中，她求助于我。为了办成此事，我从杭州回了两次昆城，拿着面子费掉不少口舌。

撇开房子交易事务，我在此过程中捉到了一块文学大料。这件事切入点挺窄，但穿过窄门，或许能见到大的世相。之所以这么说，是因为此事有时间和空间的跨度，又关涉从昆城走出去的两位赴美留学者。中美、留学、爱情、婚变、隐秘、失败，这些词语含在嘴里嚼一嚼，能让人生出激动。

随后一年多，我一直惦记着这件事，除了做一些科普功课，也主动与美国的两位同学进行联络——没错，是收集故事式的联络。我很想找机会跟他们相处几日，以便更深入地聊。但他们已经离婚，偶尔回国，也是各自行动且行迹匆忙。好不容易见了面，他和她也不会轻易开放自己的内心秘区。好在我们当年的同学关系比较扎实，也好在我有足够的诚心和耐心。

对我来说，这真是一次特别的经历，因为其中的人和事有着超出日常经验的异样。每当事情获得进展时，我心里难以避免地受到震动，甚至会显出一种不老练的兴奋。

时间过得快，现在已是初秋了。好几个晚上，我安静地坐在客厅沙发上，回想着脑子里存放的一件件事。这些事按时间衔接在一起，差不多已组合成完整的故事形状。我得承认，这里边有着真切的生活，远比小说周密的虚构更加文学。也正因为这样，我准备放弃精致的讲述——是的，只有朴素的语言才配得上这个故事。

夜深的时候，我走出房间来到阳台上。城市的天空竟布着几颗星子，孤独而高远。我举头望着，思想不免飘游。不知怎么，我觉得天地突然变大，地球上的人与宇宙连在了一起。

二、我与两位同学的交往片段

在展开故事之前，我先说说两位主角的名号，男士叫张午界，女士叫徐从岚。在中学时代，他们的名字和我的名字写在同一个班的花名册上。

那会儿的高中还是两年制，我们是一九七八年秋天入校，一九八〇年夏天毕业。此时高考恢复不久，社会上攒了许多届学生，都奋勇地想挤进大学，但大学的"胃口"还比较小，招不了太多的人。所以要说拼高考，那年头比当下惨烈多了，一个班级一般只有几个同学冲顶，一将功成众人枯。

不过开始的时候战火未燃，也没分文科理科，我和张午界、徐从岚都坐在一个教室里。在班上，若论志向，好汉不少；若说成绩，好汉不多。张午界成绩坚挺且不乏志向，在班上成了天花板式的存在，但同时他也是个异类，因为又狂又傻。

先举一个例子吧，那会儿我们大部分同学都住校，晚上在教室里夜读。教学楼走廊拐角有一间很小的屋子，里边搁着两张桌子，白天供老师们小憩，夜读时则被两三个学生占领，因为这里比较安静。这天晚饭后，两位同学抢先进驻了小屋子，不过其中一位同学是著名"汗脚王"，脚丫子从解放鞋里拔出来，臭味便在空气中炸开。另一位同学是个胖子，不一会儿就捏着鼻子蹿出门，在走廊里大口喘气。很快，好几位同学围过来，他说，你们谁进去待够十分钟，明天午饭我请客。重赏之下必有勇夫，一位同学抖擞起精神进去，五分钟后甩门冲出，还做呕吐状；另一位同学往两只鼻孔里塞了什么东西，然后一脸悲壮地迈步入门，坚持到八九分钟时，终于抢身而出，直接蹲在了地上。这时张午界拍马上阵了,他耸一耸肩膀,拿着作业本安静进屋。五分钟过去,十分钟过去,有人再看一眼手表,十五分钟也快过去,胖子说,他会不会挺不住晕倒啦? 大家吃一惊赶紧推开门,只见张午界稳稳地坐在那里写作业——在那非常的一刻钟里,他做出了一道复杂的物理题。

这个例子若道出他的傻,那还得讲一件事体现他的狂。记得一个周末晚上,我和他想放松下,就去爬城南的九凤山。当年电视还是个新鲜东西,九凤山顶刚建了电视台基站,昆城年轻人都愿意去见识一下。那天傍晚我们爬了一个多小时到达山顶,围着基站走了一圈,又隔着玻璃窗看了一会儿黑白电视——好像是罗马尼亚的一部故事片。下山的时候天已大黑,好在空中有不少星子,我们低着头顺着石阶慢慢往下走。正走着,眼前猛地亮了一下,接着上空响起一阵轰隆声,原来打闪打雷了。我们躲无可躲,只好坐在台阶上。我不明白地问,天上有这么多的星星,怎么还打闪打雷呢? 张午界说,这是因为那片雷电云比较远,不在我们的头上。我说,比较远是多远呢? 这时闪电和雷声又先后袭来,闪电光中我能看到张午界一脸的认真。雷声过后,张午界说,光速是每秒三十万公里,音速是每秒三百四十米,刚才雷电相差九秒钟,因为光速太快可以忽略不计,所以那片云离这儿大约三千零六十米。我有点蒙,只好指着头顶上的星星说,它们有多远呢? 张午界仰着脑袋慢慢地说,它们每一颗的远近都是艰难的计算题,多给一些时间,我也许都能做出来。

天上星星的距离哪能是中学生的作业题,但张午界的口气就是这么大。所以那个晚上的对话我印象深刻,光速、音速什么的数字现在还能记得,不过我对他"多给一些时间"就能计算星子的说法不以为然。"一些时间"是多久呢? 几天或者几个月? 事后证明,"一些时间"是指几年几十年,甚至只是一个虚词。

当然啦,接下来我已没法惦记这种小事,因为学校里分了文科班和理科班,我和张午界不在一个教室了。随后一年里,我们各自忙着对付高考。那是一段昏天黑地的日子,每个人都提着劲儿,脑子里全是凶猛的试题,即使星期天也不敢睡懒觉。连最懵懂的家长也知道,高考是一件大事,考上大学要放红榜,名字贴到十字街头最醒目的墙上。

天气最热的时候,高考结束了。红榜放出来后,围观的人站满了整个街头。在昆城,我们中学声名显赫,但上榜的人不多。兴奋之余,便是填志愿表、等通知书。初秋的时候,我去了北京,张午界则前往合肥,他读的是五年制的中国科技大学物理系。对了,那年我十六岁,张午界十七岁。

大学期间,世界噼噼啪啪地打开,小镇的生活被我们丢在了脑后。我和张午界都有些忙,也有些懒,相互只写过两三封信,联络渐渐淡了。这种淡不是关系的淡,而是消息的淡。

时间说慢也慢,说快也快,一不留神大学就收尾了。毕业后我回到温州工作,张午界留校过渡两年,听说又转去香港中文大学读硕士。大约在一九九〇年的五月末,我突然收到一份婚礼请柬,打开一看,上面写着张午界和徐从岚的名字。说实在的,我眉毛一跳吃了一惊。

我们那个年代,男女同学之间基本上不搭话。何况我们年纪都比较小,递情书、地下恋之类的事很少发生。在我的印象中,张午界从没有跟徐从岚在一起的迹象。而徐从岚当年没有上榜,复读两年考上了杭州商学院。之后他们是如何贴上的,又是如何发展的,当时我一头雾水。但我也相信,一对中学同学能好到一起,一定原先埋伏着情意,又一定在之后写了许多封情书。那时我们明目张胆的浪漫,一般只放在纸上。

一周后,我参加了那个婚礼。按昆城当地习俗,婚礼在中午举办,而且宴席一般不入酒店。张午界家在镇子坡南街上,是一座宅屋,院子不小,里头还有一棵老桂树。这宅屋应该是祖传的,张午界从小在这里长大,自然挺有感情。那天的婚宴就在院子内外摆了十多桌,场面不算大,但算得上热闹。我不见张午界已好几年了,他穿着西装,个子不高可身材挺拔,看上去相当精神。徐从岚呢,高中毕业后第一次见到她,十年不遇变得鲜亮,穿上了婚纱,简直像苹果一样诱人。当然啦,也可能是此时眼界未开,反正觉得他们挺洋气也挺般配的。那天中学同学来了不少,在院子里制造了一阵一阵的笑闹声。

一脸高兴的还有双方的家人。张午界的父亲是昆城邮局的一名职员,母亲是小学教师,就在离家不远的县小学教语文。他还有一个弟弟,身子比较壮实,已经参加工作了。徐从岚则是昆城西门人,父亲是工厂工人,母亲好像是电影院的售票员。家人的开心,不仅是为着婚礼,更是因为新郎新娘已有了好的前景。

前景的确不错呀。徐从岚大学毕业后分配在杭州一家国营商业公司上班,本来日子稳定,但这时她不计后果地请了长假,实际上是准备辞职了。两个人的发展去向已经明朗,张午界即将赴美留学,徐从岚也在办理F-2签证,会很快前去陪读。

所以那天的婚礼是出国前的一种仪式。这种身份认证式的仪式是双方家人所需要的,尤其是在出远门前。不过对同学们而言,这不仅是婚礼,还是送别,有些"此地一为别,孤蓬万里征"的意思。酒席间,回忆的话和展望的话交替出现,一筐一筐的;白酒和啤酒也是交替上桌,一箱一箱的。张午界酒量比较浅,但那天丢了束缚,喝得相当奋勇,最后舌头拐着弯儿,昆城话讲得有点像英语了。散席的时候,徐从岚悄悄对我说,午界睡一觉就好了,你们几位晚上过来继续聚。那时候的昆城,宴席就是这么野豪,白天闹腾过了,晚上也不能冷落,一般会召唤几个好友再守一守喜气。我从温州过来赴宴,当晚也不打算回去,毫不犹豫就答应了。

当天晚上,七八个要好的同学又凑一起,坐在院子里的一张酒桌前。我的酒量比张午界还弱一些,喝一点就上脸,再喝一点就容易招来胃的造反。好在此时上方有月亮,又没了白天的喧闹,适合小饮聊天。同学们慢慢吃着,一边说一些闲话。我问张午界将来具体的打算,他说现在想具体也具体不了,反正先花几年时间把博士拿下;从岚出去也会继续读书,在美国只要拿着高学位,以后的日子就不会失控。从张午界收敛的口气中,我能捕捉到他的踌躇满志,毕竟他去的是著名的加州大学伯克利分校,又是全额奖学金。更重要的是,我能感觉到他有一股在专业上奔跑的欲望,也就是当年在山上要计算天上星星的那股劲儿。不过即使去摘天上星子,反过身子还得回到地面。我对张午界说,以后呀不管跑得多远跑得多久,你还得惦记昆城惦记这座院子,因为这一辈子你和从岚严重失控的夜晚,是从这里开始的。同学们哈哈大笑起来,笑声中徐从岚走了过来,轻声宣布一件事,让我们移步树下去见证一下。

呵呵,在这个新婚之夜,原来他们俩决定干点有趣的事——想想也是,一对即将出国的留学生婚礼,总得跟小镇上普通的婚礼有所区别吧。大家随着两人来到桂树下,那里不知啥时已经挖了个小深坑。张午界拿了旁边的一只陶瓮,搁在深坑的底部。伴着同学们见证的目光,张午界和徐从岚各自将一个荷包放入陶瓮中。两个荷包里各有一张纸,分别写着一段相互保密的文字。这是他们心里的秘语,先存放在时间里,相约五十年后打开。

这的确是个好玩的游戏,有点浪漫又有点别致。随后张午界用铲子取了一铲土送到坑里,将铲子交给徐从岚;徐从岚认真铲了一下土,把铲子交给旁边的同学。大家一边说着话,一边轮流铲土把坑填上。有点可惜的是,旁边没有一台相机记录一下。

说实在的,月色中的这个插曲虽然有趣,但当时大家并没觉得有额外的意义。毕竟只是一个游戏嘛,将陶瓮埋好后,事情似乎就过去了。同学们继续回到餐桌上喝酒聊天,赚钱门路呀昆城未来呀美国生活呀等等。那个晚上大家坐到很晚,几乎忘了洞房还在等着新郎新娘。

婚礼之后,张午界、徐从岚先后去了美国,我跟他们又少了联系。那时候没有手机,联络不方便,我和张午界只是有过几次邮件往来。时间恍惚,岁月不居,再见到他们,已是十多年后了。

二〇〇二年深秋,"9·11"事件发生的第二年,我赴美国参加一个文学活动,顺便四处走走。到了西海岸,计划在旧金山逗留两三天。跟张午界一联系,原来相距很近,心中顿时一喜,就约定见个面。那时他们住在奥克兰,与旧金山仅一水之隔,跨过一座大桥就到了。

我在一部中篇小说里写到过旧金山著名的大桥,但那是金门大桥,不是通往奥克兰的这座。这座海湾大桥也挺著名,跨度很长,上下两层通着汽车。记得那是个阴淡的下午,路过大桥时能看见有点无精打采的海面。过了桥不多一会儿,就在第十九街边上的公交站见到了张午界,他站在那儿等着我。

默算一下,此时离参加他们的婚礼已有十二年了。我们的脸上虽然放着岁月,但一眼都能认出对方。张午界看上去有些疲累,不过马上被久别重逢的高兴覆盖了。奥克兰城区不大,他开车七八分钟便把我拉到了家。徐从岚在门口迎接我,她的身边多了一个六七岁的男孩。

他们家不是美国常见的那种独门别墅,而是一套大约一百平方米的con-do,翻译过来叫公寓房,离学校(对了,就是加州大学伯克利分校)不远。房子在六楼,看上去倒也不错,有壁炉有书架还有真皮沙发,有点古色古香。徐从岚烧了几道中国菜来款待我,当然还上了一瓶葡萄酒。这么些年过去,我和张午界的酒量都没有长进,喝了两杯便开始上脸。

不过酒喝着,说话会顺溜些,我们先聊了房子。徐从岚说,房子是一九九九年买的，当时房价有些下滑，租房不如买房，就凑钱加贷款买了。这两年房价往上爬，心里正暗暗高兴，不料"9·11"来了，房市又落了潮。我又提起孩子，说，儿子挺可爱的，该上小学了吧？徐从岚说，刚上小学一年级，之前是外婆奶奶轮流来美国照顾小孩，虽然辛苦些，倒也没出什么差错。

说过了房子和孩子，然后进入工作的话题。徐从岚到美国后打过一些零工，后来继续读书拿到会计学硕士，现在在一家贸易公司做财务助理；张午界呢，花五年时间读完博士，又做了一年博士后，之后留校做助教。按学校规定，助教做满五年后就会失去资助。幸运的是，在第五年即将结束时，他拿到一份非终身制的副教授合同。这么听着，他们俩似乎还挺顺的，没什么太大的意外。中国不少优秀留学生，应该就是这样一路走过来的。

但接下来我才知道，他们俩的生活状态并不够好——正是因为张午界的专业方向，他和许多留学生有了区别。

张午界此时迷上了弦理论，具体地说，是迷上了弦理论新演变出来的 M 理论。当然，这种物理学上的玄妙东西我不懂，只能听张午界的解释。张午界说现代物理有两大支柱，即广义相对论和量子力学，但它们居然是不相容的。找到一种可以统一它们的理论，是许多物理学家拼尽全力的目标。现在，一缕颇有魅力的曙光出现了，这就是弦理论。弦理论认为世间万物均由一根振动的弦组成，无论是最小的基本粒子还是最大的宇宙天体，都得在这根弦的跟前低头称臣。也就是说，这个理论若能成立，就能弄明白宇宙的起源问题。瞧瞧，这是多么气派的学说呀。但问题是，要证明这个理论是对的，得找到基本粒子，但基本粒子太小太小了，小得无法用咱们的文字语言来表达。

张午界说，要找到基本粒子，得靠加速器和对撞机联手，也就是在加速器的推动下，用带电粒子进行对撞，产生新的基本粒子，而且这种试验最好排除任何因素的干扰。举个例子说，在一条很长很长的地下隧道里，两台力大无穷的对撞机飞速地迎头相撞，轰的一声，才可能溅出基本粒子。在那一刹那，大约也是宇宙大爆炸时的景象。

张午界说的理论我一时听不明白，可这个例子我听懂了。当时我就想，呀呀，这玩意儿太有意思了。

但问题在于，要进行这样的对撞试验，要花很多很多的美元。即使自己拥有印钞机，美国政府也不愿意拿出这么多的钱。而此时，弦理论又进行了新一轮革命,M 理论闪亮登场,非常让人着迷。

张午界的担忧是,如果美国政府不支持搞对撞机,M 理论就会失去证明自己的机会。从小处说,这会导致 M 理论在物理界站立不稳,并带来该专业经费资助的减少,容易让他的教职脱手而去;往大处说,人类能捕捉到宇宙诞生的细节,那该多好呀,张午界作为在这个方向用力的物理学者,显然有些心急。

其实聊一会儿我已经知道,在美国搞弦理论研究的——这里指的是大概念的弦理论,包含了 M 理论——有一个庞大的阵营,里边有不少著名物理学家,张午界在其中只是一个追随者。但他的忧心是真切的,痴心也做不了假。那次拜访他家,在我脑子里留下的一个重要印象就是他隐隐忧郁的神情。这种神情又让我联想到当年他在山上遥望星星的模样,现在有句话叫"归来仍是少年",我觉得他的身上还残留着少年的影子。

"归来仍是少年",其实说的不是年龄,而是指还保留着内心的干净和向外的好奇。在张午界隐隐忧郁的神情里,干净和好奇这两者都没失去。不过呢,他的干净带着一点笨拙,他的好奇带着一点迷茫。对,就是这样。这是我当初的短暂感觉,不一定准确,却一直停留在了回忆里。

说一直停留,是因为在后来很长的岁月里,我再没见过张午界。

那次晤面之后,我们的联系并没有变得更多——世界说小又很大,而大家在日子里都忙着自己的事情。我也从温州来到杭州办一份文学杂志,整天想的都是稿子的事。直到迈入智能手机时代,我和张午界才多了些短信来往。有一天,张午界突然告诉我,他离婚了。我吃了一惊,连忙问怎么回事。张午界没有解释什么,说分开了也好,两个人都轻松些。我再追问,他就没回复了。为此我在脑子里想象了好一会儿,也没想出什么头绪来。由于时间和空间的缘故,张午界其实已不是我熟悉的那个人。是的,对我来说,他成了地球上另一频道的人,是一种遥远的存在。

事情的转折点出现在前年的十月。这一天我收到一条短信,对方说自己是徐从岚。我恍惚了几秒钟,才明白过来——时隔多年,徐从岚竟然冷不丁地出现了。

徐从岚说此次回国已在老家昆城待了半月,现经过杭州准备返美,希望能见个面。我心里挺高兴的,很快约定当天晚上在"楼外楼"一起用餐。到了傍晚,我提前抵达,选了一张靠窗的小桌子。没多久,徐从岚来了——一身雅致的休闲装,脸上淡妆里多了一些皱纹。因为久别,两个人都有些感慨。我们边吃边聊,大都是我问她答。我先问她儿子怎么样了。她说,他大学刚毕业,在旧金山一家计算机公司做实习生,情况还好。我又问,张午界近况如何,他有回国吗?她说,好久没见啦,不知道近况。我说,分开了他还是儿子的父亲,怎么会没有消息?她答道,只听说他每年会回一趟国,参加一些城市马拉松赛。我吃了一惊,呀,他跑马拉松?她说,跑了不少年啦,开始是几公里健身跑,慢慢添了距离,先跑进半马,又跑进全马。我问,他的专业进展怎么样?徐从岚沉默一会儿,摇摇头说,不知道,反正我们分开时他正在低谷期。我还要再问,见她低头不语的样子,就改了话头,问她这次回国的情况。她这才抬起脑袋,说,有件事想请你帮忙。

分别这么多年,她还能想到求助于我,这是老同学的情感底子在托着。我这么寻思着,一边等她开口。她说,求是,你还记得我和张午界婚礼的那个晚上吗?我愣一下,点点头。那个晚上太不一样了,无法让人忘记。院子里的树下陶瓮内,装着五十年封存期的爱情秘语呢,只是当时谁也没去想这婚姻会不会被现实打脸。

徐从岚眼睛暗了一下,说,可惜那个宅子没有啦。我"咦"了一声,说,昆城这些年的确在拆拆建建,可坡南街是保留了的,那房子怎么就没有了呢?徐从岚耸一耸肩说,坡南街老宅被张午界弟弟卖掉了。卖掉旧屋搬进新房,这是人家的选择,当然不能算错。但对徐从岚来说,这竟是一个心结。

徐从岚说,我在城西有一间父母留下来的老房子,上半年拆迁,补回来一笔款子,我想再添上一些钱,把张午界的那座老宅买回来——这次回国,主要就是为了这个事。我不解地问,你跟张午界早分开了,干吗还要替他赎回来?徐从岚说,不是替他是替我自己,我愿意在老家保留一处房子,与其在拆迁后弄一套新房,还不如拿回这座有感觉的旧宅。我明白了,点点头说,你在那座旧宅其实没住过几天,主要奔着那老树底下的文字。她轻笑一下说,你是那个晚上的见证者,这也是我找你帮忙的重要理由。我说,这么一讲压力不小呀……我能帮什么忙呢?她说,我打听过了,那老宅现在的主人是个公务员,没打算卖掉房子,通过中介打电话试探,一下子被顶了回来。她停一停又说,我在昆城已没有可以相托的朋友,父母年纪大啦跑不了这种事,所以挺沮丧的。到了杭州突然想起你来,你是作家,神通广大……我笑了,作家怎么可能神通广大?她说,别谦虚了,你在昆城一定有不少朋友。我说,我有几个朋友,可他们都不是买卖房子的。她说,求是,你的意思是不想帮这个忙吗?我说,我的意思是肯定要帮这个忙,但不敢打包票。她笑起来说,在外边待久了,我已不习惯你这种绕来绕去的表达。我说,让不想卖房子的人卖掉房子,这可能比写一部小说还难,我试试吧。

这件比写小说还难的事,真让我给办成了。

我托了朋友,自己也前后去了昆城两趟,曲曲折折把人家说通了。当然主要还是徐从岚愿意多出一些钱,一个"钱"字,能让一个人的态度发生质变。主人何为言少钱,添加一点开心颜嘛,其中的交易细节就没必要多说了。

我想说的是,因为办这件事,那一天我有机会重新站在了张午界老宅的院子里,站在了那棵桂树下。地面平整如常,慢慢踱几步,似乎能感应到脚底下藏着的爱情初心。我脑子里挡不住地蹿出几个问号,这些问号关乎张午界、徐从岚的婚姻变故和专业起伏,捏在一起其实是一个问号,即时间让他们到底有着怎样的改变?作为一个写作者,我知道这个问号不仅通向他们的生活,也通向他们的内心。

就是从那时起,我生出一个念头——应该去深度了解他们,尤其是张午界。很快,这个念头越长越高。

我的第一步自然从徐从岚入手。前些日子为了房子的事,我们时不时地在微信里聊天,但现在我琢磨一下,形成一个判断:要做这种了解,在微信里展开不是上策,因为容易直白简单,谈得不会太透,还不如用邮件交流。把问题列好发过去,她愿不愿意回答、做怎样的回答,得让人家有些思考时间,这才是妥当的。

三、我与徐从岚有了邮件往来

1

从岚:

问好!

在微信上我讲了,我将给你写一封邮件。你心里肯定会纳闷,干吗不在微信里说话,非得煞有介事地转到邮件上?呵呵,这么做不为别的,我只想聊得深入一些、细致一些。多年前在奥克兰,我吃了你一顿好饭,谈话却浅了。去年在杭州,光顾着说房子,丢了细聊的机会。

我知道,你购买房子是为了守护,守护心里认为可贵的东西。细想一下,这种行为挺让人感动的。从这里想过去,我断定你和午界的身上存着不少故事。作为一个作家,我当然想以采访的名义获取这些故事,但我又反对自己这么做,因为咱们更是有情感底子的同学。是的,我很愿意以同学的身份走近你们,推开横在时间里的隔门。我的意思是说,作为一个教室里的少年同窗,走到眼下这个年龄,是值得一起回望一下岁月的。如果这样的说法还是牵强,那我只有以好奇为借口了。你应该还记得,我从小好奇心旺盛,嘿嘿,这一点到现在仍没有改变。

为了方便深聊,我已列出了几个问题,但现在转念一想,还是先不给你。你有个允许的态度,我再发过去吧。

钟求是

2019.03.10

2

求是:你好!

迟复了,抱歉!你的信函像是一页虚账,写了一些花巧词语,中心想法还是要做作家式的打探,所以这两天我比较犹豫。想到把自己的私事拿出来示人,心里不免有些障碍。咱们毕竟不在一起很久了,我不能因为你是同学,近来又帮了忙,就随便答应。这是真话。不过今天下班坐地铁回家,路上打了个盹儿,我梦见许多年前的中学教室。虽然只有几分钟,但还是让我心里既高兴又忧伤。也许你说得对,到了这个年龄,是可以一块儿回忆一些事情的。

好吧,没什么大不了的,我会试着回答你的问题。

徐从岚于旧金山

2019.03.13

从岚：

你的回复让我愉快！这两天我跟自己打赌，猜你会不会答应，猜了几次不分胜负，现在你给出了结果。

我的问题有点正式，但尽量精简些，主要为：

1.二十世纪九十年代初赴美留学，不是一件简单轻松的事，你们最初是如何站稳脚跟的？除了学习，打过工吗？（上次在奥克兰你们简单说过几句，我想知道多一些。）

2.能说一说你在美国的生活曲折和工作近况吗？漂了这么久，有无漂出一点寂寞感，或者说有无惦念老家了？买下昆城那所宅子，会促使你经常回来小住吗？

3.午界的读博经历可以介绍一下吗？奥克兰见面和后来的偶尔联络，我能感觉到他对工作的忧郁，情况到底怎么样？他为什么会喜欢跑马拉松？

4.你和午界的婚姻曾经那么好，后来遇到了什么问题？你们分手的核心原因是什么？（这不算打探，而是关心。）

5.午界研究的量子物理，我不懂但仍觉得有趣。因为不懂我只能问，他现在干得还好吧？

有闲了回答，可以不着急。

求是

2019.03.14

求是：

因为你的提问，我有了回忆和梳理的机会。不过我并不擅长这种做题般的回答，如果说得不好，或者过于简略，那不是我不认真对待。好在年轻时我跟许多人一样也喜欢过文学，不至于中文表达词不达意。

按问题的顺序，回复如下：

A.张午界是一九九〇年九月到达美国的，在加州大学伯克利分校读博士。七个月后,我以陪读的身份也来到这里。我们先住在租金便宜的学生公寓里。我的计划是把 F-2 签证转为 F-1 签证,也读个学位。午界因为在香港读的硕士,英语已经过关。我的英语还不行,得花一段时间补上。另外午界虽然有全额奖学金,但维持两个人的生活远远不够,所以我把一天的时间分为两份,一份用来补习英语,一份去餐馆打工。我很辛苦。

我在一家中国餐馆洗过盘子,一天三小时。每次去的时候,碗池里的盘子堆成一座小山,似乎永远洗不完。才洗了三五天,我的手便脱皮了。我在一家越南餐馆拆过鸡,就是把一只整鸡拆分成鸡翅、鸡腿、鸡胸脯等。虽然是冻鸡,但我的两只手整天血淋淋的。我还在中国台湾人开的馆子里包过饺子,包一个饺子三分钱,开始包得慢,后来熟练了包得快,手指却时不时地会抽一下筋。当然我也在大堂里端过盘子,工资很低,每小时只有两美元,收入主要靠顾客的小费。如果运气好,小费会多些。有一次一位黑人男子来吃饭,要了八美元的菜,吃完后留下十美元的小费。我奇怪地向他表示感谢,他说他刚找到一份工作。但这样的高兴时刻太少了,而且那位华人老板也很差劲。他在遇到美国节日时,对我们说,咱们中国人不过洋节;等到中国春节时,他又说这是在美国,过什么中国节日。那时候真憋屈。

由于赚钱不容易,就不敢多花钱。有一次我牙疼,忍着不去医院,因为我的医疗保险不包括牙齿。忍了两天实在受不了,便对午界说,不管花多少钱也要去一趟医院。午界开车将我送去,一路我捂着脸哼哼唧唧的。到了医院一听挂号费,我转身就走,午界拦也拦不住。说也奇怪,回去的路上我的牙似乎好了许多。现在想起来,幸好那时候我们年轻,身体扛得住苦累。

B.我差不多花一年时间学好了英语,又攒下一些钱,然后才去大学读书。为了便于以后找工作,我选择了财会专业。两年后,我拿到硕士学位,不久便进入一家华人小公司上班。因是起步阶段,工资不算高,但我没有不满意。又过一段时间,午界博士毕业,先留校做一年博士后,很快又拿到了助教的位子。这样安定下来之后,儿子也跟着来了。那时我母亲和午界母亲的身体还硬朗,便轮换着过来带孩子。为了住得舒适些,我们在市内买了公寓房,就是你上次来过的那套房子。房子不算很大,但有好几个房间,足够一家人住了。所以那会儿我们的日子最为平稳。午界放暑假时,我会请上几天假,一家人开着车子外出旅游。我们沿着海岸线南下,经过圣巴巴拉到达洛杉矶,然后一拐弯驶向拉斯维加斯。我们也曾经一路向西,来到盐湖城,再到达丹佛。路途上的风景让孩子新奇,也让我和午界快乐。我们在证明我们也可以拥有轻松。

但这种轻松并不是经常属于我们,生活中沉重的东西渐渐增多了。后来我和午界分开,我和孩子搬到了旧金山市内。在美国,单亲家庭太多了,我没有因此感到害怕。时间往前过觉得很慢,回头一看又过得快,似乎一转眼儿子上高中了,又一转眼上大学了。他上的是美国东北部的康奈尔大学,学校不错但距离遥远,一年只能见上一两次面。这样我便有了许多独自一人的时间,是的,寂寞和失落常常缠住我。昆城就是在这时回来的,不断在我的念想中出现。它的模样,我是说它许多年前的模样,像黑白老照片似的清晰起来。有时我靠在床头一闭眼,那儿的一条河一座山几条老街,还有老街上人来人往的情景,会漂洋过海来到我的跟前。有一天我在书上看到一句话,说少年时代的日子是一生记忆的底色,以后的记忆只是在底色上涂涂抹抹。我认为说得对,至少一大半对。

当然啦,你帮我买下坡南街的那所老宅,我挺欣慰。那棵桂树下的故事确实是我惦记昆城的部分理由。我不知道自己什么时候会回去小住,但我很愿意有着这样的场景:在好天气的傍晚,自己在那棵树下安静地坐着。对了,不要有蚊子。

C.讲到张午界读书和工作的事了。我得承认,午界是个不一样的人,天然对时空物理有着特别的热情。许多留学生的勤奋是为了顺利拿到文凭,他的勤奋是因为真的喜欢。读博的时候,他把很多时间花在了实验室,常常带几块面包进去,出来时已是夜深灯暗。我记得至少有两个圣诞节,他没有跟我一起过而去了实验室。他对我说,这是洋节,咱们中国人可以不去理它。他的想法,此时跟华人餐馆老板倒是一样。因为学习上下了力,他各门课拿的都是 A,博士资格考试的成绩刷新了物理学院的纪录。但不好的一面是,他显然是孤单的,在生活层面几乎没有朋友,只有指导教授对他不错。做完博士后那年,他得到指导教授的帮助,留在学校当助理教授。过了五年，他还算幸运，又获得一份副教授的合同。

问题是，这副教授的聘任只有两年，聘期结束如果转不成终身合同就得走人。这终身合同的获得，跟午界的学术成绩有关，更跟政府的经费资助有关。从第二个学期起，午界已经开始担忧了。你上次来奥克兰，正是他步入焦虑的时候。之后没有多久，他的焦虑加重了，并渐渐失去好的睡眠。从世俗角度说，弦理论寻找的是比较虚幻的东西，很大一个作用是满足人类的好奇心，一时却没有实用性。这就决定了其追随者择业面是很窄的，只能在大学或研究所里找栖身之处。

午界的忧心是有根据的，聘期一到，他真的失掉了教职。无奈之下，他不断向别的大学投送求职申请信，希望获得延续原有研究的职位。但该研究领域在各个大学都滑入了低谷，他好不容易才得到一份为时半年的短期研究工作。半年之后，他又来到另一所大学加入一个为期一年的研究项目。在那些年里，他不停转场，从一所大学转到另一所大学，从一个城市换到另一个城市。他的专业探求也因此在漂流，无法到达期望的深度。这时候的他，真是身心俱累，脱困不得呀。记得一个新年后，天上马上要下雪，午界把一只皮箱、一纸箱书和一些生活用品塞入车子后备厢，然后跟我和儿子告别。苍白的天空下，他那辆黑色福特车孤零零地向南而去——他要长途穿越雪中荒原，赶到亚利桑那大学。那会儿，我很难过。

D.对着同学评点我和午界的婚姻不是一件舒服的事，但我可以讲一讲。读中学时，你应该没看出来，我与午界已互有好感，只是那时尚未开化，没往情事上想。大学三年级，我主动写信联络他，开始了平稳渐进的恋爱。从恋爱到婚礼，历时近六年，可谓基础扎实（如果想知道细节，以后可向午界打探，我在这里不会满足你的好奇心）。到美国后，我不敢有丝毫偷懒，先读两年书拿到硕士，随后找到一份不算差的工作。我的计划是守住家庭，让他在专业上拓展。作为一位来自东方的女人，我不认为自己的想法是错的，尤其在孩子出生之后。问题在于前面提到过的，午界的专业方向不是计算机不是金融也不是管理，而是与现实生活无法接通的原子和天空。原子和天空这两样东西都不好对付，他往前拓路很难，可能一辈子也走不了几步。我没法不替他着急。

这样的不好，会慢慢渗透到日子里。在做助教时，他基本上中午去学校实验室，一直干到午夜才回家，进门后将剩饭剩菜热一下凑合着吃了，然后倒头便睡，醒来时我早已上班去啦。我们住在一起睡在一起，却常常见不上面。后来他在各所大学流浪，一去就是三个月半年的，只有遇到急事才能匆忙赶回来。可是什么叫急事呢？家里龙头坏了不叫急事，孩子想爸爸了不叫急事，我一个人独守空房也不叫急事。我郁闷，但找不到让他回家的理由。当然也有一些时日，他求职不成老待在家里。本是相聚的日子，他的脾气却变得不好，一点小事就冲我发火。夜里他入不了眠，会生气地推醒我，说隔壁人家呼噜声太吵。天哪，那是很吵的呼噜声吗？只有一直一直睡不着才是听见那一丝声响的原因。

显然，午界的专业自信受到了打击，并折射到生活中来了。午界意识到自己的问题，有一天跟我提出了分手。他的理由是自己的这种状态，对我的生活和孩子的成长都带来不利。我没有同意，因为两人分开了，我的日子和儿子的成长也不会变得更好。自此以后，我们进入了安静无趣的相处，他不再发脾气，也不多说话。有一天，他为了不打扰我的睡觉，把枕头搬到了另一个房间。但我知道，他与我相隔将越来越远，不仅仅是一个房间跟另一个房间的距离。半年后，他再次提出分手，我不反对了。他离开的时候，仍然只有那辆福特车相伴，车子后备厢里装着一只皮箱和一些生活用品，装书的纸箱由一只变成了两只。

打出这些文字，我心里还是难过。在这个世界上，他曾是与我最有缘分的人。

E.午界的专业情况，我没能力给予介绍。他成年累月的付出，我无法用几句话就说清楚。你若真想有所了解，可以先看一两本关于量子物理的通俗读本，然后直接去询问午界。我大致能判断，你从我这里获取一轮信息后，用力点便会移到午界身上。午界不是个喜欢被打扰的人，但我不能反对你出于写作目的而做的努力。

徐从岚于旧金山

2019.03.18

5

从岚：

你的答复我读了两遍。说真的，我心里一晃一晃的有触动感。你们的经历比我想象的更波折。

阅读时我还感叹了，一位在美国从事财务管理的女士，仍然有着很好的中文表达。这至少证明，昆城中学早年文科生的文字底子厚实。（对了，你说自己年轻时曾是文学爱好者，看来喜欢文学是一件很划算的事。）

另外，你漏答了一个问题，我还得追问一句：午界从什么时候开始喜欢长跑的？一个老泡在实验室里的人，怎么会跑进了马拉松？嘿嘿，别烦我，你未答，我的好奇便未解。

求是
2019.03.19

6

求是：

现在我有一个感受，使用邮件比微信聊天费时又不轻巧，但容易在键盘上敲出有思考的文字。

有句英文谚语 "It is better for the doer to undo what he has done" 即解铃还须系铃人的意思。你对午界的问号，肯定不会止于实验室和马拉松，这些只有他本人才能给予回答。而且毫无疑问，午界对待实验室跟对待马拉松一样，不会轻易停下脚步。也就是说，午界还不是一个属于句号的人，你对他的问号可能会不断产生，直至将来。

所以，你应该抓紧与他直接联系。我与他分开后，平常很少联络，但知道他经常回国参加马拉松赛，譬如上海的国际半马。你可以试一试这个机会。我上次说他不喜欢被打扰，也不准确。老同学见面相聊，他不会不高兴的。

祝好运！

徐从岚于旧金山
2019.03.20

四、我与张午界在上海咖啡馆谈了话

打开午界的微信页,离上次对话已经一年多了。他说了一句"除夕快乐,新年吉祥",我回了一张烟花绽放图,又跟了三个字"过年好"。在那种热闹的日子里,这样的联络露一下头就被淹没了。

把对话框拉到头部,第一次联络是二〇一五年四月——午界回国来了一趟昆城,其间想起我来,就加上了微信。当时我问他能不能见个面,他说马上离开昆城了,等下次有机会吧。四年间,除了偶尔节日问个好,最例外的一次是二〇一七年六月二日深夜,他发了一句话:嗨,求是你好! 我回复:哟,午界,回国啦? 他写:没呢,刚才在校园里看到一个中国留学生,有点像年轻时候的你。我马上发了露牙大笑的图。他问:最近在忙什么呢? 我写:现在是中国时间半夜一点半,在看碟;平时编刊物、写小说,算是有点忙的。他写:一点半了呀,抱歉抱歉。又写:半夜还看电影,日子过得 comfortable(舒服)。我快速在网上搜索一下,回了一个咧嘴笑脸。

这就是微信上的全部内容。再往前便是简单的短信,早因为手机的更换而丢失了。至于在微信朋友圈,我从没见过午界发的文字图片,譬如业内文章或者长跑图片。以我的估计,他不会在这样的地方逗留。

我要跟午界微信搭话了,时间是二〇一九年三月二十三日与二十四日之间的午夜。这个点是美国西海岸的周六上午——也许正从周末懒觉中醒来,是最适合远程聊天的。

我先发去一句"嗨,午界你好",然后放下手机看了一会儿书。过一刻钟,手机"嘟"了一声,抓起一瞧,真是午界的回复:你好求是,好久没联系了,有点突然。我赶紧写:突然是不对的,应该经常说说话才好。午界问:你好像有事? 我写:也没啥事,听说你要参加上海国际马拉松,确认一下。午界写:哟,你怎么知道的? 我虚晃一枪:你回国内参加马拉松赛,已不是秘密。又跟上一个捂嘴偷笑的表情。午界回道:好吧,可以告诉你,我一周前被通知抽到了参赛名额。我写:嘿嘿,有点巧了,看来我问得及时。

其实也不是巧合,此前我上网查过上海国际半马的赛事情况。不过午界能亲口予以确认，我心里就落了实。在那个深夜，我和午界一来一往聊了半小时。午界告诉我，为了这次回国，他在三个月前便开始做计划，除了参加比赛，还要去合肥和北京做一些专业拜访活动。我顺势建议，拜访活动把杭州也加上呗。午界认真地说，杭州不在计划之内。我说，计划是可以调整的。午界说，不行呀，我没有时间。我说，那我去上海，站在路边给你加油，总归要见上一面。午界打出问号：Why（为什么）？你不会只是想叙旧吧？我送上闭一只眼的调皮表情，说，我想再听你说说宇宙大爆炸。午界似乎迷惑了一下，回复：Language game.我查一下百度，中文意思是语言游戏。

因为要与午界见面访谈，我在随后日子里看了几本量子物理的科普书。说实在的，我这颗文科生的脑袋磕到科学文字，容易发生头晕。好在只是闲翻，看不懂就跳过去，有意思的地方多停留一会儿。譬如薛定谔在一只盒子里做猫的实验、爱因斯坦和玻尔没完没了的论争对决等等，我就觉得挺好玩儿。我还看到一些大而有趣的句子，譬如"如果把我关在果壳里，我仍然是无限空间之王""不要惧怕死亡，灵魂是一种量子态，都会回到宇宙中的某个地方去"。

二〇一九年四月二十一日上午，我站在了上海浦东一条街道旁，无数标着号码的选手从我跟前跑过。我的眼睛不可能捉得住午界——在人流的移动中，除了大致分明白男女，每张脸都是缺少辨识度的。旁边有一个饮水站，时不时有选手停顿一下取走一瓶水。只有这一刻，才能看得清选手的眉眼和汗水。但即使停下取水的人里有午界，我估计也认不准他，毕竟许多年未见面了。

比赛结束的时候，我给午界发了微信：我上午站在路边，看见你们跑过去啦。又补上一句：我拍了好几次掌。

当天晚上，午界结束了与一位上海同行的餐叙后，赶过来同我见面。地点在外滩附近滇池路上的一家咖啡馆，是我在手机上随意找的。

我早一些到达，在二楼边的一张小桌前坐下。这家咖啡馆带点欧式复古风，气息雅静，挺适合朋友聊天的。八点钟刚过，午界到了——他从楼梯走上来，出现在我面前。我们没有生分，拥抱一下便对接上了。在之后的暖场时间里，我们各自说了些生活近况，一边也打量和适应着对方。我注意到午界身形还是早年那样的精瘦,只是笑起来时,嘴角两旁多了两道纹路。重要的是,他脸上混杂着一些朗气和一些沮丧——朗气浮在皮肤上,大概是运动长跑的结果;沮丧收在眼睛里,应该是内心渗出来的。好在一说话,他的眼眸中还是隐隐有亮光的。

话题可以进入我预设的轨道了。我花十多分钟说了自己的访谈想法,午界没有反对。或者说,他之前已有预料,不过他沉吟了一下说,弹琴前得定个调子,现在你是一位同学还是一位作家呢?我笑说,都行吧,可以两者兼而有之,反正今晚我是个认真的倾听者。

为了准确记述午界的物理用语和专业表达,我决定保留访谈的原貌。以下是我与午界的对话内容(根据录音整理):

张午界(以下简称张):求是呀,跟你聊聊我的专业,以后让人们了解这方面的大动态,我还是挺乐意的,但有一个条件,你不能把我直接写进小说。我是个物理学者,不愿意自己变成一个虚构的容易变形的人物。

钟求是(以下简称钟):这个事我考虑过的。午界,我答应你,不直接写进小说。写作有好几种方式,虚构的、非虚构的。

张:那开始吧,我知道你为今天的见面做了不少准备,你可以先提些问题,让我对谈话的方向有个数。

钟:咱们的谈话应该自由一些,你的生活经历、你的物理研究,都是我感兴趣的。这么多年你在专业课题上一直进行着长跑,这种长跑又有些神秘,路边的人看着就觉得挺特别……

张:OK,我就从时空物理学的神秘性说起吧。神秘的产生是因为不了解,而我又没办法做到在短时间里让你深入了解。我只能尽量通俗化,先说一个你不陌生的例子——宇宙大爆炸。

钟:呵,宇宙大爆炸,我等着这个词的出现。

张:宇宙茫茫,有无数个形形色色的星系。我们的地球在其中是如此的渺小,却在一个短暂的时间段内孕育了生命,这是个 miracle(奇迹)。我们的生命又自成一个体系,不仅拥有思考的大脑,也拥有观望的眼睛,这又是个 miracle。每个静朗的夜晚,你只要愿意,就可以仰起脑袋远望天空。天空里有什么?星光!对,是星光将地球与宇宙连在了一起。上帝在创造天地时便看见了光。他说要有光,于是就有了光。这是一种智慧。

钟:我插句话,你现在信仰基督教吗?

张:No,我不信奉。我是无神论者,但我相信神秘的智慧,因为这种智慧能够借助某种秘径接通科学。好,接着说科学的光吧。从宇宙尺度讲,光的速度是很慢的,为每秒三十万公里。太阳的光到达地球用时八分钟,就是说,我们抬头望见太阳时,看到的其实是八分钟前它的样子。如此回溯推理,我们看到的星系越远,回望的时间点就越早。随着技术手段的演进,我们看到了七千年前的星系、二百五十万年前的星系、三亿年前的星系、三十四亿年前的星系,直至看到一百三十四亿年前的星系。这个漂亮而狂暴的星系被命名为GN-Z11,是我们目前能捕捉到的最遥远的星体。它发出的光如此古老,已接近时间产生之初。在宇宙大爆炸之前,是没有时间概念的,而宇宙大爆炸是在一百三十八亿年前。

钟:哦哦,这些时间数字让人吃惊。我更吃惊的是,人类的视线居然已经跑出去那么远……这是怎么做到的?

张:因为有哈勃望远镜。哈勃望远镜刚上天的时候是近视眼,拍下的图片比较模糊,后来再送去一副眼镜,于是目光变清晰了也看得更远了。哈勃望远镜还证明了一九二九年就横空出世的哈勃定律:所有的星系都彼此远离,宇宙处在不断的膨胀之中。在那之前,连爱因斯坦都认为宇宙是静态的,而哈勃的发现,从侧面证实了宇宙确实来自一场大爆炸,big bang。

钟:既然太空望远镜能看见一百三十四亿年前的星系,那能不能再使使劲,往前看到一百三十八亿年前大爆炸时的亮光?

张:不能!即使后来有了更强大的韦伯望远镜,还是不能。根据大爆炸理论,宇宙起源于一个很小很小的奇点,所有的时间和空间都集结于这个点,然后在极短的时间里爆开。这极短的时间我无法用语言向你讲明白,用数学表示是十的负三十三次方秒。But there is a problem(但是有一个问题),此阶段因为电子的屏障作用,光子不能自由运动,整个宇宙几乎是不透明的。在一段时间之后,才逐渐生成可观测的云星结构。也就是说,人类的望远镜即使再改进,让目光穿过一百三十四亿年前而即将抵达一百三十八亿年前时,恰恰也会遇到最初的那团混沌,因而无法目击大爆炸的瞬间景象。

钟:噢,这太可惜了!如果能见到那个瞬间景象,想一想都让人热血沸腾。

张：Yes，那是个伟大的时间点！它一定远远超过你最疯狂的想象。面对这个时间点，壮丽、惊天、雄奇，人类的这些形容词显得太无力也太无趣了。同样重要的是，人类不仅有眼睛还有大脑，我们能够从那个瞬间景象中发展出来，探究宇宙诞生前世界的样子，追捕时间和空间的真相，思考宇宙的走向，包括地球的命运。是的，The fate of the earth（地球的命运）。

钟：午界，我得喝一口咖啡，你也喝一口。

张：我觉得我在上课了，上一堂时空物理科普课。

钟：既然像上课，我举手提一个问题。人类没有此眼福，那么宇宙大爆炸的画面只能出现在虚构想象中，成了一种永远的假说？噢，对了，这得接上那年在奥克兰你所说的……

张：你的记忆力不错……所以现在需要换一个思维频道，先介绍一个人——Edward Witten，爱德华·威滕。你得记着这个名字。

钟：爱德华·威滕……他是物理学家？

张：他原来是文科生，学历史和语言学的。大学毕业后，他想玩玩政治，就进入民主党人乔治·麦戈文的竞选班子，参加一九七二年的总统大选。由于搭档副手的拖累，那一年麦戈文败给了尼克松。这么折腾一回后，威滕失去从政的兴趣，重返普林斯顿大学继续读书，这次选择的是物理学和数学。威滕智商极高，既有灵光闪现的直觉力，又有把物理和数学结合在一起的能力，于是经过一段时间的拼杀积累，终成教父般的人物。简要地说，他在二十世纪九十年代中期找到了一种开创性的物理方法，这个方法被称为M理论。M理论的出场太亮眼了，霸道而有魅力，它甚至被认为可能是宇宙的终极理论。

钟：你这么一说，让我对"M理论"这个名词的认知又刷新了一次，但我其实还是蒙的，譬如……我弄不懂弦理论和M理论的区别。

张：好吧，我讲一下弦理论演进的过程。第一个弦理论叫玻色理论，因为错误太大，很快被pass（淘汰）了。随后超对称性的概念加入进来，形成了超弦理论。但超对称性的进入有五种方式，相应的也就有五种超弦理论。这五种超弦理论谁也不服谁，都认为自己是正确的，可正确的理论只能有一种。这种局面让物理学家们很头疼，不知前路在哪里。M理论让人震惊，是因为它提出了全新的观点，认为之前的五种理论只不过是对一件事的五种看法而已，就像一个人被从五个角度拍了照片。这样，它就把那五种理论串在了一起，独立成了一个大理论。

钟:那这个 M 理论的厉害之处在哪里呢？ M 又是什么意思呢？

张:这么说吧，现在世界上被发现的力共有四种:电磁力、引力、强力、弱力。爱因斯坦后半生有一个理想，就是想把电磁力和引力合在一起，但没有成功。杨振宁撇开引力，把其他三种力给统一了，所以成为顶尖牛人。现在，威滕的 M 理论要把四种力都囊括进来，成为大一统的理论。理论太大了，就容易玄，所以这个 M 的含义是不确定的，可以是 magic(魔力)、mystery(神秘)，也可以是 mother(母亲)或者 matrix(矩阵)。我这样讲述不知你能不能明白?

钟:说实在的，我还在似懂非懂的层面，但我能感觉到你对 M 理论的推崇。

张:推崇?好吧，我同意用这个词。说起来是一种缘分，威滕第一次讲述 M理论的时候，我刚好在现场。那是在南加州大学召开的一次研讨会，一九九五年的春季。当时我博士快要毕业了，导师推荐我去旁听这个会。南加大在洛杉矶，离伯克利有六百公里，这让我有点犹豫，但最后还是开着车子去了。在那个简约但级别很高的会场里，我是为数不多的学生之一。那会儿威滕才四十多岁，戴着黑框眼镜，眉毛挺浓，头发也还茂密。他是研讨会的主要发言者，讲了一个多小时。听着听着，我的脑子一会儿轻一会儿重，反正一片纷乱。我知道自己被震到了。回去的路上，我在车子里放着音乐，其中有一句歌词飘出来:In that case,you can change you.(既然这样，你改变你吧。)是的，我觉得可以改变或者调整自己。

钟:你说的改变……指的是什么?

张:把研究方向从天体时空转向量子力学，重点当然是超弦理论。在之后的许多年里，我从来没有放弃努力，让自己保留在用对撞机追踪基本粒子的前沿研究体系里。与其他人相比，我有我的优势，就是能用时空物理对量子力学进行穿插。

钟:午界，我有一个理解，你研究超弦理论，就是希望在对撞机撞出基本粒子时，捕捉住那一瞬间，见证宇宙大爆炸的景象。这也是你上次描述的，十几年过去了，我仍然忘不掉。

张:我很高兴你有这样的判断。是的，既然人类望远镜不能看见大爆炸的瞬间，那如果能在对撞机上产生相似的景象，哪怕只是一个迷你版的场景，仍然让人无限向往。请注意，我用的词是无限向往，infinite yearning。

钟：无限向往在这里表达的是一种难度，或者说是一种困境中的等待。我知道，你为此吃了不少苦。

张：谈到这个问题，得铺垫一下背景。物理理论想真正站住脚，都是需要实验来证明的。M 理论尽管光鲜诱人，却只是在口头上。它设想中的超对称粒子到底有没有呢？如果有，是什么样子呢？刚才提到了，这需要一台强大的对撞机来证明。一九八七年，美国率先提出搞 SSC（超导超级对撞机），当时美苏争霸，里根一听能显示国力，二话不说批准了这个项目。但在美国捣鼓这种工程很费时间，过了六年连安放对撞机的隧道都没挖好，已经花了二十亿美元，而整个项目的预算已升到百亿美元。美国国会几轮听证后不高兴了，叫停 SSC。这是一个不小的打击，美国超弦界一片哀鸣。所幸的是，这时欧洲的 LHC（大型强子对撞机）获得立项，虽然规模小一些，但若能撞出超对称粒子，也能满足 M 理论的求证需求。超弦界在兴奋中等呀等呀，一直等到二○一五年，LHC 达到运行能量的设计峰值，仍未能发现渴望中的粒子。

钟：我还是有点不明白，美国拥有如此庞大的财力，对前沿科技又一直舍得投入，为什么就是瞧不上对撞机呢？

张：人类对科学的要求，总是希望能落到实处。资本更是这样，寻求的是看得见的产出。牛顿万有引力，推开了踏进机械工业革命的 gate（大门）。麦克斯韦的电磁力，接通了迈入电气时代的 route（路径）。爱因斯坦叼着烟斗，用狭义相对论引出一个简单方程式，然后引爆了原子弹。量子力学一堆牛人共同用力，才有了现在的电脑互联网。可 M 理论呢，因为没法证实，在美国政府看来只是一场豪华的物理游戏。即使对撞机撞出宇宙的诞生景象，那也只是让人们睁大眼睛收获一阵心跳。相比之下，财政经费可去的项目太多了，每一个都看得见摸得着。

钟：噢，这样的大背景对你们搞超弦的确实不利，上次在你脸上见到的担忧让我印象深刻。

张：你那次来美国是二○○二年吧？那时是我受困的开始……你知道的，我在加大伯克利做副教授，但已预感到将会失去这个职位。那两年我的研究刚刚往有效的方向展开，很不希望自己的状态被打断。我的担心一点点积攒，攒成了焦虑；焦虑又一点点积攒，攒成了失眠。是的，那会儿失眠症找上了我。

钟：你的失眠症……挺严重吗？

张：严重！到了夜里，脑子明明是昏沉的，但一碰到枕头立即会变得清醒。那种清醒是冷的，似乎脑袋里有条缝，冬天的空气不断漏进来。更具体一点，在黑夜中，我的脑子有时候空白得像一张纸，有时候又塞满了各种粒子、参数、星团和长长的隧道，混乱无序又控制不住。Sorry（抱歉），那种糟糕的情况我不能说得太多。不，我已经说得过多了。

钟：这种状况持续了多少时间？

张：状况有轻有重，重度失眠持续了两三年。

钟：那后来是怎么好起来的呢？

张：跑步。跑步是对失眠很好的干预，当然开始我没有想到。

钟：哦哦……

张：在一个睡不着觉的夜里，我脑袋发胀，就起床下楼慢慢跑步。跑了一会儿回来洗过澡，仍难以入眠，但觉得脑子轻松了一些。之后我把夜跑当成一件排除焦虑的事情，几乎每天都要去。先是八百米、一千米，再两千米、三千米。一年以后，我已经能跑十几公里了。这时我得寸进尺做了计划，开始尝试跑二十一公里的半马。再过半年，如果不计较速度，我已能轻松跑下半马了。有时跑顺了，还能跑完全马。当然在这个时间段里，睡眠也不知不觉改善了许多。

钟：听长跑者说，跑步会上瘾的，有时跑着跑着身子会有一种飘起来的快感。这种感觉你有吗？

张：这么说吧，一段长的跑程会有一个疲劳点，使劲儿跑过去之后，氧气供给达到平衡，身体就进入了轻松阶段。这种放空的感觉确实不错，让人上瘾的理由就在这里。但我的内心重点不一样，原因在于我是 night run（夜跑）。每次在夜色中跑着，我的上方是星空，那些星星的名字我都知道。我一路安静地跑着，却不再孤单，因为我觉得它们一直陪伴着自己。

钟：呵，这有诗意……原来长跑中也可以有诗意。

张：诗意是你们作家喜欢的词儿……我说的是有星空陪着，寂寞的确会减少一些。

钟：那参加马拉松赛也是为了减少寂寞吗？你真的每年都要回国参加这种长跑活动？

张:不是每年,但也差不多吧。我不是专业或半专业运动员,也不是闲得发霉的中产者,回来参加马拉松赛成本有点大对吧?你心里一定有这个问号。

钟:嘿嘿,是有这个问号。

张:我回来参加这种长跑当然不是为了拿比赛成绩,而是自己送给自己的回国 excuse(借口)。我需要这个 excuse 推动自己回国。

钟:我有点明白了。你这次回来当然不是为了在上海跑出一身汗,再吃几顿地道中国菜……

张:这次回来,我要去合肥拜望我的几位中科大同行,然后去北京雁栖湖国科大参加杨振宁先生的一个讲座。四月二十九日,他将在那里发表对当代物理学的一些看法,当然也会谈到超大对撞机。关于超弦理论和对撞机,中国物理界已经争论了不短时间。现在的中国,是国际超弦界的关注中心——这才是我经常回国的主要原因。

钟:中国成了中心……这挺有意思的。为什么会这样?

张:欧洲 LHC 对撞机尽了最大力量也未能发现超对称粒子,这对 M 理论是个打击。超弦界认为,这是因为 LHC 的隧道只有二十七公里,形成的撞力不够。只有建成能大几倍的对撞机,才有可能抓捕期望中的粒子。但建造巨型对撞机太费钱了,估算至少需要两百亿美元。美国不肯拿这个钱,欧洲也不可能了,剩下的只有中国啦。

钟:原来看上中国的钱了。两百亿美元,得是怎样的项目呀?

张:这个项目第一期叫 CEPC(环形正负电子对撞机),环形隧道的周长将达到一百公里,比北京的五环路还长。如果做成了,还有第二期 SPPC(超级质子对撞机)。说形象一点,这个项目就是物理界的三峡工程。

钟:三峡工程当时也很有争议,最后上马了。这个对撞机项目上马可能性大吗?

张:三峡工程的成果是电力,可以让现实中的许多人受益。对撞机项目的成果看不见摸不着,要去推动确实很有难度。为了促成此事,国际超弦界不断组团来中国演说。我记得是二○一四年二月,威滕率队在清华大学搞了一次讲座,动静不小。二○一六年八月,国际弦理论大会也是在清华开的,主要目的仍是造势。这两个活动我都参加了,借着两次马拉松赛回的国。

钟:噢,这样的造势有效果吗?既然有争论,赞成和反对的力量对比怎样呢?

张:说实在的,现在虽未见分晓,但赞成派处于弱势。我说两个你知道的名字:霍金赞成,杨振宁反对。

钟:那你的想法呢?

张:我是个小人物,但也有自己的选择。我的选择当然是希望上马这个项目。我尊重也理解杨振宁先生的意见,他认为这个项目花钱太多,会挤占中国其他科技项目的经费;他还认为对撞机在三五十年内对人类的生活不会有帮助。我认为他说得都对,他的意见是理性的。但有一个声音老在内心提醒我:三十年或者五十年以后呢? 当人类的实用需求和物质追求告一段落之后,那时是不是需要一种更广阔的精神满足,譬如对宇宙的进一步认识?

钟:嘿嘿,原谅我说一句,三五十年以后的确是个遥远的时间,很多事情难以预见。既然难以预见,现在上马这种项目是不是有点……乌托邦?

张:霍金已经去世了,杨振宁也近百岁高龄。五十年后别说他们,就是我也早已灰飞烟灭。就这个项目而言,即使能侥幸上马,第一期和第二期工程建造完毕也得二十年,加上不断递进的试验时间,出结果应该是三十年之后了。我就是天天锻炼身体,基本上也不可能跑到那个见证奇迹的时间点。But(但是),科学从来都是一个 evolution(演进)过程,而当代物理正处于暗淡时期,这又是一个可能的亮点,为什么不尽早去探试呢?用一个你可理解的说法,在认知宇宙起源这种终极问题上,我们还处在一间封闭的密室里,眼前一片黑暗,但我们已经快抓到钥匙了。只有抓到这把钥匙,才能打开一扇窗户,见到外面的光亮景象。我们是最接近这把钥匙的人,即使等不到目击光亮的那一天,也不可能放弃寻找钥匙这个过程。

钟:嗯嗯,我有些懂了。

张:你刚才说到“乌托邦”这个词,我再说一句,人类为什么不可以有点乌托邦呢?一个人又为什么不可以有点乌托邦呢?过去或者现在,人类的视野太窄小了,把宏大的未知的东西都视为乌托邦。未来呢? 未来肯定不能这样!

钟:午界,你的话差不多把我说激动了! 现在我老觉得,你的嘴巴里不时会掉出奇异的说法。

张:你的奇异感来自宇宙本身,不是我。你知道的,在生活中我不是个有趣的人。

钟:好吧,这会儿就暂时撇开宇宙,聊聊你自己的事,譬如这些天我一直在想,你当初干上物理是个人选择还是所谓的命运安排?

张:当初? 要说那么远吗? 那我先问你,你干了文学是个人选择还是命运安排?

钟:呵呵,先说我呀。我在一篇文章里曾经讲过,我写小说是因为一张借书证。当年我拿着那张借书证把昆城图书馆的小说全看完了,文学的基因就不知不觉注入我身上了。

张:一张借书证帮了你,这说明个人的选择就包含着命运安排……你还记得咱们中学的地图墙吗? 在教学楼的走廊里。

钟:记得呢,那墙上排过去一溜儿地图,好像有温州地图、浙江地图、中国地图、世界地图。这样的布置当时觉得挺有意思的。

张:好多次我站在地图跟前琢磨着昆城,昆城在温州地图上是明显的县城,在浙江地图上只是一个小点,在中国地图上就消失了。而在世界地图上,我要靠想象才能确定昆城的存在。后来我就傻傻地想,要是有一张太阳系地图,进而有一张银河系地图,那么昆城在上面是怎样的存在?

钟:哈,一个昆城少年的遐想。这算是你对宇宙感兴趣的起点吗?

张:我不知道这算不算起点,但当时我明白,昆城当然是存在的,所以也可计算昆城到达每一个星球的距离。问题是,遥远的星球如何看待昆城?对它们来说,昆城存不存在有意义吗?

钟:嘿嘿,从很大的尺度去琢磨事,就容易进入意义的虚无。

张:这是大的空间维度。再从大的时间维度看,人类再怎么自我 magnificent(雄壮),也只是地球上的一轮文明。这轮文明的生存,属于宇宙时间里的一个小小缝隙。

钟:这不是你当年想的吧? 一个中学生不会琢磨到这个份儿上。

张:当然是后来的想法,但人的思想是一条长河,从最初的地方流淌过来的。又有一天呀,我换了思考方向,从大的维度转到小的角度,心想如果人类是一轮缝隙般的文明,那么一个人的生命长度更属于无须计量的小单位。在这样小单位的时间里,我把目光投向地球之外,去捕捉宇宙里的许多东西,这种以小搏大,本身是否就具备了意义呢?

钟:我说一句重话啊,这样的思考听上去有点高尚,但换一个词,是不是也有点天真呢？我们毕竟生活在一个世俗的社会里。

张：是的，高尚与天真的距离，有时候是模糊的。但有一点我不模糊，自己是个 The weak in life（生活脆弱者），无法在世俗的日子里活得自在。既然只有几十年的时间，那我就选择做个不一样的人，天真一些或者自认为高尚一些。我说这些，可能有点说飘了，其实我不习惯这样。

钟：不飘的，我很高兴你能谈到这些。从杭州跑过来跟你聊天，真是一个正确的决定。对了，我再邀请一次，这次你设法挤出点时间来杭州走一走吧。西湖不吸引你吗？咱们可以在西湖边接着聊。

张：到时看看吧，我觉得排不出这个时间。

钟：还有一件事我可以不说，但不说好像也不对……你家的坡南街房子已经卖了，最近又被从岚买了回去。这个你知道吧？

张：（喝咖啡，沉默半分钟）从岚买下那所房子有她的理由，我不能不尊重她的想法。

钟：那……一个人的日子，你现在过得好吗？还有你的工作，眼下漂到哪儿就职了？

张：求是，你的口气慢慢变成了正式采访。

钟：呵呵，对你呀，我就是想多了解一些。

张：在专业研究之外，我的日子很单调，无非是睡觉、看书，偶尔开车旅行一趟，有时也看一两部电影。一个单身物理男的生活，一定是不复杂的。

钟：不错嘛，你的生活里还是有旅行有电影。

张：我的旅行一般跟专业会议有关，看的电影一般则是太空梦幻型的。至于工作就职，仍然是漂流状态。前几年在丹麦的哥本哈根大学干过一段时间，那里的玻尔研究所是个很好的地方。现在的落脚点是加大圣巴巴拉，我可以在那里做到今年年底。是的，漂流似乎是我这辈子的宿命。

钟：那我再问一句，在这么长的漂流日子里，你有什么要说的感受？

张：感受？又往漂的东西上说呀。

钟：可说扎实一些的，譬如一件印象特别深刻的事。

张：印象深刻……行吧，说一件往事。你看电影爱在家里放碟片，我呢，喜欢坐到电影院里。有一年冬季在洛杉矶旁边的小城 Pasadena（帕萨迪纳），我进电影院看一部太空冒险旅行的片子。那部电影挺爆的，看的人不少。放映过程中,我旁边一对年轻情侣时不时地低声嘀咕,主要是小伙子在讲话。我有点不高兴,提醒了一次。过一会儿,那小伙子又开始发声,在女友耳边说一串话,好像是电影情节什么的。我恼火了,轻声呵斥他。小伙子要顶嘴反击,被女友拉住,这样总算安静了。

钟:他们在电影院里这样谈恋爱,是够烦人的。

张:电影结束了,大家站起来往外走。那小伙子转过身瞪了我一眼说,她喜欢知道宇宙里的事情,现在好不容易等来这部电影,给她讲一讲有什么不对吗?我这时才发现姑娘走路的样子有些异常,原来她看不见。是的,她是blind person(盲人),男友原来在给她讲电影。

钟:哦哦,这让人想不到……

张:那个晚上我没有马上开车回住处,而是在街上慢慢地走。天气挺冷,街灯暗淡,我把脖子缩到大衣领子里,脚步真的有些孤单。我脑子里像是冒出许多想法,又像是很空。有这样的感觉,是因为我心里挺难受,那种茫然的难过。

钟:我理解。爱情、盲人、太空,这是可以延伸出不少想法的……

张:That's all(讲完了),不说了。

钟:我最后问一句,你以后呢?以后有什么计划?

张:到了这个年纪,有点漂不动了。我想找一个满意的栖身之处,可靠并且长久。

钟:可靠并且长久,这是什么说法?是找一个地方买一所房子吗?

张:这是另外一个话题了,你就别追着问啦。我说得够多了,我不能什么都跟你聊。

钟:哈哈,好的,我得知足。

五、午界与我躺在西湖夜色里

不久后的五月五日,午界到底来了一趟杭州。

都说时间是挤出来的,他做到了——从北京回到上海准备返美,在登机前有个空当。头一天下午匆匆而来,第二天上午急急而去。

那天他从上海坐高铁过来,到达时已近傍晚。我到火车东站接他,一边等着一边为自己的邀请实现而心喜。这时我还不知道,他此次来杭州不仅仅因为我。

因为将大行李存在了上海,午界出来时斜背一只小挎包,看上去挺利索的。我迎住他,一起坐了车去延安路一家宾馆。住下后已过饭点儿,我问午界想吃什么,海鲜吗。他说别海鲜了,就杭州菜吧。我想一想,就领着去了"知味观"。

到知味观坐下后,才发觉没有来对地方,因为这里吃客多有些闹。这也勾出午界的感想,他说杭州的变化真大,繁华的模样一点不输美国。我问他多久没来杭州了。他说,有些年了,上次来的时候你应该没调到杭州。我说,那至少得十年了,这十年杭州一直在扩张,有点趾高气扬的样子。他笑一笑说,杭州是我的情起之地哟,那会儿比较安静不张扬。他这么一说,我才记起徐从岚当年是在杭州读的大学。

我带了一瓶五粮液,把两只杯子满上,慢慢喝了起来。午界说刚才在高铁上翻了我的一部短篇小说,心里挺有感触。我想得几句好话,就问他有什么感触。他说,写小说可以一个人干活儿,只要带着脑子,但做物理实验需要许多条件。是这个感想呀,我就说写小说肯定也不容易。然后我讲了中国文学的一些态势,再提到中国社会的物质主义和世风浮躁。他说不仅中国,西方社会也是这样,贪心膨胀欲望无限。他又说地球已四十多亿岁,经历了多轮生物主控的世界,仅恐龙主持地球就有两亿多年,而人类出现才几百万年,但按眼下的科技突进和无序比拼,不用太久就能攒够自我摧毁的力量。我说这是杞人忧天吧。他说忧天才好,可惜现在人类不知天高地厚。

在那个吃饭的场合,他跟我一聊就聊到了这些。估计旁边的人听到耳朵里,还以为我们喝醉了呢。其实我们才喝了不多的白酒——是的,两个人谁也没涨酒量,三五小杯下去,脸上都有了红光。

这知味观离西湖近,吃完了饭,午界提议到湖边走走。我们就散步至湖边一直往北走,到了六公园往左一拐便是断桥。离断桥不远处有不少椅子,我们选了一张坐下。眼前是开阔的湖水,在夜色中轻轻波动。午界好像又有了感触,安静着不说话。我说,是想起从岚了吧? 刚才你说杭州是情起之地哟。午界点点头,又静一下,讲起了三十三年前来杭州与从岚见面的事。

那个时候,他们俩已经通了好一段时间的信,情感若隐若现的还没有挑明。有一个暑假,午界从香港回来,到了杭州,说,有人让他捎了一件东西给从岚。两人见了面,逛到这白堤断桥的湖边,从岚问谁让捎的、捎的什么东西,午界红了脸说,我让我自己捎的。从岚瞧着他,说,小礼品我也会喜欢的。午界又红着脸说,不是小礼品是大礼品。从岚问,什么大礼品?午界说,一个大拥抱,你……你要吗?从岚静了几秒钟,说,我要。午界就一步上去抱住了她。那个年代呀送出一个拥抱不是小事情,大约相当于求爱了。午界又说,那天因为兴奋,我脸上沾了一点脏没发现,从岚就掏出手绢在水里蘸湿,然后站在跟前给我擦脸,那是一种快乐中加入凉爽的感觉,真的很特别,至今也没有忘掉。

　　我说,哈哈,午界,你年轻时也会玩浪漫嘛。午界说,我这算吗?那时候你们这种文学青年才浪漫呢。我说,快乐中加入凉爽,这就是文学的语言。午界微笑一下。

　　我干脆顺着话势往前问,午界你干吗跟从岚分开呀?是不是你小子在外边有了新浪漫?午界没有马上接话,停一停才说,我这种搞理论物理的哪有玩花哨情感的能力?在美国这么多年,除了有一次旅行到拉斯维加斯进了赌场瞧一眼稀奇,其他俱乐部呀夜店舞厅呀从没去过。午界又说,以深度交往来计量,我的朋友很少,异性朋友几乎没有。我问,那么是从岚的错吗?午界说,当然还是我的错,开始一些年我老待在实验室里,后来又得了失眠症,身心不振,这样在生活上在精神上都照顾不到她。

　　午界用手摸一下自己的鼻子。他说,我并没有意识到这种冷落对从岚的伤害,直到有一天,她突然问了一句话。午界说到这里刹住了,沉默一下。我问,是什么话呀?午界说,她问,咱们多长时间没做爱了?当时我有点发愣,答不上话,从岚说,一百零三天。

　　午界讲完这句话,自嘲似的一笑,嘴边的纹路跳了出来。我只好说,这从岚不愧是学会计的,数字记得明白。午界说,也就是在那天,我定了主意要离婚。

　　我不吭声了。这些年午界一直在漂流,看来漂流的不仅是工作,还有内心的情感。不过细想一下,又觉得他既然肯将这些话无障碍地讲出来,说明把情感的事放下了。在午界的心中,也许已经把专业和生活做了清算,他放不下的还是对撞机呀粒子呀大爆炸呀这些东西。

我正这么想着，午界深吸一口气，说了一句英语。我说，我的英语可不好哟。午界说，我是说咱们聊些别的吧。

果然，话题要转换了。随后时间里，午界讲述了这次到北京听杨振宁先生讲座的情况。因为不懂专业，我听得有些迷糊，但有两句话是清楚的。午界说，杨先生身体还好，思维不乱。午界说，杨先生没改变自己的观点，他认为 The party is over，高能物理盛宴已过。午界转述这句话的时候，脸上有一种复杂的神情，一方面他知道杨振宁的判断是理性的，一方面心里又特别的不甘。在那一刻，他眼睛里又浮出了沮丧，即使在夜色中也藏不住。

我心里有了难过。怎么说呢，大爆炸那么大，小粒子那么小，这两者全是看不见的，能看见的是我们周围的生活。现在的午界呀，既应付不好看得见的生活，也对付不了看不见的世界。这的确是一种受困。

还有一点，我不懂天文也不懂物理，但以小说家的思维进行质疑，要是宇宙大爆炸的理论错了呢？为了见午界，我翻查过百度，知道二十世纪几十年里科学家一直认为宇宙在引力作用下不断收缩，但有一天借助太空望远镜，突然发现宇宙膨胀还在不断加速。驱动宇宙扩张的是一种不知道的神秘力量，因为不知道，只好把这种力量叫暗能量。你瞧瞧，也就几十年的时间，过去的理论就似乎被颠覆了。那么再过几十年呢，会不会有新的发现证明大爆炸学说也有误？如果这样，午界的坚持算不算是一种虚无？

这种思考角度也许是幼稚甚至是可笑的，但无知者无畏，我把自己的想法说给了午界听。他"嗯嗯"了两声，没认为这是无稽之谈。随后他说了一些话，意思是大爆炸宇宙论经过许多验证，已成为物理界的主流共识，这一点不需要再去争辩。不过用朴实的思想去判断，人类对大世界的认识确实只是一种微光，再经过数十年的智慧加速，这种微光变成一道闪电亮光也并非不可能。那时候，许多已站稳的论点会被推倒或被修改。

说过这几句话，他变得有些沉默。这种沉默在我看来是一种担心，担心什么呢？也许不是担心大爆炸理论有误，而是担心将来有钱了，超强对撞机可以建成，但却撞不出期待的粒子。这是不是一种更大的残酷？

那天晚上就是这样，我们坐在湖边椅子上一直聊，聊了早年恋事，也聊了专业困局——当然，核心话题都是关于他的。说着说着，发现已到了深夜。五月的西湖泡着春意，在夜色里也是好的，我们都不愿意回去。后来午界大概坐累了，起身走到路边草坪上躺下。我说在美国可以躺公园，但这里是西湖。午界又说了一句英文，自己翻译道：有时候规矩是用来踩踏的。这样我也走过去躺下来——我们并排躺着，两只脑袋相距一尺多远。此时天空少了月亮，但有不多的几颗星子。

四周因为没了游人，显得相当安静。这种场景里，人的内心会有点空。午界突然问，晚上剩下的酒呢？呵，晚餐的五粮液还剩了大半瓶，在我背包里搁着哩。我取出来拧开瓶盖，往盖子里倒满递给他，他仰起脑袋一口干了。我又倒满一盖子，自己喝了。两个酒量薄弱的男人，也没有菜支持，就这样仰躺着你一口我一口喝起了酒，有点像无厘头的中学生。喝了几个来回，我想到了昆城，就提起坡南街那宅院里的老树。我问，当年你埋在树下的到底是什么话呀？午界似乎恍惚了一下，然后说，不能讲不能讲，才过去二十九年，还是不能提前揭晓。我说，那房子现在属于从岚了，你不觉得挺有趣的吗？他说，这样也好，从岚在老家有了根儿。

我不禁想到，午界父母都已故去，老房子又住不上，他回去的动力就弱了。我说，下次回来多留点时间，我陪你去昆城。他静默一下说，下次也不知什么时候了。我说，现在时空方便了，咱们同学可不能一二十年才见一次。他说，时空？你用了"时空"这个词？我说，是呀，无论是时间还是空间，整个世界都打通了。他说了一句英语，又说了一句英语。我说，什么意思？他慢慢地说，在平行时空里，我们彼此不知。他又说，有时候相遇是一种再见。

哈哈，在夜空下，在草地上，他的话有点醉飘也有点哲学。我丢了瓶子，不再倒酒给他。几分钟的安静之后，我听到了轻微的打鼾声，他竟然睡着了。我没有忍住，慢慢坐起来在旁边瞧着他。我瞧到了什么？泪珠，停在眼窝里的两粒泪珠。我以为自己看错了，把眼睛凑近一点，只见那两粒泪珠在微微颤动。

要过不少天我才会明白，午界这次的杭州之行对我意味着什么。

在我的认知里，生命应该是有秩序的，死亡应该是有命定的，而秩序和命定由许多种力共同构造。但午界以一己之力，建造了自己生命和死亡的新轨道。他的行为太特别了，我没法点评，或者说没资格去点评。我只能悄悄对自己说，他是勇敢的。

同时我不能不去想，自己提前起了兴趣去接近他、探究他，这是一种巧，还是一种缘？万物生于有，有生于无，我多么愿意将此视为冥冥之中的一次召唤。

记得初闻消息的那一天，我刚好出差在外。在宾馆的房间里，我根本无法入睡。我静静地坐在床头，几只蚊子却"嗡嗡嗡"地飞来窜去。夜已经变深，一点钟，两点钟。我点开手机播放音乐，一段空灵而悲壮的钢琴曲开始响起，那么绝望又那么蓬勃。乐曲中蚊子们似乎受到冲击，散开逃走了。我的脑子又一次滑出去，回想着与午界在一起的各种场景，回味着他信中的那些文字。

六、张午界致亲友的一封信
（中英文各一份，内容相同）

敬爱的亲友们：

这是一个非常艰难的决定，但相信你们能够尊重并支持我。

一年前，我与美国南部的一家生命延续研究所签约，同意将本人的完整身体交给该研究所主持的人体冷冻项目，时间自今年十月起始，保存期五十年。由于我的健康指数突破了美国联邦法律对此类实验的相关规定，双方的合作在一段时间内将处于保密状态，因此无法提供更具体的地址和细节。感谢 D 教授和团队所有成员，他们的优质技术和专业态度让我建立起相当的信心。

此前，我已经注意到生物医学领域近年的重大突破，即通过对慢慢变老的细胞重新编程，使人的身体功能恢复年轻状态。这种"返老还童"的前景让人产生遐想，但我认为自己赶不上了。两相比较，我选择了在安睡中静默等待的方式。是的，此种方式现时不够"新潮"，但更符合我的想象。

我没有选择在更大的岁数进入"冬眠"，是因为希望在将来解冻之时能够复活较好的思考力，继续参与和见证时空物理的前沿研究。这是我敢于冒险的唯一目标。

回顾现有的求知一生，我从中国东部的一座小城出发，初学合肥，续读香港，深造伯克利，而后漂流多个专业实验室。支持我努力往前走的是内心的好奇，这份好奇帮助我跨过开阔的太平洋，也度过困难的时间段。

现在,我不能放弃这梦想般的好奇。

二十一世纪的今天,物理学虽然十分艰难,但终于又一次走到大时代的前沿。这比一百多年前经典物理一统天下的场景更具想象的空间:当年的牛顿力学和麦克斯韦电磁论做到了彼此相容,但总归是两个不同形式的理论,它们的结合只是一种联邦。这次不同,天才而飘逸的 M 理论也许能用同一个方程去描述宇宙间的所有现象,对各个领域进行有效的带领,最终完成一场伟大的大统一。如果能够实现,这在人类探寻史上将是第一次,从而开创一个气势磅礴的物理帝国时代。抵达这一终点线可能只是需要时间,三十年、五十年,或许七十年。

世界各国经济的增长速度应该可与这次科学行动相配,尤其是中国。我相信北京 CEPC 项目在若干年后应会重启,我也相信类似的对撞机项目在美国或欧洲终将再度发力。财富的积累能够促进精神的需求,精神的需求能够让物理预言的求证变得理直气壮。

当然,To be or not to be(生存还是毁灭),这是一个不能回避的问题。在准备实施"冬眠"的第一天起,死亡就在我的考虑范围之内。五十年后,我也许能醒来,也许不能醒来。如果永远睡去,我不会感到遗憾。在这个世界进化中,人类从来不是主人,也从来做不到永生。与非同一般的冒险目标相比,我的生命缩短是值得的。

我为这次整个冷冻过程支付了一定的费用,同时委托研究所保管少许的存款,以备将来醒后之用。假如不能复活,这一小笔钱则做尸体处理的费用。此外,我还余下不多的一笔现金,已决定赠予前妻和儿子(相关手续已托律师办妥)。

我爱我的儿子,过去、现在和将来都是。我也真正爱过我的前妻,她是这个世界上现在仍然让我惦记的女人。我曾与 D 教授商量,希望将前妻和儿子的照片同时放入冷冻罐,在五十年中与我相伴。但这个建议被 D 教授否定了,因为现有的冷冻技术还不允许这样做。这是一个小的缺憾。

最后,我再次表达自己的期待。我渴望在五十年后醒转之时,能够见到超强对撞机产生的膨胀能量团,灵魂似的粒子组成了宇宙大爆炸的瞬间景观。这像是一次朝圣之旅,让我们回到宇宙黎明之前的时代。我们的想象可以与那些最古老的光一起，从一百三十八亿年前的时间之初出发，经过最早诞生的 GN-Z11 星系，再经过依次诞生的无数星云，然后来到四十六亿年前诞生的地球。地球这颗明亮可爱的星体，在许多年前又终于诞生了人类。人类是渺小的，但因为有了自主意识而变得伟大。现在，我们站在大地上仰望星空，已经明白自己的个体与大宇宙息息相关。不错，这不是宗教的创世神话，这是一种科学证明。

再次感谢你们的理解！这是一份修改了至少五次的书信，见字便是告别！

张午界

2019.09.20

七、一篇来自美国的新闻报道(译文)

一次人体冷冻：越线还是立新

【新环球网译自美国《科技先锋报》消息】二〇一九年十月三日，据一位匿名人士透露，亚利桑那州一家生命延续研究所日前接纳一名华裔物理学家进行人体冷冻实验，双方签有合同。该物理学家今年五十六岁，而且多年坚持长跑，健康指数良好，没有绝症病况。他希望在五十年后被唤醒，继续从事自己的专业研究。

"人体冷冻"这一概念最早出现在一九六二年《永生的前景》一书中，作者为同样是物理学家的罗伯特·埃廷格。人体冷冻技术尽管已取得巨大进步，但目前仍处于医学试验阶段，具体方法是在人死亡后，对其身体进行抽血和多项小手术，再放入零下一百九十六摄氏度的液氮箱中。在将来某个时间，当医疗技术达到期望的水平，该身体便可以被解冻复活。据悉，人体冷冻术被《自然》杂志评为十大超越人类极限的未来前端技术之一。

一九六七年，一位名为贝德福德的男士响应此项实验，成为实施人体冷冻的第一人。至今，全球已有超过三千人签署了死后冷冻协议，其中一部分人已经正式履行，不过这些人的行为均在法律允许的范围内。美国联邦法律规定，只有被判定为临床死亡的人方可接受人体冷冻服务。此次这位身体健康的物理学家加入该项实验，应视为是对现有法律条文的越线，但也可能成为突破人类伦理认知的一次新尝试。

八、我与从岚坐在院子树下聊话

二〇二〇年春节之后的一段时间,因为新冠疫情我被困在了家里,每天翻翻书看看电影,有时还伴着音乐做一些运动,日子过得轻松而憋屈。有一天晚上为了取刊物校样,我开车去了一趟单位。街上灯光暗淡,行人稀少,有一种无法验证的不安全感。我暗叹了一声,人类的生活真是脆弱呀,一个小小的病毒,让整座城市一下子收起了自由。

就是在这时,手机"嘟"了一声,微信上出现了从岚的文字。她说自己回昆城了,这些天住在坡南街房子里。我赶紧把车子停在路边,用微信与她交流了好一会儿。她说自己计划回国待二十天,陪陪老人,顺便把昆城好吃的吃一遍,没想到这疫情没头没脑地就来了,看这架势,中国飞美国的航班短期内不会恢复。我安慰她,这样也好,你可以心安理得在老家多住一些日子,也让这房子派上用场。我表示,等这阵疫情消停了,马上去昆城看她。我又特意说了一句,我很想跟你再聊一聊,听你说说午界。从岚似乎沉默了一下,没有拒绝。

二〇二〇年三月中旬,疫情管理刚放开,我不让自己犹豫,挑一个周末就去了昆城。那天中午,我与从岚一起吃了简餐,然后泡一壶茶,坐到院子的桂树下。桂树叶子茂盛,挡住了阳光。我说,咱们晒着太阳聊天才好。从岚说,别着急呀,太阳往西挪去一些,阳光就全过来了。

那个有些暖意的下午,在午界从小长大的院子里,我和从岚进行了聊天式的访谈。以下为这次对话的内容(根据录音整理):

钟求是(以下简称钟):算一下,你这一回在这儿住两个月了吧?

徐从岚(以下简称徐):没错,快两个月啦。说实话呀,被疫情困在老家,心里倒没怎么懊恼。这条坡南街现在有些意思,没事的时候走一走,多少可以捡回一点小时候的记忆。

钟:嗯嗯,好在昆城情况宽松些,还可以外出散步。

徐:一散步呀,眼睛里全是光鲜陌生的东西,昆城建设进度太快了,过去的小城模样基本丢掉了……除了这条坡南街。

钟：那咱们就从这里开聊吧，你先说说美国小城和中国小城的区别。

徐：求是，你的采访算是正式开始啦？

钟：呵呵，我说过的，不算正式采访。咱们只是聊天，怎么聊都行。

徐：那好吧，就从美国小城开始说起。那年你去过我们奥克兰的家，那房子呀离午界上班的大学挺近，开车也就十多分钟。大学所在的小城就叫伯克利，一个挺好玩的地方。二十世纪六七十年代，各种新潮东西包括嬉皮士文化就是从那里起步的。平常镇子上呀总是阳光充足，不少野路子的歌手或者舞蹈者会在街头表演，气氛相当自由开放。你如果有机会在那街上走一圈，会遇到一些看上去挺有文化的无家可归者，也会遇到几个服装奇异或行为特别的青年学生。有一天，我就看到一个白人小伙子站在路边椅子上，双手举着一块木牌子，上面写着：抗议八国联军烧毁中国圆明园！我想他可能是历史系或者艺术系学生，刚刚上完课心里生气吧……

钟：哟，这么听着，这伯克利是有点另类。

徐：我说这些是想指出一个事实，在这么轻松自由的地方，午界待了不少年，但他的性情一点没变。拿几个严肃的中文词放在他身上，应该是认真、古板，再加上孤单。他整天待在实验室里，工作完了就是赶紧回家睡觉，从不给自己留点社交时间什么的。那几年呀我倒希望他下班别急着回家，在镇子上找个热闹场所放肆一回，或者钻进某个酒吧跟朋友喝上一杯。可实际上，他没有能说上几句交心话的朋友，他也不可能踏进灯光晃动的舞场歌厅。

钟：你们出国早，那会儿在美国的中国留学生都很拼的。我是说，午界是用自己的方式在打拼。

徐：我知道你这话的意思，可活络的中国留学生也不少。我拿到学位后，先入职一家贸易公司，那老板就是当年的自费留学生。他原来在国内干过外贸的活儿，后来到美国读了个硕士便开始到处打工，当产品推销员。他的嘴皮子又溜又甜，半个小时能说完两个小时的话，还能取得对方的信任。不久他自创公司剑走偏锋，去做南非的生意。南非当时呀因种种原因被国际社会经济制裁，但私底下许多国家又与它玩间接贸易。我那老板利用这个做贸易代理，淘到了第一桶金。这么一个例子，你就能判断他这个人脑子不错。

钟：午界的脑子更不错，但你不能要求午界也去开公司做生意，把嘴皮子练得又溜又甜……

徐:求是,你现在挺向着午界的嘛。

钟:嘿嘿,我今天只带着耳朵,主要听你的事实讲述。

徐:好,我讲午界的两件事吧。先说说他对 boss 也就是导师的背叛……

钟:背叛? 他……背叛导师?

徐:我记得是午界马上博士毕业的那年春天,他接下导师给的一份差事,去洛杉矶南加州大学参加一个研讨会……

钟:这研讨会我知道,一次著名的超弦理论专题会议。

徐:是的,这次会议上午界见到了物理界重要人物爱德华·威滕,听他讲述了 M 理论。这几乎是一个转折点,回来后午界不怎么说话,其实是在兴奋中做沉默的思考。很快他做出了决定,研究方向逐渐转向量子力学中的超弦理论。这就造成一个问题,与自己的导师岔开了路径。他的导师是时空物理的厉害人物,在引力波探测上很有成绩。但引力波是爱因斯坦预言的一种传递现象,属于传统物理理论,跟超弦理论属于两个阵营。导师接到南加大的会议邀请,自己不去而派学生去,基本上也是因为这个。在这样的情形下,作为相随数年的弟子,得有一个轻重权衡,可午界不管不顾的,与导师渐行渐远。

钟:这样呀,午界是够狠的。我想起一句话:吾爱吾师,吾更爱真理。亚里士多德说的。

徐:问题是真理不明呀,难道时空物理和引力波就没有前途? 其实吧,导师对午界挺好的,认为他有往前走的潜力,也给了不少机会。他留校做助理教授,后来得到副教授职位,都少不了导师的助力。但后来导师一看情况越来越不对,就不肯帮扶了。那会儿午界担心失去教职,大的背景是政府资助减少,具体缘由呀则是与导师的关系疏远。记得有一次导师来家里吃饭……对了,导师喜欢吃中国菜,我们偶尔会请他过来一起用餐。每次来的时候,我会做一个地道的昆城菜,就是"酒蛋"——在锅里把油烧热,倒进蛋液搅几下,再加入黄酒和红糖,特别简单也特别补身子。导师格外爱吃这道菜,所以那天我又做了。导师用勺子慢慢将酒蛋完,然后站起身专门拥抱我一下,轻声说,以后恐怕吃不到你这道菜了。当时我不明白这话什么意思,不久就知道了,他准备要"丢开"午界啦。

钟:唉,事情到了这一步,午界心理压力没法儿不大。

徐：这第二件事呀，是午界的一次自杀……

钟：自杀？他还玩了一次自杀？

徐：发生在午界身上的事你别太惊讶，他确实自杀了一回。那是在他失眠症最严重、下一份工作又没找到的时候……因为工作没有着落，他整日待在家里却不能安心休息，每天夜里翻来覆去睡不着，到了早上又累得不行，脸色难看得像刷了一层灰。当然也试过安眠药，一种两种三种，都没啥大用。

钟：午界去看过医生吗？这种情况该去看心理医生的。

徐：去看心理医生了，医生说，Mr.Zhang（张先生），我没法帮你，事实上没人能帮你，因为这种情况是你自找的。医生又说，以后要是睡不着，最好的方法是不要理它，如果要理它，就是对你的肌肉说relax、relax（放松、放松）。午界知道医生的用意，就决定试一试，到了晚上早早上床，安静地躺着，让relax这个词在身上每个部位轻轻走过。可是第二天上午，我看到午界的脸似乎变瘦了，眼里布着血丝，眼角则多了几条褶子……说实在的，我很心疼。

钟：哦哦……午界……

徐：那会儿为了不打扰对方，我们已经分床睡了。一天夜里三四点钟，我起来去洗手间，忽然发现阳台上站着午界。我吃了一惊，赶紧上去问怎么啦。午界不吭声，眼睛看着我又不像在看我。我大声追问，你在干什么？他才笑一下说，我在计算。原来他正在计算跳楼的数据！我们家在六楼，他要估算落体高度、冲击强度、地上受力面积和身体着地部位等等，得出快速死亡的概率。后来我问午界，死亡概率是多少？他说百分之八十五左右，因为自己比较瘦缺少脂肪，可能增加到百分之八十八。他又说，因为这糟糕的百分之十二，终于没有做出决定。

钟：这听上去有点幽默，午界不是在开玩笑吧？

徐：不是开玩笑，我看得出来，他确实有过死的念头。幸运的是，在生活中他啥也不讲究，可以接受孤单和不体面，但不能接受摔成残废卧在床上。他知道自己做不成霍金。

钟：一个人有过死的念头，生活会变得不一样。午界有过这样的经历，未必不是好的事情，他的人生态度也许会变得更加坚决。

徐：嗯，也许是这么回事。午界摆脱失眠症，靠的是消耗体力法，也就是不断地跑步，但细想一下，肯定跟这次准死亡有关——都死过一回啦，还怕睡不着觉吗?午界选择人体冷冻,可能也跟曾经的死亡尝试有关。至少对死亡这件事,他已经不再那么害怕了。

钟:唔……从岚,你事先知道午界人体冷冻的打算吗?

徐:这种事呀午界不会事先告诉我的,但我对他的行动有一种预感。这是真的。我老估摸着他会做一件出格的事,以表达自己在专业上的不甘心。只是我没料到,他竟然干出这样稀奇的事——这种稀奇像一次长跑,跑着跑着跑进了斗兽场。当然了,别人听到这消息只是吃惊,而我在吃惊之后则是伤心和茫然。我不知道自己应该怎样对待这件事,我花了不少时间也没调整好自己的心情。

钟:除了伤心和茫然,你心里有怨言吗?

徐:这个怨言的怨是指怨恨吗? No,午界是个让人怨恨不起来的人,即使在我心里不满意的时候,即使我和他分开的时候。不过有一点得承认,跟他在一起时间长了,我是有些累。这种累是生活态度的落差造成的——我活在平常的世俗里,双脚踩在地上,他却有点飘在空中。我们离开对方不是彼此厌倦,而是希望减少这种累。

钟:可在日子里,谁没有累呢。去年在杭州,午界回忆起了你们的初恋,还挺动情的。看得出来,他在乎你,在乎你们过去的情感。当时我就觉得,你们分开真的挺可惜的。

徐:但你也得明白,既然他离开了我,说明我没有排在他生命中最重要的位置。是的,不是最重要的位置。

钟:作为一个女人,你这么想也没错。可午界在那封信中说,你是这个世界上现在仍然让他惦记的女人。当时看到这句话我心里一动。

徐:谢谢你记住了这句话。要知道,这句话也适用于我对他,他是这个世界上会让我一直惦记的男人。如果再加一个词,那他是这个世界上让我一直惦记并且让我一直伤感的男人。但无论是惦记还是伤感,都是因为有了距离,分开之后空间和时间产生的距离。

钟:说到这种距离,我有一个问题,你和午界最后一次见面是什么时候?他在人体冷冻前有没有跟你道别?

徐:最后一次见面是去年九月二日在旧金山。儿子在公司上了一年班觉得没意思,又考回康奈尔大学继续读硕士,马上秋季开学啦,午界约了儿子和我一起用餐。

钟：你儿子读书在美国东部，这一年上班是在旧金山吗？

徐：是的，儿子这一年在旧金山跟我住在一起。午界则住在洛杉矶，平时他们父子见不上面。这回午界从洛杉矶过来，赶在儿子飞东部前聚一次。我以为他是为了儿子考上研究生庆贺一下，其实呢是一次告别。是的，一次真正的告别。

钟：午界经常对付不好生活，看来这一回终于做了生活导演，导演了与你们的最后见面。

徐：见面是在旧金山一家挺有名的中餐馆。那天午界穿着一件白衬衫，脸上刚刮过胡子，虽然还是瘦削，但看上去挺精神的。我们坐在一个小隔间里，桌上放着几样中国菜，像是一次平常的家庭聚餐。开吃前，午界拿出一只手表送给儿子，算是对他升研究生的祝贺。儿子无所谓，说他不戴手表的，手机上又不是没时间。午界说上课不能老看手机，要习惯手上有只表。午界又说，一部手机用一两年就会丢掉，手表不一样，可以戴三十年五十年，没准儿越戴越有情感。这么一说，儿子就把手表套在手腕上……噢，是汉密尔顿黑色表盘，戴在儿子手上挺好看的。

钟：午界送给儿子的不仅是一只手表，更是一段长长的时间。

徐：是这个意思，但当时儿子和我还不能领会。我只是觉得一些日子不见，他怎么已经培养起了细心。刚这么想着，午界又有了新的动作。他一个示意，让服务员端上一个备好的蛋糕。蛋糕不大但挺精致，奶白色表面铺着一朵水果做的鲜花，搁在桌子上很漂亮。我心里纳闷，眼睛瞧着午界。午界咧嘴一笑说，今天是你的生日，也得庆祝一下。我吃一惊说，是我吗？今天是我的生日？午界说，是的，九月二日，我记着呢。我瞥一眼儿子，儿子耸一下肩，表示自己摸不着头脑。我静一静脑子，忽然悟过来了。我的生日是农历九月初二，往年生日要么不过，要过就过这个农历日子。求是你懂了吧？九月初二跟九月二日差着一个多月，这粗心男人把我生日提前得太离谱了。

钟：呵呵，从岚，午界能记着给你过生日，说明已经很用心了。

徐：当时我也这么想，就没有拒绝那小小的仪式。午界在蛋糕上插了蜡烛点燃，又唱起 *Happy birthday to you*，儿子也合拍地跟了上来。我不能不高兴，闭上眼睛许了愿，然后抻着脖子吹灭蜡烛。这家中餐馆也很有人情味儿，不仅免费上了一道鸡蛋长寿面,好几位服务员还轮流过来对我说生日快乐。反正那场面挺温馨的,有一种将错就错的真切感。我吃着蛋糕,心里似乎也产生了奶油味儿的欣慰。得有两三次吧,我用目光向午界表示了感谢。

钟:这种感觉真的挺好……嘿嘿,说有情调也不为过。

徐:用餐结束的时候,我们站起身分手。午界先拥抱儿子,接着拥抱了我。他在我耳边轻轻说,我知道你生日是哪天,我就想让你高兴一回 in advance(提前)。我不知说什么好,就用手拍拍他的后背。这个男人呀,做幽默的事都是认真的。

钟:你当时没察觉到任何异样吗?

徐:没有。因为认定是他记错了生日的时间,我就觉得他有点笨拙。分别拥抱时,因为耳边的那句话,我又有一点伤感。如果那会儿我冷静一些,也许能看出一点不一样。

钟:这一别得整整五十年,确实让人唏嘘。

徐:对我来说,这一别便是永远。如果五十年后奇迹真能发生,见到他的是儿子,是比他更年长的儿子。

钟:那种父子相见的场景,你期待吗? 对不起,这样问也许不好。

徐:那种场景我不会去期待,也不愿去想象。有时稍微想一想,心里就会特别难受。难受的时候呀,我就觉得午界有点像一个人,小说中的一个人。

钟:谁? 挺像谁?

徐:堂吉诃德。

钟:哦哦……

徐:他举着长矛,不顾一切地向着自己的梦想奔去,甩掉了周围很多的人。但这种行为落在别人眼中,也许只是一个笑话。说得正式一些,他望向天空执着了许多年,也许恰恰是被人类正常生活所淘汰的过程。

钟:不对,从岚你不能这么想! 支撑堂吉诃德行为的是幻想,而支撑午界行为的是好奇。以前跟你说过,我是个很有好奇心的人,看了午界那封信,我忽然明白他有着更大的好奇心。我好奇的是人,他好奇的是宇宙,而人只是宇宙中小小的存在。如果这句话不妥,也可以这么说,虽然人在宇宙中的存在也是个奇迹,但他还想去发现更大的奇迹。真的不能否认,这是一件勇敢的事。

徐：求是你讲得很好，你这样理解午界，我觉得自己说了一下午也值了。不过我的内心又告诉自己，我多么希望他是个勇敢的人，又是个平常的人。我多么希望他每天正常回家，吃过饭陪我一起散散步聊聊天，在我每年生日的时候送我一个蛋糕，一直到老……

钟：现在我大概能猜出你存在这树下的时光留言了。

徐：呃，你说。

钟：一定与爱相关——关于日常里的爱，关于时间里的爱。

徐：那午界的呢？

钟：他的留言应该跟物理有关，跟星空有关。即使在婚礼时刻，他也不会忘了对专业的遐思……这只是一种猜想，你觉得对吗？

徐：我不知道……我当然不知道你的猜想对不对。如果知道了，守着这棵树呀就少了不少意思。不过我想在你这位作家跟前，也说几句有点文学的话。

钟：行呀，你说。

徐：到了这个年纪，应该活得有点明白了，但我还是茫然哩。我过去老觉得在人的生命世界中，爱是最大的星座。现在才发现，比爱更大的星座是孤独。"孤独"这个词你可以喜欢它或者不喜欢它，但不管怎么样，孤独会陪着我们走过很长的路。

钟：你讲得也挺好的……从岚你这不是茫然。

徐：我等着，等着自己喜欢上"孤独"这个词。这样午界一个人躺在那边，我一个人坐在这里，感觉会好一些。

钟：噢，从岚，你流泪了……

徐：对不起，让我喝口茶。

钟：我不能再缠着你说话了……这个下午真好，让我听懂了你，也明白了更多的午界。对了，关于午界，我还想知道一点。

徐：你说吧。

钟：那篇关于人体冷冻的新闻报道，说一位华裔物理学家……那么午界已入美国籍了吗？去年跟午界见面，我忘了问这个。

徐：那篇报道的说法是错的。午界呀拿的是绿卡，没有加入美国籍，这个我可以肯定。

钟：噢，这么说午界一直是中国人？

徐:对的,午界一直是中国人,也一直是咱们昆城人。

九、一则不能省去的补记

就是那天傍晚,我以朋友聚餐为借口,推掉从岚的留饭,从宅院里出来。已经聊了一下午,我想一个人待一会儿。

走在坡南街上,我脚步冲动,却没有目标。此时我脑子里装着从岚的话,也装着午界的种种往事,晃晃荡荡的,都快溢出来了。我不知道怎么安顿有着如此心情的自己。

正这么踌躇着,我左右张望几眼,看见了路旁的一家小酒馆。我转过身子走了进去。酒馆不大,吃客也不多。我在一张小桌前坐下,点了几样菜,又要了一大杯散装的本地白酒。

我端起白酒杯子,使劲儿喝了一口。这种酒带着一股狠劲儿,有点冲嗓子,但我此时竟没有怯意。三四口下去,脸便有点热,我不准备劝止自己,又饮了三四口。不多时,形成了反差:喝下去的是酒水,浮上来的是苍茫。

在苍茫感的帮助下,这一年多的许多场景依次到来,在我脑子里一一展开。即使思想有些摇晃,我也坚定地认为,此时午界离我很远,又离我很近。他精神层面的东西,被收留在了我的时间里。在时间的流淌中,我与他同在。

走出酒馆时夜色已降,街灯淡淡地亮着,照见旁边的一条溪流。溪流之上有一座木桥,桥栏上坐着几位闲聊的男女,清脆的声音显示他们是一群谈资丰富的年轻者。我踱过去也坐在桥栏上,让微红的脸凉一凉。空气中有几丝轻风,似有似无的。往上望去,天空布着一些星子——毕竟是在小镇,瞧着还挺醒目的。正仰着脑袋,眼前忽然一亮,一道闪电从天边划过,随后一阵雷声响起。春天的夜晚,打闪打雷并不稀罕,稀罕的是此刻天空亮着星子。

果然,旁边有一位清秀女子表达了好奇,嗨,有意思,天上有这么多的星星,怎么还打闪打雷啦?这个问题有点难度系数,没有人应答,于是我主动接住了话头,这是因为那片雷电云比较远,不在我们的头上。暗色中那位清秀女子的目光投向我,比较远是多远呢?此时又有闪电和雷声先后到达,我认真地算了算,说,刚才雷电相差八秒钟,光速每秒三十万公里,因为太快了可以忽略不计;音速是每秒三百四十米,所以那云片离这儿大约两千七百二十米。周围好几位年轻男女站起身凑过来,眼睛盯着我。一位小伙子说,哟,是位牛人哩。另一位小伙子说,不仅是牛人,说不定还是高级牛人。那位清秀女子又把胳膊伸向天空,那你说说,天上的这些星星各有多远呢?我抬起脑袋瞧着他们,慢慢地说,它们每一颗的远近都是艰难的计算题,我做不出来,只有张午界可以。他才是高级牛人!

一群声音差不多同时响起,张午界是谁?

我没做回答,却仰着脖子动一动嘴巴——我以为自己打出一个酒嗝,不想呼出的是一声长叹。是的,我必须难过,因为他们什么都不知道。

【作者简介】钟求是,男,浙江温州人,毕业于中央民族大学经济系。在《收获》《人民文学》《十月》《当代》等刊物发表小说多篇,作品获鲁迅文学奖、《小说月报》百花奖、十月文学奖等奖项。出版长篇小说《零年代》《等待呼吸》,小说集《街上的耳朵》《两个人的电影》《谢雨的大学》《昆城记》《父亲的长河》等多部。

后海

◎ 阿占

楔子

潮汐起落,绕岛而行,南来的叫前海,北去的归后海。前海后海都是海,却又是不一样的海,至少在老家伙的掌故里,分明如泾渭。

这一天,老家伙们照常晒太阳。三五一撮儿,七八成堆儿,嵌于明丽处。

凡能出来晒太阳的,任他古稀耄耋,腿脚都还稳扎着。有的沿栈道挪步倒行,似乎想让时间回车。有的把钓鱼这件事也一并做了,尽管钓上来的是蓝色水滴。

晒太阳有讲究,腹为阴,背为阳,静脉和穴位都在后背上。老家伙们将背脊冲阳,眯着眼,不耽误吹牛侃山。人来疯疯的,竟将衣服撩起,露出老年斑、肉赘、瘊子,露出时间的褶痕和锈迹。不好看也要露出,为的是晒晒命门和肾俞,这俩穴位在腰背正中,晒了补肾气,肾气一足百病除。

却也终究是老了,肾再好,又能好到哪里去? 一边晒太阳一边指点天下,才最要紧。从国际到国家,从四面至八方,从古延今,老家伙的心要操碎了。有道是老而慈悲为怀,可争论起来那互不相让的劲儿,就好像肾气从未丢失过一样。老烟嗓、老枪嗓、老风嗓、老牛嗓,管他什么嗓,都是嗡嗡的,声带里装满回音。

也会说到身边事,说前海后海之差异。早些年,前海的姑娘绝不肯嫁到后海去。这些年,前海的房价要翻出后海好几倍。前海打造旅游码头和CBD(中央商务区),到处有网红打卡地,城市封面都在前海。后海适合拆迁安置,建的是港口和工业区。

栈道不远可见小型浴场,一弯月牙滩上,沙细如粉,色泽泛金。放风筝的、打旁练的、露营的、卖贝壳的,闹哄哄都在那里。逢天文大潮,浪头怒推到更衣室前,沙滩不见了,人声才能消停。这种时候,栈道上亦不敢待,浪头有魔性,每年都会卷走人,眨眼就是生死。通常在天文大潮过后的第三天,相安无事了,老家伙们重新回到晒太阳的地方,指指眼前的海——

一个说:"除去天文大潮,每月农历的初一、十五以后,两三天内,都会有一次大满潮。"

另一个说:"涨潮时间每天都不同,十五天一个轮回,回到原处。"

再一个说:"总是这样的,一天会有两次满潮两次低潮,满潮低潮之间隔六小时。"

还有一个说:"满潮也好低潮也罢,涨得再高落得再低,还是得有平潮期,绝了,大海呆住,不涨不退,一动不动。"

是日处暑已过,燥意渐退,风干松起来,任谁的腰腿肩颈都轻快不少。等初阳染红海面,老家伙们已进入吹牛皮时间,忽地,沙滩上热闹开了,咋呼声骤起,过鱼般密集。

"那边怎么回事?"

"好像拖上来一只海蜇。"

几问几答过后,老家伙们并未丢下自己的事。老了就要笃定些,还有什么没见过的世面? 海蜇而已,这季节漂在浅水区不足为奇,正忙产卵呢,性狂爱蜇人罢了。

那边,海蜇被抬上岸,众人围拢,性格外向的即刻呼喊出口,尚能稳住的亦言表惊诧。众人打起赌,关于海蜇的重量和尺寸。

赌十斤散啤,赌两盒好烟,赌一顿烧烤。

赌着赌着,脸红了,脖子也粗了,原来都是当真的。

几千米外,常年有早集,好事者油门一踩,跟撬裤脚的借来软尺,跟鱼贩子借来秤。经现场测量,海蜇直径超一米五,重逾一百六十斤。咋呼声再次猛

283

烈起来。赢了散啤的，输了好烟的，最后约定当晚烧烤店不见不散，不醉不归。

这时，海蜇瘫泄于沙滩，眼见着缩水。不知哪个"脸基尼"大姨在喊："快切了吧！分分，回家拌着吃。"

众人一致赞同。

好事者折回早集，还软尺还秤，再借西瓜摊的刀。

最后，谷子被捧在中心，像寿星过生日切蛋糕一样，将海蜇大卸无数块。见者有份，又是一阵咋呼，终被浪潮声盖过。

谷子与海蜇成了宇宙中心。快递小哥、钓客、酒鬼、剪头发的"托尼"、饺子馆的老板娘，各色人等将这奇闻不断转发，一个前海独有的生活秀，在秋日里持续发酵，很是开胃。

等到打听明白，老家伙们就再也稳不住了。一个说，谷子果真厉害，竟毒过了海蜇。另一个说，个头儿巨大，蜇住要害能损命哪。再一个说，谷子到底怎么拖上岸的？还有一个说，后海长大的就是野，不服不行。

说着，神情皆复杂起来，明明是在夸谷子功能特异，却又难掩不屑。

在海边，人脸混熟，名字可记可不记。

谷子倒是容易被记住。

谷子玩海，三百六十五天几无缺席，零下九摄氏度的寒潮来了，他也要下海浸上几分钟——如此这般，谁会不记得他的大名呢？

当日，天堪堪放亮，谷子已在栈道上，压腿、绕膝、沉肩，给出漂亮空飞。栈道与海面落差三米余，谷子的腾空足够舒展，腰腹是紧绷的，却又不会一紧到底。留有余地，方能找到良好的入水角度，这个他最懂。入了水，屏一口气，再潜二十米，浮出水面，志得意满。

此跳法名曰"大飞燕"，非高手不能为。几个"脸基尼"齐齐叫好，谷子挥挥手，与她们交换了友谊。原打算再蝶泳几番的，不远处突然漂来大堆透明物，经验告诉谷子，是海蜇。等到近了前，这海蜇的大，完全超出所料。毕竟是浅海，少见哪！

海蜇不笨，感觉动静异常，转身就往深处走。

谷子扎个猛子潜下去，使出一把劲儿，想抓住，可这货太滑，眼见要溜，谷子急了，右手猛地插到蜇头里面，用力将其勾住，比榫卯还结实。

海蜇逃不掉了，谷子一边划水一边往岸边拖。

海水浮力大，借浪涌推送，尚能拖动。一出水面，谷子才意识到单人根本对付不了。赶紧叫来四个常年游泳的壮汉，使出合力，才把海蜇抬上岸。仅是搭把手的工夫，壮汉们的手上胳膊上——凡触碰过海蜇的地方，瞬间起了麻密红疹。谷子与海蜇搏斗半天，竟毫发无损。

谷子也纳闷，难道这层皮和别人的不一样？小蜇无感，就算哪次蜇狠了，上岸抓把沙，擦掉沾在表皮的毒液，基本就无事了。

坊间传言，谷子能以毒攻毒。也有知根底的，说谷子在后海野滩长大，打小生吞糠虾屎蟹，体内早就生成抗体了。这说法与老家伙们说法一致，复杂的神情也相同，明明是在夸谷子功能特异，却又难掩不屑。

谷子不介意。这么多年，他已甘心接受自己在许多时候成为一个笑料，当然他也会成为奇谈。

由谷子说到后海，老家伙们就再也控制不住自己了。

后海乃糙野之地，是处风野、浪野、滩野、人野。祖孙三辈住前海的也难逃俗戾，可一旦说起后海，就忽然变得像个世家子弟，一副家有老钱的样子，好像祖上读书都读出了名堂似的。

从前，后海根本就不算海，哪有什么阳光沙滩，全是大雾，冬天冻死人，呜呜西北风能把重物刮跑。后来有了工厂，后海就更不是海，废水一排，成了烂泥滩，麻麻癞癞的。大烟囱直冒黑烟，街上走一趟，衬衫领鼻孔眼都黑了。前海呢，皮鞋一个礼拜不擦还能照见人影。

后海的人若在旁，就会顶真起来。别看人老了，玩后海的永远口音硬、脾气冲、体格精瘦。少年的他们在海里扎猛子讨生活，老年的他们在岸边垂钓抬死杠，沧桑深刻于法令纹，那强硬的走势，仍在表明内心的不服。他们说，海是双面的，前海是面子，后海是里子，一个也不能少！当年若无那些制造业撑着，海再蓝也不能用来过日子，哼！没有后海，岛城长不大。

偶有透辟于俗世的老家伙，实在听得不耐烦，清清嗓子开始断案："吵个屁，也不怕年轻人笑话。岛城建置才一百三十年，往前翻，都是移民。你爷爷跟前海没关系，你爷爷的爷爷连前海什么名堂都搞不明白哪。"

众人怔了怔，透辟的老家伙继续清嗓子断案："明洪武到永乐年间，为当朝守卫所的官兵,携了家眷,来到鳌山卫、浮山所、灵山卫,算是第一拨移民。一八九七年,德国人强行闯入,修铁路建码头,第二拨移民就扑了过来,卖劳力拼脑子,扎下根,娶妻生子。"

众人安静下来。透辟的老家伙,嘴角已积起白沫,越说越来劲儿:"第二次世界大战,小日本入侵,战火不断,岛城在大陆尽头,比中枢要道好活命,移民再起,几个县的流亡政府、流亡中学都来了,省流亡政府也来了。这么说吧,从一八九七年到一九四九年中华人民共和国成立,一拨拨的移民,就像海里的浪头,一个接着一个,一个高过一个,单单市区人口就从十万猛增到八十万……"

众人偃旗息鼓,开始打听彼此祖籍、何时来的、为何来的、怎么来的。一来二去三回四转,竟找出一些或平行或重叠的家族轨迹,熟谙的越加熟谙,陌生的亦不再陌生,气氛异常松动。

不出所料,最后都归到了洋流和鱼群。这个时候,众人皆温柔,眼里浮动着光。原本就该如此的,在前海后海交接之地,环岛海流带动起海底沙泥,水质混沌才能鱼种纷繁,鱼群的穿梭不停,就像岸上的喧嚷不息。

"还是后海好啊,早年吃不饱,后海泥滩里的虾虎又肥又多,捞一盆可以当干粮了。"一个说。

"管他前海后海,海边的人总归有吃的,海货就是粮食。"另一个说。

"海里的东西挖不光也捞不完,下次涨潮又送来了新的。"还有一个说。

一

老家伙们没说错。

二十世纪七十年代中期,后海岸上一片灰蒙厂区,视觉相当枯燥。大风卷起机油的味道,在厂区之间形成旋涡。少年谷子只恨自己生错了地方,为此,连自己的父母也一起恨了。

这个冯家老三,自小野于滩涂,肚里有虫,脸上长癣。翻过纺织厂宿舍北墙,便是后海滩,数道污水在此汇入,滩泥又臭又肥。屎蟹、泥蛤、糠虾,肉身傻大,外加味道鲜亮,谷子把它们当零食,搬开石头,抓住就往嘴里塞,像现在的熊孩子吃辣条一样。

一九五五年国庆节，冯家长子出生，"十大元帅"授勋刚结束，冯父认为儿子的名字里应该有"元"。二子一九五八年出生，冯父认为儿子的名字里得有"跃"。老三一九六一年出生，自然灾害不少，粮食比天大啊，冯父便在儿子的名字里加了一个"谷"。老四一九六三年出生，全国人民学雷锋，"学"字正当其时。老五一九七〇年出生，属意外之喜，繁衍之事该收尾了，"季"字等在那里。

冯父同时认为，日子变来变去，海永远都在，海能让人活命，于是便有了元海、跃海、谷海、学海、季海。

大名起好，冯家父母却叫不惯，平日里只喊大元、二跃、谷子、四学、小季，邻里亲朋乃至后来的同学同事，也跟着这样叫开了。

冯父毕生的讲究，似乎都用在了给儿子起名这件事上，除此之外，他是一个没有耐心的父亲。一个夏顶烈日、冬吹寒风的铁路巡道工，每天八小时，两万米，雪雨无耽搁，体能和意志被极大地考验着，下班回家不吱溜二两老白干，难以将息。可一吱溜，暴脾气就上来了。五个儿子，至少有四个饭量惊人，且顽劣，且不爱读书，都没少挨打。

冯母跟冯父一样暴躁。纺织挡车工，三班倒，常年淹没于噪声里，在纱锭车之间小跑，加上孕生之苦，体能和意志也被极大地考验着。儿子们吃饭时才会出现，大多数时间是找不到的，对此她已疲于应对。晚上临睡前，数一数，五个，不少，关灯，一天便过去了。

唯独赶海的日子，儿子不嫌多。

赶海通常发生在大风骤停的第二天。原本满涨的海水，只一顿饭工夫，就不知跑到哪里去了。

岩礁和砾石裸露出来，虾兵蟹将、鱼贝海藻，数百米内外都是它们。

众人从大杂院奔出，轰隆隆地往海边去。推小车有之，挑扁担有之，挎篓子拎钩子，妇孺皆不走空。

须知道，在后海人家的认知体系里，赶海水平高低与生存能力强弱，二者关系是等同的。选女婿，兹事体大，亦从赶海下手。谁家姑娘追求者众，那就一人丢过去一只藤条篓子，让他们下海挖蛤蜊。能干又会过日子的，上来时不仅篓子满满，还额外多了两小"麻袋"。原来，为摘得花魁，尔等灵机一动，裤子脱下，裤脚口扎紧实，里面塞满蛤蜊。

幸好那些年都穿粗布裤头,肥肥大大,若是现今的紧身三角,沾水即贴身,伤风败俗,这样的女婿也是没人敢要的。

海货的叫法,是后海自己的叫法,前海人若来了,恐怕听不懂。辣游、花游、鸡鼎、海青、海黄、牛毛、骆驼毛、海麻线、海紫儿、谷穗菜……多到不可思议。众人手忙脚乱,却也乱中有序,笑声、骂声、啸叫声、打屁声,嘈杂而热烈。

一旦涨潮,分贝便也达到了最高值。找儿子的,喊爸爸的,叫姐姐的,骂老婆的。只是内容指向再复杂,总有统一的后缀——涨潮啦,回家啦。

冯家齐上阵,一筐筐的海货背回了家,众人都是羡慕的眼光,儿子多,管用,好收成啊!

那个时候,谈论海货,就像在谈论粮食。

也有说话败兴的,比如收成再多也禁不住大饭量,比如日后娶媳妇的钱哪里来,等等。

赶完海,虾子做虾酱,鱼杂做鱼酱。上讲的黑头挑出洗净,铁丝穿鼻,风里甜晒,兴许要到年关才能吃。海螺海蛎子直接倒入大锅,点火开煮。海菜梳理清洗,去泥沙杂质。有点闲工夫,冯母会包顿地瓜面海菜包子,多数时候图省事,加一把苞米面做了疙瘩汤。

谷子偷溜进厨房,挖一勺猪油藏碗底,凝脂雪白瞬间溶于热汤,浮起一片油花儿。

日子有所改善,是大元、二跃就业以后。

就在后海的重型机械铸造厂,大元当了翻砂工,二跃当了钳工,都属重劳力,尤以翻砂车间环境恶劣,壮汉也撑不了多久,有门路的都在托关系换岗。大元乐于现状,只因那里五班倒,时间充裕,可以干点副业。

什么副业?

每天大潮退尽,到齐腰深的水域挖蛤蜊,俗称"下大抓"。

工具说简单也简单,说精到也精到,拢共两件:一件,轮胎改造的保险圈,上捆渔网;另一件,长杆铁网抓,可以理解为焊着铁杆的笊篱。

遇好潮水、好运气,一挖一麻袋,不是空话段子。

上岸后,或去集市卖鲜,或回家大锅蒸煮,扒肉晒干,不日再换钱,帮衬家境,又可攒钱,早日娶上媳妇,搂着睡觉。

赶海不分昼夜。夜里配一个嘎斯灯，其原理跟工厂的气焊大同小异，乙炔燃烧形成一道火焰，亮如白炽。

大元、二跃配备齐整，逢大潮退尽，提灯顺"海道"向深处走。"海道"是后海奇特的自然现象，潮落时，随"潮脚"显现。也怪，同是从岸边去海，四周滩涂泥泞不堪，一腿一腿地下陷，唯独"海道"坚硬异常，铁锨都铲不动。

大元、二跃干上了瘾，等到各自攒下三百元，瘾头就更大了。当时人均工资三十五元，多数家庭都是透支的，临发工资那几日需借钱聊度，三百元已接近天文数字，兄弟俩半夜都能笑醒。

厂里工种熬人，每天丢失大量体液和电解质，下了班应该补觉养神的，否则，长此以往必致内耗。哥俩终归太年轻，被荷尔蒙顶得上蹿下跳，气盛得很，偶有心率加快、胸闷气短，也是不管不顾的。他们说："不打紧，精血满着哩，有的是气力。"

那段时间，冯家正在走上坡路。大元、二跃挣外快，高兴。谷子凭游泳特长进了区少年体校，也高兴。教练说："这孩子有点意思。"

所谓有点意思，是指谷子腰长有力，身体呈流线型，天生游泳的料，扔到体校苦练几番，定能一力胜十巧。

教练没看走眼。不出一年，谷子就在全市的少年游泳比赛中得了冠军。可他顽劣不改，沉不下心，每天应付完教练规定的内容，便偷懒耍滑，追女生打群架，再也不出成绩，不久被退了回来。

糊弄完初中，谷子揣着烟盒般大小的毕业证，走出校门。接下来，他不再是学生，也成不了工人，只能四处游荡，做临时工。谷子却不知愁，在心里庆祝这份自由，并跟父母许诺，像哥哥那样"下大抓"贴补家计。最拮据的日子已经过去，谷子还是孩子，挣钱与否，冯家父母并没当真。

毕竟进过专业队，谷子擅深潜，而深潜是可以摸到鲍参和大螺的，这些海货值钱，一次就顶哥哥三次的利润。谷子交给父母一半，自己偷偷留一半，跑去上街的老字号吃将起来。

上街有饭店、照相馆、电影院……其繁华程度不输前海，后海几代人对于美好生活的追求都留在了这短短几百米。三盛楼的羊肉蒸饺灌汤，现蒸现卖。与蒸饺最搭的是羊杂汤，料放得足，大块羊血肉碎浮于汤面。谷子呼呼下肚，第一屉顾不上品味,第二屉才知肉香膻浓。以此类推,他还吃过美林烤鸡和老沧口糕点。

气血两旺之际,吃饱了不发散,攒出邪劲就麻烦了。好在,除贪吃,谷子亦爱游走,从上街拐到下街,那里有十余家纺织厂,谷子逐个兜转,碰上严肃的门卫,亦能想办法从眼皮底下溜进去。

游走的内驱力究竟来自哪里,谷子不明所以。或许想去远方,可远方太远;匍匐于生活,老老实实,他又不甘。站在厂房与厂房之间的凹口,风像皮鞭一样抽打过来。与此同时,他的胡子钻出了皮囊,一天比一天坚硬。

厂区里气味复杂,煤油味、柴油味、未洗净的动物纤维的臊味、工业香料味……有时极其微弱,不易察觉;有时直呛鼻咽,让呼吸肌快速收缩,肺内产生高压,声门突然开放,气体由气道爆发性呼出,令他咳嗽不止。

厂区附近有一座桥,众人将其称为火车站桥。过了桥,就是化工厂,谷子曾和发小逾墙而入,到废料堆里寻找铅丝或碎铁,用来制作火药枪,或者卖到废品收购站去。后海人家仇恨化工厂,西北风一刮,整条街都是刺鼻的,家家户户门窗紧闭。东南风更糟糕,住下风口的半夜会被怪味呛醒。

从那座桥往西三五百米就是火车站,谷子听见火车进出时的鸣笛,接近凄厉的嘶叫。

二

冯母所在的纺织五厂,谷子闭着眼也不会迷路。

厂门分南北,南门为正。广场垂直线上一排日式厂房。沿藤萝花廊往北,直通食堂。食堂外墙上都是黑板报,两米长方形,少说也有三十块。食堂门口有个篮球场。篮球场旁边是大礼堂,公休时间免费放电影。大礼堂再过去就是澡堂。

总之,谷子最喜欢这片区域。他在里面洗过澡,看过电影,吃过食堂——曾掩护漂亮班花混进来共享以上福利。班花的家靠近化工厂,若不洗澡,长辫子会被熏臭,谷子于心不忍。每次看到班花从澡堂出来时嫩白粉红的脸,谷子就想上去亲一口,摸摸她胸前正在鼓起的小丘。

澡堂往北是织布车间,往东是粗纱、梳棉车间,再往东是细纱车间,往南是后纺和前纺车间。谷子很少往车间方向走。车间里噪声很大，说话靠喊，冯母的狮吼应该是在里边练成的。到了夏天，车间温度高达五十摄氏度，热浪外涌，似能将周围空气点燃。

与谷子游走的平行时间，冯母或许在机器喧嚣、毛絮纷飞的车间奔忙，或许下了夜班在家补觉，昏沉不拔。谷子从来不能确切地知道她正在做什么。做什么也都不足为奇。纺织厂动辄四五千人，女工占去五分之四，做什么或不做什么，冯母与其他女工不会不同。

制冷车间靠近北门，旁有水塔矗立。几乎每个厂区都有水塔，它们来自二十世纪三十年代，无论从哪个角度望过去，这些巨物都在傲视整个后海。塔高二十余米，下宽上窄呈梯形，四周用立柱支撑，钢筋混凝土结构，顶端设方形储水槽，靠高度差形成自然引力，将水送往工厂各处。

再就是高耸的烟囱，比水塔还要高。粉尘从里面冒出，四处飘散。如果落日正沿烟囱下沉，会像一个被刺破的血胎。与此同时，海上飘起了化肥船的臭味。

当然，一切会在秋天变好。

秋天，风来自云端，带着纯正的清新感，绝不是那些盘错于工厂之间的低矮又黏稠的风。黄昏一旦霞彩漫天，后海便扑了胭脂，坚硬的东西都模糊下去。

谷子站在岔路口，听见轰鸣声骤然响起。起初是犹疑的，渐至清晰、锋利——下班的人流从各个工厂会聚过来，形成人潮，溢出自行车道，气派地往前推进着。

这会儿，国有企业高枕无忧，每个工厂都配备澡堂。下班前脱下工装，工人们把自己洗得干干净净，轻松地跳上自行车，说起粗鲁的笑话。

常有男青工忽然停下，单腿点地，眉头微蹙，全神贯注地点燃一根烟，整个过程帅气十足，谷子便叹服了，恨不得一夜变成二十岁。

某次，谷子看见一男青工，浑身兜满了风，臀部已离开车座，身体大幅度摇摆，平衡感极好地左冲右突，终于追上目标，用二八大金鹿车头别住了另一辆车的车头。两个男青工将各自的自行车当街推倒，随即对打起来。

整个过程没说一句话。

未及谷子回过神儿，双方的鼻子已经血流如注。

夕阳遍洒,将这刻雕镂如金,女青工的尖叫响彻整个后海……谷子方才意识到,被追上的那辆自行车的后座上,原本有一个女青工。她刚刚洗过的长发还没有干,湿答答地贴在红色连衣裙上。

谷子站在当街,被新鲜的血腥气和潮湿的香气同时击中了。

女青工玉琢般的脸,说不清在哪个位置——对于她,谷子的记忆始终是恍惚的、虚化的,以至于不能确定究竟在嘴角、眉心还是眼梢,有颗美人痣。

看热闹的人围了个水泄不通,形成梗阻,像死疙瘩。

女青工脸色惨白,眼神破碎。

谷子生出一种愿望,比同情还要重一些,应该是心疼。他想冲上前去安慰她,解救她。

后来,谷子一直想再次遇见她。因不知她在哪个厂上班,谷子开始寻找,游走成了一件不知疲惫的事情。直到秋风变冷变硬,女青工仍没出现。

又一个无所事事的下午,谷子看了场电影,惊觉于女主角和那女青工的相似度,眉眼间有媚气,亦结愁绪,黑色大波浪长至腰间——那是一副马蜂才有的细腰。

电影没看完,谷子便离开了电影院。他已经被某种虐心的情感俘获。站在灰突突的街道,如孤行的小狼,毛发俊逸,眼中泛起忧伤的蓝光。忽见路边邮局的书架上正售卖电影杂志,不出所料,里面一整版的女演员剧照,他迅速买下,向厂区跑去。中途稍作停顿,再买一盒大前门烟,同时编好了说辞。

我表姐和这个演员长得一模一样,就在你们厂,大叔你可有印象?

谷子先敬烟,接着把剧照送到门卫面前。碰到老实的门卫,会想一想,摇摇头,说没有这样的女青工,太漂亮了,不可能有。碰到浑不懔的门卫,会一把抢过烟,同时送出一脚,笑骂起来,小流氓,别在这里要聪明,花花肠子想骗我,没门儿! 或者,小流氓有这么漂亮的表姐,干脆别叫我叔,叫我表姐夫得喽。

入冬以后,谷子依然没能找到那个女青工,他感到失落。找到了要做什么?谷子不会有勇气上前打招呼的。可一想起那天她惊慌无助的样子,谷子的保护欲就满格了——此欲念愈强,自责和自卑愈重,他知道自己根本没有能力为她做什么。

直到北风上岸。

北风上岸，一路砍伐，人人肩膀内兜，脊背拱耸。棉衣扩充出臃肿感，下班的人流更加庞大了，骑行速度也慢下来。突然，摩托引擎声轰鸣，谷子应声望去，见车手戴头盔，穿长款皮衣，装备很完美。后座女人搂着他的腰，装备同样完美，褐色长靴几乎闻所未闻，只在电影里出现过。

自行车流分叉，让出通道。有人开始起哄，有人甚至摘下手套，把手指放进嘴里吹出响亮的口哨。摩托车呼啸而去。有人唾骂："真是个骚货。"有人大喊："看啊，后海第一辆摩托！"

谷子确定，就是那个女青工，即使戴着头盔，面目不清。"喂——"谷子脱口而出。这一声，极其虚弱，即刻被嘈杂覆盖了。

等到谷子终于搞清她在橡胶厂工作时，她已因旷工被除名，与人南下做生意去了。所与之人是男友还是暧昧不清的人，说法很多。

谷子拼凑的碎片信息还包括：她是橡胶厂舞蹈队的台柱子，多次报考专业团体，每每告败。她就此恨上了命运，言行举止越发叛逆。

美貌在当年是个错误，地痞流氓对她围追堵截。她不断地恋爱或许是为了找到保护自己的人。男人们为她争来抢去。到头来，坏名声却成了她的。她决定找个"老大"镇住。"老大"却把她做礼物送给了更大的"老大"……她好似进入了恶循环，再也清白不起来。

她叫曲小莉。

男工们说黄色笑话时频频提及。

谷子站在外围，手指攥得嘎嘣作响，脖颈暴起青筋。

男工们都是重劳力，头发粗硬，疙瘩肉似铁，惹不起的角色。然而，几天后，说话最下流的那两个，还是被人扎破了自行车胎。

这以后，谷子决定学点真本事。

少年们在后海打群架，做大哥或做小弟，一见面就炫耀新伤疤，这些谷子都提不起兴趣。谷子进过游泳专业队，拿过冠军，一个猛子能潜出二十米，自认为本事比尔等大多了。谷子想，他们不过是倒卖录像带和走私表，用酒瓶子爆头，马路上堵女孩，在手臂上烫一圈烟疤——没正经能耐！

谷子崇拜的，是一个叫大漠的拳击手。后海的传说中，此人天才早成，从省田径队入选拳击队,不久以拳击队队长的身份赴上海,参训"华东地区拳击班"。眼看要出成绩了,因运动员意外死亡事件,一九五九年拳击项目从全运会取消,省拳击队解散,大漠被调到省跳水队,不承想,高台跳水时耳鼓膜破裂,伤愈后又调到了省马术队。就在这命运起伏之中,大漠集结多项所长,爆发力、柔韧性与节奏感,引而伸之。

二十世纪七十年代,大漠回到后海,将沙袋挂在自家窄院,嘭嘭声响起。那以后,不断有人慕名前往。大漠收徒弟讲眼缘,练拳先练心,他秉承古训,"短德者不可与之学,丧理者不可与之教"。几年下来,后海无人不知大漠身怀绝技,徒弟亦身手不凡,一人制服五六个不在话下。

奇遇大漠是在公交车上。谷子很少坐公交车,他无急事,不赶时间,瞎晃荡看光景,游走是最好的方式。但那天中午他的确跳上了一辆公交车,两站刚过,一莽汉与一男子在狭窄的车厢里发生了龃龉。

莽汉自恃壮如黑山,完全不把白净男子放眼里。那男子刚说了句"不该与妇女抢座位",莽汉已挥出拳头,男子倏地闪过,提出下车后较量。公交车到钢厂时,莽汉揪住男子下车,不少看热闹的也跟着下了车,谷子在其中。

男子脱掉棉衣,轻捷地滑了几步,只几拳过去,莽汉便应声倒地。

围观的众人齐声喝彩。忽有喊声:"是大漠啊!"未及众人反应过来,男子已消失在路口。

谷子事后得知,被击倒的莽汉乃钢厂周边一霸,无人敢招惹,这一回劫数难逃,大漠三两拳击中穴位,让莽汉在床上躺了好几天。

谷子是带上游泳奖状去拜师的。这个举动日后再看难免幼稚,但在当时,谷子想不出还有什么资本可以让大漠收下自己,他只想表达虔诚。除了奖状,他还买了一只美林烤鸡,响当当的后海老字号。

大漠目光深邃,走路架势沉稳,透着与身份不对等的文气。他告诉谷子:"若无迅猛进攻,无缜密防守,竞争者将遭到拳的羞辱和惩罚。"但是,大漠又说:"学拳击不为逞凶,只为制止逞凶,这规矩不能破,你能做到吗?"谷子赶紧点头。

大漠又说:"做人做事要江湖,不逾越我刚才所说的规矩,就是最基本的江湖道义。"谷子继续点头。

作为选手,那年代未给大漠展示才华的机会;作为教练,他的人格魅力影响了几代人，成为后海佳话。

从十七岁到十九岁，因跟在大漠身边，谷子远离了荒诞。而他的同龄人，停课辍学后纠集成群，走在街上自带痞气，满嘴脏话，烟不离手，留着脏兮兮的长发，也有的剃了光头，把流氓习性当英雄气概，堕入歧途的有之，犯下重罪的有之，搭上性命的亦有之。

包括冯家老四，夏夜里与几个同学从录像厅出来，衬衣和铁棍都拎在手上，露出单薄青涩的肚皮和胸膛，瘦蟹一样横行。谷子见后，回家告状，当时冯父已喝红了眼，一脚把四学踹在地上，吼叫道："让你学雷锋，不是学流氓，看你再敢没正经！"

那天冯母在纺织厂上夜班，邻居已睡下，又被吵醒，动静太大，他们怕出人命，纷纷上门劝阻。冯父当众说："养他这么大，与其在外瞎混让别人砸死，不如死在亲爹手上。"

天亮后，冯父右手肿胀明显，疼痛钻心，去医院拍片，显示两根掌骨骨折错位。酒醒后的冯父方才想起，昨夜四学跑得快，自己有两巴掌拍在了门框上。

四学离家出走，一周未回。谷子去录像厅找，混混们都说不知道。"不是被他爸打死了吗？"说完一阵哄笑。

谷子懒得一般见识，扭头便走。最后是在火车桥洞子找到四学的。四学又饿又脏，脸上瘀青仍可见，咬着牙，冷咻咻地喘气。

谷子说："你有恨，想打赢我，那就先去学点真本事。"

三

谷子顶替母亲就业不久，冯家的好运气就用完了，厄害突至，似乎要将他们一一击倒。

那年谷子二十岁，挺拔的身形已成，头发茂密乌亮，鼻子高耸丰隆，半脸青春痘不计的话，应该算帅哥了。许是胸大肌厚实的缘故，海魂衫穿在他身上，胸口那里似有一抹浪在涌动。

冯母病退，谷子顶替进纺织厂做了换纬工。工种自是繁重的，可年轻，日子有念想，也就不觉辛苦。

下班后洗完澡走在厂区,他常常吹起口哨,都是电影音乐,《叶塞尼亚》和《追捕》,还有《卡桑德拉大桥》《爱情的故事》。他甚至能吹出加强音、抑扬音、断音、颤音,颇有种风去风留的自在。

班组长一张黑皮,头谢顶、个子矮,孔武有力,说话没正经,总在坏笑。他说:"谷子洗这么干净,当心被'母狼'叼走,撕巴了下酒!哈哈哈。"

谷子知道"黑皮"在嘲讽那些纺织女工,她们泼辣能干,却也不拘小节,行为方式过于大咧,似乎只有这样才能消解繁重劳作之苦。

午休时段,黑皮玩笑开得咸湿,动作辣眼,女工们嗔骂怒笑,一波又一波,似能将纺织厂掀翻。

仲秋夜逢退大潮,女工几人结伴,顺着常走的海道,到滩涂深处挖蛤蜊。滩涂离岸几百米,尿急的只有就地解决。第二天,黑皮非说自己昨夜也在现场,月亮明晃晃的,照见好几个大白腚。"肥燕,我看像你的。"肥燕耍赖:"不是我,是胖萍。"胖萍恼羞成怒。最后只好锁定崔贵妃。

黑皮偶有正经,小眼聚光,是跟谷子说起纺织厂历史的时候——"从二十世纪二三十年代开始,后海纺织业就出名了。先是德国人瞅准这个好地方,开了第一家,等到第一次世界大战,日本人来抢地盘,把德国人打跑了。说起来也真扯淡,俩土匪跑到别人家打架,太嚣张。日本人后来一口气开了九家纱厂,赚大发了,我妈当年就是童工,我姑也是。一九四五年,日本投降,纱厂就全归咱喽,'上青天'的排序知道吧?嘿,没有人不知道,上海有三十几家,青岛有九家,天津有七家。"

黑皮还说:"悔不该当初没学维修,掌握一门过硬技术的话就可以干'保全'了。金保全、银保养,知道吗?纺织厂上下数他们牛×,不但娶走了厂花,还能娶到厂医和纺织小学的老师。他们只上长白班,没有生产指标压在头上,每天干上三四个小时就基本完事了,其他时间看报、吹牛皮、干私活儿,没人管,真是个肥差。"

谷子很快发现,黑皮只说对了一半。出于好奇,谷子曾特意跑过几次"油房间",就是保全工放工具、换衣服以及休息的地方,里面光线昏暗,机油味直冲脑门。隔壁还有一个巨大的风机,风机运转时的噪声好比飓风过境,轰鸣之下无法正常对话。保全工们油污满身,尽显疲态。纺织厂的机器长时间处于高湿和雾尘状态,且连轴超负荷运转,保养维修若跟不上,会出大问题,干保全哪来什么清闲。

有一老保全,瘦得像匹老马,胸前挂花镜,眉头锁着,总想要设计出更合理的零件。可机械设计制造是有门槛的,初中文化限制了他的创造力,发明一次次无疾而终,他也成了厂里的笑柄。

谷子却禁不住内心的钦佩,见面敬根烟,也是故意做给那些嘲笑的人看的。

冯家五子,三个进大工厂;四学运气最好,参了军;老五小季读初中,是块学习的好料——冯家父母松了口气,感觉日子快要熬出头了。

人人尽知大元的婚期定在元旦。未婚妻是食品厂的,样貌虽普通,为人处世倒妥帖,订婚之后不断地给冯家送实惠。食品厂内部处理下脚料,散鸡蛋黄冰冻成形,蛋糕那般厚实,送至冯家,冯母用来炒大葱炒韭菜,满口货,过瘾。海捕对虾的虾头也是下脚料,送至冯家,炖白菜炖豆腐,漂着一层红虾油。还有猪下货、鸭头鸡头之类,大元订婚后,冯家每周都能吃上一锅大料酱炖的好卤货。

大元的帅气,远近闻名,一说像高仓健,一说像佐罗。听上去有点分裂,毕竟两位明星隔得太远,但这恰恰说明大元综合了东西方美男子特征。大元人品也周正,厂里干活儿从不计得失,年年都是先进。众人开玩笑,冯家父母偏心,最好的种子和土壤都给了大元。

为置办一个新家,大元使出了蛮荒之力,得空就去海里"下大抓",从潮水里捞钱。婚期前半年,大元连抽转,三头六臂也不过如此。厂里五班倒,他满负荷,从未偷懒,要知道那些年国企统购统销,人浮于事混大锅饭的不在少数。

下了班,若潮水不合适,他便收拾婚房。一间狭窄的筒子楼宿舍被大元装修一新,还置办了电视机和缝纫机,打好成套家具。书柜样式尤其时髦,榉木的,五层。

"我儿子以后得上名牌大学,当医生,当老师。"大元曾这样跟未婚妻说。

"你怎么知道是儿子?"未婚妻娇笑。

"必须是儿子。"大元目光热切而坚定。

就这样好端端的,却也不知何故,事情忽然朝着反方向发力,且携带了最毒的暗器,直至夺命之刀。那是中秋节后第三天,午夜大潮退尽,滩涂裸露在月亮底下,像一幅史前图画。大元下中班回家,垫几口剩饭,就穿戴齐整地赶海去了。二跃那天没去,上夜班。

从十六岁到二十六岁,只要潮水合适,后海野滩就是大元的乐土和梦乡,别人捞上来的是海货,充其量叫作欢喜,他捞上来的是未来——直到那夜,他捞上来死亡,将潮汐变作了墓志铭。

谷子平生第一次经历生离死别。原来死亡是灭绝,也是变造,将他变造成有难的人、有憾的人、有恨的人。从此看云不仅仅是云,听风不仅仅是风,谷子的人生再也单纯不起来,就这么不明不白地沧桑掉了。然而一切才刚刚开始。

在这之前,死也不是多么特别的事,后海人时常挂嘴上。街痞们的口头禅是"找死啊",大人打孩子时会说"打死你",冯母骂冯父"怎么喝不死",冯父骂冯母"死老娘儿们"。每场台风过后,都会传来有人淹死的消息。就在刚刚过去的夏天,纺织厂有个女工热死了。去年曾有人卧轨。曾有人打野兔摔下山崖,几天后才被发现,尸体已经发臭。忘记是哪个冬天了,邻居老孙全家一氧化碳中毒而死,却都面容安详……

可是这一次,死的是大元。

在惊惧、恸哭、疯呆的间隙,冯家开始还原事情的经过:半夜两点,大元已经把滩涂上的蛤蜊挖尽,绑上"高腿子",如踩高跷般往潮水的深远处走去了。也有一种说法,大元是想把滩涂上的好位置留给别人。

"高腿子"两根,约一米长,分绑左右腿。都说富贵险中求,想抓一抓地上钱,得用"高腿子"。好的时候是真好,可一旦踩入恶泥拔不出来,越挣扎越危险,终致栽倒溺毙。

大元就属于这种情况。

当时正在涨潮,滩涂上的人们开始回撤。"涨潮了,回家喽。"这应该是大元在人世听见的最后的呼唤。

以大元的水性和经验不该出现这种情况。大元是不是长期过劳而突发什么情况?就像人们猜测的那样,常年体力透支,埋下了隐患。

谷子再也无法得到答案了。

那夜月光奇美,大元被潮水吞没之前,一定披上了银缕。

大元离世之后,暴躁的冯家父母忽然软弱下去、沉郁起来,刮南风的返潮天,他们双双躺倒,不是胃痛就是头痛,甚或并不知道究竟哪里在痛。

尤其冯母,一病不起。办病退的时候,多是为了成全谷子就业,她的身体无大碍。大元的死,太突然了,冯母瞬间坍塌。灰发人送黑发人,任谁听了都不忍接受如此惨烈的现实,何况这个身在其中的母亲。

一只鱼鹰在后海上空孤旋,叫得瘆怪。众人安静下来的时候,总能听得见。紧接着,朔风开始横扫,都说天气冷得过早,霜降刚过就冷了。冯母时常哭泣,谷子上前擦拭,竟摸到一脸冰凉,不禁心头大惊,难道不应该是热泪吗?

体重从一百二十斤降到七十多斤,冯母只用了两个月。她自尊心很强,打定主意不出门,不让人看见,不联系同事和邻居,把自己封闭起来。她原以为大元的人生会如中秋月一样圆满,以为日子将这样下去,以为会在大元的婚礼上穿新衣拍全家福,并很快成为祖母。

又过去一个月,冯母开始绝食,连翻身之类简单的动作都做不成了。冯家急着送医,冯母死志已存,气若游丝地说:"不去了,我要早点和大元见面。"

大元未婚妻在殡仪馆哭晕后,再没露面。她甚至不曾探望冯母。大元尸骨未寒,就传言她谈了新男友。冯家不敢相信。从前殷勤是装的?谁都知道,凭大元堂堂的仪表和品行,应该娶个厂长闺女,再不济未来岳丈也得是个厂办主任。

当初这女子倒追,情商颇高,除了送来食品厂的下脚料,还帮冯母拆洗被褥,为冯父织毛衣。久而久之人们才改了口:"漂亮不能当饭吃,啧啧,还是大元找的实惠。"

对于她的后续表现,谷子曾表不满,说:"这样也好,她心硬,不讲情义,我们家倒解脱了。"冯母却道:"她还年轻,忘记冯家才有出路。"

在大元本该结婚的日子,也就是一九八三年元旦,冯母离开了人世。这一天,从此成为另一种形式的纪念日。

冯母头七刚过,二跃受了工伤,右手被电锯截去两根手指头。养伤期间,他用那只好手把家里砸了个稀里哗啦。

二跃几乎和大元一样帅气。独独小儿麻痹症让他左腿微跛,走起路来有顿挫感。这一顿一挫,似在暗示性情的不稳定,今天自卑明天自负,常年自私,且敏感多疑。冯母在世的时候,五个儿子里面最迁就二跃,总觉得那只跛脚是为娘犯下的错。因担心条件相当的城里姑娘苛刻二跃,曾托人从渔村介绍对象,二跃心气高,一口回绝,冯母愈加不安起来。

家境突变让冯父在酒鬼的路上狂奔。以前喝酒或为排解工作劳苦,这之后,喝酒只为对抗命运的叵测。等到谷子到了父亲的年龄,他才恍悟,父亲当年被吓傻了、击垮了,只是在儿子们那里、在众人面前不肯承认,又无更好的掩体,唯借酒壮胆、装疯、逞凶,在迷幻恍惚之中,活下去。

也是从那个时候,冯父开始将铁路上的一些废弃物拿回家。冯母的床已空,冯父将废弃物堆放其上,小至生锈的煤油信号灯,大至一块废弃枕木。

一开始,谷子以为这是要攒废品换钱,冯父却说:"人也好物也罢,哪一样不是说没了就没了,说朽了就朽了,眼前的能留则留吧。"

冯父难得这样平静说话,话里深幽,竟像个读过书的人,一时间将谷子震慑住了。

四

谷子忽然被推到最前面,成了冯家的顶梁柱、精神支撑者,同时兼顾做饭洗衣、买煤买粮、储备过冬菜蔬之类,事无巨细。

冯父被酒精浸泡着、麻痹着,消瘦,不洗澡,眼角总在发炎,状如老狗,只有越来越糟。

二跃搬去了厂宿舍,半月回家一次,情绪低迷。二跃已经不再赶海"下大抓",并且总是将右手放口袋里,包括夏天的时候。

四学在福建海岛当雷达兵,刚去的时候会往家里写信,收信人是冯母或大元。大元出殡,他请假回来过一次。冯母出殡,他又请假回来一次。之后的探亲假再没回来,信也几乎不写了。

小季功课紧,已戴上近视镜,他看不惯冯父,瞧不起这个家,叛逆期早早地来了,变得沉默寡言,经常露出孤僻神色。

这个家似乎真的不对劲儿。究竟哪里不对劲儿,谷子却又说不清。

明眼人一语中的,缺女人。纺织厂那些大姐,开始热心地给谷子介绍对象,小伙儿长得多精神,又没歪毛病,谁嫁就是谁的福。

谷子推托不想那么快成家,诸事都没理顺,乱糟糟的,别拐带人家姑娘下水。

大姐们文化底子薄，却经了社会历练，眼尖嘴利，一旦看出谷子不同俗常，她们的热心便搁置了。

繁重劳力之余，工友们甩扑克喝大酒吹牛皮，脱光膀子吆喝破了天，谷子却皱起眉头，瞧不上这些平庸。那个时候，厂区之外，新鲜事物欻欻地往外冒，电大、夜校、倒爷、下海、万元户、迪斯科、拉达轿车……突然间，一些人的生活状态大变。

谷子内心也燃起了火，不想再重复日子。可真要做出什么改变，又难如千山万水。所谓心中有志，现实无着。谷子想上电大，翻两天技术员的考试材料，便气馁了。谷子打算摆地摊，托人搞来厂家内部处理的日用品，卖了半月就歇菜。无商业差异性，一味拼价格，谈何利润呢？除非开出长期病假，去南方跑单帮，倒腾尖货，谷子又做不到。

倒是二跃，他的决绝很有毁灭性。这个自负又自卑的二跃，这个命运不周的二跃，这个薄有小才的二跃，干了一件众叛亲离的事——与机械厂的厂医私奔了。

厂医比二跃大了整整十岁，是个白净女人，五官淡淡的，举止轻轻的，特别之处是那一把乌黑长发，用手绢绑在脑后，散发出淡淡的木香气。

据说她祖上在诸城开有几处大药房，曾是出了名的富庶人家。她读过正经医科，因家庭成分之故，毕业后进不了大医院，只能做厂医。

她丈夫是工宣队队长出身。厂医一来就被他盯上了。而厂医只求能在陌生的城市安稳下来。婚后厂医生了两个女儿，婆家不满，丈夫家暴。厂医其实一直过着与平静外表不对等的糟乱生活……

私奔发生，众人有了谈资，似乎只有说出来，才能各自安抚巨大的惊诧。据说二人去了广东。彼时私人诊所刚兴起，他们要自立门户，开始新生活。几年前，厂医娘家曾偷偷地寄给她一笔钱。这笔钱的风声婆家半点没有得到。有了钱，厂医就更决绝了，甚至对两个女儿也无留恋，只因她们长得与父亲一模一样。

三十六计走为上。厂医了解婆家德行，没什么好交涉的，打了草惊了蛇，一辈子都不会再有未来。二跃也决定认领不归路，因为他非常明白，留在原来的生活中，他的爱情是不会得到准许与祝福的。

事发后,那丈夫带壮汉找上了门,气势汹汹。谷子从小有体育专长,又练过拳击,纵来者不善,也不是他的对手——但二跃有错,谷子铁定了心,不还手。

左脸挨一巴掌,谷子笑笑说:"要不要把右脸也给你?"右脸又挨一巴掌,那帮人还没有消停的意思,出于防御本能,谷子拉开了架势。

冯父一直坐在桌前,头顶有盏低瓦数灯,昏光笼罩,让他看起来格外阴沉。

谷子拉开架势,冯父便知不好,任谁的一巴掌打在谷子的铁拳上都会骨折,到时候,事态就变了。冯父赶忙制止:"给我放下!"

来者未必敢动真格,嘴上却骂得难听,目的只一个,激怒谷子。

忽然间,冯父拿起桌上的老白干,迎头砸了自己。

由于无可指摘的准确,酒瓶肚子在坚硬的额骨右上方碎裂,玻璃碴子纷飞。冯父登时血流满面,血腥气伴随着劣质酒香气四散开来。冯父沧桑之声仿佛后海低吼的北风:"教子无方,老脸不要也罢!"

众人全都傻了眼。

围观者越来越多,邻居都站在冯家这边。有的说:"老冯有个三长两短,你跑了老婆还得再坐牢。"有的说:"自家事管不好,冲着别人耍什么横。"有的说:"还不赶快送医……"

寻衅报仇者见势不妙,骂咧咧地走了。

谷子找来一条毛巾给冯父包扎。小季下晚自习回来,被狼藉场面惊呆。谷子说:"愣着干什么?"随后二人架起冯父就往医院去。

一路上冯父都在叨念:"可惜了我的酒,可惜了我的酒。"

冯父缝了七针,外加轻微脑震荡。医嘱卧床休息一周。

父子三人,再回到家,已半夜。小季沉默不语,冯父唉声叹气。

谷子催促他们睡下,自己却睡意全无,胸口堵得难受,心发焦。收拾完玻璃碴子,顺势做起大扫除,想赶走晦气。他钻到犄角旮旯把陈年老灰都扫净了,又将几件家具擦拭得木筋清晰。谷子发现,冯母的空床上,与铁路有关的废弃物件又被冯父塞满了两麻袋。

不知不觉已凌晨四点,再过一个小时,就要上早班去,谷子索性不睡了,枯坐窗前,看天光渐渐放亮,各种声音细碎密匝,无远无近地困倦,终于一片混沌。

谷子知道,二跃是个读书的料,却没赶上好时候。去年二跃考电大,把复习材料过一遍,就考上了。不像谷子,谷子见铅字头痛,从课本到车间设备手册,都远远躲着。

二跃还写一手好字,画画属无师自通,小学五年级就能把《西游记》小人书临摹到八成像。就业一年后,二跃才华渐显,开始参与厂里的黑板报。当时传媒不发达,报纸有限,工人们要看新鲜事,主要靠黑板报。加之领导也重视,各厂的黑板报是文化门面,市里经常组织比赛。

二跃与两个工会干事各有分工。哪一期特别好看,工人们不看署名,便知出自冯跃海之手。他曾将舒婷的《致橡树》抄写在黑板报上,楷书俊逸,配图生动,班前工后轰动一时。

二跃梦想着能从车间调到工会,却又谈何容易。个中微妙关系,不是短时间能打通的。工会主席看好二跃,想让他参与厂报筹备,最后却是副厂长把亲戚塞过来,顶了二跃的位置。

二跃为此愤懑,生产线上走神,最终丢掉两根手指头。

谷子感觉自己把事情的来龙去脉理顺了——二跃工伤,与厂医的接触多起来。起初只是医患关系,后来就起了微妙变化。二人原本都是自负又自卑的,惺惺相惜,一日千里,不是没有可能。

关于二跃私奔一事,谷子没有写信告诉四学。谷子想,既然四学和这个家疏远,那就疏远吧,这个家的确不是那么让人爱。

没拆线冯父就喝上了,谷子劝也没用。冯母都没管好的事情,做儿子的更无把握。不过,谷子知道,冯父应该是被思念所困。有好几次,冯父捧着冯母的照片偷哭,甲胄之下竟也藏着温柔。

谷子佯装不见,内心却对婚姻多了一层理解。谷子想,把父母终生连接在一起的,是某种比爱情更牢固的关系,这种关系的稳定替代了爱情的安慰。

冯父身体每况愈下,尽管这是冯父不肯承认的现实。"熬到六十岁退休没有问题。"冯父说。每当出现不适症状,气短、胸闷、背痛、手麻,冯父都会这么说。

冯父五十七岁生日当天,谷子用蛤蜊芸豆鸡蛋做卤,拍了蒜泥黄瓜,炸了花生米,买了只美林烤鸡。家里只剩冯父、谷子和小季。三人坐定,冯父忽然苦笑一声,说:"这张桌子再也不嫌挤。"谷子听了心里难受。哪怕是最亲的人,走着走着就走散了,只是没想到这么快。这几句话,谷子咽了回去,说出口的是:"爸,喝酒。"

谷子特意买了瓶老白干。冯父平时多打散酒,只过年过节才舍得喝瓶装。小季吃完饭去学校上晚自习,剩下谷子和父亲,一斤装的老白干很快见底。出了一遭遭事,父子间的关系倒是在极大地好转,甚至可以坐下来说说话了。

冯父讲了冯家的过去,他的父亲,谷子的祖父。这一晚的冯父,话锋之密集,能盖过一生。

谷子觉得祖父并没有死。这或许跟父亲活着有关,谷子想。父亲在喝酒,就像是父亲的父亲在喝酒。父亲醉意泛起,仿佛祖父正醺醺然。后来父亲的声音越来越小,终于醉倒了,这个时候谷子才觉得祖父真正死去了。

通过讲述,谷子才第一次串起父亲与铁路之间的缘分。冯父说:"一九四二年春天,我刚满十六岁,随族亲闯码头,通过一个日本翻译介绍,花四十块'袁大头'买了一张试卷,考进了日本人占领的胶济铁路。从擦火车做起,凭年轻力壮干活儿踏实,一年后开始看锅炉,再一年便考上了司炉。"

"一个装上水的蒸汽机头足有两百吨,驾驶着这么个大家伙,嘿,那感觉。"

冯父眯起眼,脸上浮动的表情,并非得意,而是一种羡慕,好似整晚讲的都是别人的故事。

谷子由此得知,司机、副司机、司炉三人合一,相互配合,在火车头上缺一不可。汽笛长鸣处,白色蒸汽带来的画面壮观而神秘,冯父当年也曾勇猛无比。

可是,冯父后来还是做了巡道工。"到底因为什么?"谷子问。放到以前,谷子是不敢问的。这件事情家里没人敢提起。

"说起来话就长了。中华人民共和国成立前你爷爷做过保长,其实都是为了养家糊口。你爷爷可从没干昧良心的事,不打人,清清白白,但后来还是进了'学习班',没三个月因高血压爆了管子,脑梗死了。我去理论,动了手,受了处分,最后调离'火车头'。

"事已至此，窝囊也没用，你们一个个地出生了，我也得养家糊口啊……当年，我在暴雨中巡道，巡着巡着，发现前有塌方，铁路线被埋，十万火急！我向火车来的方向跑，跌倒爬起来再跑，流血了也不知道……最后火车紧急制动，我挽救了国家财产和百姓生命，得到上面嘉奖，工资加一档，嘿嘿。"

冯父生命中的最后半年，记忆力开始丢失，几乎忘记了那些不幸和遗憾。忘记是从忘记一颗废弃道钉或一块残缺的标识板开始的。冯父抚摸着那些宝贝废弃物，再也记不起它们的专业名称。

最后，冯父同样死于脑梗，他熬到了退休，也熬完了人生。

在殡仪馆，冯父已完全变样——与谷子童少时代脑海里最初留下的可靠记忆中的冯父，千差万别。最初的冯父，块头很大，肩膀又宽又厚，身体结实如牛，脸色紫红紫红的，眉毛很浓，不是两道，是两丛。

都说孩子悬在父母头上，一个孩子一把刀。大元死，带走了冯母；二跃跑，带走了冯父。谷子害怕起来，挡土墙和防浪堤倒了，生死之间变得了了然。

有时候，谷子又觉得他们都活着。

因为有人想念便可以活着。

谷子始终记得，八月的晚风吹过拦浪堤，空气温热而黏稠。后海的夏夜总是百无聊赖。男人们光着膀子，在路灯下打扑克。冯父也在里面，已经杀红了眼。冯母衣衫不整，穿着四分五裂的塑料拖鞋，正在百米开外的西瓜摊上讨价还价。

五

进入二十世纪九十年代，后海工厂开始大面积停产，焦虑的气息笼罩下来，低低地压着。

谷子本想在三十岁生日这天好好哭一场的。三十岁只能让他感到害怕。后海坊间有话，"男怕三十，女怕十八"，家没成，业没立，怎会不怕？谷子想好了，把自己灌醉再哭，借酒浇愁或借酒发疯，都不至于失去成年人应有的尊严。

裂变之痛很快将这些淹没了，就像浪潮淹没每一滴水珠。人人都在着急，都在自觉或不自觉地滑向充满着困惑、混乱与无限可能的市场之海。

厂里有头面的,张口谈论的必是什么体制改革、企业改制,什么薪资减半、停薪留职。工人们越发不安,都说饭碗变了,铁的变成瓷的。这当口,中年人最局促,他们五十天命,父母或许缠绵于病榻,叛逆的儿子或许正光着膀子露出文身。新行业在崛起,却苦于学历、技能、年龄的限制,都是抓不住的机会。

有人疲于奔波,有人潦倒惨淡,大部分人能做的就是摆摊、卖菜、维修、推着流动早餐车立于北风中……前后左右这么一看,谷子觉得自己没权利怕,痛也不行,得想办法。

一九九一年春天,谷子停薪留职离开后海,投奔的是当年少年体校游泳队的"刺鲅"。刺鲅这个外号至少说明了两重意思,一来游泳速度快,二来行事有个性。谷子被少年体校淘汰,刺鲅则一路苦练,过关斩将,直练进国家青年队,在全国锦标赛上拿下金牌,退役后到航校做了教练。当然,刺鲅不甘心只做教练,搞了条二手快艇,托关系办下营运证,以谷子的名义做起海上观光旅游。刺鲅跟谷子说:"你来管理,赚了钱三七分。"

所谓管理,其实是谷子自己管自己,既要揽生意,又要载客游览,日常维护也都在日程上。快艇泊浴场周边,无现成码头,谷子经常背客上下,十足辛苦。

日晒风吹倒也罢了,最狼狈的是雨天,别人都往屋里跑,谷子得往海边跑——那个年代的快艇没有排水阀,需人工排水,否则就会下沉。

谷子自知无退路了,唯苦中作乐,如此,倒也真的乐和许多。

当快艇疾驰,剪开海面,无尽的蓝像绸缎一样包裹上来,谷子腋下仿佛生出了翅膀。风里总是清新,夹杂着不知名的花香,绝无后海的化工味道。谷子喜欢把快艇开到飞起,听女游客夸张地尖叫,任水幕斜挂,在阳光下幻出七彩,像一道道彩虹雾障。

五月到十月都是旺季,谷子持续暴露户外,晒到黑里冒油,被大自然腌制了一般。刺鲅在浴场借了半间更衣室,供谷子暂住,实为满足游客看海上日出日落之愿望,不然每天前海后海往返,谷子要在公交车上耗去两三个小时,也是耽误赚钱的。

游客天南地北,口音芜杂,南方人说话尤其难懂,谷子却无端地生出好感。他与他们聊南方的天气,还有日常习俗,越是听不懂越要聊,只因心里牵挂着陌生的南方——四学在福建当兵,小季在南京上大学,偶有书信往来;二跃走得不光彩,一去不返,也不知在广东过得怎样。

冬至以后,生意进入休眠期。谷子将快艇拖上岸,打专用蜡,刷防污漆,等开春再战。回到后海的家,灰尘已落了几层,蛛网结在墙角,都是久不住人所致。

谷子蓦地伤感起来。

从前那个拥挤的家,那个混合着汗臭与脚臭的家,混合着劣质酒气的家,混合着后海特有的铁锈味道的家,已空空荡荡。

赶在小季放寒假之前,谷子决定收拾收拾,有个家的样子。他刷墙,漆地板,窗帘也换了,床单、被罩都是新的。搞海上观光游比在工厂上班多赚不少,谷子想让小季高兴,又给他买了件时兴的面包服、一个新款拉杆行李箱。

小季回到家,大叫什么情况,笑得很夸张。谷子带他去老字号,逐个吃将起来。小季调侃谷子发财了,谷子说以后会的。

小季没干过体力活儿,肱二头肌不发达,性格也内向。但他从小读书好,闷声不响,自有主张,让人不敢小看。

现在,小季已长出斯文气质,健谈开朗,眼神像被点亮了一样。小季打算考研。谷子说:"你只要能考上,我就能供下来。"小季认为可以半工半读,加上补贴,谷子不用再寄生活费了。

兄弟二人忽生相依为命之感——这感觉,到了除夕尤为强烈。

除夕大早,二人出门,给父母和大元上坟,拔草添土,请回家。路上铺着白霜,好像昨夜被人细细地撒过盐。那些大烟囱都静默了,在高处挂几朵愁云,似也积着泪。

下午包饺子,小季打下手。谷子包得不好看,馅料却讲究,猪肉白菜木耳和韭菜虾仁鸡蛋,荤素齐全,就像冯母在世时那样。

天黑前,放两挂小钢炮,摆供上香。兄弟二人端起酒杯,谷子祝小季心想事成,小季要谷子早日给他找个嫂子。谷子一怔,随即点头称是。

二人一起守岁。炉火上烤着花生和栗子,毕剥作响。谷子沏了壶茉莉花茶,并嘲笑自己老了,以前这可是父亲的专利。

后来他们说到四学。"大年初一,雷达站会举行升国旗仪式。"谷子说。"不知道四哥下次什么时候回来。"小季说。

当兵三年,四学请假回来三次,都是出殡。送走冯父的第二天,四学就返程了。半月后寄来一封信,信中说自己已转为技术兵种,将继续驻守海岛,复员转业遥遥无期。之后,四学便把探亲假让给其他战友了,一连五六年没回来。

四学参军那年十九岁,到东海舰队当雷达兵,驻守的小岛只有零点三平方公里,四周都是潮水声,夜里吵得睡不着。即使在后海边长大,四学仍难以适应。岛上没有自来水,用水全部来自降雨和地表渗水。岛上各处放着储水的塑料桶,遇上旱季,很长时间才能接满一桶……四学曾在信中说:"小岛孤悬海上,日子是重复的。"

后来小季睡着了。谷子听见窗外的爆竹声零零星星,响到天亮。

一九九三年夏天,三个台风先后过境岛城外围,带来疾风骤雨和大浪。快艇游览全部叫停,浴场关闭。警戒线始终没有撤下,旺季赚大钱的计划落了空。刺鲅将烟屁股狠狠地摔在地上,嘴里骂着"鬼天气,丧门星"。

谁也没料到,更猛烈的秋台风正在路上。

秋台风都是狠角色。大海好像忽然被某种邪恶力量控制了,黑浪如铁般坚硬,一次比一次更用力地砍向陆地,将防浪堤冲垮,将观光亭卷走。废墟上堆起肮脏的灰色泡沫,似数只怪兽在不停呕吐。黑浪甚至涌进了更衣室,谷子栖身之处一片狼藉。快艇总算是安全的,提早搬去了高地。

七月八月连续不进账,谷子焦躁不安。幸好,小季暑期在南京打三份零工,赚出了下半年生活费,不然谷子得跟刺鲅借钱汇去。

小季好,谷子就好,守着大海能活命——台风将各种小海货打上岸,谷子弓身逆风,连滚带爬地捡来蒸了当饭吃。他自是经验丰富,台风天不能顺着风向,否则极易被吹到海里去。

谷子甚至不忘挑出大个头虾蟹,给刺鲅送去一盆。刺鲅揶揄:"行,兄弟,老天爷爱你,饿不死。"

刺鲅有所不知,对于谷子来说,比胃囊更饿的是内心——内心总有空落感。

回更衣室的路上,谷子好像又被打回了原形,那个在后海厂区游走的少年,风雨中越加仓皇,火车进出时的凄厉嘶叫再次响起。除此之外,疾雨砸在脸上身上，眼睛生疼睁不开，他全无知觉。

谷子很想念大漠。几乎在他离开后海的同一时间，大漠被省拳击队请去做了编外教练。谷子给大漠饯行，徒弟几个轮番敬酒，说感激的话。场面热络之时，谷子心里却不好受。大漠一走，他在后海就没有亲人了。

这些年，大漠亦兄亦父，更是精神上的导师。大漠曾经送给谷子几本俄罗斯文学名著，嘱工余时间多读书，谷子哪里看得进去。大漠并未强求，只是说："你不喜看书，也罢，记住'万事归于善'便好。"

道理谷子都懂，大漠所说的"善"，更含着"忍"，"心"字头上一把刀。从眼前讲，谷子须忍过这场凶猛的台风；向四周望，他得忍过计划经济向市场经济过渡的阵痛；往远处看，不知以后遇到什么，只要活着，该受的屈，都得忍。

风在撕碎一切。云头似兽，分明露出了獠牙和血口。谷子却不躲不避，歪歪斜斜地任其抽打。他似乎想明白了，又似乎只管豁出去，要亲身体验一下最坏的结果，直到内心升起某种悲壮。

秋台风过后，市政部门忙于清理和重建，赶在国庆节前夕，终于平复如初。

谷子就近加入施工队，给人家扛活儿，做满一个月，赚来的钱买回二手材料，自己焊接了烧烤炉子和架子，打算白日做完海上游览生意，晚上摆摊儿卖小吃。

众人谈论起台风仍唏嘘不已，一边为震山撼岳之势后怕，一边为那些殒命的人摇头叹息。还好的是，节日来了。

节庆气氛能掩饰伤痛。阳光金子般响亮。老天爷或许在为不久前的坏脾气道歉，一早一晚会送来胭脂彩霞。气温始终维持在十八九摄氏度，小风温柔。持续到十一月中旬，都是这样。好天气就意味着游客不断，旺季延长，海边的生意人高兴坏了。

那个时候，围绕着浴场周边，做快艇游览生意的共有三家。谷子先来的，半年后已晒成一尊黑炭，加之体格壮硕，水性奇好，另两家一打听，只道是后海人野，浑不懔，惹不起。

没承想，谷子主动递烟，并乐于分享经验，诸事搭把手，一副侠肝义胆。只是末了，话都夯在实处。"各位弟兄，咱们看天吃饭，价格都是公开的，谁也别哄抬。宰客更要不得，名声坏了，谁也不会好过。"

"当然当然。"另两家点头称是。如此这般,便友好相处起来,从未出现过抢客现象。

刺鲅听说后,很不高兴,见了谷子直摇头:"有病吧你?买卖不竞争还叫买卖?你是开山鼻祖,有定价权,他们得听你的。再者,你是专业队出身,快艇翻了能把人救上来,就凭这点也应该提价百分之二十。"

"他们的快艇翻了,我照样会去救!"

谷子一句话把刺鲅噎住了。"我在说价钱!"刺鲅吼。

"我也在说价钱。"谷子不弱,"能救人不算优势。我能救自己的游客,也能救他们的。谁会见死不救呢?所以,没法提价。"

刺鲅甩掉烟屁股,气哼哼地走了。走出去没几步,又扔回来一句话:"总之钱不能少挣,我等着分。"谷子回:"少不了你的。"

除去快艇生意,浴场周边还有卖吃食的,比如卖苞米的女人,从农村嫁到城里,没有工作,嫁的又是残疾人或鳏夫,总得想办法贴补家计。

凌晨四五点,她们先到农贸市场批发一麻袋苞米,回家煮熟,等到九点钟沙滩上客了,开始兜售。

运气好,下午三点卖完,她们高高兴兴回家。运气不好,天快黑了还剩一半,她们便哭丧着脸,坐在路灯下,啃苞米,彼此诉苦。最倒霉的是碰到叫作"浴场管理处"的男人,会没收她们的苞米和箱子,凶巴巴地驱赶。

卖贝壳的女人与卖苞米的命运相似,除了年轻些。脖子上挂着几十条项链,两只手腕也挂满了,卖贝壳的女人好像移动展台。有一个化浓妆的,嘴唇猩红、眼圈荧绿,用东北口音侉侉地叫卖:"贝壳项链,旅游纪念。"

"浴场管理处"不会驱赶她,不但不驱赶,还时常打情骂俏。人人都看在眼里。谷子听说,他俩有奸情,在沙滩上。那些传言把细节抠得很细,说他们专找月黑风高之夜,大满潮,沙滩无人,这个东北女随着风声潮声浪叫。

六

谷子也卖起了吃食。食材无成本,都是捞上来的当流海货。

住在更衣室,低头抬头都是大海,而大海可以提供什么,谷子再清楚不过。他追着"潮脚"挖蛤蜊和蛏,用鸡肠子钓螃蟹和鳗鳞鱼。等收了快艇生意,天擦黑,现烤现卖。

游客从快艇上下来,与谷子的关系已经被海风催熟,再围坐于折叠小桌前,都是自然而然的事情——他们发现这个小老板着实热情、爽快,值得信赖。

谷子烤各种贝类。贝类肉质细腻爽滑,闭壳肌部分颇有咬劲。配料有麻辣、蒜蓉两种,融于贝类本身的汤汁,一个"鲜"字几乎要把黑夜照亮,众人咂唼到忘了身家。

烤着烤着,谷子会有所恍惚,多年前在后海野滩上,他和大元、二跃赶完夜海,常用燃烧的乙炔烤海货,焦香之气弥漫了整个后海。

春秋两汛,谷子穿着帅气的水胶裤,踏着没过大腿的潮水,打出旋网,青板鱼就扑棱棱地来了。这鱼永远长不大,一般体长二十至四十厘米,或者说,还没等长大已落入鲅鱼腹——作为鲅鱼的上好食物,青板鱼来了,鲅鱼也会追赶着来。

秋天的青板丰腴多脂,却也多细刺,不适宜红烧、清炖、白蒸,用来烧烤再合适不过。逢大汛,每天能捞上五六十斤,谷子就甜晒保存。

风越来越大,越来越剔透,两天就能把鱼吹晒成半干。烤时,全程无油,也能吱吱冒油泡,烘至焦褐,外表内里一酥到底。

倒也奇,谷子自制的简易烤炉和烤架,烤什么都入味。带着炭气的焦香飘出许远,任谁闻见都是欲罢不能。寻味而来的,亦常有。日子一久,竟多出几分神秘色彩。都说浴场有个谷子,会玩会吃,人品也正,一副热心肠。

谷子的好生意,让"杀街"那帮人眼红,拉起了仇恨。

那帮人亦是浴场周边卖吃食起家。帐篷底下,支开桌子,卖原汁蛤蜊和海凉粉,卖鱼丸汤和馄饨。幕后老板都是妄想暴富的聪明人,骑着大摩托来去如风。守店的有混混儿,也有监狱释放人员,脸上带疤,臂上文青龙。"浴场管理处"向来睁一只眼闭一只眼,他是欺软怕硬的孬种。

随着摊位不断扩充,吃食的花样也在增多,很快气候渐成,升级为小吃街。当时海边几无饭店,外地人要的是潮水味,本地人要的是某种体面,生意因此红火起来。

没承想,只半年工夫,小吃街因宰客忒狠,成了"杀街"。一条活鱼,动辄一两百元,比普通人的月平均工资还高。海货只标注"时价"二字,为的是看人下菜碟儿,欺生尤烈。外地人吃着吃着,忽觉有诈,却为时已晚,看店的多凶相,人生地不熟,谁想给自己找麻烦? 吃下哑巴亏,过后骂娘解解恨而已。

唯独谷子的烧烤炉上,价格实诚,场面祥和。烤出来的面包鱼比"杀街"便宜七成。贝类就更便宜了,相比之下,跟不要钱似的。这些消息很快传到了"杀街"。幕后老板跟手下说:"去看看,那个迷汉到底会不会算账?"

话音落地,五个混混儿就来了,皆膀大腰圆。

谷子不想打架。一则他不想给刺鲅添麻烦;二则他想好生赚钱,格外珍惜在前海谋生的机会。可混混儿说话难听,让谷子滚回后海,不然就打断腿。

谷子强压着火:"诸位有话好好说。我卖得便宜,不是为了挤对谁,只因成本低,利润也少。我自己捕、自己烤,小打小闹,小毛小利,不贪心,也就不亏心。"

"少废话! 滚还是不滚?"混混儿们上来就砸烧烤用具。

谷子说:"且慢,诸位应该也是走江湖的,砸烂我家当,砸断我的腿,你们名声不好听。要不咱们比画比画? 若能让我告饶,立马滚蛋。"

混混儿们不知深浅,胡乱大笑,只道天底下还有人乐意找打。

在夜色笼罩的沙滩上,谷子潇洒地滑步,似踏着咚咚鼓点。左直拳用于引诱及扰乱,紧接着右直拳重创,几组散打拳击,将混混儿们逐个儿打翻。

混混儿们爬起来,单挑不行,就一窝蜂往上冲。谷子仍潇洒地滑步,脚下鼓点密集许多,只见直拳迅猛,防守巧妙,绊摔利落。精彩的细节莫过于以左脚为轴,右后转体一百八十度,右脚上步至对方两脚后,成马步,左手变立掌推右拳,用右肘猛击对方后腰,趁对方身体后仰之机,谷子以右手锁喉。

也不过五六个回合,混混儿们全都躺在沙滩上起不来了。

谷子自是有数的,倒了就倒了,不会出事。谷子想要的结果是制服,而非打伤。整个过程,他眼前浮动的,竟都是多年前大漠在后海钢厂教训莽汉的画面。

谷子对自己的表现很满意。

明的不行,他们只能来阴的。"杀街"上道行深,谁人不知。

翌日傍晚,谷子刚收了快艇,刺鲅就出现在更衣室,黑着脸。

谷子便知事情不简单。

原来领导找剌鲅谈过话。外面有传,剌鲅与人合伙搞海上观光游览。领导说公职人员做生意,轻则处分,重则开除。领导还暗示剌鲅已列入培养梯队,应加倍努力才是。

谷子点点头:"听懂了,'杀街'的杂碎背后捅你刀子。"

剌鲅闷声低吼道:"千万咬死,快艇是你一个人的生意。就你一个人!另外,从今往后,收起那些破烂烧烤,不然他们会弄死我。"

谷子无任何犹疑——"行,照你说的办。"

依谷子个性,定会杠到底。但现在必须保全剌鲅。剌鲅上有老母下有小儿,蓄妻养子的当口,顶真不起。况且剌鲅正等提拔,要进步。

临走,剌鲅又啰唆了几句:"知道谁干的吗?就是那个开桑塔纳的官少爷,仗着老子权势,在'杀街'捂下好几个门面,把生猛海货养在玻璃缸里,鱼虾王八,上下游动,号称小水族馆……这贼子太嚣张!"

一切算是消停下来。就着晚日的血色,谷子一个人在沙滩上,谁也不看,静静的,像一块石头。

潮水来了,谷子便会忘掉这些肮脏事。他在更衣室顶上晒鱼,时间一到,拿去集市卖掉。人人夸鱼晒得好,他会毫不吝啬地分享经验——晒到七成,拿到海里透一透,再接着晒,才会口感哏悠,不至于干硬发死。

春也去,秋也去,冬天便来了,又是一年将尽。谷子把快艇抬上岸,保养妥当。小季信中说,春节不回家了,留校复习,正月初八硕士研究生开考。谷子给小季寄去一大包干海货,电汇了一千块钱。

谷子原本决定大雪节气过了回后海。结果,大雪这天发生的事情,参与构建了谷子的后半生。

大雪无雪。天从早晨开始就阴沉着,云层越来越厚。海也是灰的。

到了下午,北风升级,白浪翻卷着撞向拦浪堤。谷子爬上更衣室平顶,收起最后一批晒鱼,呆望着前海湾。再来就是明年春天了,他摇摇头,时间太快,不扛混。

风声潮声混响之时,整个世界都是空的。可是,有个"红点"闯进了谷子的视线,正在拦浪堤上移动。

细看,应是个穿红色面包服的女人。谷子不能相信自己的眼睛。疯了吗?"红点"根本不躲浪头。

"红点"简直就是不要命了。谷子喊破嗓子也无反应。正打算去把这个死活没数的拽走,谁承想,一排大浪过来,水沫飞溅处,"红点"已经不见了。

离岸二三十米的地方,"红点"起起伏伏,再来浪峰,肯定就吞了。谷子从更衣室顶跳下,拎起救生圈,飞奔而去,同时大喊"救命啊,来人啊"。

到了拦浪堤,谷子将救生圈狠狠掷出,一猛子扎进去之前,先用十秒钟脱掉了衣服和鞋——穿衣服下水,等于全身绑满沙袋。

"红点"已被浪头打晕,某种意义上降低了救生难度。最怕徒然挣扎的,会把救人的一起拖入海底,这种事情不是没发生过。

谷子曾在游泳队学过专业救护,侧游拖带和反蛙泳拖带交替使用,拼全力让"红点"的口鼻露出水面。救生圈也帮了大忙。岸上闻声赶来的两个人一起拖拽着,最后总算上了岸。

十二月的海水不至于刺骨,人被浸泡后,却禁不住岸上的北风,直吹得牙齿打战,瞬间失温。谷子顾不得这些,给"红点"做起紧急处理,排除肺部积水,清理口中异物,口对口进行人工呼吸。

当时"110"刚创立半年,市民心中还没形成概念,移动通信更无从谈起。在找到公用电话亭报警和直接去医院之间,谷子毫不犹豫地选择了后者——后者抢时间,救命要紧。

垫付了医疗费,"红点"被推进急诊室,谷子这才想起打电话报警。

警察来了,让说说情况。谷子说:"姑娘掉海里,我把她捞了上来。她应该不想自杀,只是在岸边溜达溜达,可浪太大,一下子被卷了进去。"

警察让谷子去所里做笔录。

谷子说:"把她一个人扔在这里不合适吧? 等她醒来,问清楚了,通知家属,我再跟你走,行不行? "

警察看谷子浑身透湿,脸色都变了,便提醒谷子通知家人,送件衣服过来。

谷子不想节外生枝,说些孤家寡人之类的话,只好给刺鲅打了个电话。刺鲅说要等到下班以后。

"红点"苏醒,发起了高烧,确诊吸入性肺炎。天黑之前,她的父亲和姐姐张皇地来了。看上去，应该是个知识分子家庭——父亲瘦嶙嶙的，戴黑框眼镜，礼貌和气，却也有种不易接近的清高；姐姐在极力克制情绪，压低声音说话。

谷子呆立一旁。在海里拼命的时候，他恍然看见了另一张脸，只因情况紧急，容不得多想。现在，他终于可以确定，并且为此惊异，"红点"的五官简直就是曲小莉的复刻——只不过，曲小莉多出的妩媚，到她这里变成了清雅。

似有一股暖风，吹过脊背、脖颈和后脑，直吹进谷子的心魂，湿衣贴身的寒凉一并消失了。少年谷子所不解的，现在，老青年谷子终于弄明白了，曲小莉在他心里既不对接欲望，也非暗恋，而是一种温柔，带着忧伤的温柔。

这个时候，刺鲅来送衣服，一脸不解与不耐烦。谷子懒得解释，匆匆换上，跟着警察走了。

第二天上午，"红点"姐姐从派出所打听到更衣室位置，找谷子还医药费，同时带了礼品。她自称姓叶，在电业局工作。见谷子手上缠着纱布，脸上也有伤痕，歉意更重了。

谷子说："我皮糙肉厚，不打紧。你妹妹好些了吗？"

"红点"姐姐说要住院一周，自家妹妹任性惯了。刚说两句，又不落痕迹地收住了，话题再次回到感谢上。

谷子转身装了一袋子甜晒鱼。姐姐当然推辞。谷子说："你的我收下，我的你也应该收下，都不见外……哦，我叫冯谷海，后海人士。"

姐姐笑了笑，她在派出所就已得知。

谷子是在两天以后去医院看望"红点"的。

那是冬日里独有的晴好天气，干燥、清冽、开阔，天空一蓝到底。梧桐树的秃枝上，挂着一些梧桐果，已失去了水分，点点缀缀，荡荡悠悠，颇有童话感。

轻推开病房的门，谷子看见冬阳漫洒于西窗，到处都白得耀眼。她的病床在靠窗位置。谷子逆着光走过去，她正好在光圈里，似有一种绝望气息，严密地包裹着她。

谷子迅速扫了一眼床头卡上的信息——姓名叶简兮，年龄二十六岁。

开口之前，谷子越加局促和紧张。

"你好小叶。感觉好点了吗？"

病房里很静，还有几个病人在休息，谷子不敢大声。

叶简兮缓缓回头，看了一眼谷子，面无表情，又转向窗外，好似不识眼前的救命恩人。

谷子不知该如何自处了，备好的宽慰话已经忘记。他尴尬地笑着，将礼物摆上床头柜——时兴的黄桃罐头，还有红宝石一样的苹果，大小均匀，带着浓郁甜香，显然是精挑细选的。

最后，谷子拿出一只硕大的海螺壳，足有巴掌那么大，里面植了佛甲草，密而齐整，莹绿如翠。谷子说："佛甲草特别好养，不怕冷不怕热，水多水少都无所谓，到了春天能开花呢，是黄色的小花。"

谷子还想解释大海螺是自己深潜时的意外收获，又觉多说不妥，只道："小叶放心，很快会好的，需要我做什么，让你姐招呼声。"

这个时候，叶简兮才缓缓转过头，声音极其虚弱，语气却极其坚定："你为什么要多管闲事？"

谷子一时语塞，支吾着："这个问题以后回答……现在……好好休息，早日康复。"

出了病房的门，谷子在走廊里坐了一会儿。救人的时候，他并不知道叶简兮与曲小莉长得像。这些年他没忘记曲小莉，但也不再想起。离开后海之前，当年的班花曾来找过他，伊嫁人又离婚，似乎都在匆忙之间，饶是如此，少妇风姿仍具有侵略性。那晚月色如洗，二人赤诚相对，谷子抚摸着她的美妙胴体，像抚摸着一去不返的青少时光。

班花希望谷子可以接盘。谷子对班花亦有好感，愿意在其生活里扮演不可缺少的男性角色，分担着帮衬着。但谷子自觉前程未卜，尚无养家糊口之能力，就说先去前海干几年，有了眉目也不迟。

班花还是急了。这可以理解，女人的花好月圆就那么几年，班花得将自己及时出手，只怕时日一长，打了折扣。追求者不少，花心的小老板、油腻的小领导，班花都看不上，只爱谷子的帅气和正气。可谷子又让她恨。她不傻，找谷子哭闹两场，就此作别。

谷子变成了老青年。刺鲅嘲讽他高不成低不就，谷子没争辩。有什么好争辩的，事实如此。曾有一个在浴场卖玉米的小媳妇，模样俊俏，见谷子常年住更衣室，卖完玉米会来聊几句，喝口热水，后来主动帮谷子洗了几次衣服。谷子不想欠情，包下她卖不掉的玉米，连吃了三天。小媳妇欢喜，说自家妹妹二十岁，水灵灵的，高中毕业在镇邮局工作，他若娶来，他们就成亲戚了。

谷子哈哈尬笑，说："我只有初中毕业，这把年纪了仍一无所成，岂不是害了人家小姑娘？"

诸如此类的事情还有好几件，在此不必赘述。总之，直到救下叶简兮，谷子方才明白，他一直在寻找内心的温柔，就像寻找月亮抖落的锦缎。都怪曲小莉，让他开张没开好。其实又怪不得，人家根本不知道他的存在。要怪就怪心性至此，无奈何。

走出医院大门，迎头碰见了叶家姐姐，她锁着眉，疲态尽显，手上拎着大包小包。谷子问过才知，她公公也在这里住院，癌症晚期。

谷子说："小叶出院时我可以来帮忙。"

叶家姐姐打量着谷子，不动声色。谷子高大、周正、有气力，尤其对妹妹的事这么上心——当然，她已经看出来，不是上心那么简单。

叶家姐姐早已分身乏术：丈夫是远洋船员，一年有大半年不知漂在哪个大洋；孩子幼小；母亲病逝；父亲孤冷；公公绝症；婆婆一直住在省城女儿家里，身体也不好；妹妹不食人间烟火。她真的累了。于是，她悠悠出口："三天后出院，家离这里不远，五站路。"

谷子和叶家姐姐约好，三天后，上午十点来帮忙办理出院手续，并留下了BP机号码。"有事随时呼我。"他说。

七

叶家住在一条倾斜的老路上。

老路不宽，从南往北渐渐抬升。两路刺槐沿地势生长，树身粗壮，虬枝交错，一看便知是上了年纪的。违章搭建把那些老洋楼的立面结构弄丢了，只有蒙砂红瓦和山墙上的装饰，仍保留着某种身份象征。

诸如此类都在谷子的成长经验之外。后海马路上最常见的是铁路道口。早年没有高架桥和隧道，道路与铁路平面交叉形成了铁路道口。值守人站在那里，火车即将通过时，挥动红旗或红灯，提醒车辆行人离开轨道。后来有了手动栏杆，值守人也是不能少的，捡煤核的妇女好像都不怕死，拉煤车隆隆地过去了,她们跟在后面小跑。

关于铁路桥洞,谷子亦记忆深刻。桥洞底下经常积水。雨季,海水顶托加周边汇水,地势低洼处能没到胸口。雨水箅子都是打开的,有一年警示护栏被冲倒,有个孩子掉了进去,寻到尸体时,已在五公里外的排水口。

前海没有这些。因处丘陵地带,有的路围着山腰,有的路开了山谷,最常见的是长而陡峭的石阶,也有盘旋上升的小胡同。凋敝感自是难逃,却也不可小觑,刺鲅早就说过,都是有故事的。

以叶家所在的院落为例——当然,这是日后谷子做了叶家女婿才获知的,房子建于一九一三年,最早是一个德国船舶机械师的花园别墅,二战后被买办资本家购入,送给了三姨太。叶家祖辈曾是三姨太的账房先生,也就传下来几间房。

两间房子在一楼,连着小院。小院七八平方米,有一棵丁香树,亦是上了年纪的。树下散放着陶泥花盆,菊已开到败处。角落里垒着煤池子,上面还有几只花盆,盛着初冬的寂寥。

叶父退休前在黄海研究所工作,专攻海洋生物,骨子里有科学家的孤僻清高,加之经过被动或主动地改造,已经看不出喜怒。

叶简兮完成了物理意义上的康复,灵魂却是死的。她面无表情,不接话,不与任何人对接眼神。

前前后后,只叶家姐姐在张罗着。

谷子说:"姐,需要我做什么,不必客气。"

谷子已得知叶简兮的姐姐叫叶纯兮。说是姐姐,其实比谷子小,三十岁刚过。

叶纯兮笑了笑:"怎么好意思麻烦你呢,冯师傅,没什么事的。"说罢,自觉不自觉地朝煤池子瞅了瞅,"煤都是花钱找人送,真的没什么事,冯师傅。"

谷子马上明白了,叶家未买冬储煤。

二十世纪九十年代,全民烧煤,家家户户揣着购煤证,拉着地排车,去煤店排队购买。在这件事情上,前海后海没有区别。煤店方圆一里,黑色车辙清晰可见,众人跟赶大集似的,有的甚至全家出动。

买煤是个体力活儿,就像赶海一样,儿子永远不嫌多。从煤店拉回来,没个把力气是不行的。谷子记得当年在后海,大元曾做了一辆钢铃车——用四个轴承做轮子,固定在长方形木板上,前边有一根绳子方便拽拉。兄弟几个轮流上阵,手上都勒出了紫红杠子。

那天下午,谷子一个人拉着叶家的冬储煤,上坡下坡之间,弓身前倾与倒身后仰交替行进,不断地调整力矩以寻找平衡。

等谷子将煤搬入煤池子,弯着腰一块块码整齐,天色已完全黑尽。他热气腾腾地站在丁香树下,浑然不觉冷寒,直到叶纯兮招呼吃晚饭。

谷子婉拒,理由是浑身太脏,赶着回去换洗。

第二天傍晚,谷子又出现在叶家,背来一麻袋冬储大白菜、几条晒好的海鲈。

叶父终于放下手中的《参考消息》,抬起头,摘下老花镜,他觉得有必要仔细打量打量这位冯师傅。

谷子被请进屋里喝杯茶。是红茶,白瓷的茶盏。绝不是冯父用搪瓷缸喝了一辈子的茉莉花茶,谷子从中品出了松烟香和干果香。

这个时候,叶家的结构已经了然。进门是狭长过道,两个房间东西并置。厨房和卫生间在走廊尽头,那里有扇北窗。叶父住西间,叶简兮住东间,门一直紧紧地关闭着。

过道墙上,挂着三幅画,类属印象派油画风景写生。谷子当然不会知道这个专业术语,他只觉好看,有梦幻感,好像到了遥远的地方。画面右下角,有两幅落款"简1988",另一幅是"白1986"。

叶父房间陈设简单。书桌、床和衣橱,老旧里仍见匠工精细。沿墙一排书柜,存书,也存生锈的器件,细看,有罗盘、老船灯、水浮司南、船用雾号……谷子瞬间想起了自己的父亲以及父亲留在家里的几麻袋铁路废弃旧物,不免心头一凛。

除此就是海洋生物标本了,镶在框室里的,泡在福尔马林里的,甚至还有标本填充体——铅丝制成的鱼体纵剖面骨架,支撑起鱼皮,让鱼鳍舒展,口部微张,牙齿显现,眼珠替代品亦逼真。

谷子乐:"叶叔好手艺!不知我那些海鲈算不算标本?"

话题很自然地打开了。原来他们都是赶海人,只不过,一个物质主义,一个理想主义——同一件事,没文化和有文化,差别还是蛮大的。

叶父淡泊人间,却痴迷科普,一直想把这些标本捐给水族馆。对方不要,嫌观赏性不足。没关系,不会降低他作为编外顾问的热情,继续帮着水族馆写展品条目。

是晚聊到开怀处,叶父和谷子恨不得连夜就去海边。他们从海鲈说到了石鲽。仲冬,北风三级,海面上波平浪轻,石鲽正侧躺在海底。

"小样儿,"叶父眯着眼,忽然一脸疼爱,似在提及某个相熟的幼童,"小样儿喜欢冬天,冬天水质清澈见底。冯啊,石鲽作为典型的底栖海洋鱼类,潜伏于泥沙,无大群集结和远途迁徙习性,仅在深浅水域之间做适温洄游。"

"对,对,叶叔,这货藏沙里不动弹,只露两只眼,我们后海叫它'沙板儿'。"

"小样儿,两只眼都长在右侧,体色随环境变化,等猎物,也可避天敌,都是生物进化自然选择的结果。"

"对,对,叶叔,我们后海还管这货叫'斗鸡眼'。"

谷子和叶父,你一言我一语,说着同一回事,却完全不在一个频道,奇怪的是,他们照样能说下去。

叶父说:"脊椎动物中,身体左右完全不平衡的只有鲽形目鱼类。此类里有个比目鱼,来头很大,你知道吧?"

"知道,叶叔,我们后海管它叫'偏口'。"

接下来,叶父开始往高深里说:"'比目鱼'一词,现存的古书中,最早见于《尔雅》。《尔雅》是中国第一部按义类编排的综合性辞书,训诂学的始祖,里面的《释地篇》就说到了比目鱼,原话是'东方有比目鱼焉,不比不行,其名谓之鲽'。"

谷子频频点头,内心却在偷笑。相较于比目鱼的来头,谷子更愿意研究煎炸火候。这货肉质洁白,味美而肥腴,口感很是独特。

但此刻叶父需要一个忠实的听众,谷子必须做好。

叶父继续高深着:"《释地篇》同时提及了五方怪异之物,包括东方比目鱼、南方比翼鸟、西方比肩兽、北方比肩民、中央枳首蛇。后人研究发现大都为传说,并非实有其物,除了比目鱼。因为缺乏科学依据,比目鱼的长相费了古人不少心思,有的比目鱼眼睛在左,有的在右,古人认定二者必为雌雄,可相互结伴,彼此贴合,有眼的一侧都朝向外部世界,以解决游动不便的问题,故而有'两片相合乃得行'之说。"

叶父仍在高深着:"比目鱼'合而后行',古人认定是夫妻和睦恩爱的象征,开始为它们作诗,什么'凤凰双栖鱼比目',什么'得成比目何辞死'……哦,对了,清代戏剧家李渔还借此寓意写了一部才子佳人的爱情故事,剧名就叫《比目鱼》。"

后面这些话,谷子着实听了进去。

寒冬料峭,沙滩表层冻结,礁石亦如雪山白头。

谷子和叶父出现在海边。叶父专业高深,谷子实战丰富,二者互补,生趣猛然增多起来。尤其是沙滩与礁群接壤地带、暗礁环抱的小片泥沙地、大面积沙滩包围的孤礁周边,以及带状礁岩的间隙,让他们很少遭遇劳而无功。

叶纯兮有点吃惊,她没想到父亲这么快就接纳了谷子。父亲半生沉迷自我世界,不问多余事,怎的忽然待见起"粗人"了?叶纯兮不反感谷子,只是按照叶家一贯的认知,无论如何,谷子都会被划为没有文化的"粗人"。

谷子对妹妹叶简兮有意思——很有意思,叶纯兮早就看出来了。妹妹的清高孤冷比父亲有过之无不及,为了爱情可以赴死,恐怕死了也不会忘记那个赵既白。

"粗人"自不量力,叶纯兮内心有个声音在偷偷地鄙夷着。

可眼下,这个"粗人"又是叶纯兮所急需的。娘家婆家,早已让她分身乏术。若抛去文化水平和后海出身不谈,其他方面,谷子也算百里挑一的好男人,相貌、心地、人品、能耐,可谓样样出众。有谷子,叶家就有好帮手,自己甚至可以全身而退了。叶纯兮盘算着是不是要帮助谷子去闯叶简兮那一关。

是日北风渐停,气温大幅回升。午后,叶简兮那扇紧闭多日的门终于打开了。她似乎是从里面飘出来的,冬阳照过去,她苍白薄软如纸片。

叶父、叶纯兮和叶纯兮的幼子,正在厨房里吃午饭。幼子四岁,名叫归航,以此呼应他那常年漂在远海的父亲。

石鲽鱼炖白菜豆腐,汤色奶白,热气蒸腾,里面放了粉丝,用白胡椒提味。旁边有一碟冬腌的豆豉咸菜,一碟油炸花生米。主食是叶纯兮蒸的馒头。叶父饭桌上历来讲究,日子再穷他也要求有个样子,一顿饭总要凑齐三个盘子,哪怕半块腐乳算一盘、一根酱瓜算一盘。叶家姐妹耳濡目染,亦是如此的。谷子则从小吃相野蛮,后海人习惯于当街扒饭,声响大得很。

"小简,好些了吗? 快吃饭吧。今天的鱼真新鲜,冯师傅和爸一起钓的。"

很显然,叶纯兮试图将一切淡而化之。叶家从未承认叶简兮自杀。他们咬定那天浪头太大,她被卷了进去。谷子跟警察也是这么说的。这或许是叶家最感激谷子的地方。当然,感激也不会说破,彼此心照不宣,便是了。

出院半个月,叶简兮第一次好好吃饭。饭桌上的气氛有些不自然。叶父小心翼翼。叶纯兮故作镇静,说:"学校那边已去过两次,马上期末考了,校长同意你寒假结束再上班。"

叶简兮是一所重点中学的美术老师。学校靠文理科冲击升学率,美术作为副科只限于初中部。很多时候,叶简兮像一个杂工,就像现在的美术老师要负责公众号美编、摄影、电子屏一样,二十世纪九十年代的美术老师,负责校园文化环境,包括黑板报、美术字、宣传画,开会布置主席台,文艺会演做布景。

叶简兮毕业于师范学院美术系专科,因早恋而放弃了成为文科本科生的可能。

早恋的对象就是赵既白。

赵既白属天才早成,也具备天才的所有缺点——自私、冷血、敏感且多疑,同时野心勃勃。五岁他便能临摹徐悲鸿的马,初一开始画大卫石膏像,光影塑造感把控之精准,令老师目瞪口呆。十六岁,赵既白几乎把自己长成了大卫,高鼻深目,形体挺拔,头发自然鬈曲,墨云般浓密。加之天然忧郁,以及沉默带来的神秘感,赵既白无疑是前海老城里最靓的仔。

赵既白没有父亲,据传他是遗腹子。也有不好听的声音,说他是个野种。他住在德式老宅的阁楼上,他外公留下的房产。他母亲在前海唯一的涉外饭店做西点厨师。公私合营之前,那家饭店是他外公创办的……种种虚实不定的说法,只能让赵既白更像一个出离的玉公子。

十六岁那年初秋,赵既白和叶简兮考取了同一所高中,分属不同班级。赵既白深得美术老师喜爱,下午课后可以去美术教研室画画。美术老师跟校长保证,只要允许成立美术小组,定会为高考升学率出力,怎么说每年也要考上两三个。校长信以为真,或者说,校长认为在无须投入的前提下,允许几个学生到美术教研室画画,至少不是坏事情。

因为画画，赵既白拥有了某种特权：头发明显地长过那些男生，海风一吹，小烈马般不羁；衣服经常蹭满颜料，气息却是洁净的，不像那些满身汗臭脚臭的男生。他的眼神坚定，总是望向某个地方。如果顺着那眼神寻找，似乎是一片鱼鳞云、一个红屋顶，又似乎什么都不是。

无数少女的心被俘获了，包括叶简兮。

那个时候，叶简兮脑后吊着马尾辫，脖颈颀长，嘴角倔强。

很多人的五官要等到二十岁才渐至清朗，叶简兮不是，她没有婴儿肥的过程，一早便玲珑剔透。与少年赵既白一样，少女叶简兮亦难掩骄傲。若细看，不过一袭寻常衫裙，甚至是叶纯兮的旧衣裳，却不知为何，当她走过那趟老洋槐，若恰在五月，花期便融入了她的身体。

赵既白放学后在美术组画画，女生们皆知，唯独叶简兮敢去探个究竟，结果被美术老师喊住，请她做头像模特，让赵既白和另外两个同学围其左右，画速写画头像。就这样，赵既白在写生的过程中迷上了叶简兮——叶简兮则同时迷上了赵既白和画画。

叶简兮跟美术老师说："我可以来做模特，前提是我也要来学画画。"

美术老师不同意。离高考只有两年半的时间，她缺乏基础，万一弄不好，美术类没戏，文化课也误了，岂不鸡飞蛋打？

这个时候，赵既白悠悠地说："我可以帮她。"

美术老师为难了。他不能确定叶简兮有没有美术天分，但他完全可以确定叶简兮是个优异的模特。那张脸天生有故事——有故事的脸画起来才过瘾。另外，赵既白是美术老师押下的宝，作为美术组首届高考生，两年半后，赵既白的成绩就是最好的说明书。美术老师是过来人，少年少女那点情思看得明明白白，他怕赵既白分心。

一切还是不可阻挡地发生了。

叶简兮课余来美术组画画，天分不亚于赵既白。基础虽弱，造型写实欠功力，却能旁开一路，画出天真和梦幻，被美术老师赞有夏加尔之风。她的色彩感觉极好，每一笔颜色安放在哪里，似能得到神谕。

起初叶家父母极力反对。叶简兮功课不错，日后参加文科高考胜券在握，女孩子学个文史哲，会有好出路。学画画当艺考生，只有高考无望的学渣才选此下策,这在当时是共识。

叶家父母不给钱买画具,叶简兮就赌气不吃饭,局面越来越僵,直至某晚离家出走。适逢天文大潮,大浪哗哗轰响着,叶家疯找到天亮,筋疲力尽,后来被邻居发现叶简兮独坐岬角尽头,浑身透湿。

那个时候,叶母的风湿性心脏病越发严重,正准备办住院手续,叶父已顾不上这许多,打算妥协。叶纯兮给父亲找台阶下,说:"小简有灵气,学画不失为选择。"叶父点头:"怪只怪我从小太宠她。"

青春年少样样好,说的就是叶简兮和赵既白。从此他们做伴,户外写生,背着画架行于当街,像两个世外的少侠。每当赵既白拉开架势,或潇洒地用排刷铺色,或谨慎地用小号笔刻画,其时其地其人,半脸不屑,满心虔诚,叶简兮的崇拜就会从心底轰隆隆地升起。

二人并未被荷尔蒙控制,表白也没有过早发生。都是内心清高之人,想做出个样子来,考上梦想中的美院,去艺术殿堂朝圣。非浙美不上,几乎成了赵既白的口头禅,还有什么浙江美院的雕塑系是国内老大,要到那里做中国的罗丹——口出狂言时,赵既白尚不知梦想通常是用来破碎的。

浙美雕塑系每年只招收八名新生,过程比闯独木桥还艰险。是年赵既白没能考取,但兑现了自己的承诺,他曾跟叶简兮赌气地说:"如果考不上浙美,去哪里都不重要了,不如你去哪儿,我去哪儿。"

他们最终被省城的艺术学院录取。叶简兮读专科,赵既白读本科。美术老师旗开得胜,校长二话不说就辟出一间独立画室,美术小组从此有了专属领地,赵既白、叶简兮成为后来者的美谈。

赵既白没有表现出更多失落。整个夏天他几乎都在商业街画广告牌,长时间暴露于户外,晒到黑瘦。叶简兮负责打下手,每每抬头,看见攀爬在高处的赵既白,被太阳的光晕围绕,拿画笔的右手和拎油漆桶的左手都连带着透明羽翼,好像古希腊的爱神。

禁果藏在赵家阁楼。那个八月的下午,赵母或许正在西点案台前熬制焦糖巧克力,或许正在制作普雷结面包。她穿白色工装,面无表情。平行的时空里,阁楼窗户都打开着,银杏叶的绿意探了进来,带着一种明亮如水的光线,尘絮像海藻和海草一样满屋子飘荡,燥热的风正穿过他们的身体。

叶简兮的连衣裙也是白色。赵既白用了很长时间才打开拉链。后来回忆起来，那个过程似乎有一生那么长。叶简兮闭上眼睛，致幻于甜奶油的气味——这也是当初第一次来赵家时所辨别出来的独特气味。

"你们家怎么甜兮兮的？"

"不奇怪。我妈每天下班总要偷几块蛋糕回来。"

八

叶纯兮提供给谷子的版本，当然是含糊其词的、避重就轻的。

叶纯兮说："叶家起初非常排斥赵既白，那孩子面相太冷，带着入骨的傲气。后来之所以松口，一是考虑到他和小简同读一所大学，寒暑假去去回回有个照应；二来，叶母久卧病榻，叶纯兮面临毕业忙于实习分配，也就没人顾得上小简了。

"赵既白毕业回来，在大学谋职，顺风顺水的事情，别人羡慕还来不及呢，他却总别扭着，说难忍周围俗戾之气，决意要考浙美雕塑系硕士研究生，离开此地。小简当然不愿意，她想结婚。"

叶纯兮停了停，望向窗外，吞下了后面的话。后面的话是——"因为那个时候，小简怀孕了。"

窗外冬阳煦暖，光斑跳荡。这是一九九四年的第二天。谷子和叶父再一次完成了潮间带探宝。叶父正在丁香树下制作当年的第一批海洋生物标本。福尔马林的味道从窗户缝隙飘了进来，与蜂窝煤的味道、豆腐炖鱼的味道，混合在一起。

叶简兮把自己关进房间，好像不存在一样。

叶纯兮和谷子在厨房准备午饭。说话的时候，他们坐于餐桌前，间或起身压压火，让炖鱼这件事变得缓慢一些。

叶纯兮决定帮谷子接近妹妹。既如此，就得让谷子知晓妹妹迈不过去的那道坎儿是什么。当叶纯兮拿捏着分寸，道出了赵既白，谷子忽有失重感，他极力却也乏力地掩饰着，同时想起走廊里那幅油画的落款，"白 1986"。

"为何分手？"谷子问。

"赵既白考上硕士研究生，再没回来过，放假在那边搞创作，准备冲击国家级大奖。也有传言，说他在追求院长女儿，为日后留校。小简去了趟杭州，回来就……后面的事情你都知道了。"

叶简兮肯为这个男人去死,已令谷子悲情漫灌难以自控,至于细节,叶纯兮即便愿意讲,谷子也是没勇气听的——而多说无益,叶纯兮不会不懂。

一切忽然安静下来。鱼汤翻滚,水汽作响,成了最大的声音。

事实上,叶纯兮也只掌握故事的梗概,细节属于当事人。当初为说服叶简兮打胎,赵既白哭了。他说自己离开艺术活不成,难以成为一个好丈夫、好父亲。

阁楼上,甜奶油的气息已经退去,叶简兮坐在他们无数次欢爱的床上,赵既白半跪下来,抱住了叶简兮的腰腹。

赵母刚刚嫁给一个退休处长,七十岁的老头子,仍保留着喝下午茶的习惯。赵母擅烘焙,人也苗条,符合对方诉求。

赵既白很庆幸这件事的发生。小学二年级,他渐渐听懂了流言,便视母亲为羞耻。当他第一次被骂野种,天就暗了下来。慕强正是源于这份自卑。他一路攀爬,信奉顶峰相见,也是为了摆脱自童年埋下的荫蔽。每次问及父亲,母亲都不接话,转身从橱柜里端出一块奶油蛋糕,上面有时撒满樱桃,有时是碎果仁和蜂蜜。

赵既白抱住叶简兮的腰腹,头埋下去,哭湿了她的半条裙子。

叶简兮环顾四周,到处都是架子和泥巴,成品半成品几乎将阁楼堆满。他没日没夜地画稿子,对待艺术如动物嗜血一般,她的心便软了下来。那以后他们开始怀着敌意在一起,她咬他发咸味的嘴唇,像她已不再是她自己那样行事。

赵既白收到硕士研究生录取通知书的时候,叶简兮见他眼露凶光,只是她更愿意相信那是因喜悦过度而发生的变形。叶简兮拿出积蓄,买来两个最新款行李箱,又置办了整整两箱行李,春夏秋冬都装了进去。

读研之后,赵既白也做兼职,可他要买原版画册,要北上南下追展览,做着到巴黎朝拜罗丹的梦,钱总是不够的。叶简兮按月给他汇款,通常是发下工资的第二天。长途电话也花费不少。

赵既白一直没有回来,叶简兮便去了杭州。她穿着米色风衣,却忘记带伞。一出火车站天就在下雨,离开时也没有停——她全无知觉。

赵既白提出分手,理由是"我怕毁了你后半生"。

回来以后叶简兮就病了。若挺过这一关，叶简兮会发现，失去谁都没什么。只可惜一念之愚，翻山越岭，她过不去的，不是爱情，而是自己。

她拖着病体去阁楼，把能砸的都砸了。阁楼钥匙她一直都有，之前会定期去开窗通风。

一周后，她跳入大海。没死成。

谷子竟去了杭州。先坐火车，一天一夜抵沪，又转长途车，再半天。

快艇生意要到明春开工，谷子属闲人，整个冬天不是陪叶父捕捞海洋生物，就是帮叶纯兮打理叶家日常。赵既白有形无形地出现了，谷子恼火、不安，只有找到那家伙，当面较量，才解气。事情绝非替叶简兮报仇那么简单，谷子也需要过自己这一关。

颠沛不必多说。火车轰响着掠过大地，站在车厢与车厢衔接处，谷子想起纺织厂当年放过的电影，画面颗粒粗糙，也满布新奇。谷子觉得自己是该出一趟远门了。南方的二跃、四学和小季，都比自己走得远，他留在原地，真没出息。

浙美不难找，江南地界谁人不知。令谷子惊讶的是，放寒假了，校园里仍来来往往。有备考的学生，有做梦的艺术家，有慕名的参观者，男长发女寸头，奇形怪状，谷子恍然来到了另一个世界。他向装扮不是那么怪异的人打听："雕塑系往哪儿走？"对方倒也热情："跟我来吧。"

就这样，过了一片竹林，又过一片芭蕉，还过了几株黄蜡梅，空气清冽沁人，香是冷凝的，谷子的火气被浇灭了一半。

"放假了也不回家？"谷子问。

"搞艺术哪有假，陷在里面就出不来了。"带路人答。

说话间，带路人手一指，拐过弯儿，白色小楼就是。

谷子谢了再谢，又经过一些叫不出名字的树，皆有茂绿稠密的树冠，与北方的干枯虬枝完全不同。冬天的样子差别如此之大，谷子算是开了眼。

小白楼比普通二层高出许多，灰瓦片片，连着灰色天际，藤本植物爬满墙体，叶子是落了，茎秆密匝如经络。白楼门前堆放着各种真人大小的雕塑，看材质，有陶、木、石、铸铜、锈铁。造型抽象的，把谷子看得发蒙；造型逼真的，把谷子看得脸红。难道艺术就是不穿衣服吗？

"雕塑系"三个字凿在半方老船木上,凿出了筋力,挂在入门右手。

谷子走进去,见走廊很长,角落里仍是各种雕塑。没有人,教室都上着锁。墙上几个巨幅相框,里面镶着人体素描作品,有男女青年,也有老妪老汉。作品大多写实,光影明暗带来体积感,皮肤的光泽或褶皱似触手可及,谷子再次脸红了。忽然,一个落款刺痛了他的眼睛,"白1993",与叶家走廊上的那幅油画落款一致,只时间不同。

一瞬间,谷子血往上涌。呼吸、心跳,进入非典型状态。他噌噌往二楼跑,赵既白似正守在楼梯口,手里握有长剑。

至二楼,谷子忽被某种力量震慑住了,不得不放慢动作,逐渐冷静下来。

二楼结构和纺织厂的一组单体车间相似,挑高极好,天窗上映着云影,天棚呈几何状。这种结构有点像教堂,也有点像寺庙,只接受仰望——而一旦仰起头,人间琐屑就无声地脱落了。

教室门口有提示牌,"闲人止步"。谷子犹疑片刻,侧身而入,不带起丝毫响动。里面十几人,背对入口,望同一方向,双手在雕塑台和画架上,做泥塑画素描,就像老农在田野里劳作,专注异常。

越过重重的头颅和肩膀,谷子随他们一起张望,这才发现中心位置有竖立的背景板,上搭麻质衬布,前面有方凳,男子坐其上,弯着腰、屈着膝、右手托着下颌——除了胯下一条兜裆布,他应该是全裸的。

裸男目光沉郁,隐在暗影之中。即便是折叠收缩的坐姿,也不能掩盖肢体的健美。小腿肌腱的伸张与收缩、脚趾的紧扣地面,皆是表面沉静而隐藏于内的力量。

谷子当然不会知道,这是一次致敬法国雕塑家罗丹的写生课。裸男动态仿照于罗丹名作《沉思者》。在相关艺术文献里,一八六六年间的某一天,罗丹是孤独的,一个人迷恋着一块大理石,对着它细细揣摩、盘算,静静地度过了大半天,直到从石料中幻视出《沉思者》的形象才动手——这些,谷子或许永远都不会知道。

当时当刻,谷子只感到一种震撼。谷子不是没见过别人的身体,在那个缺少私人空间的年代,大家都是公共洗浴,常常裸身相见。只不过,在这之前,他从未发觉身体竟然是美的,而且美到不可思议。

谷子确信,这就是赵既白。

在确信裸男是赵既白以后,谷子悄声离开教室,到小白楼对面站定,一根接一根地抽烟。

两个小时过去了,写生人群陆续走出小白楼。赵既白是最后出来的,谷子刚好抽掉一盒烟。喊赵既白的名字时,谷子发现自己嗓子已经哑了。

或许乡音久违,赵既白友好地笑了笑,只是,这笑容很快僵在半空,因为他听见谷子说:"我是叶简兮的表哥。"

从十六岁到二十六岁,赵既白和叶简兮谈了十年恋爱,当然知道她没有表哥。

赵既白抬头瞅瞅灰色的天,又扭头看看身边的雕塑,接着拍拍衣服,捋捋头发——借助一系列的动作,他恢复平静,重拾傲慢,望向谷子,淡淡地说:"事情不是你想象的那样。"

"我练过多年拳击。"谷子再也忍不住了。

"做雕塑也是要抡大锤的。"赵既白并不示弱。

"给个理由,我今天不揍你。"

"有些人不适合婚姻,只是不敢承认,我敢。"

"王八蛋,早干吗了?"

"活明白,是需要时间的。"

"你小子是想给院长当女婿吧?"

"院长千金对我有意,但是,我只爱过……小简。"

"放屁,不准再说她的名字,你害惨了她。"

"我知道。"

"你怎么谢罪?"

"我死了她也活不成。"

"她已经死过一回。"

"这跟我死过一回没有区别。"

…………

谷子不想绕下去了,将棉衣掼在地上,左右开弓,两拳打过去,赵既白脸上见了血。这家伙仍笑着说话,一字一顿,声音低沉:"打死我也是徒劳。"

到浙美读研后,赵既白越发决绝,他终于弄明白了,投身艺术,专心一意而无其他念头。另外,长痛不如短痛,总比和小简生下孩子再不管不顾要好。他诵读一样,仰起头、闭着眼,把这层意思表达完毕,之后,才看向谷子,补充道:"你未必会懂——不,你肯定不懂。我说出来,只是对过往的尊重。"

"艺术真是个破烂玩意儿。"谷子把牙齿咬得咯嘣响。

"艺术是我的磐石和盾牌,是我的避难所。"赵既白也把牙齿咬得咯嘣响。

"滚!我回去告诉小简,你只有你自己,不值得!"

"爱就是不问值不值得。"说完,赵既白转身走了,脸上血迹未干,背影湿冷。

时间已中午。小白楼离食堂不远,空气中飘来霉干菜烧肉的味道。谷子穿起棉衣,在那些人体雕塑前发了个长呆。比起刚见的时候,他已看出不一样的东西——除了没穿衣服,有的肢体扭曲,有的表情抽搐,有的痴傻空茫。

再次来到叶家,已是一周后。谷子将礼物呈上,给叶父龙井茶,给叶家姐妹真丝方巾,另有西湖藕粉、山核桃、天目笋干。

叶父和叶纯兮笑得不太自然,看见杭州特产,便知谷子去面晤赵既白了。

叶父历来逃避问题,这是他此生作为父亲最大的弱点和缺点。叶纯兮则要问到底,她将谷子拽到厨房说话。

或为找回面子,谷子说自己把赵既白打到满地找牙。

"他没还手?"叶纯兮问。

谷子摇头。

叶纯兮说赵既白也是学过功夫的,早年赵家母子受欺负,他就跑到大庙山跟人学了几年拳脚。

此番话让谷子吃惊不小。赵既白高大挺拔,却文人相,看不出会武,至少在小白楼前对峙时,谷子没看出来。

叶纯兮把礼物放到了叶简兮面前。她知道这个步骤将有力地推进事态。果然,叶简兮脸色大变,强忍着激动,说要找谷子谈一谈。叶简兮说:"冯师傅明天和父亲去海边,之后过来吃晚饭。"

是日腊月二十三,农历小年,海水温度已近零摄氏度,鱼龙远遁。但谷子与叶父深谙鱼性,经过大半天联合作战,共收获了沙光鱼、鳕鱼、石鲽等冷温性鱼种,甚至在岬角深水处钓到了六线鱼。他们兴兴头头地回来了。叶纯兮正在择菜和面,为包饺子做准备。

谷子说:"我来!鲜鱼糜、肥肉膘、白菜心,再切点韭菜末子,嘿,这顿饺子能鲜掉眉毛。"

叶父急了:"给我留两条做标本。"

谷子笑:"放心吧叔,模样吓人的黑头给你。"

叶纯兮也笑,又别过头去喊:"小简,小简,快出来看看,要不要挑几条好看的盛在青花瓷盘里,画写生啊?名字我都替你想好了,就叫《小年儿》。"

日后若盘点谷子的婚恋史,"小年"这个节点是具有历史意义的。

谷子和叶纯兮忙于灶台,叶父制作标本,叶简兮油画写生,归航跑来跑去,通报外公和小姨的进度。下饺子之前,《小年儿》完成,大笔触大块面,有种一气呵成的神韵,且色调明透带着潮水汽,落款是"简1994"。后来,这幅画挂在走廊,替下了那幅落款"白1986"的风景写生。

鱼饺子好吃到令人叹息,腊八蒜、饺子汤,也都齐全,一如每个幸福家庭所拥有的那样。叶父和叶简兮的做派,带来了某种精神意义,一时间,让叶家离地三尺,烟火之上。

饭后,叶纯兮急着去医院探望公公,拽上归航就走。

叶父醉心他的标本,钻进了自己房间。

厨房里只剩谷子和叶简兮,气氛忽然变得不自然起来。

各种声音先后响起——洗碗的水声、桌椅归位时与地面的摩擦声、窗外零星的鞭炮声。谷子背对着叶简兮,擦拭灶台,他听见叶简兮的声音好像从遥远的地方传了过来。

"你不该救我。比死更难的事情,就是活着。"

"他不值得你这样做。"谷子没转身,手上动作也未停,语速极快。

"爱没有值不值得!"叶简兮本想这么说,最后谷子听到的却是——"很多事,都禁不起推敲。"

"其实也怪不得别人。"谷子说,"自己不想,谁能毁了你?"

"我没怪谁,只是不相信,连美都不信了。"

"那么,你信我会护着你、帮着你,也会哄叶叔开心……会为……过日子出力吗?"说完这番话,谷子已满头挂汗。

叶简兮打量着谷子,在现实生活里,这个男人学历不高、工作不稳、家境薄浅,除了善良、勤快,再加上帅气,其他的乏善可陈。可是,赵既白的帅带着阴云,眼前这个男人,则阳光倾洒一般。被他从冷海托起的时候,她在虚幻之境,似要去山谷,那里绿草茵茵,溪水长流,不远处黛色山峦如伞,正是她想找却一直没能找到的写生佳地。而他有张好看的脸,戴着七彩花环,俯下身体,越来越近,加入了她的呼吸……直到抢救过来,高烧退去,虚幻才消失。

"我相信。"叶简兮语气决绝,面无表情,"但是不会有那么一天的,因为你知道得太多了。"

叶简兮很清楚,曾经的经历对于一个女人意味着什么。倘若真有未来,她担心自己在谷子面前永远抬不起头。

谷子无计可施了,站在那儿,手里摆弄着抹布。

就在这个时候,叶父那边传来动静:"小简,冯啊……"

事情好像不太对头。谷子拔腿就冲,比叶简兮早两步冲进了叶父房间。但见叶父斜靠椅背,手捂胸口,脸色苍白,大汗淋漓。叶简兮害怕起来,嘴里喊着"爸、爸",却不知所措。

谷子将叶父抱起,异常谨慎,平放在床上。这个短短的过程,叶父竟已后背透湿。谷子对叶简兮说:"怕是心梗了,得赶快去医院。"

叶简兮不相信:"我爸平时没有心脏病。"谷子则是有经验的,他嘱咐叶简兮先安抚着,自己到马路上拦出租车。

北风在斜坡上打出哨音,除此之外,路上没有人更没有什么出租车。谷子直跺脚,时间在流失,他知道对叶父不利,没办法,只能顶着风跑到主干道,因出来得急,棉衣都没顾上穿。

就这么一路小跑找车,最后在离叶家两公里外的旅馆门口,找到了趴活儿的出租车。司机说:"老规矩不打表。"谷子应声:"行,赶快!"

果不其然,叶父急性心梗,幸亏就医及时,挽救了坏死心肌,减少了心梗面积。二人在医院守到天亮,上午才给叶纯兮打电话。叶纯兮从单位赶来,对谷子心存感激。接下来就是陪床、送饭,离不开人。

同病房的都羡慕:"你这个儿子真孝顺。"叶父说:"不是儿子啊。"同病房的更加羡慕:"哦,女婿啊,你这老泰山真有福气。"叶父没气力解释,脸上浮起一种满足。

跟叶简兮表白之前,谷子先知会了叶父。叶父对鱼友变身老丈人这一事实,本能地有种莫名火气,可是,他终究没有爆发力了。

九

一九九五年春节,谷子大婚。按照坊间界定,从后海来到前海,新房又是女方家,就算做了上门女婿。

谷子攒下零碎时间,一个人打造了全套家具,就像大元当年那样。床,樟松木,气味清香舒心。电视柜、茶几、餐桌用杉木,木头纹理质感恬静。书柜是榉木。墙壁翻新、粉刷,厨房、卫生间也都砸掉重来。

结婚前一年,快艇生意空前顺遂。老天爷给面子,一次台风也没刮。谷子没白没黑地干,自造噱头推出"日出游"和"星月游"。刷好的白板上,叶简兮帮忙写的美术字,杵在更衣室门前,像模像样。晒鱼亦有了名号,"后海谷子"被印上塑料袋。

刺鲅不解:"你明明是在前海捞鱼。"

谷子就说:"捞鱼者乃后海人士。"

"可你做了前海女婿。"

"那就更不能忘本了。"

刺鲅还是很够哥们儿的,谷子借钱办婚事,他慷慨相助,一半借,日后要还;另一半算份子钱。

叶简兮有过短暂的婚前恐惧症。谷子的疼爱激怒了她,觉得他在可怜自己。几次深吻之后,虚幻之境又出现了,她眼神迷离,问谷子是不是要带她去山谷,那里绿草茵茵,溪水长流,不远处黛色山峦如伞……只是画具太沉,除了谷子,没人扛得动。

谷子都由着她。

婚宴摆在叶家,两桌。叶家不喜闹腾,本地也没什么亲戚。

四学和小季风尘仆仆地赶回来,帮忙筹备婚礼,拜见叶家和嫂子,礼数皆周全。兄弟三人又一起扫墓,一起跪在坟前流泪,一起默默于心中涌起某种壮志,或清晰,或模糊。

回到老屋,饭桌还是那张饭桌。奇怪的是,从前可以挤下一家七口,现在被三个大男人轻易地制造出拥挤感。桌上摆着后海名吃,都是年幼时吃不到的。酒也斟满，特意选了冯父当年最馋的瓶装老白干。

四学说初中曾与人合伙偷过美林烤鸡，无一次成功。

谷子说曾偷了母亲的钱去三盛楼，服务员脑子进水，算错账倒找钱，羊肉蒸饺白吃不说，还小赚一把。

忆此类糗事，兄弟三个大笑，可笑着笑着就哭了——再也不会像小时候那样，哭着哭着便笑了。

他们曾恨不得一夜长大，好像长大就可以说了算似的。长大后才发现，所谓说了算，不过是重重压力之下的责任与担当。不消说显赫家境，冯家甚至连家底都没有，诸事只能靠自己。

他们提及二跃。杳杳的音信，是他和厂医先到的佛山，又辗转去了广州。

四学渐渐变成老兵，一个明显的特征就是患上了风湿病。小岛高盐高湿，夏天热到空气黏稠，行李长满霉斑，冬天又冷得像个冰窟。台风季能把一切撕碎，有一次营房房顶整个被掀走了。补给船靠不了岸，岛上断粮，只能喝雨水、吃黄豆、捡海菜，就这么熬了二十八天。

谷子听了愈加自责，拍拍四学肩膀："哥关心得不够。可你为何一直不休假？信也不回，莫非记恨我当年告你的状？"

四学无奈地摇头："家里的变故一个接一个，我没勇气回来承受。咬咬牙，守海岛，学本事，忘记糟心的事。雷达设备的各种专业知识，什么设定参数、天线旋转、目标选择与甄别，我都是零基础，只能拼上——拼上才能忘记糟心的事啊。"

四学的手，锉刀般粗糙。谷子料定，这是加工维修精细配件所致。

"修了雷达才知道，爹娘给了一双巧手，遇上元件损坏又没有备份件，我能在电路板上用焊笔连续飞线……这不，多年都是优秀雷达兵。"四学为自夸难为情，亦掩饰不住高兴。

谷子端起酒杯一口干了："哥敬你，部队到底锻炼人，你是冯家的骄傲。"

四学摆摆手："日后若能做个雷达兵王，那才叫大牛。现在，咱冯家的骄傲应该是小季，大研究生！文化人！"

小季不胜酒力，脸色通红。十八岁之前，他是讨厌这张饭桌的。父亲的酒鬼形象、哥哥们的叛逆、母亲的疲惫与暴躁，还有莫名的谩骂、动粗，都围绕着饭桌发生。

哥哥们有虎气、野气甚至匪气，宽肩长腿，体格壮实。潮湿的南风或者凶猛的北风，从海面吹往陆地，依次吹醒了他们的荷尔蒙，吹硬了他们的胡楂儿。他们不再发出清脆童声，进入含混的变声期，按照自己的方式长大，或者按照意想不到的方式戛然而止——而小季，从小文气内向，身体单薄，遇事放不下，适应能力欠佳。

现在，小季总算长大了。长大后的小季，将这张饭桌视为冯家本身，游子的爱与思念，借助饭桌获得物化和具体。腿脚不稳，纹理残缺，这真是一张让人心疼的饭桌啊。

两个哥哥劝小季不要喝了。小季说："那我就给你们讲点糗事吧，或可当作下酒菜——"

接到大学录取通知书的时候，小季曾在心里发誓永不回头。填志愿，他只求越远越好，浪迹天涯，专业不重要。"跑那么远干吗，路费不是钱？"冯母一脸不高兴。小季以好男儿志在四方应付，这句话是早就想好的。

现实却很打脸。南京鬼热，甫出梅雨季，日子就上了蒸屉，随后又被送进了烤箱。人生中的第一个别处之夏完全把小季吓住了，而此前的全部夏天，他是唯清凉海风再也不识人间的。

小季抑制不住地想家，倒数着放假的日子，末考复习也心不在焉。当初离家时赌气立下的誓言全部作废了，他只想吃一碗母亲做的手擀面。母亲喜欢在夏天做手擀面，用蛤蜊、芸豆、鸡蛋打卤，整个过程都在抱怨，因为风湿病又复发了。可记忆中那碗面的筋道与鲜亮，足以让小季忘记所有不快。

四学和谷子听不下去了，面露尴尬。作为哥哥，他们疏忽了小季的成长。

小季说："你们别煽情，重点在后面——"

学生宿舍条件差得离谱，偷偷吹个小风扇，熄灯断电之后也会立马停摆。放下帐子像堵了座山，收起帐子，蚊子嗡嗡声密集不绝，巴掌噼啪地往自己脸上身上甩，竟掌掌不虚。

好不容易迷糊一阵，又很快热醒，只能端起脸盆去盥洗室，接满水兜头浇下，再浇下，回到床上迷糊一阵。如此一夜折腾三四次，饶是气血两旺，熬上个把礼拜也黑瘦下去了。

还是热得受不了，只能卷凉席到楼顶平台露宿。晚八点，先去泼几桶水——当然,这几桶水势必会在一分钟内蒸发掉,地上就像没有水来过一样痕迹了无。晚十点,再去泼几桶水,平台上的热气逐渐被压制下去,终于可以躺下了,男生们光着膀子,点上蚊香,有人甚至褪去了裤衩。

夜渐至深静,气息仍然燥热,没有一丝风。小季穿着国棉五厂处理的零头布制作的大裤衩,直挺挺地躺在那里,意兴低落。

有人在讲黄段子,各种上了色的传闻。不知谁带了个望远镜,趴在围栏上偷窥女生宿舍,引起一阵围堵。女生宿舍早已熄灯,什么也看不见。有人却故意压着嗓子说:"我×,裸体啊!"几声坏笑响起,搅动的都是热浪。

好不容易睡着了,凌晨大雨急来,众人从梦中惊醒,轰然四散如受惊的鸟雀……

小季说完哈哈大笑。谷子和四学却怎么也笑不出来,愧疚不已,连干三杯。

"能娶到前海美人,当上门女婿也不亏,好好过吧,早生贵子。"

带着四学和小季的赞美与祝福,谷子开始了新生活。婚后第二年,叶简兮生下儿子,取名叶亦冯。

到底叫叶亦冯还是冯亦叶,儿子过了百岁才定下。这之前,叶简兮模棱两可,叶父态度中立。叶纯兮十分坚定,必须叫叶亦冯。

谷子内心不快。冯家的第一个孙子,却随了母姓,自觉做人没出息,对不起父母。跟叶纯兮商量的时候,谷子语气里有恳求成分,又顾及面子,便佯装幽默,说甘愿下辈子为叶家做牛马——实际上这辈子他已经这么做了——"那么,儿子能不能姓冯?"

叶纯兮说:"小简的样貌、学历、职业,样样百里挑一,你是知道的。这两年,外面难听的闲话不少,我就不转告了。总之,筑巢引凤,巢是叶家的,凤是叶家的,生下孩子自然也是叶家的。姓叶,没毛病。"

谷子觉得有些反常。叶纯兮固然计较得失,藏有心机,书卷温婉总还没丢,平日说话通常留余地,也会控制情绪,这回是怎么了?

远洋船员丈夫刚结束环球航行,正在休假。分离八个月,夫妻重逢,叶纯兮应该高兴,那天却当着全家人体罚归航,小屁股都打肿了,芝麻粒的事,放在平时没人认真。

谷子去问叶简兮:"姐怎么火气噌噌的?"

"和姐夫吵架了。"

叶简兮正在喂奶,带着一种产后的充盈感,通身乳香气,浓郁绵软。谷子闻见,心宽了些许。

据叶简兮讲,船停荷兰阿姆斯特丹港,姐夫和几个船员去"红灯区"看"橱窗女郎"——姐夫说只是看看,但这件事被姐知道了。

谷子"哦"了一声,怪不得。

那个年代无出境游,远洋船员是人人羡慕的职业,可以带回花花绿绿的外国尖货,可以跑遍全世界,在印尼巽他海峡看火山喷发,在南非好望角偶遇漫天晚霞……人人只见光彩的一面,却忘了远海的孤独与凶险。

作为连襟,远洋船员一度鄙视谷子。后因其父病危和殡葬,谷子出过大力,平日对叶纯兮母子也多有照顾,男人之间的默契就渐渐达成了。

二人喝酒聊天时,远洋船员说起舱面作业的酷暑和严寒、机舱的噪声与高温,说起爬大桅、下深舱,哪一样都是极限考验。远洋船员甚至说:"风平浪静时,万里无云,会让人觉得害怕,到了天国似的!这时若有一朵云飘过,都是令人开心的事。"

谷子摇摇头:"姐夫也不容易。"

叶简兮不同意:"姐容易吗?"

"大家都不容易。"谷子说。

真正让谷子放下执念的,还是大漠。婚后谷子曾给大漠寄去一张结婚照、两盒喜糖、一斤绿茶。信中该说的都说明白了,电话号码也留好。两天后,大漠打过来。听见师父声音,谷子百感交集,一时眼眶尽湿,却也不忘遮掩,怕叶简兮看见。

自离开后海工厂,愧于无着无落的人生,谷子许久没与大漠联系了。思念是因为孤独,委屈也是因为孤独——如此这般,大漠都懂。

关于儿子姓氏,谷子也想给大漠打个电话,几次号码拨到一半,又放弃了。打电话无非是诉诉苦,依谷子对大漠的了解,大漠一定会说:"儿子跟谁姓不重要,谁来教导他、如何教导他,才是最重要的。"

站在叶家小院里,丁香树已打起花苞,仲春独有的散淡气息覆盖下来。谷子下意识地打出一套组合拳,生疏是生疏了,却有豁然开朗之感。

很多话，大漠很早便说过，时间到了，才会从记忆里弹出；时间不到，就是暗藏的玄机。"一波未平一波又起，这便是人生"，大漠似乎也说过吧？

这时儿子哭声骤起，谷子转身往屋里去，心里默念："叶亦冯就叶亦冯吧。"

接下来都是好辰光。谷子，当然也是叶家，经历了天伦之乐、舐犊之情、隔辈之亲，不一而足。

叶亦冯三岁，谷子做了一匹小木马，叶简兮画上图案，叶亦冯摇呀摇，好像摇到了月亮上。叶亦冯五岁，谷子做了一间小木屋，叶简兮画上图案，叶亦冯藏在里面，以为是全世界。

日后回忆起来，那是他们最美好的时光，有十年那么长。十年间，冯家兄弟也都在实现人生进阶。四学晋升为三级军士长，与福州本地姑娘结婚生子。姑娘在区图书馆工作，婚前把守海岛想象得很浪漫，婚后则疲于分居之苦，一个人带孩子，一个人面对生活巨细，任谁都要抱怨的。小季硕士研究生毕业，申请到留德奖学金，在慕尼黑工业大学攻读机械博士学位，被德国姑娘倒追，已经沦陷。二跃也有了消息，在广州主城区开了五家药房，厂医做董事长，他是总经理。结婚与否，消息不确切。

婚后第三年，叶父跟谷子说："有间汽车屋子，祖辈留下的，年久失修，一直闲置。现在都兴汽车屋子改门头做生意，你得空也收拾一下，看看做什么好。"

当时，"杀街"已拆除。各种投诉令管理部门头痛。如此沉疴有损城市形象，借新一轮规划实施，"杀街"往事便在推土机的轰响中烟尘散去了。

谷子重新干起烧烤。间断四五年，已不可同日而语。自费旅游的多过公款出差的，吃客年轻化了，谈吐更率性。谷子强烈地感受到时机火车头一样疾驶而来。谷子跟叶父说："开个烧烤店吧，正经八百干起来，比在更衣室门前打游击要好。"

叶家的汽车屋子是那条街上最敞亮的，面积大，三十平方米，横切也宽，能改造出落地窗。手续办了下来，名号还叫"后海谷子"。这次质疑的不是刺鲅，而是叶纯兮。

"你明明是在前海开店。"

"开店者乃后海人士。"

"可你做了前海女婿。"

"那就更不能忘本了。"

叶纯兮讪笑两声："祝你生意兴隆。"

谷子找来一块老船木，异形的，满布雷电风痕，再拓印上叶简兮的字，门头一挂，个性十足。叶简兮揶揄："谷子老板眼光艺术得很呢。"谷子"嘿嘿"直笑，他是受了浙美雕塑系那块门牌的启发，但他不说。

与"杀街"拆除的同一时间，旅游管理办颁布新规，整顿海上秩序，联合审验不再是走走过场的事情。二〇〇〇年，快艇更新换代，设计、构造升级，包括恼人的排水问题，都不再是问题。

刺鲅决定成立旅游观光公司，抢占先机。他让谷子入股，说："海上观光乃朝阳产业，带出几个徒弟，日后你就是大老板了。"

谷子犹豫不定。叶父已老，叶亦冯将读小学，烧烤店整装待发，他无精力再投旅游观光公司。一旦成立了公司，就不能像之前干半年休半年，新项目得开发，以保持续运转。谷子把这层意思告诉了刺鲅。

刺鲅点一根烟，猛吸几口，半支成了灰烬。"也好，"刺鲅说，"你赚钱太死心眼儿，规规矩矩，缩手缩脚。咳，本以为后海出身的不含糊，可你就是野不起来，没出息！"

刺鲅，聪明人，庙堂江湖皆混得开。这不，刚提拔了正处。

谷子说："处座，'后海谷子'随时恭迎啊！"

二人好聚好散，谁也不耽搁谁。谷子心里是存了感激的。仓皇时，刺鲅拉了他一把，直接拉入了经济大潮中，从后海到前海，由地缘到姻缘……缘真是奇妙的东西，来了，走了，一时，一世。莫须有的一个"缘"字，让人生像极了拼图，任谁都在拿着自己的那块，去寻找另一块。

时间来到二〇〇五年。"后海谷子"已经火了。夏天的傍晚，店里坐不下，门口支几张小桌，摆一圈儿马扎。谷子生怕吵到邻居，极力控制着时间，生意再好，晚上也是十点打烊。

亦冯已经读小学三年级，英英武武的，五官像极叶简兮。为给儿子营造一个学画氛围，也为了赚点外快，叶简兮收下四五个学生，一起做伴画画。

叶父希望亦冯传下衣钵,这样,那些海洋标本就有去处了。亦冯却不感兴趣。倒是在去过后海老屋,见了架子上生锈的铁路老物件后,他开始不停地问这问那。谷子告诉亦冯,都是祖父留下的。

"祖父会开火车吗?"

"祖父当然会开火车。"

"哇,祖父一定很勇敢,就像奥特曼能打败怪兽。"

架子还是前年四学回来探亲时,兄弟俩用两天时间一起完成的。他们将冯父所留之物逐一摆放,整个过程谨慎,并且沉默。四学说:"爸有远见,这都是历史的见证,我们军区建雷达博物馆时,曾到处征集相关的退役老物件。"

是年秋天,叶父最后一次心梗发作,搭上了性命。当时身边没有人——这几乎是不可思议的。谷子就在家门口开店,天天守着叶父。唯独那个周日上午,谷子去参加拆迁补偿联席会了。后海纺织厂宿舍拆迁在即,这显然是个重要的会。亦冯馋后海老字号,也跟着去了。叶简兮在学校加班,为绘画比赛当评委。叶纯兮送归航上网球课。而远洋船员正经过白令海峡。

叶父走时孤独,未留下一句话,这对于活着的人是个沉重打击。叶家姐妹难以接受,后悔和内疚将她们久久缠绕。谷子张罗所有后事,按照叶父所期许的那样,最终以海为墓。

叶简兮不停地问:"爸爸真的不在了吗?"

谷子泪流满面。他也曾这样无数次地问过自己。大元走的时候,他问过。冯母走的时候,他问过。冯父走的时候,他问过。他只有抱紧叶简兮,才像抱住了所有生的希望。

半年后,叶简兮开始腰酸背痛,浑身使不上劲儿。谷子以为她是身心所累——素质教育提上台面,美术老师忙得像陀螺。另外,她还没有走出丧父的悲伤。

谷子揽下所有家务,将"小简你去躺一会儿"挂在嘴上。可巨大的乏力感一直没有离开叶简兮。

谷子陪叶简兮去挂专家号。检查结果出来后,专家表情凝重地告知,叶简兮患的是"肌萎缩侧索硬化"。

谷子听不懂这个拗口的名字,仍以为是疲劳过度。可专家接下来的话,将谷子一下子扔到了史前旷野,谷子脊背发凉,汗毛倒竖,被孤独与绝望打蒙了。专家把他叫到一边，低声说："这种俗称'渐冻症'的病，致死率几乎百分之百，最多活不过两年。"

回家的路上，谷子眼前竟浮现出一个画面——是十六岁的雨夜，后海鲜见"下大抓"的人，他在齐腰海水处挖得正欢。突然，海水猛涨，瞬间及胸。稍时，海水便没到了脖子。谷子脚下骤急，一口气向岸边挪出二三十步。没承想，潮水比他的脚步还快，直接盖了顶。大雨纷披，海面上雾气弥漫，埋住了岸边的灯光，海面一片漆黑，已经没有任何标识物。谷子完全失去了方向，巨大的恐惧控制了他。

雨，下得越来越狠。抹一把脸，再抹一把脸。才十六岁啊，真的就这么喂鱼了?绝望中，他随波逐流，听天由命。不知过了多久，海浪终于将他推到近岸的浅水区。他并不能完全确定岸的位置，忽然，半空中出现了微弱的灯火——是火车站货场。那刻，那盏灯，等同生命的呼唤。他开始放声大哭，泪水、雨水、海水，被一口一口吞下。他终于找到了方向，他没死!

对! 叶简兮不会死! 不能听信专家的。

叶简兮办了长期病休。从那时起，谷子就在烧烤店门上挂了块牌子，"请提前一天预约"，后面是手机号码。

病情发展得很快。三年后，叶简兮已翻身无力。担心久躺生褥疮，谷子定好闹钟，每隔两小时给她翻一次身。白天还好，到了半夜，谷子仍不敢睡实落，时刻留意叶简兮的动静。

家庭的变故让亦冯早熟，眼神里多出一些意味，这是谷子最不希望看到的。叶纯兮不失为好姨妈，寒暑假带亦冯和归航去旅行，平日带他们看电影、看展览、逛美食城……尽力弥补叶简兮的缺席。

生病久了，叶简兮性情大变，动不动就朝谷子和亦冯发火。亦冯正在叛逆期，嗓子变声，脾气顶牛。谷子私下里会安慰儿子，或者像两个男人那样对话，"让着点我的人"。

值得安慰的是，亦冯功课从不用操心。高中时，大多数同学狂奔在各种辅导班之间，亦冯气定神闲，坐在叶父用过的书桌前，省下了一大笔补习费，最后被北京交通大学铁路机械专业录取。按亦冯的成绩，完全可以报考热门的计算机、土木工程、电子信息工程之类，可是，亦冯对会开火车的从未谋面的祖父，有种情感认同，从小志在于此。

第九年,谷子给叶简兮擦洗身体,把叶简兮抱起来,放到马桶上,并且一直扶着她。第十年,谷子给叶简兮削水果,捣成泥,一勺一勺喂到嘴里。叶简兮脖子上围着块布,像婴儿。

第十一年,叶简兮被困在冻住的身体里,全身上下只有十根手指能动。那手指仍然细长、白皙,只是布满了岁月的陈斑。谷子想,小简一定想画画啊。这么一想,谷子的心就很痛,很痛。

专家口中的两年存活期,靠着谷子的悉心照顾,硬生生延长到十二年。叶简兮走得很安静。谷子握着她的手,亲吻她的额头和脸颊——就像第一次那样。

而他有张好看的脸,戴着七彩花环,俯下身体,越来越近,这是叶简兮关于人世的最后一眼。叶简兮曾经说过,不想海葬,大海太冷了,她想葬在山谷,那里绿草茵茵,溪水长流,不远处黛色山峦如伞。

谷子时常把自己关在房间,抚摸着叶简兮的遗照,好久不出来。有时候一待就是一天。谷子始终记得,叶简兮离去当晚,月色清清亮亮,不染半点尘埃。

谷子和叶简兮之间,最初相隔着前海、后海的距离,好比相隔着两个王朝的狭窄缝隙。后来他们相隔着一次救赎、一场谈话、一个亲吻。而现在,他们相隔着一个月亮的距离,天上、人间。

后记

回到谷子拿下海蜇王那天。

那天,劳者多得,五分之一的海蜇归了谷子。从海边到他的烧烤店,隔三条马路,近是近,拎了重物,无形中就远出去许多。他在秋阳里疾走,很快一身汗。

落了脚,紧着处理起战利品。鲜海蜇必得腌渍三次才能入口。食用盐加明矾,前后二十日,俗称"三矾"。谷子一阵忙活,完成初矾,毒液杀出,海蜇入瓷缸,置于阴凉通风处,等到功德圆满之时,取出,凉拌热炒,都是招牌菜。

"后海谷子"成了网红店,寻味而至的人们,会喊几声:"谷子——""谷子,蛤蜊多加些辣椒,爆炒。""谷子,毛蛤过遍水就行,再给弄碟辣根。"

谷子那经过多次改良的灶台,一边煮馄饨,一边烧烤。除了烤鱼,也烤骨髓、烤茄子、烤土豆、烤板筋。钉螺、醉蟹更是一绝,现做,竟也能迅速入味儿。

逢春秋两汛,谷子会卖上半个月的鱼馅馄饨,每日特供二十份。吃了第一碗,不许再点第二碗,给多少钱也不许。鱼馅馄饨,赔本生意,谷子执意要卖,为的是给生活来点仪式感。选肥硕雌鱼,剔刺留肉,加油膘、蛋清和姜汁上劲成馅,煮出来,不仅馅白,而且汤白。新老吃客,一碗下肚,便知春夏秋冬。

远洋船员已退休,带着他那闻见罐头就想吐的胃,带着关节炎和听力障碍——当然还有一颗见过天下而宽大的心,永远地站在了陆地上。

远洋船员每喝必醉,摇摇晃晃,好像在刻意捕捉船行大海的感觉。有一年,远洋船员说:"我们到巴黎红灯区看橱窗女郎,走过一个小广场,几个穷画家正在给游客画肖像。有个中国画家生意最好,因为他画得实在是又快又像。我上去跟他聊天,他只讲法语和英语。可不知为什么,我觉得他就是小简从前的男朋友……"远洋船员猛然意识到说错了话,赶忙打哈哈,"我骗你的,哪敢去看橱窗女郎,叶纯兮是千里眼、顺风耳,什么都瞒不过她。"

赵既白后来去了巴黎,谷子是知道的。至于到底去了巴黎的殿堂还是街头,已经不重要了。谷子拍拍连襟的肩膀,说:"活着都不容易。"

世间事,哪有什么容易。深处都是逆行的风物。

后海用三十年的时间,完成了大面积填海和棚户区改造。滩涂上,长起钢筋丛林。从性价比来看,这比长蛤蜊值钱得多,没有理由不高兴。

可谷子就是不高兴。他一边赞叹,一边又莫名地担心——担心自己回不去了。所谓回不去,是回不去他的青春气象,以及青春气象里的纺织厂、火车站、野泥滩。

高楼与高楼的罅隙,偶尔露出一片海。有人仍然会捞上海货,摆在拦浪坝外围的马路上叫卖。早八点,一切必须结束,城管巡查得很严。识货的后海人已经早早地等在那里,带着一脸的不高兴。他们应该是从纺织厂、橡胶厂、化工厂退休的,如果还有别的,不外乎碱厂和机车厂。

回迁后,冯家老屋变成三室一厅,精装修交房,宽敞明亮远超出前海叶家。拿到钥匙,本该留在新家添添人气,谷子偏去防浪堤坐着,真是贱骨头。

那晚无星月,稠墨一样黑。抽掉半盒烟,海面上有了层层白浪翻卷,便知是涨潮。他放开喉咙,野野地喊"我回来了——"却卡在喉咙口喊不出去。天亮

343

时分,他感到饿,想起小时候怀里揣了玉米饼子,以利石砸开岩壁上的海蛎,一口鲜汁吸下去,整个喉咙都被打开了,一口饼子一口鲜蛎肉,最是对味。现在不会这么做了,他已习惯将海蛎蒸熟,掰开有力的闭壳肌,旁边是一碟姜末醋。

当然,也不全是不高兴。纺织五厂的厂区被保存下来,成为博物馆。年轻人慕名来打卡,会听见讲解,这里是近代工业缩影,是不可移动的文物。

第一次去,谷子很好奇,跟在年轻人后面做旁观者。那片庞大坚固的厂房,他终于知道了其专业名称——包豪斯风格单体车间,始建于一九三四年,也是国内现存面积最大的。不过,讲解员总是过于呆板,没有感情,她干巴巴地说:"设计风格注重简洁实用,形式跟随功能,去除干扰和装饰,是包豪斯设计理念的核心思想……"

幸好还有一个公益讲解员群体,由纺织厂退休职工组成。第二次去,谷子便碰见了黑皮。当时谷子正贴近玻璃看图片展,忽然一个熟悉又陌生的声音透穿而来。

"听我老舅讲,日本人当年在后海沿岸建厂,是动了脑子的。一来沿海地带属日本守备军的警戒区域,容易控制,没有治安隐患;二来铁路线就在附近,甚至可以铺设铁路专用线,原料输入、成品输出都便利;三嘛,厂址在海边,建立发电厂所可就近利用海水作为冷却用水……"

黑皮!是他!声音没变,尽管他在极力克制讲下流笑话时的滑腻感。谷子远远地望过去,那是一个挂橙色胸牌、戴棒球帽、通体休闲装扮的黑皮,瘦了,更黑了,叠皱的松皮之间,小眼依然聚光。

故人相见,难免激动。谷子以前不待见黑皮,眼下只觉他亲切、可爱。午饭在厂区里吃——他们还是不习惯叫博物馆。原来除了博物馆,另有三分之一休闲区,以更好地吸引年轻人。

饭间黑皮说到二跃:"听说冯家二跃赚了好几个亿,让他回来干点事吧。也该回来了。五厂没有大拆大建,算是保存下来了,建筑风貌啊,纺织文化啊,都没走样。政府正在植入新业态,什么原创集合店、集装箱艺术空间、主题咖啡店,日后有看头也有玩头哩……"

谷子瞄一眼黑皮,心想,公益讲解员这个角色还真锻炼口才。

流光暗转,屈指堪惊。

二跃回来时,带着比他小三十岁的娇妻。厂医晚年到美国投奔女儿,带走了属于她的那部分财产。

一回来,二跃就在后海最昂贵的楼盘购入最昂贵户型,二百七十度观海景,波涛汹涌。众人皆知他富可敌城,掩不住地奉承与谄媚,当年的私奔也几乎成英雄事件。

谷子发现,三十年没见,文艺青年二跃,只剩一张瘦脸,满布刀斫斧劈般的纹理。亿万富翁的霸气只偶现于双目一横、眉峰微蹙。比如谷子质问当年为何一走了之时,二跃便现出此类神情。谷子马上道:"好,二哥,我不想知道答案了,那是你自己的事。"

因为谷子已得知,二跃得了早期肺癌,肺叶做了根治性切除,刚刚稳定下来。

这听上去像个笑话,开药房的最终得了肺癌。黑皮嘴贱的毛病是改不了的,只是不妨碍他热心地将二跃引荐给园区总经理。总经理很激动,电子屏上立刻打出"欢迎民营企业家冯跃海先生荣归故里"。

"有个两千平方米的破损车间,外修复、内装修要花钱,数目不小,至今没人敢应承,冯老板若有兴趣,我给您免一年租金。"

二跃说:"三年!"

"好,冯老板心系后海,有情有义,三年就三年!"

破损车间属双坡顶砖木结构,某次失火,一半成灰烬,一半被青藤爬满,站在那里,像个溃败的武士。二跃看过现场,格局立出,且唏嘘不断:"多么难得,这分明是时间的艺术品。"

花了一年工夫,破损车间使用了钢框架加固,熏黑的砖木被保留下来,那些破窗门也只换内层,二跃需要修旧如旧。里面则采用了包豪斯装修风格,放大结构本身的形式美,反对多余装饰,尊重材料的性能,辅以不对称构图手法,让整个空间相互交替、相互融合。

至于用来干什么,众人商量了一年。众人包括二跃、谷子、光荣退役的"雷达兵王"四学、从德国拖家带口回来省亲的小季,还有黑皮、亦冯、远洋船员、二跃娇妻。

一层用以展示私人工业记忆。冯父所留的铁路老物件,终于堂而皇之起来。旁边是放大了的展品提供者肖像与生平。照片里的冯父,站在火车机头前,穿连体工装,手里攥着工作帽,两鬓是铲青的,头顶黑发厚密,他在笑,竟帅过了冯家所有儿子。照片右下角有时间,一九五〇年九月。

大多数人对于展品是漠然的。偶有行家,看见那些亚光的物件,会献上惊叹。为此,谷子整理了一些背后故事——这一小截儿是退役的钢轨,每年打一遍核桃油,摸上去像丝缎。收藏者做了一辈子巡道工,眼见着钢枕换成了木枕和混凝土枕。当年胶济铁路上的德国钢枕超过三百公里,全国独一份!

叶父所留也有相当位置。退役的船舵、船钟、船锚、螺旋桨,海水常年浸泡氧化,锈斑如文身,早就成了精,雷电、风暴、巨浪、海怪,哪样没见过? 那些海洋生物标本在独立区域,兼做中小学生公益研学基地。远洋船员负责讲解,他免不了要炫耀那些风浪、那些码头。

二层是拳击馆。谷子最得意之处,莫过将大漠请了回来。大漠让众人忘记了年纪,他走路腰板笔挺,肌肉发达,和他掰腕子,众人皆是败将。

大漠戴着手靶给学员做陪练的时候,谷子便湿了眼,恍如昔日重来。

沙包、擂台、拳套……设施装备齐全。按照大漠的要求,四处放置了镜子,便于演练者四面起势,摆正"拳架",观察"手眼身法步"是否端正。谷子看见镜中的自己,着黑汗衫;双手缠深色绷带,足有三米长;外面再戴一副拳击专用手套——万事俱备,他却失去了爆发力和体力。

大漠走过来,带着多年前的风声:"谷子,不必拼体能,这个年纪练的是思维和反应,一种预判能力。"

"'挫其锐,解其纷,和其光,同其尘。'谷子,记住。"

为了和大漠在一起,谷子打算把"后海谷子"烧烤店搬到后海,如此一来,便名副其实了。

谷子知道,再过几年,就真的老了。到时候,他会明显地腿沉,看东西离不开花镜,每一颗槽牙都被补过窟窿。老了的身体如同陈年旧屋,橡头腐朽,四处漏雨。不出意料地,他也成了老家伙。一起成为老家伙的,还包括二跃、四学、黑皮、远洋船员等——大漠则成了透辟的老家伙,他仍然是后海的传说,寄托着几代人的侠义情结。

老家伙们应该会经常来"后海谷子",聚一聚,喝几杯。天气好的时候,还可以做伴出去晒太阳。海边立有一块石碑,上题"后海浴场旧址",不远处是新兴火车站,从那里出发的动车时速已达四百多公里。

老家伙手握拐杖,歪歪扭扭地站着。一开口,就说错了话——这也难免,毕竟是越老越糊涂了。

年轻人奇怪地看着老家伙们。

年轻人不知前海后海之分,只道这是自己的海,还要一厢情愿地放上定语或副词:我家窗外的海、十七岁的海、爱情海、母亲海、一杯沧海、镶着银箔的海。

【作者简介】阿占,本名王占筠,毕业于苏州大学艺术学院。出版有小说集《制琴记》《墨池记》,散文集《乱房间》《私聊》《海货》《一打风花雪月》《青岛蓝调》等。多部中短篇小说被《新华文摘》《小说月报》《中篇小说选刊》《小说选刊》《北京文学·中篇小说月报》《长江文艺·好小说》《中华文学选刊》等转载,入选重要年选与排行榜。曾获百花文学奖、泰山文艺奖、山东文学奖等奖项。多次推出个人画展并为多部畅销书绘制插画。现为中国作家协会会员,青岛市文学创作研究院专业作家。

妈妈为什么要讲故事

◎ 肖克凡

一

不知不觉就春天了,小意耸耸鼻子,没嗅出什么新鲜气息,爸爸还是爸爸——哑了嗓子不能演戏,成了话剧团里的大闲人。只是妈妈有了变化——郗团长同意她恢复演出。新华戏院大门外贴出海报,"新编魔术,大变活人,人藏柜中,难以脱身,九把钢刀,插满柜身,柜里柜外,性命莫问,惊险刺激,少儿免进。魔术主演——涂志秀"。

听说"大仙女"露面了,老城区的人们纷纷来买票,日常生活重复不变样儿,人们特别想惊诧起来,既然不忍看高速公路撞车,不愿见悍匪抢劫银行,那么观看杂技魔术最可心。

"大仙女"是本埠观众送给涂志秀的爱称,小意当然高兴。可是想起童话故事里仙女总会返回天宫远离人间,他又害怕妈妈真成了仙女。天宫遥远,坐火箭都去不成。

小意小时候得过病,因此发育迟缓。别人家孩子茁壮成长,他十二岁了乍看就是学龄前儿童。他小学一年级就退学了,说是要去那种特殊教育学校,可是几年过去仍然待在家里。他喜欢拿蜡笔画画儿,偷偷给爸爸妈妈画了像,还有胡同里老木匠高爷爷、邻家女孩小菱,以及各种动物,主要是猴子,以缤纷五彩建立自己的小人国。

小意没事儿爱跟高爷爷说话。这个老木匠会做那种折叠式梯子，打开竖起上树摘枣，折叠放平代替板凳，坐着抽旱烟晒太阳，小意认为这种变化特别神奇。后来高爷爷发现这孩子不同寻常，你今天跟他说过的话，明天聊天他还能学舌，内容八九不离十。高爷爷暗暗惊讶，这孩子脑膜炎后遗症不如正常孩子灵光，可是学起舌来基本不差样，这叫偏才。

小意也有橡胶脑袋不过电的时候。比如他认为老木匠做的折叠梯子变化神奇，属于变魔术性质。高爷爷说，做木匠活儿是看得见摸得着的寻常手艺，变魔术是看不见摸不着的神奇本领，所以人们管你妈妈叫"大仙女"。

小意听了高兴。妈妈不光长得好看，表演魔术更精彩，比如拿手节目"旱地钓鱼"，她手持鱼竿走下舞台来到观众席，猛然甩竿便钓出欢蹦乱跳的鲤鱼，惊得观众高声尖叫。

当然也有观众高喊鱼是假的。大仙女再次甩动鱼竿钓出更大的鲤鱼，弄得那观众身上水淋淋湿漉漉，引起哄笑。有观众不服气把两条活鱼买回家去，一条清蒸一条红烧，没想到鱼肉细嫩味道鲜美，这就给大仙女传了名，也让小意坚信妈妈的魔术是真的。

小意爸爸名叫马得路，所以小意姓马。自打坏了嗓子不能登台，马得路闷在家里写剧本，好像要做莎士比亚的跨国转世灵童。可是剧本总写不成，就喝酒解闷减压。妻子的魔术搭档邬宗德来家做客，就劝他切莫喝酒伤身。

马得路瓜子脸吊角眼，这脸庞适合京剧须生，但他酷爱话剧而且坚信喝酒使人斗志旺盛。邬宗德小伙子满头鬈发、脸庞白净、目光明亮，操着北京腔调说，你干吗非要斗志旺盛呢？和平年代也没人让你爬雪山过草地。

小意好奇地问雪山草地在哪里。马得路抚摸儿子脑顶说，我的傻儿子，爸爸写剧本等于爬雪山过草地，所以雪山草地就在咱家。

小意曾经问爸爸要写什么剧本。马得路说要写有追求的人，有追求的人不怕死。小意认为自己就不怕死。马得路说他是孩子当然不怕死。

我又不是神仙怎么不怕死呢？妈妈叫大仙女生病照样吃药。

确实，涂志秀居家养病光吃药不爱说话，就爱看《魔术大王历险记》，好像这本小人书里有治病药方。

小意是个病孩子，这样就延续享受孩童待遇。每晚睡前妈妈讲的故事正是《魔术大王历险记》。这本小人书挺薄的，可是妈妈越讲越厚，今天讲的情节跟前天不同,前天讲的人物跟今天两样儿。这让小意觉得妈妈要重新编写这本小人书,因此不停地寻找令自己满意的答案。妈妈讲故事好比旋转万花筒:这个魔术大王,那个小满姑娘;这个小满姑娘,那个魔术大王……有时妈妈声音倏地变得遥远,小意连忙睁开眼睛,瞅见妈妈还在身边,这才放心了。

每次讲完魔术大王的故事,妈妈把这本小人书锁进抽屉里,总是自言自语,人世间哪有这么简单的人物,人世间哪有这么容易的事情,不是生离死别就是死里逃生……

小意开动脑筋寻思魔术大王的模样,还有他的魔术搭档小满姑娘,可是越寻思面目越模糊,看来妈妈讲故事挺不容易的。

爸爸剧本总写不成。妈妈停喝汤药,使用爸爸写剧本的稿纸,动手给领导写请战书要求恢复演出,之后派小意送到杂技团交给郗团长。小意不认识这个字。妈妈说"郗"是"希望"的"希"的读音。小意懂得"希望"是好词,就把好词装进心里了。

一路念叨走进杂技团办公室,小意递交妈妈的请战书。郗团长打量着这个面有憨相的男孩说,现今时兴停薪留职下海经商,像你妈妈这样死磕魔术的人少有,她还能找到杂耍班子的下落吗?像你爸爸这样跟剧本玩命的人也不多,他还想写出惊天动地的大戏呀!当然啦,胸怀大志却郁郁不得志,还是值得同情的。

小意听爸爸说过,妈妈高中毕业不念大学,报考杂技团跟师傅学魔术。杂技团里那些演员,走钢丝的、攀杆子的、蹬纸伞的、转盘子的、抖空竹的、骑独轮车的、叼花儿的……多是门里家传技艺,只有妈妈是个外来人。她用心钻研勤学苦练成了著名魔术演员。

那时爸爸还能登台演话剧,在《白石山风云记》里扮演江湖好汉。戏里江湖好汉身受重伤,还能把那个恶霸打跑。小意看过新戏彩排,跑去后台朝爸爸竖起大拇指。马得路面无表情地说,演戏呗,假扮呢。

小意生气地说,明明好汉把恶霸打跑了,您怎么说是假扮呢?江湖好汉身受重伤没死,他总会养好身体的。

马得路对儿子解释说,这出戏里江湖好汉受伤没死,可是他只能活在这出戏里,一离开舞台人就没了。

小意想起那本小人书里的魔术大王,居然能把大活人从戏台上变到城墙外边去,就问爸爸这不会是假的吧。

什么叫真什么叫假? 你妈妈整天研究这段故事传说,她下了真功夫倒是没掺假。

小意沿着爸爸话茬儿说,高爷爷说城墙早就拆了,没了城墙妈妈怎么研究呢?

你妈妈不研究城墙,她研究从前那些变魔术的人。马得路眉头紧皱说,你将来长大帮助你妈妈研究吧,这是她的头等大事。

等我将来长大了,就把大活人从城墙外边变回戏台上,这样问题就解决了。小意的思维果然与众不同,弄得马得路接不上话茬儿。

之后小意模仿妈妈的话语说,是啊,人世间哪有这么简单的人物,人世间哪有这么容易的事情……

马得路听罢有些惊奇,问儿子这话从哪儿学来的。小意反倒问爸爸,您说那本小人书里究竟有多少故事? 妈妈怎么总也讲不完呢?

马得路顿生感慨说,你真是你妈妈的儿子,你们娘儿俩跟那本小人书有缘分。

小意的模样挺逗的,圆脸蛋、圆眼睛、圆鼻头。这孩子有时表情像动画片里的鼹鼠,让人产生隐痛般的怜爱;有时嘴里冒出些怪异的想法,几乎超出生活常识,令人惊讶不已。

这时候,马得路竟然听到儿子说,爸爸,我怎么觉得那本小人书就像妈妈吃的药呢? 一天三次忘不了。

想成为编剧的马得路大受触动,不知如何应答。

二

妈妈恢复演出的首场,海报里"新编魔术,大变活人,人藏柜中,难以脱身,九把钢刀,插满柜身"的内容,吸引市民们购票,星期六晚场客满。

小意提前溜进后台伏在舞台侧幕条后边,瘦小的身材好像石头缝里钻出团灌木。酱紫色厚绒大幕时不时蹭着小脸蛋儿,仿佛有人伸手轻轻抚摸。这种感觉好比亲人关爱,小意尽情享受着。

准备演出后台忙碌,没人注意这团"灌木"。小意撩开侧幕条望着前排座位的茶点,禁不住咽了口口水。妈妈不许他出门随便吃东西,说那样没有教养。"教养"这词只有妈妈说得出。杂技团里把昨天叫"夜儿隔",把吃饭喝汤叫"灌缝儿",把笨头笨脑叫"傻巴儿",把莽撞人叫"愣子"……他们说话跟妈妈大不相同。妈妈有点像小学老师。

邻居女孩小菱她妈妈就是小学老师。小菱长得又白又胖,容易令人联想到白面馒头。小意羡慕"白面馒头"每天背起书包上学,自己只能窝在家里拿蜡笔东涂西抹,哼唱那首"外边的世界很精彩"。

小菱十岁,她误以为小意是弟弟,就有姐姐的优越感,总爱挖苦这个"傻弟弟"。但是小意不记仇,邀请她来看妈妈首场演出,可是人家不感兴趣,说那些魔术变来变去都是假的,只有科学才是真的,所以长大要当科学家。

你说只有科学才是真的?我妈妈变魔术、我爸爸写剧本都不科学……小意有些失望。

你脑膜炎后遗症做不成科学家。小菱给"傻弟弟"指明方向说,你将来做你妈妈的助手,让她拿你研究大变活人吧。

呵呵……小意不气不恼反而笑了,他的笑容特别真实,一点不掺假。

新华戏院的酱紫色大幕缓缓拉开,躲在侧幕条后边的小意收拢心思。今晚开场节目"抖空竹"。四个身穿红衣绿裤的女子满台飞舞,抖得空竹嗡嗡作响,营造热气腾腾的气氛。

抖空竹节目暖了场,换来独轮车表演。男演员脚踩小轮车,快速围绕舞台转圈,不停地做出各种惊险动作。独轮车节目下场,两个身穿黑色坎肩的攀杆演员登台亮相,小伙子不断做出"扯旗儿""卧鱼儿"等惊险动作,表演结束稳稳落地,脸不变色气不喘……

轮到白脸蛋红鼻头的小丑上场,这模样就是扑克牌里的大鬼。他跑来跑去到处给别人添乱,差点滑倒引得观众大笑。这时小意便踏着笑声跑去化妆间找妈妈。

后台角落里竖起几扇薄板屏风隔成化妆间。小意扒开屏风缝隙伸进脑袋,看见化妆镜前妈妈伏身写着什么,这样子很像小菱的妈妈晚间在家批改学生作业。小意忍不住问道,这儿就您自己,邬叔叔他人呢?

化妆镜里的涂志秀画了眉毛描了唇,短发齐耳,身穿银灰色迎宾服,这让儿子感觉妈妈变了个人。涂志秀眨眨大眼睛对镜子里的儿子说道,郗团长派邬宗德上台顶坛子去了。

邬叔叔表演顶坛子？小意连忙问谁做妈妈的搭档。涂志秀说邬宗德临时补缺，演员要听从领导安排。

小意索性扒开薄板屏风挤身进去说，郗团长是不是要把您和邬叔叔拆分开？

涂志秀转过身来说，小孩子不要乱讲话，这都是工作需要。

前台响起哗哗掌声，听着好像哪里管道开裂流水。涂志秀起身说，邬宗德是个多面手，顶坛子耍盘子、飞镖子甩鞭子，样样精彩，不过他最喜欢魔术戏法……

涂姐，您又夸奖我呢。化妆间屏风外边传来邬宗德说话声，今晚市里文化局局长来看演出，郗团长特意安排前排座位并配了茶点。

哦，领导光临咱们照常演出就是了。涂志秀从衣柜里取出黑色丝绒斗篷，皱皱眉头重新放回衣柜里说，今晚不能表演旱地钓鱼，这位文化局局长姓俞，鱼跟俞谐音要避讳，郗团长不会同意把俞局长从座位底下钓出来的。

小意听了以为文化局局长姓鱼，所以今晚不能钓鱼，于是心里很不服气。我爸爸叫马得路，我叫马小意，如果这样避讳我们就不能过马路了？这样想着小意使劲扒开薄板屏风挤出去，可是邬宗德叔叔已经走开了。

轻手轻脚潜回舞台侧幕条旁边，小意脸颊两侧肌肉痉挛，便伸手揉搓好像小猫洗脸。"小猫"洗过脸蛋儿，可巧涂志秀就身穿银灰色迎宾服出场了。

涂志秀脸色微红、短发乌黑、身材挺拔，朝观众鞠躬致意。满场高喊，大仙女！大仙女！

邬宗德身穿黑色燕尾服皮鞋锃亮，从后台推来黑色大立柜，稳稳摆在舞台中央，之后敞开两扇柜门，上上下下，前前后后，左左右右……反复向观众展示着。

观众们看得眼花缭乱，突然有人高喊，这件道具是漏底，舞台下面有地洞，大活人说跑就跑！

伴奏音乐戛然停止，满台灯光倏地熄灭。只剩一束追光照亮涂志秀的搭档邬宗德，他欢快跳出"踢踏舞步"走着圆场，皮鞋踏得舞台噼噼啪啪山响。他突然甩头，定住身形，两道目光投向台下，似乎询问哪位说舞台底下有地洞。

伴奏音乐再度响起，舞台灯光大亮。涂志秀和邬宗德并肩向观众致意，

"大变活人"的魔术开始,戏院里气氛热烈起来。

三

小意不知道爸爸来了。马得路悄悄落座戏院末排,并不言声。只要妻子演出他必进场观看,还携带那架袖珍望远镜和记录本,似乎随时准备应对重大事件。今晚破例没有喝酒,他举起袖珍望远镜观测前方。邻座的胖男子浓眉大眼红光满面,轻轻推推他肩膀说,你是特务吧,侦察什么呢?

马得路不吭声。邻座的胖男子抬手拢拢鬓角说,我看你带着望远镜来的,准以为变魔术是真的吧? 以前我也这样认为。其实变魔术肯定有偷手。

马得路仍然不吭声。胖男子继续发表言论说,你拿望远镜观测也没用!人家大仙女变魔术就要把假的变成真的,你自己回家琢磨去吧。

终于马得路眨了眨吊角眼说道,我认为变魔术不都是假的,从前有个魔术大王,他能把大活人从柜子里变到城墙外边去,谁能说那是假的呢!

你说什么?他把大活人变到城墙外边去?胖男子好奇问道,你说的魔术大王是哪儿的,我怎么没听人说过呢?

是啊,如今有谁还知道魔术大王呢?历史就是过眼云烟,那烟儿还不如农村做饭的炊烟呢。马得路似有感慨地说,当年魔术大王表演钓鱼,举着鱼竿来到前排贵宾席,谁都以为他会钓出条大鲤鱼,没想到猛然甩动鱼竿从赖存金身边钓出只大蟾蜍,就是癞蛤蟆! 这等于嘲弄了姓赖的。

胖男子听得入神,问道,这大仙女的钓鱼是跟那魔术大王学的吗?

大仙女哪见过魔术大王呀! 这俩人差着辈分呢。所以大仙女研究魔术前辈的奥秘,要把现今跟历史连接起来。

你说那姓赖的是什么人物? 胖男子好奇地追问。

马得路诡谲地笑着说,他属于反面人物吧。

噢……胖男子有些疑惑地说,你这儿给我讲故事呢。

有的故事就是真人真事。有的真人真事呢,后来被讲成故事了。马得路说着举起袖珍望远镜。

这时舞台灯光从暗转亮。胖男子不再打听姓赖的是什么人物,伸手讨要袖珍望远镜说,今晚大仙女表演"九把钢刀",这里肯定有看头!你让我观瞻观瞻吧……

马得路没有回应。胖男子嘴里嘟嘟哝哝,人家大仙女变魔术凭的是手快,你换成大号望远镜也看不清她的门道。

马得路好像有所发现,从袖珍望远镜看到戏台侧幕条旁边有个模模糊糊的人影,不由得瞪大眼睛。

这孩子也跑来研究大变活人了。马得路自言自语道,这真是母子连心啊。

胖男子挪了挪屁股问道,你说从前魔术大王能把大活人变到城墙外边去,那大活人是个什么人?

新中国成立这么多年,年代久远很难弄清这桩事情,找不到那个杂耍班子,如今光剩下这段故事传说了。

胖男子听罢很不满意地说,你这人说话太绕,不像我们工人阶级直来直去不拐弯儿。

这时戏院灯光再次从暗转亮,舞台顿时明亮起来。身穿黑色燕尾服的邬宗德张开双臂,伸手指向前排摆放茶点的席位——这是邀请文化局局长登台验证魔术道具,以示真伪。

不见前排有人应邀起身,后排观众大声催促。邬宗德满脸微笑再次伸手示意前排嘉宾登台。依然不见有人动弹。

戏院里嗡地哄场了。马得路通过袖珍望远镜看到郗团长站起身来,连连朝台上摆手表示否定。

邬宗德只得放弃邀请。这时舞台灯光闪烁,满场音乐奏响。他打开黑色大立柜的两扇柜门,恭请女魔术师跨步进去,随即砰地关闭柜门落下铜锁。

从前那个魔术大王也是这样吧?邻座的胖男子忍不住问道,他首先把大活人关进去,然后耍来耍去就给变到城墙外边去了。

马得路点头说,民间故事是这样讲的,小人书也是这样画的,就这样把人给救走了,如今我们找不到当年的目击者,也就无法还原真实的历史场景。

哎哟!胖男子拍拍多肉的胸脯满怀豪情地说,不是说历史是人民创造的吗?去找广大人民给你打听打听!

马得路侧脸询问对方,人民可以创造历史,人民也可以创造历史人物吗?

当然!人民创造了鲁班,鲁班创造木匠历史。胖男子抖擞精神问,你到底是想研究从前的魔术大王,还是想研究现今的大仙女?

马得路起了兴致说,从前和现今都是研究对象嘛,因为大变活人的历史连接着大变活人的现实。

你这人说话还是曲里拐弯!胖男子神采奕奕地说,你不就是要搜寻从前的魔术大王吗,我认识好几个长寿家族,还认识好几个走南闯北的推销员,让他们去找线索把魔术大王从历史里捞出来!

你这儿逮鱼呢!马得路觉得胖男子挺可爱的,好像水泊梁山好汉朱贵的后人。

四

看到妈妈被关进黑色大立柜里,小意呼吸急促起来。妈妈提醒过儿子,要精神放松避免诱发癫痫。爸爸称癫痫发作为"抽羊角风"。妈妈说"抽羊角风"属于民间俗语,告诉小意不要认为自己脑袋长出羊角来。

这时后排观众呼喊,小王子开练!小王子开练!齐声催促表演魔术"大变活人"。

"小王子"是观众送给邬宗德的美称。他迈开小碎步环绕黑色大立柜走两圈,伸手砰砰叩击黑色柜门,摇头表示没听到回应,做出慌里慌张的表情,然后动手解锁打开柜门——柜子里大仙女向观众们挥手致意。

邬宗德鼓掌表示放心了,重新关闭柜门落锁。小意想象妈妈被关在柜子里动弹不得的情景,抓紧侧幕条做着深呼吸。

邬宗德揭开蒙着红绸的兵器架,展示九把明晃晃亮堂堂的钢刀。台下又有观众起身喊道,小王子,这是真刀还是假刀啊?

邬宗德登台表演很少说话。他举起两把钢刀互相碰撞发出铮铮声响,向观众证明这是真正的钢刀,之后用刀柄敲击两扇柜门,再次表示柜子木板真材实料。

突然间,邬宗德快速将四把钢刀依次插进黑色大立柜:上、下、左、右,动作干脆利索。

一时间戏院里鸦雀无声。被观众们称为"小王子"的邬宗德,抄起第五把钢刀,对准人物前胸位置狠狠插进柜子里,登时引起观众席动荡。

这第五把钢刀插到妈妈心脏了!小意心跳噔噔加快。伴随着观众的惊呼,又有四把钢刀先后插进黑色大立柜两侧。

六、七、八、九,小意数到第九把钢刀,脑海里浮现妈妈全身插满钢刀的影像,忽然牙关紧咬,两眼上翻,脖颈僵直,四肢抽搐,仰身躺倒,小小身躯被戏院声浪淹没了……

邬宗德迈开漂亮台步不断吊起观众胃口,依次拔出插满柜身的九把钢刀,打开铜锁猛地拉开两扇柜门,嗡地引发全场惊呼——柜子里空空荡荡没了人影。

大仙女呢? 大仙女出来! 观众们呼喊起来。小王子潇洒地走至台前,猛然挥手指向戏院后排方向,观众们竞相起身回头望去——"大仙女"涂志秀现身了,似乎从地板下冒出来个大美女。

戏院里欢呼声浪骤起,热度足以掀开顶楼天花板。涂志秀身穿红衣绿裤向观众挥手,从后排向台前走去。

胖男子起身喊道,大仙女我问你,从前魔术大王把大活人变到城墙外去了,现在你能这样吗?

不知大仙女听没听到这位观众喊叫,她并未回应继续向台前走去。马得路悄悄注视妻子背影,觉得她深深沉浸了。

胖男子扭脸对马得路说,你看你看! 大仙女身穿银灰色衣服钻进柜子里,她从戏院后排冒出来变成红衣绿裤啦!

前后左右的观众顿时醒悟,七嘴八舌附和着。胖男子越发起劲说,你们说这是大仙女换了衣裳,还是根本就换了个人?

一个观众起身说,我看清楚了,她是大仙女,只是换了衣裳。

大仙女为什么换衣裳呢? 胖男子疑惑地说,她是存心让咱们以为换了个人吧。

真没想到啊,马得路情不自禁说道,今晚她身穿红衣绿裤好比穿越时光了。

你说她穿越了时光? 胖男子更加来劲地说,我明天买票还来看她变魔术,我非要弄清楚大仙女的门道!

马得路意外地笑了,说,真是巧遇了,你也是个性格执拗的人物。

我姓宁,我叫宁哲来,谐音外号"拧着来"! 胖男子自报家门说,人活着要有这股子拧劲儿。敢问你尊姓大名?

马得路说出自己的姓名。外号"拧着来"的胖男子拍手笑道，你这名字带劲！一匹好马得到宽广道路，前边好山好水好风光，你就铆劲儿跑吧！

可是不能一条道跑到黑吧。马得路故意说道。

"拧着来"乐观地说，你跑到黑就住宿休息，明儿太阳出来接着跑！反正奔向康庄大道呗。

这时候全场音乐响起，登台谢幕的涂志秀突然双腿瘫软，侧身歪倒在搭档邬宗德怀里。

漂亮的女报幕员快步登场说道，今晚最后的节目新编杂技"十八罗汉自行车"！敬请大家欣赏……

戏院前排观众看到大仙女晕场，急得起身观望，后排观众朝前拥去。有几个老观众议论说，今晚涂志秀换了红衣绿裤不吉利，这是老世年间女子行刑的穿戴，红衣绿裤上法场嘛。

马得路听罢浑身泛起鸡皮疙瘩，连忙朝台前挤去。

今天是黄道吉日啊！胖男子撩开袖口看了看手表说，我觉得大仙女有来历！

五

后台灯光昏暗，戏院里安静下来，没有响动了。勤杂工老头儿拉紧粗绳收拢大幕，低头瞅见角落里蜷着个小男孩，细看孩子嘴角泛出白沫，便猫腰以大拇指掐住人中穴位，低声说谁家孩子抽羊角风了。

小男孩渐渐苏醒，睁开眼睛张嘴就说妈妈不能死。勤杂工老头儿问他是不是涂志秀的儿子，并告诉他要是变一场魔术死一个人，那就没人做这行了，死不起。

邬叔叔捅了我妈妈九把钢刀呢……小意浑身疲惫有气无力。

你这傻孩子！勤杂工老头儿揪揪他耳朵说，他真拿钢刀捅人就是杀人犯，足够枪毙一百回了。

明明九把钢刀插进去了……小意翻身爬起来要去化妆间找妈妈。

后台关灯没人啦！勤杂工老头儿转身走开说，你妈妈钻研魔术从来不珍惜自己身体，玩儿命呢。

我爸爸写剧本也玩儿命吧？小意模仿着问道。勤杂工老头儿哼哼着走远了。小意体力有些恢复，起身摸出戏院后门来到小街上，一时懵懂忘了方向就嗷嗷叫了两声，好像跑出来只野生小动物。

卖夜宵的手推车散发羊汤味道，驶了过去。小意恢复方位感，抻长脖子朝东边望去。

一辆自行车飞快驶来唰地停下，小意瞪眼认出是爸爸，又想起那九把钢刀。马得路二话不说掉转自行车驮着儿子向前驶去。小意抓紧他衣襟大声说，刚才我在后台梦见魔术大王了，他眼睛明亮头发漆黑就跟您年岁差不多，不是白胡子老头儿那样的。

马得路猛然停住自行车扭脸问道，这是魔术大王给你托梦，他跟你说了什么？

魔术大王印在小人书里，他被夹纸页里能张嘴说话吗？小意拍着脑门儿极力回忆说，梦里好像有穿红衣绿裤的，一眨眼变成身穿灰布衣裳，再眨眼就没了踪影。

一眨眼把红衣绿裤变成灰布衣裳？这正是大变活人的场景，怎么让你给梦见啦！马得路惊讶地絮叨着，蹬起自行车径直驶进人民医院大门。

拐到住院部楼前马得路停稳车子说，今晚你妈妈谢幕时发了病，人家文化局局长派车送医院来了。

我妈妈真给钢刀扎啦？小意着急了。

那九把钢刀扎不着你妈妈！马得路耐心解释说，你妈妈天天研究从前那些事情，苦思冥想把心脏累出毛病了。

什么叫苦思冥想？小意急忙问道。

苦思就是思索得心都苦了，冥想就是绞尽脑汁呗。马得路有些无奈地说，所以杂技团有人说你妈妈钻进牛角尖出不来……

小意难以想象一个大人怎样钻进牛角尖里，跟随爸爸走进住院部心内科病房，快步跑到病床前叫了声"妈妈"。涂志秀鼻孔插着塑料管，手臂扎着输液针头，脸色苍白冲儿子笑了笑。妈妈平时笑容很少，生了病反而笑了。小意意识到这笑容的珍贵，想哭。

涂志秀转过脸望着丈夫。马得路轻声告诉妻子，邬宗德被郗团长叫去训话，可能要给个处分。

唉！涂志秀叹气说，今晚演出邬宗德邀请领导登台，用心良苦。

小意抚摸妈妈手臂说，您不要苦思冥想把心脏累出毛病好不好？

好啊。涂志秀存住笑容说，你将来跟我变魔术吧，那时候观众也会喜欢你的。

小意想象自己成了魔术演员，说，我赶巧癫痫发作在柜子里不能动弹，您还怎么大变活人呢？

涂志秀转向丈夫说，从前魔术大王遇到这种情况，那真是危急时刻面临严峻考验。

马得路沉了沉问道，今晚演出你是故意换了红衣绿裤吧？我猜测你是要重现危险时刻的场景，感受悲壮人物的心理。可是不知你想过没有，究竟哪个女子才是地下交通员，如今恐怕难以认清了。

无论她们谁是地下交通员，我认为她们都是值得纪念的人物。那是多么风华正茂的女子啊，就那样迈步走向死神了，我想起那场景心脏就受不了。可是那本小人书里是怎样讲的呢？一场大变活人的魔术表演，就让那女子死里逃生了……涂志秀好像为亲人鸣不平说，这是何道理，这究竟是何道理？

小意认为自己听懂了，那本小人书里魔术大王变了场戏法，那女子就逃脱了。妈妈不接受这样简单的故事，所以就自己讲故事了，妈妈要讲比较复杂的故事。

小意要端水给妈妈喝。涂志秀全然不顾继续说，那样人们会觉得魔术大王好神奇哟，一瞬间把那女子变到城墙外边去，认为这就是历险记了……

肯定有人说我小题大做。其实我就想弄清楚这个故事传说的原本模样。涂志秀有些气喘吁吁地说，我认为故事原型不会这么简单。那不仅仅是大变活人的魔术表演，那更是灿烂青春的舍生忘死的考验。

马得路安慰生病的妻子说，你何必如此执着呢？这又不是让你负责编撰中国魔术史话，你安心住院治病，不要跟自己较劲了。

你又何必如此执着呢？也没人派你创作英雄史诗，你偏偏跟剧本玩儿命，天天斗志旺盛。

马得路微微苦笑着说，既然是痼疾难除，那就谁也别劝谁了。

漂亮的女护士走进病房要给患者打针，说看过涂志秀的魔术演出，尤其大变活人实在神奇。女护士好奇地说道，您表演大变活人被锁进柜子里受得住吗？我可是有黑箱恐惧症，被关进柜子里就会昏过去的。

涂志秀借机介绍说，黑箱恐惧症使人动弹不得。据说外号魔术大王的前辈，当年表演大变活人时遇到过这种事故。

女护士给患者打了针，换了氧气瓶。小意忍耐不住说，我妈妈不怕黑箱恐惧症，因为我妈妈是大仙女。

女护士笑了笑说，你妈妈是大仙女，你是个小神童。

马得路听到儿子被人称为小神童，一时有些不习惯。这时值班男医生晚间巡查走进来，板起面孔催促患者家属离开。

马得路吩咐小意偷偷留下陪伴妈妈，低声叮嘱妻子静心养病，不要纠结那本小人书了。

小意送爸爸走出病房悄声说，我要是再能梦见魔术大王，就问他怎样把大活人变到城墙外边去，醒了马上告诉妈妈。

你妈妈太虚弱了，你少说话不要让她劳累。她总是研究过去的那些人，这很伤阳气的。

小意快步溜回病房。灯光已经调暗，妈妈好像睡着了。小意悄悄趴在病床前，希望再梦见魔术大王问明情况……

小意似睡非睡听见有人说话：郗团长批评我擅自邀请文化局局长登台，这是故意出领导洋相，让我停职反省等候处理。是啊，我随便请个观众上台就行了，可是当年魔术大王表演大变活人，他就是邀请赖存金登台的。今晚我趁机还原当年场景，就是想让你切实感受生死攸关的危险时刻……

小意渐渐醒来，听到妈妈说话。小邬，谢谢你对我的支持！今晚演出仿佛穿越时光了，你在柜子外边就是魔术大王，我在柜子里面就是那个女子！涂志秀说着肩膀轻轻颤抖。

小意以前没见过妈妈落泪，突然有些害怕，没敢动弹。

这就是身临其境的体验啊。邬宗德递过手绢说，历史原貌湮灭，我们只得推测了。既然那女子迅速换成红衣绿裤躲到柜子里，看来她清楚便衣队是来抓人的。那么地下交通员就是她吧？

涂志秀不敢肯定地说，可是抖空竹的姑娘身穿红衣绿裤从戏院后排走到台前，从容不迫，毫无惧色，当场被抓了……

无论她们谁是地下交通员，如今活着肯定是离休老干部，可惜没有留下真名实姓,去哪里寻找呢?

小意听着在心里说,邬叔叔您去派出所问民警吧。

邬宗德低声转变话题说,涂姐有个坏消息,郗团长说你今晚擅自更换演出服装,造成现场混乱,也要停止你的演出。

噢——停演就停演吧,今晚身穿红衣绿裤出场,好似灵魂附体了。和平年代里能够感受这种悲壮心理,我知足了。涂志秀稍微停顿说道,有人说我偏执说我过激甚至说我变态,可是我没有办法改变自己啊。

妈妈您不要改变! 小意忽地站起挥挥拳头说,您改变了就不是我妈妈了。

小意好样的! 邬宗德拍拍小意肩膀,跟涂志秀告辞了。

小意很懂礼貌地送邬叔叔走出病房, 然后扯住邬叔叔袖口悄声问道,您说我妈妈是不是魔术大王的女儿?

邬宗德惊诧得连连眨眼说,你怎么会有这个想法呢?

我觉得妈妈特别关心魔术大王,就像我特别关心妈妈那样,还有妈妈放不下那本小人书……

这只能说你妈妈跟魔术大王的故事产生了共鸣。邬宗德蹲下身子说,你外祖父是个机械工程师,后来修建海河大桥因公殉职了。你妈妈生在新中国长在红旗下,她是在那本小人书里认识魔术大王的。

那本小人书里不会有我妈妈的故事吗? 小意再发奇想。

天啊,你真是个思维奇特的孩子! 邬宗德注视着小意说,当然,有的人会在文艺作品里看到自己的影子,有时候我就觉得自己是哈姆雷特……

小意不知道哈姆雷特是丹麦王子,送走邬宗德叔叔悄悄返回病房,小声问妈妈喝不喝水。涂志秀满意地点头说,明天你把《魔术大王历险记》给我拿到医院来吧,那把钥匙我放在紫砂笔筒里了。

怎么,您不回家啦? 小意惊讶得瞪圆眼睛。

医院专家会诊认为我心脏有缺陷,肾脏也不好,应当做手术的。涂志秀猛地牵住儿子的小手说,我小学三年级买了那本小人书,它就成了我的影子,小人书里的人物要做的事情,我总想亲自体验……

您想亲自体验什么事情? 小意不容妈妈回答就说,爸爸说您是个跟自己过不去的人。

这就是性格所致吧。有时候觉得别处还有个自己,可是不清楚她在哪里,这样就不得消停了。不知道你长大后会不会也是这样。

您说的不得消停是您想停但停不下来,还是压根儿您就不想停下来?

唉!怪不得人家说你是小神童呢。

六

小意跑进胡同遇到高爷爷说妈妈生病住院了。老木匠听了叹口气没说话。小意走进家门来到妈妈卧室,从紫砂笔筒找到钥匙打开抽屉,拿出《魔术大王历险记》,得意地笑了。平时总是妈妈捧着这本小人书讲故事,自己竖起耳朵听就是了。今天能够随意乱翻乱看,当然兴高采烈。

清晨的阳光照耀窗台,妈妈的房间分外明亮。小意手捧纸页泛黄的《魔术大王历险记》,有字有画,看得懂。

噢,那时候大变活人跟现在没什么两样,同样是黑色大立柜,只不过红衣绿裤女子现在换成我妈妈,魔术大王现在换成邬宗德叔叔。小意渐渐沉浸在小人书里,成了故事现场观众。

身穿蓝布长袍的魔术大王邀请前排贵宾席的宪兵司令赖存金登台验证魔术道具,这家伙摆摆手谢绝了。魔术大王手举鱼竿来到前排突然甩动鱼竿,嗖地从赖存金身旁钓出只癞蛤蟆,引来满场大笑。宪兵司令好像并不介意,老鹰般的目光紧盯舞台上的黑色大立柜。

小意勾起食指蘸了蘸嘴角唾沫,轻轻翻到第 12 页,发现蓝色圆珠笔在底角打了个“?”。

这个问号是妈妈打的吧? 小意一边蘸唾沫一边翻页,从第 13 页到第 18 页发现好几个问号。

……魔术大王打开两扇柜门,柜子里红衣绿裤女子向观众招手。小意听过妈妈讲这故事,估计下面要插九把钢刀了。

噢,从前不是钢刀是宝剑。那时没有钢刀吗?魔术大王依次将九把宝剑插进柜子里,戏院里充满惊叫。小意知道现在钢刀不会扎到妈妈,那时宝剑也不会扎到红衣绿裤女子。

……魔术大王不急于打开柜门,环绕舞台走一圈,左手展开折扇右手衣袖遮挡,猛地变出两只小白鸽,扑棱着翅膀飞进后台了。这个小戏法引发观众拍手叫好。

前排贵宾席里宪兵司令赖存金站起身来,轻轻挥手叫来副官,耳语了几句。

……魔术大王再次翻转折扇,眨眼间变出一束鲜花捧在手里,使劲挥臂将这束鲜花抛向台下,可巧落在宪兵司令脚前。没有观众敢过来捡。

第22页,有个身影倏地闪进后台——她接过顶坛子的小伙子递来的灰布大褂,快速穿在红衣绿裤外边,起身跑出戏院后门……

小意翻到第26页了,魔术大王再次翻转折扇,手里变出的玻璃罐里两条金鱼在游动,引得观众再次喝彩。

终于,魔术大王打开两扇柜门,里面空无一人! 他转身抬手指向戏院后排。观众们扭身顺着他的手势望去——关在柜子里的红衣绿裤女子仿佛从地板里冒了出来,稳步朝着台前走来。

大变活人! 大变活人! 现场沸腾了。红衣绿裤女子放缓脚步将目光投向魔术大王。几个便衣队宪兵围拢过来把她抓了。

小意翻到第29页,身穿灰布大褂的地下交通员乘坐人力车出了警察把守的城门,她很快消失在城墙外的田野里了……

小意哦哦两声说,原来就这样把大活人变到城墙外边去啦!

第35页,宪兵司令大发雷霆,不但抓了那个红衣绿裤的女子,还抓了魔术大王,下令拆开戏台寻找女地下交通员逃跑的地洞……

小意绞尽脑汁寻思着。这里有魔术大王,也有红衣绿裤女子,也有顶坛子的小伙子,也有姓赖的宪兵司令……这样轻而易举把人救走了,妈妈当然不会同意,所以给我讲《魔术大王历险记》,故事不断充实,情节不断变化,就这样变来变去的好像变成妈妈历险记了。

可是我喜欢妈妈历险记。爸爸不是在写剧本吗? 我要用蜡笔画一本小人书,就叫"听妈妈讲的故事",我要找到妈妈想找到的人,不要让妈妈再劳神费心累坏身体……

一夜在病房陪伴妈妈没有睡好,小意有些犯困打起哈欠。这时听到门响,是爸爸走进客厅,只见他使劲甩下手套,用力踢掉皮鞋,赤手光脚放声叫喊,嗓音沙哑好像扩音器里刮过六级大风。

亲爱的观众们,你们说《魔术大王历险记》重点人物是谁? 你们会说是魔术大王。但是,还有重要人物被埋没了,她就是当年杂耍班子里抖空竹的姑娘。这是我的新发现,这是我的再创造。生命诚可贵,爱情价更高! 以前的民间故事传说源于生活,可是没有高于生活! 现在我开创《魔术大王历险记》权威版本! 我要让历史角落里的人物重现光彩走到大家面前……

爸爸怎么又喝醉啦? 小意窝在妈妈卧室里没敢动弹,伸长目光望向客厅。

马得路亢奋得活像个拧满发条的机器人。他喝了杯凉白开润滑嗓子,音量稍稍降低接近收音机里说评书的腔调。小意悄悄竖起耳朵,听爸爸讲述"权威版本"《魔术大王历险记》。

……那个女子来到杂耍班子找活儿,她表示管吃管住不计工钱。魔术大王是班主啊,听她说话本地口音,看她举止也算稳重,没有多问来历就留她做杂务了。杂耍班子人聚人散好比大车店,谁有闲心询问她姓甚名谁呢,私下里就叫她"打杂的"。

这天晚间临近开演,杂耍班子里没人察觉戏院里来了便衣队,只有这个"打杂的"发现危险降临,随手抓了红衣绿裤换上,哧溜钻进黑色大立柜躲藏起来。

轮到"抖空竹"节目上场,抖空竹的姑娘发现自己衣裳不见了,急忙翻出两件备用的,展胳膊伸腿穿戴对头,匆匆登场了。

这姑娘素常技艺精湛,今晚把空竹抖出"纺棉花"花样动作,踩错脚步乱了身形,飞旋的空竹险些掉地,引来阵阵倒彩。她满脸羞愧谢场跑回后台,没想到魔术大王过来亲切安慰,递过泡着菊花茶的水杯说喝吧败火。

小意悄悄听着,觉得爸爸确实像说评书的,不过嗓音比那个单田芳还要沙哑些。

……没人知道抖空竹的姑娘暗恋魔术大王久矣,此时她受到感动委屈地哭着说,我丢了衣裳起了急,慌忙走台差点给你砸了锅,坏了你杂耍班子的演艺名声。魔术大王拍拍她肩膀说声"不碍事",便登台表演"大变活人"去了。

小意抻长脖子听着。什么叫"暗练"呢? 可能就是偷偷练习功夫吧。妈妈讲的故事里没有魔术大王的菊花茶水,也没有抖空竹"纺棉花"动作。爸爸的"权威版本"就是事儿多。

客厅里的讲述停歇下来。小意嗅着从客厅飘过来的酒味。爸爸酒后从不动手打人,小意还是没敢动弹。

马得路清了清嗓子继续开讲：以前的《魔术大王历险记》，大多来自民间传说，好多情节不尽合理。我的"权威版本"注重人物微妙心理，比如抖空竹的姑娘藏身侧幕条旁边注视着心中偶像，这种含情脉脉才是旧时代的爱恋，如今大街上就敢拥抱接吻……

马得路的讲述从远及近传到小意耳朵里。他感觉爸爸对这个"权威版本"非常满意。

……魔术大王登台表演大变活人，依照惯例要给观众"亮场"验证魔术道具，可是打开两扇柜门时他蒙了，柜子里竟然有个红衣绿裤女子！

老观众们知道此时应当空柜无人，大名鼎鼎的魔术大王居然出了"添丁进口"的差错，引发阵阵嘘声，戏院后排观众喊道，不变魔术改京戏，从哪儿添了个花旦，这是要唱《柜中缘》啊？

前排贵宾席里的宪兵司令赖存金随即起身，射出目光投向黑色大立柜，之后落座点燃香烟，仰脸拱嘴喷出个浓浓的烟圈儿。这烟圈儿腾空飞向舞台，越飞越大像个套子。戏院里安静下来。

爸爸的故事怎么越讲越复杂呢？小意从未见过越飞越大的烟圈儿，有些不明所以。

……人家魔术大王毕竟是老江湖，临危不乱随机应变，满脸微笑地伸手搋了搋那女子，请她抬腿伸脚迈出柜子，以此展示她不是假人。这时藏身侧幕条旁边的抖空竹的姑娘蓦地看到红衣绿裤差点叫出声来——敢情是"打杂的"偷了我的衣裳！

抖空竹的姑娘毕竟暗恋魔术大王，顿时妒火满腔。她认为"打杂的"这是想做魔术大王的搭档，趁机换穿红衣绿裤钻进柜子，出场亮相就把生米煮成熟饭了。俗话说是可忍孰不可忍，抖空竹的姑娘决不容许"打杂的"抢了先。

师可认叔不可认……这是什么意思呢？小意想弄懂老师和叔叔的关系，忍不住起身走出妈妈的卧室，来到客厅愣头愣脑问道。

马得路看到儿子仿佛遇见热心听众，酒兴越发高涨，并不解释引起儿子疑惑的"师可认叔不可认"，反而继续讲述他的故事。

小意只得认真听着这个完全出乎意料的传奇故事。

这时只见魔术大王转身快速关闭两扇柜门，食指弹击黄铜门环送出暗号，示意"打杂的"伺机从背板活门闪出。只要清空柜子他的演出就正常了。

魔术大王为掩盖漏洞主动加演两个小戏法,给"打杂的"赢得时机闪身走脱。可是他哪里知道"打杂的"患有黑箱恐惧症,只要你关严柜门她就呼吸窘迫四肢僵硬,难以从柜子背板活门遁脱。

魔术大王不知内情,变过两个小戏法,再次打开两扇柜门。看到还是红衣绿裤女子,观众们登时哄了场。魔术大王没有见过这种"活死人",只好趁势拨开背板活门的消息掣,重新关闭两扇柜门。这等于替"打杂的"打开逃脱通道。

抖空竹的姑娘急得跺脚,恨不得冲出侧幕条把"打杂的"从柜子里拽出来,绝不能让她毁了魔术大王的江湖名誉。

观众起哄声越来越响。魔术大王招手叫小伙计送来鱼竿,微微躬身朝前排贵客行礼。观众们看出这是要加演"旱地钓鱼",戛然止住倒彩。

魔术大王性情淡泊不解风情,平时对抖空竹姑娘的暗恋毫无感知。他手持鱼竿走到侧幕条前。抖空竹的姑娘焦急地打个响指,然后夸张地挑了挑眉毛,抿紧嘴唇迸出"棚了"二字。魔术大王懂得江湖术语,回了声"马前",迈开大步走下台去。

马得路越讲越兴奋。小意越听越恍惚,棚了?马前?他们说的是哪国话呀……

七

小意紧紧跟随轮椅进了 CT(计算机层析成像)机房。护士扶着患者躺进机舱,这时 CT 技师要求家属离开机房——出去。

小意望着妈妈的身体被缓缓送进 CT 机器深处,突然大喊,妈妈您不要把自己变到城墙外边去。这技师听了吓得按停机器,以为遇到具有特异功能的小神童了。

小意,那座城墙早就拆啦!从机器里传出涂志秀的声音说,好儿子你出去等候妈妈。CT 技师得知并非遇到天赋异禀的小神童,随即启动机器。

待到妈妈检查完出来,小意跟随轮椅回到住院病房。女护士好奇询问那座城墙原先在哪儿。小意说原先的城墙在妈妈故事里呢,妈妈故事里的城墙是拆不掉的。女护士听了感觉这孩子特别神奇。

涂志秀解释说,小意是听故事长大的,听故事使孩子充满幻想。

那么您也是听故事长大的？女护士扶着女魔术师躺到病床上。

小时候没人给我讲故事……涂志秀略显沧桑地说，我是看小人书长大的。

听到妈妈说起小人书，小意从衣兜里掏出《魔术大王历险记》，告诉妈妈在家里给小人书穿了"衣裳"。涂志秀接过包好书皮儿的《魔术大王历险记》，轻轻抚摸着。

女护士说外边来了医德医风检查团，推起轮椅走了。小意马上凑到病床前对妈妈说，我爸爸有了"权威版本"《魔术大王历险记》，有好多地方我听不懂……

噢，你爸爸的剧本写成啦？女魔术师有些疲累，闭目养神了。

小意想把爸爸的故事讲给妈妈听，想起小菱用过的词语，就说，妈妈我给您鹦鹉学舌吧。

涂志秀睁开眼睛看着自愿变成小鸟的小意，觉得儿子太可爱了，一时间身为母亲的她有些伤感。人世间患有癫痫症的孩子不少，可是像小意这样的不多，他越病越纯粹，甚至纯粹得不肯生长了。

误用"鹦鹉学舌"词语，小意哪里知晓妈妈的心思，当即变成鹦鹉开始学舌。涂志秀的手抚摸着她的小人书，静静听着。

……那个魔术大王来到前排贵宾席鞠过躬，突然甩起鱼竿嗖地从宪兵司令赖存金身旁钓出只癞蛤蟆。不少观众看出这是他戏耍姓赖的，但是没人胆敢拍手鼓掌。

姓赖的宪兵司令没有发火，起身拍了拍魔术大王肩膀还跟他握了握手，当即指派年轻的副官收下这只癞蛤蟆，说要送到城墙外边放生。

魔术大王稳步返回舞台啪啪拍打黑色大立柜，然后贴近耳朵听了听，好像担忧里面还有人。戏院里没人出声，等待魔术大王打开柜门……

小意暂停讲述想要喝水。涂志秀坐起身来注视儿子说，你能把爸爸讲的故事这样复述出来，我以前怎么不晓得你有这种天赋呢？我真是个不称职的妈妈！

端起搪瓷茶缸咕咚咚补足水，小意讲出爸爸故事的节点：那个"打杂的"女子趁着魔术大王甩竿钓出癞蛤蟆的乱乎劲儿，趁着舞台暗光钻出柜子闪进后台了。

我的小意真棒！你把妈妈带进故事现场了。涂志秀很是感慨地说，今后有谁还说我儿子脑子不灵光呢。

受到如此夸奖小意不知所措，瞪圆小眼睛解释说，我只会把别人讲的故事学说一遍，妈妈这种鹦鹉好吗？

这不叫鹦鹉这叫复述。涂志秀凝眉思索说，有时候这样挺好的，我不就是把魔术大王的故事讲了好多遍吗？

可是您讲的故事经常变化，您没有鹦鹉学舌吧？ 小意再次误用从小菱那里学来的词语。

妈妈没有鹦鹉学舌，妈妈有意把魔术大王的故事讲了好多遍，就是想找到最好的样子……涂志秀给儿子解释着。

您养好身体继续给我讲故事吧，一直讲到怎样把大活人给变到城墙外边去，一直讲到究竟谁是地下交通员，一直讲到谁是小满姑娘，一直讲到魔术大王去了哪里……小意说罢问妈妈要不要接着听爸爸的"权威版本"。涂志秀点点头说要听的。

小意挺身站直告诉妈妈说，这时候魔术大王打开两扇柜门，看到里面没了人，庆幸"打杂的"女子走脱了。他转身挥手指向戏院后排，观众们扭身顺着他的手势望去——红衣绿裤女子竟然从那里冒了出来，她不慌不忙满脸微笑朝台前走来。这时有观众敢拍手了……

她就是那个抖空竹的姑娘，为了给魔术大王救场，这痴情姑娘冒名顶替了"打杂的"女子。她不知道"打杂的"女子穿好灰布大褂溜出戏院后门，坐上人力车出了城门到了城墙外边，她更不知道"打杂的"女子是地下交通员，带着情报去根据地了。

便衣队当场抓了抖空竹的姑娘，押送到后台审问。姓赖的宪兵司令似乎有所怀疑，反复追问她是不是柜子里的女子，只要实话实说啥事儿没有。抖空竹的姑娘一口咬定自己就是柜子里的红衣绿裤女子，她趁着魔术大王甩竿钓蛤蟆的机会，钻出柜子穿过走廊跑到戏院后排，点对点现了身。

宪兵司令赖存金抽着香烟告诉抖空竹的姑娘，那只癞蛤蟆他都可以放生，只要承认柜子里另有其人。抖空竹的姑娘就是不改嘴，她知道自己改嘴就揭了魔术大王的短，自己改嘴就砸了魔术大王的锅，她要保护暗恋偶像的演艺声誉。这时候就连宪兵司令的年轻副官都看不下去了，说，你这女子真强梁啊。

小意停顿下来,小脸蛋浮现出跟年龄不符的表情,接着说,妈妈,抖空竹的姑娘这就是"暗练"吧?

涂志秀毫无思想准备,只得反问道,那么魔术大王什么表现呢?

爸爸说魔术大王猜测出"打杂的"女子身份,知道放走共党嫌疑分子罪过不轻,也是一口咬定柜子里不是别人。

涂志秀立即问道,抖空竹的姑娘听了这话什么反应?

听了这话什么反应……小意眯眼皱眉努力回忆说,我记得爸爸讲故事时这样说,抖空竹的姑娘听到魔术大王这样说,脸上露出欣慰的笑容……

涂志秀低头思忖说,你爸爸这是讲了个爱情故事啊。

小意看到妈妈这般表情不禁问道,妈妈,爱情不好吗?

你是问抖空竹的姑娘对魔术大王的爱情吗?涂志秀沉吟答道,柜子里"打杂的"女子没有爱情,她是死里逃生了。柜子外边抖空竹的姑娘有爱情,她是舍生忘死啊。

小意听不懂这话,转念告诉妈妈,爸爸讲故事时说了两句话,生命诚可贵,爱情价更高。这是不是说爱情很贵的?

这首诗后面还有两句,你爸爸给你讲了没有?

小意摇头说不记得。涂志秀只好揣测说,你爸爸会把后面两句写到他的剧本里吧。

我爸爸说他的剧本……小意拍手给自己鼓掌说,我想起来啦!爸爸的剧本不是写魔术大王,他说是写您的,他说您是个特殊人物,您身体里有好几个小满,所以他总也写不出来……

涂志秀瞬间涨红了脸问道,你爸爸真是这样说的?

小意小鸡啄碎米似的点头,表示自己"鹦鹉学舌"不会错的。

你爸爸这人真是的,他不写魔术大王写我干吗……涂志秀伸手摸了摸儿子脸蛋儿说,妈妈星期三做手术,今晚再给你讲个故事吧。

小意好奇问道,您还要讲魔术大王的故事?

人嘛,有时候会在别人的故事里看到自己。涂志秀说着拿起牛角梳子拢了拢头发。这让小意想起化妆室里的女魔术师,也想起那个红衣绿裤的女子。

妈妈,抖空竹的姑娘被便衣队抓去了,她仍然"暗练"魔术大王吗?小意很想弄懂大人的事情。

她是个既痴情又忠诚的姑娘。你爸爸讲的爱情故事很生动,其实不光爱情还应当有别的什么……

小意不解地问道,还应当有别的什么?

这便是我要给你讲的故事啊。涂志秀柔声细语道,魔术大王跟小师妹好多年没见面了,彼此没有相忘于江湖,这次重逢彻底改变了他们的人生……

涂志秀讲着讲着,渐渐沉浸到她的故事里了。小意成了这场人生重大变故的见证者。

妈妈,小师妹名叫小满吧?小意灵光乍现问道。

小满,这名字多好听啊……女魔术师忘情地说,小满是企盼麦熟的节气。

八

小意跟爸爸守在手术室门外。五个钟头就这样过去了,手术室门楣依旧亮着"手术中"红灯。马得路强作镇静说了声"没事儿"。小意说妈妈是大仙女当然没事儿。这几天爸爸嘴里没有酒味,小意就问爸爸酒呢。马得路说敢情不喝酒照样斗志旺盛。小意觉得这不是从前的爸爸了,当然没有换人。

爸爸讲的魔术大王故事,那确实是换了人的——抖空竹的姑娘顶替"打杂的"女子。换人结果怎样呢?"打杂的"出城跑了,顶替的当场被抓。小意认为人是换不成的——你还是你,她还是她。

沉默了一会儿,小意想起几天没有露面的邬宗德叔叔,就向爸爸打听。

邬宗德给你妈妈写了封信……马得路翻开衣兜掏出牛皮纸信封说,这封信我没有转给你妈妈,毕竟还是魔术搭档嘛。

小意听了有些紧张,毕竟他喜欢邬宗德叔叔,文明礼貌有文化,人特帅气。

邬宗德写信承认自己撒了谎,他邀请文化局局长登台是想讨好人家,希望给领导留下好印象,为日后发展打下基础。他反而把这件事儿说成是为了让你妈妈感受危险降临时人物的心理……

噢!邬叔叔邀请文化局局长登台,这是模仿魔术大王邀请宪兵司令,等于趁机再现历史场景了。小意松了口气说,邬叔叔主动承认自己撒谎,这挺好的呀。

是啊，你妈妈从来不谅解自己，我担心她同样不会谅解别人，决定不把这封信交给她。既然邬宗德讲出实话，这桩心病会慢慢平复。

小意认为爸爸说得很对，笑了。他扭脸看见"手术中"红灯，又不笑了。

一个胖男子从手术室门前经过，猛地停住脚步盯住马得路说，你就是那个"袖珍望远镜"吧？我还以为这辈子找不到你了。

马得路打量着又白又胖的男子，尝试着叫出对方名字"宁哲来"。对方抚掌大笑自报外号"拧着来"。这情形让手术室门外的紧张气氛略有缓解。

我已然打听到魔术大王的下落啦！有人抗美援朝那年在东北见过他演出……"拧着来"大声说话像喊口号似的。

小意近前摆手指了指墙壁。宁哲来看清"请勿大声喧哗"字样，主动放低调门继续说，有人在东北见过魔术大王慰问志愿军伤病员演出，他的拿手好戏还是"大变活人"和"旱地钓鱼"，有时鲤鱼有时鲫鱼，冬天没鱼就不钓了。他表演"大变活人"的搭档是个女子，她春秋演出穿红衣绿裤，天冷就不知道了。

哎哟！马得路惊得瞪大眼睛说，从前那是故事传说，现在这是真人真事啦？

当然是真人真事！因为历史是人民创造的，所以咱们的钞票叫人民币！你能说人民和人民币是假的吗？宁哲来再度提高嗓门，精神旺盛，满面红光。

小意听了急得跳脚说，你这儿都成了真人真事，我妈妈讲的那些故事就成了假人假事啦？

马得路安慰儿子说，源于生活，高于生活，你妈妈讲的那些故事更接近真人真事……

故事更接近真人真事？外号"拧着来"的胖男子反对说，那就请说评书的艺人到大学里教历史吧！汉朝讲萧何月下追韩信，唐朝讲薛仁贵征东，宋朝讲穆柯寨招亲，元朝讲中秋节月饼馅儿里藏纸条儿……

马得路不知如何解释。小意代替父亲说道，因为从前那些真人真事没有被认真对待，后来就变成这些故事传说了。

父亲受到儿子启发说道，因此还是要弄清赖存金是否确有其人，便衣队戏院抓人是否确有其事，还有谁是小满，这些素材对我的剧本来说非常重要……

我以为你在追查历史真相,合着你要写剧本唱戏啊!这性质就完全变了。性格开朗的宁哲来没了兴致,说了声"牙疼"就走了。

眨眼间,从前的民间故事变成眼前的真人真事,小意有些难以适应。马得路反而有了新思路,颇为自我肯定地说,以真人真事为创作素材,反而能够获得更大的创作空间,使得艺术真实超越生活真实,让当代小满穿越时光,寻找从前的小满……

我妈妈就是您说的当代小满吧?小意再度突发奇想。

马得路感觉浑身过电,猛地打通任督脉络,伸手抓住儿子胳膊说,莫非你真是个小神童?穿越到我家来啦!

小意有些莫名其妙,抬头望着亢奋不已的爸爸。

女主角要在精神王国里确认魔术先辈们!女主角要在历史长廊里发现前世的身影!女主角要在现实生活中独自坚守自己!马得路大声表达思想收获,说,她的研究越来越复杂,她却变得越来越简单,这就是自幼延展的心路历程清澈而明亮……

小意认为爸爸这是朗诵诗歌呢。看来爸爸不喝酒照样斗志旺盛,可以在家里"爬雪山过草地"了。

这时手术室的门打开了。激情澎湃的编剧爸爸陡然回到现实世界。小意扑向担架车被护士拦住,说患者还昏迷呢。小意只得央求身穿浅蓝色手术服的医生,您快让我妈妈醒过来!我用蜡笔画了一本小人书给她……

大人怎么还看小人书?返老还童啊。手术医生好生奇怪,转而对家长马得路说,六个小时的手术还算顺利,只要患者度过感染期就好,这要家属积极配合。马得路不知这是好消息还是坏消息,伸手摸了摸妻子的脸。

推起担架车把患者送到 ICU(重症监护室),医生说 ICU 这里家属不能陪护。小意越发纠缠说,我画这本小人书用掉两盒蜡笔,每页都有我不会写的字,所以要请妈妈帮助。

您家孩子好执着啊。这位医生从未见过这种类型的孩子——语言表达水平明显超过事物认知能力,反倒挺纯粹的。于是拿惯手术刀的医生上下打量小意说,这孩子某个方面可能具备超常能力吧。

小意快速问道,那是在鹦鹉学舌方面吗?

你的想法很奇特!这位医生认真地说,你画的那本小人书也与众不同吧?

小意听了毫不谦虚地点头说,医生叔叔我认为您说得对,因为妈妈说是真的。

<h2 style="text-align:center">九</h2>

女魔术师住进 ICU 两天了还没有苏醒过来。大清早小意和爸爸就跑来了,徘徊在 ICU 门外。马得路自言自语说,志秀你既是杂技团台柱子,还是我剧本主角,你可不能放弃自己。

小意好像具有特异功能,告诉爸爸说妈妈快苏醒了。马得路受到儿子鼓舞恢复斗志说,你现在回家把我存的茅台拿来,你妈妈苏醒了马上开瓶庆祝。

您需要午餐肉罐头吗?小意联想到爸爸的下酒菜,一时间思维逻辑清晰了。

喝喜庆酒不用搭配别的,一仰脖儿就干啦!马得路接受小神童的预测,已然起了酒兴。

我赶紧回家拿茅台吧。小意说着小狗似的跑了。

跑进胡同里看见高爷爷做木工活儿,小意径直回家找到那瓶五星商标图案的茅台酒。包裹酒瓶的绵纸已经泛黄,他估计这酒比自己年龄还大,双手紧握酒瓶走出家门奔向老木匠的小工地,高爷爷正在做双门大立柜。

您这是做魔术道具吧,高爷爷?小意想起杂技团的黑色大立柜。

嘿!你不说我还想不起来呢。高爷爷停下活计回忆道,我十二岁进木匠铺学徒,跟随老师傅给杂耍班子做过几件木器,就有那种背板留有暗门的双敞式大立柜,记得班主特意要求里外都刷黑色油漆,说黑色藏拙避目,黑洞里变魔术不走光……

小意不顾礼貌打断老木匠问道,那杂耍班子有个魔术大王?还有抖空竹的姑娘身穿红衣绿裤?

什么红衣绿裤啊!那时候我比你现在傻得多,除了锛凿斧锯啥都不知道。高爷爷眯缝眼睛回想六十年前的情景说,那个杂耍班子突然就没了,听说十几号人被宪兵队装进大卡车,一股脑拉到太古码头坐轮船走了,以后没了音信。

那个宪兵司令是不是姓赖?小意认为出现新线索追问道,赖司令手下有个年轻副官对不对？

你说什么呢！老木匠听得云山雾罩连连摇头说，你妈妈劳神累心不得闲，你还是个小孩子也跟着不得闲，还有你爸爸非要写剧本不可，写不出来干着急……

听高爷爷说到爸爸，小意想起手里的茅台酒，跟高爷爷说了声"回见"扭身跑了。

这瓶茅台有点渗漏，小意身沾酒香跑进住院部楼道，冲到ICU门前，看见爸爸正跟两个男人说话。

一个是郗团长，另一个不熟悉。这时爸爸表情郑重地说，谢谢俞局长和郗团长，二位领导百忙中来到医院看望我妻子，尤其那天涂志秀谢幕突然发病，还是俞局长派车送到急诊……

这些都是我们应该做的嘛。郗团长好像报幕员般说道，今天俞局长亲自来到医院，这是有重要事情要传达的。

马得路嗅见酒香扭脸看了看儿子，这便牵引着俞局长的视线投向小意。小意仍然认为文化局局长姓鱼，上前表示不满说，鱼局长，郗叔叔好心好意请您登台，您干吗罚他停止演出呢？我妈妈病了就让他顶坛子去吧……

这位姓俞而不姓鱼的文化局局长被小意说得愣了神儿。郗团长连忙补台说，这孩子发癫痫发成小神童了，有时张嘴说话超越现实，我怎么会不让郗宗德同志顶坛子呢？

俞局长听了跟小意握了握手说，原来你是小神童啊！那么将来长大就做学问，好好研究咱们中国魔术史，把这门古老艺术推向世界。

小意受到意外夸奖，反而不好意思了。这时俞局长跟马得路握了握手说，咱们市文化局接到辽宁方面打来的电话，东北兄弟省市编纂民间文艺家系列丛书，广泛搜集有关魔术大王的故事传说，涂志秀同志多年研究这位传奇人物，还要请她协助补充完善这方面的资料。

怎么东北那边还有别的魔术大王啊？小意忍不住告诉两位领导说，不管别处有没有魔术大王，反正我妈妈主要研究他的搭档小满姑娘，你们知道这是为什么吗？可能我妈妈乳名也叫小满。

原来是这样子啊。俞局长露出慈祥的微笑说，我们人事履历档案不登记乳名的，这属于个人隐私喽。

结婚多年我也不知道妻子乳名叫什么。马得路拉回话题说，医院专家会诊说病人该苏醒了，可是还没有苏醒。东北那边搜集魔术大王资料的事情，只好候一候了。

俞局长表示涂志秀同志会苏醒的。郗团长同样充满信心。小意依然乐观地说，我妈妈给我讲过好多魔术大王的故事，光小满姑娘就有好几位呢，你们放心吧我妈妈会苏醒的。

你真是个小神童！俞局长似乎很喜欢小意，说搜集整理民间故事传说就要后继有人。

小意模仿大人把俞局长和郗团长送到住院部大门外，还挥手道别。马得路猛然觉得儿子瞬间长大了，以前是个病孩子被人瞧不起，现今被人称为小神童，赢得了不同寻常的生存状态。

马得路感慨自己老态了，但是将会得到儿子的帮助，这是人生的莫大收获。他小声念叨起来，志秀啊志秀，这都是你讲故事的功劳，你在故事里不断寻找自己，无形中塑造了咱们的小意……

邬宗德怀里抱着束鲜花来到 ICU 门前，表情稍显拘谨，少了登台表演魔术时的潇洒派头。小意奔将过来说，我用蜡笔画了小人书，总共十八页呢，邬叔叔！

好哇好哇，你学会给妈妈讲故事啦！邬宗德把鲜花递给马得路，腾出手来摸了摸小意脑袋说，那本《魔术大王历险记》小人书，被列为少年儿童爱国主义教育书目。可是哪儿有魔术大王啊，光剩下我这种顶坛子的小角色了。

马得路尽力安慰说，既然你写了那封信，说明你是个不肯轻易放过自己的人，所以你能够成为涂志秀的魔术搭档。你的那封信我烧了，当时火光耀眼跟放小焰火似的，照亮我们的小天地。

小意认为爸爸说话就跟念诗似的，从衣兜里掏出自己画的小人书说，邬叔叔不要说没有魔术大王了，我觉着以后您可能就是了。

邬宗德腾地涨红了脸，英俊潇洒的小伙子羞得像个大姑娘。小意把蜡笔小人书递过去说，我把魔术大王画得跟您现在年岁差不多，我看你俩都挺帅的。

邬宗德被小意形容得满脸尴尬，连忙询问蜡笔小人书的内容。小意接过这沓五颜六色的蜡笔画片，开始讲述故事。

一天傍晚，杂耍班子预备进场演出，魔术大王的小师妹来了，她的名字叫小满。

咦？马得路不由得出了声，怎么出来个小师妹呢，而且名字叫小满？

邬宗德不无体谅地说，本来魔术大王的故事版本就比较多，那么就会有身份不同的小满吧。

是啊，爸爸讲的故事里那个抖空竹的姑娘也叫小满，她身穿红衣绿裤从戏院后排走到舞台前面，被便衣队抓走了……

马得路迟疑地说，可是我的版本里没有这个小师妹的。

小意胸有成竹——以前他以为这句话是说肚子里有根竹竿儿，现在明明白白说道，小满在爸爸的故事里是那个抖空竹的姑娘，小满在妈妈的故事里是这个小师妹。所以说小满等于小师妹。

邬宗德觉得小意说得有道理，说小满可以是抖空竹的姑娘，也可以是小师妹，还可以是死里逃生的"打杂的"女子，可能还有别的姑娘是小满，这就是人物世界嘛。

没错！还有抗美援朝那年在东北演出的红衣绿裤女子，难道她不能是小满吗？马得路显然受到重大启发，从迟疑改为认同，连连催促小意快快讲解，好像他的剧本即将出笼准备彩排了。

小意只得加快速度说，小师妹比魔术大王小八岁，她告诉大师哥这次来到杂耍班子就不走了，这令魔术大王非常惊讶。小师妹几年前来过杂耍班子学艺，认他做了大师哥，可是没几天她被父亲弄了回去。堂堂书香门第之女怎么可以成为江湖艺人？就这样三番五次跑过来，五次三番被弄回去，后来被父亲送到北平女校读书，跟杂耍班子断了联系。

这次小师妹重新出现，魔术大王内心很不平静。他当然愿意小师妹留下来，结伴行走江湖，共享快意人生。可是她高中毕业考进辅仁大学物理系深造，怎么能够前功尽弃明珠暗投呢？魔术大王做出义断情绝的样子，退还小师妹以前送他的玉石扳指，以此刺激她自行离去。没想到小师妹坚决不走。魔术大王吩咐顶坛子的小伙子，明天买火车票送她回北平。

小师妹稳住心神说，既然明天我要走了，今晚我跟大师哥去演出好不好？魔术大王内心留恋，自然点头同意了。杂耍班子晚间演出不排饭，要等到散场吃夜餐。魔术大王特意给小师妹安排晚饭，热气腾腾的白面馒头和鸡蛋紫菜汤,搭配天昌酱园的八宝小菜。

傍晚杂耍班子来到丹桂戏院后台,艺人们各忙各的。魔术大王拨开幕帘儿发现几个观众提前进场了,然后四散落座。常年闯江湖走码头见多识广,他懂得看杂耍不比听京戏,没有观众赶早落座的。他顺着台角侧梯下了场子,从前排逛到后排,心里明白了八九,立马回到后台找到小师妹,催促她离开戏院去客栈歇息。可是没有想到小师妹已然换好杂耍班子的衣裳——上穿红衣下穿绿裤,满脸欢喜地问大师哥她这身打扮好看不好看,而且不等回答便大声宣布,我今晚就是杂耍班子的人啦。

魔术大王深深叹了口气。小妹师索性得寸进尺说,今晚我要做大师哥大变活人的搭档!

旁边站着顶坛子的小伙子和抖空竹的姑娘,纷纷点头表示支持。魔术大王还没表态,便衣队突然封锁戏院后台,晚场演出取消了。身穿黄呢军装的宪兵司令赖存金,嘿嘿笑着对魔术大王说了声"叨扰"。年轻的副官清点杂耍班子人数,报告说拢共十二位满桌子。人们就以为赖司令要请吃饭。赖存金依次打量杂耍班子艺人,表情疑惑地说原本十一位的。身穿红衣绿裤的小师妹出头说道,今天凑齐了就是十二个人。

年轻的副官接话说道,今天你们凑齐了就好,现在就请各位收拾道具打点行李,准备开路。魔术大王拱手请问赖司令这是做何安排。对方哈哈大笑拍拍他的肩膀说,我请诸位出门游玩散散心,时间紧迫闲话少叙,马上装车抓紧出发吧……

马得路和邬宗德被全新故事版本吸引,已经成了小意的忠实听众。他们哪里知道这故事是涂志秀手术前夜讲给儿子听的——不光有大师哥与小师妹的情感,还有这位女魔术师历经多年的不懈寻找,通过"小满姑娘"将内心愿景呈现出来了。

……天亮时分,杂耍班子被宪兵队用大卡车拉到太古码头,一个不少地送上开往大连的火轮。清晨时分拉响汽笛驶出大沽口,杂耍艺人们只得听天由命了。魔术大王来到前甲板,小师妹再将玉石扳指赠送,表示它终归属于大师哥。大师哥问小师妹,你得知我们杂耍班子将被押送大连给赖存金的父亲寿诞演堂会,立马就从北平动身赶到天津来啦?

小师妹略含歉意地笑了,说这就是缘分吧。毕竟她不能告诉大师哥,北平通往关外的道路处处严查走不通;她也不能告诉大师哥,北平城工部得到内线密报,当即决定抓住天赐良机,派她搭乘杂耍班子轮船前往东北;她更不能告诉大师哥,宪兵队里的内线就是年轻的副官……毕竟难以抑制内心情感,小师妹声音有些颤抖地说道,有幸跟大师哥同船渡海,真是不枉此生啊。

心有灵犀,不必多言。小满多多保重!魔术大王称呼小师妹乳名,说罢返回了客舱。

马得路听得打了个激灵,似乎恍然大悟说,这个小师妹才是你妈妈心里的人啊!

是啊,这个世界上总会有个相同或相似的自己,由于时空交错很难相遇,有人终生寻找不停歇。邬宗德颇为感慨地说。

这时候ICU的铁门打开,护士长探头发布通知,10床涂志秀家属,每天下午四点钟ICU允许探视,严格限时二十分钟,不得超时驻留。

魔术小王子邬宗德头脑反应最快说,这无疑说明患者病情好转了!这肯定说明患者病情好转了!

那就等候妈妈亲自给你们讲这故事吧!小意收起蜡笔小人书乐得蹦蹦跳跳,毕竟小神童还是小孩子。

志秀,你快快醒来吧,我已经把你请进剧本里了……马得路嗓音沙哑地说着,竟然泪流满面。

十

小意果然成了袖珍型预言家,预言精准得就像爸爸那架袖珍型望远镜。下午四点钟准时穿戴全套淡蓝色超薄防护服,小意跟随同款穿戴的爸爸,前后脚走进ICU探视刚刚苏醒的妈妈。

手术后涂志秀还在输液,透明的吸氧罩遮挡面孔似乎难以确认。小意坚信妈妈是真的,就连妈妈讲的故事也没有假的。

见到妻子马得路不知说什么好,连连做出"V"字胜利手势。小意不见妈妈回应,双手举起自己画的蜡笔小人书说,妈妈我完成了您的任务。

女魔术师轻轻点头连连眨眼,表示了赞赏。小意趁机翻开蜡笔小人书的末尾几页,当场给妈妈复述妈妈给他讲过的故事。

……火轮行驶到转天清早,远远望见大连码头了。一艘国军炮艇快速开过来,左甲板有个军官手举喇叭高声喊话,宣布登船搜查从关内来的共产党嫌疑分子。客舱里小师妹得知情况有变,立即从内衣深处拆出密码本,一页页撕碎嚼烂吞到肚里,身穿红衣绿裤走出船舱,满脸微笑望着大师哥。她知道不能挥手道别,那样会连累他的。魔术大王只得拱手抱拳,远远注视小师妹。

　　小师妹快步来到船尾,抬腿跨过围栏大声说,大变活人就是要把自己变到大海里去! 说着纵身跳进黑蓝色柔软的怀抱里。

　　小意感觉妈妈流泪了,便停止讲述。ICU规定家属探视保持距离,不得靠近病床。小意只得向妈妈招手安慰她。

　　小意爸爸,请你把这故事写进剧本吧……女魔术师竟然说话了,这令父子俩兴奋不已。

　　护士长口罩遮脸走进病房提示说,家属不要刺激患者好不好? 她现在不宜激动需要静养。

　　马得路只得收敛极力克服,嗓音沙哑地说,我把你写进剧本里了,你是当代小满,在这部五幕七场的话剧里,时时处处都有你的身影……

　　一束追光照耀满舞台奔走的当代小满,你不停地往返于历史与现实之间,不懈地穿越时光寻找着她们——抖空竹的姑娘、打杂的女子、在东北登台演出的红衣绿裤女子,当然还有小师妹……她们人人剑胆琴心,个个都是小满。你呢,你愿化作她们在今天现实世界的投影,将当年小满们美丽且悲壮的故事讲给今天的世界听,也讲给明天的世界听,还要讲给未来的世界听……

　　女魔术师稍显病容的脸庞浮现出清丽淡雅的笑容,声音宛若太空金属般轻盈而清亮:小满小满,江河水满,麦粒灌浆,充实饱满……

　　小神童忘情地凑到病床前“鹦鹉学舌”说,收了麦子蒸成白面馒头,喝鸡蛋紫菜汤,配天昌酱园小菜。妈妈您还记得大师哥给小师妹准备的晚饭吧……

　　涂志秀有气无力地说,我多么希望那不是最后的晚餐啊。

　　编剧马得路急忙补充道,可以认为那不是最后的晚餐。抗美援朝那年东北有人看见啦,她红衣绿裤登台表演大变活人呢。

　　这样就好,当然这样就好……女魔术师说着,轻轻盈盈地睡了。

　　小意轻轻盈盈说道,妈妈,您要接着给我讲故事啊,兴许小满她就回来啦。

【作者简介】肖克凡,作家,现居天津。著有长篇小说《鼠年》《原址》《都市上空的爱情》《旧租界》等八部,小说集《赌者》《蟋蟀本纪》《爱情手枪》《天堂来客》等十六部,散文随笔集《一个人的野史》《有时候想念自己》等四部。出版《肖克凡文库》十八册。长篇小说《机器》获中宣部第十届"五个一工程"奖、首届中国出版政府奖,并入围第七届茅盾文学奖。长篇小说《生铁开花》获北京市文学艺术奖。中篇小说《继续练习》获《小说选刊》年度奖,中篇小说《妈妈不告诉我》获《人民文学》年度奖。

巴尔扎克的银子

◎ 李亚

    我舅舅方程先生是个研究巴尔扎克的有名专家，要不是因为和太太闹离婚牵连了多年的精力，那他到现在出版的研究专著恐怕要比巴尔扎克的还要广阔。这场离婚事件好像狗吃糖稀拖拖拉拉了好长时间——现在的时间也像吃了假冒伪劣的仙丹一样消逝得飞快，一眨眼七八年了。

    当然了，现如今世界各地到处都有漫长的离婚事件，从遥远的巴黎和伦敦，到附近的上海和北京，甚至我们这座有着一条大河贯穿其间的小小城市，漫长的离婚事件好像雨季过后森林里的毒蘑菇一样肆意丛生。在宇宙中，在世界上，在我们这座小小城市里，不管离个婚要拖多久，也很少再有人为此心烦意乱，因为现在已经没有几个人会把这件如今在哪儿都是稀松平常的区区小事放在心上。我舅舅脸颊白皙、鼻梁高挺、一对卧蚕眉，他躺在院子里的竹制躺椅上，双手扬起抚摩着油罐子一样光滑的秃顶，眯缝着一双丹凤眼微微奸笑着说，巴尔扎克自从一八三二年二月底接到韩斯卡夫人的第一封信，到一八五〇年三月初他们在基辅办好结婚证书，也就是说，仅仅结个婚巴尔扎克这个骚胖子就花了整整十八年时间，喊，我离个婚花上七八年又算个什么！

    在穿城而过的大河北岸，这座院子有些年头了，听我舅舅说这座宅院是他祖辈留下的遗产。他说他太爷爷和爷爷是个什么了不起的人物，他父亲又是个什么了不起的人物，等等。到底能有什么了不起的呀，非得挂在嘴边三番五次地叨叨，好像我不知道那些早就跌入历史尘埃的腐朽事情一样。而且，我也早就习惯了我舅舅的鬼话连篇，说起瞎话眼也不眨，即便从来没有发生、在这个世界上也绝对不会发生的事情，要是让我舅舅说起来就好像正在你眼前发生着这件事情。其实，只要试想一下就知道了：一个人要是大半辈子疯疯癫癫研究巴尔扎克，那他嘴里还能有几句真话可信嘛！更何况像我舅舅这么一个恨不得把自己的灵魂与肉体都和巴尔扎克融成一坨的教授先生。院子里有一棵高大的桂花树，花开季节早已过去，微风轻拂，树枝摇曳，斑驳的阳光照得我舅舅睁不开眼睛。空气里残存的桂花香就像根羽毛一样飞旋着拂拭他的鼻翼，他感到鼻腔内黏膜受到刺激，像食肉动物嗅到血腥气息一样，他一连哼哧了一二十下鼻子。我舅舅鼻梁高挺，眼神深邃，宛如古希腊石雕人像……当然了，他年轻时候的那般英俊相貌如今已躺尸在他的影集里了。现在，我的教授舅舅油性头发谢顶严重，几乎算得上半个明晃晃的秃头了，加之随着年龄增长人人难以避免的生理变化，他那双丹凤眼下边还涌上来小小的两泡眼袋，好像狂妄的麦粒肿不甘心地潜伏在那儿等待时机。尤其在魏武广场观看那群粗胳膊粗腿粗线条彻底消失了的大妈和奶奶跳舞他微微坏笑时，两粒囊肿般的眼袋突然增大，活像青蛙鸣叫时鼓起的两个气囊。还有，我舅舅原本清澈深邃的眼神自从离婚事件开始也逐渐变得暧昧和茫然，高挺的鼻梁也因皮肤起皱生满斑点而显得有些鬼气和狰狞。当然了，这些算不得什么，这些变化一点也没有影响我舅舅的昂扬心态。我们这座小小城市以聚集和流通中草药闻名世界，我就是其中的一个药贩子，因此我有闲有钱又经常无聊至极，所以隔三岔五请我舅舅这个孤独的光头吃吃喝喝，顺便听他讲讲有关巴尔扎克的无厘头趣事。我最爱请我舅舅到"水中央"大排档吃刚捕上来的刀鱼。这种鱼自古以来就是我们这座小城的特产名吃，尤其在春末夏初之际肉质异常鲜美。我舅舅不仅喜欢吃当鲜的刀鱼，还喜欢那个给他上刀鱼的服务员小姑娘粉妮。粉妮是个混血儿，她的眼珠子蓝莹莹的好似波斯猫眼。我舅舅把粉妮叫作波莉娜，每次刚坐下他就会伸着脖子大声呼唤，波莉娜——来杯扎啤！波莉娜——来份刀鱼呀！被他唤作波莉娜的粉妮就会快速把一扎啤酒和一份刀鱼给他端上来，然后，咬着下唇，蓝眼睛好像意味深长地给我舅舅眨一下再眨一下，然后带着几分嗔怪的意味扭着细长的腰肢走掉了。我舅舅很喜欢粉妮这副怪怪的样子。我舅舅还喜欢到"庄稼地"餐馆吃刚宰的地锅鸡，因为除了地锅鸡之外他还特别喜欢那个丰腴的服务员苏红，我们每次一坐下，丰腴的苏红就会拿着菜单快步过来站在我舅舅腿边请他点菜。苏红不是本地人,她好像是苏北的还是陕北的,也许是湖北川北的我也搞不清楚,我舅舅也搞不清楚,但我们都知道她三十六岁了。苏红丰腴且白皙,一搭话就笑,两片厚嘴唇一笑显得特别性感。我舅舅特别喜欢点完菜之后她说的那句话:哥哥稍等,马上就妥了!苏红把"妥"字说成"脱"字,这个看似微不足道的口音小差异每次都让我舅舅特别亢奋。总之,不管吃刀鱼还是吃地锅鸡,他老人家都是兴奋地大吃大喝大声说笑,更要命的是喝了三五扎啤酒之后,他都要双手轮流抚摩着油光光的头顶大声地告诉我,他今早晨勃持续时长比昨天多了四分钟或者十五分钟。我舅舅根本不在意邻座男女食客装模作样乜斜过来充满惊讶和厌憎的目光,他照旧大声宣称在这一点上他比巴尔扎克厉害多了,尽管巴尔扎克还没到他这个年龄就跷脚去那边了。那个骚胖子年轻时就不太行,从乔治·桑给她的小情人桑多的书信和本人的自传里都可以推测出巴尔扎克年轻时候就不太行。我舅舅那光秃秃的脑袋里不仅装满了巴尔扎克的趣事,还经常阵发性地突如其来地生出一些莫名其妙的想法和念头。就像,他有两三次严肃地要求我在某些场合下,尤其是在漂亮女人多的场合,一定要称呼他方教授或者方先生,我一直都没有弄清楚到底为什么。因为我从小到大一直和我舅舅耳鬓厮磨,就像多年父子赛兄弟一样,不管是意识里还是在实际生活中,早就没有了甥舅之分。哦,但有一点我不得不承认的事实:我舅舅方程先生确实是城南那所不怎么样的大学的中文系教授。

方先生,哦,方教授的太太也就是我舅妈,她老人家艺名叫金妞,她在我们市二夹弦剧团演出时海报上用的就是这个艺名。海报上我舅妈的扮相光艳照人美不胜收,经常有一些老态龙钟的戏迷拄着拐棍或乘坐轮椅在海报下流连忘返,像婴幼儿一样淋漓的口水将胸前衣服打湿了一大片。亲戚朋友同事包括她老爹,出于对这位名旦的敬重,大都称呼她这个艺名。其实人人都知道我舅妈姓马,当年她老爹是剧团的马老团长——我曾经偶遇过几次那位头顶之毛发早就颠沛流离而边缘只剩几撮白发的戏疯子,他整体形象活像虽在脱毛时期却依然顾盼自雄的老公鸡;他像吸粉一样酷爱越调大师申凤梅的扮相和唱腔,所以在我舅妈呱呱坠地还没出产房,这位老疯子就立即将其命名为马小梅。其中的冀望是可想而知的,其中的妄想也是显而易见的,因为大师申凤梅是不世出的越调天才,早就是无可争议的。当年与现在情况不大相同,从北京那所有名的戏曲学院毕业回到我们小城之后到剧团上班之前,总会有一段空闲时间,马小梅趁时间宽裕,孤身前往她魂牵梦绕的新疆旅游了一趟,神奇的是,她在乌鲁木齐大街上买馕吃时,竟然偶遇了三毛和王洛宾在人行道上散步!要知道当时正是三毛在全中国风靡一时的时候。我舅妈痴迷地目视着他们相挽着缓缓行走,叼在嘴里的右手食指差一点给咬掉一节,可见她心海中巨轮猛然疾驶冲荡起滔天的波浪。回到我们这座小城的当天下午,马小梅就自作主张把名字改成了马三毛。

这件逸事,都是我舅舅在离婚事件开始前后但凡见到几个重要亲友就要絮叨的开场白。他说这段开场白时一脸虚伪的严肃和做作的沉着,基本上都能收到亲友们笑绝于地的效果。接着我舅舅又摆出一脸无可奈何的苦笑,自责当年就是轻信了我舅妈这个瞎话篓子的一番鬼话才胡乱和她结婚的。她那时候不过就是二夹弦剧团的一个小小演员,我可是马上就要升为副教授的大学青年教师。我舅舅一边慢悠悠地演说,一边装模作样地绕室踱步,好像乌鹊南飞绕树三匝。他停下步子后一脸幸灾乐祸,接着活灵活现地讲述我舅妈在更改名字时和户籍警马茂谡发生了冲突。马茂谡是我舅舅的一个街坊,当年他不仅是个称职的户籍警,业余时间里还是个二夹弦酷爱者,而且也是个有几分道行的老牌票友,他和许多票友切磋唱腔时无数次声称此生宏愿就是在四十岁之前能和剧团的二夹弦名家马团长合作一出《斩马谡》。我舅妈要求改名字时,这个想演被砍头角色的户籍警左右非要她征求一下马团长的意见,由此可见这个"戏中死鬼"对马老团长还是相当了解和尊重的。我舅妈脾气暴烈性格古怪,不管我们男人还是她们女人,这个世界上凡是正常人,就没有几个能受得了她的,这也是亲朋好友同学同事大家伙的共识。按户籍警马茂谡的行话术语说,就是我舅妈出言不逊和他发生了肢体冲突等同袭警,罪行严重。但按照我舅舅的话说就是我舅妈把马茂谡那张牛舌头烧饼一样的长脸挠得跟鹰搂的一样。我舅舅说,终于改成了名字的马三毛女士,十个指甲里塞满了细长的肉丝,多一根也不要,只要买三根蒜薹就可以炒一大盘子肉丝蒜薹了。

我的教授舅舅说完这句话差点笑断气。

这自然是我舅舅和我舅妈谈恋爱之前的事情。

无论何时何地,我舅舅一旦说起他和我舅妈谈恋爱的事情一定会下意识地展露出骄傲的形态，他的胸部会咔嗒一声挺得像健美运动员一样雄壮，一对浪兮兮的眯缝眼里露出缕缕浪漫和绵延不绝的浓烈色情。偶遇三毛和王洛宾这件莫须有的事情让我舅妈差一点成了演说家，从新疆回来后到剧团上班前的那几天空暇时间里，我舅妈在任何场合都要演说她的奇遇，而且一次比一次说得详细，一次比一次说得逼真，在剧团，在图书馆，在电影院，在商场和菜市场，在行人熙攘的大街上。没有人疑问什么，也没有人要看看她和他们的合影，因为在那时候还没流行见到明星名人蜂拥合影的习惯。有一次我舅妈总结说，还是在校园里演说效果最好。当然，她做这个总结时正和我舅舅新婚宴尔，距离和我舅舅产生严重的冲突还有一段相当漫长的岁月，更谈不上势同水火非要离婚了。那时候亲友走动抑或聚餐，我舅妈总是大肆畅谈这件让她引以为终生自豪的奇遇，而我们这些亲戚总是热切地用羡慕的目光缠绕着她。尤其是我们这些头脑简单的晚辈几乎都不知道该怎样崇拜她才好。我们艳羡的嘴脸就跟那些围着听她演说的大学生的嘴脸一模一样。那次，我舅妈把波浪形披肩长发扮成三毛那样的懒散发型，还花了不少时间特意找了两缕紫花格子布条，在两耳边扎了两撮松松垮垮的长发垂在肩头。她演讲到三毛和王洛宾缓缓行走的样子时，在学生中张望了好几眼想找一个可以当作王洛宾的男生。恰好，当时我舅舅也在听众之中。那时候我舅舅虽然还没有修炼成一个教授的模样，但他是学院最优秀最英俊的青年教师，而且马上就要晋升为副教授了，用现在的话说，他简直就是自带超级流量生意劲爆，选修他的课的学生得提前两个小时自带小凳子抢座位，然后坐在那儿全神贯注听他津津有味讲说巴尔扎克及其朋友们的故事。我舅舅年轻时就知道自己相貌堂堂，他家里有好几本影集可以证明他这点自信还是相当可靠的。那时候的相片都是胶卷冲洗出来，还不存在欺骗性超强的修图软件，这种软件可以把丑陋的猪八戒变成英俊的唐三藏，形形色色大上其当的外貌协会会员车载斗量，造成了多少人间悲剧的案件，教训惨痛。我舅舅年轻时不修边幅，留着乌黑发光软硬适中的胡须。这黑得闪光的胡须使他的脸颊更加白皙，鼻梁更加挺拔，还大大增加了他目光深邃的魅力。有了这锦上添花的胡须，我舅舅穿多么高级的衣服也显不出高级来，甚至都没人会注意他是否穿了衣服。我舅舅站在凝神屏气侧耳谛听的学生中间，他腋下还夹着一本一九七八年三月一版一印的《幻灭》，这部伟大的名著虽然品相沧桑，但让我舅舅从千万个英俊青年中脱颖而出。我舅妈,哦,那会儿她刚刚启用崭新的名字马三毛……马三毛的目光一下子焊住了我舅舅,就像一只梅花鹿走向一株灵芝草一样,她径直走向他,然后就像老朋友一样挽起他的胳膊模仿三毛挽着王洛宾信步走了起来。是的,他们信步走了起来,并且一直走向了远方。

我舅舅方程教授醉醺醺地说,当时并不是我舅妈演讲的那场充满谎言的奇遇吸引了他,而是我舅妈那光芒璀璨的线条让他一时举步维艰。我对此深信不疑。因为当时我舅舅正是青春勃发的年龄,他火辣辣的目光永远只停留在女性的胸部和臀部,就同现在一个样子一个德行。目前我舅舅五十多岁了,虽然他已经拥有一颗油光闪闪快要秃利索的头颅,还有了正在逐渐发达的眼袋,但凡在任何场合遇到胸部挺拔臀部丰隆的女性,他的目光就像花海中该死的蜜蜂一样上下翻飞流连忘返。

那群沉浸在三毛和王洛宾散步情景中的大学生眼睁睁看着我舅妈挽着我舅舅缓缓走出了校园。出了校门,我舅舅和我舅妈再也看不见大街上车水马龙的情景,也听不见街边小贩吆喝的嘈杂声。他们就这样旁若无人,沿着希夷大道一直向北漫步,一直步行了十一点六公里到了穿城而过的大河边,过灵津渡大桥时他们已经手拉手了,之后他们一直沿着北岸向西行走。这个路线正是通往我舅舅家那座院子的路线。那时候大河两岸刚刚开始修建美化河岸的公园,工地上坑坑洼洼、机器轰鸣,穿着海魂衫似的蓝白相间工作服的工人们像斑马一样穿梭往来施工。我舅舅和我舅妈就像两只迷路的小兔子,躲躲闪闪蹦蹦跳跳,好像不知不觉似的来到了我舅舅家的大门口。如果到这儿我舅舅或者我舅妈及时清醒过来,他们可能就会拥有各自的故事,后来也不可能进入漫长得煞费脑汁的离婚拉锯战。但是,我舅舅说,所谓不知不觉的说法大都是骗人的,是因为暴雨积月河水超过了临界点,危在旦夕之际那就只有开闸泄洪了。我舅舅打开了大门就等于打开了闸门,暴涨的河水一泻千里。那天我姥爷带着我姥姥去南湖亲戚家打麻将去了,那段时间他们两个老人牌运奇好天天赢钱,迷恋麻将几乎废寝忘食。我母亲那时候还是个上夜班的小护士正在家睡觉,我舅舅倾尽所有给了她一百三十六块钱,小护士兴高采烈地上街买她几天前就看好的那条兰花镶边的裙子去了……我舅舅就是这样厚颜无耻地完成了短暂的爱情,十分勇敢并且十分顺利地到达了爱情的终点——第二天他们就去办了结婚证。我的秃头舅舅说:巴尔扎克花了漫长的十八年才办了结婚证,我都没超过四十八小时。当然喽,年轻时不懂得真正的爱情必须要经过时间检验的,我这场婚姻,惭愧之至,搞得有些仓促了。以后在回忆录里我一定要澄清这件事,一定要写清楚我就是这样被马三毛这只花狐狸诱奸了。

平心而论,作为晚辈,刚开始时我也觉得我舅舅和我舅妈的爱情,简直比现在的爱情比我的爱情要朴实得多要直接得多,而且充满了强烈并容易诱人模仿的性吸引力。但一想到我舅舅是个研究巴尔扎克的专家,我就不能不对他们这样的爱情疑虑重重,因为我舅舅在给人说事的时候,经常把巴尔扎克书里的事情当作自己的亲身经历来讲,他拿人打比方或做例子也总是信口使用巴尔扎克小说中的人物,什么瓦莱丽什么于洛元帅还有波丽娜、拉法埃尔等,因此,很多人和他说话闲聊时不时就会如坠五里云雾之中。我舅妈深知这一点,她经常在我们这些晚辈面前不假掩饰地训斥和挖苦我舅舅:方大教授,请你自己掂量一下好不好?千万不要把巴尔扎克伟大的命运和你的狗屎命运混为一谈!我舅舅吊梢眉蹙成一团不假思索地接了一句:我的命运有狗屎那么糟糕吗?

不管怎样衡量我都要说句实话,我舅舅的命运要比巴尔扎克的命运略胜一筹,至少他身为高级的教育工作者有着固定而且优厚的经济来源,根本不必像胖子巴尔扎克那样天天用那个粗棍子把债主顶在门外,自己躲在屋里写什么鸟小说还债,还得为了扛住睡意多写一小段而大喝特喝又苦又浓的咖啡,而且还要在座椅与厕所之间穿梭飞奔,一泡接一泡地排泄褐色的混浊尿液,搞得房间里弥漫着一股浓雾般的臊臭气味,导致乔治·桑带着她的"小鲜肉"桑多一进屋就大声地抱怨。乔治·桑肥胖的身躯导致嗓门粗哑,震得我舅舅心惊肉跳,更不必说眼看着桑多用委婉的眼神央求乔治·桑,道,好心肝儿快点闪了。我舅舅为了留住乔治·桑欣赏他刚写的情节,不得不友好地对桑多说:小朋友,咱们还是先从梦幻般的臊味中醒过来吧,尽快回到现实生活中,来,我们首先谈一谈欧也妮·葛朗台这个人物。

这些既脱离现实生活又乌七八糟的事情,都是我陪我舅舅在吃肉喝酒的馆子里或者在大河北岸散步后坐在长椅上歇腿时,他讲给我听的。与巴尔扎克相比,我舅舅从来没有这类无聊事情的纠缠。与巴尔扎克相比,我舅舅还拥有了好长一段无可置疑的美满婚姻,拥有过无数次花样翻新、不计后果、美不胜收的夫妻生活,还拥有了一个像他年轻时一样帅不拉叽的儿子,尽管他后来多次拉长驴脸说马三毛心怀叵测给他生了一个儿子就等于给他埋下了一颗隐形炸弹。如果这些都不算我舅舅的命运比巴尔扎克的命运要好很多的话,那么,好多年来他都是免费欣赏一位顶尖级二夹弦艺术家绝美的唱腔,那可绝对是巴尔扎克从未有过的享受。我舅舅也承认这一点,因为不管现在有没有,但可以肯定在巴尔扎克时代,巴黎绝对没有二夹弦。巴尔扎克应雨果之邀观看那部又臭又长的戏剧《克伦威尔》时,戏才开始一会儿,也就是那个保王派分子罗切斯特伯爵刚刚说到,高兴抑或悲伤,美或丑,黑头发或者金黄色头发,这一切,我一概看不见,我只看到一个女人,而且,自从见到她之后,大人,我的灵魂都疯狂了!台上那位伯爵的灵魂疯狂了,台下包厢里的巴尔扎克的肉体睡着了,他下巴抵在胸口上,一边流口水一边打呼噜。因为是个胖子,所以他的口水特别多呼噜特别响亮,这让满头银发的老雨果恼羞成怒,他吩咐当时他的忠实粉丝忠实信徒,哦,就是后来勾引他那又年轻又艳丽的好太太的那个丑八怪戈蒂耶……为了给令人敬重的大师雨果撑场子,当时在巴黎文坛稍具批评盛名的戈蒂耶穿着整个巴黎都没见过的鳄鱼血一样艳红的皮马甲,还留着猫头鹰一样的古怪发型,这个丑汉子上前粗鲁地拍打巴尔扎克几巴掌,巴尔扎克惊醒后赶紧站了起来,大家都以为他肯定要上前给大师老雨果鞠躬致歉,结果这个鲁莽的胖子一溜烟地跑到洗手间尿泡长尿之后溜号了。我舅舅说到这儿,自己笑得像一只发情时轻易得了手的大鹅一样,忽然又卡住笑声,纠正道,对了,勾引雨果太太的那个丑八怪叫作圣伯夫,也是当时法国文坛上比较有尿性的批评家,只是他经常尿湿自己的鞋子和裤门。戈蒂耶相貌还是很英俊的。

必须凭良心说一句话,有很长一段时间我舅舅也是我舅妈的铁杆粉丝和最忠实的信徒。我舅妈每场演出我舅舅总是第一个到场,他心有恃忤目中无人总是坐在第一排正中间那个最好的位置,不管是剧团请来的市领导或主管剧团的部长局长或者手握戏票的富贵观众,谁都别想撼动他的座位。我舅舅西装革履正襟危坐,皮鞋纤尘不染头发纹丝不乱,又白又丰润的手指上戴着那枚祖传的绿宝石戒指——这枚昂贵的戒指不久就被我舅妈霸占了,她到珠宝店捣弄一下之后几乎天天戴在自己手指上——满脸高深莫测的神情,衣袋里还插着一枝带着三片新鲜叶子和无数小刺的黄玫瑰。他那副样子产生了强大的气场，弄得连熟人都有点眼睛发晕犹疑着不敢上前相认，生人更是猜测这老师哥准是个有钱有势有相当背景的大佬。直到在谢幕时我舅舅风度翩翩走上戏台把黄玫瑰献给我舅妈时，大家才露出恍然大悟的傻瓜嘴脸。我舅舅每次说到这儿就会站起来一边转圈一边拍打屁股，一边笑得活像性交之后被雌猫疯狂追咬的胖雄猫。后来，只要我舅妈演出，剧场经理老汪那个软包只好结结巴巴地将那个座位留给了我舅舅。再后来，因为离婚事件拖拉了很长时间，在没有亲眼见到离婚证之前，只要我舅妈演出，狡诈而又市侩的软包老汪总是将第一排中间那个座位一直空着，满场座无虚席只此有座空着，十分显眼蹊跷令人遐想，好像既喜欢看戏又喜欢刺激生活的奥匈帝国皇帝去塔克拉玛干沙漠探险走失了，在没有找到死尸之前，他的御座就没有哪个无理屁股敢坐一下。在如今这么公平合理、安全节能的时代，我作为一个药商实在反感这种毫无意义的浪费。我觉得我舅舅这种行为简直就是遭人唾弃的无赖和恶霸行径，有点类似前一段时间流行的街头碰瓷和某个阶段几个霸权主义国家的种种制裁，让人愤怒又厌恶。

讲真，我舅妈能成为我们市二夹弦剧团的台柱子，有一半是她那戏疯子老爹马老团长悉心培养的结果，还有一半是由于我舅妈本身就有着神赐的戏剧天赋。按照我舅舅的说法就是老天爷赏马小梅马三毛金妞这个混账女人吃这口饭。我舅舅一口气称呼我舅妈三个名字是在离婚事件发生之后，由此可见我舅舅气急败坏到了何种程度。以前我舅舅说什么事都要把巴尔扎克扯进来，离婚这个事件开始之后，他再说什么事都会把老天爷扯进来——由此也可以看出，巴尔扎克和老天爷在我舅舅方程教授的心目中享有同等地位。我舅妈艺名金妞，她演出的《穆桂英大破天门阵》和《樊梨花征西》，还有《花木兰从军》这些大开大合、波澜壮阔、激昂高亢的武戏，常常把观众煽动得热血沸腾，几乎场场连着谢幕五六次都结束不了。这些都是我舅舅亲眼所见好多次的，也是我亲眼所见好多次的。在这样令人振奋的日子里，我舅舅和我舅妈自然也沉浸在亢奋之中。他们庆祝演出成功的方式激烈奔放而又千篇一律，无非就像发情期的雌雄鲤鱼在水草中疯狂地摇摆尾部，将一股股肥硕的卵排泄在混浊的河水里，而且不管生死任由河鳖虾蟹吃掉它们。这是我舅舅和我舅妈的幸福时刻。我猜想这样的时刻肯定就像铁钉一样深深地钉在我舅舅的心灵深处,有好几次他酒后说起这些绝对应该隐秘的事情时,两只眼睛好似在熊熊烈焰中团团转的钢球一样放射着骇人的光芒。

我舅舅说,马小梅或者马三毛或者咱们大家称之为的金妞,她不光能把一些武戏唱得满堂喝彩,她唱哭戏时也能唱得听众在座位上哭成一团烂泥直不起腰来。比如《陈三两爬堂》和《秦雪梅吊孝》,还有《汉宫秋》和《清风亭上》等一些悲情戏。在凄凉悲伤的琴弦之中,我舅妈那副装扮那副神态那副步态上了戏台方才慢慢移动,举手投足之间,大部分观众就浑身一个激灵,心情莫名其妙地骤变为低沉压抑悲伤欲绝,好像我舅妈一旦开口就会宣告他们的亲爹亲娘即将离世一样。我舅舅第一次听我舅妈唱的那出悲情戏是《秦雪梅吊孝》,尽管这出戏得先唱一会儿才能到悲伤情境,但是,在缓慢凄苦而又悲凉的琴弦声中,我舅妈一出场那副状态就让我舅舅陡然间产生了这样的感觉。我舅舅说,就似好大一桶泡着铁蒺藜的井拔凉水缓缓地一股大一股小地从头顶浇下来。我舅舅的两只眼睛不由自主变成了少关了一丝的水龙头滴滴答答滴滴答答,他还忍不住响起断断续续起起伏伏的抽噎声。接着,全剧场观众就像汽油遇到一个微小火星一样轰地一下大放悲声起来。若不是剧场工作人员经验丰富,手持扩音器进行有效的劝慰和引导,这一出戏很难再接着演下去。我舅舅擦去脸颊上的一串子泪珠,他有些冲动地先把酒杯倒得满满的,接着咳了一声总结说:悲剧的力量天下无敌,众人大笑震惊鱼鳖鼋鼍,众人大哭震撼神鬼灵魂。来,李四老弟,咱哥两个俗人干一个。每次第三杯或者第四杯啤酒下肚,我舅舅就会天马行空地将亲情伦理和教授先生的尊严抛掷九霄云外。

我们哥们儿砰地一下干了一个满的。

就像倾听那些欢欣鼓舞的武戏一样,我也现场听过我舅妈的悲情戏,我听的那出戏也是《秦雪梅吊孝》。不得不承认,像我这样一个没心没肺的药商,一个整天在荆棘缠绕的酒场上和人精堆里行走定是不学无术的药贩子,都能感受到我舅妈唱悲情戏时她的声音有着异常悲凉的穿透力,就像一把冰凉的利刃缓缓划开皮肤后执着而有力地直刺心脏,就像天河彼岸的织女泪流满面悲切切呼唤担着一双儿女的牛郎,就像希腊神话里那个人首鸟身的塞壬在暗夜里孤寂的大海上歌唱低迷的歌曲,那种天籁般的声音有着强烈的但凡活人都难以抵抗的类似极端妩媚一样的悲伤。我这样向我的女人卖弄因长期受我舅舅熏陶而得来的一点艺术感受时,我女人眨巴着眼睛说:为什么呀?到底咋回事嘛? 李四! 我女人名叫潘晓莲,但婚后我一直坚持叫她潘金莲,因为她有着一双因为时刻放射着愚昧之光方才显得特别好看的细眯眼。

我舅妈在演出类似《秦雪梅吊孝》这种风格的悲情戏时,除了几次谢幕时她还能强作欢颜,在接下来的很长一段时间里,她都无法从戏里拔出身来,两个礼拜甚至两个月更甚者两年也是有可能的,我舅妈都是深陷在那种悲凉愁苦的情绪里。在日常生活中,我舅舅的一句话一个举动哪怕多吃了一个草莓,都会触发我舅妈濒临绝境的悲伤情绪,她会一下子毫无节制地放声大哭,哭得声情并茂,就像真的一模一样。我舅舅说:我×! 就像真的一样。我舅舅说这时候他既不敢放个屁也不敢在屋里随便走动,他只有坐在自己书房窗前读读巴尔扎克。外边淅沥沥地下着小雨,我舅舅读到了因为吕西安的混账老爹花钱大手大脚又借高利贷,终于把大卫和夏娃苦苦经营的印刷所抵押给另一个诡计多端的印刷商,那个坏人叫他妈什么名字来着? 大卫和夏娃是吕西安的妹夫和妹妹。之后,这对相亲相爱的苦命人离开印刷所走到路边,善良高尚的大卫为了宽慰美丽纯洁的夏娃说自己的发明一旦成功了他们就会过上好日子,夏娃感动地握住大卫的手亲吻,巴尔扎克写道:这一刹那是最甜蜜的时间,仿佛在贫穷潦倒的荒凉的路边上,或是在万丈深渊之下,忽然出现几朵象征爱情的玫瑰。尽管这个段落我舅舅读过无数遍了,但他仍像第一次把这段读完那样,心情像铅块一样又沉重又悲凉地长出了一口气,无意间看到雨中宽大的窗玻璃上有一只孤独的蜗牛驻足在上面。听到我舅妈由不住声的哭泣变成了间断的哭泣,我舅舅就知道他的太太,那个在卧室里无法辨别是在戏中哭泣还是在现实生活中哭泣的女人,正在从自我沦陷的悲伤中走出来,她保准又在摆弄和赏玩自己收藏的那些小玩意儿——小小的古老画片,一匣子玻璃耳坠和琉璃珠子,形状变态的各色核桃,还有砗磲制作的憨态可掬的佛头,还有各种形状的小石子以及印有语录包着各种塑料壳的笔记本。那些有可能在时间里在宇宙中有过复杂经历的小玩意儿,会让我舅妈的情绪慢慢平静下来,然后,她再一件一件有条不紊地将这些小玩意儿归回原来的小匣子里……这时候,我舅妈轻轻推开房门,好像终于从噩梦中醒来一样,满脸都是类似起死回生喜极而泣的表情,她笑吟吟地对我舅舅说,方大教授,咱们去"庄稼地"那里吃地锅鸡吧。

最初我舅妈演完悲情戏仍然陷入悲伤情绪里无法自拔时，事情远远不是这样吃顿地锅鸡就能平稳过渡的。在我舅舅的著作里，他多次做出相当极端的判断，他认为巴尔扎克的作品没有悲剧喜剧之分，只有恶人和善人，而恶人和善人的优劣人性和善恶本质基本上都是通过万恶之源的金钱展现的。我虽然只是一个不学无术的药贩子，但坚信半辈子都在研究巴尔扎克的专家——我舅舅的这个判断应该是准确的。只是，他不该像我舅妈一样把戏台和现实生活混淆一起，也就是说，他不该把对巴尔扎克如此清晰的判断力融化在自己的日常生活中——素时一直自诩思想意识高度敏感的我舅舅武断地认为，无论喜剧悲剧只要演出成功他都要表示祝贺，而且他相当顽固执着地采取千篇一律的那种下流方式。结果，事情办砸了，我舅妈不仅多次拒绝了他的无耻要求，而且终于有一次对他那进一步更下流的行为给予强烈反抗和更严厉的回击。

已经是午夜了，我母亲已经是第 N 次隔着门不耐烦地咳嗽，提示我和潘金莲该关上手机和电脑睡觉了，因为当时我和潘金莲正在用手机和电脑联网玩一种抢劫银行的游戏。我母亲当然知道我们玩的这个游戏，因此这位护士长最后一次咳嗽时恶狠狠地嚷了一嗓子，有种真枪真刀真去抢呀，玩个破游戏还好意思这么上瘾！这个时候，门铃丢了魂一样尖叫起来。因为游戏逼真而浓烈的氛围搞得我和潘金莲吓了一大跳，我们面面相觑了一刻钟，接着我去开门时潘金莲还快步冲进厨房把那把剁排骨的厚背砍刀拿了出来，结果开了门才发现是我舅舅。

我舅舅当时形象极其狼狈不堪令人不忍描述，反正与他无论何时到哪儿去即便到至亲家里也要注重仪表的一贯作风大相径庭。首先是我舅舅的头颅看样子遭到了无情的踩踏，平时十分讲究的发型狼藉一片，好像被几个粗鲁的农妇薅了毛的绵羊。他表情繁杂，满脸惊恐和愤怒，眼睛里还有着庆幸与轻蔑。我母亲好心好意地轻声问了一句：二哥，你的领带呢？这句话简直是用剪刀戳了我舅舅心口一下，我舅舅中刀似的捂着胸口坐了下来。我母亲根据自己掌握的医学知识赶紧倒了一小杯牛奶递给他，那意思就是让他借此尽快平静下来。我舅舅没有喝牛奶，他一边从容不迫地脱着带有 GUCCI 标志的名牌衬衫，一边吩咐我母亲快把家庭必备的药箱拿过来。说着话，他将那件价值九千七百块的衬衣脱了下来，老天爷呀——是不是很贵？是有点贵，但全世界这种牌子的衬衫都是这么贵——我舅舅的前胸后背好像被疯狗咬伤的几只老母鸡抓挠的一样伤痕累累,好像电影里被恶毒又凶狠的军统特务刑讯过的地下党。要不是顾及我母亲和潘金莲两个女性也在现场,我会毫不犹豫地要求和我赛兄弟的亲舅舅脱光屁股,让我打开手机上的手电筒仔细查看一下他那个令他自豪的关键器官是不是也受到了严重的伤害。

我母亲趁机展示了她作为一个医护人员的特长,她用棉签一道子碘酒一道子紫药水把我舅舅整个上身涂得活像斑马一样。我母亲将这个家备医疗箱带回家时就给我们普及过,碘酒学名叫作碘酊,紫药水在他们医院有个别医生将之简称为甲紫,其实它的学名叫作龙胆紫。看着我舅舅那副极其另类的样子,我和潘金莲两个人面面相觑,实在拿不准在当前的形势下我们是不是可以小小地笑上一两声。无论碘酊还是龙胆紫,都不过只能起到防止皮肤感染和为局部创面消毒杀菌的作用,可是用在我舅舅身上却起到了令人惊骇的作用。我舅舅拿起他那件昂贵的衬衫本想穿上,可一瞥前胸后背涂满了甲紫和碘酊,他只好光着脊梁坐在那儿端起那杯牛奶一饮而尽,不想牛奶和龙胆紫、碘酊发生化学作用,我舅舅双手拍打着膝盖叫嚷了起来:过日子过日子就是要日嘛,不和我过夫妻生活还过个鸟日子!巴尔扎克及其亲朋好友包括他笔下的所有人物都没有遭过这样的洋罪。这日子没法过了,我要和马小梅马三毛金妞这个女人离婚!从那天起,我舅舅说起我舅妈就会飞动异样的情绪——愤恨、唾弃、嘲笑、恼怒、鄙夷以及自己的扬扬得意,他表达这些复杂情绪的方式就是一口气叫出我舅妈的三个名字。我母亲和我们两口子被我舅舅这种粗暴下流的叫嚷焊在原地半点动弹不得。我爹爹注重养生一直坚持早睡早起的好习惯,此刻,这个脸色红润好似优质龙虾的老家伙被惊扰得先是在自己屋里嚷了一嗓子,继而穿着蓝道子黄底短裤和洁白的背心出来了,他眼角上有两大疙瘩恶心人的眼屎,一见眼前情景,本来一脸恼怒,瞬间按照惊诧、欢喜、疑惑、恍然大悟的顺序,最终转变为戏谑,这位烟草公司的副总龇着烟渍斑斑的牙齿稀里糊涂地问道:二哥,多少钱一张票?

有好多人说我们这座小小城市比不上巴黎和伦敦,也比不上北京和上海,但这些比狗屁还要臭的对比于我们来说毫无意义,一点也不影响我们小城里照样拥有了一个高档次的读书会。这个读书活动是由市宣传部门倡导市文化馆主办的，以集中交流多读书读好书为前提，以帮助市民提高素质增进城市文明为目的。前提和目的都很明确，所以每月一次的读书交流活动都搞得如火如荼。读书会成员相当复杂，除了我舅舅这样好歹也算高级知识分子的教授先生，还有相当辛苦的环卫队伍中年过半百的女组长、电视台的男女主持、牛肉馍店的老板、书记和市长的二秘或者三秘、盖盛祥超市牛羊肉专柜售货员齐姜大嫂，以及文旅局女干部李瓶，还有我们市电视台大力宣传过的那个叫什么来着的非遗传承人，这老头就是个篾匠，长相和打扮好似印刷品上的神医华佗，还包括我们市最大的汽车经销商方全先生，也就是我舅舅方程教授的哥哥，大概也可以算作是我的大舅，我们甥舅之间也就是点头之交，因为我和这位土财主舅舅人生观和价值观等等根本都尿不到一个壶里。

这群人读书种类繁杂可谓万紫千红百花齐放——文史哲、自然科学，还有数学、医学、《周易》和风水麻衣神相之类的玩意儿。这一大群男女会员个个自诩为精神贵族，自认为他们有能力有必要帮着普通市民提高素质。尽管他们言谈举止彬彬有礼，但他们说话的腔调和看人的眼神将他们心里那种高高在上的傲慢劲头暴露无遗。有时候我总是忍不住骂一句真他妈伪君子。有一次瓢泼大雨我舅舅方程教授让我开车去接他，所以我有幸现场体验了一下，在我这个不学无术的药贩子看来，这群自命不凡自以为是的男女会员虽说年龄大大小小，但综合起来都是伪君子，都不是他妈什么好鸟。我舅舅方程教授也是这样认为的，我们这对臭味相投的甥舅二人在饮酒作乐时多次交流过这种看法，这种统一的看法让我们甥舅再次变成哥们儿，多喝好几扎啤酒。所以没有多久，这个读书会对我舅舅方程教授来说就好似鸡肋了。我舅舅邪火一上来就刻毒挖苦这个读书会，但他终是碍于会长大牛的情面无法辞掉副会长这个既狐假虎威又非骡子非马的鸟职务。读书会的主持人经常是会长大牛，他本是我们市文化馆的一位副馆长，也是我舅舅小学中学高中的同学。我舅舅说大牛小时候鼻涕邋遢又爱发烧肿痄腮的样子我没见过，我见过的大牛已经是副馆长了，镶了一颗金牙，戴一副金丝边眼镜，打着一条猩红领带没有领带夹。这个活动刚搞了两期，大牛就给我舅舅打电话，异常激动地转述了会员们想请我舅舅在本月活动中主讲巴尔扎克的强烈愿望，表达了他本人对我舅舅研究巴尔扎克如此深入取得的成就好似硕果累累的仰慕万分，他殷切希望我舅舅这样的著名学者和教授能在他主持的这个读书活动中发挥巨大作用，最后衷心祝愿本月我舅舅这场演讲圆满成功。舌灿莲花的笑面虎大牛副馆长这一番阿谀言词是不是经过精心准备的我不知道，但这一通谀辞好似给我舅舅注射了一剂高强度令人亢奋的化学药剂，他花了两天两夜的宝贵时间准备讲稿，那状态比给学生备课还要亢奋，在撰写讲稿的这么长时间里他的牛牛一直保持着昂扬的战斗姿态——这个，我舅舅司空见惯甚是不以为意，因为他一旦撰写有关巴尔扎克的文章，巴尔扎克及其笔下的千奇百怪的人物，甚至一条在街边游荡的小脏狗都会化作令人亢奋的化学药剂进入他的思想和血液里。

我舅舅以《驴皮记》为刀锋割开了他演讲的帷幕。

研究巴尔扎克的著名专家大学教授我舅舅方程先生认为，不管前边写了多少书，《驴皮记》才是巴尔扎克写作风格和文学品质走向成熟的转型之作。这本书的诞生直接将巴尔扎克推向了这个狂妄胖子早就大流涎水的大师行列。那张满足你一个愿望就会缩小一圈的驴皮，几乎成了人类欲望有多大对人类希望危害就有多大的坚实象征。在《驴皮记》中出现的几个看似影子一样微不足道的小角色，在他以后的数部杰作中也都出现过，有的还成了重要角色。比如拉斯蒂涅在《驴皮记》里不过就是个一闪而过的影子，就像希区柯克出现在自己电影画面的某个夹角里，后来拉斯蒂涅在《高老头》等几本书里就成了重要角色。这本书中有的末等角色在好几部书里出现了，但依旧还是个微不足道的小角色，比如那个医生毕安训。尽管毕安训在这本书里出现时是个新派医生的杰出代表并深受主人公拉法埃尔信任，但在整部书中看来他依然是个微不足道的小人物，而且在巴尔扎克后来的杰作《幻灭》和更著名的杰作《贝姨》中他都是个小小的医生角色。这些人物在庞大的《人间喜剧》这个广阔舞台上就像泥鳅一样扭来扭去窜来窜去，巴尔扎克就像上帝弹琴一样用粗壮的手指头分别按定了他们的命运。我舅舅方程教授要是在学校课堂上讲这些，可以肯定座无虚席的学生无不凝神屏气聚精会神，用电脑记录的敲击键盘声好似急促的雨点，用笔记录的沙沙声则如同静夜里蚕食桑叶一样。但在这个读书会上不仅没有出现这样的效果，反而好多人还打起了瞌睡，还有几个不要脸的会员竟然被自己突起的一声短暂呼噜惊醒了。

文化馆宏大的讲堂里坐满头脸油亮衣服怒鲜的衮衮诸公，唯有两个听众没有睡觉。一个是盖盛祥超市牛羊肉专柜的售货员齐姜大嫂，虽然她不是公子重耳的老婆那个齐姜，但她的能力学识和大胆泼辣以及风骚妩媚与那个齐姜相比有过之而无不及——这是我舅舅给予她的中肯评语。齐姜大嫂在第一场读书会上所做的关于太平天国的专题演讲得到了我舅舅言不由衷的赞赏，所以这次我舅舅演讲巴尔扎克齐姜不管是否听懂了都要保持积极拥护的良好精神状态。另一个是我舅舅方程教授的亲哥哥方全老板，我历来就不大喜欢这位财大气粗惯于颐指气使的大舅，我舅舅方程教授也不大喜欢这位一面阴险狡诈一面满面春风的老狐狸哥哥。方全老板虽然没有在讲堂上打瞌睡，但他挺胸抬头认真听讲的样子显得十分虚假和空洞。通过他僵直的目光可以看到他那霸道的大脑袋里正像走马灯一样转动着很多画面：盛大的酒场和嘈杂的牌场，一辆豪华汽车飞过去又一辆更加豪华的汽车飞过来，自然了，女人也大大的有，而且那些女人在方全老板的脑海里都是胸部硕大光着屁股扭来扭去。我舅舅方程教授肯定看到了在他这么神圣的演讲中他哥哥脑海里杂乱的丑恶景象，他因而气得吐血。他觉得自己的心血白费了。他本想通过传播巴尔扎克的诸多杰作以让大家吸收到优质的文学营养，从而改变娱乐品位进而提高思想境界和文明程度，结果成了这么一个叫人难堪到窒息的场面。

人精似的主持人大牛副馆长也明显觉察到了场面寂静又暗含嘈杂尴尬的状况，但从他游刃有余的应对手法上可以看出，文化馆讲堂出现这种场面也绝非一次两次了——只见他打开自己面前的话筒，用重金属般的声音宣布：以研究巴尔扎克而享誉学界的方程教授刚才的演讲极大地丰富了我们这个旨在提高市民情趣和娱乐品位的读书活动。接着他又悄悄关掉话筒，微微歪着脑袋给我舅舅商量：讲这么高档次的内容连我听着也吃力，下面这些糙人恐怕一时还接受不了也消化不了，建议教授是不是可以调低一个档次，讲一些通俗易懂易于普通听众吸收的，只要能改变和有助于提高大家的娱乐情趣和欣赏品位就可以了。

大牛这样一说，虽然时间还早，但我舅舅就没有了台阶可下，当然就不能依着自己的倔脾气抽身走掉，况且他刚当老师时在课堂上也经历过无数次这般尴尬的场面，早就练就了老奸巨猾的应对措施。于是，我舅舅开始讲述法国作家的逸闻趣事，主要讲法国作家乱搞男女关系和梅毒。除了韩斯卡夫人，巴尔扎克也有好几个不固定的乱搞对象，不然的话十八年的异地恋会把本来就不咋地的他直接废掉了。他整天忙着写小说还债，长期熬夜还一个劲地喝浓咖啡，这不光影响了他的寿命还影响了他的生理功能。乔治·桑在自己的传记以及与她小小情人桑多的书信里都可以看出端倪,不过就是没有明说巴尔扎克可能有早泄的毛病罢了。乔治·桑这位身材小巧但体形丰硕的女作家在这方面和乖戾个性一样厉害,她的诸多情人几乎都是因这两方面的原因半途逃跑的,比如梅里美,还有……特别是那个小鬼桑多,这块"小鲜肉"多次躲藏在巴尔扎克家窗帘后边大肆抱怨乔治·桑花样太多太会折磨人了。在全世界文学某个方面影响比巴尔扎克还要大的福楼拜在这方面虽然也不是个省油灯,但光一个步步紧逼热情高涨的高莱就追得他无处隐藏,不敢见面只好给高莱写信告饶。我舅舅不光对巴尔扎克点点滴滴的故事记得很清楚,对很多法国作家这种貌似情书暗含性事的书信更有着超凡的记忆力,他操着我们这座小城特有的朗朗上口的方言和腔调当场背诵福楼拜写给他女朋友高莱的信件:如果你保持美丽的身段和可爱的神情,像其他女人一样恰如其分地去爱,给生活增加点调料,而不是烧煳烧焦,你就不会这么痛苦了。你以为我真的很年轻很嫩很清纯吗?其实有的人靠烫发卷穿紧身裤搽脂抹粉才显得年轻,一上床就成不中用的老家伙了。他妈的,我舅舅说,福楼拜的学生莫泊桑在写小说方面无论多么努力都与师父无法相提并论,这是同行们的共识和讥笑他的理由。莫泊桑为了维护自己的尊严,向同行们炫耀自己的能力大大强过他师父,还特意招来六名妓女同时上床干那个事,直干到六名妓女都瘫在床上和地板上爬不起来了,而莫泊桑犹自持戈待战雄姿英发,好像站在宽大的船头面对滚滚长江横槊赋诗的那个谁一样。

这下子,原本昏昏欲睡的会员们一下子打起了精神,尤其是方全老板——这位财大气粗的老板善于伪装低调,但从他和风细雨的声调里仍能听出虎狼之音以及野牛怒吼前的鼻息声——连耳麦都摘了下来,还把那块须臾不离脖子的巴掌大碧绿翡翠也摘了下来。他本想用这种小动作掩盖自己内心的汹涌波涛,却不知恰恰暴露了他那跃跃欲试急不可耐的德行。我舅舅方程教授勾着食指轻蔑地敲击了一下讲台,用硬邦邦的冰冷腔调继续说道:所以后来莫泊桑染上了严重的梅毒就不足为怪了。疯狂的梅毒进入他的大脑活像蛆虫一样贪婪地吞噬他的脑浆,致使他的神经系统崩溃了,因为有清醒的神经控制着,所以一个人才能言行体面举止文雅,莫泊桑的神经崩溃了就像电脑崩溃了,各种文件彻底消失一样糟糕透顶,他每天身体发烧头脑昏沉,还要迷迷糊糊地用烈酒勾兑水银冲洗自己那团溃烂得不堪入目的牛牛和蛋蛋,那团造孽的东西就像腐烂的柿子，就像他写的很多不堪卒读的小说一样散发着脓血般的腥臭。

读书会大牛会长先是给我舅舅发了一条言辞犀利长达两个屏幕的微信消息，因为我舅舅不理他，于是当天夜里他又打电话严厉批评了我舅舅一顿，警告他在以后参加读书会活动时禁止传播这些近似色情的逸闻逸事，因为那些玩意儿根本就无助于改善和提高市民的娱乐品位，遑论提高素质了。然后他又小心翼翼地问我舅舅，莫泊桑是不是因为一口气干了六名妓女才得了梅毒死翘翘的。我舅舅一听就知道大牛一定是龇着大金牙故作小心翼翼说出这句话的。我舅舅从来就没把大牛的话当作正经话来倾听过，当然更不会当作正经话来理解和执行，而且对他百分之九十九的问题都不予回答。前不久，在地锅鸡酒桌上我舅舅捏着嗓子模仿完大牛会长的话以后，胡乱抚摩着严重渗油的秃头哈哈笑了一大阵子，他那个笑的样子好像老公鸭被人抚捋羽毛达到超爽的感受后忍不住欢快地叫了起来。由此可见我舅舅对自己几年前在读书会上使用旁门左道获得了相当的成功甚为满意。当时人人都赞美他读书面宽阔知识渊博，不愧是研究巴尔扎克的著名专家，不愧是大学教授。尤其是散场之后盖盛祥超市牛羊肉专柜的售货员齐姜大嫂，她贴在我舅舅左侧，近距离嗲嗲的赞美声和有些窘迫有些含义的呼吸好似一只柔软的小白手将我舅舅在家积压好长时间的愤懑鼓包几乎全给抚平了。

那天深夜在我家上演的那出小戏充分显现了我舅舅由于疼痛和羞辱而产生的激动情绪好似烈酒，从他逃出家门跌跌撞撞来到我家的这一路上，怒火发作把他烧得失去了理智，就像他一旦谈起巴尔扎克浑身的血液和神经都被巴尔扎克的神奇元素所控制一样。我母亲当时担心偏脾气的我舅舅会不会气死在我家里，暗自嘱咐我多多留意，所以夜里我起来两三次看到我舅舅侧卧在临时搭在客厅的地铺上，尽管他还穿着那件昂贵的衬衣，但他照样好似一条被踹得奄奄一息的狗一样在浅浅的梦中发出细微的叹息。在他的叹息里我嗅到愤怒和报复的恶毒气味。我猜想常年在家处于受支配地位的我舅舅这一次恐怕真的要争口气昂扬起来了。

第二天一大早，我舅舅鼓足勇气气咻咻回到自己家里时，我舅妈漫长的洗漱工作已经到了尾声，她脸上贴着面膜半躺在沙发上翻看着一本美容杂志。我舅舅开门进屋故意把声音搞得很响,但我舅妈连动弹一下都没有,仿佛进来的是一只即将走到生命尾声的秋后蚂蚱或者一小股转瞬即逝的空气。我舅舅为了掩饰自己的手脚无措装模作样地整理一下那件昂贵的衬衫,然后在我舅妈面前坚强地站定了脚步,正在酝酿勇气准备开口说出那句话时,我舅妈只是冷笑着透过面膜上的眼孔瞟他一眼,我舅舅立时就像一只手舞足蹈的玩具狗叭的一声断了发条,思维和肉体顿时静止了,连哼唧一声都没有。

只是,这次我舅舅没有像平时那样低眉哈腰拿着保温饭盒到街上买早点,买我舅妈爱吃的水煎包和鸡汤馄饨外加一杯顶端放了三颗草莓的圣代。我舅舅一开始并不知道什么是圣代,有一年夏天他陪我舅妈到一家冷点店里吃冷点,我舅妈也给他点了一份圣代,当彬彬有礼的服务生将圣代送到他们面前时,我舅舅心想这不就是巧克力嘛,从造型上看与一泡造型独特的屎没有什么区别。我舅舅每次说到这儿,脸上布满快意,好像心头大大出了一口恶气。接着我舅舅一言不发地回到自己书房里,望着满墙巴尔扎克和他研究巴尔扎克的那一排著作陷入了沉默。当然了,沉默不等于退让,更不等于臣服。我舅舅这个大学教授这个知识分子,在沉默中居然没有想起有一次我和潘金莲冷战时他大言不惭教导我的大道理:李四,夫妻间的裂痕往往都是由某件微不足道的小事引起的,如果不善于修复或者不及时加以修复,裂痕就会越裂越大,而平时无所谓的针尖大的小事这时候也具有超级破坏力,更会加大裂痕直到两个人分道扬镳走向离婚的歧途。李四你这臭小子赶紧买一枝玫瑰花回家吧,虔诚地站在潘晓莲面前,就像于洛男爵犯了错之后站在妻子阿黛莉娜面前那样赌咒发誓求她原谅——结果一切都没有超出我舅舅的神机妙算,我还没来得及赌咒发誓,潘金莲就抢过鲜艳的玫瑰花捏在手里,泪眼汪汪地说:李四全是我的错,求求好老公,你就打我一顿好不好?

等到我舅舅遇到这个困局,他竟然忘了玫瑰花忘了裂痕和破坏力,更忘了于洛男爵犯了错之后站在妻子阿黛莉娜面前那样赌咒发誓求她原谅,这个被巴尔扎克的灵魂迷了心窍的人,在现实中竟然和我舅妈开始了漫长得令双方都十分难受的冷战。而且,好像两个人都忘了在亲戚朋友聚会时,他们作为长辈谆谆教诲我们这些小辈一定要夫妻恩爱,并再三强调过这种冷战也叫作冷暴力特别伤害夫妻感情。

我舅舅和我舅妈冷战不久我舅妈就遇上一件闹心事,几乎天天都处于千头万绪茫然纷乱又不知从何处下手处理的焦躁状态。我们市二夹弦剧团的马老团长就是我舅妈的亲爹爹即将彻底退休，因为他是个要角，是个短时间里无可替代的二夹弦艺术家，已经将他的退休和任职期限延长了六七年，现在确确实实到了必须更新换代的时候了。要说论资历论唱戏功力论起方方面面，接任团长职务的不二人选就应该是我舅妈，可就是有几个业务不咋地的脏心眼不少的"狒狒"不同意，他们认为封建王朝早就丢到了历史垃圾堆里，父传子之类的那些历史沉渣决不能再次泛起。他妈的，"狒狒"们这套说辞虽然有点傻半吊子有点真像狒狒，但你一时半会儿就是找不到更好的理由和说辞来反驳这帮固执的"狒狒"。反对派也准备了因合他们心意所以他们认为也很优秀的人选，竞争相当激烈。当然了，这些消息我舅舅都是后来才知道的，因为在折磨人的冷战中，有些事情我舅妈直接全方位屏蔽了我舅舅。

在我舅舅看来，那段时间我舅妈又开始倒买倒卖陷入了无聊的经济活动之中。我舅舅早就知道，我舅妈手机里有一个又神奇又古怪的群，群里成员都像我舅妈一样收藏了数不清的各种怪异的小玩意儿：一枚貌似古币的金属片抑或贝壳，一个苍老的彩釉陶钵，一个金质鸽形酒器，一根分不清是木头的还是金属的还是玉质的烟杆，一朵银珠领花，包括大小不一形状迥异的皮囊布袋，还有小指头大小的陶俑以及拇指大小的木头鞋子，那个小鸟鞋子被桐油涂了无数遍，涂得活像一个了不起的神秘法器，还有各种形状的挖耳勺和各种形状的小瓶子……他们在群里展示这些垃圾玩意儿的目的就是售卖给其他成员，而且相互捧场竞相购买，简直就是热闹非凡地在线上大搞非法拍卖活动。只要有一次拍卖，接下来大约十天时间里，我舅舅几乎每天都会看到我舅妈收到大盒小盒的快递，每天都能看到我舅妈拆包捧出那些大小玩意儿时两眼闪闪放光的样子。我舅舅在我舅妈眼里形同虚设丝毫不必避讳，她在整理那些垃圾玩意儿时，还要用小刷子和洗涤剂将其中很多东西清洗干净，比如一块人头骨或者一枚私章之类。我舅妈把清洗过的东西整齐地摆满了整个宽大的阳台，等到彻底晾干后再用螺丝刀和小锤子以及锥子和小钢锉改变那些东西的形状和结构，再用七色油彩涂上颜色，使它们更符合自己的收藏风格，看起来也更具有个人收藏的独特气质。我舅妈做这些事情时就像她唱戏一样凝神屏气全神贯注，那样子就像一个手艺高超的国之大匠。最后她把这些焕然一新的玩意儿展示在他们那个诡诈的群里，再一件件卖掉它们。与其说他们那个群就是这样做买卖的,不如说他们那个群就是这样寻找人生乐趣打发空虚的时间。有时候一件小玩意儿循环几番之后又被我舅妈买回来了,我舅妈满脸讶然和惊喜,就像游子归来,就像老友重逢。接着她将之乔装改扮再次把这份惊喜愉悦快递给群里其他成员。我舅舅默然注视着我舅妈的一举一动,他穷尽脑汁也无法解释其中的诡异,但他隐约觉得这种货币流通方式既不能发展国家经济更不可能改善个体经济状况,但是这套鬼把戏为什么会这么迷人,这样让人走火入魔呢?我舅舅被我舅妈这个乐此不疲的古怪行为榨干了思维能力和想象力,也没有得到有效的答案。我舅舅想如果这套把戏也能赚到钱的话,那巴尔扎克早就应该从事这套把戏了,因为塞纳河两岸和整个巴黎市区每个旮旯都充斥着这类又肮脏又古怪的小精灵一样的狗屁玩意儿,一直被发财的欲望燃烧着的巴尔扎克根本没必要狂喝黑咖啡阻止睡眠写小说还债了。

我舅舅经常自鸣得意地说:纵观《人间喜剧》,一方面,我们可以看出巴尔扎克精通世间各种事物,甚至娴熟法律条文和诉讼程序,而且他在作品中写的判决书与账单就像现实生活中专业人士写的一样毫无瑕疵;另一方面,巴尔扎克对各类人心洞若观火,所以他能够对人性的解剖宛如庖丁解牛明察秋毫。但是,一旦离开书桌也就是说他一旦离开他创造的那个世界来到现实世界里,不管遇到什么样的事情他都只有束手无策,甚至连拒绝一个无赖乞丐的无理讨要都要一口气跑到戈蒂耶家里请教方法,气得戈蒂耶穿上那件勾搭雨果夫人时穿的暗红色外套扭着他的胳膊大步走到了街口,三棍子把那个乞丐敲得哭爹喊娘一跳三尺高地逃跑了。后来,戈蒂耶在他的回忆录里把这件他现场说法教诲巴尔扎克的事情渲染得活似就在眼前演出的戏剧一样。我舅舅说到这些时脸上表情和腔调里都会不自觉地带上一缕讥笑和自鸣得意来,好像巴尔扎克的这个遭遇就是他的遭遇。其实在我这个不学无术的药贩子看来,我舅舅就和巴尔扎克一样,他说起巴尔扎克之种种事端时绝对是谈锋健旺见解独到,一旦到了现实生活中他就成了一根直通通的棍子,而且还是一个用六米长的铁棍子都捅不透气的实心眼子。我这个看法也是我舅舅的亲哥哥方全老板的看法,是我这个药贩子和土豪大舅差不多绝无仅有不谋而合的一个看法。除此之外,我和我那位土豪大舅还有一个几乎也可以统一起来的看法，那就是我们都觉得我舅妈马小梅当时是借助微信群里的那个恶性循环的交易活动来排解她在竞争团长的日子里内心所承受的焦躁和压力，以及数次濒临绝境的巨大恐慌。要是我舅舅方程教授也明白这个，他应该主动停止冷战出去买一枝玫瑰花回来献给我舅妈，行走在悬崖边缘的我舅妈立刻就会缴械投降，肯定会用我舅舅特别喜欢的方式庆祝他们的冷战光荣而胜利地结束了。可是，我舅舅方程教授不仅没有意识到这个诱人的后果，而且也没有买玫瑰花，反而经常长时间地不假外出，到公园到咖啡馆或者图书馆或者到一个大家根本就不知道的地方，和盖盛祥超市牛羊肉专柜的售货员齐姜探讨太平天国这个没多大探讨价值的学术话题来。

我舅舅把齐姜大嫂称为甜蜜的肉弹瓦莱丽，这肯定是巴尔扎克笔下的某个妖冶的女人，不然我舅舅说"瓦莱丽"这三个字时他小眼睛里就不会露出那么强烈的色情光芒。我舅舅由衷赞叹瓦莱丽对太平天国研读精深，尤其对洪宣娇、苏三娘、许香桂这类驰骋沙场的女中豪杰更有独到的见解和发现。她说洪宣娇本是杨秀清的亲妹妹，名叫杨云娇，为了巩固天国集团利益所以拜洪秀全为义兄并改名洪宣娇，后来嫁给萧朝贵，虽说有些政治联姻的嫌疑，但还是为了巩固天国集团的利益。她是在东王杨秀清权倾朝野时期唯一敢当面顶撞杨秀清的人，正是她给天王洪秀全出主意除掉亲哥哥杨秀清的。后来有些通俗小说将洪宣娇写成淫荡娇娃，实在是瞎编乱造不尊重我们妇女。

瓦莱丽，也就是齐姜女士，对太平天国之《天朝田亩制度》中"有田同耕，有饭同食，有衣同穿，有钱同使，无处不均匀，无人不饱暖"大为赞许……说老实话，如果不是我舅舅亲口所说，我这个药贩子很难相信一个牛羊肉专柜的售货员研究起烟雾缭绕的太平天国史来竟会是如此的深入。

然而，在我舅舅看来甜蜜的瓦莱丽研究成果无论有多么丰硕都抵不上她肉体的丰硕。她几乎天天操刀割肉，牛羊肉中的生油脂更宜于把她的双手滋养得格外绵软，包括全身皮肤，尤其是胸部和腹部的皮肤润软如土耳其羊毛毯子。我舅舅最喜欢趴在羊毛毯子上聆听着瓦莱丽模仿洪秀全说顺口溜，因此他还经常在太平天国的歌谣中迷迷糊糊地迷瞪着了。这个无耻的秃头，哦，在瓦莱丽牌羊毛毯子上进入梦乡的时候我舅舅还不是个秃头，这个相貌堂堂衣冠楚楚的家伙在梦里鬼使神差地竟还想勾搭读书会另一名会员，文旅局的女干部李瓶。我虽然只是一个微不足道的药贩子，但我们药商协会和文旅局合作搞过几次活动，那就难以避免要见李瓶。文旅局的女干部嘛，貌美肤白，典型的美人。遗憾的是李瓶在读书会上演讲的是纯粹数学，一想到李瓶演讲中所说"决定一个空间维数的是它所容许的旋转群，因而维数可以不再是整数"时，我舅舅彻底晕菜了，本来勃起得好好的马上缩成了一条小虫子。很幸运，纯粹数学不仅挽救了文旅局的女干部李瓶，也让我舅舅免于陷入更大的舆论旋涡中而彻底身败名裂。

当年，或者说当天上午十一点我舅妈用电话通知我舅舅准备离婚，下午两点半就叫来几个同事开着一辆依维柯把她所有的东西拉走了。因为我舅妈的诸多衣物都放在剧团她的专用换衣间里，放在家里的衣物和每天贴的面膜加起来不过一个小小的箱子就装完了。但我舅妈那些小玩意儿真是太多了，想必她还没有来得及在微信群里推销完，我猜想也许她压根就没想处理干净，她肯定仍想绵延不绝地享受那种失而复得的惊讶和快乐。剧团的一群俊男靓女都化身成为七仙女的银梭，在我舅妈家院子里和大门外边的依维柯之间飞速奔跑，他们路过院子里那棵又粗又高的桂花树和我舅舅经常躺在上边休闲用的那只竹制躺椅时，都会抱紧手里的小匣子拐弯躲闪，那份灵巧和麻利劲好像在戏台上跑那种二龙出水式的圆场。我舅妈终于竞争成功当上了剧团团长，龙套们给团长搬东西一定要展现出相当的舞台功力才可能在以后的演出中获得更多的上场机会。

我舅妈竞争成功除了她自身素质过硬之外，她爹爹马老团长也是功不可没的。在那段竞选激烈的日子里，银发苍苍步履矫健的老先生隔三岔五总是请相关人物吃饭，众所周知，请人吃饭是我们这座小城解决很多事情的重要手段。每顿饭那位老团长都要在酒桌上演唱《收姜维》里那段长达一百二十多句的唱腔。我这个药贩子不懂戏剧之奥妙，但我听几个酷爱戏剧的狐朋狗友说过，要是一口气唱上一百二十多句不错不乱不走腔调，没有过硬的童子功垫底不练上几十年那是不可能的。不客气地说，这段唱腔几乎就是老先生在业界在剧团一直挺立潮头永不倒的招牌菜，一般听众三五年都不一定遇到他亲自演唱这一出。马老先生像唱堂会一样使出浑身解数，毫不吝啬，倾囊相赠般地频频敬献独门绝唱。人人都赞颂老先生顺畅无比地一口气唱完一百二十多句仍然毫无疲意，可谓功力深厚世所罕见。除了我舅妈，没有一个人知道，一回到家里她老爹就像长途奔袭的老马，一卧下来就像死了一样到天明都不会翻一下身子。我舅妈当然知道这样一大段唱腔唱下来，对于戏剧演员的精力和体力有多么严重的消耗，所以，我舅妈成功竞选团长后总是说绝对少不了她老爹的功劳。那天是上午十点下达的任命文件，十一点我舅妈就在电话里告诉我舅舅准备离婚吧，为了表示自己的口头通知也同样具有领导的威严和决心，下午两点半我舅妈就乘着依维柯带着一群俊男靓女搬东西了。

上午十一点整我舅妈下达这个电话通知时我舅舅正在家里啜饮一壶新泡的铁观音，我舅舅唯一喜欢喝的茶就是铁观音，他打开壶盖像个专业品茶师一样将壶盖凑到鼻子底下嗅一下铁观音的清香气息。我舅舅这副心不在焉的样子显然不是故意摆出来的，因为常年浸淫于巴尔扎克对人性的精密分析也改变了他的思想意识，他错误地认为不过是冷战，到了沸点就会转化为另一种敌对方式来结束冷战，比如叫嚣着离婚，没有什么比这一套更能让双方有机可乘寻找到重新和好的最佳方式了。所以，我舅舅才能心旷神怡地连喝了三泡茶，终于把自己喝了个透彻，然后收拾打扮一番去赴约了。我舅妈带领剧团的俊男靓女搬运东西时，我舅舅早已来到瓦莱丽指定的隐秘据点，也就是贯穿我们小城的大河南岸一家古色古香档次相当讲究的家庭客栈，他方才第一次趴在瓦莱丽牌羊毛毯子上听着太平天国的顺口溜进入浅浅的梦乡。

我粗略算来，我舅舅和我舅妈分居也就是三个半月或者三年之后吧，我这个药贩子正陪着潘晓莲，就是后来结婚了我一直叫她潘金莲的那位女士，到我母亲工作的妇产医院检查身体，在我们家护士长严格的监督下，与其说是医生诊断出不如说是仪器诊断出潘晓莲怀了个双胞胎。因为那时我刚刚踏进药贩子的圈子里还没有混出名堂所以还不想结婚，所以当时这个双胞胎的意外讯息使我的脑袋里好像被一群老母鸡挠的一样蓬乱，而潘晓莲则高兴得手舞足蹈，因为她无意之间得到了必须马上结婚的制胜法宝。就是在这个手忙脚乱的时候，我舅舅方程教授突然打来电话说：李四你小子赶紧坐火箭到我家一趟吧。我舅舅的口吻神神秘秘火急火燎，好像真出了什么了不起的事情，好像离家出走很久很久很久了的我舅妈马小梅马三毛金妞终于回家了。因为是双胞胎嘛，在驱车驶往我舅舅家的路上潘晓莲一直处于亢奋状态，而我大脑里还是像一群鸡挠的一样。关于我舅舅和我舅妈之间的一些淡事宛如吉光片羽雪地鸿爪，不管多么珍贵罕见都不能在我脑海里留存片刻，一直到我舅舅家大门口时，那些散乱的片段才一下子连成了一幅完整的画卷。

我舅舅家的大门高达三米六，门板厚达十二厘米，因而显得高大威严，老式的铜门鼻子铜锁铜门环好像一部厚厚的铜门锁史书镶嵌在厚厚的门板上，所有铜件上都有一层厚厚的绿色铜锈，再加上门两边那一对饱经沧桑的石鼓门礅，我每次来到我舅舅家大门口就有一种盗墓贼即将进入地宫的感觉。那天我和潘晓莲赶到时我舅舅正坐在左边的石鼓门礅上抽烟，他夹着烟的右手整个捂在嘴上，从他这个寓意深远的独特抽烟姿势上就知道他一定是陷入某种窘局而一筹莫展了。左边一扇门上用两根像筷子一样粗长的铁钉钉了一双破烂的蓝色布鞋，右边这扇门上也用同样粗长的大铁钉钉了三枚未拆封的避孕套。那三枚避孕套都是那种花里胡哨的彩色塑料薄膜包装的，意图唤起使用者繁艳的情趣。我那天就是因为排斥这种用意下贱的包装而坚决不用避孕套方才导致潘晓莲终于变成了潘金莲。那种包装真是缺德。那种包装的避孕套外观上一看就让人想起电影上妓院里的妓女为了卖弄风骚故意在太阳穴那儿贴的花纸皮膏药。虽然这个景象已经过去很多年了，但一想起那三个避孕套被大铁钉钉在高大威严的大门上的样子，我两边太阳穴就像涂了一层厚厚的清凉油一样连绵不断地冒出缕缕凉气。无须多言显而易见，这肯定是我那位刁钻古怪的舅妈干的，身为剧团团长的我舅妈当然更容易获得我舅舅经常在瓦莱丽牌毛毯上迷瞪着了的情报。虽然当年我舅舅家大门上还没有像现在这样安装了德国产的不需网络不需电线插入电源的小型监控器摄像头，但一想到那个阵势我就像看到监控一样。眼看着我舅妈不慌不忙地掏出一双蓝色的破烂布鞋和五枚粗大的铁钉以及三枚包装艳俗的避孕套，还有一把长相凶恶的钉钉锤，然后，这位长相标致的女团长从容不迫地跷着兰花指有条不紊地将那些物件一一钉在大门上。而我舅舅还没意识到问题的严重性，他扔了烟头，望着我拔下钉子后留在门上的五个钉子眼太明显，面色紧张里还透着几分忧愁，他十分焦急地说：李四呀李四，你得赶紧给我请个能工巧匠把门上几个钉眼修复得好像没有钉眼一样啊。

我舅舅根本没有意识到自己的人生即将进入黑暗的隧道之中，他也从来没有设想过有朝一日自己也会沦落到如此孤单和寂寥难挨的地步。

我舅妈下达口头通知那天下午四点半左右，我舅舅才从瓦莱丽牌羊毛毯子上醒来,他佯装行为坦荡若无其事走出了那家档次豪华的家庭客栈,走在小巷子里时他还美美地抽了一支烟,等他心满意足大是惬意地回到家里才发现我舅妈把她心爱的小宝贝全部拿走了,连一个花生大的陶俑都没留下,这足以说明上午十一点我舅妈给他打电话要离婚绝不是司空见惯的口头恫吓。我舅舅一瞬间紧张得差一点尿裤子,在乱云飞渡般的思绪中他曾经引以为自豪的玩世不恭和满不在乎之类的小颗粒全部从惶恐的大口漏斗里漏光了。他那因为常年浸泡在巴尔扎克特效药剂中自诩为精密如瑞士手表一样的大脑里都没想起来一个人思考问题最好是坐在沙发上,肯定也忘了自己挂在嘴边的据说也是巴尔扎克的金句:安逸的坐姿会有助于思考的广泛和深入。他一直站在客厅里,因内心极端的束手无策反而显得表情特别执着和镇定,他的双腿应该是被瓦莱丽吮干了骨髓而绷得僵直还有些颤抖,很容易让人想起电视上等待裁判扣动信号枪的短跑运动员之腿部特写。当时我舅舅之所以如此惶恐不安,是因为他那被巴尔扎克霸占着的大脑也隐隐约约觉得自己的生活将会变得一团糟。经验告诉他,尽管在日常生活中我舅妈一直处于霸主地位,但要是没有霸主这个世界就会乱成一团糟。就像每年从八月中旬我舅妈必定要到省城备战重大节日演出一直到节日之后才能回来,这期间我舅舅就会莫名其妙地百病丛生。牙疼、口腔溃疡、腿疼、颈椎疼、肛门红肿,还会无缘无故地双眼红肿,每天早晨两个眼角都会涌出一大坨恶心死人的眼屎,更奇怪的是,一天三顿饭无论吃什么都会吃坏肚子,先是肚子一阵阵剧痛好似刀绞一般,继而便意盈门几乎破堤而出,天可怜见,每次都很庆幸,每次他都能以百米冲刺的速度冲进卫生间坐在马桶上。他记得自己所进食物明明就不够喂一只八哥的,但窜稀却是一股接一股而且强劲有力几乎要把马桶击破了。但是,只要我舅妈一进家门,我舅舅立刻百病解除好像从来就没有拉过一厘米稀屎一样。

我舅妈下过口头通知之后紧接着没有了进一步的动作,这实在不合乎她一贯雷厉风行的性格,她一定正在酝酿更加惊悚的举动,否则无法解释她平时一贯刁钻犀利绝对不是个省油灯的处世风格——这不仅是我这个药贩子的错误推断,也是我舅舅这个大学教授的错误推断。我舅舅说巴尔扎克在整个《人间喜剧》里总共写过四次还是五次这句话:所有的错误推断一开始都会被当事人错误地认为是合理的、是正确的。刚开始那几天我舅舅时时刻刻都魂不守舍,时时刻刻都把手机放在手边,还要把音量调到最大,而且随时给手机充电,一方面他非常害怕我舅妈给他打电话,另一方面他又非常希望我舅妈给他打电话。这个稀里糊涂的秃子(哦,那会儿他还没有秃),他还有脸想起曾经好几次我舅妈给他打电话没有及时接通,等到他回到家里我舅妈精神崩溃变得歇斯底里地躺在冰凉的地板上一个劲地哭泣。想着我舅妈躺在地上哭泣的样子,我舅舅被巴尔扎克腐蚀了的大脑竟然没能想起来主动给我舅妈打个电话,他就那样在黑暗中一直等待我舅妈打电话给他。我舅舅和我舅妈就像很多陷入冷战的夫妻一样较上劲了, 无限的爱变成无限的恨交织在一起。一个星期没来电话,一个月没来电话,一年也没来电话,到了这个时候,我舅舅方程教授还没有使用他在研究巴尔扎克时那么独到、尖锐的脑子想一想,我舅妈怎么可能再给他打电话呢? 在如今这个时代,等待不仅容易消磨一个人的意志和决心,而且也会慢慢稀释等待本身的意义,直到"等待"二字变成两个干枯空洞的虫眼。我舅舅由焦急叠加着恐惧的等待逐渐变化为漫不经心的等待,而且在含义逐渐苍白的等待期间一次又一次地前往大河南岸那家古色古香的家庭客栈,趴在瓦莱丽牌羊毛毯子上纵情畅谈巴尔扎克,或者心醉神迷地聆听瓦莱丽绘声绘色演讲一些太平天国宫廷细故。以至于等到大门上出现了五根大铁钉钉了一双破烂的蓝色布鞋和三枚包装艳丽庸俗的避孕套——这个就是我舅舅在和我舅妈处于离婚和分居状态长达三个月也许三年之后所得到的一幅最有纪念意义的图画——他还没意识到充满危险的舆论风雨即将到来,反而有几分讨好意味地给瓦莱丽发微信,想添油加醋演讲一遍这场充满荒诞的小戏,结果,甜蜜的瓦莱丽已经把他的微信拉黑了电话也拉黑了,到了这时候我舅舅还没有意识到网络时代传播的力量有多么可怕。

片刻间,我舅舅那常年浸泡在充满巴尔扎克智慧的水罐子里的大脑猛然领悟到他在瓦莱丽眼里最多也就是一块飞鸟牌口香糖,除了清除口腔异味以利于亲嘴,再就是作为某种小情趣装酷咀嚼一会儿之外,瓦莱丽绝不允许一块口香糖通过食道进入胃里再进入大肠小肠最后把它残存的渣滓排泄出来……这番思考,就好像一个凶汉手持大棒子一下子敲在我舅舅脑壳上,我舅舅先是觉得脑壳剧痛一下,接着两眼金星绽放,整个人一阵短暂眩晕之后就直接进入了无边无际的黑暗之中。

在如今这个传播方式和传播速度堪称超音速的时代,我们这座小城虽然比不上北京和上海,但永远都不是制造和传播谣言的基地——这当然是我这个不学无术的药贩子的看法。至于是否相信谣言那就不是我这个药贩子所能定义的了。我舅舅的微信和电话被瓦莱丽彻底拉黑之后的第三天或者第五天上午八点半,我们这座小城百分之七十六的人的手机上都在传播一张图片:高大威严充满世家意味的大门,左边一扇门上用两根像筷子一样粗长的铁钉钉了一双破烂的蓝色布鞋,右边这扇门上也用同样粗长的大铁钉钉了三枚未拆封的避孕套。在我们这座小城里不乏大有艺术感觉的人,印象派和浪漫主义以及自然主义的争论喋喋不休,留言区一片猜测和嬉笑。不过,还没等大家作出更准确的诠释,这张图片就彻底消失了,就像一个心急火燎的流星划过天空之后连一道光线都没有留下一样。紧接着,我那位一贯佯装伏低做小实则盛气凌人的大舅方全老板电话邀请我一同去看望一下我舅舅方程教授。我一接这位大佬的电话,马上就明白了图片是怎样消失的。我估计方全老板之所以邀请我一道前往,无非出于两个方面的考量,一个是在他看来我和方程舅舅完全是沆瀣一气几乎等同一丘之貉,一个是他们要是谈崩了我大可以起到一个优质灭火器的作用。

　　我这个当外甥的事事都要介入我舅舅家的淡事,实在是无可奈何的事情。我表弟方唐镜早早就去了那边——在我们这座小城里说去了那边一是指死亡,一是指去了欧美国家,我表弟自然是后者。"方唐镜"这个颇有古意的名字是我舅舅方程教授起的,但我表弟毫不吝惜地抛弃了,他遗传了我舅妈动辄改名字和胆大妄为的基因,直接把一个古意盎然的名字改成了"老九",这个流里流气有着几分下贱意味的名字。老九改名没有像我舅妈那样挠烂户籍警的面皮方才改成,他直接发了个朋友圈了事:从此改名老九,称我九哥九弟九爷悉听尊便,否则直接拉黑。我给他回个微信说叫你九筒怎么样,结果这个小浑蛋一下把我拉黑了。我表弟个性尿性十足,比我舅妈有过之而无不及。老九在北京那家戏剧学院(自然不是我舅妈读过的那家戏曲学院)读书时改了名字还不算,还找了一个比他大了七八岁并且有过短暂婚史的名叫吴小良的女人。备注一下,吴小良是个地地道道有着本地户口的北京女人。毕业后老九带着吴小良回到了我们这座小城。这位九爷就像我舅舅方程教授年轻时一样帅气而且更加人高马大,那个比他大了七八岁并且有着短暂婚史的女人吊在他胳膊上就像一个小女孩一样。他们居然就以这种怪异的姿势大大咧咧地走进了我舅舅家那个大气磅礴威严高贵当时还没有留下五个粗大钉子眼的大门。其后果于我这个药贩子是在预料之中，于我的舅舅和舅妈实在是出乎了他们的承受力和想象力。我舅妈不仅唱悲情戏容易把全部思绪沉浸在戏里，就像我舅舅从里到外被巴尔扎克的有毒元素所控制一样，我舅妈的思想和血液里甚至骨头缝里都充溢着旧戏剧的传统元素，绝对不允许她历来就引以为自豪并且寄托着无限希望的高大帅气的儿子，和一个比他大了七八岁而且有着短暂婚史的女人在一起，当她苦口婆心超级有耐心地表达完自己的意见之后，老九依旧表示了自己和吴小良的爱情绝对是坚贞不渝的。我舅妈顿时来了失心疯，一口气打了老九十六个耳光。这个准确的数字是一直沉默在一旁的我舅舅方程教授在心里暗自数的。老九被我舅妈一顿耳光抽得好像有点像熊了，他抚摸着发烫的腮帮子扫了吴小良一眼，吴小良好像读懂了老九目光中的含义，她寒脸怯色一屁股坐到老九脚边，接着又像撒泼又像撒娇一样匍匐在老九脚面子上大放悲声：老九老九，我不答应你和我分……

我舅舅说：老九真他妈是我的种，真是条汉子。老九两手托着吴小良的腋下一下子把她抱在怀里就像抱着自己的女儿一样，然后扭脸将嘴里的血沫和一颗牙齿吐在地面上，那颗牙齿黏带着血液活像个刚出生的小精灵一样还在瓷砖地面上跳跃了两下。老九对我舅妈说：妈，你给我的，我先还你一颗牙齿吧。

这句话就是老九离开家里离开我们这座小城去了那边之际留下的最后一句话。我舅舅说起吴小良瘫倒在老九脚面子上舞动四肢大放悲声的样子，他竖了个大拇指赞赏道：真他娘的厉害！别说方唐镜扛不住，就是巴尔扎克也扛不住！

老九把我舅舅和我舅妈都拉黑了，唯独没有拉黑我大舅方全老板，不是因为方全老板是个土豪大佬是他大伯，而是因为过了一周之后方全老板给他发了个微信：九爷，过来喝几杯吧。这样，我们才知道老九和吴小良自从离开我们这座小城就一起去了那边。这些年来老九一直没和我舅舅我舅妈联系过，关于他的消息我们都是从土豪大佬方全老板那里得知的。关于我舅舅和我舅妈两个人陷入长期冷战等待最后离婚的小事情，老九肯定不会知道，狡诈的我大舅方全老板肯定不会把这等在他看来无足轻重的消息告诉老九的，当然，即便告诉了老九也未必相信，因为我们全城的人几乎都知道大佬方全老板历来巧舌如簧谎话连篇……所以,这些年来我在我舅舅方程教授跟前一直行使着老九的职能。

　　我大舅方全老板最喜欢穿那种小立领褂子。我估计他应该有三百五十六件那种褂子,因为他天天都穿着虽然颜色就那几种但一看就是崭新的小立领褂子。那种小立领使我大舅方全老板粗壮的脖子看起来显得细长了一点点。土豪大佬我大舅方全老板还喜欢内增高鞋子,他的鞋子不管是鹿皮的还是羊皮的,甚至运动休闲鞋子都一定是内增高的,到底增高了几厘米,恐怕即便这位大佬死了那也只能是个谜,因为无论他到哪儿,或者无论你家地板多么高级,他宁愿不进去也不会当众换鞋子,他去了那边怎么可能会脱鞋子呢?他的短处成了他展示固执和高傲个性的一个理由,他的固执与高傲反过来又成了掩护他某些短处的坚固盾牌。有钱人干什么事都是极具高度自信的,他们认定自己做的所有事情肯定都是相辅相成的,这个,就像一些有钱人认为自己肯定有能力访问一些高深的问题一样。

　　我舅舅方程教授对大佬方全老板的诸多方面都给予过数不清的放肆取笑或者妙趣横生的挖苦言词,尤其对他这个到哪儿都不敢脱鞋以防泄露真实身高的行为更是嗤之以鼻。我舅舅方程教授先是哈哈大笑一阵子才从鼻孔里冒着酸气说:这有什么呀,巴尔扎克粗短身材而且是个饕餮之徒,所以也是个肥头大耳,但他照样穿着时兴的紧身裤和软布鞋出入乔治·桑家里喝着咖啡高谈阔论,或者赞美或者刻薄地挖苦对方的小说,然后相互叫嚷一句"你不过是一头畜生"之后分道扬镳,过了几天他们还会再聚到一起相互指责对方是一头脏猪。即便年轻的时候巴尔扎克也从来没有因为自己的身材短小而自卑过,他照样热情似火和邻居德·贝尔尼夫人谈情说爱。当时德·贝尔尼夫人已经四十五岁而且生过九个孩子了,有趣的是其中那个叫朱莉·冈比的女孩还是她和一个浪荡情人所生,更要命的是她比巴尔扎克的母亲还要大一岁,而巴尔扎克当时方才是个二十二岁的大男孩。但,这些都没有丝毫影响两个人相爱了。这位丈夫又是巴黎王室参事又是退休上校的太太不仅成了巴尔扎克的第一个情人,还是他一生的朋友和支持者,巴尔扎克第一次做生意这位妈妈般的情人就拿出四万五千法郎,当然,不到三年时间这笔钱就被巴尔扎克挥霍个精光。虽然咱们不知道当时他们两个是不是就像电影《巴尔扎克激情的一生》中那样有着暗示或明示肉欲的缠绵,但巴尔扎克形容"她发出的卷舌音简直像在抚摸你"这一句话就足够我们联想的了。也正因为拥有了德·贝尔尼夫人,巴尔扎克才在很长时间里总是大言不惭地自诩为老鬼子卢梭,因为卢梭这个伪君子也拥有一个情人兼母亲的华伦夫人。

我大舅方全老板唯一和我舅舅方程教授相同的地方就是也有一条挺拔的鼻梁,但是,他一听我舅舅方程教授无论说什么事情都要扯上巴尔扎克就会把挺拔的鼻梁气成 S 形。尽管气成这样了他也不发火,富豪保持低调的习惯让他已经琢磨透了怎样才能把冲天怒火和蛇蝎毒念压在心底,等到他作出决定时你才恍然大悟,土豪大佬的胸襟竟然如此的残忍和毒辣。我舅舅方程教授嘲笑方全老板时又拿出巴尔扎克只管在那儿喋喋不休。方全老板一边听讲一边从手包里摸出一包特制碧螺春吩咐"李四烧水泡茶",直到华伦夫人出现我舅舅方程教授住嘴了,他才慢声细语地开了口:你的这个巴老壳子就给了你这些启示吗?除了教会你大搞色情与暧昧事情,就没有教教你如何管理自己的牛牛吗?

我大舅土豪大佬方全老板总是把我舅舅方程教授的巴尔扎克称为巴老壳子以示轻蔑。平心而论,我大舅土豪方全老板能成为我们市各种汽车总经销,那也不是用金钱和砍刀砸出来的,而是基本上取决于他这套高深莫测、和蔼可亲、无人不上当的话术,比如这么挖苦嘲讽的话从他嘴里说出来,那腔调就像好朋友嘘寒问暖聊家常一样平易近人。包括他在读书会上演讲《周易》,什么伏羲八卦方位之图,什么文王八卦之图,反正都是那么枯燥乏味的玩意儿,他居然不动声色和风细雨一样耐着性子讲得你无论懂不懂都会听得津津有味。我本来以为我舅舅方程教授会不以为然地反问一句:方老板你自问一下能管住你自己的牛牛吗?那么,我大舅方全老板肯定就会这样说:我的牛牛惹出的事端它的主人都能不费吹灰之力尽皆摆平。我之所以要摆平这些鸟事是因为我有一个无可撼动的底线,就是我的家庭观念以及我们夫妻之间的患难友谊。

我这个当外甥的,我这个不学无术的药贩子,因为数次倾听他们的争论和交谈,所以他们不张嘴我就知道他们要说什么,无非就是司空见惯的资本家和知识分子的唇枪舌剑而已,毫无新意可言。比较蹊跷和更有趣的是,他们谈着谈着就会各自沿着自己的思路和学识以及世界观价值观继续热烈地纠缠在一起。我大舅方全老板一旦开了场大约十句话之后肯定要畅谈《周易》,

肯定还要大段大段地复述那些貌似充满无限禅机或许本来就十分空洞的词句,而方程教授无一例外地要拿出巴尔扎克他这个永恒的宝器仗剑胡行。尤其可笑和简直不可思议的是,本来风马牛不相及的两种内容和思路,他们两个竟能谈得十分热烈并万分投机。不客气地说,我历来就对他们这种"地对空"的交谈内容毫无兴趣,我只是特别喜欢观看这两位至亲长辈煞有其事地辩论,好像通过他们的荒谬辩论两条永远也不会相交的火车铁轨很快就会交合在一起。孰料这一次我舅舅方程教授居然没有回话,他不回话不是因为他可能已经明白了自己因为大铁钉和避孕套事件即将身处人生低潮时期无颜做出回应,而是因为家里座机电话响了。

在如今通讯时代,使用座机接电话和打电话一样多少有些令人费解。听梆声又是某家出版社的编辑打来的,或许是个老眉咔嚓眼的年长编辑,他可能不知道我舅舅方程教授的手机号码,也许是个有点变态、有些公私分明、有些吝啬的年轻编辑,他偏偏就喜欢使用座机和作者联络沟通,就像不正常的女人特别喜欢和手指头约会一样。我早先听我舅舅方程教授说过好几次,常有一些编辑或者评论家指责他作为一个以研究巴尔扎克而被人尊重的教授,写起有关巴尔扎克的文章来一点也不严谨。我舅舅说事实上他写这类文章几乎从不需要翻阅工具书或者相关资料,也从来不记笔记不写卡片之类的玩意儿,巴尔扎克就像一只大肥鹅,那个骚胖子的一切早在他心头那口滚开的锅里炖烂了。他全凭记忆书写,虽然不能明确记准所写的事情源自哪一本书中,但他可以肯定,与自己正在叙述的这些事情的相关文字曾经就像一条条百足虫一样从他眼前爬过,而且从他大脑里爬过时还下了卵,所以他只管凭着自己的记忆和理解去尽情书写。我舅舅的这种文风一直以来就不停地遭到学界几位喜欢钻牛角尖之学者的挖苦和嘲讽,他们批判我舅舅的这种文章根本就算不上学术文章,他们说我舅舅的这种文章有着太多的戏谑和妄想包括虚构,就像纯洁的牛奶里漂了一层脏兮兮的油花子……我舅舅每次讲到这儿,就会像老母猪生产时一样哼哼唧唧大笑着呵斥一声:纯粹放他妈狗屁!

放他妈狗屁!我舅舅方程教授冲着话筒嚷了一嗓子,那样子让人感觉到他要不是为了接下来说明自己的观点和强调自己的态度,那他一定会摔了电话。一八三七年二月六号,巴尔扎克来到意大利旅游,三月份畅游了米兰和威尼斯,四月份到达时属都灵辖区的热那亚——这是座有着几分吊诡意味的港口城市,站在码头上望着海面帆樯往来,巴尔扎克忽然想起某本书上记载的古罗马人在撒丁岛上发现了银矿苗的事情,但因为当时战事逼近,他们还没对银矿进行深度挖掘……巴尔扎克拿定了明年就在此挖掘银矿的主意之后,心里怦怦直跳,好像他已经成了富豪矿主一样,举止间不免顾盼自雄一番。他在热那亚当地的朋友,一个名叫别兹的商人热情地接待了他,酒桌上喝得酣畅耳热,喜欢夸夸其谈的巴尔扎克在酒精的作用下把这个事情告诉了貌似淳厚的别兹。可是,等到他第二年抽出时间再次踏上撒丁岛,并经过实地勘察发现矿苗情况与自己盼望的一模一样之后,这个骚胖子急切地向都灵当局申请开采许可证,到这时,他才发现别兹这孙子早就获得了银矿开采专有权,而且这个卑鄙的小人也早就成了亿万富翁。您张大昌老师也是个老编辑了,您来告诉我,就这么个事情,如何用狗屁学院派那种狗屁学术文章风格去表现?哦,哟哟哟,所以我说你们三审放他妈狗屁是不是没有一点错老伙计!

土豪大佬我大舅方全老板,为了纠正和根治我舅舅方程教授生活作风问题而准备的丰富教材,就这样被后者一阵乱棒子打得七零八落不知从何说起了,他那一贯伏低做小佯装低调的伪装一下子被扯破了,这个就像巴尔扎克一样粗壮的汉子原形毕露——他每当实在难遏冲天怒火时就会摘下手套狠狠地摔在桌子上——因为此时正是夏天他没有戴手套,他只好将自己的鹿皮手包狠狠地在茶几上掼了一下起身就往外走。我这个当外甥的花了不少时间和工夫终于泡好了他那包昂贵的碧螺春,迷人的清香就像氤氲一样方才一缕缕弥漫开来,结果土豪大佬我大舅方全老板一口也没喝就穿着他的小立领褂子和内增高羊皮鞋走掉了,他出门时我还瞥见他眼眶里因气恼无处发泄而涌出的两团泪花闪闪放光。

很显然我舅舅方程教授又进入自己制造的那个世界之中,或者说他又开始书写关于巴尔扎克的著作了。他那种说话腔调有些怪异暴戾,明显与火热的现实生活格格不入,这说明他的魂魄已经进入由巴尔扎克率领魑魅魍魉翩翩起舞的特定情境里,他越是在那个世界里充满了活生生的感情,在现实生活中他就越显得僵硬和多余。他不再主动和我联系了,好像忘了他生活中的好多难题都是我给他解决的,好像忘了刀鱼和粉妮以及地锅鸡和苏红,忘了一扎一扎的美味啤酒。他的手机虽然没有关机,但就像座机一样他基本上都听不见电话响了。我一开始并不知道他又被巴尔扎克的鬼魂蛊惑了,只以为他被大铁钉和避孕套这个铁丝网一样的绯闻缠绕住了,他找不到出口,就像被眼前的鬼打墙迷住的一个病人其结果可想而知。我担心我舅舅方程教授会出意外,因为凡是特别痴迷于某种事物的人都是很容易出意外的,比如一走神就被疾驰的车辆撞得像一柄纸扇一样飘飞起来,或者被自己双脚拌蒜一个跟跄绊倒在地就此去了那边。所以,我这个药贩子只好每天一大早就把车开到他家附近停在那里,躲在暗蓝色车窗后边窥视,一旦出了意外我就会立即奔出去抢救他。

我舅舅家大门口与大河北岸之间有一条宽阔的马路,经过市政多年经营修筑,这条临河路风景优美,道路两边是高大的杨树,春季里杨絮飘飘好似雪花让人厌烦至极,夏季里那两排高大的杨树成了晚鸟夜宿的集散地,凡是夜晚停在树下的车辆第二天都会落满稠密的灰白色鸟粪。我舅舅方程教授家的那辆俗称"子弹头"的红色别克车一直停在树下,这辆车自然是从我们市各种汽车经销商方全老板的4S店里购买的,一开始就是我舅妈名下的财产,但不知为什么在分居等待离婚的这么好几年里我舅妈没有把这辆车子开走,这么多年来一直停在那儿。一年一年的累累鸟粪使那辆已经看不出颜色的汽车就像早已废弃为专门承接鸟粪的一疙瘩丑陋的铁块了。在我舅舅和我舅妈离婚事件以前我还帮他们洗过两次车,才知道鸟类粪便就像燕窝一样,尽管绝对不会像燕窝那样富有营养,但绝对像燕窝一样具有高度的胶质黏性。那个身穿制服活像一棵树一样的女洗车工身高约有一米九五,她长着一对好看的小虎牙,在冲洗着肮脏的鸟粪之际,她居高临下地告诉了我这个隐秘的常识之后,非常愤怒地以男性的身份和思维痛骂鸟群中的雌性。

一般情况下我舅舅准在早上七点之前开门出来,他站在五个钉眼早就修得好像从来没有过钉眼的大门前,先是伸个长长的懒腰,呼出几口严重缺乏睡眠的口臭,再揉揉双眼,点上一支烟慢慢抽两口,这才右手夹着烟和左手一起按在屁股上晃动几下腰肢。在晃动的过程中他一定会逐渐昂起头慢悠悠张望路边高大的杨树,如果要是看到一只鸟或者一片在微小的晨风中飞旋着飘落的树叶,他就会停止晃动双手按在屁股上一直盯着这只小鸟飞走或者那片树叶落地。在夜晚和巴尔扎克的鬼魂疯狂搏斗了一场的我舅舅,基本上每天早上出来后都是这样子解乏和放松神经,样子寂寥而孤独。有时候我舅舅的街坊马茂谡和他老婆子赵月牙老奶奶一块遛鸟归来,他们会停下来打声招呼笑谈几句。马茂谡就是为我舅妈改名字那名户籍警,他提前退休了,在一次和歹徒的搏斗中被砍刀砍掉了左手连同半截小臂,还剩下一条完整的胳膊和顽强的右手,这只幸运的右手凡事孤注一掷所以力大无穷。有一回一个夜偷被他右手钳住使出吃奶的力气也无法逃脱,只好乖乖随他去了派出所。我有一次嬉笑着试了一下,结果被他那只右手抓住之后,一种无法言表的疼痛叫人想死的心都有了。赵月牙老奶奶年轻时是那条街上的一枝花,到了这般年纪言谈话语间表情仍然像个小姑娘一样。马茂谡右手拎着那只活像黑老鸹一样的八哥眉眼活跃地走在前边,赵月牙老奶奶拎着一袋子从早市上新买的草莓跟在后边。每次遇到我舅舅,马茂谡就让那只长相不堪的八哥给我舅舅打招呼,月牙老奶奶就像个小姑娘一样甜甜地笑着说一声:早呀教授先生,走吧,到我家吃草莓去!非常不幸的是,在一个月光明媚的晚上,月牙老奶奶在院子里看月亮不想被路牙子绊了一跤,就去了那边。所以,后来我舅舅老是说:看看,美好的事情就是这么脆弱。

有时候我舅舅也会朝左边丁字路口那儿慢走几步,到了路口那儿他就停下来看会儿天天都会看到的一出小戏:一个鼻子眼睛包括屁眼里都会发出乞丐气味的老乞丐阻拦车流,帮助一只断腿鹅过马路。这个善行使得每辆车从车窗里递出五元或十元钱甚至百元大钞,老乞丐收了钱就会抢上几步把瘫在路面上的断腿鹅抱到路边,等到这一拨车辆驶过之后,这个老乞丐脸上带着一缕难以形容的奸笑再把那只断腿鹅抱到路中间。我舅舅后来说,老乞丐给鹅灌了药酒,用纱布和红药水把它装扮成一只断腿鹅。我自然不知道这个事情给了我舅舅什么样的快乐,但从他脸上露出了和那个老乞丐一样的一缕奸笑就可以看出他心里充满快乐。除了这件事情之外,有几天早上刚出大门我舅舅脸上就露出了这种奸笑,他就那么奸笑着双手按在屁股上晃动腰肢,就那么奸笑着观看飞鸟和落叶——他那种痴呆的奸笑,让我不禁猜想这时候的我舅舅一定是被巴尔扎克的某件事情逗笑的——好几次我舅舅一边喝啤酒一边讲说巴尔扎克一生都对金钱充满了痴迷。有一回在巴黎郊外皮特角城的小山旁散步时,游荡的大脑突然想到了圣多米各教团叛乱首领图森曾把一笔金银珠宝埋藏在巴黎郊外的旧闻,他想说不定就在自己散步的地方。他脑海里盘旋着这笔金银财宝,回到住所之后居然把遐想中的事情当作真实事件告诉了桑多，因为那段时间桑多这块小鲜肉因躲避男人婆乔治·桑而一直藏在他家里。桑多自从躲避乔治·桑以来手头一直紧张，有时候在巴尔扎克家里翻找一上午才找到个把铜壳子出去买块面包吃，所以，一听这个顿时信以为真，并且马上找来了气势汹汹的戈蒂耶。这两个人都是巴尔扎克一生中最要好的朋友，也都是非同一般有才华的人，在巴尔扎克绘声绘色地讲述下全都神魂颠倒，于是，第二天凌晨四点半，这两个像巴尔扎克一样财迷心窍的家伙就带着铁锹和十字镐偷偷溜出城门，到达了巴尔扎克指定的地点开始挖掘……大上一当的戈蒂耶这位老兄后来在一篇名为《巴尔扎克》的文章里写道：他就是一个专门梦想金子河流以及钻石山红宝石之类的疯子。

我舅舅喝着一大扎啤酒兴高采烈地讲述这个事情时，他脸上的奸笑就像他看到的那个老乞丐用装扮的断腿鹅行乞时的奸笑一样灿烂而诡秘。我就是在那段窥视时期发现我舅舅方程教授逐渐变成秃顶的。有一次他沿着路边多走了几步，路过那两排落满鸟粪的车辆时他还蹙着眉头哼哧了几下鼻子，然后高高仰起脑袋面向天空朝前走去，因此我看到他的头顶光光的，就像考古工作者用软毛刷子轻轻扫去浮土方才露出的一片白惨惨的陶罐表面。

一八五〇年八月十八日是个星期天，深夜十一点三十分，巴尔扎克离开了既是他生活的那个世界也是他创造的这个世界。众所周知，在韩斯卡夫人代笔写给老伙计戈蒂耶的那封信的末尾，巴尔扎克写下了人生在世的最后一行字：我既不能阅读也不能写作。但是，白发苍苍的大师雨果来看望逝去的巴尔扎克时，这头老雄狮没有看到巴尔扎克花了十八年时间方才与之结婚的韩斯卡夫人，只看到巴尔扎克的母亲和他至爱的妹妹洛尔分别站在逝者的床两旁低声抽泣，再就是由巴尔扎克那个怪异的挚友洛朗·扬里和他请来的欧仁·吉罗正在为巴尔扎克画着最后一幅彩粉画。欧仁·吉罗，这位本来一文不名的肖像画家正是因为给巴尔扎克留下了最后的画像而名传后世。一个脸色不满的老仆妇告诉雨果，巴尔扎克夫人正在另一个房间里补妆，她手上还戴着只有波兰名门贵族才能佩戴的戒指，五个月前韩斯卡夫人就是戴着这枚戒指在婚礼上与巴尔扎克行了新婚亲吻礼后变成巴尔扎克夫人的。平心而论，韩斯卡夫人就像她姐姐一样也是个绝世美人，不然的话巴尔扎克也不可能即便等了十八年也要和她结婚。韩斯卡夫人的姐姐卡罗琳娜离婚后和俄罗斯一位颇有权势的将军同居了十五年,其间还和密茨凯维奇包括普希金等等有名诗人保持着暧昧的密切关系。这些淡事也不晓得巴尔扎克生前是否知道。

星期天下午两点半左右,我舅舅方程教授终于把巴尔扎克写死了。死亡事件使这个秃头丧失了理智,他竟然连笔记本电脑都忽略了关上没有,就像一只没头苍蝇一样在每一个房间里窜来窜去团团乱转。终于,他停下来。他终于成功地给自己冲了一杯浓浓的咖啡——自从研究巴尔扎克以来,我舅舅这是第一次喝咖啡,还是我舅妈在竞选二夹弦剧团团长期间为振作渐次萎靡的精神而购买的咖啡,好几年了,剩下小半罐都坨成了坚实的一坨,就像因岁月的原因彻底固化的糖稀一样。我舅舅用剪刀和改锥包括水果刀轮番上阵才凿出半杯粉末来。这杯浓咖啡也许正因为过期了才会发生难以预测的作用,我舅舅喝完咖啡就觉得自己的五脏六腑像快速排水一样一会儿就都给清空了,接着他又觉得肠胃里有一股冰凉的空气在急速地蠕动,就像他把巴尔扎克写死了他自己的魂魄和血液以及各种肉体机能也随之渐次变凉流掉了一样。我舅舅坐在书桌前一边疑神疑鬼,一边静悄悄地浑身冒汗,不知不觉间他身上的那件价格昂贵的衬衫就变成湿漉漉的,好像炎热的夏天将一个鱼鳞袋子裹在汗兮兮的身上。根据以往出虚汗的经验,我舅舅打开热水器准备泡一个热水澡。因为没有我舅妈的日常清洁,卫生间里已经有些潦倒不堪,因为每年都要喷几次杀虫气雾剂,那种含义不明带有甜味的分子长久地凝固在天花板和贴了瓷砖的墙壁上,因此一年到头都有该死的蚊虫永远流连在卫生间里,还有不少罪大恶极的苍蝇不仅混了进来,而且有的干脆直接死在天花板和墙壁上。我舅舅方程教授心头充满了深深的厌恶,他下意识地挥挥手做了一个驱赶的手势,有的蚊虫嘤嘤飞舞了起来,有的几只脚都被粘在墙面上根本无力挣脱,那个情态真的很契合我舅舅此刻的情绪……当我舅舅赤条条躺在温度稍烫的浴缸里之后,这一切肮脏的事物都不在他眼里了,他隐隐觉得自己的神经和智慧就像温水泡豆芽一样缓慢地抬起头来。接着他的思维也逐渐苏醒过来。他首先想起和我舅妈一同在干净明亮的卫生间的浴缸里尽情嬉戏……他的脸色忽然变得温柔起来,早就萎缩如同废弃已久的小老鼠又像一头小公牛那样渐次振奋起来。当他的"小老鼠"终于变成愤怒的小公牛时,这个秃头竟然又无耻地不仅想起了瓦莱丽牌土耳其羊毛毯子,还想起其他几个曾经令他大为心动的S身形的女性,包括文旅局的女干部李瓶……他用手刚刚安抚了一下愤怒的"小公牛",这时候,家里那个落满尘埃的座机如同突然遭到匕首刺中的魔鬼一样叫了起来。

我舅舅宛如一只落水的绵羊那样迫不及待地从浴缸里飞快地爬出来,他随手抄起一条花格浴巾胡乱搭在肩头,摇晃着"小公牛"快步冲向电话,他望着地板上留下的那一行潦草的湿漉漉水痕,有几分不耐烦,大声地说:大昌老伙计久等了,我马上就把最后一章发给你。

结果不是那个张大昌编辑而是读书会的大牛会长。

大牛会长先是很生气地批评我舅舅有一百年都没有参加读书会的活动了,接着又大度地说:尽管如此,读书会举行成立八周年纪念活动还是不能忘记曾为读书会做出重大贡献的方程教授,因此,今晚在"谯城七十二号"云竹林七贤堂举办的纪念活动筹备工作餐一定要请教授老兄参加,因为就餐中还要商讨一下活动内容以便做个计划,届时还请方老兄方程教授多多出谋划策共襄盛事。云云屁话之后,大牛又笑里藏刀一样笑嘻嘻地小声说:这次小聚只请一位女士,那就是文旅局新上任的李瓶局长。

我舅舅当然知道谯城七十二号是一家私家菜馆。那儿原本是清朝一个大官的府邸,如今改造得内部宽阔深远曲径通幽,大树好木遮天蔽日,环廊飞旋处即设有餐厅一处,云竹林七贤堂、魏武扬鞭堂、许诸演武堂等等二三十处,基本上也就是我们这座小城里许多有钱有闲的人士请客吃饭说事情的高消费场所。他们这里的饭菜价格昂贵实在出人意料,比如九宝粥、蒸鹅肝、牛蛙炖鸡腰之类的寻常菜肴要比外边的饭店贵出十五至三十倍。这些菜肴之所以贵,除了烹饪方法独特之外,他们在很多菜肴上都撒了一层食用金粉,就像俄罗斯的一瓶伏特加里荡漾着十几片食用金箔。我这个见识肤浅的药贩子猜想贵就贵在这儿,穿金戴银并不一定代表富有,吃金子才算有钱人的象征,凡是到这儿的有钱人肯定不在乎金子化成屁屁排入马桶里冲荡到虚无缥缈的远方。比如土豪大佬我大舅方全老板,他最喜欢在这儿请客吃饭,无论什么事情,只要与他的人生挨上一点边,他就会在这儿安排一场饭局,美酒佳肴,在大声喧哗中醉醺醺地把许多事情都解决了。

奔赴饭局一贯最爱磨蹭的我舅舅方程教授到达谯城七十二号时已经晚上六点半了。他本来想让我送他一趟的,可是巴尔扎克死于他手带来的悲伤让他忽略了我这个可以发挥老九职能的外甥。闲置很久很久的手机叫车功能还没有废掉,他叫到一辆浅灰色的车把他送到了地方。在希夷大道盖盛祥超市门口路边下了车,再朝巷子里步行八九十米就是久负盛名的谯城七十二号。门口高挑的灯笼早早地亮了,有两座高大的石狮子在灯影里显得又凶狠又贼兮兮的。我舅舅方程教授不由得止住了步子,因为他看到我舅妈正站在门右旁的石狮子边上打电话。在分居或者等待离婚的这么长时间里他们从未有过联系,可真是不可思议的事情,可这么不可思议的事情他们竟然不可思议地做到了。巴尔扎克健在时,我舅舅大脑里时刻充满了因果关系分明的思想,下午两点半巴尔扎克刚刚死掉了,我舅舅的思想变得漫无逻辑、漫无目的,他不知道该怎样处理这一段短短的距离。我舅妈穿着一件淡青色底散散落落地飘着几朵杏花的旗袍,她左手拿着一只白色兔皮手包,右手正在打电话,多年来在戏台上的作风和习惯使她拿手包的左手和打电话的右手都跷着兰花指,连她的站姿和双脚都是踏在莲花步子的起步上。我舅舅注意到我舅妈的左手上还戴着那枚他熟悉并遭他讥笑过无数次的绿宝石钻戒,他好像看到他母亲戴着这枚戒指站在大门口边打毛衣边等他放学回家的形象,好像看到了自己那蚱蜢或者蚂蟥一般自鸣得意的人生。我舅舅方程教授终于把巴尔扎克及其幽灵抛到了九霄云外,他就像一只受了莫名伤痛的狐狸只好自投罗网一样,一边叫着我舅妈的三个名字马小梅马三毛金妞,一边慢悠悠蹓了过去。在迟缓的行进中,我舅舅忽地觉得他和我舅妈之间根本没有什么原则性的分歧,更谈不上仇恨和厌倦之类,至多就像很多夫妇分手一样的虚妄原因,不过是一些鸡毛蒜皮的小事积累成一股邪乎乎的冲天火气罢了。

没有人听到谯城七十二号门童那高亢而别具一格的迎客声,也没有人看到我舅舅和我舅妈是怎样走进大门的。谯城七十二号的老板要么是个十分抠门的吝啬鬼,要么是个别具情调的好心眼胖子……越往里走灯光越是稀疏暗淡,这样一来,就像电影里一样,人们看到了我舅舅和我舅妈不得不打开手机上的手电筒,就像捏着一只萤火虫一样,向更深更远更加光怪陆离的庭院深处走去。

【作者简介】李亚,安徽亳州谯城人。出版中短篇小说集《幸福的万花球》《初冬》等四部、长篇小说《流芳记》《花好月圆》等四部,曾获十月文学奖、《小说月报》百花奖、《中国作家》鄂尔多斯文学奖中篇小说奖、鲁彦周文学奖中篇小说奖、全军文艺"新作品奖"一等奖等奖项。

动物痴人

◎ 郑在欢

1.雾与羊

天蒙蒙亮,浓雾里冒出三个女孩,她们拖着行李箱,背着双肩包,在雪地里走得很艰难。冷风吹不散浓雾,吹坏了雾里的女孩。她们从北边来,风也从北边来,头发被风吹到脸上,像连绵不绝的耳光。三个披头散发的女孩走在阴冷的雾气里,这一幕叫人心疼,也让人心慌,她们要是鬼呢?等人走近,张全来了精神,他注意到走在后面的一个,糟乱的头发里露出来一张饱受困扰的脸,很是漂亮。他紧走两步,去接她的行李。

是你们吗?

是。

是你吗?

是。

就是这车?

是。

这也太破了吧。第一个女孩说。她穿一件鼓鼓囊囊的红色羽绒服,显得俗不可耐。

别看破,跑得可快了。

跑得快有什么用,这车坐着肯定不舒服。第二个女孩说。她涂着一圈大红色的嘴唇,光听声音就让人讨厌。

怎么会。张全说,这可是五菱宏光,神车! 他打开后车门,三个女孩叫起来。

这是什么?

怎么会有一只羊?

女孩们目瞪口呆看着车厢,那里面,又高又大的骚虎缩在一角,抱着他的羊。羊和他似乎都被吓到了,他夹了夹双腿,把羊抱得更紧了。半晌,他才想起来应该打个招呼,于是挤出笑容,说,你们好。

你是干吗的? 红嘴唇女孩说。

我是做衣服的。骚虎说,踩缝纫机。

我是说你为什么抱着一只羊。红嘴唇女孩说,你抱着一只羊干吗?

哦,你说羊啊,我带它上北京。

带羊上北京? 红羽绒服女孩转过脸,对另两个女孩撇撇嘴,神经病啊。

这车我们不能坐。红嘴唇女孩拉起箱子就走,和羊坐一起像什么样子,我们又不是牲口。

就是,车破就算了,还有羊!红羽绒服女孩跟上去。她们这次是往北走,头发又能甩在脑后了,随之甩在后面的还有一句抱怨,这也太不靠谱了吧。

哎哎,你们别走啊。张全还拎着漂亮女孩的箱子,他焦急,但也窃喜,对,这两个人走了才好,那样就只剩漂亮女孩一个,她就可以理所当然坐在副驾驶座上了。旅途漫漫,有美人相伴,这可是难得的好时机。一直以来,和女孩单独相处的时光少之又少,为数不多的机会是在相亲的谈判桌上。他幼年丧父,家境贫寒,长相普通,生性羞怯,可以说是毫无谈资。来之不易的相亲机会屡屡以失败告终,他差不多以为自己就是光棍儿命了,有了这种破罐子破摔的心情,反倒平添了几分勇猛,这就是为什么他看到漂亮女孩会欣喜,搁以前,他只会害羞。白白丧失两个乘客意味着好几百元的损失,不过为这个女孩也值了。他想叫住她们,是出于赚钱的本能,他没有追上去,是因为这短短的一闪念,当然,一闪念能想那么多吗?肯定不能。这是一种混沌的本能,就像他喜欢的一道家乡名吃胡辣汤,不能分辨烂糊糊的一碗里都有什么,但就是爱吃。他处于胡辣汤的混沌之中,有着明确的希望,又不知该怎么办:他停下了,又想去追,因为想留下的这一个跟要走的那两个是一伙的;想去追,又迟疑了,因为怕笨嘴拙舌没法说服要走的那两个,连想留下的这一个也跟着跑了。当然,这是很短的一瞬,他不用被动太久,就有人主动施压。行李箱在动,是女孩伸出了手。给我吧,女孩说。他是不愿松手的,随着女孩的手握上提手顺带碰到他的手,他马上松了手。从刚刚到现在,她一直没有说话,张全对她始终停留在匆匆一瞥的漂亮印象中。这会儿,她要走了,他总算敢不管不顾地看一看她了。她面朝来时的路,头发被悉数吹到脑后,露出了所有的脸。张全看清楚了,也没有很漂亮,她的脸太小了,像小孩,她的嘴太小了,包不住牙,她的头发染过,是红色的,但并不讨厌,反而有点俏皮。略一失望,马上又有了希望,她要真那么漂亮,就更没戏了。这么一想,他越看越觉得她漂亮,而她已经绕过他,沿着来时的路走了。

三个女孩拖着行李箱,背着双肩包,顶着风,走得更艰难了。他一下就追上了。

别走啊,你们。追上了,也只能干巴巴地这么说,意识到太没说服力,只好又添一句,来都来了。意识到这样的说服太过干巴,赶紧又说,上车走吧。能说的似乎也就这么多了。

昨天咋不说还有一只羊,你这不是骗人嘛。红嘴唇女孩说。

就是,你怎么啥钱都挣,你这车到底是拉人的还是拉羊的!红羽绒服女孩说。

拉羊不要钱。张全说,我也不知道他会带羊来。

那你让他下去,让羊下去也行。带羊上北京,这是什么神经病,他是去北京打工的还是去北京放羊的!他还抱着它,这也太变态了吧,我们就是敢跟羊坐一起也不敢跟他坐一起,谁知道他是不是变态……红嘴唇女孩喋喋不休,更令人讨厌了。

他不是变态,他很有爱心,这一点我可以保证。他只是比较爱护动物。

那也不行啊,那羊多难闻啊,臊气熏天的。红羽绒服女孩说,一路上不得把人呛死。

不会的。张全说,不会的。

你到底让不让他下去?

他是我的邻居,我咋好意思让他下去。

那就别废话了。红嘴唇女孩说,你走吧,我们才不坐你的车。

那你们今天可就没车坐了。张全说,火车票是买不到的,回北京的车当天肯定联系不到,就是明天也不一定有。

今天走不了估计明天也够呛了。红头发女孩难得开了腔,虽然声音很小,但信息量极大,老板还等着我们呢。

你别说话。红嘴唇女孩说,就是不去也不能和羊一辆车。

就是,除非他让羊下车。红羽绒服女孩说。

话说到这个份儿上,张全已经明白这三个乘客一个都跑不了了。他看着红头发女孩,越看越可爱。他心里有了打算,不过并不急着说出来。

你看你们,怎么对羊意见那么大呢?他嬉皮笑脸起来,你们小时候没放过羊吗?你们家里就没有羊吗?羊多老实啊。羊比狗还好呢,不咬人也不叫唤,就是有点味,你们多喷点香水不就行了。

狗是宠物,羊能比吗?红羽绒服女孩说。

你们别把羊当羊,也当成宠物不就得了。张全说,我知道你们女孩子最有爱心了。

这话把女孩们说得有点不好意思了,不过红嘴唇女孩还是嘴硬说,那也不行。

这样吧,张全说,车费我再给你们减一百块钱,就当是精神损失费了,好不好?

又不是钱的问题,红嘴唇女孩说,有羊就是不行。

车开动了,雾还没散。车里有浓重的香水味,还是盖不住羊的臊味。女孩们执意开着窗,雾气灌进来,很快变臊了,好像不是从外面飘进来的,而是从羊身上冒出来的。骚虎面对两个女孩,紧抱着他的羊,一脸的不好意思。红嘴唇女孩似乎已经看出他是个老实人,开始明目张胆地欺负他,我说,你这到底是什么羊,怎么那么臊?骚虎脸红了一阵,如实回答,它是一只老骚虎。红嘴唇女孩笑了,老骚虎?这不是你的名字吗?你怎么跟羊一个名字?骚虎憋红了脸,说不出话。这你都不知道,红羽绒服女孩说,老骚虎就是发情的公羊,对吧骚虎?骚虎点点头,脸更红了。

红嘴唇女孩哈哈大笑,发情的公羊,好恶心啊。

他为什么叫骚虎? 副驾驶座上,红头发女孩小声地问。

张全已经知道她的名字——燕燕,真是个好名字。从她坐下,张全就一直想跟她说说话,只是互通了姓名之后再也找不到别的话题。他把着方向盘,尽可能把车开得慢。她得以坐在副驾驶座,是张全好不容易争取来的。原本是红嘴唇女孩要坐这里的,张全拦不住,只能急中生智提出一个折中方案,让她们三人轮流坐,不用一直面对骚虎和他的羊。燕燕在副驾驶座的时候,他能开多慢就开多慢,脑中却在飞速运转,说点什么呢? 说点什么好呢? 听燕燕问到骚虎,他来了精神,说起骚虎,能说的可就多了。

他喜欢动物,他从小就喜欢动物。

喜欢动物跟名字有什么关系?

我问你,你小时候,家里什么动物最多? 张全卖了个关子,这是他从网上学到的新方法,跟女孩说话,不能直来直去,要多卖关子。

是鸡。女孩说。

是吗?应该这么问,什么动物大人最爱交给小孩管?你喂得最多的动物是什么?

是猫。女孩说。

你家有猫啊。张全咳了一声,你没放过羊吗?

没有,我家没有羊。

也对。张全看了她一眼,你比我小几岁,时代不一样了,小时候,我们都去放羊。

不就几岁嘛,咋就不一样了?

别小看这几岁,你们已经不指着羊了,不像我们,羊还是很重要的。

所以呢,羊重要就给人取羊的名字?

也不能这么说,不过也有一定的关系,他要是不放羊肯定不会有这么一个外号。

这是外号啊,他为什么把外号当名字?

因为大家都这么叫他。

那他也可以不同意啊,这名字也太那个了。

他咋不同意,大家都这么叫他。

他的本名叫什么?

叫——张全大声问后面,骚虎,你本来叫什么?

好一会儿没有回答,女孩回头去看,骚虎也往这边看,两人目光交会,骚虎扭回头去。张全又问了一次,骚虎嘟囔了一声,问这个干吗?

应该是明啊、辉啊之类的,他有个弟弟叫明辉。

他为什么不愿意说自己的名字?

可能他也忘了,他不太喜欢跟人说话。

不喜欢说话就不喜欢说话,什么叫不太喜欢跟人说话,难不成他喜欢跟动物说话?女孩小声嘀咕,像是怕骚虎听见,又像是为骚虎鸣不平。

还真让你说对了,他就喜欢跟动物说话,大家都说他能听懂动物的话。

这么神奇吗?女孩坐直了身体,你别瞎掰了。

张全感觉她在看自己,他偷瞄回去,撞上她发亮的眼睛,撞车一样猝不及防,反应过来才发现踩深了油门。他收回目光,降低了速度。

听我慢慢说啊,还记得你刚刚的问题吗?

他为什么叫骚虎?

他最开始就是跟一只老骚虎说话的。你没放过羊,我得从头跟你说。那时候我们去放羊,基本都是放一窝羊,牵着母羊,后面跟着羊羔子。羊羔子都是母羊下的,所以只要管好母羊就行了。不过等羊羔子长大了,特别是老骚虎长大了,就得注意了。

注意什么?

这个,怎么说呢?张全憨厚地笑笑,老骚虎会爬母羊。

爬母羊?女孩转过头,不知是去看那只老骚虎还是骚虎。

大人会特别交代我们,一定要盯紧老骚虎,不让它爬母羊。张全说,我们也不懂为什么,不过我们都很听大人的话,一看到老骚虎爬母羊了,就飞起一脚把它踹走。骚虎从来没踹过老骚虎,他有自己的一套办法。

什么办法?

他跟羊说话。我们去放羊的时候,他就抱着老骚虎,跟它说个没完。

他都跟羊说什么?

不知道,嘀嘀咕咕的,谁能听清?那时候他就不爱跟我们玩了,老是抱着

426

羊离我们远远的。我们都觉得他有点傻，因为他总抱着一只老骚虎，身上有一股臊味，所以就叫他骚虎了。

张全是笑着说完的，女孩没有笑，他也马上意识到自己讲得并不好笑。他不禁自责，明明大家都把骚虎的事当笑话讲，为什么到了自己嘴里就不好笑了？他注意到女孩悄悄去看骚虎，似乎对他很关心，于是及时调整了策略。

后来发生的一件事，让我们对骚虎刮目相看了。张全说得很慢，这也是主播说过的，讲起从前，要放慢语调，我们村有户人家的牛难产，怎么也生不下来，要知道，那时候牛可比羊重要，就是现在也比羊重要。牛难产，可把人急坏了，眼看着再生不下来估计大牛小牛都难保。养牛的那家乱成了一锅粥，骚虎来了，他跑到厨房抓了一把碱，往牛屁股上一糊，又趴在牛耳朵上说了一通。那时候骚虎才十来岁，大家都以为他是来捣乱的，要轰他出去，但这时候，牛犊冒了头。大家都震惊了，要知道，骚虎家是没养过牛的，看来他不光能跟羊说话，还能跟牛说话，因为这件事，大家觉得他能跟所有动物说话。

这么厉害！女孩叫起来，简直神了。

是啊，后来我们都叫他半拉仙。见女孩高兴，张全也高兴起来，所以他决定不说那些扫兴的事。骚虎是被当过一阵子的半仙不假，不过这也没给他带来多少好处。一开始，大家都想让他免费给牲口治病。有治好的，也有治不好的，治好了当然皆大欢喜，治不好就麻烦了，骚虎会一连几天闷闷不乐、茶饭不思。见他那么较真，慢慢也就没人来找他了。因为喜欢跟动物在一起，他很早就不上学了，后来出去打工，挣了钱也不花，可要是谁家杀鸡让他看见，他一定会掏钱买下来。自从和他玩到一起，张全家的鸡就再没死过一只，反而半年多了三条狗。狗很能吃，吃得母亲叫苦连天，骚虎这才打住。他就是有这种能耐，隔三岔五领条狗回来，有流浪狗，也有干干净净的宠物狗，像被他拐来的。久而久之，他积攒了一院子抢救回来的鸡鸭鹅狗。他父母没办法，只好挨家挨户嘱咐人家，不要再卖动物给他，杀鸡宰鱼什么的最好也别让他看见。这时候，大家都觉得他有点不正常了，他的朋友更少了，毕竟，谁愿意跟一个公认的怪人走到一起呢。张全原本和大家一样，跟他的关系仅限于偶尔看看他的笑话，等同龄人一个接一个地成家立业，张全才被迫沦为骚虎的同类，加入被看笑话的光棍儿行列。骚虎三十五岁，基本上已经是"盖棺论定"的光棍，张全二十九岁，差不多也就剩最后一哆嗦了。可以这么说，和骚虎成为朋友，有点认命的味道,毕竟光棍儿总是结伴儿出现,他们的伴儿往往就是另一个光棍儿。老一代光棍儿中,瞎子阿强和矮子淘气是广为人知的一对,他们没有本事,没有家人,所以只能凑到一块儿玩。要额外说明的是,瞎子阿强不是真的瞎,他只是眼睛太小,看上去像瞎的;矮子淘气是真的矮,比大多数小孩都矮,以至于他无论多大岁数都担得起这个乳名。这样两个人走在路上,一个像瞎子,一个像小孩,理所当然成了大家取乐的对象,张全小时候就没少跟着人群取笑他们。如今,他和骚虎的友谊差不多也到了这个地步,虽然从心里他认为骚虎是个不错的朋友,可一回到家还是不想和他一起走到路上,一旦走到一起,他就会想起瞎子阿强和矮子淘气。有一次他和骚虎真的在路上碰到了瞎子阿强和矮子淘气,他们已经老了,眼睛更小,个子更矮,看上去让人更心酸。新老两代光棍儿狭路相逢,瞎子阿强朝他们投来心领神会的一瞥,他顿时又气又恨,恨不得马上跟骚虎划清界限。在北京,只有他和骚虎两人,所以不用担心别人。他们租住在同一个院子,一起做饭,一起吃饭,可以说是亲密无间。骚虎不光会照顾动物,还会照顾人,不光会烧菜做饭,还会缝缝洗洗,张全破了的裤子和衬衣,都是他帮忙缝好的。有时候,张全也会感动,甚至还生出过一些可怕的想法:要是真找不着媳妇,跟骚虎这样过一辈子似乎也不错——当然,这个念头太可怕了,刚一想到这儿就想起瞎子阿强和矮子淘气。他不能允许自己沦为一个笑话,他觉得自己还有机会,虽然这个机会禁不起细想,但只要不想,就还有机会。就像今天,他当然想不到会有一个叫燕燕的女孩坐上自己的车,还主动找话来说,这就是机会。机会不是想到的,是遇到的。所以,他决定好好把握这次机会,不告诉她所有这些糟心的事,只说让她开心的事。这也是主播阿龙说过的,对于女孩,不能什么都说,尤其不能说那些沉重的、让人望而生畏的事,要说就说那些开心的、已经干成的事。女孩们都喜欢自信的男人,他最缺这个,所以要拼命地装。

那为什么要带羊上北京?

张全扭头,看到女孩忽闪的眼睛,他有点为难了。刚决定说点开心的事,女孩就问到了一件难过的。说起这只羊,可就太让人难过了,所有人都为骚虎难过。这只羊,是骚虎分到的唯一家产,在失去所有积蓄之后,他得到了这只羊。刚出门打工的孩子习惯把挣到的钱交给父母保管,骚虎长大很久了,习惯一直没改。他刚出去那会儿,一个月是三百元,十多年来工资一路上涨,加班狠的时候,他能到手七千元。钱一到手,他就交给父母。他有记账的习惯,他应该是有数的,但他没说过。究竟有多少钱呢,说多少的都有,据有些能人推算,他家那栋新建的三层小楼至少有两层是属于他的。从骚虎开始挣钱,就没人见过他花钱,除了偶尔买点将死的动物。他为数不多的几件行头,都是十多年前的爆款,上面缀满了他精湛的手艺。作为一个光棍儿,针线活儿再好也没什么可夸耀的,光棍儿能得到的只有同情。那座小楼就不一样了,谁从门前走过,都忍不住夸两句。明着夸楼的壮丽,暗里是夸人的能干。骚虎的父母常年务农,再能干也不过是把肚子填饱,骚虎的弟弟二十岁出头,再能干也没干几年,工资是死的,人都会算。虚假繁荣不堪夸,多夸几句就露馅。作为改革开放的第一代成果,骚虎的成年之路严丝合缝地走在经济腾飞的康庄大道上,即便他看起来很傻,但也在一直跟着挣钱,也正因为他傻,所以攒下了钱。大家主要夸的就是这一点,傻,却能挣钱。夸,并且眼红。等看到骚虎似乎并不知情自己的钱被挪用时,大家才开始难过起来,为骚虎难过,也为自己难过,难过于自己没有这么一个古怪的傻哥哥。骚虎的父母义正词严,说骚虎不热衷婚事,只能先集中资源给弟弟建房完婚。这件事泛起的议论沸腾了半个夏天,至少辐射出去二十里,连走街串巷卖西瓜的都为骚虎抱不平。骚虎什么都没说过,没有埋怨过父母,也没有向新婚的弟弟追讨过。他从家里搬了出来,带着那只羊。他在村里找了间废弃的空房住了下来。那是一座土屋,之前住着一个孤寡老人,老人死后,土屋失修,房顶塌了,山墙歪了,院墙倒了,长满了草。骚虎找了几根木棍抵住山墙,扯了块胶布遮住屋顶,带羊住了进去。母亲和弟弟来找过他几次,他没有回去。炎炎夏日,他像个流浪汉一样窝在跑风漏气的土屋里,和一只莫名其妙的羊相依为命。张全也去找过他,喊他一起上北京。他有气无力地回绝了,并把身上最后一点钱拿出来,让张全代为照顾北京的动物。张全当然不想干,但也没办法拒绝这样的骚虎。那几根抵着山墙的木棍看起来极其脆弱,好像随时会崩塌,骚虎只等着被人挖出来。那一刻,张全是真的为骚虎难过了。半年后的春节,他回来,土屋已经变了一番模样。院子围了篱笆,里面种了菜,养了鸡鸭,那只羊也有了圈。房顶用芦苇补过,山墙后面的棍子变成了木桩,看起来坚不可摧。张全感佩骚虎的动手能力,同时也为他担忧。他问他,你就打算这样了,不出去了?骚虎笑笑,说,这样挺好。张全生了气,说,那你北京那些东西怎么办?那边还有一只羊呢。骚虎沉默了一会儿,走到黑洞洞的屋子里，再出来时手上多了几百块钱。他把钱递给张全说，你下次回来帮我拉上吧，这给你加油。张全没有接他的钱，更加气急败坏地说，谁要你的钱，我回去就把它们全吃了。骚虎举着钱杵在原地，嬉皮笑脸地说，你不会的，你不会。张全恨透了他这样的嬉皮笑脸，又因为他能这样笑了暗松一口气，他还是没好气地说，没钱我就不帮你了吗？你一直在家哪儿来的钱？骚虎说自己没事的时候就跟着本地的建筑队去干活儿，一天有一百块钱。张全乐了，怪不得出手那么大方，又攒不少了吧？骚虎也笑，又有些不好意思。张全叹了口气，说，你要真不想出去了，我夏天回来给你捎上，知道那是你的命，都照顾得好好的呢，鸡死了一只，我没有吃，给埋了。骚虎眼一下红了，非要把钱往张全口袋里塞。张全尥蹶子就跑，骚虎追了两步站住了。大家都说骚虎跑起来像女人，所以他也不好意思跑。然后就是昨天，张全来跟骚虎道别，发现他已经打包好行李，牵着那只羊，准备跟他回北京。张全乐了，以为他想通了，再一看发现不对，篱笆倒了，院子里的菜被踩得不成样子，鸡鸭也没了叫声。看样子是遭了小偷，这种情况只能让他想逃，他知道安慰对骚虎是没用的，他也不想安慰，他像所有人一样痛恨骚虎对动物的爱。他看看骚虎，又看看羊，忍不住问，羊为什么还在？骚虎说了自己的猜测，几乎不带感情地说，应该是几个半大孩子，你看这脚印，超不过十五岁。他们把绳解了，老骚虎犟，不好牵，可能也怕牵着惹眼，就没牵。张全见他说得头头是道，好像在说别人家的事，歪头去瞅他的脸。骚虎扭过去了。张全看不到，就问，你不难过吗？他没指望骚虎说话，又问，什么时候的事？骚虎说，就上午。张全说，丢几只鸡你就想通了？骚虎说，现在篱笆里养不住鸡了。张全说，那就垒墙头啊。骚虎不说话了。张全知道了他难过的程度，说，明天一早走，我联系好了三个搭顺风车的，你属于临时加塞。骚虎说，我给钱。张全说，给个屁啊，给钱谁给你拉羊，算我倒霉，买辆车净拉你这牲口了。骚虎当然没能力理会他的玩笑，他也知道这个时候不该跟骚虎开这种玩笑，可他只敢跟骚虎这么开玩笑，他也觉得骚虎需要玩笑。不然的话，就只剩下难过了。他不知道身边为什么总围绕着这种难过事，他本来只是来道个别，可又和骚虎混到了一起，还多加了一只羊。这些破事都太像玩笑了，太值得一乐了，可面对一个女孩，他说不出口。就算这是骚虎的玩笑，就算他是精明的那个，可似乎也不能完全择出自己。

　　因为他太喜欢羊了吧，张全说，或者说他习惯了羊，毕竟他从小就抱着，这就跟你喜欢猫一样。

我是喜欢猫。女孩说,可猫跟羊还是有区别的吧。

有啥区别?

猫小啊,软啊,还香。

那羊还大呢,硬呢,还臊。

对啊,这不就不一样嘛。女孩说。

对啊,你和骚虎也不一样啊。

哦哦,哈哈,原来你说的一样是不一样的一样啊。

女孩笑了,这又出乎了他的意料。

离北京还有九十公里,天都黑了,还是没信心找女孩要电话号码。他不知道怎么开口。在服务区,所有人都上完厕所之后,女孩给每个人买了一瓶水。他嗅到了机会,刚好可以借转钱的名义加个好友。他刚把水接在手里,骚虎就把钱递了过去,并自作主张连他那瓶也算在内了。女孩说什么也不要,骚虎什么也不说就是要给。六块钱皱巴巴的纸币,一张五块的一张一块的,他就那么执着地举着。

这样吧,燕燕说,咱俩加个好友,以后你再请我,我还想看看你的羊到了北京怎么活呢。

它吃草。骚虎说,北京也有很多草。

我知道。女孩说,我知道你会把它照顾得很好,我就是想再看看它。

这样啊。骚虎不好意思地笑了,他手里的钱还举着。

对啊,把钱收回去吧。女孩说,你手机呢,咱加个好友。

骚虎掏出一部老年机,女孩眼睛里的光熄灭了,很快又被另一双眼睛照亮,那是张全的。

2.夜与燕

要怎么接近一个女孩,似乎每一步都是难题,在以往的网聊经验里,张全已经知道"你在干吗"是单纯地没话找话,"你是干吗的"像调查户口,"你想干吗"如同挑衅,"出来玩嘛"干脆就是耍流氓,"你爱我吗"更是无从说起……张全一有空就点开她红色的头像看看,却一句话都说不出来,把主播阿龙的教学视频看了又看,没有一条法则适用于自己。两天的煎熬之后,他看到骚虎拴在院子里的那只老骚虎,心一横拍了张照片发过去。

好可爱啊。还没等他编辑好措辞,女孩就回了过来,咦?怎么有两只?

一聊起骚虎和他的羊,话题就止不住了。他告诉女孩,那只母羊是骚虎去年带来的,这次之所以带来一只老骚虎,就是要给它们配个对。

这么说快有小羊啦。女孩发来开心的表情,又发来羞羞的表情。

对。张全说,别忘了,骚虎可是配羔高手。

配羔?还用人吗?

当然,他得在一边指挥啊。

女孩发来一串哈哈哈,后面跟着羞羞的表情。

好羡慕你们啊。女孩说,有院子,还有羊,以后还会有更多更多羊。

不光有羊呢。张全掉转镜头,一口气拍了骚虎养的鸡鸭鹅鱼鸟、收留的流浪狗和猫,连墙角的蜘蛛网都给她拍上了。发照片的时候,他狠了狠心想,是时候给手机办个流量套餐了。

天哪,你们家简直比动物园还好玩。

对啊,你没事过来玩吧。

嗯嗯,等放假了我就去。

张全没想到那么容易,他迫不及待地问,那你什么时候放假?

不知道呢。

在不能相见的闲聊之中,张全很快就摸索出一些技巧。既然不擅打字聊天,那就多多利用图片,一张照片丢过去,女孩总会有所回应,再根据回应作回应就容易多了。一开始,他的拍摄对象主要是骚虎养在院子里的动物,拍摄手法多采用静态的正面照,也就是尽可能照得端庄,照得清楚。然而动物不是人,它们没有拍照的自觉,不会乖乖摆出一副正儿八经的架势给镜头。这就需要不厌其烦地拍,精心细致地选,然后发过去,继而得到称赞:好可爱啊(夸羊)、好漂亮啊(夸鸟)、好可爱啊(夸猫)、好漂亮啊(夸鱼)……拍来拍去,夸来夸去,来来回回就这两句。他能回应的也不过是对称赞的赞同:是啊,是很可爱;对啊,是很漂亮。女孩再回一个可爱或者开心的表情,谈话差不多就结束了。意外是拍狗得来的，院子里有骚虎领回来的两条流浪狗，一条狼狗、一条土狗，都不怎么漂亮：狼狗牙尖嘴利，一脸凶相，还少了一只耳朵；土狗瘦小干枯，披着一身生过疮的癞皮，让人恶心。拍照的时候，张全谨记主播阿龙的格言：不要向女孩展示那些沉重的、让人望而生畏的东西。这两条狗的尊容和它们的流浪经历，很难不让人感到难受，张全实在是没什么可拍的了才想到它们。权衡再三，他决定给不那么难看的狼狗拍几张，前后左右拍了个遍，一张能拿出手的都没有。看着屏幕上狼狗断掉的耳朵，恨不得给它用修图软件补一只上去，当然，他没有那么高超的技术，狼狗也长不出新的耳朵。犹豫再三，还是把那张精心挑选的不完美的照片发了过去，意外就是这么得来的，就是这么一张滥竽充数的照片，引发了喋喋不休的交谈：它好凶啊，好可怕——于是可以问她是不是怕狗，从而聊到各自被狗咬的经历，聊到童年生活；它怎么只有一只耳朵——于是开始畅想狗的流浪生涯，从狗的好坏聊到人的好坏，从狗生聊到人生。经验也是这么来的：好照片并不等同于漂亮好看的照片，相反的，不那么完美的照片反而能引起更多反馈——癞皮狗的照片很快就验证了这一理论，接着是折断翅膀的鸟和已经翻肚的鱼、瘸了腿的猫和破了甲壳的甲壳虫——骚虎总能发现这些急需救助的救助对象，而张全则像一个热情高涨的跟拍记者，孜孜不倦地将最新动态报道给女孩。女孩在手机另一端叹息、心疼、愤怒或者出主意，随之发来的表情也丰富起来，不再只是可爱与羞涩，也有哀伤、哭泣与拥抱，交谈从而绵绵不绝。一开始，张全还有些担心，这么干是不是有悖主播阿龙的教导，毕竟动物的沉重也很沉重。张全很难判断女孩是不是望而生畏了，他只能安慰自己这毕竟是动物的沉重，跟自己没有太大关系，而动物的沉重理应在人的承受范围之内，要不然怎么能每天心安理得地吃肉呢。不过再一想，骚虎也吃肉，但骚虎很难承受动物的沉重，一旦有救助对象死在手上，他就伤心不已。好在骚虎技艺高超，很多动物在他手上起死回生，虽然他不能使断了的翅膀和腿再长回来，但起码能让它们活下去。对于这样的救治成果，张全也都及时地报道给女孩了。女孩无不欢欣雀跃，大加赞赏。聊到兴起，女孩也会发照片过来，一般是她自己的，同样不循规蹈矩，很少正脸出镜，多是一些身体的局部，戴了耳环的小半边脸、穿了短裙的小半截腿、剪了刘海的半拉脑门、套着戒指的半根手指、举着奶茶的半个手掌——是的，女孩的照片总是半个的居多，看来她同样深谙不完美的拍照理论。每每收到这样的照片,张全的心都突突直跳,他被这不完美的美深深震撼,以至于他都觉得,若是女孩发过来一张呆板的全身照,或许他也只能回复一句好可爱啊、好漂亮啊之类的,没法往下进行的平淡称赞。反而是这样的局部,让他得以聚焦在上面的耳环、短裙、刘海、戒指、奶茶之上,从而将话题延展开去。当然,偷偷把这些照片保存并打印下来,试着在墙上拼凑出完整的她就是独属于他的乐趣了。

晚上收工回家,掀开墙上的旧报纸,贴一张新的照片上去,他总能收获巨大的满足与快乐,也有一点迫切与鬼祟,好像破碎的人像一旦拼凑完成,就能召唤出真人一样。为了得到新照片,就得拍更多照片。他的拍摄对象已经不局限在院子里,他也没有那么多时间耗在院子里,作为一名"快狗"司机,他的命运是在路上。路上风景多变,对摄影技术提出了更高的要求。以往,作为一名"快狗"司机,他心无旁骛,一心求快,眼里除了路什么都没有。快狗快狗,快如仓皇之狗,他就是这么理解企业文化的,惶惶如丧家之犬嘛。逃命的狗,可不得快?如今,为了不浪费沿途美景,必须在快的同时留心观察,时刻睁着一双发现美的眼睛,在必要时抓起手机找好角度按下快门。这在无形中增加了工作量,表面上看,他仍是那一条奔波在路上的亡命之狗,实际上却多了一份巡视的任务,当然,眼观六路耳听八方也算是狗的本分,这么一想就好受多了。一直以来,无论干什么工作,他最怕的就是耽误工作,耽误了工作就是耽误了钱。钱是什么?钱是赔付之神,你敢耽误它它就敢耽误你。一想到钱被耽误,他就惶惶如丧家之犬,不管耽误多少,一旦耽误,他必惶惶。像这样眼观六路耳听八方地拍照,稍稍耽误一点工作是必然的,好在眼观六路耳听八方是狗的本分,而他是一条快狗,尽本分是天经地义的事,谁能指摘?至于后来都敢停下车子去拍了,还走出车门去拍,至于这么做有什么道理可依,他已经无力去想了,毕竟拍到好照片的快乐难以量化,那是钱会失效的时刻,好像一张好照片就意味着无限希望,虽然最终也只是博美人一笑而已。

拍摄对象也不再局限于动物,清晨微红的天,夜幕下璀璨的车河,地铁口汹涌的上班族,街边醉酒的男女、拥吻的男女、奇装异服的男女、流浪狗、流浪猫、流浪汉、车祸现场……值得一拍的太多,升级了流量之后,不得不更换内存更大的手机。当然,有些照片是不适合发给女孩的,按下快门之前,他以为会是一张好照片,拍成照片之后,才发现不适合分享,碍于多年养成的勤俭美德,他舍不得删掉,就只能存着,以至于都在琢磨要不要买一台电脑了,除了能存储照片,电脑对他没有别的作用,这无疑是更大的浪费……在内存耗尽之前,他暂且摁下了这些念头。

女孩对他"快狗"司机的工作很是认可:你真好,可以到处跑。从女孩偶尔回馈的照片里,他也猜到了她的职业,跟骚虎一样,她是一名车工。这份工作他也干过,怀着结识女孩的朴素愿望,结结实实干了两年。其间确实认识了不少女孩,他先后一共看上五个,表白三个,被拒五次——其中一个拒了三次。他愤然离去,再干下去不光找不到女孩,恐怕连自己也变女孩了,一个大男人,整天踩着一台缝纫机像什么样子。动用多年积蓄,他买下那辆五菱宏光,来到路上,成了一名"快狗"司机。那不是一笔小钱,碍于多年养成的勤俭美德,这个决定让他心惊肉跳,那心跳的迅猛至死难忘,就是三次表白加起来的心跳都没这一次来得猛。可以这么说,女孩对这份工作的肯定,隔空抚慰了那时的他。那个晚上,前途未卜的青年头枕一摞现金,心跳如鼓似钟,迟迟不能入睡。得亏这个叫燕燕的女孩,时隔多年来到昏黑的出租屋,轻轻柔柔说了句,你真好,可以到处跑。钟停了,鼓息了,心还在跳,那是幸福的心跳,不可同日而语。

因为干过这份工作,所以知道假期有多难得,因为多年养成的勤俭美德,所以知道请假是多大罪过,由此知道相见有多难。好在女孩所在的作坊不远,这一带全是这种小作坊,白天难觅人影,夜晚莺声一片,但也只限于刚下了班的那一小时。女孩们雁次走过,吃点小吃,买块肥皂,眨眼间那条小街又恢复冷清。一个晚上,张全送完货驱车来到女孩的村子,胡乱拍了张街景发过去,说,你快下班了吧。他们顺理成章吃了消夜,全程有讨厌的红羽绒服女孩与红嘴唇女孩作陪,也没说上多少话。红羽绒服女孩已经褪下红羽绒服,换上了蓝工装,红嘴唇女孩的嘴唇依旧红,废话依然多,大部分时间都是她在抱怨,他们在听。哎,你不会看上我们燕燕了吧?红嘴唇女孩在怨天怨地的空当说了这么一句,他的脸瞬间就红了。燕燕捅了红嘴唇女孩一下,怪道,你又瞎说。没等他的脸凉下来,红嘴唇女孩又把话题引向别处去了。看着说说笑笑的三个女孩,他的脸凉了,心却热了,突然觉得所有女孩都不讨厌了。

又一天,他把车停在胡同里,来到小街上,等她。下了班的女孩从巷子里冒出来,会聚成行,浩浩荡荡,如候鸟过境,留下一路的食物碎屑与包装袋。

咦,你咋在这儿? 女孩惊奇地说。

我想带你去看看动物。

去哪儿看?

去我们的院子。

这样啊。女孩犹豫了。

动物有什么好看的。红嘴唇女孩撇着嘴说。

就是啊,这么晚了。红羽绒服女孩帮腔。她的蓝外套被掉色的布料染得红一块紫一块的。

快回去睡觉吧,明天还得上班。红嘴唇女孩说。

我想去。女孩挣开红嘴唇女孩的怀抱,我想去看看。

那我也去。红嘴唇女孩又拉上了女孩的手。

你们去吧。红羽绒服女孩说,我得回去睡觉了。

六环外的公路没有灯。张全把着方向盘,两个女孩挤在副驾驶座上,紧挨着他的是红嘴唇女孩,这会儿她在抱怨天太黑。

净说没用的,你还能让天亮起来咋的。

我当然能。

那你叫它亮啊。

好,你听着,老天爷,我叫你亮,过六个小时,你必须亮。

不要脸,六个小时你不叫天也亮了。

我现在叫了,就算是我叫的。

你是鸡啊,一叫天就亮。

你才是呢。

两个女孩在副驾驶座上斗嘴、打闹,漆黑的马路由此变得热闹。红嘴唇女孩在抱怨与斗嘴之余不停地问张全到了没。就到就到。第八次这么说的时候,车子驶过一座灯火通明的三层洋楼,红嘴唇女孩探头惊呼,哇! 你们住这么好啊。楼下一辆喷了彩漆的 SUV 替张全回答了她。车子绕到洋楼的背面,停在阴影里。到了。张全说。隐没在黑暗中的木门吱呀一声怪叫,骚虎探出头来,回来啦。那欢快的语气,那开心的模样,像极了一个盼丈夫下班的妇人,等看到张全身后的两个女孩，他僵住了。

这就是你们的院子啊。站在院里，红嘴唇女孩噘着嘴说。

仅仅一墙之隔，像隔着长城，那边是乾坤盛世，这边是塞外苦地。院墙破损，破损处堆着枯树枝，地面塌陷，塌陷处积着水，更别提一不小心就能踩到的鸡屎、鸭屎、羊屎了。一进院子，狗汪汪叫，鸭嘎嘎叫，鸡在阴影里不时咕咕一声，猫叫就像小孩哭……

好像《倩女幽魂》啊。女孩说。张全还没来得及解释，女孩又说，你们的院子也太好玩了吧。

张全把心放回肚子，殷勤地带女孩四处参观。为了让女孩看得更生动，睡着的那些被一一捣鼓醒，一时间狗呜咽，羊嘶鸣，《倩女幽魂》到了高潮。女孩着重探视了那只曾短暂同途的老骚虎，它栖身于一团干草之中，头上是骚虎特地为其搭建的石棉瓦，看上去没什么变化，只是臊味更重了些。棚下另一端，是一只头上长角的漂亮母羊，老骚虎一叫，母羊就跟着叫。

怎么不让它俩在一块儿？女孩说，它们，配羔了吗？

骚虎，它们配上没？张全扯着嗓子问。

还没有。骚虎细声作答。他和红嘴唇女孩坐在檐下，红嘴唇女孩捧着一杯热腾腾的奶。那是他特地为她泡的，用的是专门解救动物的奶粉，平常他是不会喝的，为了招待张全的客人，他拿出了唯一拿得出手的饮品。这让他更像个贤惠主妇了。此刻，他陪着不愿意在院子里走动的红嘴唇女孩坐在檐下，应对她滔滔不绝的提问。他应对得不是很好，像个捧哏的一样只会说嗯、啊、这、是、哎、嗨、哟。

为什么还不配？女孩望过来，问骚虎，你看它们多想在一起啊。

快了，快了。骚虎夹在两个女孩中间，不知道在答哪一个。

什么叫快了？我问你都给它们吃什么？红嘴唇女孩说。

快了是什么时候？女孩说。

很明显，骚虎不擅长与人类交流，尤其是女性人类，平常一院子叽叽喳喳的动物他都能应对自如，现在只是面对两个女孩，就哑火了。他嗯啊了两声，就彻底没声了。

大概是因为刚到吧。张全说，得先让它适应适应水土，等身体壮点了再配。

是这样吗？女孩将信将疑地看着老骚虎。

是，是。骚虎说。

在张全的陪同下，女孩参观了骚虎创办的动物医院。在石棉瓦下的一角，旧玻璃拼凑的隔间里，女孩看到了裹着绷带的一只鸟与缩成一团的一只刺猬。

这只鸟怎么了？女孩把手伸进玻璃隔间，用指尖轻触鸟头。

被孩子用弹弓打了，伤了条腿。张全说，骚虎碰上，就花十块钱买回来了。

好可怜啊。女孩说，它还能好吗？

应该快好了。张全说，骚虎两天给它换一回药，不过应该很难好彻底了。

太可怜了。女孩说。她摩挲鸟头，鸟叫了一声，她笑起来，好好听啊，这是什么鸟？

骚虎，这是什么鸟？张全扯着嗓子问。

是云雀。骚虎说，它可以一边飞一边叫，叫得可好听了。

它还能飞起来吗？女孩说。

应该能吧。骚虎说，脚伤应该不会影响它飞。

好厉害啊。女孩连声称赞，骚虎的脸红了。

这只刺猬呢，它怎么了？

骚虎，刺猬怎么了？张全扯着嗓子问。

它老了。

老了？女孩疑惑地看着刺猬，又看向骚虎，老了怎么治？

老了不能治。骚虎说，它老了，爬不动了，牙也掉得差不多了。它吃不了东西，我喂它喝奶粉，吃面糊。

喝奶粉？红嘴唇女孩说，就我喝的这个？

对。骚虎说，这就是它的奶粉。

呸呸。红嘴唇女孩连吐了几口口水，你这人怎么这样，让我喝刺猬的奶粉。

不是刺猬的奶粉，是我给刺猬买的奶粉。骚虎不好意思地笑了。

你好善良。女孩说，你对动物真是太好了。

骚虎的脸又红了。

你知道吗？人变成人，是从打败动物开始的。红嘴唇女孩对骚虎说，你是人，可不是动物。

人也是动物的一种。骚虎吞吞吐吐地说，小学老师就教过，人也属于动物。

那是你属于，我不属于。红嘴唇女孩立即开启斗嘴模式。

骚虎自然不是对手，嗯啊两声又没声了。

从前，张全最怕天黑，暮色降临如同沼气泄漏，总会让他难受一会儿。有时候太忙，一不留神就是深夜，但他知道自己难受过了，在天刚黑的那会儿。这是最好的情况，后知后觉永远是最好的情况。一旦发现，就得做好难受的准备，猛一抬头，视线收缩，像被什么捏了一把。这也还行，发现仅仅是一下子的动作，等眼睛习惯了黑暗，沼气也就随之消散。最难受的一种情况，是目睹天黑的过程，那就是难过了。天慢慢地黑，难受慢慢地来，逐渐变得难挨，难过。难受时一闪而过的东西随着难受的深入而展开：西归的放学路、转凉的晚风、嘈杂的打闹、运动过量后的饥饿、奔跑的背影、家门口的一截枯木、被口水淹没的虫子……最终还原为童年时期稀松平常的一幕：放学了，趁着吃饭前的空当跟着大伙儿疯玩，不一会儿就响起妈妈们开饭的呼唤，于是大家各回各家，各找各妈。他也只好回家，虽然明知道妈妈不在，妈妈不在不是因为没有妈妈，而是因为没有爸爸，因为没有爸爸，所以妈妈就得像别人的爸爸一样出去干活儿，也就没办法像别人的妈妈一样在家做饭、喊他吃饭。他并不在乎有没有饭吃，虽然确实饿，他在乎的只是不能和大伙儿一样。前一秒还在一起玩，后一秒就只剩他一个。这时候，天总是配合地擦黑，他一个人，坐在一截枯木之上，饿着肚子，玩地上过路的昆虫。关键的时刻形成了关键的记忆，所以天黑就成了打开记忆的钥匙。他没上过几天学，但他也知道钥匙的英文是Key，关键也是。Key是钥匙，Key是关键，天的Key是黑，黑的Key是难受，一如真理，亘古不变。他接受，虽然还是怵。现在的关键是，找燕燕，必须等天黑。几次之后，他开始期待天黑，当然，他不是受虐狂，他一如既往地害怕难受，只是天黑再也不能让他难受。黑的Key是难受，但他找到了难受的Key，那是燕燕。天必须要黑，他必须要去找燕燕。

必须，但不能频繁，他给自己的规定是三天一次。找到她，请她们吃饭，或者只是陪她在街上走一段,有时候也带她回来看看动物。红嘴唇女孩和红羽绒服女孩只对吃饭有兴趣,逛街和看动物很少参与。碍于多年养成的勤俭美德,他很少请人吃饭。不想请她们吃饭倒不是碍于美德,而是她们本身就是障碍。对燕燕,他多想请她吃一辈子的饭。

你咋在这儿?

刚好路过。

你怎么来了?

来买点东西。

没等把准备好的借口说完,她就不问了。

你来了。她说。几乎可以忽略但又意义重大的一句话,仅次于母亲的那句"你回来了"。

那条街包括所有的巷子,都被他们走遍了。有时候,她会送他到停车的地方,目送他离开。在她的注视下,他每一次发动车子都很难过,当然了,那是分别的难过,跟天黑的难过不可同日而语。又一次,他难过地上车,她敲敲车窗,说,能带我去兜兜风吗?

他们在没有路灯的六环外兜风,不分南北和西东。车里的人不怎么说话,车窗外是一样的黑。张全把着方向盘,怕她太枯燥,问她想去哪儿。

不知道。她说,要不往亮点的地方开吧。

追着亮光,只能来到城里,越往里越亮。光源愈加复杂,女孩放弃了分辨,只是静静地看。

好漂亮啊。女孩赞叹。

他也跟着开心,好像女孩的赞叹里也有他一样。

你没来过城里吗?

来过,很少。女孩说,都是坐地铁,没这么晚来过。

晚上很漂亮吧。

太漂亮了,跟电视里不一样。

那时他们在东三环的高架桥上,两边都很好看,女孩看看右边,又看看左边。看左边的时候女孩的视线越过他的鼻尖,他嗅到了女孩的香气。在霓虹的作用下,这次的香气分外浓郁。他突然有了目标:带她去趟长安街,让她见识一下共和国的宽。有了目标,开得就快了。

啊,沃尔玛! 女孩指着窗外,吓了他一跳。

什么沃尔玛?

是个大超市。女孩说,可大了,我一直想逛逛。

那就逛逛。他脑中浮现出一个高达五百元的预算。或许可以借此机会送她一个礼物,他想。

驶下主路,来到大厦前,绕了一圈,找不到可以停车的地方。

你不是天天都在城里跑吗? 女孩说,应该对这里很熟吧。

是很熟。他有点窘迫地说,不过我都是停一下就走。

快看,那儿写着停车入口。女孩指着地下车库。

那是要钱的。作为一个司机,他当然早就看见了。

噢。

车内的气温降到冰点。他开始后悔说那句话了。他应该赞同她的发现,并顺理成章地开进去,虽然那会让他像个傻瓜。车子沉默地绕圈,像热锅上的蚂蚁绕着热锅,如果蚂蚁会尖叫,一定是刺耳的尖叫。刺耳的沉默里,他看到那条胡同,如同看到逃生通道。

我知道了。他有些激动,以至于声音颤抖,我知道哪儿能停了。

狭窄的胡同里,他停好车,从副驾驶座上爬下来。

你好厉害。女孩说,这么偏的地方都能找到。

他一时不能分辨这是嘲讽还是夸赞,只能按照女孩的可爱语气照单全收。他不好意思地挠挠头,说,干我们这一行的底线就是停车决不花钱。

对,停个车还花钱那不是傻吗?

就是!

两人哈哈大笑,阴霾一扫而空。不过他还是有点抱歉把车停在那么远的地方,要穿过两条胡同才能走到那座近在眼前的大厦。女孩被新的景色吸引,开始新一轮的赞叹,裹住房子的爬山虎、灯牌别致的小店、古朴的大门和门前的石狮子……他没有注意的东西,她都觉得好看。他在她的要求下拍了很多照片,她也帮他拍了几张。总算走出胡同,来到大厦前,才发现超市关了门。

我忘了。女孩拍拍脑袋说,我忘了大超市也会关门的。

不过今天也很好玩啦。后一秒,她又雀跃起来。

都怪我,耽误了时间。

怎么能怪你?你看现在几点了。

快夜里十二点了。

对呀。女孩说,也就是说,我们决定要来的时候,就已经关门了。

这样啊。

对呀,咱们回去吧。超市下次再逛。

他开心地发动车子。他开心,不光是女孩在侧,还因为女孩说了"下次"。"下次"让希望充满未来。所以他也没说去长安街的事,超市可以等下次,长安街当然也可以了。

回来的路趋向于暗,他们也累了。女孩靠着窗,长时间不说一句话,再开口,也没了去时的兴奋。

你的工作真不错。女孩说,你喜欢你的工作吗?

女孩的声音因为疲惫显得低落,虽然她话里的意思是肯定。他不知道怎么说,他没想过这种问题,好在他想起了龙哥的话:一定要热爱生活,要是连自己的生活都不爱,女人凭什么爱你呢?

喜欢。

因为说得太急,有点过于肯定,因为过于肯定,显得有点苍白。女孩没有说话,他试着补充,我喜欢开车,开车的时候一直都有事做,要一直把着方向盘,还要看后视镜,还要踩离合、踩油门、踩刹车,有时候还得打转向灯、开雨刷器。

要干这么多事啊。女孩说,我都不知道。

那是你还没学车,等你学会就知道了。

噢。女孩低低地回了声。

你呢,你喜欢你的工作吗?

不喜欢。女孩斩钉截铁地说,带着斩钉截铁的忧伤。

他一下子就后悔起来。他很想告诉她刚刚说错了,他喜欢的不是工作,只是开车,只是踩离合、踩油门、踩刹车、打转向灯和开雨刷器。可她已经说了不喜欢,他再说,就显得太不坚定太过谄媚了。龙哥也说过,对女孩,一定要坚定,一定不能太谄媚。

离家越来越近，他找不到话说，只能被迫感受女孩的伤心。过不多久，他们就要分开，那时候车里就只剩下他一个人了，他只能一个人再度伤心地发动车子。

他伤心地发动车子，她敲敲车窗，说，下次你教我开车怎么样？

他又开心起来。

不找燕燕的晚上，他孜孜不倦翻看龙哥的视频，寻找送礼物的课程。作为一个见过大风大浪、经过大起大伏的大主播，龙哥的讲义浩如烟海，他怎么也找不到印象中那期。龙哥常说的那句"今天你以为我说的是笑话，明天才知道是人生"穿插在每一条视频里，让他加深了体会：要是早听龙哥的话学会双击点赞，何至于找得这么辛苦呢。在奋力地滑动下，手机里的龙哥像个魔术师一样不停变换着模样，出现在不同场合，他西装革履坐在豪华的办公室，语重心长地说"事业是男人的圣殿"；他来到建筑工地，揪着工人声嘶力竭地喊"你就是以前的我"；他躺在一堆人民币上，说"钞票才是男人的脸面"……骚虎凑在一边看，嘿嘿笑个不停，把他烦得要死。

你笑啥，有什么好笑的？

骚虎被他盯着，僵住了。

你以为看笑话呢，这是人生！

骚虎显然是被"人生"这种大词吓到了，忙不迭地解释，不是，我就是，我就是觉得他说话好有劲啊。

人家是成功人士，当然有劲了。

龙哥走下一辆玛莎拉蒂，拦住迎面走来的美女，说，亲爱的，能为我摘下那一朵玫瑰花吗？美女将信将疑去摘花，从那片灌木丛里扯出来一朵又冒出一朵，不停地扯不停地冒。美女怀里很快盈满了花，脸上也溢出了笑。龙哥把镜头转向自己，开始布道：兄弟们，花谁都送过，你这么送过吗？所以说，送什么礼物不重要，怎么送才是关键。美女抱着满怀的花过来，对龙哥说，给你。龙哥抽出一朵嗅了嗅，潇洒地说，我说过了，只要一朵。

骚虎忍不住又笑了，因为视频里有美女，他笑得很羞涩。张全瞪了他一眼，他更羞涩了。

这个不赖。骚虎说，要不就送花吧。

你懂啥,这已经是他女人了才能这么送。张全说,我得先送个别的,看她愿不愿意当我女朋友。

那送戒指吧,戒指不是定情的吗?

你快别说话了,得有情你才能定啊,我都不知道她对我有没有情呢。

这你都不知道啊。

你知道?

当然了,有没有情不是一眼就能看出来?

你能看出来?

当然能,你也能。

你看出啥了?

她对你有。

有啥?

情。光是说出这个字,骚虎就臊得不行。

你看出来的?

对。

真的?

真的。

张全盯着骚虎看了一会儿,像是能从他脸上看出真假,当然他什么也看不出来。

我信你个鬼。张全一屁股坐起来,手机掉在地上,你连女的都不敢看,你还看出来?你想看我出丑吧,赶紧喂你的狗去,狗屁不懂的货。

你生什么气啊。骚虎躲到墙角,贴着墙出去了。

张全捡起手机,没心思再刷龙哥了。他也不知道为什么生气,只是突然有种被戏弄的感觉,像骚虎这么一个资深光棍儿,居然也来对他的感情事业指手画脚。一直以来,大家都怀疑骚虎还是个处男。他问过几次,骚虎每次都是沉默。按理说沉默就是默认,骚虎沉默的场合太多,所以也不好判断。

在不那么黑的地方,燕燕开始学车。他不知道这是不是犯法,稍稍有些害怕,当然,他害怕的东西很多,也不只是《道路交通安全法》。第二次摸车,燕燕就开到了七十迈,那条路的限速是五十。他怕得不行。第三次换了地方,那里很黑,这也是他怕过的东西。燕燕对速度没概念,踩起油门就忘了松,这大概是常年踩缝纫机留下的后遗症。检验一个车工是否合格,就是要看他脑中有没有"效率"二字,在效率的主导下,暂停与暂缓都是不可饶恕的。燕燕作为一个车工必然是合格的,她的脚在缝纫机踏板上每天至少停留十小时,且总是踩下去的。她习惯了快。她受不了慢,没完没了的布匹像没有尽头的道路一样急需征服,当她脚踩油门,无尽的前路被车灯吞没就像无序的布料织出衣裳,她是兴奋的。她慢不下来。

黑、无证驾驶、超速、新手、没上保险的车、《道路交通安全法》……他怕的太多,燕燕一脚下去全踩了出来。不过只消扭头看她一眼就顾不上怕了,脚踩油门的燕燕,眼睛是发亮的,亮到足以驱散任何阴霾。所以他总要扭头去看,不仅仅是因为喜欢,更是因为不看不行。

有一次练车,燕燕提议让他接一单活儿,反正都是开车,还不如去送送货呢。夜里的活儿少,不过也不是没有,张全依着她打开手机往城里开,并不抱什么希望。在南三环,他们接到一单,送一只箱子到东五环。这单活儿不算小,别看箱子小,钱是按路途算的。上楼取货的时候燕燕执意跟着,说可以帮忙拿货,没想到只是一只小箱子。下单的女孩双眼通红,把箱子扔给了他。送货的路上,他们猜起箱子里装了什么。燕燕爬到后面拿过箱子,说,看看不就知道了。张全连说不行,这可是犯法的。送货一年多,他从没好奇过送的都是什么。应该不是什么重要的东西,她说,你看,胶带只贴了一道。说着,她已经打开了。张全又怕了,不过扭头看到女孩发亮的双眼,也就顾不上了。

燕燕从箱子里拿出来一部手机,屏幕还能亮,但解不开锁。好可爱啊。她夸了一句手机壳,又拿出一瓶香水,往手腕上喷了两下,低头去嗅。好好闻啊。她说,对着张全也喷了一下。张全一阵惊慌,只好赶紧看她,但没能看到她的眼睛。她埋头一通翻腾,拿出丝巾、口红、洗面奶、毛绒玩偶、头戴耳机……各种杂物,各种好可爱啊、好漂亮啊、好舒服啊。最后,她拿出一个更小的盒子,从里面举起明晃晃的项链、手环、耳坠。她呆呆地端详,眼里却没了亮光,以致张全的心慌得不到缓解。

快放回去吧。他说。

燕燕把东西一一放进去,小心翼翼地贴好胶带。

这么多女孩用的东西,她要送给谁呢?

不是送,应该是还。她肯定是失恋了。

燕燕说得没错,等他们把箱子交到男人手上,男人都没打开,拔腿就往楼下跑。张全追上他,让他签字。他不光不签,还要张全连人带箱子一块儿送回去。

不行啊。张全说,我只收了送货的钱。

男人抱着箱子坐在后面,那是骚虎抱羊坐过的地方。他们知道他失了恋,但他不知道他们知道,所以他们也不便说什么安慰的话,更何况,张全还趁火打劫宰了他一刀。一路上,车里弥漫着低气压。张全和燕燕几次对视,不敢说话。燕燕眼里的内容很多,张全读不全,但也能感觉到一种共谋的禁忌与窃喜。一到地方,男人飞快地跑走了。他们目光交会,大笑不已。

你说,他们会和好吗?回去的路上,燕燕问他。

嗯?还能和好吗?

这男的那么急,肯定是来求复合的。

那你说他们能和好吗?

我觉得能。燕燕说,女的这么晚了还要把礼物还回去,还哭得那么惨,一定是在气头上。她这么做,就是想让他去找她。他去了,他们肯定就好了。

这样啊。

对啊。

你真聪明。

所以你要少了。燕燕说,应该要二百块钱,二百块钱他也给。

不会吧,打车也就不到一百块钱,他又不傻。

你没听说过恋爱会让人变傻吗?

会吗?

当然啦。

燕燕的轻松语调感染了他,让他也变快乐,接着又低落,他想到刚刚还在夸她聪明。照她的说法,她聪明,也就是说她不在恋爱中。

燕燕爱上了跟他出活儿,一般是晚上十点以后,张全等在巷子里,接上刚刚下班的她。两人有一搭没一搭地往城里开,接不到单的话,就当兜风了。他们去了沃尔玛,也去了长安街,去了西单大悦城和王府井百货……不管去到哪儿,燕燕都很兴奋,于是他也兴奋。在北京那么多年,他对这些早就见怪不怪了,就算第一次见,他似乎也没有兴奋。光是看看,有什么可兴奋的呢?然而燕燕总是兴奋,仿佛看到就是拥有,虽然逛了一圈沃尔玛,她也就是拥有了一瓶饮料而已。

他成功地送出了一个礼物,用的是龙哥的教程,稍稍做了一些变通。他把一个网购的水晶吊坠吊在车里,等燕燕注意到并夸其好漂亮之后,他摘下来说,送给你。这就是龙哥的教诲,第一件礼物要送得出其不意,快到她都意识不到是礼物。这个理论很快得到了印证,燕燕另买了一个观音小像挂在车里,说是让其保佑他,实则就是回礼。说明燕燕后来意识到这是个礼物,所以才会回礼,至于回礼意味着什么,那就是另一个难题了。现在,他的车里挂着燕燕买的观音,燕燕的脖子上偶尔挂着他买的水晶吊坠,不管看到哪个,都让他感觉幸福。

一天,行驶在就要到家的路上,燕燕开着车,幽幽地说,你有没有发现,咱们从来没在白天见过?

什么意思?

就是咱们好像都是在晚上见面。

还真是,虽然第一次见面是早上,但那天下着大雾,也像是晚上。

好像《聊斋志异》啊。燕燕说。

什么意思?

《聊斋志异》里,男的跟女的见面,都是晚上,而且那些女的都是女鬼。

女鬼? 张全想到那天的大雾。

你就不怕我也是吗?

是什么?

女鬼。

女鬼?雾似乎更大了。张全一下子紧张起来,别瞎说了。他看了一眼燕燕,方向盘在她的掌控之中。他坚定地说,就算你是我也不怕。说完,他看了一眼吊着的观音。

那你紧张什么? 燕燕笑起来。

我没有啊。

我们应该在白天见一面。

那你就得请假了。

女鬼不用请假。

燕燕踩深了油门,他直盯着观音。

3.量人狗

在一个明媚的春日下午,他们来到河边,野餐,顺便放羊。河两岸草木繁盛,钓鱼的人点缀其中,唯独没有放羊的。骚虎的两只羊来到河岸,如猛虎入林,大快朵颐。那只漂亮的母羊已有身孕,肚子和乳房都鼓了起来。骚虎把它们远远分开,以防有哪个情不自禁。配羔的时候,张全曾邀燕燕前去观摩。整个过程中,骚虎把持着母羊的双角,像个逼良为娼的老鸨子。母羊焦躁不安,尾巴摇个不停,公羊畏畏缩缩,闻一下母羊送上前的屁股,又躲到骚虎身后,去闻他。骚虎只好不断转动身体,他一转,母羊也就跟着转,于是公羊也得转。一人二羊转来转去,迟迟不肯投入战斗,让张全觉得很没面子。

我说,它该不会是想爬你吧? 张全一句话,把骚虎和燕燕的脸都说红了。

别瞎说。骚虎说,老水羊比老骚虎情发得厉害。

可是,它看起来确实更喜欢你一些。虽然不好意思,燕燕还是说了疑惑。

骚虎没办法,只好松开母羊的双角,附在公羊耳边说起话来。燕燕和张全对视一眼,显得不可思议。

还真让你赶上了。张全说,他很久没跟羊说话了。

会有用吗?

肯定会。说是这么说,张全其实也没底。

经过一番叮咛,骚虎放开公羊,复又抓住母羊的角。公羊嗅了嗅骚虎,闻了闻母羊,毅然爬了上去。

哇,真有用哎。燕燕欢呼雀跃,像极了那些轻信男孩把戏的小女孩。

你跟它说了什么? 张全问骚虎。

没啥。骚虎说,我就是让它勇敢一点。

这下轮到张全脸红了。

河岸上,骚虎拴好了羊,来到铺好的旧床单上坐下。燕燕把薯片递给他,他拿了一片在手里,也不吃,抻长了脖子东张西望。张全随他看出去,看到一个个藏在树影里的垂钓者。

他们钓到鱼一般都会放回去的。张全说。

那为什么还要钓?

谁知道。闲得。

我去看看。骚虎站起来。

别去。

我就看看。

看看可以。张全说,千万别跟他们买鱼,更不要当着他们的面把鱼放回去。

为啥,他们还能再钓上来?

他们会打你。张全说,总之你只能看,什么也别干。

好,我就看看。

骚虎着急忙慌地下了河岸。他先是来到一个老头身边,装模作样地看了一会儿水面上静止的鱼漂。趁老头不注意,他一头扎进老头身后的水桶,老人回头看时,他已经走远了。

老头什么也没钓到。张全说。

你咋知道? 燕燕好奇地问。

骚虎看到鱼肯定不会走。

为啥?

他会想办法把鱼放了。

他不是答应了就是看看吗?

他是答应了,但他忍不住。

这样啊。

燕燕若有所思地看着骚虎走到第二个垂钓者身后,如法炮制上一回的动作,继而走向下一个。燕燕笑了,好像唐僧啊。

什么?

还记得《西游记》的开头吗? 小时候的唐僧去打柴,回来的路上看到一个打鱼的,就用自己的柴换了鱼,然后放了。

唐僧从小没了爹,娘也被人霸占了。

可他还在救鱼。

是啊。

他们都默然了。过一会儿,张全说,不过骚虎也不是小孩了,钓鱼的也不是打鱼的,打鱼是为了生活,钓鱼是为了玩,他们不可能让骚虎从他们手上救鱼,我怕骚虎挨打。

挨打不至于吧。燕燕说,钓鱼的都挺和气的。

她挺身张望,骚虎已经走到很远的地方去了。

晚春的河上吹着和煦的风,吹得人发昏。太阳不毒,持续的蒸煮还是起了效用,其效用就像温水煮青蛙,不觉中将灵魂蒸发。张全与燕燕并排坐着,谁都没说话,却好像一直有话,那是灵魂在说话。灵魂和光同尘,逸散于煦风暖阳之中。虚着的眼睛再睁开,一下就看到了儿时的河岸,羊无休止地吃草,孩子们不知疲倦地打闹,骚虎在很远的地方,抱着羊窃窃私语。天地似乎从来没有那么宽过,井水也向来不犯河水。蒙眬中有什么压过来,再一睁眼,看到燕燕靠在了腿上。身体骤然缩紧,被浓郁的发香禁锢,忍不住偏头去看。燕燕眯着眼睛,脖子上没有他送的吊坠。四下张望,河岸上的羊也只有两只,还被残忍地分开。骚虎提着一只塑料桶远远走来,又高又大,又笨又傻。

等骚虎走近,燕燕从他腿上坐起来,惊呼,他真的买到鱼了?

他跟着燕燕跑下河岸。燕燕从骚虎手里夺下水桶,里面游着五条小鱼,一条比一条小,最大的也就一拃来长。

张全说,你真是没治了。

燕燕问骚虎,多少钱一条啊?

张全追问,花了多少钱?

骚虎垂着头不说话,像个犯错的孩子。

你要把它们放回河里去吗? 燕燕说,我可以帮你吗?

你放吧,骚虎说,放完我还得把桶还回去呢。

你花了多少钱? 张全恨得牙痒痒。他知道骚虎是不会说的。他只是白白地生气。

燕燕来到水边,弓下腰,一点一点地倾斜水桶,水一点一点地落到河里。

鱼舞着身子跌下水面，一入水，很快就游不见了。

好羡慕啊。燕燕望着复归平静的水面说，要是像鱼一样该多好。

张全还在气头上，没办法响应燕燕的向往。他一直都不理解，为什么燕燕总是羡慕动物，她还羡慕过骚虎的羊，在它们吃草的时候。有什么好羡慕的？羊吃草，鱼入水，这不就是羊和鱼的生活吗？还是最基本的那种。他多想告诉她，他愿意加倍努力，给她比基本生活更好的生活。当然他说不出口，尤其在这个时候。

你真是个大善人。燕燕把空桶递给骚虎，空桶里顷刻盈满了称赞。看着提桶远去的骚虎，张全开始后悔带他来了。

良久，骚虎走回来，手里依旧提着桶。燕燕跑下去，张全只好跟着。这次桶里的鱼是八条。

你又救了那么多。燕燕说。

他们钓得太快了。骚虎说。

累不累啊？张全说，你就打算这么一趟一趟地折腾？

不是你说不能当着他们的面放回去吗？

你怎么说的？你跟他们说要这些鱼干什么？炖汤还是红烧？他知道骚虎肯定不会对动物用这么可怕的字眼，但他就要这么说。

我说，骚虎不好意思地挠挠头，我说我的两个孩子喜欢。

你的孩子？还两个？你还占我们便宜。

张全追着骚虎打。燕燕笑起来。骚虎也笑了。

最终，鱼还是由燕燕放了回去。燕燕把桶还给骚虎的时候，张全抢了过去。

我跟你一起去。张全提起桶就走，骚虎只好跟上去。

走了好远的路，路过好几个钓鱼的人，桶都不是他们的。看到骚虎，他们还热情地招呼，问他还要鱼不。张全拽着骚虎连连摆手，像穷哥们儿逃离站街女。

你是在天边借的桶吗？他走得又累又烦，又气又急。

骚虎不好意思地挠挠头，说，就到了。

过了两座桥，穿过一个公园，他们看到最后一个垂钓者。这里已是河的尽头了,再往前,就是自来水厂的围墙。

他们还了水桶,太阳也气喘吁吁地骑上了围墙。

要不是有这道墙,你是不是能走到黄河里去? 张全肺都快炸了。

骚虎不好意思地咧咧嘴,说,这是死水,不通黄河。

张全气急败坏地在前面走,骚虎磨磨蹭蹭地在后面晃,遇到水桶还是忍不住往里看看。张全不厌其烦地将其拖走,再推上一把。水桶大多是红色的,映得水也发红,夕照是红色的,红得像桶里冒着腥气的水。走在又红又腥的夕阳里,连呼吸都不畅。赶在太阳落山前回来,张全发现旧床单上已经没了自己的位置。燕燕跟三个男青年还有一条大狗挤在一起,正在烤烧烤。草地上摆着一个小音箱,放着震耳欲聋的电子乐。水边支着三根钓竿,鱼漂是会发光的。马路边停着一辆满是喷绘的SUV,张全认出来了,那是房东儿子的车。一个朴素的下午突然变得缤纷,让人难以直视。

是你们啊。小房东说,过来一起。

你们真的认识呀。燕燕开心地说。

当然了,看见这俩羊我就认出来了。小房东说,只是美女你,以前咋没见过呢?

燕燕不好意思地笑了。

我说,你们两个放羊娃可以啊,有美女也不介绍介绍。小房东笑嘻嘻地递过来两串肉串。

张全只好接过来,分一串给骚虎。骚虎没有伸手,问,这是啥?

羊肉串啊。

我不能吃。

怎么,嫌我的羊肉赖? 小房东说,我又不是放羊娃,要不然把你的羊宰一只烤烤。

大家被逗笑了。骚虎说,不是,不是。

那你吃啊。

有羊在这儿。骚虎说,有羊在这儿怎么能吃羊……他嘟囔了一会儿,还是说不出来肉。

这什么规矩,有羊在就不能吃羊肉?

大概是小房东的语气恶了点，骚虎僵住了，空气在他周围凝固。张全只好站出来打哈哈，没事没事，他不吃咱吃，他的规矩又管不了咱。

真怪。小房东打了骚虎一下，跟你闹着玩呢。骚虎的嘴动了一下，大概是想笑，不过没笑出来，于是只好挪动双腿走到河岸下面去了。小房东说，这家伙在我家老房子里养了一堆乱七八糟的东西，弄得臭气烘烘。说他还会跟动物说话，太怪了，真以为他是猎人海力布呢。

又一阵笑声。张全去看燕燕，她正在吃串。

天慢慢变黑，张全也变得难受。骚虎站在河岸下，像是在看管那三根钓竿。那条大狗蹲在他脚边，倒像是他的狗。小房东举着肉串唤了几次，狗回头望望，不为所动。狗的名字叫虎子，他一叫，骚虎也会回头。

哥们儿确实跟畜生挺亲的。小房东说。

亲个屁啊，从他站到那儿鱼都不咬钩了。

他们吃着羊肉串，喝着啤酒，听着音乐，似乎也没那么关心鱼咬不咬钩。张全稍稍有些担心，他怕鱼真的咬了钩再被骚虎放回去，那可就真惹麻烦了。他们在房东家住了三年，跟小房东没怎么打过交道，在偶尔的碰面中，能看出来他也不太好打交道。他似乎没有工作，常年开着那辆五彩缤纷的车到处游逛，有这种行为的人在老家被称为混子，众所周知，混子是不好惹的。混子有这么几个特点：好吃懒做、好逸恶劳、好高骛远、好要面子、好欺负人……这些明显有悖于张全多年养成的勤俭美德。一直以来，他见到混子的第一反应是跑，以免被其欺负，也避免与之成为朋友。他早就想走了，可燕燕却玩得很开心。她吃着肉串，还开了一罐啤酒，虽然一直没有喝完。她跟着音乐晃，跟这些新朋友有说有笑。她似乎很喜欢那个小音箱，好奇那么小的东西为什么能制造出那么大的动静。她被允许连上自己的手机，放出惊天动地的爱情歌。她试着把声音调到最大，看那个小盒子究竟有多大能量。曲中的女声大到能改变风向，有几片东颠西倒的草叶子为证。她兴奋不已，连声称赞。

这就是高科技。小房东说。

好厉害。

这算啥，我车里的音响改得才叫变态呢，哪天你坐上试试。

这就够大了。她扭头看了一眼车。

你放的歌不行,听不出效果,我给你放一首。小房东抢过燕燕的手机,屏幕锁着,他绕过燕燕的脖子,对着她的脸开锁。

张全断了呼吸。

更大的音乐声响起来,草叶子颤得更厉害了。

趁他们聊天的空当,张全跟燕燕说要回去。他声音太小,音乐声太大,燕燕大声问他说的什么,他只能更小声地回过去。后来还是骚虎带着狗走过来,说要回家了。

这才几点。小房东说,再玩会儿。

骚虎没有搭话,自顾自去牵羊。

这羊真臊。他们一伙儿的一个青年说。

越臊肉越鲜。另一个青年说。

早晚给它烤了。小房东说。

张全顺势跟在牵着羊的骚虎身后,对燕燕说,咱走吧。

燕燕站起来,小房东拉着她的手说,你也走啊,再玩会儿嘛。

张全没了呼吸。

还好燕燕抽出了手,跟了上来。

再联系啊。

小房东喊了一声。燕燕在黑暗中回头,看不出反应。张全伤心地发动车子,在副驾驶座上有燕燕的情况下,他还是头一回伤心。河岸上,音乐和笑声依旧大,他把油门踩到了底。

墙上的女孩即将变得完整,就差一只右眼跟一截左小腿了。每一张照片都是他亲手打印,每一个部分他都曾反复观摩,他明确知道那是燕燕,真的拼到一起,反而不认识了。太多缝隙了,那些照片之间,有他难以弥合的裂缝。长久地看着这个破碎的女孩,想要看出一个整体,想要看出一个真人。看得越久,越陌生。看得越深,越漂亮。陌生让人害怕,漂亮也是。她还是太漂亮了,对他来说。从看上女孩开始,他就没敢看上过看上去漂亮的那些。凡是漂亮的必是抢手的,他怕抢,他知道自己几斤几两。他的字典里没有"情敌"这个词,别说情敌了,连敌人都没有。他想象不出怎么讨厌一个人,怎么去跟一个人恶语相向。有人对他恶语相向,他就笑笑,伸手不打笑脸人嘛。好在从记事起就没人打过他了,不然他真的害怕,会不会被人一拳打出一脸讪笑。那样的话恐怕连一个老实人的尊严都保不住了,而是沦为一个彻底的傻子,像骚虎那样的傻子,在人群中是透明的,走到哪儿都是一团和气,默默吸收来自周围的敌意。他的主要组成部分也是和气,可能稍稍比骚虎多一些不服气,他有时会忍不住接个话茬,说句彩话。彩话当然是为了添彩,只是拿捏不好也会适得其反引发敌意,这时候就只能笑了,用更大的和气吸收敌意,而不是用敌意击退敌意。他在心里组织过反击方案,总能反击得特别漂亮,但在实战层面,他的经验是零。他还是怕争,怕抢,怕看上别人也会看上的东西。他不能确定小房东有没有看上燕燕,但他确定看到小房东看燕燕时自己是笑着的。他痛恨笑,可他不能不笑。另外,燕燕是漂亮的,尤其在雾气与夜色之中,她看上去是那么漂亮。承认这一点,也让他痛苦。他痛恨漂亮,可他也爱。

他曾暗下决心,等墙上的女孩拼凑完整,就对真正的女孩示爱。他给自己定的规矩是:只能用她发来的那些。照片少的时候,他着急,希望她能给得多一些。照片多的时候,他也着急,希望她能给得慢一些。现在,长久地看着墙上似她非她的她,他又急了。他发了条信息过去,说,给我看看你的眼睛,右边那只。发完之后他才紧张起来,他从未对她使用过命令口吻,即便是教她学车的时候。很快,她回了过来,干吗?你让我发就发啊。他的手抖起来,没办法打字。她的眼睛出现在屏幕上,像被他抖出来的。

抛开那截小腿不计,她终于完整地显现在他的墙上。长时间举着手机,看着来之不易的那一整张脸,像一张抽象画,想不到,完整比缺失更让人失落。所有的目光最终被那一只发亮的右眼吸引,它还新鲜,是她刚拍的,新鲜得像是活着。他深深地看进去,想要看出点什么,看到屏幕熄灭,看到只剩自己。

表白,就是展示自己。龙哥在屏幕里掷地有声,记住,别说你有多爱她,没用!告诉她你有多牛×就行了。在前一秒,龙哥演绎了一场成功的告白,他带着女孩来到一个热火朝天的工地,胸有成竹地向她讲解每一项工程,热情洋溢地跟她介绍每一个工头,豪气干云地为她描绘宏伟蓝图,最后,他对她说,这将是一个集饲养、生产、加工于一体的现代化养猪场,你愿意和我一起管理它吗?女孩吃惊之余怯怯地说,可是,我不会养猪啊。龙哥不容置疑地追问,你会数钱吗?女孩猝不及防地回答,会呀。龙哥一摊双手,潇洒收尾,那不就行了。女孩反应过来,娇媚地笑。龙哥揽其入怀,开始宣讲:最有效的表白是什么?是展示你的能力,是给她一个未来。告诉她你的计划,不要怕她听不懂,她越听不懂越觉得你牛×。关上视频,张全在屏幕里看到眉头紧锁的自己。龙哥的讲义一如既往的激情澎湃,直指要害,只是似乎也有不能适用的例外,比如此刻横亘在张全心头的一个疑问:要是不够牛×怎么办?我能展示什么呢?当然,龙哥提到了计划,他也不是全无计划。他的计划就是攒钱、买房、娶媳妇,总不能告诉女孩计划的目的就是女孩本身吧。人家本身已经在那里了,还用你计划?龙哥的讲义是那么肯定,张全的问号却越来越多,当然,他不是怀疑龙哥,他只恨自己不是好学生。

电动缝纫机的声音像电锯能让人感觉到齿轮,站在昏暗的院子里,张全花了一些时间重新习惯。玻璃窗里坐着整齐的女孩,重复着大致相同的动作,合奏出一浪挤着一浪的音流。锯齿磨碎空气,锯末堵塞感官。工位上的燕燕不是平日见到的燕燕,操纵机器的她也是机器的一部分,沉默、呆板,高速运转。俏皮的红发被皮筋绑住,发黑的头顶透露出过年以后就没再染过。根据她肩膀动作的频率,张全从声浪中认出属于她的那条,每一声都很长,间歇极短,一声追着一声逼近看不见的终点。他好像又回到燕燕驾驶的车上,速度一直加快,根本停不下来,踩着缝纫机踏板就像踩着油门,视死如归,仿佛只有在世界尽头才能停下。

下班的女孩拥出车间,也有零星几个男孩。燕燕在人群中看到他,立刻恢复了往日活力,弯起眼睛说,咦?你来了。三步两步跳过来,跟他一起往外走。同行的工友们起哄,哇,男朋友啊。挺帅哟。不光帅还暖呢,知道来接咱们燕子下班。好事的女孩凑到跟前,他不好意思别过脸去。燕燕揪住那个女孩,打她,什么男朋友,给你要不要?

燕燕追着女孩跑到前面去了。红嘴唇女孩走到他身边,说,喂,你还不是吗?

他张了张嘴,然后,好像是福至心灵,他用一种龙哥才有的潇洒轻飘飘地说,看来不是。说完他还后知后觉地耸耸肩,接着就是一阵剧烈的心跳。

夜色裹紧了车厢,看不见太多前路。张全松了油门,说,她们都有男朋友吗?

有的有吧。燕燕说,出来比较久的一般会有。

你出来多久了?

六年。

那你有过吗?他让自己不要看她,但她看了看他。

有过。

在哪儿?

河北。

他现在在哪儿?

不知道,南方吧,深圳之类的。

为什么是南方?

那时候我们说去南方,那里厂子大。

你们为什么分开?

不为什么。

他知道不能再问了,他积攒的那点勇气也差不多用完了。前方是一座明亮的大桥,他趁着亮光看她,她正看向窗外,窗上的面目模糊不清。他拐了个弯来到桥上,两侧的灯光在车内交会,点亮了她脸上明晃晃的泪。下了桥,他停下车,一时找不到话说,空气很快凝成铁板一块。他再度被自己的迟钝冻结,心里七上八下,想不出破冰的办法。后来,还是她打开车门,走了下去。他跟出去,陪她坐在路边,一起看着漆黑的水面。

因为他太㞞了。

什么?

他说他不敢给我承诺,真可笑,我又没有要过,都不知道他在怕什么。

她把头埋在双膝之间,看样子又哭了。张全不知从哪儿来了勇气,把手放在她弓起的后背上,滑过弧度最高的地方,又返回去停在那儿。别难过了。他说,别伤心。他在掌心里感觉到她微微动了一下,是抽动而不是扭动。他把惊飞了的手又放回去,为了显得自然,重复了一遍刚刚的动作。她隆起的后背撑开他的手掌,在呼吸中起伏,逐渐传来温度。他觉得手心出了汗,他怕聚集的热量让她不舒服,于是又小心地移动,好像在做什么练习。她一直没有太大的动作,这让他的勇气迅速积攒,并下定决心开口,虽然还是不够干脆,其实我,也害怕。

你怕什么?

她直起腰，一瞬间已经和他面对面了。大大的笑脸，通红的双眼，充满期待又有些不好意思。面对这张生动的面孔，他被抖落的手僵在半空。

没什么。

你说啊，怕什么？

我怕自己也一样的尿。

你才不尿呢，你天天开着车在路上，见谁都不怵。

路上都是别人，我怵什么，我——他又卡住了，他恨死自己了，他很快就意识到错失了多好的机会，在日后的反思中，如果能在这时候像龙哥一样半开玩笑地说一句"我只怵你"是多么恰当，那样不管接下来说什么都是如此顺理成章，如此进退有余。他卡住了，就只剩退了。

你怎么了？你连天黑都不怕。她轻快地说，并模仿起一句流行的说唱，天黑都不怕。

他出其不意地笑了。她就是那么机灵。他发现只是单纯地欣赏她的机灵可爱是多么轻松，所以他彻底放弃了，和她一起轻松地大笑起来。

不好意思啊。笑完了她说，我也不知道为什么会这样，就是突然有点难受，也不只是因为他。

骚虎这些天一直在加班，燕燕也在加班，全世界都在加班。为夏天加班，赶在换季前做出足够多的短裤、短袖和裙子。骚虎是老师傅，负责款式复杂的裙子，为了夏日街头的美景，不惜通宵达旦地赶工。张全不得不肩负起动物们的生活，羊最麻烦，需要新鲜的青草和树叶。尤其那只已经显怀的母羊，骚虎特别交代要让它吃得好一点。张全在车里放一把镰刀，每天收工回来找一片荒地，割一袋青草。草越茂盛地越荒，灯光越少，在夜色中挥动镰刀，像是回到寂静的乡下。他怎么都想不到会以这种方式重温祖辈的生活，那种暴露在黑夜里的恓惶又回来了，并且更为强烈。他好像看到了夜幕下的母亲，四周空无一人，她匍匐在沟垄间拼命拔草，手上沾满泥土和草的汁液，额头上的汗只能用手背去擦。她必须尽快干完，好回家给儿子做饭。等待在门前的无数次天黑里，他难过、害怕，以为是怕黑，怕孤单，原来怕的是一幅从没想过的画面。想到母亲现在还过着这种生活，他心痛难忍，看到手里的镰刀，他哭笑不得，母亲累死累活，不让他干一点农活儿，如今为了两只羊，他却在北京割起了草。

关键是羊都不是他的。

不论回家多晚，骚虎第一件事就是检查动物们的饮食起居，并对张全的疏忽行径一一指正。张全听不进他在说什么，也没有发火，许久不见燕燕，他的力气都用来胡思乱想了。红嘴唇女孩一定会把那天的话告诉燕燕，包括河边的事，他以为两人的关系更近了一步，可燕燕并没有过多反应，并且还少了。当然有加班的原因，可完全是因为加班吗？就像她说，她难过，也不只是因为他。她没说出来的原因折磨着他。他每天都问，加班吗？她说加，他也就不能再问别的了。所有人都在加班的时候，他在割草。后来他厌烦了，把羊牵到屋后的灌木丛，让它们自己找点吃的。他找棵树靠着，百无聊赖地刷视频，看龙哥直播。龙哥最近在卖课——人生硬道理，很贵，全部课程要六百八十八元，他当然舍不得买。他向来只学免费的知识，以致交不出学费被早早请出校园。为了搞气氛，龙哥会在每次直播结束时抽一次奖，奖品是价值一万八千八百八十八元的一对一咨询服务。一万八千八百八十八很明显是个虚数，表明与龙哥交流的机会千金难买。这成了每天的重头戏，上一个幸运儿还在屏幕里愁眉苦脸的时候，张全的手指头就开始发抖，等着抽奖按钮的出现，继而猛戳手机。当然，他并没有什么幸运儿的潜质，他深知这点。他只是喜欢与运气较劲而已。

那片灌木架不住两只羊无休止地咀嚼，虽然一眼望去仍旧葱郁，但能吃的已然不多，不断抻直的绳子表明了这一点。灌木丛那边是房东家的后院，竹篱笆里种着花和蔬菜。那只老骚虎前脚扒在篱笆上啃食伸展出来的丝瓜秧，把张全吓得飞过去就是一脚，踹完才庆幸它不是有孕在身的母羊。老骚虎尝到了甜头，总往那边凑，母羊也被它带动，抻长了脖子充满向往。张全把镰刀绑在竹竿上，给它们削槐树叶子改善口味，竹竿很快也不够长了，于是只能放长绳子。吃的越难找，就越难吃饱，大晚上陪着两只羊耗在外面，被刚刚觉醒的蚊虫骚扰，张全更加深切地认识到了骚虎的愚蠢，并为自己与愚蠢的关系如此之近感到愤怒。羊在自己的节奏里，不紧不慢地咀嚼，他想起燕燕常说的句式，要是像羊一样该多好，像鱼一样该多好，像鸟一样……他一直以为这只是女孩子在表达对可爱事物的肯定，现在突然有点明白了，人羡慕一些东西，或许只是因为它们总有自己的事干，并干得有滋有味。

羊有滋有味,只是吃草。他食不知味,哪怕是肉。终于有一天他忍不住了,他恨透了这两只吃得津津有味的畜生,刚牵出来就把它们赶回了家。他驱车来到燕燕的作坊,想要远远看一看她。玻璃窗里的女孩节奏统一,燕燕的座位空着。他来到街上,在一家烧烤摊前看见了她,她的头发又是全红的了。走过去的路上他认出了和她坐在一起的人,看着她跟小房东那一伙人喝着啤酒有说有笑,他意识到自己也在笑。他绷紧了脸,可感觉眼睛还笑着。他眨了眨眼再睁开,发现嘴角又弯起来了。他控制不住自己的脸,只好挪动双腿,走开了。

车子发动又熄灭,良久再发动,倒了一下又停住。他掏出手机,编了条信息发过去。

今天加班吗?

加。外加一个哭哭的表情。

手落在方向盘上,砸响了汽笛,吓他一大跳。

不过我没加。偷笑的表情。

在吃烧烤呢。坏笑的表情。

你要不要来?勾引的表情。

短短几句话,配合着灵活使用的表情,让他再度见识到什么叫五味杂陈。他看了看后视镜里的自己,说,不了,这会儿走不开。

好,那改天啦。微笑的表情。

行驶在没有路灯的路上,像她一样踩深了踏板不松。车身抖动,很快就慢了下来。前路漆黑,他怕起来,肯定不是怕路黑,他早习惯了这样的路。眼花了,他打开远光,燕燕不断地从眼前掠过,肯定不是怕燕燕,对燕燕从来就只有喜欢。一辆车忽闪着远光从对面来,会车时还长按喇叭,他扭头骂了句,好像那里面坐着小房东。小房东肯定是怕的,他此前并不觉得小房东是多坏的人,但就是怕。他要是坏人该多好啊,也算没白怕。他想起小时候看过的电视,街上那些欺男霸女的恶棍,就是小房东这样的招摇。好像是《水浒传》吧,高俅的儿子看上了林冲的媳妇,当街就要耍流氓,流氓耍不成还要用计把人骗来强占。林冲么大一个英雄,也只能一忍再忍,那么地忍还是落得个蒙冤流放,在风雪山神庙,险些搭了命。那时候,多替林冲叫屈啊,多为林冲难过啊,多怕遇到高衙内这样的人啊。小房东就是高衙内该多好,而他绝不做林冲。他想象自己持刀冲进淫窟,宰了衙内救美人。那一刻,胆小的他愿意承担所有后果,只求能让燕燕知道,他不怕。他太兴奋,反复演练闯进去的一霎,燕燕那张生动的脸反复出现。等冷静下来他才想到,自己并没有林冲那样的武功。

他睡了两天,只在龙哥直播的时候起来,抽抽奖,放放羊。奖抽不到,羊吃不饱,他无精打采。第三天,一阵奇怪的声响吵醒了他,他循声走到屋后,骚虎正抱着那只母羊痛哭。羊死了,脖子上有血,像被什么咬了。骚虎的哭没有眼泪,只是像驴一样干号,笨拙且滑稽。他一阵恍惚,不知道是门没关严让羊跑了出来还是干脆把它们忘在了外面。他睡眼惺忪地搜寻灌木丛,没有看到那只公羊。小房东站在篱笆门外,看戏一样看着这边,看到张全,他走过来,递一支烟给他。张全接过来才想起自己并不抽烟,小房东把打着了火的打火机递过来,他赶紧用手护住并没有在吹的风。两人同时吐出一口烟,他有点被呛到,不像小房东那样怡然自得地抱肩看着干号的骚虎。

不至于吧,死了只羊弄得跟死了娘似的,搁这儿哭丧呢。

张全笑笑,看到地上的骚虎,赶紧憋住了。

你说他是不是搁这儿表演呢,想讹我?我跟你说这羊死得可不亏,跑我家园子里一顿造,给我妈种的菜和花祸祸得够呛,菜倒不算什么,有些花很名贵的知不知道?

小房东说话始终轻松俏皮,透着无所谓,透着潇洒,这是一种本事,张全羡慕的那种。可以想见,他平常一定很会搞气氛,很少碰到这样的冷场。他看看张全,张全举着支烟像上坟的,他看看骚虎,骚虎抱着羊像哭丧的。他皱皱眉,似乎也拿这个场面没办法了。羊头在骚虎怀里晃动,羊眼睁着,跟活着的时候一样呆滞、茫然,毫无生机。羊眼就像鱼眼,没有表情,看不出悲喜,共同组成案板上的鲜,仿佛只有通过献祭才能在食客眼中焕发光彩。骚虎的悲痛像一种代言,唤醒了死亡的最初含义。骚虎的悲声像动物的低吼,喑哑、肃杀,让冷掉的场子渗出寒意。

喂,别哭了行不,想不想解决问题? 小房东冲骚虎喊。

骚虎抽噎了一下,接着低吼。

表演欲望还挺强。小房东笑笑,依然没有反馈。他对张全说,你说句话。

张全举着烟,像被抽查的学生,看到小房东期许的眼神,抽了一口他给的烟,咳了两声,又清清嗓子,说,羊,是你打死的?

怎么会。小房东又恢复了活泼,没看到血吗?我哪儿那么厉害。狗咬的,我那狗可是吃生肉的,真没白养,指哪儿打哪儿,链子一撒就蹿上去了。小房东连说带比画,也就两口吧,血就飙出来了,拦都拦不住,跟《动物世界》似的。

是你放狗咬的?

也不能这么说,我就闹着玩,谁知道虎子那么猛,这是它第一次开活荤——

狗才不会!骚虎一声怒吼,染血的手指着小房东,是你。

小房东被骚虎的虎劲吓到了,不自觉退了两步,嘿,疯了吧你,想拼命啊。小房东站定,看着两眼冒火的骚虎,话软下来,我又没说不赔,这样吧,找个秤约约,我按斤给钱,刚好搞个烤全羊。

骚虎没再说话,抱起羊走了。

怎么个意思,还想留下?留下我可不给钱啊。

骚虎抱着羊,艰难地走。

他这是什么意思?小房东再次提问张全。

张全把那支没抽完的烟扔到地上,摇了摇头说,我也不知道。

院子里,骚虎把死羊放在桌上,打了一大盆清水,为其擦去血污。脖子上露出两排牙印,翻着已经发白的肉。那只公羊已回到棚子里,沉默地注视着一切,院里的鸡鸭鹅狗也都出奇的安静。骚虎终于淌下泪来,熬了通宵的黑眼圈裹着血红的双眼,看起来有些可怖。张全站在他面前,踌躇半天说,别太难过啊骚虎,已经这样了。骚虎没有回应,张全四下望望,看到那些属于骚虎的动物,它们的眼神看不出什么,一如现在的骚虎。

都怪我,没有看好它。

不怪你。骚虎淡淡地说,像是恢复了理智,怪我,不该带它来,这就不是它该待的地方。

别这么说。张全说,你去睡会儿吧。

骚虎不说话了,继续为羊擦身体。

羊干干净净地躺着,颈上的伤口已被缝合。张全第一次看到这么白的羊,经过骚虎的打理,死了的它比活着更加神采奕奕。骚虎用竹竿撑起塑料布,搭了个棚子,说是灵棚也不为过。骚虎耐心十足地忙活这点事,不吃不睡,不说话。下午,燕燕来了,她陪着骚虎默默坐了一会儿,无声地流下两滴眼泪。骚虎始终没有看她,不知道有人和他一样伤心,所以对她的劝慰无动于衷。

骚虎制造的沉默让空气焦灼,也让张全重新认识了他。一直以来,他以为骚虎只是一个和气的傻瓜,头脑简单,笨嘴拙舌,表情也只有两种,痴或者笑,或者痴笑,痴里含笑,笑里带痴,只有足够熟悉的人才能分辨。沐浴在他无边的痴傻之中,张全浑蛋的一面得以生长,发火与嘲讽的技能不断增强,有时候张全都会被自己惊到,竟能轻松自如地说出那么精彩毒辣的话,有时候他也会被自己吓到,一点小事就勃然大怒,恶声恶气……骚虎的痴傻如海绵,只会吸收,不会反弹。这让张全的浑蛋只是增长而不得锤炼,一如温室里的花朵,只能在特定的环境欣赏。害怕浑蛋却成了浑蛋,成了浑蛋却只能对一人浑蛋,连浑蛋都浑蛋得那么憋屈,让张全更加痛恨骚虎,痛恨他那一脸和气的痴呆傻笑。如今这种表情消失了,他又害怕了,他没有见过这样的骚虎:笼罩在阴云之中,守着一只死羊,不理人,不讨好人,像是切断了和人的联系遁入动物世界。不管对他说什么,都是对牛弹琴,或者对羊弹琴,反正不是对人。院子里的动物本就比人多,骚虎又处于人和动物之间,让剩下的人如坐针毡。好在救场的来了。

大概是从自家楼上看到了院里的燕燕,小房东不请自来,嚯,这是在作法吗?没人理他,此刻对他而言应该一院子都是动物。他走到不那么像动物的燕燕身边,问她来干吗,燕燕抬起头,眼还是红的。

你怎么能随便打死人家的羊呢?燕燕说,这是他千里迢迢从老家带来的,当时我就在车上。

不是我打死的,是狗咬死的。

是他放狗咬的。张全突兀的声音像个抢答的学生。

别血口喷人啊,你看见了?

你亲口说的。

我说的是我去拦狗,没拦住,能听懂人话吗?

小房东的语气恶了点,张全瞬间失去了战斗能力。错失了反击的机会,迅速沦为理亏的一方,他能感觉到耳根上升的热度,脸一定很红,还是在燕燕面前,想死的心都有。

这就是个意外,要怪只能怪他们没看好羊。小房东说。

像死在大街上,还被踩了一脚。

既然发生了,就想想怎么解决吧。燕燕说。

我说了啊,把羊给我,按分量给钱。谁知道他还弄回来搞那么干净,那我就不知道什么意思了。

你肯定不能吃这羊。燕燕说,他跟羊是有感情的,就跟你和狗一样,你会让人吃你的狗吗?

羊跟狗怎么比。小房东笑了,就是狗我也照吃不误。

你好好说。燕燕正色道,你摸着良心说。

好吧。小房东说,算我倒霉,羊我不要了,钱照给,好吧,这可是看在你的面子上。

这还差不多。燕燕说,你还要跟骚虎道歉。

倒什么歉,狗咬的,又不是我,你别得寸进尺好吧。

那你替狗道歉,子不教父之过,你的狗你就没有责任吗?

好好好,你可真会说,听你的行了吧,我道歉,道歉。小房东又笑了。

看他们像两口子一样斗嘴,张全简直死不瞑目。

小房东数了三千块钱,在骚虎面前蹲下,说,对不起啊骚虎,没看好狗,这钱你拿着,再买只羊养吧,下次可要看好。

骚虎还在动物世界,对人间不闻不问。小房东晃了晃钱,骚虎连眼球都没动。小房东又叫了两声,对燕燕说,看到没,不是我不想解决。

燕燕把手放在骚虎背上,说,他都知道错了,你能原谅他吗?

大概是不习惯一双女孩的手放在自己的背上,骚虎的肩膀抖动起来。

是不是少了? 燕燕说,要不你说个数?

我不要他的钱。骚虎用极低的声音说。

那你要什么? 小房东说。

要你道歉。骚虎说。

我不是道过歉了吗,没听见?那我再说一遍,对不起您,您的羊死了,I'm sorry。

你心不诚。骚虎看着小房东,那具有审判性的目光让张全肃然起敬。

什么叫诚?我刚刚诚心跟你说你有一点反应吗? 小房东说,怎么才叫诚?

要我给你跪下？

不用。骚虎如实作答。

别给脸不要。小房东刹车不及。

你没有权利杀我的羊。骚虎不紧不慢，像智能语音，我知道是你，不是狗，你也没权利指挥狗，它本来不会咬的，是你让它咬的。

你在胡说八道什么。小房东看看燕燕，真当自己是海力布啊，你懂狗？

你不光杀了羊，还带坏了狗。骚虎说。

哈，都给我整笑了，你在装什么大头蒜。

你不光要给我道歉，还要给它道歉。骚虎指了指棚子里的公羊，你杀了它全家。还要给狗道歉，你逼它杀生。

哈哈，我×，我真笑了，我道你妈了个×。小房东气炸了，他走了几个来回，不知道怎么发泄，最后他踢了那只死羊一脚。骚虎立刻伏身护住，好在小房东没有再踢，那一脚更像他发言的前奏，真是给你脸了，现在明摆着告诉你，钱一分没有了，房子你也别住了，赶紧带着你这些狗×的畜生给我搬走。说完，他大步离开。

高建。燕燕叫他，你这就没意思了。

原来他叫高建。高建没回头。

小心那条狗！骚虎冲他的背影说，狗见了血就坏了。

小心你妈×。高建踢了一脚自家的院门，腐朽的木门沉闷地哼了一声，纹丝未动。

晚上，他们把羊埋了。这是驱车两个小时才找到的地方，荒僻、寂静、紧邻河岸。燕燕负责打手电，张全负责挖坑，填土的时候，骚虎执意堆一个坟包出来。张全提醒他，是坟就有被掘的风险，尤其是这种形迹可疑的野坟。骚虎听进去了，乖乖把土抹平，还撒了一层草皮在上面。干完这些，他就站在原地不动了，像是为了记住葬羊的位置努力辨认夜色中的一切。燕燕配合地关掉手电，他们彻底陷入黑暗。张全说，走吧骚虎。骚虎没动。过了一会儿，张全又说，你非要怨，就怨我吧，是我没看好。骚虎说，我没有非要怨。张全说，那你想干什么呢？骚虎说，你该问高建。张全说，他说了啊，钱不给了，还要让我们搬家。骚虎说，那不对。张全说，什么是对的？骚虎说，你该问高建。骚虎的木讷又让张全发了火，人家愿意赔钱道歉，不是你不干吗？搁以前，骚虎肯定笑笑，说一句别生气嘛，现在回应张全的是黑夜与沉默。燕燕说，骚虎，你想要什么，我帮你去跟他说。燕燕的语气似乎很有把握，越有把握张全越难过。好在骚虎并不领情，他几乎是不耐烦地说，为什么你们都来问我要什么？这大概是他此生最恶的语气了，还是对一个女孩，还是对张全喜欢的女孩。张全反而有一丝窃喜，他及时站到燕燕身边，怎么说话呢骚虎，我们还不是为你好？说完又难过起来，他还是只能对骚虎浑蛋。

　　第二天，张全出门时发现骚虎没去上班。第三天，张全回来时发现骚虎没去上班，并发现了他不上班的时候都在干吗。在最繁华的街道，在生意最火的菜摊，骚虎带着那只公羊席地而坐，看上去像个卖牲口的，只是羊脖子上挂的不是"出售"，而是"高建，还我全家"。街上人来人往，菜摊前人挤着人，不乏驻足观望的，张全也观望了一会儿，不管是买菜的阿姨还是遛弯的大爷，或是背着书包的小学生，只要对那块牌子感兴趣，骚虎都愿意一五一十地讲上一遍，不厌其烦。不管听到的人是啧啧称叹还是哈哈大笑，或是憋住不笑，骚虎都讲得不卑不亢、不紧不慢。在呆滞的语速中，他的重鼻音有了金属的质感，这给他的讲解施加了一层诡异的权威，像机器人重复播报的系统指令，机械、冰冷、不容置疑：不是我全家，是它全家。对，是村里的高建。他放狗咬的。死的是老水羊，是它的家人，也是我的……张全实在看不下去了，也不敢去叫骚虎回家，他怕丢人。骚虎正跟两个小学生播报的时候，他溜了。第四天回来的时候，他决心找骚虎聊一聊。燕燕发来信息，让他去一个饭馆，说小房东想找他解决一下骚虎的事。他犹豫了一会儿，发现没什么可犹豫的。

　　包间里烟雾缭绕，一如那天的烧烤，一如初见的大雾，燕燕的红发淹没其间，让人心疼，也让人心慌，她是哪边的？张全落座，小房东递烟，他又接了。抽着小房东点的烟，喝着小房东倒的酒，听着小房东讲的笑话，他嘴里不是滋味，脸上摆不好表情。几度去看燕燕，小房东隔在中间，挥舞的手臂几乎将她切碎，笑声都有点扎人。小房东的两个兄弟都跟他喝过酒，才算步入正题。

　　张全，能不能给句实话，你那哥们儿究竟想要什么？小房东的手搭在他肩上，总算不动了。

　　我们也在问啊。张全趁机歪过头，看到了完整的燕燕，燕燕颔首以示鼓励,张全说,得看你。

看我干吗,出丑吗?他在街上搞这一出,不知道的还以为我杀了他全家,都有人发到网上了,你看看,这像什么样子。小房东把手机递过来,骚虎正不带感情地讲述:是我全家,对,是村里的高建,他放狗咬的,死的是,我全家……

张全头皮发麻,连连否定,他不是这么说的。

他怎么说不重要,重要的是不能让他说了。小房东说,还好这孙子没几个粉丝,这已经影响到我家人了,我家老爷子要出面都被我压下来了。他再这么搞别怪我不留情面,不光这个村你们待不下去,所有厂子你们都别想待,我一个招呼的事。

你那么厉害呢,要这个态度就别谈了。燕燕拉起张全就走,张全没防备,椅子先替他动了。

小房东拉住燕燕,顺便摁住张全,别走啊,我什么态度了?

聊就聊,威胁人干什么。

现在是有人威胁我啊,姑奶奶。小房东情急下依然能坚持嬉皮笑脸,我好好说,我好好说还不行吗?

张全感觉到拉着他的手松了,摁着他的手也动了,整个过程他都是被动的,被迫忍受两人在他头顶动来动去。他最不能忍受的是小房东还拉着燕燕,他动了一下,摁着他的手滑落了,燕燕也重新落座。小房东笑笑,递给他一个信封。他打开,又递回去,骚虎不会要。

谁说给他了。小房东说,这是你的,只要你让他消停。

张全心动了,接着是心虚。他把钱扔到桌上,面红耳赤地站起来,站起来才发现不知道要干吗。在电视里,这时候说一句"有钱了不起啊"是多么正当,碍于多年养成的勤俭美德,他向来对钱充满尊重,他知道钱就是很了不起的东西,起码他总为钱的事心惊肉跳,那大多是钱要出手的时候。现在是钱要进来,他心跳更剧,为自己的心动。他宁死都不愿为这点钱心动,可他还活着,活着的他就是这么贱。

张全迟迟没有下一步动作,众人有点摸不着头脑。小房东拽了拽他,怎么着兄弟,烫手啊?

是,这钱我不能收。

那你什么意思呢,铁了心了?就是要搞我?

不要钱不代表不愿意帮你。说这话的时候张全有一点心痛,但一个想法马上让他心动起来,比钱带来的心动还要强烈,并盖过了心虚,其实我有办法帮你,你都没给我机会说。他感觉到了这个筹码带来的底气,他一直以为这是钱才能带来的东西,几乎是突然之间,他有了那种攒够了钱才有的轻松与畅快,说还是不说,得看你的诚意了。

啥诚意?钱你又不要。

我们能单独聊吗?

太能了。小房东眼神示意了一下,他对面的两个兄弟站起来。

张全看着燕燕。

怎么,她也要回避?

是。

那劳您驾。

燕燕不解地看了张全一眼,张全回以自信的一笑。他都快爱上自己了。

说吧哥们儿。

接下来的话,我希望你不要告诉任何一个人。他太喜欢这感觉了。

好,答应你。

你知我知。居然还用上了电视剧台词,他感觉自己像个演员。

知道了,干脆点行不行?小房东的不耐烦在他看来都像求饶,是李逵会说的那种,给爷来个痛快的,二十年后又是一条好汉。李逵是好汉,但说这话的李逵绝对是怕宋江的。

接下来的问题,你要如实回答。他就是宋江。

有完没完,你到底想说什么吧?

你先答应我。

好,答应你。

你是不是在打燕燕的主意?

这什么问题,跟骚虎的羊有关系吗?

你只管说。

有点意思吧,怎么了?

她对你呢,有吗?

我觉得有,算吗?

好吧,不管你有还是她有,以后都不能再有了。

我能保证自己没有,她要有呢?

那你就保证自己没有,也不会跟她——有。

那你有吗?

跟你没关系。

哥们儿,妞儿不是这么泡的。

答应我。

好,答应你。

答应我什么?

我跟燕燕,什么都不会有。

说话算数。

把心放宽点,我不缺这一个。现在能说了吧,怎么才能搞定骚虎?

再给他买一只羊。张全说,母的。

他会要?

不会。

然后呢?

送羊的时候,你拿把刀,牵着你的狗也行。

小房东笑了,×,还是你阴啊。

骚虎从刀口下救了那只羊。他气得发抖,但还是救下了那只羊。生活回归正常,只是骚虎不再让张全放羊了。他每天按时回家,带一捆草,喂过羊,再喂别的动物。那只母羊很瘦,一副病入膏肓的样子。骚虎把青草切碎,拌上各种谷物,换着花样喂它。张全第一次羡慕起羊的伙食,清爽的绿色点缀着诱人的红黄,让他想起电视里看到的 CBD(中央商务区)轻食,那是讲究人吃的东西。他羡慕羊,羡慕羊有骚虎,羡慕骚虎对羊的讲究。他对骚虎心虚,对燕燕心疑,对自己心寒,对母亲心痛,他想不起什么时候对什么人全心全意过。像骚虎喂羊那样,专注于喂而不是羊。燕燕还在为夏天加班,他以吃串的名义找过她两次,她来了一次,是第二次。燕燕不知道他和小房东的交易是什么,还以为是更多钱,她对此表示赞许,觉得趁机让小房东多出点血是应该的。这话让张全心头一轻,他看着吃串的燕燕,感觉到了自己的全心全意。她把嚼不烂的肉筋吐出来，一声略带嫌弃的轻哑，俏皮又可爱，他全心全意地欣赏着。她咂咂嘴，接着说，就他那嘚瑟样，不吃点亏是不会改的。张全心头一沉，还乱了。她希望他改，还觉得他吃亏了，她就像在说自家的事。张全几乎忍不住要问，他是你什么人？好在太难过了，暂时说不出话。缓了好一会儿，还是问了，你觉得他怎么样？就那样吧。这种含糊让他更难过，就哪样？燕燕举着肉串做思考状，还是那么可爱，越可爱，他越难过。就是咋咋呼呼的，她说，不过他人不坏。张全脱口而出，可能是对你不坏。燕燕笑笑，说，那你觉得他坏咯。张全几乎是本能地摇头，说，不是。燕燕说，人哪有不坏的。张全迷惑了，这样的模棱两可简直就是钝刀杀人，他几乎是为了自救才抛出下面的问题，你喜欢他吗？桌上的热气都飘向对面，像被张全的鼻息吹的。燕燕又笑了，谈不上喜不喜欢，就是个刚认识的朋友而已。他喘了口气，决定给自己来个痛快的，那你喜欢我吗？燕燕不笑了，很认真地说，喜欢，当然喜欢了，你是好朋友呀。燕燕的认真打住了他的破罐子破摔，他似乎也得到了想要的答案，虽然并没有放松多少，他趁着这股劲说，我也喜欢你。他从没想过这话会是这么说出来的，他一直以为这应该是燕燕的台词。他碰了燕燕举起的酒杯，稀里糊涂地结束了那个不明不白的晚上。

他设了闹钟，没有再错过任何一场抽奖。行车途中，他一手握住方向盘，一手猛戳屏幕，好像能把龙哥从里面戳出来。有几天他频繁做梦，梦见自己撞了什么东西，人或者动物，在荒郊野外。后面也没有人追，但他一直在逃。有时燕燕会出现在副驾驶座上，不跟他说话，也不看他。他迫切地想要知道她的意思，就算她让他自首他也会去的，可他停不下车子。他松开脚，才发现油门在她脚下。

羊肥了，骚虎瘦了，并且蔫了。他常常双目无神、疑神疑鬼地坐在院子里对着他的动物唉声叹气，动物们似乎也受到感染，一个个臊眉耷眼忧心忡忡。这样的低气压搞得张全一刻都不想在家。有一天，张全天黑时回来，看到骚虎扒在房东家的墙上，他的缺耳狼狗和癞皮土狗分列两旁，像左右护法。他念念有词，狗不时叫一声，张全有点尴尬，也有点害怕。骚虎看见张全，不好意思地走开了，两条狗还对着墙咆哮，随后，墙那边也传来了狗叫。骚虎回到院子正中坐下，轻声一唤，两条狗又跑到他两侧蹲下，像左右护法。院子重归安静，一些眼睛冒着幽光,在黑暗中浮动。张全把所有的灯打开,骚虎的头顶正绕着一团飞虫。他实在受不了了。他问骚虎刚刚是在干吗,骚虎说没干吗。他问骚虎到底怎么了,骚虎说没怎么。才怪!他又忍不住发了火。骚虎沉默了一会儿,说是羊的事。

羊怎么了?

这是一只本地羊。骚虎说。

本地羊咋了?

老骚虎不敢爬它。

这跟是不是本地有关系吗?

有关系。

它告诉你的?

不是。

那你怎么知道?

就是感觉。

那咋办?

你把它还回去。

还回去? 再给你换一只外地羊?

不是换的事,要是你媳妇死了,再给你换一个行吗?

你咒谁呢? 张全眼前闪过燕燕,赶紧压住火,说,羊跟人能一样吗?

骚虎说,人跟羊也不一样。

人认识自己媳妇,羊认吗?

你又不是羊。

张全没话了,过了一会儿说,你想咋办吧?

把羊还回去。

还回去可以,你还找人家麻烦吗?

轮到骚虎沉默了。

不是都说好了吗? 你把羊留下,事情就解决了。

事情从来没有解决。

死了羊之后的骚虎频频让他意外,但都没这次来得意外。这句话被骚虎说出了黑帮老大的气势,那么干脆,那么坚定,还很阴沉。他有种被骚虎碾压的感觉,怕露怯,他骂了一声回屋了。可事情就像骚虎说的,从来没有解决,院子里的阴沉氛围、骚虎的奇怪举动、动物们的诡异配合……都把事情推向难以解决的境地。当晚,房东家的狗叫了一夜,张全以为是骚虎搞的鬼,这种顺滑的想法让他毛骨悚然。大家一向把骚虎和动物的事当笑话讲,笑话不好笑已经很可怕了,笑话要是真的,那无异于灾难。他从灾难中醒来,踩到床边那条癞皮狗,叫得比狗还惨。

骚虎进来,看到惊慌的狗和张全,摆摆手,带狗出去了。张全一直觉得这条癞皮狗很恶心,跟它向来没什么互动,在这么一个狗叫之夜,被这么一条癞皮狗守在床前,让他心里发毛。晚上再睡觉,他锁上了门。夜里,狗又叫起来,声音大到能震动空气,每一声汪都像带着水分,沉甸甸的。他蹑手蹑脚起来,扒开窗帘往外看。借着微弱的星光,他看到那两条并排而立的狗,然后才看到坐在它们中间的骚虎。他们一动不动,对墙那边的狗叫充耳不闻。他放下窗帘,一瞬间想跑,一想到要面对骚虎和他的狗又不敢动了,回到床上睡觉似乎也不是事,他就这么莫名其妙困在了逃跑的姿势里。

狗叫了三天,第四天,他游荡在路上迟迟不愿回家。燕燕打来电话,说小房东找他。他气冲冲地赶过去,看到了烧烤摊上比烤茄子还蔫的小房东,瞬间好受了很多。他戳着那盘烤茄子,听小房东抱怨狗叫的事。

他又想把羊还回来,我不要,他就用狗恶心我。小房东揉着黢黑的眼窝,说什么小心我的狗,我不知道他用什么办法让狗叫的,这太他妈瘆人了。早上我一睁眼,虎子直勾勾盯着我,叫它也不应,太邪门了。

得了吧,你不会以为他真能指挥动物吧。小房东的一个兄弟说,那可是你的狗。

关键是它都不认识我了。小房东说,盯着我,眼珠都不错,跟中邪似的。

张全想到癞皮狗,也有点发毛,不过他此刻更愿意欣赏小房东的毛。

后来呢?

我踹了它一脚,它才叫着跑出去了。

你怎么能踹它呢? 张全说,你知道狗是最记仇的,尤其这种大狗,通人性的。

通你妈的×。小房东说,我不知道你们在搞什么鬼,你告诉他,今天狗再叫就给我滚蛋。

你家的狗叫,怪我们头上,不合适吧。张全说,骚虎是比较懂动物,指挥动物就有点离谱了,更何况还是你的狗。狗可是最忠诚的,也是最聪明的,你这条狗的表现,倒是让我想起骚虎讲过的一个故事。

什么故事?燕燕来了精神。

还记得他那句话吗,狗见了血就坏了?

什么故事?说说。

狗量人。张全说,狗量人的故事。

狗怎么了人?你快说。燕燕好奇的样子颇具感染力,连小房东都闭了嘴,跟着看过来。

我记不太清,说个大概吧。张全捏起筷子,戳了戳茄子,开始说,说是有户人家发了财,买了处大宅子搞装修,请了本地最好的一个木匠来打家具。这是个老宅子,没什么家当,只有后院里拴着一条大黄狗。这家人看这条狗挺好,就留下了。黄狗也不知道饿了多长时间,这家的主人是个好心人,连着喂了几天肉,想给它补补。补得差不多了也就没再管了,交给下人喂,下人哪舍得喂肉,就喂点剩饭剩菜。除了喂狗,这个下人还负责给木匠送饭,每天把伙食备好,用竹筐盖着,等木匠来吃。木匠干完了活儿来吃饭,只有两个馒头一些剩菜,好几天不见荤腥,就很生气,觉得主家抠门,伙食供得差。主家那么一个好心人,当然觉得冤枉了,就叫来下人问。下人也叫冤,说每天都有肉菜啊,还不重样。木匠认定是下人吃了,下人认定是木匠吃了,谁也说不过谁。主家觉得这事没那么简单,就叫下人照常送饭,他和木匠趴窗户上看,眼睁睁看到下人把一碗土豆炖排骨和两个馒头盖在竹筐下,带上门出去了。木匠正要发作,门被打开了,那条大黄狗进来,一屁股坐到凳子上,背对他们吃起来。大黄狗吃得有滋有味,把骨头嚼得嘎嘎响,要不是多条尾巴和一身黄毛,跟个人也没什么两样。主家和木匠都吓坏了,抄起棍子把狗打了出去,打得皮开肉绽。这事过去没多久,有一天主家睡觉的时候,感觉床上有个毛茸茸的东西,一睁眼就看到那条大黄狗叼着根竹竿,正在量他的身体。量完,狗叼着竹竿出去,顺道还把门带上了。主家抄起一把铁锹,跟着狗来到后院。大黄狗把竹竿摆在地上,开始照着量好的尺寸挖坑。它挖坑也不像狗那样挖,而是像人一样后腿跪在地上,用前面的两只爪子往外掏。狗挖坑出奇的快,不一会儿就很深了,其间它还叼着竹竿跳下去比了比。主家这才算看明白了，原来它挖坑是要埋了自己啊。张全停下来，茄子已经成了茄泥。他搅了搅，发现所有目光都集中在这个无聊的动作上，突然之间，他觉得自己能决定的不光是茄子的形状。他舔了舔筷子，接着讲，主家吓坏了，动都动不了，就听见啪的一声，原来是他手里的铁锹掉地上了。主家还没反应过来，那条狗就蹿了上来，一口咬住他的喉咙。听众们被那一声啪吓得呜嗷乱叫。张全悠悠吃了一口茄泥，听众们还在消化恐惧。嘈杂的夜市里这张桌子保持着突兀的安静。等缓过劲来，听众们发出嘘声，说这故事狗屁不通。

后来呢？燕燕说。

后来啊。见燕燕如此沉迷自己的讲述，张全灵光闪现，为她编了下去，后来这家的主人失踪了，房子又转了手，新主人来的那天，发现后院里拴着一条狗，是黄狗。

天哪。燕燕大大地喘了一口气，这条狗得咬死过多少人啊。

所以说，狗就不能见血。张全看着小房东，肃穆地说。

别扯了。小房东说，人都被狗咬死了，这故事怎么传出来的？

你忘了，骚虎可是会跟动物说话的。张全把声音压得更低。他太想吓唬小房东了，没料到先发抖的会是自己。这种表现放大了惊吓效果，小房东张张嘴，又茫然地闭上了。

你是说，这个故事是大黄狗跟骚虎讲的。燕燕说。

不排除这个可能。张全说，也有可能是大黄狗告诉了别的狗，别的狗又告诉了别的狗或者别的什么，骚虎的消息来源肯定不止一个。

有可能。燕燕点点头，骚虎救过的动物太多了，鬼故事里动物成了精不都要报恩吗？

是啊。张全说，不光报恩，还报仇呢。

快他妈别扯了。小房东说，新社会不许成精不知道吗？报仇，怎么报，报丧还差不多。

小房东还是那么幽默，只是没什么人笑了。面对冷场的大家，他没了耐心，打定主意让骚虎搬走。事情的走向超出预料，张全有点慌了，刚刚他还掌控着故事的走向，转眼就因现实的走向慌了手脚。最后还是燕燕发了话，她轻描淡写地说，高建，你是不是玩不起啊？小房东当然不愿承认自己玩不起，也不愿承认骚虎真有那么大本事,更不愿承认自己害了怕。那不就完了,燕燕说,你管不住自己的狗,就让邻居搬走,这像话吗?

4.屏中龙

　　狗没再叫过,不知道小房东用了什么办法,总不会把狗杀了吧,那无异于是骚虎杀的。要是这样,骚虎会有什么反应呢?张全突然产生了一个邪恶的想法:不管那条狗是否健在,都告诉骚虎是被小房东杀了。要是因为自己害死了一条狗,骚虎还会那么理直气壮吗?他有点被自己震到了,一股强大的自信穿膛而过,一种什么都能摆平的狂妄冲破天灵盖。他摸了摸脑袋,想确定那里是不是有个洞,有的话,那一定是雷劈的。他不认为自己真能那么缺德,他也高估了小房东,那条狗只是被送走了而已。当然,能送走的只是狗,事情就像骚虎说的,从来没有解决。什么东西横在空气里。有意无意张全总盯着那堵墙,感觉它快撑不住了,不是要倒向这边,就是要倒向那边。他想起传说中父亲的死,就是因为干活儿的时候站在了墙的这边而不是那边。母亲从不讳言这个,将其当作一个经典案例,告诉他选择的重要性。选择确实重要,选择太重要了,选择的墙下埋着父亲,他只能缩到选择的墙角。白天,他也坐在墙角,确保不会有什么东西从身后蹿出来。狗刚走两天,猫又来了。猫不像狗只在地上叫,它们可以在墙上叫,在房顶叫,在树上叫,在不知道什么地方的地方叫。一声连着一声,此起彼伏,热烈呼应,像蝉鸣那样叫,像青蛙那样叫,像溺水那样叫,像火烧那样叫。半夜里醒来有一种恐怖错觉:世界不是人类的,而是动物的。挨到白天,恐惧没有远去,错觉也不是错觉,这个院子就是属于动物的。他只能缩在墙角,看着可疑的骚虎侍弄可疑的动物,好像在无声密谋,好像在出卖人类。他用椅背抵住墙角,看看骚虎,看看龙哥,准备随时猛戳屏幕,准备迎接命定的判词:抱歉,您运气欠佳。每次看到这句话他都不会收手,而是更大力地戳,直到屏幕重新变得干净。这次他一上来力气就很大,控制不住地大,哒哒哒哒哒哒哒、哒,礼花溢出屏幕,密集程度仿佛宇宙爆炸。他一时没明白发生了什么,明白时已经跳起来了,椅子摔在地上,吓飞了一只鸡。他举着手机又叫又骂,骚虎站在动物中间冷眼看着,动物们也都冷眼看着,那只鸡也回到队伍冷眼看着。他冷静下来,说,我中奖了。骚虎咧开嘴笑了,说,祝贺啊,中了什么?他愣了一下,说,中了一条龙。什么龙?骚虎没有很惊奇,或许热爱动物的他从未寄希望于龙。于是张全说,塑料龙。骚虎咧了咧嘴,没等笑出来就接着侍弄动物去了。

和龙哥的约会定在三天之后,其间有一个自称龙哥助手的人发来一份问卷,规定了提问范畴:

A.情感问题
B.事业问题
C.生活问题
D.精神问题

他选了 A,按照要求对自己的问题进行简单描述:

我喜欢一个女孩,不知道她喜不喜欢我。她要不喜欢我,怎么才能让她喜欢我?不知道她知不知道我喜欢她,她要知道也会喜欢我吗?她要不知道,怎么让她知道?她要是也喜欢我,我们能在一起吗?要是不能,怎么才能?

写到这儿他打住了,他怕问题太多把龙哥吓跑。幸亏没写那么多,之后的两天,他没事就点开这个页面,不断被自己的问题难住。这些因为燕燕产生的问题已经大过燕燕本身,从前都是先想起燕燕才想到问题的,现在反了过来。燕燕跟在一串问号后面越发模糊,他在一撂问号下面孤苦无依。在问题面前,人可真渺小啊。三天时间一到,他把自己锁在房间,等待手机的召唤,像重刑犯等待审判。经过一系列花哨的铺垫,龙哥喊出他的编号,看着屏幕里的自己,好似刹那间灵肉分离,只是不确定哪边是灵哪边是肉。

欢迎我们的 53 号幸运儿,这位小可爱,你叫什么名字?

龙哥的声音冲着他来,感觉比平常大多了。他看见自己说,哦,我叫张、全。

张全! 全都要的全,好名字! 那么全都要的张全,你有什么问题想跟龙哥探讨呢?

情、情感问题。他看见自己的脸被这个断句搞红了。

好吧亲爱的,不要害羞,大胆说出你的问题。龙哥在屏幕里指着他,越大胆,问题就越好解决。

是这样的,我想帮我的一个朋友问问——

别来这套!龙哥大手一挥,但凡说帮朋友问的,那个朋友就是自己!别忘了龙哥我是干吗的,对龙哥,我劝你们最好还是诚实!

不是,不是,我……我……龙哥每句话的最后两个字都是重音,好像铁锤哐哐凿他脑门,脑子里的问号飞速溜走,只剩我了。

别紧张宝贝儿,大胆说出来,你想替这位叫张全的朋友问点什么?龙哥被自己的机智逗笑了。

不是我!他莫名来了一股底气,真是我朋友,他最近有点,嗯,怎么说呢,有点问题,我不知道怎么帮他。

好,我信,我信。看来这个问题小不了,你慢慢说。

说不上是大还是小,就是很难说。我这个朋友,他跟动物很亲,他的羊死了,他很伤心,他很——奇怪。

朋友,你这就有点难为龙哥了。龙哥说,我记得你要问的是感情问题,龙哥擅长的是人和人的感情,人和动物的感情龙哥也没研究过啊。

龙哥一脸愁容地看着张全,张全愣愣地看着屏幕,那上面正掠过成群的笑脸和成串的哈哈。很快,龙哥的愁容也憋成了笑容,满屏的笑挤着一张面如死灰的脸,张全以为自己要失去这次机会了,确实,先破坏规则的是他。他石化在屏幕里,被笑容的海洋无情冲刷。龙哥收起笑脸,先道了歉,别介意啊宝贝儿,龙哥开玩笑开惯了。现在我看出来了,你确实在为你的朋友担心,你朋友的问题也确实不简单,你放心说,龙哥能帮一定帮。

在龙哥温情脉脉的鼓励下,他把事情说了一遍。龙哥听完都沉默了,再开口,已是眼含热泪。

朋友们,太感动了,我太感动了。龙哥接过屏幕外递来的纸巾,擦了擦眼泪,我真是,太感动了。这位朋友的朋友,对羊的感情,包括对所有动物的感情,真是太感人了,太感人了!咱们拍着良心问问,就是人对人的感情,能做到这一步吗?我还大言不惭地说自己擅长人和人的感情,我擅长个屁!在听到这个事情之前,我根本不知道啥叫感情!

龙哥扶住额头,平复了一下情绪,接着说,这位朋友的朋友,他养了那么多动物,但绝不是养动物那么简单,他把动物当成了家人。朋友们,我们能随便伤害人家的家人吗?不能!自古以来,动物就是人类的好朋友,我们应该保护动物,尤其是别人的动物!也许在你看来是动物,可在人家那里就是亲人,就是感情的寄托!

龙哥大口喘气,久久不能平静,屏幕上也全是感动的眼泪与人神共愤。张全看到自己也闪了泪花,跟满屏的气氛和谐而统一,但他还记得最初的问题,可是龙哥,我们该怎么帮他呢?他的问题就是投入太多感情了,就算是死了家人,也总得往前看吧,是吧,龙哥?

嗯,是。龙哥抬起头,眼圈是红的,该怎么帮他呢,怎么帮他呢?这事我也是头一次见啊。

龙哥埋头苦思,屏幕上谋略纷飞,有说以牙还牙的,有说请和尚超度的,还有说再克隆一只的……龙哥可能实在是没招了,开始从弹幕里采言纳策。他越是否定那些离谱的建议,接下来的建议就越是离谱。越来越多的人拥进直播间,龙哥跟广大网友展开了头脑风暴。他念出一条弹幕,再切换角色予以反击,虽然一直是一个人在说话,却始终保持着热火朝天的氛围。张全被晾在屏幕另一侧,退化为一个痴呆看客。屏幕外有人提醒这场直播已经严重超时,龙哥意犹未尽,再三跟张全保证这事没完,对于善良的人,老天总得有个交代。就算老天爷不交代,龙哥也会给你个交代!虽然有些不知所措,但他还是受到了感召,退出直播后仍微微颤抖。来到院子里,他看到骚虎抱着一只猫坐在阴影里。他摸了摸猫头,对骚虎说,放心吧,老天会有交代。望着漆黑的夜空,雄心持续高涨,猫叫了一声,好像能顺着目光穿透夜幕。他对骚虎说,要不今晚先别让猫叫了吧?骚虎没说话,猫又叫了一声。

夜里,他躺在床上,没等来猫叫,先等来了燕燕。燕燕的同事看了直播,截了一小段视频发给她。她惊叫连连,对屏幕里的张全赞赏有加,你也太厉害了,居然找了那么大个网红曝光高建。他刚要声明自己并没有曝光高建,就被曝光高建这个说法击中了。他迫不及待地肯定了这个说法,对,就是要曝光他!这样才有用。燕燕沉默了一会儿,说,有用是有用,不过事情可能会闹很大,你得提前想想办法。挂掉电话,他有点头大,同时到来的好消息跟坏消息难以同时消化。这夜没有猫叫,也没有狗叫,只有过热的脑子像被闷在高压锅里一样叫。等兴奋耗干所有水分,他才得以干巴巴地想一想:好消息已经确定,坏消息是可能会闹很大,结论显而易见,应该听从燕燕的建议为即将到来的坏消息想想办法,只是能想的也就那么多了,随着第一声鸡叫,他睡了过去。

第二天,赖床的他刷到了自己的短视频。一条是"龙哥哭了:快狗小哥和羊的真情";一条是"龙哥怒了:快狗小哥与羊的冤情"。作为龙哥又哭又怒的对象,他知道自己火了,只是不知道怎么就成了快狗小哥,又何时跟羊有了各种情。下面的观众不管这个,纷纷对他表示同情。他跑到院子里,骚虎上班去了,动物们悄咪咪地看过来。他看了看中间那堵墙,墙那边也静悄悄的。他回到房间,又刷起手机,每一次滑动屏幕都窜出乱糟糟的音乐。他缩在床角,在手机里寻找自己,评论的声音很快盖过了他的。看得越多越迷茫,屏幕里的他也迷茫,并且陌生。他又退化为一个痴呆看客,无故地旷工在家,刷着一个叫快狗小哥的视频。碍于多年养成的勤俭美德,旷工总叫他心慌,在手机里看到旷工的自己只会更慌。下午,事情发生转向,大家开始关心一个叫骚虎的人。由于张全只是无意中提到一嘴,大家并不能准确地说出这个名字,骚虎、骚姑、烧壶……什么奇怪的词组都出现了,不过大家的意思是明白的,就是找到这个骚什么还是什么虎的人,问问他为什么对动物饱含深情,看看他是不是真的能跟动物说话。骚虎一直用老年机,在网络世界的踪迹为零,唯一一次出现就是从张全口中,他也就成了唯一的突破口。手机里的账号纷纷诈尸,冒出应接不暇的信息,有媒体,有主播,也有各种奇怪的问候。他回了几句,都是找骚虎的,可骚虎还没回来。他不敢替骚虎做决定,他连自己的决定都不敢做。他只能晾着那些热情的邀约,转而回应那些奇怪的问候,他第一次认识到打字聊天也是个挺累的事情。晚些时候,燕燕不请自来,见他的第一句话是,你们火了。从她兴奋的神情看,这似乎是好事,当然看到她就是好事。她接管了张全的手机,边翻边发表见解,张全凑过去,对她发香的注意要多过言语。她对着手机一通挑挑拣拣,哪家媒体不错,哪个主播不行,哪条评论不要理。张全无心分辨,但安心不少。龙哥的信息进来,燕燕举着手机给他看:不要说任何话,不要见任何人,等我!

燕燕问他怎么回,他思考的时间有点长,燕燕又说,问问他给多少。他愣了一下,才知道她说的是钱。

这是可以要钱的吗?

不知道,燕燕说,有人抢,应该就是值钱的。

没等他想好,燕燕就把字打好了,她打字很快,用的是全键盘,细长的手指一阵轻舞,掉转屏幕亮给他看:独家的话你出多少? 他点了头,燕燕按了发送。不一会儿龙哥回过来:你要多少?燕燕再次问他怎么回,他空着两眼,彻底放弃了思考。燕燕边打字边说,两万,不,五万……手指又舞一阵,亮给他的对话框里是十万,并且是已发送。他被吓到了,这也太多了吧。燕燕冲他眨眨眼,说,既然他想谈,就谈不黄。他算是见识到了燕燕的谈判能力,经过手指的几阵舞动,这单买卖以六万块钱成交,条件是他带着骚虎参加龙哥的独家直播。

骚虎不一定答应。他说。

直播一场就六万元,比他一年挣的还多,他傻啊不答应。

他还真傻。要知道有钱,估计就更不答应了。

那咋办?

这个钱也不能全给他,你谈下来的你也有份,应该我们三个平分。

先别说平分的事,你有办法说动骚虎吗?

我只能说说看,但这个钱要先瞒下来,等事后再给他。不过先说好,这里面有你两万。

燕燕笑了,要是骚虎愿意配合,这点钱算什么,你知道网红多赚钱吗?

网红?

我一开始就觉得,骚虎在北京养羊这事可以做直播,都说直播是风口,现在龙哥就是一场东风。

他一直以为网红只是用来看的,燕燕的话敲碎了屏幕的壁垒,让他觉得去那里面挣钱也不是不可能的事。他们畅想起做网红的可能,对啊,骚虎喜欢动物,就卖动物以及与动物相关的一切,那得是多少钱? 燕燕直夸他是天才,你可真行,连带什么货都想好了,有个主播光卖火腿,都身家上亿了。亿?这个字让幻想到达巅峰。他说,要是真挣那么多钱,我就娶你。说完他都没有脸红,大概是因为血液都集中在脑子里了。燕燕说,得了吧,真有那么多钱你还会找我啊? 我就找你,他说得太急,冻住了空气。燕燕在真空中看了他一会儿,说,你还是先搞定骚虎吧。

他搞定了骚虎,用的是骚虎制造的那个场景:上龙哥的直播间,等于把申冤的牌子挂在全世界的羊脖子上。骚虎深以为然,却对张全接下来的请求不置可否:不要在直播间提高建的名字。张全知道骚虎不愿意说谎,不说话就是不答应,但这是有点活动空间的不答应,非要逼他答应,恐怕就是确定的不答应了。他答应了直播,那就好,至于别的,也管不了了。龙哥很急,说第二天就来。夜里,骚虎在院里坐了很久,没有制造出一点动静。他躺在床上,还是难以入眠,白天的幻想延续到夜里,变得更为具体。为了明天的直播能有一个好面貌,他数起羊,脑中浮现的是骚虎的那只老骚虎,一只又一只地站到草地上去,直到一眼望不到边。他一跃而起,打开灯,掀开墙上的旧报纸,看着上面的燕燕,她是完整的,她是美的,连其中的缝隙都充满了想象空间。又进来一条信息,让他彻底睡不着了,是小房东发来的,曝光我?你等着!

一辆商务车停在门口,从上面下来五六个人和一堆乱七八糟的东西。他们花了很长时间布置院子,把直播设备安装在骚虎的动物棚子前,又在上面撑起棚子,安装灯具和遮光板。骚虎在棚子里安抚动物,对龙哥的热情爱搭不理。张全和燕燕忙前跑后,全权代表骚虎处理一切事务。下午,小房东带着四五个人闯进来,挤满了院子,动物们惊叫连连,骚虎都管不住了。小房东的诉求很明确,就是赶走大家,包括张全和骚虎。骚虎只顾着动物,张全无计可施,燕燕的话也不管用了。龙哥显现出了极强的控场能力,拽着小房东进屋聊了会儿,不到十分钟,小房东就出来了,还带着点笑的模样。他拍了拍张全的肩膀,带人走了。张全崇拜地望向龙哥,龙哥笑笑,一副尽在掌握的样子。直播开始前,他对骚虎说,放心吧,想说啥说啥,今天龙哥就是给你做主来了。

这是一场成功的直播,骚虎收养的那些动物赚足了网友的热泪。骚虎全程没说几句话,那更增添了他的神秘敦厚。他每说一句话,都有人夸可爱,这大概是他第一次得到这种评价,可能上一次被这么夸赞还是在襁褓之中。自从跟动物说上话,他就再没得到过什么正面评价,不得不说,网络的胸怀果然更加博大。因为直播的屏幕太窄,张全全程站在外面,只在必要时把头伸进屏幕,替骚虎回答一些问题。当然,最热门的那几个问题,大家只想听骚虎亲自作答。

为什么对动物一片深情？

骚虎的回答是，因为我认识它们。

真的能听懂动物说话吗？

骚虎的回答是，有时能懂。

能让动物听话吗？

骚虎反问，为什么要让它们听话？

不要高建赔你羊，那你想要啥？

骚虎的回答依旧是，你们该问他。

这些简短且冰冷的回答当然令人不满，但也催生了许多解读空间，连龙哥都赞叹，说，骚虎的话充满了佛性，你们就慢慢去悟吧。直播的最后，龙哥让骚虎说一句结束语，骚虎想了好久，说，人做的事，羊不知道，但羊是认识人的。他说完，屏幕接连出现了火箭、飞机和跑车之类的东西，龙哥没有大声致谢，而是再次抹了眼泪，继而做了最后总结，朋友们，家人们，我不知道你们，我只能说我很感动，我真是，好久没有这么感动了。这位叫骚虎的朋友，我说他有佛性，不，不是佛性，他就是佛，他是不杀生的啊。我们可能做不到不杀生，但绝对可以做到不杀别人的动物，我只有这一个请求，朋友们，请不要杀害别人的动物。龙哥双肩抖动，久久沉默，屏幕上升起整齐的队列：不要杀害别人的动物！骚虎一直没动，即使被龙哥抱住，但张全看到他也有了泪花。

直播结束，龙哥请大家吃饭，骚虎不去。龙哥把外卖叫到院子里，就着为直播布下的明亮灯光庆祝直播的成功。跟着龙哥来的两个美女这时发挥了作用，菜一上桌就让大家喝了两圈。她们是如此靓丽，皮肤都反光，以前只在屏幕里见过，一个被龙哥送过花，一个被龙哥送过养猪场。张全不能直视，只敢喝递到嘴边的酒。骚虎不看也不喝，两个美女缠了他一阵，他岿然不动，俨然一尊石佛。龙哥使了个眼色，美女们放过骚虎，专攻张全。张全很快就喝多了，偷偷问龙哥怎么搞定的小房东。龙哥不屑地说，你觉得会有龙哥搞不定的人吗？张全肃然起敬，仰头又是一杯，坐下时燕燕扶住了他。破败的院子变得摇晃起来，觥筹交错，好不快活，只有骚虎黑压压地坐在那儿，只吃面前的一道菜。酒浓之时，两个美女中的一个唱起了歌，是被送养猪场的那个。商务车里什么都有,不光搬出了音响,还有灯球。被送养猪场的美女一曲终了又是一曲,没有间隙,后来燕燕走过去,发现她在直播。美女跟燕燕解释,自己是个唱歌主播,不分地点场合,到了时间必须开播,她家粉丝就是喜欢她走哪儿唱哪儿的劲头。说罢,她把燕燕拉进屏幕,热情地邀她唱上一曲。龙哥拍手起哄,张全也跟着。燕燕接过麦,唱了首《一生所爱》。明亮的院子变得幽暗,骚虎的黑影跟着涣散。歌毕,骚虎腾地一下站起来,吓了大家一跳,不知道的还以为他也要去唱一曲呢。张全跟着站起来,以为他嫌吵要撵人了。骚虎在桌上寻到酒杯,笨拙地举向龙哥,说,龙哥,谢谢你。龙哥有点受宠若惊,起身去碰骚虎的杯。骚虎一饮而尽,被送花的美女趁机满上,被送养猪场的美女持续高歌,整个院子完全地摇晃起来。

大家都喝多了,龙哥重复起那句被网友们重复了无数遍的宣言:不要杀害别人的动物!抑扬顿挫了好几遍,他拍着骚虎的肩膀问骚虎,兄弟,不要杀害别人的动物!我说得对吗?骚虎的肩膀感受到了龙哥的力量,点着沉重的脑袋说,对!

我有个大胆的想法。龙哥站起来,桌上噼里啪啦掉下不少东西。龙哥用一个霸气的手势压住全场,示意谁都不要动,听他继续说,让我们去拯救更多动物!怎么样? 龙哥变了个手势,指向骚虎,怎么样?

动物是救不完的。骚虎说,我也只能救我看到的。

那你看到的,全救下了吗?! 龙哥痛心咆哮,被送养猪场的美女也停了歌声。

骚虎被镇住了,两只眼睛亮晶晶地看着龙哥,像看着一条真龙,丧失了语言功能。

跟着龙哥,让我们去救更多动物,好不好?龙哥又换了个手势,压在桌上,像在祈求,也像施令。

骚虎眼里的光散了,还是没说话。

龙哥的意思是,让骚虎跟张全辞掉工作,带着这一院子的动物跟他去直播。张全提出带上燕燕,龙哥同意了。可骚虎不同意。第二天酒醒之后的商谈因骚虎的冥顽不灵而告吹。龙哥走时交代张全好好做做骚虎的思想工作,张全想到小房东,现场献上一计。龙哥笑笑,说,我早想到了,过两天看直播吧。张全问为什么要过两天,龙哥说过两天才真。两天后,小房东上了龙哥的直播间,张全和燕燕一左一右押着骚虎观看。屏幕里,小房东极度诚恳,眼睛都是红的,他声称看了龙哥的直播夜不能寐,对自己的行为深感抱歉,痛定思痛,决定来龙哥的直播间做个了断。

对不起,我不该怂恿我的狗咬死骚虎的羊。现在我明白了,在我眼里那可能只是一只羊,对骚虎来说,那是他朝夕相处的家人。虽然我赔了他一只羊,可那远远不够,那抵消不了他丧失至爱的痛苦。在这里,我郑重向骚虎道歉,日后我也会登门谢罪。对不起了,骚虎,对不起了,羊!

骚虎默不作声地看完,只在最后问张全,怂恿是什么意思?张全嘟囔了好一阵说不清楚,最后还是燕燕说,怂恿,就是指使。骚虎深吸一口气,默默走到院子里去了。

张全和燕燕对视一眼,没有说话。直播还在继续,龙哥又开始呼吁大家不要杀害别人的动物。屏幕上,对小房东的谴责渐渐转为谅解,就像龙哥说的,大家只是普通人,很难有骚虎那么高的觉悟。谁不是普通人呢,普通人当然选择原谅。浪子回头的戏码在宽容的海洋里落下帷幕,不得不说,网络的胸怀果然更加博大。

5.燕尾

人人都有了自己的直播间。

5.1

小房东也有一个,他以赎罪为名,开了一个放生直播间。他开着那辆五彩缤纷的车到处去买鸡买鱼,还去泰国买过猴子,去越南买过鳄鱼。他喜欢对更贵的生命伸出援手。在龙哥的指导下,张全带着骚虎跟他合作过一次,在一个硕大的郊区菜市场,他们买下所有活物,再到更远的郊区放掉。骚虎是被骗来的,菜市场是他的禁区,他见不得那么多嗷嗷待宰的动物,那只会加重他的痛苦。这就是龙哥想要的画面,虽然骚虎的表情缺乏变化,他们还是拍到了痛苦。骚虎痛苦得要跑,小房东天神下凡,买下所有活物。于是他们又拍到了希望,虽然骚虎的表情还是变化不大。那一次放生足足花了三天,他们给所有动物找到了归宿。这就是龙哥的指导,制造问题,解决问题,制造更大的问题,付出更大的代价。唯一需要把握的是时间，那取决于主角的分量，骚虎值得三天，或许还可以更久。观众们全程关注每一个动物的命运，贡献了这场观看人次最多的直播。这就是诀窍，龙哥在分账的时候说。没有人不服，大家虚心接受龙哥的教导，除了骚虎，分账的时候他不在。用龙哥的话说，骚虎是动物那边的，少拿人间的事烦他。

5.2

骚虎的直播间只有动物，观众们能看到哪一只，取决于他走进哪一个房间。在龙哥的直播基地，有整整两排玻璃房是属于骚虎的，那里面分门别类安置着所有他爱的动物。每只动物都拥有一个二十四小时监控摄像头，不管骚虎跟哪一只见面，都能被看见。龙哥为这个直播间配备了三个导播，全天守在监视屏前，确保可以把骚虎跟动物们的每一次爱心互动呈现在屏幕里。骚虎并不知道这些人的存在，他也不知道自己在什么时候直播。他只跟动物交流，从不理会观众。当然，观众就是喜欢看他跟动物交流、他怎么照顾它们、怎么用最笨的方法治疗它们、失败后又是怎么悲伤。每隔一天，张全和燕燕会来到直播间，和他一起讲解一些动物的救治情况。基本是张全和燕燕在讲，骚虎只负责露脸。

5.3

说服骚虎之前，张全先去说服燕燕配合他演了这出戏。把口水耗干之前，他对骚虎说，你要答应去直播，燕燕就答应和我在一起。第二天，骚虎答应了他。第四天，燕燕罢演了，那是生意谈成的一天，直到现在他也没弄清楚是怎么发生的。在他说服骚虎的时候，燕燕正跟龙哥谈判。

她把龙哥开出的两万元高薪谈成了三成股份。张全心凉了半截，燕燕的兴奋并不足以让他认为三成股份是更好的事。燕燕用另一件好事说服了他，其实也没完全说服，但他管不了那么多了。事实证明燕燕的判断是对的，第一个月结束，他们拿到的比能想到的多得多。

5.4

张全和燕燕的直播间没有固定地方，每一天，他们都开着龙哥的一辆小跑车奔走于荒野大街,拯救除人之外的一切生命。被孩子们玩弄的鸟虫、刀口下的鸡鱼、流浪的猫狗,不怕救不来,只怕没的救。龙哥的指导意见是救助场景多样化、救助过程困难化、救助对象故事化。前两项还好理解,最后一项龙哥拿一只叫"蟹坚强"的螃蟹举了个例子,那是一只被当作饲料的螃蟹,被鱼吃光了腿还挣扎求生,最终破壳重生,长出了新腿,这就是故事。张全的学习能力是很强的,据此推出了大受欢迎的"蜗牛房",那只背着间破屋的蜗牛让网友们牵肠挂肚,都想看看骚虎能不能给它一个新家。张全紧接着推出"断臂螂""跛脚鸭"等一系列身残志坚的励志榜样。每只动物都有了名字,最受关注的还是那只和骚虎同名的老骚虎,它现在叫"天鹅羊"了,只有这个名号才能褒奖它的专情。张全的学习能力是很强的,他很快就明白了他们在寻找的不是动物,而是故事,寻找与创造,是如此接近。燕燕是天生的好演员,她丰富的情感引领着观众,人们在她的忧虑中忧虑,在她的眼泪中心碎。有时张全都觉得她太过入戏,镜头关闭之后,她的眼泪还在继续。对于那些做出了极大牺牲的动物演员,她有的恐怕不只是伤心,或许还有亏心。张全决定让她的伤心纯粹点,不再告诉她哪一段故事是创造、哪一段故事是碰巧遇到。当然,她伤心依旧,只是不知道这里面还含有多少亏心。亏心是躲不开的,就算不对动物亏心,也很难不对骚虎亏心。源源不断的伤员把骚虎困在那两排玻璃房里,他一刻不停,还是不能阻挡越来越多的伤亡。动物们的消亡消磨了他的意志,消耗了他的体重,消沉了他的心情。他离人间越来越远。张全于心不忍,可张全也是人间的一员。消沉当然令人同情,持续的消沉却会消灭同情。观众不在乎有多少动物等着去救,他们只希望每一次成功都有喜悦。不再喜悦的骚虎令人失望,让观众大幅减少。他们救不回骚虎的心情,只能去救更多动物。每只动物都有一个好故事,但不一定有好结局。张全的学习能力是很强的,他掌握了好故事的种种奥妙,唯独掌控不了故事的结局。故事的结局就像燕燕的眼泪,会在镜头关闭后继续。

5.5

　　龙哥决定控制成本,让骚虎和动物们腾出一排玻璃房,以便放些美女进去。张全痛定思痛,决定再讲一个故事。故事里,他去放羊,羊跑到马路上,撞断了腿。灵感来自他刷到的一个女孩,她装着两条机械腿,跳着机械舞,鼓舞了很多人。要是羊装上机械腿呢，还是骚虎的老骚虎。毫无疑问，这会是一个好故事，可他忘了结局。

5.6

断了腿的老骚虎躺在直播间的地上，召回了无数观众。骚虎的演出依旧缺乏变化，低头坐在一旁，不让任何人靠近。静止的画面赶走了观众。到后半夜，燕燕的眼泪也哭干了。她和张全对视一眼，走出导播间，走进了屏幕。屏幕里，骚虎抱着羊躺在地上，对燕燕的到来视若无睹。燕燕陪着他默默地坐了一会儿，无声地流下两串眼泪。擦干眼泪，她躺了下去。他们面对面躺着，长时间不动，把那只受伤的老骚虎夹在中间。后来，燕燕凑了上去，张全赶走了导播。

5.7

第二天，张全醒来，屏幕一片空白。他跑下楼，冲进空空如也的玻璃房。一夜之间，全都消失了，不知道是骚虎遣散了动物，还是所有动物都离他而去。这里没有更多别的动物了，所以骚虎必须要走。我想去南方看看，骚虎说，最好是云南，听说那里有很多虫。第二天，他就走了。半个月后，张全也走了。最后是燕燕，她在一个卖衣服的直播间又干了两个月，才彻底消失在屏幕里。

5.8

张全换了辆车，用剩下的钱买了一部小相机，他就用那部相机拍照。半年后的一天，他送货到天津，车子抛锚在一条乡道上。他被迫等在路边，在那里，他看到一只羊，像极了骚虎的老骚虎。它的脖子上没有绳索，在沟垄间信步闲游。注意到张全的存在，它看了过来，用那双没有表情的羊眼看了一会儿，转身走向树林。张全掏出相机，追着它，拍它的背影，一共拍了八张。

【作者简介】郑在欢，1990年生于河南驻马店，出版有《今夜通宵杀敌》《团圆总在离散前》《驻马店伤心故事集》等小说作品。

不死鸟

◎　虹影

> 伸出江水的手指,抵达喉咙的枪口
>
> 你是新生的蛹,罪恶的花蕊
>
> 我旋转山城,你旋转浓雾
>
> 天上飘动半根羽毛,街角出现一个高跟鞋
>
> ——《悲伤三角形》

一九八三年　　重庆

这年我刚满二十一岁,在一家物资公司当会计,沉迷于写诗,日子过得混乱。关于母亲,关于二姨,关于在我幼年时期想害死我的唐庆芳,我内心长久萦绕着一些疑问。唐庆芳也是她俩的旧相识,我很想弄出一个头绪。那是个周末,我决定上歌乐山找二姨问问,背上一个小背包出门。即使在九月,嘉陵江江水也绿蓝绿蓝的,歌乐山仍郁郁葱葱,没有一团树叶变红变黄。走在湿漉漉的石阶上,能嗅到空气中有股霉味,的确是家乡特有的味道。灰暗的天色下,远近的山峦飘着雾气。这儿不像重庆城中心解放碑一带繁华,也不像山下沙坪坝,那儿有几个大学,人声鼎沸;山上清静,耳旁随时传来鸟儿的鸣叫。

“你这个方脑壳,肯定是歌乐山来的。”

我从小听到这样的话。歌乐山以拥有重庆最早的精神病院而闻名,沾上

歌乐山的人，大都跟精神疾病有关；当然歌乐山也因为有白公馆和渣滓洞而闻名，它们是国民党在美帝国主义协助下关押不同政见人的监牢，尤其是关押过共产党员江姐、许云峰等人士。一九四九年十一月二十七日，重庆，解放军进城前，监牢里除了少数人逃离国民党的大屠杀外，大多数人被害了。从小学起我与别的孩子一起，年年在这个烈士死难日，戴着鲜艳的红领巾，在高大的碑石下鞠躬，悼念他们，宣誓要将革命进行到底，做共产主义接班人。

记忆中，歌乐山没什么热闹的街，居民很少，冷冷清清的。

多年后，山下山上，大路小路修了不少，墓区绿化仍很好，虽不是悼念日，但还是有很多参观的人。整个地区新修了好多五六层的楼房，甚至更高，街道增宽，热络了不少，有好多小卖部、衣服店和新式发廊，空气中飘浮着港台歌星软绵绵的歌声。下水道未完善，不时可见脏水和垃圾，墙要么黑乎乎，要么涂了新漆，到处都是改革开放的标语。我东瞅瞅西看看，随意乱走，算是对这个地方有所了解。马路边上小贩摆了新鲜的菜在售，几辆摩托车停在一个收费处。我歇了一会儿喘了口气，接着走，经过几家小服装店，发现街角拐弯处一家小铁匠铺，最多十平方米，墙上全是锅和锄头刀具，对着门的墙挂了一个木牌，上面写着"补锅配钥匙"五个有力的毛笔字。一个男人系了围裙坐在一个矮木凳上，戴了一副黑框老花眼镜，脸上多了一些皱纹，两鬓全白，埋头在配一把老式铜钥匙。

我认得他，是董江，唐庆芳的丈夫，二姨的情人。

屋子里很暗，地是三合土。我小心地侧身站在门前，以免挡着光线。

身后有好多汽车声，也有人走入走出。仅仅过了一分钟，董江从凳子边的盒子里取出尺子，量了量钥匙，这才抬起头来，看我。他的样子有点木讷，但没有惊奇。可能我走进小店时，他就知道是我。

"董叔叔。"我轻声叫。

他点点头，未等我开口，他便从木箱里取出一支圆珠笔，拆开一个空的山城牌香烟盒，在空白的地方写了一排字，然后将纸递给我。

我接过来一看，是一个地址和电话号码。

我谢了他。他没吭声，埋头继续做手上的活，用锉刀锉一把钥匙顶端的齿轮。

我看着他半晌，折好字条，放入裤袋。

离开董江的小店后,我爬石梯下石阶,幸亏穿着软底皮鞋,脚不累。我站在一棵老黄葛树下,看山下磁器口古庙,香火很旺,好多人在里面,有些人跪在香炉前烧香。僧侣突然撞响了钟,我心头有种怪异的感觉。可不,一抬头,我看到二姨朝我走下来。她穿了泥巴色长裤、白地小绿花衬衣,齐耳短发,差不多半白了。她跟我母亲似乎沾点血缘,模样真的有些相似。天空飞过七八架小飞机,很响,飞得很低,看来这儿离机场不远。

二姨朝我一笑,然后看着天空,说:"这段时间它们就跟蝗虫一样,不知为啥。"她握着我的手,"我最近老是头晕,我要是哪天走了,就见不到你这闺女了。"

"二姨,你看起来身体很好,不要乱想。是不是有人告诉你,我来山上了?"

"没人跟我说。今天我的左眼跳。左眼跳财,是好事。"二姨有点喘气,说,"好事,就是有珍贵的客人来。除了你和你妈,谁会来这无聊的歌乐山?"她侧过身问我,"你妈妈好吗?"

"妈妈身体还好,快退休了。妈妈以前总说,抗战那阵子,头上日本飞机像欠死的蝗虫。"

"哦,她也这么说。"

"她说小日本炸死好多人,一听到警报叫,大家就拼命钻防空洞!"

"一九四五年,过了好久了!"二姨感慨道,"好像是昨天!"

"二姨,当年,你和我妈妈在重庆认识,还是在乡下认识?"我问,"一认识就是结拜姐妹,对吧?"

"我俩要是追到祖上的祖上一辈,还是远亲呢!"二姨说完,叹了一口气,补了一句,"我们在重庆城才认识。"

"给我讲讲。"

她像没听到我的话,看着前方,然后说:"我们像难兄难弟!"

我有个感觉,二姨嘴巴很严。我想弄明白的事,没那么容易问个水落石出。

飞机声突然消失殆尽。我的肚子咕咕叫起来。我出门前,没吃饭,排队乘公交车,转了好几趟车,此刻,肚子真有些饿了。

"孩子,我知道你为啥来,不过,要是你妈都不告诉你,我也没啥可说的。你不要问了。老一辈的事,陈年的谷子,煮饭都不香了。"二姨不笨,她握紧我的手,说,"你肯定饿坏了,那边上有家豆花店,味道很好,我们去尝尝。"

我来歌乐山的目的被二姨看穿,遭到她一口拒绝,我有点尴尬,没有再说话,只是紧跟二姨的步子。没一会儿,我俩走到一坡石阶的小街拐角处,看到一家幺妹豆花小馆子。说是小馆子,其实是两幢房子相连下的过道,几张桌子,靠路边还撑了把大阴丹布伞,打了好几个补丁,虽被太阳晒得灰灰的,倒也很干净。

小小空间,桌子边都坐了人。老板娘是一个烫波浪头的中年女人,一身花连衣裙显得她更肥硕。她看到我们在张望桌子,大着嗓门说:"唐姐姐好,有位子,今天还是原样的?"

"大碗豆花。"二姨说。

老板娘从墙边拖来一张折叠桌子,迅速打开,支起在伞下,搬来两把木凳,给我们一人倒上一杯老鹰茶。

一个小伙子端着大碗装的豆花来了,香气扑鼻。老板娘又端来老鹰茶,放下一碟萝卜泡菜和筷子、勺子,还有两张折叠好的纸巾,很是周到。米饭是甑子饭,硬硬的,一粒粒很诱人。二姨和我相对而坐,她指着墙上黑板上写着的辣椒丝凉拌熟猪肚和虎皮辣椒拌皮蛋。那老板娘马上端来,还把两碟辣椒蘸水放在桌上,我发现是切得细细的野山葱。

豆花点得很筋道,嫩香,调料麻辣十足,加上饿了,我一碗饭吃完,又要了一碗。二姨很开心地看着我,问:"上班顺心不?单位食堂哪个样?羡慕你有能力坐办公室当会计。"

"成天跟数字打交道很累,要不,我早就上山来了。"我又想问,她和母亲旧时的那段时光,但话到嘴边,吞回去了。

"你妈跟我见面,一年见一面,有时会见两面。我们都希望你高高兴兴的。你的男朋友,对你好吧?这总可以告诉二姨吧。"

二姨对我的个人问题很关心,只是我心里在琢磨怎么问她。她以前来过学校,那些淡掉的时光,一下子近了。我没说话,低头看远处。

"那天在你们学校,我看那孩子一眼,就知道他人不错的。"

我说:"人跟人得有缘才行。"

二姨说:"是呀,要说也奇怪,什么样的人与你一生联结,这点真由不得自己做主。"

一九四五年　重庆

　　唐素惠从忠县石宝寨乡下来重庆已有一年,之前在偏远的江津的一所小学里做杂务,偶尔也教低年级的课,做了两年,偶遇一个家乡妹儿,两人结伴到重庆城里。阴错阳差,唐素惠在剧场打杂,后遇冰老师,为他忙碌。冰老师瘦瘦高高的,戴着细边黑框眼镜,气质儒雅沉静,三十四岁,在大学讲戏剧,受到女学生的追捧,空余时间为戏团忙碌。他虽然没有沪上戏剧大师曹先生的影响力,但写出的脚本扎实幽默,深受本土剧场偏爱。抗战时重庆作为陪都,有二十多个大小剧场,曾经有过同一天晚上,三家剧场演他不同的戏。他的戏《山城人家》还挤进抗建堂和国泰大戏院。

　　冰老师生性不爱出风头,为人低调,也不喜交际,这天却破天荒地带唐素惠去二老板的公馆见凤小姐。那天傍晚,枇杷山满天火烧云,他们沿着神仙洞街步行,往上的路,爬了一坡又一坡,拐入一敞就开的一幢隐在高墙绿树丛中的别墅的大门。

　　稍等一会儿,细碎的脚步声由远而近,门嘎吱一声开了,迷人的凤小姐站在里面,穿了一身绿丝绸旗袍,头发盘在脑后,眼波流转,天生一副银幕大明星气质。

　　唐素惠看傻了,女人尚如此,男人没有不被其迷住的。冰老师看着凤小姐,没点头,也没伸出手,她也没客气地寒暄,两个人看着对方,没有说话。稍后凤小姐领着客人穿过修剪整齐的花园往一幢两层楼的洋房里走。冰老师在重庆城名气不小,二老板邀请他没什么稀奇,凤小姐认识他更没有什么稀奇。凤小姐抱歉二老板不在。走廊里挂有一帧带金框的黑白照片,二老板站在中间,穿着中山服,和一帮演员合影,其中有凤小姐。二老板看上去四十多岁,中等身材,有些秃顶,面貌还算顺眼周正,神情倒是一团和气。

　　冰老师一向冷面孔,在与凤小姐聊天中,声音里添加了热气,似乎有意奉承对方。说到她在大上海演的一场戏,站在舞台上的那个背影,突然转身,朝前看的眼睛脉脉含情,盈满泪,整张脸却沉静冷酷,一下子吸引了舞台下的观众。凤小姐开心地听着,伸直她那美丽的天鹅颈来,不时毫不顾忌地露齿大笑,她的眼光对他充满崇拜。

这大概是冰老师想要的效果。凤小姐突然话锋一转，问："你为什么没结婚？"

"一个人自由惯了。"冰老师淡淡地说。

"老家有妻子吧？"凤小姐继续追问。

冰老师摇摇头。

"为什么呢？"

"还是说说你的戏吧！"冰老师举起酒杯，与凤小姐碰杯。

唐素惠出于礼节，喝了两口酒，她移开目光，四处打量，看到花园小道上站立着一个穿着灰长衫布鞋的高个男子，居然朝她点头。他那不是客气，是特别打招呼的样子。

唐素惠很诧异，因为她不认识他。凤小姐的厨娘提着一个箱笼经过那男子，厨娘问了男人一句话，男人点头。两人低声地说着什么，然后厨娘灵巧的身影朝屋里走来，经过房门，顺手拉上。

厨娘朝她礼貌地点头问好。厨娘的眉眼生得好清秀，嘴角带着笑意。

饭桌上，冰老师与凤小姐并不像第一次见面的人，聊得很是投机，谈时局，谈凤小姐演过的电影和戏，几乎没冷场的时刻。唐素惠坐在那儿像是一个电灯泡，弄不清冰老师为何要带她来这儿做客，估计他以为二老板在，有她在，场面活络些。她耳朵好，记性好，听凤小姐讲的事，好有趣：几个月前，凤小姐在香港遇到麻烦，不仅人，还有几个箱子的细软被人劫了，当时托人，竟找到二老板这条线上。二老板即刻指派人接她和行李回上海。二老板看过凤小姐的电影，凤小姐演技好，容颜倾城倾国，他对她早已是痴迷到疯狂的程度，于是邀请凤小姐与其男友费志到重庆来。他们坐船从上海来。董江是凤小姐经人介绍的司机，面试印象不错，人老实而机灵，母亲是重庆人，从小会说重庆话，也会些拳脚，便雇用他一同前往重庆。说到这儿时，那个灰衫布鞋的高个男子走进来，他手里拿着一瓶法国红葡萄酒。凤小姐的目光落在他身上，便给冰老师介绍，说他就是董江。

董江有礼貌地点了下头，启开酒，往杯里添酒后，退了出去。

凤小姐接着聊，当时他们一行三人，坐船抵达重庆朝天门，二老板安排他们住在枇杷山这幢房子里。没多久，男友费志说要处理香港的生意，想离开重庆。她不想他走，他却执意要走。

凤小姐不断地搛菜,也频频举杯,与他们喝酒。

唐素惠读过小报上关于凤小姐的桃色新闻。有的说,二老板与她有私情;有的说,她的男友在香港有情人。

不管传闻真假,待在山城的凤小姐闷闷不乐,她不想与人往来,也不想交际,甚至婉拒了一部电影。倒是二老板劝她多出门,要接触人、交朋友,于是,她这才有了家宴,冰老师是她的第一个客人。

一顿饭吃完,天色黑尽,院墙外传来一个小贩的叫声:"炒米糖开水! 猪油红糖哟!"男人的嗓门是高音,山上山下仿佛都听得见。

冰老师站起来,彬彬有礼地告辞。

凤小姐送他们走到门口,道别时,她提议冰老师写一出时尚爱情剧。她说市面上热演的戏是《家》和《北京人》,还有她之前主演的《风雪夜归人》,但自从到重庆后,发现了川剧爱情折子戏的魅力,便喜欢上了,她希望自己有一天能演这种清新扑面的戏。

"爱情折子戏,摩登的?"冰老师意味深长地说。

凤小姐点点头。

"凤小姐,你真的这么想?"

"我是认真的,请冰老师考虑一下,就算是为我定制的戏,如何?"

"谢谢你! 凤小姐,容我想想,再回你的话。"

平时几乎不喝酒,到重庆城,看的书多了,酒也开始喝了,难道自己是重庆人了? 笑话! 唐素惠在心里嘀咕,她的脸发烫,夜风缓缓吹来,走着走着,心情变得开朗,这座山城,似乎第一次向她展现独特的美:歪歪扭扭的街,山坡上层层叠叠的房子,月亮从云里探身出来,照得那山下的嘉陵江水波光潋滟。

冰老师一路上都很沉默,今晚他的酒喝得不少,但气色没什么变化,脚步跨得大。唐素惠得速度快一些才跟得上。冰老师的住处离二老板的别墅不是太远,步行半个多小时,下山的路似乎比上山容易一点。两个人心不在焉,走错了巷子,绕了路,走了好一阵才到家。虽然同在枇杷山一带,但冰老师的房子属于另一个阶层,在巷子里头,与邻居的房子隔了几十米。小房子砖木结构,依着坡度建,有些年头了,显得破旧,窗框失修,绿漆斑驳可见,里墙因为潮湿,墙皮剥落,租金自然不贵。房子有两层,楼梯通向他的房间。楼下两间:一间厨房,放桌椅和柜子;另一小间唐素惠住。这儿被唐素惠收拾得干净,桌上玻璃瓶插着小菊花,有一股淡淡的香味。她把关严的窗敞开,房外是老黄葛树和竹子,新鲜的空气涌入,屋子里的霉气散发掉。冰老师朝楼上自己的房间走去,突然停在楼梯上,对唐素惠说:"凤小姐是演技派,关于她的传闻太多,今天一顿饭下来,我觉得传闻大多是假的,人哪,百闻不如一见!"

"她是演员,万一她演得好呢?"

冰老师大笑起来。

"你笑啥子?"

"她演技好,也是好事。她今天对我不像演戏,充满真诚,有点像一个男人对一个男人的感觉。这让我对她充满好奇。"冰老师想了想,又说,"我一个好朋友说她是费雯·丽的路子,演过《知世佳人》,他说她水性杨花、风流成性,真是人说人,说死人!"

唐素惠想说,可能你就是喜欢被人勾搭。今天凤小姐就用一种亲切相处的方式,让他对自己有好感,这就是凤小姐勾人的路子。但她没有说话。

"你眼睛睁得大大的,但是并不想反对我的观点?"

唐素惠点了点头。

"其实写爱情戏,能应时,紧扣我们这个时代的脉搏,固然好,但这不是重点。关键是这戏是凤小姐主演。"

"你们以前认识?"她抬起头好奇地看着他。

他点点头,又摇摇头。隔了几秒,他补充一句:"谁不认识她呢?一代明星,有貌有才,还有背景!"

隔了好一会儿,他对她说:"今天晚上你有点鬼鬼祟祟的。"

她回答:"怎么会?"

"我听到你跟凤小姐的厨娘说话。"

"在过道?"唐素惠没想到冰老师注意到了,吃饭期间,她上洗手间,遇到端菜的厨娘,便问洗手间在哪里,厨娘告诉了位置。那厨娘样子乖巧,一派能干劲。她问冰老师:"你啷个注意到?"

"我觉得她的样子不像厨娘,"冰老师补充一句,"她的眼睛好亮,好好看。"

"她叫唐玉英。我发现她说话是忠县口音,一问,果然是那儿的人,居然是老乡,是石宝寨的人。"

"有点奇了。"冰老师走上楼梯。

"不可思议。"唐素惠说完，想起，难怪那个董江看自己的眼光是熟悉的，这下子有点眉目了。他也跟那个石宝寨有关，这么一想，她的思绪马上回到凤小姐的别墅，那儿的一切太不真实了，仿佛是人为设计的。唐玉英居然是石宝寨一带的人！比她早好多年，她出来就在重庆城里混了，混到枇杷山上花园别墅里，哪怕是厨娘，也算人尖尖，讲给忠县的人听，没一个人会相信，而且她对自己一见如故，投缘得很。

窗外一轮月亮升起，好些银色的光洒进屋来。

后半夜，起风了，屋外树和旧旧的窗子响个不停。清晨天亮后，风停了。唐素惠穿衣，简单梳洗后，提着竹篮去街上买菜。出门前，冰老师手里握着一把黑雨伞，说是要去剧场，要跟凤小姐说，他同意给她写戏。

几天后，二老板到别墅来，得知凤小姐的提议，认为太好了，凤小姐演她想演的戏，凤小姐开心，他也开心。凤小姐让董江带来几块大洋，算是订金。他同时带来一个箱笼，那是唐玉英给唐素惠准备的一道咸菜辣椒，好红的辣椒，切成一丝一丝，加了蒜片，又放了南山三块石生长的野蘑菇。她用手拈来尝，辣椒辣到心底，咸菜洋溢着辣椒新鲜的甜味，野蘑菇鲜到心里，她很感动。

冰老师拟定的剧名叫《不死鸟：美丽的秋江》。

故事围绕一名爱国抗日的大学生陈妙常展开，她年轻美丽，热情上进，发传单组织示威活动，因为躲避日军的抓捕，阴错阳差，跑进霞飞路一座修道院里，成为一名修女。有一天，一个小剧团在街上一块空地路演。正在她藏身的小房间的窗下。小剧团演莎翁的《罗密欧与朱丽叶》。她喜欢上罗密欧的扮演者潘君，一个热血爱国青年。陈妙常在他想不起来台词时，给他递词，让他发现窗子里隐藏的她，两人一见钟情。她想离开修道院，跟他参加小剧团，殊不知修道院的管事嬷嬷认为潘君并不是真心的，要她提防。潘君所在剧团的一个女人向日本宪兵告密来抓陈妙常。潘君与陈妙常从修道院的暗道离开。日本宪兵抓不到人，无法加罪修道院。最后，两个相爱的人一起乘船离开上海，投奔延安。

还有一个结局是两人离开上海，去了重庆。

还有另一个结局是男人负了女人。

还有一个结局是女人不爱男人了，爱上另一个男人。

冰老师不时就这几种结局问唐素惠的看法,她说相爱的人,千万不要拆开呀,不然看戏的人会失望。

他皱眉头,说:"该让你去学堂多读点书,你在我这儿,大材小用了。"

"我喜欢在这儿,学了好多在学堂学不到的东西。"唐素惠说。

他鼻子里"哼"了一声,撕下写废的一页,揉成纸团,扔掉。他的椅边已有好多纸团。

唐素惠收拾房子,将纸团撕了装进篓里。她问他:"冰老师,你担心二老板不同意或是凤小姐不喜欢?"

"都有。"冰老师说。

"那冰老师你得听自己的。"

冰老师听了,深深地看了她一眼。就这几周,冰老师好像待她比以前更亲近一些,跟她说些心里的话。他与她的关系像山城的雾,弥漫着说不清理还乱的情丝。这幢房子几乎没有学生或是剧团的人来,恐怕他是一个很孤僻的人,内心不喜欢热闹。

唐素惠端着篓子,到厨房生火,准备给他下一碗小面。巷子那边有人生了孩子,竟然请人吹起喜庆的唢呐,很响很刺耳,还在放爆竹,伴有笑声和脚步声。好在这几天下过雷阵雨,阵阵微风吹来,气温不冷不热,恰恰好。

重庆的雾期从十一月开始,到第二年五月结束,山坡高杆上又开始悬挂红球,警示头顶天空日本飞机将来袭击,大家看见了,便争先恐后地躲进防空洞,那回响在城市大小街道的警报的声音,怕是世界上最恐怖的声音。

自从去年大汉奸汪精卫死掉,即使葬在伟大的孙中山墓之侧,大街小巷还是在说他聪明反被聪明误,投在日本人脚下,蠢透了,娶个恶鸡婆堂客,啥事管严。有人说他死是因为被人暗杀受伤,跑去日本救治,尝试了种种治疗方案,失败;也有人说他是因为被日本人下了毒没命的。反正从那之后,是人都知道小日本在中国长不了。小道消息是专挑有头有脸的人做开心果,二老板和凤小姐这对男女自然被列为重点谈论对象,关于他们的种种事情,把这座山城旮旮旯旯塞得满满的。二老板是拍蒋委员长的马屁,才成为军统头头;二老板抱美国人大腿,成为其最看重的人,正加紧扶植,权力如日中天。中统、军统会合二为一,蒋委员长对谁都不是真正信任,这只是他用来打压反对势力的牌。凤小姐风流娘儿们,是图男人的权势。奇怪每隔一段时间有二老板的漫画,却没有蒋委员长的。小报说,二老板得罪的人太多,他性欲太强,又有了新情妇。心心咖啡馆,孔家二小姐一身男装去了,还带走了惹她生气的警察局局长。而那龟孙子局长走狗屎运,不仅没倒霉,反而升职了。

重庆作为陪都,上海滩那套显派讲究早几年也一并搬到山城了,闹市街上比比皆是拄着手杖戴帽子穿西服的绅士,女子更是云髻峨峨、修眉联娟,款款旗袍、洋派高跟皮鞋,腰肢婀娜,连小馆子抄手也按上海人喜欢的口味,放干虾皮和紫菜了。在城中心地带心心咖啡馆所在的大马路上,时常可瞧见明星的身影,那也是小报记者游荡的地方。日本飞机来时,警报会响,人们从餐馆、从戏院、从舞厅跑出,鸟状散掉;解除警报后,人们又回到原处,一切照常,灰灰的云朵间隙,偶尔也显出一抹抹幽蓝,如两江江水。

唐素惠从一坡石阶高处往下走,她的旗袍是枣红色暗花的绵绸,脚上一双软皮低跟黑皮鞋。这座城市,一直是以陌生的面孔对待她。她说不上喜欢,也说不上不喜欢。自上次见过凤小姐,认识了唐玉英和董江后,她的心境变了,感觉在这城市有人关心自己,她有了一种不再作为旁人的感觉。

冰老师让她去心心咖啡馆等一个远房亲戚,有东西转交。虽是办事,但她还是把头发梳了梳,别了个白夹子,因为走得快,脸颊嘴唇泛红,眼睛湿湿的,整个人充满光彩。

冰老师给了叫滑竿的钱,她把钱放回桌子,说不必了,她早些时辰出门就没问题。

从神仙洞街那儿往临江路走,几乎都是下坡路,其实渝中半岛,叫花花大世界不为过,边看稀奇边走路,比乡下的山路有趣得多,感觉上也并不累。

走了一程,唐素惠就到了临江路,再走一程,就看到了国泰大戏院的房子,这时有一队军人正威风凛凛地骑马经过,朝精神堡垒那边走,使这个下午增添了特别的气氛。在微微有些斜坡的大路上,疾奔着的人力车,见到军人,有的赶紧减缓速度,有的立即停下,有的马上跑到边上,给他们让道。比起别的大街,会仙桥的行人多,穿衣也较讲究。都说重庆人只管性子顺不顺,不管衣着贴不贴,错,重庆人出门也有上海人那一套臭摆设,会拿出自己最亮丽的衣服来,男人西装革履、长衫布鞋,女人烫发、高跟鞋、绸巾、口红,衣冠楚楚。

一个腰板挺直的艳丽女人,迎面走来,她看上去三十岁,微微烫了头发,黑丝绸旗袍,披了真皮毛领,目不斜视。

唐素惠觉得这女人好面熟,难道是凤小姐?唐素惠想打招呼,又不知说什么。那女人走近了,嘴唇涂得太红,脸丰腴,腰肢扭动,眉眼间像凤小姐,却少了她的高贵和雅致。

那女人走过了,唐素惠才回过神,迈步时,差点扭脚,幸亏穿的不是高跟鞋。她继续朝前走,朝左拐,前面是照相馆和钟表店,这儿也热闹,街上好多人。

天色有点偏暗了,但愿今天一切顺利。

当唐素惠站在心心咖啡馆两扇彩色压花玻璃的弹簧大门前时,突然有些不安,不知是进或是退。咖啡馆大门上两个红心相连,有一排英文。

她的心跳甚至急促起来,索性闭了一下眼,短短的停顿,她自我安慰,不要怕!她睁开眼,背着阳光走入,感觉里面人的眼光扫在她的身上。她与里面的女客穿着不一样,她们衣服华丽,戴着各式手工帽子,贵气十足;她纯朴,像岩石缝长出的野菊。一个年轻的侍者引她坐在一个小桌子前。这儿布置雅致,长条靠背椅,矮屏风把雅座隔成一个个包厢。头回来这个全城最时兴的地方,她的手心是汗,掏手绢擦额上沁出的汗。除了面前站着的侍者,没人看她。她说:"一份咖啡。"

侍者没为难她,问她要什么样的咖啡,一会儿就给她端来一杯咖啡和一碟点心。

咖啡冒着热气,她移了移杯子,闻着咖啡特有的香气,深深地用鼻子吸了一下,眼睛四下扫了一下,除了台上有四个人在演奏爵士乐外,没有冰老师所说的男人:一个穿咖啡色灯芯绒西服外套、戴礼帽的中年男子。她慢慢转过脸,看门口,自她进去后,只有几个人踩着大头皮鞋走出大门,还有两位摩登姑娘手挽手进来,笑盈盈在左边一个角落的包厢坐下。

太阳光被低压下来的乌云遮挡,她端起咖啡杯,轻轻喝。太苦,她加了一勺糖,搅拌后,好喝多了。她的手心还是出汗,于是搁下杯子,站起来,掏出钱,放在桌上,毅然往咖啡馆外走。

她的脸严肃,步履匆匆。为何冰老师要她一同来?她问他,他说,要好好培养她,让她多见世面。那晚凤小姐看他的眼光,完全是老相识,两个人说到二老板时,声音那么低,不让人听到。他和凤小姐的关系显得不太正常,这个念头一直在她的脑海飘来荡去,他们有阴谋,或是在孕育阴谋。

就是这时，走在大马路牙坎上的唐素惠，与一个拿着绳子和扁担的棒棒几乎对撞，把她乱糟糟的思路打断。她险些跌倒，站稳后，发现街上有一男一女急急地走着。他们的脸有些熟，难道是唐玉英和董江？

她加快脚步，追过去。

他们却像道影子闪过街角，不见了。

她停下来，往回走，觉得不可能，怎么会这么巧？心想之，便以为之。她笑自己。没错，自己喜欢他们，在这个举目无亲的城市，她把他们当作亲人。她继续朝前走，步伐加快，额头沁出汗珠，她掏出手绢擦，发现自己来到国泰大戏院的位置。天光未暗，门上五字招牌亮起霓虹灯，周璇的大海报，印有"凤凰于飞"。凤小姐经常在这个位置上，像只受伤的动物，眼睛低低地看过来，她的美丽，使她就算做坏事，在唐素惠的心里也是可以原谅的。

顺着马路沿，朝前走了五十来米，唐素惠感觉后背有人盯着。她猛地掉头，身后没有什么不对劲的人。街上的人，没有闪躲的，路边有一个麻辣凉粉摊，一家老小围在摊前，看上去都正常。

唐素惠蹲下，装着抖皮鞋里的灰，然后起身朝前走。

她有个感觉，什么事在发生，或将要发生。一辆黄包车驶过她面前，上面坐着一个戴着礼帽的中年男人。

她停了脚步，注视那人。

那人戴着一顶礼帽，遮挡着五官。

她抹去额前的几丝头发。隔着一段距离，哪怕那人近了，还是看不清，只感到眼睛亮闪了一下。冰老师交代的事，没完成，她并不轻松。她一开始是崇拜他，后来为他做事，都是自愿的。他有这本事，不用洗脑，就可以让她为他做一切。到今天她也琢磨不透他。这个人跟她时近时远，她从他身上学到好多东西。她跟自己说，人牵着不走，鬼引着走得尚好。她决定抄小路走回七星缸，这时身后响起一阵车轮子的转动声。

不等她转身去，一辆黄包车，在她面前停了，车夫身子朝后仰。

没错，是刚才那辆黄包车。在她思索的一刹那，一个东西抛来，准确地飞向她怀里。

她双手一伸，竟然接着了，一看是个布包。

那辆黄包车马上驶开。车上那个戴礼帽的男人，穿咖啡色灯芯绒西服外套。冰老师要她见的人，就是穿这衣服！她想喊他，可那车子驶远了，很快变成一个黑点。再瞅，一个拉粪车，进入视线。

没准那人之前就在心心咖啡馆，只是自己看不到他，或他不想让她看到。

唐素惠回到家，关上门，松了口气，整张脸苍白，嘴唇发干。

冰老师听到动静，马上下楼梯，走到她面前。她把怀里的布包交过去。他马上问："你看了？"

唐素惠摇头。

冰老师看着她，她也看着他。

他转过身，竟然在吃饭桌上打开，里面包着《迷惘》油印小报纸，小小的，只有三页，有日军国军情况，有中国向何处去，以及国共合作的误区。报纸摘了好多中国香港和国外报纸的消息文章。冰老师仔细看了，拿着报纸走上楼梯。

唐素惠听说过这"赤色"报纸，一般贴在大街上或流动于工厂和大学校园。二老板手下有个班子专盯跟这个报纸有关的事。冰老师什么人都认识，之前未见到他跟这报纸有关联，莫非这乱世他也脚踩几只船？不管他的事。那个该在心心咖啡馆见面的男人，就是要把这充满危险的油印小报交给她。万一被人发现，就是掉脑袋和坐牢的事。这男人有经验，知道如何安全交给她。

头一回做这事，她是蒙的。冰老师为何要让她做这事？是临时没有别的人了还是考验她，并吸收她成为他们的人？她想不清楚。但有一点，就是他对她非常信任，连这种事也交给她。

从他交代她要去心心咖啡馆，她的心就怦怦直跳，这事特殊而危险，这反而令她兴奋。

从茶壶里倒了一杯水，她一口气喝完。窗外远处电线杆上的一排麻雀，忽然腾空而起，叫嚷着，朝屋顶方向飞。她看着它们，莫名伤心，为什么要离开忠县到重庆城来？大城市就在脚底，那原有的梦却少了，前景是什么？

雨说下便下起来，声响也渐渐变大。唐素惠伸手去把屋子里的玻璃窗拉过来，用一个铁钩固定，让外面的微风流入。人说，下雨时，空气格外新鲜，含有一种矿物质，对人的身体有益无害。

唐玉英这刻在做什么？她很想和她说几句话。这个想法冒出来，唐素惠的嘴角露出一丝笑容，唐玉英比她小，奇怪，想到她，心里便充满温暖。

唐素惠走到厨房,看到箱笼,打开一看是一个玻璃瓶子。这是董江带来的,瓶子里装着唐玉英做的咸菜辣椒野菇,被她和冰老师吃得还剩一点。她把它们放在一个小碟里,决定给唐玉英也做一道辣椒菜,主要用橘子皮和青红大辣椒。她把肉丝混合橘皮,放点绿豆粉,加一个鸡蛋清,放少许盐和花椒粉,装入辣椒中;大火,在锅中倒少许菜籽油,把辣椒放入锅中,盖上锅盖,三分钟足够;最后撒上小香葱。

做完这个菜,看窗外天色,阴阴森森的,唐素惠犹豫了一下,还是带上雨伞,提着箱笼出了门。爬坡到那个树荫中的花园大别墅,再返回,大约一个时辰。今天唐玉英与唐素惠面对面,喝了几分钟的茶。分开时唐玉英让她从后门走,说董江该接凤小姐回来了。

后门与院墙同色,隐在密密的迎春花丛中,花朵早凋谢了,枝条茂密到很难发现它的存在。她走出来,手里还是提着箱笼,装着唐玉英给她做的虾仁擂绿辣椒。绿辣椒是用松木炭烤的,散发着淡淡的松木香味,混合着辣椒的辣味。她在边上看着唐玉英做,口水卡在喉咙里。山城只有河里的鱼虾,购海鲜,要到特殊的店,还要预订,这些新鲜的大虾仁是二老板让人空运给凤小姐的。凤小姐一踏上重庆,就特爱吃辣椒,带动本是江浙口味的二老板也开始吃辣椒。凤小姐吃到高兴处,便说:"吃辣椒好!当世界变成辣椒,日本人就滚出了中国。"

唐玉英走到门口,倚着门,看着唐素惠叮嘱:"这些虾得赶紧吃,我怕坏了!我们晓得今天是啥子日子,明天呢,会发生啥子,由不得你我这样的人做主。"

唐素惠没说什么,只是握了握对方的手,两人不舍地松开。她懂对方为什么这么说。就是那天在唐玉英的房间里,她俩对天地发誓结成姐妹。二人同年生,唐素惠大八个月,为姐。

一九八三年　重庆

我和二姨坐在幺妹豆花小馆子的桌前吃饭。小馆子门前石块上从缝里钻出好几株滴水观音,青幽幽的,有只黑猫躺在那叶子下看着我们,显得很清静。小时我一个人在江边沙滩,坐在那儿看江上的船,也清静,但很孤独。有一次看着船,我就睡着了,江水涨了,淹及我双腿,打个激灵醒了。我看着二姨,她吃得很少,心事重重。母亲与二姨,在我心中,都是我爱的人。她们彼此感情好,彼此没说过重话,想必之间的秘密,不是外人能知的。

如果我再用另一种方式去问,二姨会说吗?

天空响着闷闷的雷声,不过只是打雷,并没有雨点落下来。二姨看着照睡不醒的黑猫,放下筷子。看到我吃完,她问:"再添点饭和豆花?"

我摇了摇头。

二姨站起来,到柜台付钱。

老板说:"十九元。"

我站起来,马上掏钱。二姨一把拦着我,掏出二十元,对方找了她两张五角的。

出了小馆子,我低头走着。二姨小心地用胳膊碰了碰我,笑了起来:"这么不开心,不是因为我付了饭钱?"

我点了点头。

"你有心事,是不是跟你男朋友吹了?"

"你是说哪个男朋友?"

"你交了新的?"

"没有。我想找一个真正懂我的人,我心里乱乱的。二姨,女人是不是非要男人才能活?"

二姨没想到我这么说,怔了一下,她看着前方,眼睛里什么内容也没有。

我的男朋友,我原来与他的感情很稳定。他上进好学,心地善良,二姨知道他原是我读书时同班的班长。可是相处久了,总觉得彼此少了一些东西。这些日子他去外地进修,我与他属于分开状态,很怪,虽然有信,偶尔有电话,但感到有些生分,甚至陌生。他在我心中淡掉,可能我们彼此都是这么想的,大家不说穿,就自然过渡成了一般朋友。有异性追求我,但我更喜欢女性,遇到一两个,在一起轻松,没有男女关系占有欲那么强,但我不是一个双性恋,我不想往下发展。上班下班,回到自己的住所,面对自己孤独的身影,除了文学,我似乎很难找到一个人可以交心,相互慰藉。我很焦虑自己总被旧事浸染,脑子不由自主地返回,本是青春年华,可我感觉自己在快速老去。

没走一会儿,我们来到七八幢灰砖平房前,每幢有三间房,房前有一条窄窄的水泥街,这儿跟二姨在钢厂的红砖宿舍有些像。二姨的住处在小街最里面一幢最里一间,打开门,她把我的背包取下,挂在墙上的挂钩上。窗台有些宽,晒着好些红辣椒。二姨说这是她租来的房子,虽是巷子里端,厨房与人共用,但那人吃食堂,厨房其实就她一个人用。厕所和洗澡的地方是自搭的。房间虽是一间,却有三十平方米。她用一个红漆变暗的衣柜横在中间,隔成两部分,外面放桌子和凳子,里面是一张双人床,窗帘关着。

我走过去,伸手拉开窗帘。窗子不大,镶有十来根细细的铁柱。从这儿,可以在好多低层的黑旧房子中望到精神病医院的一幢白楼。

二姨走到我身后站着。

我手指那精神病医院,问:"他们说唐庆芳关在里面?"

二姨把手放在我的肩上,拍了拍,没说话。

"听他们说,你和董叔叔是为了她,才搬到这里?"

"这儿在山上,空气好。"

"二姨,这肯定不是你们搬家的原因。"

二姨转身,眼睛盯在床上,蹲下,把床下一双女式拖鞋拿出来,放整齐。

我跟过去,继续问:"这太怪了,你不恨她,反而要帮她?"

"你想知道啥子?"

"我不明白你们的所作所为,我想弄懂。"我盯着二姨的脸,"二姨,你不愿说,也没关系。那给我讲讲,最先你和我妈妈是哪个认识的?我在家里看到妈妈压箱底的照片,你们几个在很年轻时就认识,照片上的你们,个个都像电影里的人,不可思议!你可以不承认,但是无论你们怎么变,我都认得出来。"

二姨没有惊异,连眼睛都没眨一下:"我今天一开始就跟你说了,陈年的谷子,煮饭都不香了。"

"你不想告诉我?为啥子?"我拉着她的手。

"我要去医院一下。"二姨松开我的手,说,"你不要着急走,在山上多待待,换换空气,起码明天再走,住在我这儿。"

她的提议,出乎我的意料。对呀,多住一天不是坏事,没准可以撬开她紧闭的嘴。

二姨到外面,从厨房里取了一个装着咸菜的玻璃瓶子,装到一个麻布包里,对我点了下头,便出门。我目送她的背影,然后关上门。我从开水瓶里给自已倒了一杯水，坐在桌前。

屋子里空空的，收拾得很干净，桌子上有个竹篓，里面有咸菜和包子。一个瓦罐插着一把雨伞，门后挂着一顶旧旧的草帽。墙上空空的，一张年画也没有，只有两条红黄色塑料线编织的金鱼，挂在窗台的一颗钉子上，那儿放了刷子，窗台下有一双雨靴。

我把水咕嘟喝完，把杯子放在桌上，感受到二姨每天一个人在这儿吃饭喝水，在这儿扫地，在这儿擦桌椅。她的脸上有泪痕。她不是我看见的样子，她失去了心爱的儿子叶子，时间每天都在侵袭她，她内心充满苦汁，灌满了冰凉的风，她看着前方，眼睛里什么也没有，那一个个片段，蛀虫一样咬着我的皮肤，吸干我的思想。那么董江叔叔，没有和她住在一起？好奇心让我走到里面，环视一周，床上床底，没有男人的东西，难道董江叔叔另有住处？

我打开衣柜，里面只有女人的衣服和鞋子：叠得整齐的上衣、夹裤、军大衣，衣架挂着一件毛衣，最下面一格有一双黑皮鞋，还有一双塑料凉鞋，跟母亲的凉鞋一模一样，不知是母亲送她的，还是她送给母亲的。我突然不好意思，未经二姨同意，就看她的衣柜，如同我问她那些问题，超越了界限。我心里充满内疚，关上衣柜。我走到窗前，看着医院的楼房。到底唐庆芳与二姨及董江，是什么样的纠葛？

好奇心再次占领我的思想，我可以去医院，不管能不能见到唐庆芳，也比我待在屋子里强。这个念头一起，我马上往外走。

一个五十岁左右的女人这时经过门前，她又矮又瘦，神秘地问我："小妹儿，你是来走亲戚的？嘟个以前没见过你？"

重庆人个个是包打听，歌乐山是一个寂寞的所在，人会更过分。那女人看着我，等着我回复。于是我朝瘦女人点头。

"唐玉英打饭多，大家都喜欢她。"瘦女人站在那儿不走，继续说。

"你在医院呀？"

"不，不，我家没人在医院。"

"那你嘟个晓得？"

"哎呀，住在我们这条街的人，都跟医院有点关系，要么在里面做护工，要么做清洁工，要么家里有病人，就租这儿的房子，有个照应。那些疯子，啥也不管，啥也不懂，只晓得乱整，需要我们正常人呀。"瘦女人看我一眼，"跟你说，你也不懂。反正唐玉英人好,她是你的啥子人?"

"我的孃孃。"

"哦,难怪,你的小脸和她有点像,我还以为是她的闺女呢。"瘦女人跺了跺脚,把一只爬到裤腿上的小毛毛虫抖掉,"小妹儿,你要耍几天呀?"

我没吱声,看着她。

她这回倒是明白,知趣地走开了。

门前的小路两侧生了青苔,没人经过,转了几条巷子,才传来城市该有的喧嚣。大约花了十分钟,我发现自己到了一条热闹的马路上。我看了看手表,快下午三点了。

一家卖竹器罐子的杂货铺,没啥顾客,我便停在此。斜对面歌乐山精神病医院大铁门戒备森严,门口有好几个警卫。探望的人在边上岗亭小窗口填表,必须有人带,否则不能进。我不是病人唐庆芳的亲属,没有资格探访,除了二姨,我不认识医院里的人。二姨明显不想带我进去。我若探访,二姨她不会出来接我,反而会对我生气。

我跨过马路,走到大门右侧,那些警卫警觉地打量我。周围有很多卖水果的小贩,主要是售一捆捆甘蔗,拿着明晃晃的尖刀,大声叫喊说:"一角钱一根,包甜!包削皮!"

这么便宜,主城一根肯定得付加倍的钱。我朝一个穿黑大衫的大爷递上一角钱,他递给我一根削皮的甘蔗。

"太长了,请砍一下。"我眼睛盯着甘蔗。

大爷用刀砍成几个小段,递过来。

我咬了一口,糖汁液爆满嘴里,很久没有吃这么甜的东西了,内心真的感觉好舒服。

我朝他感激地一笑,走开几步,背靠墙吃起来,甘蔗很甜,甜得如蜜。

大爷生就一对鱼眼,手里是快刀,定定地看着我,好久姿势都不变。这样子,脑子像有病。这家医院外面的人,不正常也算正常。

我反应过来,扔掉手里剩下的两节甘蔗,拔腿就跑。精神病医院的墙又高又长,那条马路边的人行道完全看不到边。

大爷追我,我跑得更快,但是没用,他瞬间就到跟前,与我并排跑,挥着尖刀说:"幺妹儿,跑啥?莫非我会吃了你?"

我吓了一跳,这个人可以读我心思。我只好停下,看着对方。

他笑了,说:"你想做啥子,我晓得,你说出来就是了。"

我想进医院去,他知道?他不过是在诈我而已。我不想告诉大爷,背过身。

"幺妹儿,那疯人院关着有病的人,外面的人,其实也有病。你没病,不要装病,进去做啥?"

这个人完全说出我的想法,很神奇,我眉毛一挑:"关你啥事?"

"我告诉你,我没病。就我俩是没病的人。"他几步走到我的前面,又朝前走了几步,在医院院墙前踮起脚看里面。

"你能看到? 这么高的墙。"

"我能看到。不过,我担心小妹儿,你没病又不是坏人,你进去想做啥子?这家医院一定好要得很。"

"包打听,没用。"

"我可以帮这个忙。想进去逛一逛? 嘻嘻。"

"大爷,你说到做到?"我完全没想到。

"不多了,给我五角钱,我保你进。"大爷说。

"你就是想得钱,你不会是骗子吧?"

"我要是收你五块钱,那是骗子。这不过是买个鸡蛋的钱,消耗了我内力,要补充营养。想进去,就做;不然,我走掉了。"

"真的假的?"

"进去,再收钱,放心好了。我晓得你有这钱。"大爷一本正经地说。

我看他不像胡乱说话之人,便掏出三张一角、一张两角的纸币,拿在手里。大爷原地转圈,眼睛扫去。我也四下打量,周围完全没有人注意我们。他灵巧地把手里的刀往腰间里一插,抓起一捆甘蔗,就往大门右侧走,沿着院墙,大步流星,比一个年轻人的速度还快。

我紧跟他。

没走一会儿,我开始喘气。他没有减速度,大约走了一刻钟,他回了一下头,又着腰等我,看到我近了,他又朝前走,然后停在一个小木门前,闭上眼,长吸一口气,嘴里念着什么,很有节奏,过了好一阵子,他伸手朝木门拍了六下。

他拍得轻松,我的耳膜嗡嗡直响,痛得要命,便上手捂着耳朵,声音小了一点。

忽然，木门嘎吱一声敞开了一条缝。

大爷把我往里使劲一推，说道："天黑前得出来！原路！拍门六下！"

我来不及答应，便感到有股气流带着我前行，很快整个身体跌倒，我马上爬起来，稳了稳身体，才发现身后的木门已经关上。

我要给他钱，一摸口袋，发现五角钱竟然不见了。不用说，那位大爷隔空收了钱。大白天，真是遇见怪事了。

面前空地成片的野草有半人高，并没有守门人在此。这儿好多巨大的黄葛树，密集遮挡视线，完全听不到高高的院墙外的喧嚣。草丛茂盛，随风飘动，飞着几只白蛾，我的耳朵嗡嗡地响。我拍拍耳朵，响声更大，我又拉拉耳朵，不仅响，还痒痒的，隐隐作痛。

我只能往里走，走出黄葛树的树群，一个岔路口，我选择走中间，中间的路有个坡，我很快到达最高处，发现右侧有一个湖，好多芦苇，游着几只黑色的野鸭，湖心像有一艘木船，漆掉得能看到船沿的蓝色。我折回岔路走右道，马上进入湖边小径，不得不说，沿着湖的四周，我走了两圈，都是一样的路，像个迷宫，没有出口，也看不到别的，除了湖水，只有湖水。只得回到湖边，一只野鸭游过来，注视我。我看着它，我说："能不能让我的耳朵不痛？"

我的话音刚结束，耳朵就没那么痛了。我急忙谢谢它。

那只野鸭摇了摇头。我正要问它，怎么能走出迷宫？它已游走了，再看，它就消失在芦苇丛中。

回想在二姨家，窗外远处是那幢精神病医院的白楼，我不由得抬头看灰扑扑的天空，什么也看不到。我气馁地蹲下，叹口气，发现在草丛中有楼房的顶，没错，是三幢高低不一样的楼房，五六层高，其中一幢是白色的，在我的左前方。

我立刻站起，朝那幢白楼走，居然走出湖边，小道是沙子地，两侧都是乱草。我沿着小道走了好一阵子，终于来到楼前。渐渐传来人声，好几根尼龙绳子，系在两棵三米左右高的大树身上，晾了好多被单、白衣、灰衣。我抓了一件灰长衣，穿在身上。

除了三幢高楼，还有几间灰砖平房，都是二十世纪五十年代修建的，边上的平房，涂了红漆。那种红，让人恐惧。最高的一幢高楼有六层，让人看了格外紧张。

我停在空地,稳了稳心情,快速进入那幢高高的白楼,奇怪,进入走廊,耳朵倒是正常了。

楼里有股消毒药水味,有好多垃圾桶,堆了好些木箱子,很乱。有扶手楼梯,有熟玉米焦糖的香味从窗外几米远的一幢楼里飘入,那边可能是个食堂。这时我看到那儿的窗子,二姨白衣白帽站在窗边,拿着一把菜刀,倾身向前,举刀在窗前的砖头上磨。

怕她抬头看到我,我马上蹲下,这时肚子不争气地叫了起来。怎么搞的,又饿了?楼梯上端传来人声,我走上二层,左侧是一个窄长条空间,有护士柜台,墙上有好些告示,好多穿灰衣和白衣的人,有围桌打麻将的,有坐着盯着窗子的,有举手对着墙上的标语比画的,也有垂头一动不动的。这些病人的眼睛都没有光,像是一台台机器。

我四下打量一下,没有唐庆芳的身影,便往右侧走廊一头走去。这么多年了,如果她在我面前,我能认出她来吗?我冷笑了,我不能的。那我来此的目的,完全达不到。

走廊倒是安静,全是一个个关闭的房间,有的房间是紧关着的,门上有小窗口,可看到里面有病人,以及很多并排的单人床,有些房间里面没有病人。男女厕所在同一方向,相邻。我进了女厕所,里面很大,蹲坑很干净。上完厕所,我打开水龙头洗手时,觉得身后有动静,但回头,并没有人。

回到走廊上,我看到尽头窗子前站着一个蓝衣女人,身材苗条,背对我。她突然把右腿放在窗台上,像要压腿一样。窗外的光线勾勒出她的脸庞、过肩的长发,甚至勾勒出她苗条的身材。

好美。我心里感叹,经过蓝衣女人,她的喉咙卡住,像有痰阻在那儿,一下子咳嗽起来。这声音让我停住脚步,突然一扇门打开,出来一个轮椅,上面坐着一个白发的老头,像尊雕塑一样,朝我这个方向驶来。我小心地让开,这时一只大手抓住我,我一看,正是那个蓝衣女人,朝我露出一口黄牙。

我吓一跳,虽然从她的侧面看不出她的年纪,可正面完全是六十岁左右的老太婆,脸上好多皱纹,头发灰白。思索几秒,我还是认出她:这是二姨的情敌唐庆芳,因为她眼露凶光,死死盯着我,是那种想把我活吞下去的饥饿,跟我小时见过的一样。

人就是这么怪，如果你认出对方，那么对方也会认出你，尽管对方是一个疯子。

"你在这儿做啥子？见了我，也不叫三姨。"

"三姨？哼！"

"晓得吗？你妈叫我三妹！我不是你三姨，是哪个？"

听到唐庆芳说这么清楚的话，我脑子轰地一下炸开了："你没有疯？"

"臭人，你才疯了！"她咯咯咯地笑起来。

她使劲地掐我的左胳膊，我痛极了，挣脱起来。

"你最好乖点，不然，我一喊，他们就来了，会把你关起来！"

我没办法，只能忍着。她停止掐我，我痛得叫起来，她却没放手。她拉着我，来到走廊，下楼梯，从一个楼道里出去，眼前是一片空地，小山丘上有块麻布，上面晒着一片鲜红的辣椒。

"臭人，给我站住，听着。"

"你松开手。"我说。

"求我会不会？"

我摇头。

"跟你妈一个脾气！"唐庆芳又掐了我一下，我忍着痛。她没听到我叫，反而松开手。

我急忙揉胳膊，这个人力气真大，掐得我皮肤上是一道道红印。唐庆芳朝前走了几米，从墙边一块破砖头下面取出香烟盒和火柴，自个儿点火抽起来。她摇摇晃晃靠近我，低声说："我晓得你为啥子来。"

我看着她，她的眼泡肿肿的，手指甲都是黑垢，肯定好久没洗，发出一股臭味。

"不是我，他们都会死，晓得吗？"她吸了一口烟，自豪地说，"是我救了他们。"她一屁股坐在地上，"这些忘恩负义的东西！"

"哪个？"

"还有那个唐素惠，你二姨，我家老汉！"

"二姨他们搬到这儿，是为了你，你做啥子这么骂他们？"

"为了我，确实是为了我。"唐庆芳叫了起来，吐了烟圈，仰起头来，盯着天空，"不让我死，不让我坐牢，就是要折磨我，哼！她最恨我，我最恨她，我变成白骨,她都不会饶我。她天天给我白粉呀,是啥子东西?慢性毒药!她给,我就吃。我不告她,我配合她演戏。臭鞋,抢我的男人,婊子唐玉英,人前是菩萨,暗地是条毒蛇!"

"白粉?你开玩笑!"

"有时是白色的粉,有时是白色的水。打进去,我就感到升上天。臭不要脸的,破鞋。"

她骂着,看着几只白蛾飞近了,有一只苍蝇叫着,她一招手,抓着了苍蝇,扔进嘴里,津津有味地吃起来。

这个举动,让我怀疑,她脑子是不清楚的。她看我的样子很享受,眯了眯眼睛,站起身来。"我要撕碎你。"说着她就冲过来。

我急忙几步奔到边上的小山丘,上面有太多的辣椒,一踩辣椒破出红汁来。她奔得比我快,一把将我推倒在辣椒上面。

"小臭人,你还没叫我,叫妈妈,叫妈妈,玉子,下次你给我带烟来。"她大叫。

这个唐庆芳,这时竟然把我当成她的女儿玉子了。

她指着我的衣服说:"你龟儿子哪里弄来我的衣服?还给我!"她伸手抓我的衣领,撕我的衣服。我推开她,她看看我,看看天空,突然撕起自己的衣服,没一会儿就几乎赤裸,哈哈大笑起来,连蹦带跳地奔上山丘。她的乳房,蔫蔫的,小丝瓜一样吊着,肚子上全是皱纹,屁股倒是白净的,腿粗壮,跟以前我见过的一样。不过她的开心,那眼神里的疯狂,那马上要摧毁自己和他人的劲儿,完全镇住我。不行,我必须趁机问她:"我不是玉子,玉子在哪里?"

"玉子,你,去了海南。你不要我了,是不是?"唐庆芳停下,看着我说。

我在犹豫,想说什么,这时,她走向我,突然凶狠狠地说:"你不是玉子,我晓得,你不承认是她,你明明就是她。你说,你会一直陪着我,你不是说要搬来这院墙内住吗?"

她抓着我的头发,挥拳朝我脸击来,我闪躲开,双手往外一推,她的身体晃了晃,站稳了,后退着,一脚踩歪,身体失去平衡,在山丘上翻滚,她跌在底端,大叫:"你想害死我,我晓得!你们所有的人都想害死我!"突然她双手抓着辣椒,看了看,往嘴里塞,辣椒让她眼泪涌出。"好吃,好吃,这是肉的味道,好久没吃到这味道!"她嘴边流着红辣椒汁,像血一样流到脖颈和胸膛。

就是那天，我在刺眼的阳光中，看到一个男孩子站在不远处的树下，样子很像一个人。我心中陡然一惊，叶子！那是二姨不在这个世界的儿子。

这怎么可能？

我朝男孩子走近，他有着和二姨一样的眼睛，亮亮的，我熟悉。唐庆芳跟上来，她指着叶子笑起来，又哭起来，大叫："对不起，对不起，我不是有意的！"

她朝叶子跑过去，我急忙起身奔过去。她快撞倒他的那瞬间，我撞上她。她倒地了。我冲男孩子大叫："叶子！"

叶子没有答应，而是定定地注视我，怪异地皱着眉头。

他脸色通红，对我说："这里不应有你！你怎么进来的？"

"叶子，听我说。"我想解释。

他看了看地上的唐庆芳，走过去，靠近她。奇怪的是，唐庆芳一看男孩子，身上那种疯狂马上消失，露出开心的笑容，握着他伸出的手。他手里多了一件衣服，包裹在她身上。

两个人朝楼道里走去。男孩子猛地回头，对我冷冷地说："快离开我们这儿！你哪里进，哪里出！回家吧！"

我几乎是一路小跑到原路的小门，那儿有门，但打不开。卖甘蔗的老头也不在。天未黑，大爷叮嘱我，天黑前出来。我身后是楼群，右边是体育场，左边有人声。我决定朝左走，走了好一阵，我看见精神病医院的大铁门。进来会有人检查，出去却没有。我脱掉身上的衣服，把它折起来，藏在假山石的空隙中。

我朝前走，又想起大爷说过原路回。我只能走到原路那道小门前，看着小门，叫大爷。

没人应声。

我想了想，举起手，学大爷开门的样子，拍了六下。小门突然敞开，我赶紧冲了出去，倒在地上，回头一看，那儿哪有小门，除了院墙就是院墙。

真是不可思议！我摇了摇头。

一九四五年　重庆

唐素惠提着篮子去菜市场买菜，买了白萝卜和西红柿，还有姜蒜和藤藤菜。人们都说江边有人钓鱼，现卖，新鲜好吃。她想去看看，于是到了千厮门码头。

嘉陵江江水碧绿，芦苇沿江岸生长，边上果然有几个钓鱼人，有的不卖，有的现钓现卖。她买了一条鲢鱼。对方举着一把尖刀，她摇摇头，说自己回家剖，请对方把鱼放好。

这时，她听到有人叫她的名字。

她回头，发现石梯上站着董江，他手里提着一个帆布箱子，身边是一个额前有刘海的年轻女子。她走过去，董江给她介绍，这姑娘叫唐庆芳，才下船。唐素惠发现这人长得很像凤小姐的厨娘唐玉英，额前有刘海，笑起来，脸颊有酒窝，跟一个人很像，对啦，凤小姐，不，这也太巧了，面前这个人比唐玉英更像凤小姐，因为她们的眼睛里都有野心。

"你哪个长得很像玉英姐？"唐素惠说。

"我们是亲戚呀，表姐妹。"唐庆芳大方地说，她说自己是凤小姐的助手，有事去了上海，坐了好几天的船，才到重庆。

唐庆芳年纪轻轻，最多二十岁的样子，瘦高个，挺直的背，两条辫子盘在脑后，上身穿中式短袖布衣，下身是一条洋筒裙，很精明能干。她是丹凤眼，一笑，很招人喜爱。

"那你是忠县来的吧？"唐素惠问。

唐庆芳说："对呀。我听说表姐最近认识一个人是从石宝寨来的，原来是你！老乡见老乡，两眼泪汪汪。"

她一把抓住唐素惠的手，紧紧相握。董江伸出手与她们相握，说自己是半个重庆人。三个人开心地笑着，松开手，董江欣赏地看了看唐庆芳，对唐素惠说："她比我们都强，学习好，受过教育，师专毕业。"

唐庆芳很自信地看着江面，她的手包滑到手腕，董江连忙替她扶到肩上。

唐素惠心里有个感觉，董江对唐庆芳不是一般的热情。他长衫布鞋，头发可能是睡觉的缘故，微微上翘，人看上去顿时年少好多，一个眼神，一个手上的动作，很灵动，尤其是他说话，故意让尾声拖长半拍，唐庆芳听了，笑个不停。看不出来董江这么讨人喜欢，跟之前仿佛是两个人。这个印象在心里生根后，董江看上去顺眉顺眼，他若去演大电影，不比当红大明星差。这男人，她不仅不讨厌，还觉得好特别，那么别的女人也会有一样的感受。那晚在枇杷山花园别墅，唐玉英与他说话，两个人的身体离得近，像有团火焰在他们中间燃烧。今天呢，这个从大上海回来的唐庆芳，身体离他也很近，看他的眼神，热烈潮湿，那是一个女人对一个男人独有情愫的症状。董江先跟唐玉英相好，还是先跟唐庆芳相好？若眼前这个女子是后来者，即便知道表姐与他的关系，也不会在意，因为她的眼神里有种毫不在乎这个世界的样子，就像此时，她的声音提高了："晓得吗，老乡，我喜欢上海，并不是那么喜欢重庆，这儿与以前没有什么不同，你晓得吗？委员长在这儿，有点不同，可是呀，董江在这儿，我才想回到这个地方！龟儿日本待得过明年？它肯定会完蛋，不得好死！哼，因为董江，山城的辣椒，才让我忘不掉！老乡呀，他就是我一心一意想要依靠一生的郎君！"这段表白后，她的眼睛看了他一下，整个人溢满光焰，美极了！相反，董江什么也没说，沉默着。她不管，高兴地拉了拉他的手臂，头依偎在他怀里。他有点不好意思，朝前上了一步石阶。她受过教育，很新派，没什么惊奇，你要让她以传统方式谈婚论嫁，那就不是她了。

"我们走吧！"她说着，走过他的身边，热情地看了看他，便继续上石阶。

唐素惠不敢相信自己与他俩走在一起。这从山脚到半山的长长的石阶，比别的临江地方宽绰。天上又响起闷雷，乌云堆积在天上。

石阶上路人不少，有挑夫，有抬滑竿轿子的，有拖儿带娃的一家子，有挂着拐杖的老人，但没有一个人因为天上响着雷声，加快脚步。唐素惠出门没带雨伞，她不后悔。重庆本地人习惯了这种天气变化，哪怕真有暴雨，也不过是几分钟，躲在屋檐下。湿湿的，青苔泛绿，这才是重庆城。

不久，他们到达石梯上端，这儿的马路倒也宽敞。黄包车，有新有旧，旧的黄色，漆磨损厉害，缺乏维修，让人想起一些故事，有些身处电影里的格局。唐素惠提着篮子，她与他们道别，可是董江说，车子就停在路边，他可以顺路载她回家。

她客气地回绝。

唐庆芳说："老乡嘛，好姐姐，就听董江的吧！他对人好，你就接受呀。"

她伸手来挽唐素惠，死死地抓着唐素惠的胳膊。

那天唐素惠只得跟着这一男一女走。

三个人走了好几分钟。路边有一辆深蓝色的洋轿车，不用问，这是二老板配给凤小姐的。车子里是皮质座椅，宽敞又气派。董江打开后座，把唐素惠的鱼和菜放在车后舱里，给两个姑娘开门，唐庆芳坐前面，唐素惠坐后座。董江关上门后，才打开前面的车门，入座司机的位置。

车子启动，老有行人在车前走来走去，仿佛看不到车子，董江开得并不快。三个人高高兴兴的，有说有笑。从车玻璃里看到渐渐热闹的马路两边的商店，不时从建筑中间可看到嘉陵江的景致，沿江低矮的房屋错落有致。路面被洒水车清理过，湿湿的，像面长长的镜子，倒映着人与车、楼与天空的云。到处是人声，店里扬声机唱片放出的是凤小姐的歌声："那南风吹来清凉，那夜莺啼声细唱，月下的花儿都入梦，只有那夜来香，吐露着芬芳……"

乌云压下来，马路变得阴沉灰暗，这并未影响车里两个女人的交谈，她们说到心心咖啡馆，唐素惠说冰老师认为那儿的咖啡是重庆城最好的。唐庆芳说，想带唐素惠和唐玉英去坐坐，她自己以前喝过，像打了针药，都三更了，还是睡不着。她喜欢坐在咖啡桌前，看别人。唐素惠说，也可以看自己呀，自己也是外面稀奇的一部分。唐庆芳惊讶地看着她，从手提包里掏出小布盒，打开是一对心形银耳钉，她递给唐素惠。

"送你的，见面礼，素惠姐。"

唐素惠将小布盒还到唐庆芳的手里，说："谢谢你，我不能收。无功不受禄。"

"你这么聪明，这么让人开心。"唐庆芳说着，把布盒塞在唐素惠的手里，"你看着我的眼睛，我是真的要送给你。"

唐素惠抬头看她。

"姐姐，收下吧！不然，我就认为你看不起我的礼物了。"

"收吧，一片心。"董江也说话了。

唐素惠没办法，只好收下。

董江笑了，唐庆芳对他说："专心开车。"他点点头。

车子经过好些街后，驶入一条窄窄的小街，进入一个街口，董江把车停在一个鞋摊面前，从后车舱里拿出鱼和菜，交给下车的唐素惠。他返回车里，从车窗里伸出脑袋来，告诉唐素惠从街口穿过去，再拐两个巷子，就到她的住处了。

唐素惠提着她的鱼和菜，站在街口，看着车子驶远。她不知道，以后自己的命运与他、与那个刚来的唐庆芳居然紧密地连在了一起。

进入五月，山城早晚的温差不大了。日本飞机虽然还在光顾，但也不知为啥,出现的频率比以前低多了。其实就算日本飞机还来,重庆人也不怕,轰炸之前之后,餐馆照常营业,食客光顾,舞厅里仍然灯红酒绿,男男女女相搂,仍是歌舞升平,小巷子里小贩的吆喝余声缕缕。汉奸被刺杀,上海弄堂里日本人惨死,小报上永远有这类消息。重庆抗日救国妇女会发起一个山城女子辣椒美食比赛,募捐支持前线士兵,各种商会也积极响应。那天冰老师带回一份报纸,扔在桌上,有意让唐素惠看。果然她看完,很激动,想去贡献自己的一份热情。报上说,凤小姐是评委之一,还有几个著名演员做评委,好刺激。那天傍晚,唐素惠爬山去找唐玉英、唐庆芳,告诉她们这一消息。三个女人兴奋极了,但几分钟后,她们就叹气,觉得自己根本不是那些名厨大厨的对手。她们喝老鹰茶,喝着喝着,唐庆芳盯着唐素惠说:"这个美食比赛,若是比刀功,砍一只小羊,我们不是别人的下饭菜,绝对比不过,但关于怎么做辣椒菜,就是比想象力,比稀罕的美味,这点,我有信心,不要怕。"

唐素惠和唐玉英听得直点头,都觉得唐庆芳说得对。

与此同时,冰老师的戏本写完了,他与凤小姐排练了好几次,每次都占用一个下午。那些下午,重庆都在刮风,一阵大一阵小,窗玻璃被吹得嘎嘎响,弄得人心头很烦。凤小姐的脾气很大,一会儿说要留下继续演,一会儿说算了,明年再演,与冰老师话不投机,吵了起来。冰老师独自一人到剧场过道,对着窗站着,看风把外面的树吹得枝条乱翻。他回到剧场跟凤小姐耐心地说,希望她顾全大局,演完这部戏。凤小姐点点头,两个人握手言和。他对她说,二老板现在忙极了,先前答应的资金不到位,他觉得这个时节有一台新戏不容易,能上就上。他找钱,她也盯着二老板要钱。两个人一致同意,不管明天如何,今天还得排练。

回家后,冰老师发烧,折腾一个晚上,到清晨烧退了,开始咳嗽,他拿出搁置在抽屉里的烟斗,放入烟丝抽起来。他抽烟斗,倒是止住了咳嗽。唐素惠给他抓了几服中药,他喝了几天,咳嗽轻了后,他不断与人见面,早出晚归。唐素惠猜想,是不是在找演出的资金。有一天他回来说,有一个人到剧场来,纠缠他。

"想当演员?"她问。

"是这样就好办了。"他回答。

她没问下去,因为他不想说话,皱着眉头。

枇杷山有座人人都羡慕的王园,真正的豪宅庭园,花树不少,几乎全是世上珍贵的,居山顶可一览两江绮丽风光。屋里陈设中西合璧,里外都气派,那是权势人物王先生的别墅。据说,第一夫人宋美龄看上了,因为日本飞机轰炸的隐患,考虑又考虑,还是选了南山别院居住。辣椒美食初赛和决赛就在王家的后花园里举行。

初赛的日子到了,凤小姐这样的评委一般不会出场,可是那天她居然在。由妇女会的工作人员挑选,参赛人员有从区县来的女厨师,有从大学来的,什么样的女人都有。姓唐的有好多,不过唐素惠、唐玉英和唐庆芳,这三个来自忠县的姑娘,不仅人聪慧灵透,做的菜也丝毫不输真正的大厨:唐素惠做了烧椒青豆,放了炒过的黑芝麻,用黄砖冰糖渣在锅里放水炒出小泡,盖在上面;唐玉英做了青辣椒红辣椒双拼,她只放了盐和葱丝;唐庆芳做了青辣椒粒和生姜,加了盐和皮蛋蛋白丝,晶莹好看。三个人不约而同,没做大鱼大肉,比起那些荤菜搭配的辣椒,一下子跳出来。工作人员吃得津津有味,凤小姐一一尝了,说这种菜与大厨做的麻辣豆腐、麻辣凉拌菜、辣椒鸡块和麻辣肉片不同,每道菜都像首辣椒的诗,自然进入品尝者的心里。她的话引得一片掌声。结果包括她们在内的七个人被选中进入决赛。

三个年轻女子高兴到大喊,满脸通红。她们要到馆子里庆祝,结果董江说他请客,凤小姐说她买单。董江熟门熟路开车,带三个姑娘去老四川牛肉馆后面的一家小馆子喝牛肉汤。

那夜阴森,乌云大团聚集,像要下雨的样子,周围的楼房倾斜着黑黑的倒影,他们的心情与这气氛相反。

董江把车在路边停好。几个人下车,可以看到大馆子门前的热闹。董江介绍说,带她们去的小馆子,老板有个怪名叫伍零伍,他喜欢老四川牛肉馆做的味道,本是复制味道,但做出另一番美味,他的牛肉汤,是潮州风味,吃过的人,久不来,都会想。唐素惠曾听冰老师说过,他喝过一道潮州牛肉汤,好喝极了,在老四川牛肉馆后街上。

现在听董江这么说,她充满期待。

拐到小街底端,可看到一家招牌写着"好吃牛肉汤"的小馆子亮着灯。他们推门走进后,发现里面只有四张桌子,窗子不大,敞开着,墙上是老重庆地图,还有一张庆丰收的年画。三张桌子坐了人,其中一张桌子是一对父母和两个十几岁的女儿在吃饭,朝厨房的一张桌子坐了一个人,另有一张桌子空着,桌上摆了四个碗和四双筷子。一个扎了根头巾的小伙计跑上来,安顿他们坐下。他马上端来茶水,打开一瓶五加皮白酒,边倒酒,边说:"老板吩咐的,照顾好你们。"

董江谢他,说自己开车,不宜喝酒。

这时坐在里端那桌的一个人,站起来,朝董江点点头:"喝一杯无碍。"

"伍老板好。"董江尊敬地说。

那人礼貌地向三个姑娘点头,便走到厨房里了。

唐素惠看着老板的身影,觉得自己见过他,在哪里见过,一时想不起来。这家牛肉馆不用置疑味道好与否,哪有老板亲自下厨?这只能说明此人真正爱吃、懂吃,又能做好吃的。

没一会儿,小伙计端出此馆子的招牌牛肉汤,一个大土碗,肉多汤也多,上面撒了干红辣椒粉和小香葱,一入口,牛肉的香气与辣椒的香气融合,十分浓郁,没有吃了不投降于这美味的。几个人闷声吃着,好一阵子,能听到彼此咀嚼牛肉与喝汤的声音,还有舒服的喘息,眼睛露出光焰来,连连说,太好吃了。大家你看看我,我看看你,竟然举手相击,三个女人相互拉扯着,开心地笑了。

接下来上的菜是酸辣椒爆炒牛肉丝,新鲜的肉横刀切,根根细长灵动,红通通的,色泽诱人。唐素惠舍不得伸筷子,她在脑子里想象那位老板在后面的厨房如何做配料:在菜板上精准地把牛肉剔出筋,切片,再切丝,边角地方另置一处,再把一个长度的肉丝放盐、酒,加入芡粉搅拌均匀腌着;飞快地切嫩泡菜姜丝,铁锅烧红后放入菜籽油、豆瓣酱、辣椒、姜丝、蒜片,翻炒出香味,这才将牛肉丝慢慢送入,一气呵成,不到一分钟,就起锅。

她夹了一筷子,牛肉丝嫩滑,混合姜丝、辣椒丝,辣得伸出整个舌头直嘘气,有一碗米饭就好了。一抬头,四碗米饭已摆在他们面前。小伙计端上凉拌莴笋叶,油辣椒直接泼上去的,淋上鲜得要命的酱油,入口香脆,全是莴笋的香味。小伙计端来一碟青红萝卜,泼了红辣子油,添了酱油。

四个人碰杯,喝五加皮酒。董江只喝了一杯,不过三个姑娘频频举杯,那酒很快被喝得只有一半了。

伍老板让小伙计端来米汤,上面浮着一层辣椒粒,一喝,并不完全是米汤,是骨头与米汤混合,还有桂花的香甜。奇怪得很,见不着桂花,看来是与辣椒一起做的,钻入辣椒里了。高手在民间,果然如此。

唐素惠喝着这米汤,觉得这个夜晚不真实,那个老板很像冰老师说的亲戚,让她去心心咖啡馆见面的人。没错,就是他,那天虽未看清他的脸,但那人的轮廓,她记得清晰。这个小馆子,想必冰老师也并不是只来过,应该很熟。

四个人脸红红的,三个女人说忠县,说那长在石头上的地木耳,黑黑的一层,烧肉最好吃。她们说起自己的童年,打柴摘野菜,在山野奔跑。在巫山有种鸟,传说是仙女变的,即使打死,瞬间便会复活,这种鸟看上去普普通通,羽毛灰灰的,在强烈的光线下,会变成彩色,说是听得懂人话。石宝寨的人常常看到不死鸟,它们聚集在江边,多在岩石上晒太阳,遇到风吹草动,马上从江上振翅飞向云端。有人抓捕过,但关不了它,它会破笼而出。它会活几百年,临近死亡,会引火自焚,从灰烬中飞出新生命。董江扫视面前的三个女子,一清二楚地说:"难道你们三个不是吗?不死鸟是传说,而你们呢,有一天会成为传奇。"

她们一下子呆住了,看着他。他微微一笑,把话转到自己的母亲身上。他说,他母亲是个打不死的小妖精,本是丰都江边船夫的女儿,嫁了个小商人当妾,男人高兴时对她好,不开心时便欺辱她。坏男人想方设法损害她,包括她怀孕时,在食物里放东西。可她就是不死,生下他后,有一天,带着他搭上一艘船,顺江而下,到上海,给人当奶妈,还省吃俭用,送他上学堂。他说,他母亲是一个大脚女人。她们惊奇了,说自己的母亲也是大脚。三个女人纷纷看自己的大脚,唐玉英笑着说:"哎呀,我是大脚!"唐素惠接过话说:"无人可嫁!不嫁就不嫁。"

"嫁人的话,必是为了爱。"唐庆芳说着,看了董江一眼。在唐玉英面前,她跟董江的说话方式很收敛。一物降一物!唐素惠心里想。

小馆子外的夜色是紫蓝的,有三轮车驶过的声音,听得见叫花子向老四川牛肉馆那边的乞讨声。背街安静得可怕,像是有什么事要发生。当天夜里,唐素惠陷入梦境,浑身是汗,梦套梦,梦里都在吃东西,其中有一个大包子,有脸盆那么大,全是肉和辣椒丝。她感觉辣到心头了,潜伏在那儿的猛兽苏醒,给她惊喜,给她惊险,她有股不可复制的快乐,以至于在枕头上留下好多牙齿印。

一九八三年　重庆

　　我走过马路,看对面,刚才那堵精神病医院高高的院墙上端伫立着一排乌鸦,那一道黑,几乎一动不动。院墙里面有个湖,有高高的乱草丛,我在食堂看到磨刀的二姨,甚至遇到了疯子唐庆芳,还有和叶子长得一模一样的男孩子,那一切好像是一场梦。

　　远处学校敲响放学的钟声,三三两两的孩子背着书包,出学校大门,他们从一个坡上走过来,打闹着,欢叫着。余晖铺洒下来,精神病医院大门左右没有卖甘蔗的小贩,没有那个神秘的老头。一辆装着水泥袋的卡车,收音机放着邓丽君的歌曲《甜蜜蜜》,快速地驶过,惊得那些学生闪躲在路边。二姨在医院大铁门里,看到我,犹疑着朝前走两步,又转身走开了。

　　远处的天空,泛起玫瑰色,我叹了口气,转身离开。

　　临近黄昏,马路上车辆变多,按着喇叭,有的女工还戴着帽子、袖套、围裙走在路上,这附近应该有工厂,也许有不少,只是我不知道而已。倾斜的石坡下有条巷子,摆着一个个摊。我走下坡,有卖干豇豆的,有卖竹器的,有剃头的,大多都是附近的农民。一个小伙子在地上放了几张旧报纸,摊开几斤红红绿绿的辣椒,人没走近,就闻到一股辣味。

　　我要了半斤青辣椒、二两红辣椒,想炒个肉片。走了好几个摊位,都没有人卖肉。有个秃头小贩,四十岁左右,蹲在一根电线桩边,面前的塑料桶里全是白花花的新鲜的鱼肚。

　　小贩不等我问,指着鱼肚说是自己的侄儿喜欢钓鱼。有一次吃饭时小贩说,他喜欢鱼肚,灾荒年他父亲好不容易钓了一条鱼,家里人抢鱼肉吃,碗里只剩下鱼肚,几兄妹筷子都伸向它了,他们谁都不让,另一只手举着碗砸起来。他父亲叫他们停,他们不听。他母亲拿起菜刀,从厨房冲进来,把鱼肚切成一丝一丝的,让每个孩子都尝到一口,这事才算了结。他想吃鱼肚,一个人吃个够。没想到侄儿听他说完帮他完成了这个心愿,做了一大碗,却没有那时一丝鱼肚的味道,气得他把没做完的鱼肚拿到街上卖。

　　我想起小时候一家人围着火炉吃火锅的情景,逢年过节有肉腥味,想起来真美好。但那种得凭票购的肉是填不满牙缝的,只能吃豆腐青菜。我母亲手里握着筷子,眼睛盯着前方。

我担心地问她:"妈妈,你在看啥子?"

"前方。"

"前方有啥子?"

母亲说:"前方有吃的,可以让你们吃个够。"说完,她轻轻一笑,眼睛湿湿的,含着泪花。

现在我有些懂了母亲当时的行为:一是她真的在想有足够肉可让孩子们吃;二是她在想着什么人,回忆与之吃着什么东西,母亲的眼里分明是思念。

"妹儿,你要吗?这儿最多只有一斤。鱼肚是空心的,看起来多,其实不多。"小贩见我愣着,大声问。

我回过神来,说:"好的,我全要。"

当我提着鱼肚和辣椒回家时,发现二姨站在门前,正踮起脚尖,从门框上端摸钥匙。她听见我的脚步,狠狠地瞪了我一眼,脸挂着,将钥匙插入锁芯,打开房门。她进了厨房淘米,我跟了进去,坐在一个小木凳上,取了一个竹篓,摘掉红辣椒的把子,我与她一句话也没说。

厨房里两人之间萦绕着火药味,一个人开口,另一个人就可能冲上去。这么说,我在医院里见着唐庆芳,以及二姨,并不是我想象出来的,二姨明显对我有气。

二姨始终没有对我说话,她淘好米后,把米和水放在一个小锅里,戳开煤灶,开始做饭。她理藤藤菜。我把鱼肚倒入盆里,用水专心洗净,在肚子那儿剪开小口,口不要大,大了,担心里面的东西会漏;小了,灌东西不方便。做完后,我把红辣椒切丝放入小碗里,放盐,又倒了酱油混合后,灌入鱼肚里,并把青辣椒小心剖开一个大口,取出里面的籽,跟鱼肚小心地放在一起。

"看起来真好吃。"二姨突然说,她站在我的右边。锅里水滚开,她往水中放藤藤菜。

"二姨,吃起来肯定比看起来味道更好。"我自信地说。

她看了我一眼,用筷子翻了翻藤藤菜,小心地挑在一个竹篓里,撒上一把盐,沥了沥水分,通通放入一个大碗里,把蒜瓣擂烂,放入其中,加酱油和一点点白糖,再浇上红辣椒油,拌起来。

看到灶空出来,我放上铁锅,倒上油,油冒烟后,爆姜片和蒜。看到灶台边有五加皮酒,我拿起来,倒了一点在鱼肚上,放入有蒜姜香的油锅里。

十分钟后,饭菜上桌。我和二姨相对而坐,两个人却没有举筷。二姨起身去拉亮电灯泡,灯不是很亮,却给屋子里添加了一层温暖的黄光。她的面容和蔼,恢复以往对我宠爱的眼光,轻声说:"你妈妈是不是专门教过你做饭?"

"我从小吃她做的,偷偷学。"

"我们几个人加起来,也不如你母亲会做菜。她做辣椒,会把辣椒里的籽磨成粉,单独混合面粉,加鸡蛋,做面条。真的呀,我从未吃过那么好吃、辣到醉人的面条。"她感慨道。

"我们都吃腻她做的菜了,没觉得她做饭有多好。可是时间一久,都会想她的菜。"

二姨听了,半晌没说话。她也许是想到了儿子叶子,孩子吃母亲的菜都是那么挑。仅仅过了一会儿,她说:"那证明是真好吃。我的孩子,你哪个不吃我做的菜? 看上去不好吃吗?"

我以茶代酒,举杯敬二姨,我支吾说:"二姨,对不住!"

"哪个事?"

"我不该……"

"你不该啥? 你说实话。"

"对不起。"

"你想说啥子?"

"我想溜进医院。"

"你没进去吧?"

二姨的话让我迷糊,难道她记不得,她看见我了? 我说:"我想,溜进医院。"

"很好,你告诉我。"

"我事实上进去了。"

"嗯,你进去了?"

"你不相信我?"

二姨摇摇头,叹了一口气:"讲讲,你靠啥子本事溜进去的?"

"我说了,你也不相信。"

"其实我一直跟着你。"

我听了,吓得几乎要跳起来,我怎么完全没注意到身后有人,而且这跟踪的事,并不像二姨的人设。可能她在大门口看到了我,也可能是之前。我摇了摇头,她肯定在诈我。

"你跟着我买菜?"

二姨不回答这问题,冷笑了一声,摇摇头,看着我说:"你妈过的日子,我过的日子,包括你自己过的日子,不是你想的那样,孩子!"

她举起茶杯,说:"算了,跟你说这些,你未必懂。我们吃饭吧。"

屋子里紧张的空气在她的话中松软下来。我们喝了茶水。二姨对着那鱼肚与辣椒夹了一筷子,她吃进嘴里,咀嚼着,看着我,吃了一大口饭说:"真是比看着好吃一百倍,辣椒都乖乖待在鱼肚里,没漏出来。"

我夹了一筷子,吃在嘴里,跟我想象的一样:辣椒与鱼肚放在一起是绝配,鱼肚的腥味没有了,辣椒变得柔软,虽还是剧辣。如果再加一层花椒粉,可能味儿更丰盈。我对二姨说了,她马上从柜子里找到一个小瓶子,抖了一层花椒粉。二姨马上尝了,开心地说:"真是不同,好吃极了。"

二姨的藤藤菜,我吃了一口。二姨做的跟母亲做的这道凉拌菜不同,母亲加了一点糖和醋,二姨没加,更合我不喜欢醋的口味。连吃两口米饭,我的筷子又伸向藤藤菜。

看到我喜欢,二姨脸上露出笑容。

我们都属于吃饭很快的人,我边吃边说家里情况:"我母亲快退休了,在外地的姐姐回重庆,生了一个儿子,想扔在家里,但是孩子离开她就大哭。"二姨说:"带孩子太累。"有人敲门,我以为是董江,跑过去打开门,却是一个邻居,来借茶籽油的。二姨给邻居倒了一碗。我们回到桌前,继续吃饭,到结束时,董江还是没出现。二姨和他的关系,有些怪。我想问,却没有开口。

吃完饭,我去厨房洗碗,二姨收拾桌子,待我返回,看到她从柜子里给我拿出被子和枕头来,放在双人床的里面,枕头与她的枕头并行。她说:"你晚上与我搭铺吧,我就不去借弹簧单人床了。床下的拖鞋,你可以用。"

我点头。二姨说的是那种临时用的床,医院肯定有。

天很快就黑下来,我们拉上窗帘,屋里的灯光显得亮了一些。二姨家跟我家一样,洗脸后,将就用这水倒入小木盆里洗脚。二姨不让我倒掉水,说她用我的水洗脚。

我先上床。

想必是洗脚水凉了，二姨提着开水瓶，往小木盆里倒开水。她卷起裤子，坐在凳子上，洗脚，闭着眼睛。我想起小时候，在她钢厂红砖房的家，她洗脚的情景，她也是闭上眼，享受这一刻的安静。

二姨洗完脚，收拾好，关上门后，躺上床，放好蚊帐，在外侧躺下，因为我俩都不胖，这床两个人睡，并不挤。她侧过身来，摸着我的头发，轻声说："乖孩子，好好睡。明早，想吃油条和豆浆吗？我们医院食堂有。"

"我不想吃早饭。"

"早饭必须吃，你正在长身体，不然会晕倒，会贫血。"

她说完躺平，拉灭电灯。

与二姨同床，渐渐地，她发出均匀的呼吸，打起呼噜。我听着，跟小时候一样，心里好感慨，仿佛一切都回到了过去，她关心我，给我温暖。小时候那么想与她亲近，现在也是。

我不可能从她的嘴里挖出半点秘密来，我意识到这点，心里叹了口气。我便轻轻坐起来，越过她，分开床帐，下地。我到外面，拉开灯，拿下我的背包，拿出笔记本和笔来，伏在桌上，一个字一个字写起来。

房内的夜，几乎听不到任何声音，我感觉自己置身于一个特殊的世界里。房外有脚步声，轻轻的，带着犹豫，卷裹着一些沙石的声音。我抬头，透过窗子发现房外正在飞沙走石，奇怪，沙石并不往室内涌来，外面道路上的树被吹拂得歪七倒八。我马上披衣，打开门，走出去。我发现这儿不是歌乐山上，而是二姨从前的红砖房前的水泥混合街。我惊得张大嘴。风中，我向前走。这儿真是从前，我小时候在钢厂的红砖宿舍，有一辆滑轮板车从我身后驶来，上面是那个英俊的男孩叶子。这儿，身后除了风声，什么也没有，我望前面，黑暗深处，小街连个路人也没有。

我转身，二姨的房子，一切都如从前，门前有个水槽，右边是小厨房，窗子还是绿漆。我轻轻推门进去，里面太黑，我站在那儿，等了一会儿，让眼睛适应了，这才看到屋子的陈设，外面一间，里面一间。我走过去，看到那张床，蚊帐放下来，床前有一双男人的布鞋，是董江叔叔的。难道他睡在这儿？凑近蚊帐，我听到了并不陌生的呼噜声，的确是他！

我闭了一下眼睛，再睁开，发现自己在歌乐山二姨的房子里。我埋下头，继续写,把堆积在心里的一层层雾气揭开来。

一九四五年　重庆

在解放碑还是叫精神堡垒时,这一带算是重庆的中心,心心咖啡馆是中心的中心,整座城还有一个中心,就是曾家岩的周公馆,其实公馆的主人少有见到,公馆的左右,甚至楼下都住着要人或是"雷子",馆外经常会有奇怪的人在走动。

唐素惠只是听说,从未去过,她好奇,有一次路过,却是一个怪人也未看到,只有一个卖蜡梅花的婆婆在。

这天下午,唐素惠穿着她新做的素花旗袍,与唐家姐妹到中心区逛街,去心心咖啡馆凑新鲜喝咖啡。另外俩姑娘也穿旗袍,不是一个式样。三个人的旗袍都在同一家老店做的,唐玉英的是蓝的,唐庆芳的是红的,唐素惠的是紫的,她们花掉身上的积蓄。不过,高兴就好了,其他事不管。

三个年轻苗条的女子迈入心心咖啡馆大门,里面的所有人为之眼前一亮。她们坐了下来,彼此看着,三个人伸出手,相握,很开心。她们点了三杯咖啡和三份点心。唐庆芳大声说,那个著名的公馆门前卖蜡梅的婆婆也是眼线呀,防不胜防。唐素惠耳朵上戴着心形银耳钉,捏了捏她的手,唐庆芳的声音放低了,朝她吐吐舌头。唐素惠对她说:"我喜欢这耳环,谢谢你。"

唐玉英一直望着大门方向,她说:"在这儿,我觉得不太习惯。"

"有啥不习惯?"唐庆芳不以为然地说。

"我有个感觉,不太好。"唐玉英说。

"你不舒服?"唐素惠摸摸唐玉英的额头,有点烫。

"好像有事要发生。"唐玉英说着,低下头来,"我一向疑神疑鬼,今天出门前右眼跳得厉害,左眼跳财右眼跳灾,可能是我想多了。"

"对呀,你想得多。少想,啥事都会朝好事一边倒。"唐庆芳说。

这时侍者把三杯咖啡端上来,还有三份点心,法式的,松松软软的,有奶油,可以看到有酥软的苹果片。三个女人喝咖啡,唐庆芳说可以喝,唐玉英说太难喝。隔了一会儿,唐素惠吃了一口苹果片,说嘴里满是香甜,这味道好特别,喉咙认了这咖啡,再喝,就觉得好喝了。唐玉英吃了点心,同意她的说法。

几分钟后,三个人纷纷说,有朝一日要开家自己的咖啡馆,就叫三姐妹。这让她们顿时兴奋起来,说是要卖好多好吃的点心,比如辣椒甜饼,谁说辣椒不能当点心,不必放糖,用水果本身的甜,像香蕉、菠萝、杏子和苹果,还有桃子,跟辣椒组成一款款点心,馅里要多放一点菊花、玫瑰瓣,肯定好吃。想象那家悬在脑子中的三姐妹咖啡馆和辣甜的点心,她们的脸色红润起来。

一高兴,唐素惠出题,每人讲一道自己母亲做过的最好吃的菜。

"下次做这菜!"唐庆芳和唐玉英异口同声。

她们约好,下次就做妈妈做过的菜,给大家尝。

这时,心心咖啡馆门外大马路上,董江开着车,踩刹车停下。他下车,走过去打开门,从车里走下来穿深蓝色丝绸旗袍的凤小姐。她的珍珠项链在阳光下闪出奇异的光芒,她戴了顶礼帽,那上面插了一根孔雀毛,绿莹莹的,衬得她的皮肤白皙,长发扣在帽子里,像有摄影机对准她,她走得那么光彩照人。二老板护驾似的,跟在凤小姐后面两步远处,没与她并肩同行,他身后还跟着几个黑衣保镖。二老板穿着长衫,戴着礼帽,脸色平静,那霸气,咄咄逼人,明眼人都懂,这后者才是赫赫有名的人物,不要挡道,挡道者死。

这肯定是电影里最令人回味的情景,哪怕不是真的,有什么关系?唐素惠日后不止一次与唐庆芳、唐玉英说起。

那天凤小姐迈着轻盈的步子走进咖啡馆,她浓妆艳抹,因为在阳光下,眼睛眯起来,整个人显得异常神秘。男侍者引领她到专门留有的座位,她放下手提包,坐了下来。二老板在她的对面坐下,不显山露水的他,竟然叹了一口气。她的手绢掉在地上,便弯身去捡,没捡着。他蹲下来去捡,抖了抖手绢,仿佛上面沾满了灰,放在她面前。

"两杯不加糖的咖啡,奶酪拼盘!"二老板坐下后,对一边站立的男侍者说。

男侍者点头离开。

凤小姐坐下,对二老板含笑着说:"谢谢。"

一个微微胖的男侍者来到桌前,说柜台接到一个电话找二老板。二老板走到柜台接电话,嘴里没说什么,放下电话,脸色顿时发青,到门口抽烟。

小报上说二老板在外面抽烟时,凤小姐进了洗手间。

那些保镖走到门口。整个大街人来人往,热闹如常。突然一辆黑色车经过咖啡馆，从车上射出子弹，打中了二老板。他踉跄一下，倒在地上，死了。

小报这样说，并不对，咖啡馆里三个年轻女子看到，几个保镖马上掏出家伙，射击那辆车，有个保镖抱起中枪的二老板，进了一辆停在边上的车子，飞驰而去。

另一家小报说，凤小姐在咖啡馆，枪响后，没有出咖啡馆，洗手间的地板上有散落的珍珠，凤小姐从人间蒸发了。

这是奇怪的事。同一家小报认为二老板是制造这桩怪事的幕后主使，目的是要除掉凤小姐。为什么要除掉她？因为她知道的事太多。这家小报当天就被一群人砸了门面，他们还打伤写报道的记者。

当天好多人被抓，包括心心咖啡馆里的客人和侍者，以及街上的路人。

三个年轻女子坐的位置正好对着洗手间，记忆中没人看到凤小姐去洗手间。

枪声响时，唐素惠的反应出奇快，趁乱，她在第一时间，对另外两个姑娘喊："快跑！"她冲出咖啡馆大门，跑掉。整个下午和晚上，居然没人找她。

第二天唐素惠专门上街买小报，想知道咖啡馆发生了什么。可是从小报上读不到什么新东西。她一整天心思恍惚。傍晚，她走路到凤小姐的别墅，前门有几个强壮的年轻男人，一看就是身上带枪的人。

她往坡下走，绕着道到别墅后门，那儿一般人不会发现。她站在那儿，不敢叫唐家姐妹的名字。等待的时间里，有卖豆瓣酱的小贩经过，小贩是一个四十岁的女人，戴着破草帽挎着篮子。唐素惠急中生智，过去跟小贩说话，说家姐在家里被男人家暴，前门被人守着，她没办法，想去找她，看她情况如何。小贩看了看她，同意帮忙，把行头借给唐素惠用，自己在街尾蹲着。

唐素惠走在小道上，扯开嗓子叫："卖豆瓣酱，不死鸟的豆瓣酱！"

靠近别墅后门，她又叫了几声："不死鸟呀，不死鸟！"

果然，后门露出一线缝隙来，是唐玉英，她听出了唐素惠的声音。两个人看到对方，很激动。唐素惠从唐玉英那儿得知，原来二老板没死。唐庆芳、唐玉英都是出门时被抓的，他们也抓了董江，但问不出名堂。董江将车停在咖啡馆左侧，一直坐在车里，而且是他的车送二老板去的医院。二老板对他们三人特别关照，他们被送回别墅，不过有专人守着别墅大门，说是保护他们。

二老板回别墅了，手上缠着绷带，胸口也有绷带，他铁青着一张脸。都说他得罪日本人,暗杀的汉奸太多,也对地下党不客气,抓了杀了好多。这可能是他们报复?他只害怕一个人,那就是老蒋,老蒋对他不信任,任由中统打压他。没准这一切的后面是中统。他没有证据,只是揣测。

"姐姐呀,你尽快离开。我们这儿有人盯着。"唐玉英说。

唐素惠摇头,她坚定地说:"我不会不管你们的,我要让你们自由。"这是表白,也是安慰,这三个女人并不知道接下来会在她们的身上发生什么事。

两个女人的手紧紧相握。

唐素惠将竹篮和头巾还给卖豆瓣酱的小贩,就下山了。

进入五月,重庆便很热了,平常穿一件上衣就可以。这两天天气陡然降温,下着毛毛细雨,要穿外套。唐素惠选择在傍晚去凤小姐的别墅,远远观察。她穿了身灰衣黑裤,戴了一顶斗笠,站在一棵老黄葛树下。前门依然有人守着,多增加了人手。她不敢造次,没有找唐家姐妹。她只是在想,怎么才能让她们离开那儿,应该如何办?

三天后的清晨,唐素惠被一阵敲门声惊醒,披衣去开门,门外居然站着冰老师,一身是血,看着她,很安静。这让她内心惊异到极点,整个身体战栗。

他一般早上出门,晚上必回。只是这些天自己竟然没有注意他何时出去、何时回来,他是否在家,或是他在楼上房间写稿子。昨晚楼上没有动静,自己为什么没跑上去看一下?现在想来可能是地板夹层有耗子在跑动而已。

冰老师用手去拂额前的头发,他的身体晃了晃。出于本能,唐素惠赶紧向前,伸手抓着冰老师的右胳膊,要检查他的身体。

他拍拍她的手,说:"放心,我没受伤。"他一步跨进屋,急忙关上门。

她心里顿时松了一口气,赶忙端来热水,拿来毛巾和干净的衣服。

冰老师拿了衣服,她急忙走进自己的小房间里,一直到听到他上楼的脚步声,她才出来。冰老师在楼上房间折腾,不到五分钟,很快便下楼来,把血衣和一堆纸片拿到灶坑里点火烧掉。做完这一切,他又上楼,提了个帆布箱子下来,对唐素惠说:"我马上离开,你也要离开这儿。幸亏你什么都不知晓。你回江津吧,到时我会派人找你。"

他掏出两块大洋给她。

她点头,接过来。

冰老师抓了顶墙上挂着的帽子,扣在头上,拉开门,走了出去。屋里突然涌入街上的晨雾来,早上六点吧,房里房外静寂无声,完全听不到任何人的脚步声。

唐素惠的眼睛盯着关闭的门,不知时间过去了多久,她才慢慢移动自己的脚。她竟然没有穿鞋,赤脚站在那儿,墙上的圆镜里,她头发乱乱的,衣服乱乱的。这是哪码子事?这房子是冰老师租的,未到这年的租期。安全起见,她只能回到江津。

不行,她不要回去。

从那儿离开,她在剧场做杂工时遇到冰老师,冰老师在剧场后门抽烟斗,她提着一桶水,撞上他。他跟她说话,觉得她模样青春活泼,眼神带着乡村的忧郁。他问她对演戏感兴趣吗,她摇头。他问她从哪里来,识字吗,她说她识字,读过几年书,之前在江津一所小学教过低年级的学生。冰老师问她会不会做菜,她点点头。

"那会做下江菜?"

她说会。

"说说,怎么会的?"

她说,当时在江津,学校厨房的阿姨是下江人,教过她。冰老师一听,很满意,他是浙江天台人,便让她到家里料理他的家,做做饭,抄抄戏文,洗洗衣。她以为他是需要她的,虽然两人的关系很单纯,从未往男女关系上靠,他也几乎从未带女人回来。他对她,很像大哥对小妹说话。在这儿一年多,她已经熟悉了这种生活以及周边的一切,这是她的生活,这间小小的房子是她的家。

她没什么家什,只有几件衣服,其中有件讲究的旗袍,还有一双高跟皮鞋和一把梳子、一些胭脂粉,床边有几本冰老师送给她读的俄国小说,这是她的宝贝。她上楼梯,冰老师的房间平常很整洁,现在乱七八糟,看得出来是时间紧迫慌张造成的:床上床下扔着衣服;书桌上有几支笔、空白笔记本,纸散着,地上也有;桌边是墨盘和毛笔,墨水弄得桌子上到处都有,好几本外国小说在椅子上,椅背上搭着一件外套,床底下的草编拖鞋、塑料雨靴、斗笠被拉出来。

她第一次走上楼时,这房间就是这副样子。男人一个人生活,是可怜的。她是不是从那时就叮嘱自己要多关怀他呢?

她拿起桌上一把折扇,放在瓷瓶里。阳光照射进来,打在桌子上,窗外的鸟儿发出清脆的鸣叫。她动了动脖颈,站了起来。敲门声响起。完蛋了,他们这么快就来了!她跑下楼梯,打开门,门外站着两个男人,一个瘦高个,一个大块头。

瘦高个满脸是笑问:"冰老师在吗?"

"他去剧场了。"

"我们才从那儿来。他不在。"

她"哦"了一声。

他们大摇大摆走进来,环顾四周,瘦高个坐下,大块头走上楼梯,在楼上房间翻东西,发出各种声音。

唐素惠抬头看楼梯方向,站在楼梯口,生气地说:"喂,嘟个随便翻人家的东西?"

"妹儿,你坐下。"瘦高个指着面前的凳子说。

唐素惠坐下。

"我知道你是冰老师的保姆,我不难为你,你把你知道的告诉我,就行了。"

唐素惠抬起头来,看着对方,他脸上有块蓝疤,像是胎记,在右侧靠近耳朵那儿,有两个指头那么大。

"他最近跟什么人往来?"瘦高个问。

"你肯定知道,问我做啥?你们是啥子人?"她说。

对方的拳头握了起来,但还是松开了,问:"他昨天在死人现场,有个人躺在舞台上,全是血,死得硬硬的。听说这个人当时在心心咖啡馆,有人看到他在那儿。有人说他是南京方面的人,帮我想想,这个人在哪里死的,怎么尸体在冰老师的剧场?"

"冰老师死了吗?"她明知故问。

"死的不是他。"

"那死的是嘟个?你想一下,死人会走路的,从心心咖啡馆走路到剧场?"

"我要你想!昨天晚上,你知道冰老师在哪里?"

"他在家。"

屋子里并不热,瘦高个额头上冒汗,他盯着她的眼睛问:"凤小姐,你认识,他也认识,对吗?"

她点点头。

"除此之外呢？"

"还有二老板，冰老师也认识。"

"还有呢？"

"还有什么？"

"你还认识他们的什么人？"

"我是下人，我不认识什么人。"

瘦高个不说话，他在屋子里东看看西瞧瞧，在灶口看，那儿烧掉的纸和衣服，全被她捣碎进煤炭灰烬里。他看到边上垃圾桶里有团纸，打开一看，是一张小报《迷惘》，放在她面前，问："这个东西，你怎么有？"

她看了一眼，报纸边角破烂，还有一摊血迹。她记得自己给冰老师带过这东西，她不知道冰老师用这报做什么，她内心很茫然，但坚定地说："这不是我们的东西。"

瘦高个一直盯着她的眼睛，脸凑近了，手按着她的手腕，把着脉厉声道："真的不认识这东西？"

"不认识，先生。"她回答，心跳照旧，身体没有动。

大块头从楼梯走下来，对瘦高个摊摊手，表示没有收获。

"好吧，看来他真的没有回来过。他的事，也不可能告诉你。"瘦高个的嗓音有些不快。

"你松开我的手。"唐素惠说。

瘦高个看了她一眼，松开手，冷冷地说道："你就待在这儿。别想跑，跑到哪里，我们都能抓着你。"

两个男人打开门，走了出去。

唐素惠将桌子上的杯子拿起来，倒了茶壶里昨天的剩茶水，将茶水全部倒入嘴里，这时绷紧的身体才松弛下来。他们并没有真正对她动粗，他们是二老板的人？那个垃圾桶之前是空的，冰老师不会这么不小心。那份《迷惘》小报，没准是瘦高个故意栽赃给她的，吓唬她，若她参与了，就会露马脚。小心呀小心，唐素惠，你千万不要说错话，害了冰老师。

她正在想，这时门被推开，三个男人气势汹汹走进来，短打扮，一身黑衣，他们打量四周，留胡子的人守在门前，另两个年长一些，一个戴着帽子，一个胖胖的。他们开始翻箱倒柜，楼上楼下，没什么家什，一会儿折腾完了，胖子端

531

来一个凳子,对着唐素惠说:"刚才来的两个人是做啥子? "

唐素惠说:"你觉得他们是谁? "

边上那个戴帽的说:"大哥,肯定是军统。"

胖子一脚踢倒凳子,嘴里说:"哪个叫你吭声了? "

唐素惠走在一条平坦的路上,周围好多自行车。怎么可能?山城少见,平坦路结束,上坡了,几个女人,一人扛一辆在肩上。其中一个女人的背影是唐玉英。昨晚做的梦清晰地出现在她脑海,这意味着别墅那边的情形比她了解的更糟。

胖子盯着她走神的样子,敲了敲她的胳膊,她的眼睛看向胖子。

"你叫啥子名字? "

"唐素惠。"

"哪个认识冰老师的,哪个认识凤小姐和二老板?听说前些日子你还参加了一个做饭比赛。"

唐素惠一五一十照实说。她的声音先有些干涩,后来就坦然了,该发生的,就会发生。她说到自己做的辣椒,说得非常仔细。胖子吞了吞口水,没打断她。待她说完,点点头。

"你说的倒是跟我们掌握的情况没走样。"

"你晓得,那问我做啥? "

"我们无聊呀,没事做。"胖子嘴角一笑,说,"二老板,人人都怕他,我嘛,死猪不怕开水烫,不屑他。我倒是有兴趣告诉你凤小姐的一些事。"

"凤小姐的事? "

"比小报精彩。"

唐素惠没有表现出兴趣来,让胖子眼神怪怪的。他继续说,凤小姐有个厉害的母亲,从小限制她自由,她一心想离开家,偷跑出去报了电影公司,从演配角开始,她认识了男友费志,两个人同居。中间她到香港演戏。终于有一天她当了主角,星路顺利,越来越红,二老板开始追求她。有一天在戏院,中间休息时间,陌生男子甫先生,生得英俊,到化妆室与她搭讪。男人号称是她从前的同学。他知道她的上海男友费志家暴她,她对费志没有办法。她不承认。甫先生说,可以替她杀了费志,但她要替他杀了自己的情人——军统头子二老板,二老板手上沾了太多人的血,此人必须除掉。

胖子停下,问唐素惠:"你认识甫先生吧?"

唐素惠机械地摇摇头。

胖子接着说,凤小姐拒绝了甫先生的提议,甫先生说希望她再考虑,人都有秘密,比如她在香港做过高级妓院小姐,她学会性手段,让男人离不开她,她也因此成为电影主演。凤小姐很生气,说他没有证据。甫先生说小报记者会对她的这种事感兴趣的。她看着甫先生,把化妆室的门打开,让他离开。凤小姐与男友费志离开上海到重庆,船过三峡,在船上她遇到甫先生,甫先生不知是怎么搞的,从船上掉到江里。费志当晚告诉她,他知道甫先生的存在,他可能不是共产党的人,而是为日本和中统服务,是双料间谍。船过忠县,费志与她站在船头说,他知道凤小姐此行的目的,而且甫先生掉下船时,她在现场。他愿意放她一马,条件是她要为他工作,给她外号叫"蛹君子"。

"所以,凤小姐就是蛹君子。你不知?"

"我听得云里雾里,你讲的是比小报还精彩,但是不靠谱。反正我不懂你们的事。"唐素惠对胖子说,"我是一个下人,你找别人打听你要的东西,不要在我这儿花时间。"

"我看你老实。其实呀,冰老师有个剧本,写的就是这类故事。"

"原来你是看了他的剧本,才这么说这些事?"

"没错,我就是把里面的人物换了名字和身份。"

"先生,你去问费志吧。"

"费志,早就被军统弄得连堆灰也没有了。"胖子突然站了起来,看着唐素惠,"唐姑娘,你回忆一下,这几天你去了哪里?"

唐素惠心里一迟缓,但还是咬着先前的说法不松口。

"我们没抓你,说明我们很仁慈,你回答我,这几天,你去哪儿啦?"

唐素惠说自己几乎足不出户,冰老师没回来,也没有他的消息,晚上散心,几乎都去凤小姐的别墅,但进不去,因为那儿守着人。她嘴上这么说,心里在想,这两个家伙肯定跟凤小姐门前的人不是一路的,不是军统的。二老板是军统的,这两个家伙刚才说漏嘴,瘦高个是军统的,跟凤小姐门前的是一伙的。

"好吧,你去看山上别墅看稀奇。"胖子坐下,一只手在桌子上敲打着,"你们这些地位低下的人,啷个会去心心咖啡馆? 这一定有阴谋。"

唐素惠不依了,反问:"下等人就不能去心心咖啡馆？"

戴帽人插话:"你们没有钱,你们竟然穿着高级的旗袍！别把我们当傻瓜。"他的话,如同亲临其境。他指指守在门口的黑衣人:"当时我俩就在里面坐着。"

"是吗？原来你是上等人,你该去心心咖啡馆！"唐素惠说。

"日妈哟,这女人不要命了。"胖子一个巴掌扔过来,她的左脸留下红手印。

唐素惠痛得捂着自己的脸,说:"我没乱说,你们可以去那儿,我当然就可以去。是人,都可以去！"

这话叫胖子笑了起来。那戴帽男人冲过来,被他一个手势阻止,那人就靠窗抽起一支烟。

胖子说,唐庆芳从上海来,她跟凤小姐待的时间长,喜欢看戏,跟着凤小姐学,惟妙惟肖,被凤小姐夸,说她可以上舞台,演她的 B 角。

出事当天,二老板回到别墅,拿了东西,匆匆离开。别墅里的人,一个不准离开。二老板气得脸歪了,他很失面子,凤小姐有可能被人暗杀或是抓了,他发誓,把重庆城翻个遍,也要把凤小姐找出来,哪怕是她的尸体。

别墅的园丁和清扫卫生的用人,每天上白班,别墅封闭后,他们进不来。在里面的就这唐家姐妹和董江三个人。三个人想过很多办法,都没有用,跑不掉,若被发现,结局只有一个:被毙掉。那不跑,早晚也会是这个结局。唐庆芳跑进凤小姐的浴缸泡澡,她不管明天会发生什么,洗完澡,她到凤小姐的衣柜前,打开,挑选一件深紫色旗袍,对镜穿上。她把头发盘在脑后,喷了好些凤小姐的香水。

唐玉英在走廊里看到唐庆芳,倒吸一口凉气,以为是凤小姐。

唐庆芳没有脱下凤小姐的衣服,她走到窗前,在那儿拉窗帘,外面守着的男人们不是瞎子,都看到了。当天夜里,唐庆芳大胆到连她自己也不敢相信的程度——躺在凤小姐的床上。她知道接到消息的二老板一定会回来。果然,她听到二老板进花园的声音、上楼梯的脚步声。他一身酒气,连衣服都没脱,就解了皮带,把唐庆芳的衣服扒拉掉,把她翻了个身,从后面干了她。

他大叫着结束,一身是汗,到书房抽烟。凤小姐出现在别墅,本来他不信。现在呢,他冷笑了。有消息说凤小姐来山城的目的,就是刺杀他,一直没得手。

她看上去不是犹豫的人，日久生情？二老板怀疑一切人，也不会不怀疑她。他行踪不定，几乎不住在别墅，从不事先打招呼回来，走时也如此。那次在心心咖啡馆险些遇害，不能怪她，是他突然提议要去那里。

"可是凤小姐居然玩了个调包计，用另一个女人装扮她，跑掉了。"胖子说。

"她嘟个跑掉的？"唐素惠问。

"你问题真多。"

"讲讲吧！"

"趁乱跑掉。"胖子说完大笑起来。

"不可能。"她较真起来。咖啡馆洗手间，那儿她去过，有个小窗户，跑不掉人，咖啡馆后门，会有二老板的人守着。只有一种可能性，就是化装成一个侍者，或是扮成一个男人。她是演员，轻而易举。这个想法，她没讲出来。

胖子看着她，手在桌子上敲打，发出一种噪音，说："反正凤小姐溜掉了。"

"你讲的故事好听。"

"我可以顶替冰老师编戏了？换一个职业，也是可以的。"胖子说。

唐素惠没吭声。

"好吧，"胖子拿出一张卡，放在桌上，"我看你很累，你想起什么事，给我打电话，将功赎罪。"

这让她不知所措，一般遇到这种人，皮肉会受罪，一身弄得红红白白，他们怎么放过自己了呢？想必是他们在等什么？也许会有人来找她，她是饵，用她钓一条鱼。

胖子走到门口，停了停，对守门的黑衣人说："带走！"

屋里的戴帽人摇摇头。

"老大，留下她？"门外的黑衣人问。

戴帽人点头。

这是一个多么饥饿的夜晚，从早上到现在，唐素惠几乎没有吃一口饭，也没喝一口水，她虚弱极了，甚至关门的力气也没有，就顺墙坐在地上。她想象唐庆芳穿着凤小姐的旗袍站在窗前拉窗帘的样子，唐庆芳能做到和凤小姐一模一样，没准她会手里夹一支烟，站在那儿，凝视远处的街景。我能演凤小姐吗?很难,但也不是不可能。她在剧场看多了,冰老师说,观察细节,把细节做足劲,就可以演出你心中的那个人来。

唐庆芳站在窗前抽烟,她准备好一切。二老板半夜神秘地回到别墅,走进卧室,在黑灯瞎火中,与这个假凤小姐交合,她迎合他,不像凤小姐总是不情愿的,这也可解释,她心中有愧,将他的行踪出卖给别人,这点她是怎么做到的?她敞开身体每个部位,让他欢畅。他要了一次又一次,一直控制着不达到高潮。对一个女人身体的好奇,是他身体的本能,他摸到她的乳房,小巧,像桃子,这是崭新的,她在他身体下叫了一声,并不是他熟悉的唱歌似的长吟。他持续进入她,把她抵到狂叫,到达高潮后,他倒在床上。他没有开灯,什么话也没说,手触及她身体下面的水,他静静躺了两分钟后,披了衣服,一言不发地离开了卧室。到书房坐下,他看见自己手上的水,是血一样的东西。此女还是个处女。他取了一支雪茄,夹掉头,按响打火机,抽起来。

这是唐庆芳生平第一次跟男人……她害怕极了,她知道二老板不会不清楚,自己并不是凤小姐,自己只有死路一条。

但这是凤小姐给她下达的命令,她只能听从。凤小姐教她,首先要让男人尝到她的性的刺激、快感,不可以当即抛弃她,杀了她。二老板手里有表姐唐玉英,还有她唐庆芳从骨子里爱着的男人董江。

有意思的是,二老板第二天没跟她打照面便离开了。当天夜里,他回来,爬上她的床。他不跟她说话,干完,就到书房,要么离开,要么就在书房的沙发上睡觉。

第四天天边浮出鱼肚白,第一束晨光呈现,二老板穿衣后,叫醒司机和三个保镖,乘自己的车子下山,他坐在后排中间位置。在一个三岔路上,二老板看到一个戴礼帽的俊秀男人从路上穿过去,朝边上的巷子走去。那男人走路的姿势像一个女人,婀娜多姿。"凤小姐?"二老板叫出声,马上叫车子停,并伸手打开右侧车门。那男人突然停下脚步,朝车子里扔出手榴弹,顺势跳下边上的沟子。车子轰的一声爆炸。车里一片血污。那沟里的俊秀男人起身,跳到地面,查看在冒烟的车。司机和坐在前排的人死了,后排左边位上的保镖,手动了动,想打开车门。男人朝那保镖补了一枪。浑身是血的保镖压着二老板,男人把保镖推开,发现二老板已死,手放在他的鼻孔,没有声息。男人收了枪,朝坡下走。突然二老板睁开眼睛,举枪朝男人射击,男人倒在地上。

二老板从车里钻出来,手里提着枪,踉踉跄跄到那男人跟前,揭掉他的帽子,一头长发露出来,是凤小姐,濒临死亡状态,呆呆地看着二老板。

"蛹君子!我等你好久了。"二老板笑了,正要开枪。这时,凤小姐伸手拉着他,举起手中的刀,刺入他的心脏位置。

三岔路口左边的巷子拥出三个黑衣人,胖子和戴帽人的脸在凤小姐面前摇晃着。这时枪声响起,他们应声倒下,她的视线里,又出现几个男人,其中一个是伍老板。

他们奔到受伤的凤小姐面前,把她弄上一个滑竿。这时雾起,像江上的雾,缠绵不尽,带着咸味,来自江之尽头。

凤小姐和唐庆芳是一年前在长江的船上遇见的。

那时唐庆芳刚从一所师范学校毕业,想去大上海找工作。她搭船,只能坐五等舱,也就是底舱。她听说在上海吃不到特辣的辣椒,就带了好多新鲜辣椒。洗干净的辣椒,但是没有晒干,有水,辣椒在一个纸袋子里捂着,生了霉。她气自己愚蠢,便拿着纸袋跑上一层,那儿人太多,她又上了一层,到了船的顶层船舷,把所有的辣椒往江里倒,她的一头长发在风中飞舞。

一江都是红辣椒,在波涛中沉沉浮浮。凤小姐戴着墨镜,正靠着船舷抽烟,看到辣椒,再看到撒辣椒的女子。好奇心让她走过去,问唐庆芳是不是蝶妹妹。

凤小姐仪态万千,全身装束都是大明星的样子,唐庆芳一眼认出。虽然她不是蝶妹妹,但她没否认,也没承认。就这样,凤小姐要她搬到她的楼层,她包了一等舱里其中一个舱所有的铺位。在这艘船,谁是凤小姐要接头的蝶妹妹呢?不知道。凤小姐没有问,唐庆芳也没解释。

就是这天,唐庆芳认识了董江。他是凤小姐的司机。她听说有个费志跟着他们,可是打她遇见凤小姐那一刻,费志就不在。凤小姐没有提过。

他们一行刚从重庆坐船回上海。

一九八三年　重庆

我睡得正深,被人推醒。睁眼一看,是二姨,她手里拿着一个笔记本,摔在我跟前。她转身,去取墙上医院的白衣白帽。

我起身下床："二姨，既然你看了我写的东西，你说说我写得如何？不要生气。"

她把帽子套在头发上，站在原处，好久没动，屋里灯泡投射下来昏黄的光。待她转过身来，情绪已不像刚才那么激动。"孩子，你的想象力惊人，你妈妈给我看过你的诗，诗很黑暗，无边无际，我喜欢。你写的故事，更黑暗，更加无边无际，很可怕，我不喜欢，我劝你，最好撕了它，你妈妈不晓得你写的这个吧？"

我摇了摇头。

"真的惊到我了！"

"我妈妈啥子也没告诉我。我保证。"

"我相信。"

她朝房门走过去。窗外天光暗黑，柜子上一个小钟显示才凌晨五点半。她开口说："跟你写的不同，谁也没想到唐庆芳会那样做。那些天那个人都回到别墅来了。那个人走后，她，她……"她说不下去，等了一下，再说，"他们给她用了最厉害的怀孕酷刑，要弄出刺杀二老板计划背后的人。"

"生孩子酷刑？是不是'生小人'？"

二姨点头："你哪个晓得？你妈妈给你说的？"

"不是的。"

"我想你妈妈不会给你讲这么可怕的事。"

我请二姨讲。二姨看了看我，说这种刑，是在女人的上面和下面都插管子，打入水，让肚子胀起来，比生小孩还痛苦，不死也得脱三层皮。他们给唐庆芳用了这刑。二姨埋下头，泪水含在她的眼里。

有一本介绍二十世纪四十年代国民党酷刑的书，我有幸读到，里面说到过这种酷刑，是军统对付日本女间谍的手段，没人能受得了这刑，非常有效，没有不招的人。受刑的人，对痛的忍受程度不同，最后结果一样：麻木昏死过去，像歌乐山下的白公馆、渣滓洞的地牢、刑讯洞，对付抓到的共产党、异己人士，要戴重镣、坐老虎凳，吊鸭儿浮水，夹手指。著名小说《红岩》，讲到女主人公江姐，她的双手被绑在柱子上，一根根竹签子从她的手指尖钉进去，裂成无数根竹丝，从手背、手心穿出来，江姐昏死过三次。

我问："那唐庆芳说了吗？"

二姨说:"她始终咬定是她一个人所为,保护了我们仨,我们没事了。"

我没想到这个被关在疯人院的女人曾经如此刚强。

二姨说:"她说自己喜欢上二老板,他不在乎她,她只能扮成他喜欢的女人样子。但是他占有了她的身体和灵魂,没隔多久,就抛弃了她。她要报复他。"

"他们会信?"我问。

"生孩子刑都受过了,都没改过供词。没办法,她被扔到渣滓洞。"

"那她一直被关在那儿?"

"二老板的顶头上司一年后飞机出事,就没人管她的案子了。后来,她被神秘人保释出来。"

"神秘人?"我脑子翻找可能出现的人,"不会是凤小姐吧?她不是死了吗?"

二姨笑了:"孩子,我什么时候承认过,那刺杀二老板的人是凤小姐,就是你问你晓得的任何一个人,他们都不会说。不过,不死鸟,我小时候在忠县的确见过,灰灰的,能飞到很高的山上,在早上的阳光中沐浴,色泽会变化,它像唱歌一样鸣叫,很好听。"

她说完,打开门,离开。

我走到门口,看着二姨的背影,她那么瘦弱,昔日的美貌和青春都不复存在,她走得缓慢,渐渐淡出我的视线。那天刺死二老板的,不是凤小姐,那会是谁?唐庆芳和唐玉英都在别墅里,只可能是唐素惠,我的母亲,那个后来靠出卖体力劳动养家糊口的女人。天哪,这绝对超出我的想象,完全不可能。

让我厘清一下思路。唐素惠,一个从忠县跑到重庆城的乡下女人,在一九四五年,三十八年前,如花一般的她,怎么可能杀死二老板及其手下,如果是她,有万分之一的可能性呢,她是怎么做到的?

街上有公鸡在叫,很久没有听到这叫声了。小路上出现行人,他们是上早班,脚步匆匆。我站在原处,我的脚与母亲的脚同码——37,我的脚挑鞋,新鞋脚会痛,我会将鞋带回家,让母亲穿旧。她穿上,上坡下坎如履平地。现在想来,她也痛,只是为了我,她不吭声,直到把鞋穿舒服为止。

雾气从山下飘来,我走回房里,分明看到母亲在造船厂江边抬氧气瓶做苦力的样子,她抬起头来,脸与脖颈流淌着汗水,江上的雾从她和她身边同样的下力人身上经过。一束束阳光透过云层,照射下来,轮船在江上行驶,尽情鸣叫。

一九四五年　重庆

在枇杷山底那个破旧的小房子里,冰老师不知去向。唐素惠自己在乎的三个人被软禁在山上花园别墅里,而又有人监视自己,唐素惠急得在楼梯上上下下,她不知走了多少遍。不行,她决定给自己下一碗小面。

灶里留的煤饼火种熄了。她决定用柴火,柴火灶在房后的那个树边,是她用几块石头搭的。她把铁锅搬到上面,放上水,划火柴引燃旧报纸,放上易燃的干树枝。这时两个路人经过,问:"小妹儿,做啥?"

"做吃的。"

她从房里取了一把剪刀,剪种在墙角的蒜苗。蒜苗是用生芽的蒜头种的,长得不错,密密一排,还有青叶子菜,是小白菜,她摘了些。离得最近的邻居,就是四十来米外的一处砖木结构的房子,从没见过房主人,偶尔传来孩子的欢叫声,两幢房子之间有一个不太高的院墙。她看了看,返回门前。有四个抬滑竿的人坐在巷子口。说实话,她不知道他们是路人还是抬工,抑或是中统或军统留下的便衣。

"不行,我必须在死前,吃一碗最好吃的小面。"她对自己说。这要求绝对不过分。

剥掉皮的蒜瓣,五个,足够,放一小勺盐,一分钟不到,就捣烂了。篮子里的姜,切了几片,切成细丝;抓泡菜的生姜和酸萝卜,切成细丝;油辣子,一打开,有股香气,让胃马上舒展开。她准备一个大的土花碗,将这些作料放入,撒上花椒粉,放上猪油,切上小葱,撒点芝麻、花生末,放少许酱油、醋,放点盐和味精,再撒了几粒黄砂糖。

唐素惠把桌子擦净,用铁锅烧开的水,泡了一壶老鹰茶,放在桌上。她取了一双筷子,从碗柜里取出带碱的干挂面,来到屋外铁锅前。

先往沸水中放青叶子菜,回房取来盛了调料的土花碗,捞起青叶子菜,放入碗里。水好宽,往水里下挂面,扔下少许盐,轻轻搅动一下,锅里一会儿沸了,浇上冷水。锅再沸了,她飞快地挑面,面筋道,用筷子将面在碗里顺势一叠,这才用一块石头压灭柴火灶的火苗。

她小心地端面碗回房里,搁在桌上。房间很静,窗外飞来几只鸟儿,走在窗台上轻巧的脚步声都听得见。她朝它们笑了一下,双手放在胸前,祈祷。

她用筷子去搅拌面条,所有调料混合,发出一种特有的香味,她咽了咽口水,挑起一筷子面,放入嘴里。比她想的还好吃,什么味都有,她的眼泪掉进碗里,心中的火焰上升,她脑洞大开。

吃完面,她回自己的房间,准备换上干净衣服。她脱光所有的衣服,从小小的方镜里看到她的部分身体,长这么大,她没有跟一个男人有过肌肤亲热,也不知道与男人交合是什么滋味,为什么是男人?她爱一个人,那个人好看的脸浮现在眼前,她与她来自同一个地方,她最后握着自己的手,湿热,充满了情意。她想到在别墅后门,自己向她的承诺,要帮她,要让她自由。她躺在床上,睡着了,足足睡到夜幕完全降临。她把自己所有重要的东西都收拾好,用一件衣服包裹好。她先把东西从窗子放下去。她打开大门,发现那些抬滑竿的人,居然靠着滑竿睡着了。

她轻轻关上门,从房外窗下拿了包袱,看到邻居家黑灯瞎火,她决定从那儿走。先翻墙到邻居家,从那儿轻手轻脚朝前走。

停栖在窗台的几只鸟飞腾在空中,它们没有叫唤,跟随她飞了好一段路。她不时回头,确认没有人跟踪她。

当她来到那家好吃的牛肉汤小馆子时,已是午夜时分。这儿已打烊了,整条巷子黑黑的,不远处那个老四川牛肉馆也闭门了。她有信心找到这儿,走路的好处,是可以边走边看,那两拨特务,是否在跟踪自己,而在她心里,一个计划早已成形。

她敲门。

小伙计打开门,一看是她,问:"小姐,你找啷个?"

"伍老板。"她答道。

"他不在。"

"冰老师让我来的。"她不得不撒个谎。

小伙计看了看她,说稍等,关门。她站在门前,夜风吹来,不热。她把头发用一根橡皮绳系在脑后。这时门嘎吱一声开了,小伙计头一偏,手一伸,请她进。她走进去,发现伍老板坐在黑暗中,而且冰老师也在。唐素惠吓了一跳。虽然冰老师穿了一件黑大褂,戴了另一副眼镜,外人肯定认不出他来,但她会认得。

"为什么撒谎?"冰老师问。

"不然,你们不会让我进来。"

"说吧。"冰老师说。

"你们要做的事,也是我要做的。"她转向伍老板,"那天,你应和我在心心咖啡馆见面,对吧?"

"你认出了我。聪明。冰老师,这姑娘你调教过,就是与众不同。"

"我有一个想法,请伍老板听听。"

这个夜晚,跟别的夜晚相同,闷热潮湿,但这个夜晚有了一个女人详细的计划,便跟所有的夜晚不同,充满了危险和期待。当唐素惠开始讲这些天她想过无数遍的事时,这完全超出面前两个男人的认知,他们站起身来。

唐素惠并不知道唐庆芳跟二老板的事。二老板罪该万死,只有这个人在别墅外有意外,那被软禁在里面的人才可脱了干系。她只是每天去花园别墅,知道二老板不定时回来,不定时走掉,山下采取行动,不太可能成功。只有在山上,选择他必经之路,才有可能刺杀成功。他一向小心,无法在车里装炸药,很难算准时间,那么用手榴弹,或许可以? 如果威力不足,再补杀。

伍老板说:"那你随时会死,会被自己炸死。"

"我愿意!"

那条下山的路,有一个地方较宽,而且有一段沟,如果在那儿下手呢? 她想。她不知道如何开枪,但这难不倒她,她可以学,只要有时间,哪怕半天,哪怕一个小时,她就会击毙敌人,她有一把护身的小刀。伍老板让她待在馆子里,说是要抽烟,与冰老师走到厨房里。两个人在里面待了好久,才出来。

伍老板与冰老师出来,伍老板向唐素惠点了头。

一九八三年　重庆

二姨走后,我没有回到床上,我无法入睡。董江呢? 董江为什么不和二姨住在一起? 他们经过那样的年代,当一切烟消云散后,这四个人通通选择过普通人的生活,董江和唐庆芳结婚生子;二姨迅速嫁了人;母亲也结婚了,儿女最多，我是她最小的女儿，躺在这儿，想他们的事。

这个上午，我体会到唐素惠一个人在冰老师的小屋子的苦思冥想，我在想，事情顺着我的意念发展，会在某个地方不对。比如那个在船上邂逅凤小姐的甫先生，他真的掉下江死了？如果没有死，他在哪里？凤小姐呢，深知二老板早怀疑自己的目的，如何才能金蝉脱壳？

如果甫先生是伍老板，冰老师与凤小姐，包括董江、唐家俩姑娘，他们本就相识，那么，唐素惠是否也在他们几人设定的局里呢？她必然想过我现在想过的问题，而心甘情愿当他们的一颗棋子。

我想不清楚，好像并没有局。如果甫先生并不是伍老板，而就是一个地下党；凤小姐只是明星；冰老师只是教戏剧的教授，编戏本的，也说得通。比如董江凑巧被凤小姐找来做司机，凤小姐的男朋友贪财，顺了二老板的安排，躲得远远的，但他会不甘心，他会把凤小姐救出来，逃出二老板的手掌。我记得每每我说到一九四九年之前的事，父亲总会说："你妈那时思想追求进步，她还帮他们送过报，救过人。"我问父亲一些更深入的事，他不再说话。

母亲从不讲这种事。偶然有一回我与她走在一号桥的路上，我们去看幺舅，突然有一辆军车停下，走下来一个当官的军人，他走到母亲面前，紧紧握着她的手。两个人低语了两句，便告辞。等那人的车子驶远后，我问母亲，他是谁。

母亲说，她给袍哥头子当老婆时，曾遇到一群人在追一个受伤的男人。她救了他，把他藏在自己的大房子里，替他找药，医治他，伤好后，又送他上船走掉。

我那时可能只有十岁，母亲似乎在讲别人的事。我问她，还有没有我不知道的事。她摇摇头。看来，母亲有太多我不知道的事。只是她不肯讲，或是早已埋在记忆深处了。

我梳洗完毕，出门。

董江的店铺没有其他人，他戴着眼镜在敲一口锅。我走进铺子，在他面前坐下来，递上我买的热乎乎的五个肉包子。那包包子的牛皮纸上油油的，香喷喷的。

"董叔叔，我们昨晚等你回来吃饭。"

他的眉毛往上轻轻一挑。

等了好一会儿，他说："你吃包子吧，这么多，我吃不完。"他的眼睛有红丝，明显昨晚没睡好。

我拿了一个包子吃了起来，肉馅里居然有姜丝，而且咸度正好，肉很新鲜，还有胡椒味。我边吃边评。

"你从小就知道啥子东西好吃。"董江看了我一眼，"这家包子远近闻名，哪个就被你逮着了？"

"排队人多，包子肯定好吃。"我说着，凑近他，"董叔叔，请你帮个忙，我想进去看看。"

他没说话。

"我想进去。"

"你二姨不会高兴的。"

"我躲开她。求你了。"

"你怎么就肯定我会帮你？"

"你会的。你晓得我不会害任何人。"

他摇摇头。

"她在里面，你看过她吗？"

他不说话。

"她不认得你。你的闺女来过吗？"

他不说话。

我正想开口，他朝我吼了起来："你走！"

我站起身："走就走。我晓得你们的事，你们都是非常善良的人，为什么要折磨自己，也折磨别的人？"说完，我走出铺子。我在街上乱走，整座歌乐山在我的脑海里叠加，山与房子，人脸与车辆，不知走了多久，医院的院墙怎么这么高，有两个人高吧，就是花钱让人把我抓起来，我也翻院墙，若是要跳入，腿必摔断。精神病医院大门只有保安，那儿没有卖甘蔗的小贩。

一段院墙在坡上，我走累了，就坐下，一直到下午身后学校上学的钟声敲响。

当我再次到董江的铺子时，他马上抬起头来，看着我，那意思是怎么又来了。

"我要进去，董叔叔你会帮我的。"我说。

"真相，都是人自己强加给自己的。"

"我不同意。"我一边说着，一边伸出手，"我已经接近它了，我感觉得到。"

"你要啥子？"

"你晓得。你有家属探视卡。"

"你啷个晓得？"

"我脑子告诉我的。"

他微微起身，又马上坐下，看着门外树上一群麻雀，这才从上衣口袋里掏出一个卡片，递给我。果然是盖有医院红章的家属探视卡。

我站着向他鞠了个躬，便离开了。

奇怪，当我凭着家属探视卡进入医院大门，越朝里走，跟我上次进入看到的越不太相同。还是三幢五六层的白楼，我进了最高的一幢，还是一样的过道，甚至食堂也一样，二姨在那个窗口探出头来，不是在磨刀，而是在抖围裙。她抬头，眯眼朝我这边看，可能是阳光强烈，她举手，想遮挡光线，我急忙蹲下，不让她看见。

医院住院部也是很多人，他们大都停在原处，在椅子上，在桌子上，也有站立的，做同一个动作，还有在看书的，盯着同一页，甚至倒着看。我来到护士工作台，朝一个中年护士递出探视卡。她看了看，递还给我。

"唐庆芳不在。"

"她在的。你好好查查。"我说。

"不必，我晓得这个病人。"

"她在这里。"

"你是她啥子人？"

"外甥女。"

"你妈、你姨没跟你说，她一年前就不在了？"

"她们没说。你是说她死了？"

护士摇摇头。

"不是死了，那她在哪里？"

"我不知道。"

"没人知道？"

突然身后传来一个男人的声音："我晓得，她去了外面，那天我看到她的。

我刚才还看到她在外面的草丛中走。"那个男人长了一脸胡子,伸手拉我到窗前。窗子有些高度,踮脚尖看,外面只有两个洗衣妇在长绳上晒湿湿的病人服,有灰色有蓝色。

刚才跟我说话的那个中年护士这时把男人拉到一张桌子边,让他坐下:"这儿差一个人,你打麻将打得好。"

"对,我打得天下无敌。"

我没办法,只好朝前走,另一个护士拉着我,说:"前面区域非探访者不能进入。"

"唐庆芳真的不在这儿?"

"我们不敢乱说话,她真的不在这儿。"

这怎么可能?我上次来这个地方,还见到她,所有的情景历历在目。我必须找到她。我决定换一套白衣,便下楼,在一层,我看到一个大篓里有衣服,也不管干净与否,抓了一套,穿在身上。我从另一侧的楼梯上,一个房间一个房间查看,没有唐庆芳——那个已头发花白的老女人。我准备去另一幢楼房看看,在两幢楼之间的空地,我看见那楼道有个人影,一动不动盯着我,我走近,发现是二姨。她轻声说:"她不在这儿。"

"她在哪里?"

"我们也不知道。"

"他们说有一年了。"

二姨点点头。

"就是说,唐庆芳凭空消失了?二姨,你看过我的笔记本,我见过她,在这儿,还有叶子。在外面,她在辣椒堆里,一身都是辣椒汁。"我目光扫过去,那边是个山坡,晒着红辣椒。

"是不是董叔叔?"我的意思是,他不愿看到唐庆芳被关在疯人院里,便结束了她的生命,把她埋了。

"不可能。"

"那是你?"

二姨伸手,却马上放下手:"孩子,你真的会把一个正常人逼疯。我怎么可以那样对她?"

"她抢走了你的男人。"

"是你的,就不会变。"二姨指着脑袋,"她那些年,自己困住自己,才让他重新回到我身边。她可以害我的孩子,害你,但我不可以害她。"

"对不起,二姨,我真的糊涂了。"

二姨抓起我的手,带我来到辣椒山,我们坐在坡下一块石头上。她从石头下取出一包香烟,还有一个打火机。这个地方,是不是上次我在这儿,唐庆芳取香烟的地方?我的心开始疼痛。

香烟盒里只有一支香烟了,二姨取了出来,点上火,抽起来,传给我,我吸了一口。她喃喃自语:"我不敢相信她不在了,我们还在等她,可能有一天,她会回来,她会清醒,记起我们。"

不知为什么,我的眼泪流了下来。

"这句话是你妈妈说的。"

"我妈妈也晓得她不在的事?"

二姨看着我,摸摸我的脸,没说话。

有人在楼上一个窗口探出头来,那是一个男人,他盯着我们,很快缩回头。那上面传来扯开喉咙歌唱的声音:"夜重庆,夜重庆,你是个不夜城。华灯起,乐声响,歌舞升平。只见她,笑脸迎,谁知她内心苦闷——"

旧上海改成旧重庆,都说病了的人,聪明剔透,果然不错。这时听,句句印在我心上。

二姨拿了一个辣椒放在嘴里咀嚼起来,她说:"这辣椒真辣,是熟悉的那种辣,可以到胃里,到血液里。孩子,奇怪,我现在不反对你写下你理解的故事了。那个世界,有希望;这个世界,看不到希望。"

尾声　重庆

十三年后。之前我一直在伦敦,在家专职写书。我写了自传体小说,决定回到重庆,和父母住一段时间。母亲的家还是在原址,只是原来的老房子拆了,在原处修建了六层楼房,我替他们购了五层的两室一厅。我有好些事想问母亲。母亲退休在家,她的脾气也改了,温和,时常聊到从前,大都是在忠县乡下的事、在大饥荒时的事,还有她怎么跟我的生父认识。她没说唐家两姐妹,我也没说,甚至我当时从歌乐山下来后,决定不写她们的事。那个笔记本因为我住无定所,不知遗落在哪个地方。我曾有一天跟一个诗友在江边撕稿子,没准,那个笔记本也被我撕掉了,所有我写的人物都掉在江水里了。而且我到伦敦后,较少回重庆,也跟重庆以往的亲戚朋友交往少了。

在母亲的柜子上放了一只旧旧的箱笼,编织得很讲究。

母亲有一天坐在阳台上,看着江上驶过的船,对我说:"他们走了。"

"二姨?"我第一个反应,就准确无误。

"唐玉英和董江。"母亲流下眼泪。

"妈妈,不要哭,告诉我。"我马上蹲在她的面前。

母亲说,有一天她去歌乐山看他们,他们不在。两个人租了不同的房子,她发现房子里没人,东西都没变。二姨虽然岁数大了,不在医院做了,但还是住在那个我去过的小房子里。

母亲问邻居,邻居都不知道。她站在那儿,跟几十年前一样脑子翻动。中午时分,她来到钢厂红砖房宿舍。她知道二姨的习惯,钥匙放在门上的坎。她拿了钥匙,打开门。房间很安静,桌上搁着一个箱笼,经过几十年,竹器旧得变黑了。她走到床前,蚊帐垂下。床上躺着两个人,一个二姨,一个董江,她穿得整齐,他却是一身普通的灰衬衣黑裤。床前是一双黑高跟皮鞋,一双男式布鞋。

"他们等不了唐庆芳了,太累了。"母亲说。

我面前的长江,可以看到千厮门那个方向,当年董江在那个码头接到唐庆芳,还有唐素惠,他们三人往宽绰的石阶上走。二姨先吃了药,躺在床,她穿着当年在心心咖啡馆穿的那件蓝丝绸旗袍。董江一定是找不到她,后来找到这旧居,看到她已结束生命,便也结束了自己的生命,他从前不能爱她,现在可以爱她了。

我跟母亲说了,她想了想,说:"他们不是一起走的。我叫了法医,法医说死亡时间相差两天左右。"

当天傍晚,我去了那片红砖房子。那儿还住着不少钢厂的职工,但是比起以前,残破多了,植物却依然茂盛。我顺着长长的石梯走上去。二姨的房子里面空空荡荡,里面被粉刷着白漆,可能钢厂新的职工将搬入。隔壁是西区动物园,高高的院墙。童年的旧事浮现,叶子、尖耳朵老虎……我走到后园,这儿长满野草,有半人高。动物园那边很安静。

好奇心驱使我来到动物园里,关老虎的地方,铁栏杆里,有几只华南虎,年龄看上去也就五六岁,等了好久,也没看到一只年老的老虎。我认识的尖耳朵老虎,不在。我也等不到饲养员,估计问了,也不知道那二十七年前的事。

　　夜色笼罩之下,我费力回到二姨的旧居。我有个感觉,心里有种东西蠢蠢欲动。我站在路中间,决定一直往前走去。有老虎或狮子的叫声响起,我顺着这条路朝前走,前面有少年叶子的声音,不只他,还有唐庆芳、二姨和董江叔叔的声音。焰火突然铺满天空,比想象的更美丽,更令人难以忘记,它们呈现出鸟的形象,一只鸟叠着一只鸟,占据了我的头脑。

　　【作者简介】虹影,著名作家、编剧,代表作有长篇小说《饥饿的女儿》《好儿女花》《罗马》等,以及《上海王》等旧上海系列小说、"神奇少年桑桑系列"五本、《米米朵拉》等。六部长篇小说被译成三十多种文字在国外出版,多部作品被改编成影视作品。

余墨

◎ 房伟

一

周六深夜,我坐最晚一班高铁,回梁城。

黑黢黢的,透过银灰色窗帘,夜闪着灯火,有无数故事和人生,都和我不相干。

梁城是北方的一座大中型城市,梁城大学是该地唯一的211重点大学。硕士研究生毕业之后,我从未回去过。也没啥,就是不想动。

无聊数着窗外光点,一个、两个、三个……还是无法睡去。天太热,夜也不能让它冷静,我们都是焖在锅里的鱼。我央求服务员把空调温度弄低点,勉强昏睡过去。不一会儿,又觉得冷,抹着脸上的凉汗,顺手滑开了手机。

打开视频网站,粉丝们都抱怨,等我讲"大宋高粱河惨败"呢,怎能说停就停。

我打开自拍,炫了车厢昏暗的情形,再转向疲惫的脸,说,阿丹真没法,过几天补上,等不及的老铁,可去网站看付费网文,或买实体书瞧。

我是历史栏目主播,也写穿越网文,虽是中年大叔,还不是"大神",只是有些粉丝,勉强糊口。我叫周丹,粉丝们都自称为"丹粉"。

网上溜了会儿,又困了,准备关机,师妹高晓菲的微信来了。她问我到哪里了,并让我一下车,就赶到梁城大学招待所,先安顿下,再来导师家里。

我还是自己选地方吧，不想离学校太近。我回复说。

晓菲有些不快，过了半天，又发微信，说，随你吧，就你各色难搞，大家都住那里。你在别的地方住，票据留好，我们统一报销。晓菲强调。

我是无业游民，没法处理费用，理解师妹的好意。

高晓菲留校后，先当辅导员，又读了导师的博士，毕业后，转入教师岗。这些年下来，她成了女性史专家、教授博导，只是醉心学术，个人生活就惨淡了些，读博士时还有男生追求，她说要先评副教授。评上了副教授，她又说要先评教授，不能耽误写论文与做项目。不知不觉，追求者都跑了，晓菲也已四十多岁，有些"美人迟暮"的意思了。

还有两小时到梁城。

坐夜车有种恍惚迷离的感触，好像一下子进入某种叠加的宇宙空间。所有过去、现在和未来的人和事，都有可能在这里不断并置发生，不断被重演。二十年一梦，穿梭而过，窗外的灯火中，我看到多年前的同学们，谷墨、高晓菲、程济，还有慈祥的导师，他们都飘浮在我似睡非睡的记忆里……

二

二十一世纪初，我读硕士研究生时，赶上高校扩张。我们这届硕士研究生，招了二十多人，创下历史系建系最高峰。后来历史系与其他院系合并，成立梁大社会与历史发展学院，但历史系继续高歌猛进，也是梁大唯一入选国家重点学科的文科专业，享有盛誉。

这些成就，都与导师容焕余有着密切关系。

导师学历不高，不过专科毕业。他曾在中学教书多年，因学术优异，短暂被调入梁大，旋即被打成异己分子，下放甘肃。二十世纪七十年代末，他重回梁大，著书立说，大放异彩，几乎以一己之力，独撑起梁大中国史的学界地位。

二十多年了，依然难忘那一幕。"现代历史学研究的理论与方法"，是硕士研究生一年级的必修课。秋天的下午，天高气爽，窗外的梧桐树摇曳，教室走进一位头发花白、腰杆笔直的先生。阳光从窗子爬进，金粉般在那人肩头散去，为之笼罩上一层神秘感。他又瘦又高，整个人有出鞘之剑的挺拔感。特别是他的眼，激情中有淡泊，理智之余又含戏谑，让人捉摸不透。后来我回想导师给我留下的第一印象，总觉得真正的历史学家，就该如此。

导师从兰克、卡尔的现代史学讲起，讲到吉本的《罗马帝国衰亡史》，再讲到布罗代尔、拉杜里等年鉴派史学家，以及海登·怀特的后现代史学。他还从梁启超的“中国现代史观念”讲起，从胡适、傅斯年讲到顾颉刚、吴晗与翦伯赞。他带有安徽亳州的方言，我们听来吃力，但他嗓音洪亮，穿透力强，教室回荡着他慷慨激昂的声音。

我们听得入神，下课铃响了，也没人关注。大家鸦雀无声，全神贯注地听着年过半百的导师，讲治学理念和亲身感受，生怕打断了他。

历史是什么？导师打住，目光炯炯地盯着所有同学。

答案五花八门，导师摸了摸下巴，说，历史是由血、火、人类的罪行和愚蠢组成的。

底下炸了窝。大家议论纷纷，几个学生跳出来，和导师辩论。有的说历史是进步的，有的说历史是循环的，导师淡淡地说，你们还年轻，有热情，但现实和理想有差距。后来我们晓得，那句话是历史学家吉本所说，导师言来，似有无数创痛体验。

导师说，以学术为业，是一条艰难之路，没有鲜花与掌声、美女与金钱，我们更多面对的是孤独寂寞，还有就是贫穷，“穷酸书生”，说的就是我们这些人！

大家哄堂大笑，晓菲插话说，您可不穷酸，您是著名专家。

导师没再辩解，在黑板写下一行漂亮的粉笔字，说，送给大家，诸君与我共勉。

我和谷墨是同桌。我们都非常激动。谷墨敲着桌子，瘦长的手指，紧张得发抖，我问他怎么了，他喃喃地说，学者当如是！有此师为榜样，此生足矣！

导师和蔼，如果不是课堂，也肯讲笑话。晓菲缠着导师，说讨教学问，最后却是让导师给她打高分，每次都是谷墨和程济出风头！她噘着嘴，扮着楚楚可怜，让导师无可奈何。我们不努力，他也发火，可女同学们有武器，就是泪水。只要被导师批评，晓菲就开始抽泣，最后变成梨花带雨的模样。导师便悻悻打住，说，这样不行的，女孩也要用功！

导师喜欢带我们爬山。小山在学校后面，不高，也不秀美，山上树木繁盛，山顶有小广场，是广场舞爱好者的圣地。登山活动，常安排在周六下午，那往往也是学术交流会。导师让我们每月上交读书笔记，也出题目让我们辩论。小广场就是辩论现场。有时导师也变得沉默而严肃。一次，他指着广场旁一个小凉亭，说，我被梁大的学生批斗，就站在这个地方。

凉亭很普通，在山的高处，有青石板，踩的人多了，光滑平整，看不出什么坑洼。

很多年过去了，我依稀记得，导师说那句话时的样子。他的眼神有些荫翳，山上的树木，将层层影子投下来，遮住了台阶，也遮住了他的眼。他当时看到了历史，却不能预见未来我们各自的前程。我硕士毕业后，分配到省史志办。史志办崔主任，对我百般打压刁难。我不拍马屁，也不送礼，还给他提了不少意见。他把我看作眼中钉。二〇〇八年，我辞职到上海，报纸、出版、电视台都混过，一事无成。

二〇一一年，我重拾当年的写作爱好，网名是"磨牙的树懒丹"。我写穿越历史网络小说，业绩一度不错。网络作家压力大，每天更新万把字，我很懒散，总断更，粉丝封我为"东厂丹公公"，有的甚至开骂。我气不忿，又做了自媒体，在视频网站讲中国史。我的口才还行，文案自己写，也直接讲自己的书。七混八混，也搞到点钱，在上海买了个小房。就是整天瞎忙，婚姻耽误了，晃来晃去，也到了四十大几岁。

我不在乎，痛快就好，只是无颜面对导师和同学。

也无所谓，我只和谷墨要好，这些年了，我们一直没断了联系。

三

梁城大学招待所，早改成五星级的昊天大酒店。晓菲只是习惯这么叫，大学招待所叫什么"昊天"，总有些别扭。

临近毕业那段时间，赶上昊天大酒店开业。昊天大酒店就建在研究生宿舍对面。二〇〇三年初夏，我和谷墨打篮球，天快黑了，才回宿舍，走到昊天大酒店附近，憋得受不了，跑进去蹭厕所。我们鬼使神差，跑到昊天大酒店的地下三层，那里有个一百多平方米的休息大厅，里面全是等着上钟的"小姐"，密密麻麻的，好几百人。我们吓傻了，"小姐"们也愣了，齐刷刷地盯着我俩。我们窘得摆手，表示走错了，她们才扭过头，冷冷地抽烟、剔牙，不再搭理我们。

昊天大酒店地下二层是游泳池，地下三层是夜总会。我和谷墨惊魂未定地逃出昊天大酒店,逃回了宿舍。宿舍在三层,靠北的阳台,可看到昊天大酒店灯火辉煌的告示牌。阳台也是我和谷墨、程济等同学论道的好去处。一壶粗茶、一个主题,扯上大半夜,通常是历史与哲学话题。晓菲师妹也参加过"阳台学术神仙会",每当她过来,谷墨的眼睛,都亮晶晶的……

到了梁城,已是凌晨。二十年了,昊天大酒店还是老样子,微明的晨曦中,巍然屹立,外体装修抵挡不住岁月侵蚀,剥落了不少瓷片。我莫名有些感伤,让出租车停在昊天大酒店旁边的丽景酒店,档次差了点,但也能住。我自己报销,这点骨气还是有的。

吃了点东西,眯瞪了一会儿,起身赶往导师家。导师住在学校北门的专家楼,人还未到,就看到楼前扎起的灵棚、院里撒落的纸钱。都是按安徽的风俗办的。已是凌晨四点多,时间尚早,微薄的光亮下,暑气悄悄升腾,驱散了清凉。响器尚未开工,院里站满了人,戳在那里,有的抽烟,有的互相寒暄。我见到了晓菲、程济他们几个同门。

都等你呢。晓菲冲我点头,她嗓音沙哑,眼也红肿得厉害,头发干枯,下巴尖尖的,人也佝偻着,有些瘦脱了相,想来导师的去世对她打击很大。

程济没和我说话,默默递上白花,又丢给我签名册。他这些年保养得不错,四十多岁了,看着像三十出头,白白胖胖的脸,没啥褶子。程济和谷墨一同留校,如今是中国史方向带头人,梁大社会与历史发展学院的院长,继承了导师衣钵。程济穿着黑色短衫,脸上不断淌汗,他擦着汗,拍拍我的肩膀,说,大作家,最近没少挣钱吧。

我刚想说点啥,他又旋风般跑开,联系青云山殡仪馆那边事宜。

晓菲拉过我,小声问,带了多少丧仪?

我说,五千元吧,不知大家都拿多少?

晓菲看看四周,又说,导师生前吩咐,不收钱,可师母说,同门可以。

导师去世前,专门叮嘱过家人和亲近弟子,不开追悼会,不收礼金,骨灰埋在安徽老家翠屏山下。家属和学校领导都不同意。导师有很高学术声望和社会影响力,陈副省长专门做了批示,要隆重纪念,学校也要组织"容焕余学术国际研讨会"等系列活动,在海内外对学校几个重点学科进行宣传。

虽说导师是知名学者,不缺钱,可师母是农村妇女,没什么文化,导师几个子女,也没什么出息。女儿留在安徽,是中学教师;儿子跟着他们在梁城,学校看在导师面子,安排在后勤处;儿媳的工作也是导师找人安排的。导师住在学校专家楼,和师母、儿子、儿媳妇、孙女一起生活,一家人都依靠导师。如今导师不在了,家里收入自然大损,收点礼金也情有可原。导师一生维护学者尊严和形象,家属考虑问题更实际些。

导师住的专家楼,是套独栋三层别墅。导师的子女披麻戴孝,站在门口。一楼客厅门大开,师母枯坐在旁,手在颤抖,身体也在抖。灵堂已备下,前来慰问的人,先给导师遗像鞠躬,再和家属说上几句。同门们不仅鞠躬,还要跪下磕头。我也随着规矩。我将钱给了晓菲,其他同门也拿出来,让她一并代表。晓菲接过钱,刚与导师的儿子谈了几句,师母却兀自立起,冲过来,将个玻璃茶杯,摔在晓菲脚下,冷冷看着她,哑着嗓子说,钱的事,不用你管!

众人愣住了,继而低声议论。晓菲窘得满脸通红,手足无措。旁边一个秃顶男人,挡在晓菲前面,说,师母太伤心了,大家别惹她老人家生气。说着,几个同门女弟子过来,围住师母,将她劝回座位。晓菲眼圈含泪,奔出门外。秃头男叹了口气,对我说,大作家别见怪。我这才看清,这位是高我两级的孟力行师兄。他毕业后,先在某普通高校教书,后来不知何等机缘,调去某部委工作,听说也是局级干部了。

孟师兄淌着热汗,白衬衫很快湿透了。他拉着我走出房间。天已大亮,太阳刺目,血色阳光直刺灵棚。丧乐大起,闷热的空气,仿佛胶水似的,乐声也无法搅动黏稠质感。一群人黑压压的,蚂蚁般黏附在这座小院。我走到树荫下,和孟力行寒暄。我们也多年未见。他胖了,当年有着颓废哲学家气质的瘦削身材,如今发起福,只剩下白净的四方脸、秃掉的脑袋,还有那种洞穿一切的自信眼神。

换个角度看问题,孟师兄侃侃而谈,不要被偏狭思路限制住,遭逢大变,导师家里难免乱套,我们要多体谅。

我想说些什么,只能咽到了肚里。不一会儿,同门陆续都出来了,聚在院外聊天,不常见的,互相加微信,敬烟,谈着各种资源和不同领域见闻。消息传过来,追悼会定在明天上午,中午程济安排,在昊天大酒店吃点饭。

我不在学术圈,也没啥资源,没人凑到我这里,只有孟师兄有一搭没一搭地和我说着话。他这些年虽然当官,但与学术界关系也没断,常到著名大学指导课题申请,以及博士生毕业答辩。他不和我谈官场,只谈学问,我没法和他应和。我这些年瞎搞，学问也疏懒，说起来惭愧，师兄一考校，不免张口结舌。师兄严肃地拍着我说，换个角度思考问题吧，就是创作，也要争取成为同时代人的代表，不能满足于挣几个小钱。

我说，孟师兄，从前你不那么装，如今当了领导，风格迥异，让人敬佩，现在的小孩喜欢克苏鲁和二次元风格作品，我这种贩卖历史故事的作家，勉强糊口罢了。

上午十时，人越聚越多，各级领导也赶来拜祭，少不了一番应酬。晓菲躲在灌木丛边哭了一场，又帮着张罗，也没再闹出风波。大家正商量，打车去昊天大酒店吃饭，程济风风火火地跑过来，径直走向我。我正诧异，他铁青着脸，说，你不能到谷墨那里，这是原则问题！

四

我和程济、高晓菲、谷墨是同级同门。论学问水平，谷墨最高，说起家世背景、人情世故，谷墨拍马也赶不上程济。程济的爷爷是厅级干部，父母是梁城大学中层领导，叔叔和姑姑也都在事业单位担任领导。程济从小就是优秀生，本科保送梁大。程济本被家族培养当公务员，可他志向高远，想在学界出人头地。程济基础扎实，为人虽有官家子弟的傲气，但处事圆滑，出去吃饭也抢着买单，在同学中人缘不错。程济曾担任梁大学生会主席，论文也拿了奖，发表在核心刊物，顺利保送导师门下，攻读硕士学位。导师也对他颇赏识。程济是梁大备受瞩目的学术新星。他的目标很明确，就是留在梁大，成为继导师之后的一代优秀学者。

这一切，都被谷墨的出现打破了。

谷墨出身北方小县城，父母是杜县附近的农民。他本科学机电，原在杜县冷库当工程师。可他从小热爱史学，即便读了工科，有机会读研，还是毅然辞职，报考了历史学。他被导师录入门下，纯属偶然，据说谷墨将硕士研究生复试现场，变成了学术演讲台，成功引起导师的注意。

入校半年，谷墨就展现出良好的学术天赋。他博览群书，过目不忘，阅读量惊人，对很多历史细节有精准记忆力。《通鉴纪事本末》等史学大部头，早读得烂熟，各类笔记野史，也涉猎极广泛，对晚清至民国的防疫制度，早有研究，入校前发表了数篇论文。他有敏锐的洞察力和问题意识,总能在新理论方法框架内发现历史秘密。他的英文不错,古文功底也好,能写古诗词,热爱明清小品,业余还将很多古文翻译成雅驯的英文,颇令人惊奇。

"冷库小子"谷墨在梁大迅速成名,广受瞩目。

我们被分在一个宿舍,谷墨在我的上铺。我拎着行李进来,他正在读书,只对我略点头示意,神情冷淡。接触多了,我却被这家伙的才华和学识折服。尽管,他常翻着白眼、冷着脸讲话,可一针见血。他珍惜时间,不去看电影、跳舞,也不找些年轻人的娱乐。他对同学们保持距离,但如需他帮忙,他总默默尽力,事后也不肯居功。他在图书馆帮人抄资料,给同学的论文提意见,还给家贫的同学捐款,女同学让他干个杂活儿,他也从不推辞。

给我印象深刻的,还有他的孝顺。梁大校园种满梧桐等几十种树木,土质非常好,植被长得茂盛。早上五点,谷墨拿着本英文书去操场,一边跑步,一边诵读。锻炼完了,他拿出罐子和小木铲,在操场周围搜寻蚯蚓。他说母亲偏瘫,有中医给出方子,要用蚯蚓泡酒。蚯蚓成药,在中药店价格不菲,他只能自己收集。校园洒满阳光,谷墨的汗水,顺着额角不断滑落,他扭动着瘦长身体,笨拙地在土里翻找,发现一条蠕动的黑蚯蚓,就欣喜地大笑。

我们也认识了高年级的师兄孟力行。他的做派和谷墨很像,总用电饭煲弄上一锅米粥,静静地躲在两个书架之间看书。如果你来谈学术,他非常欢迎,如果闲聊,他就指指书架上的字条:"闲谈不得超过三分钟",不再理你,全不顾访客的尴尬。孟师兄对我和谷墨是肯敷衍的,特别是谷墨。孟师兄抽着烟,眯起眼说,谷墨将来前途远大,嗯,不容易。

谷墨和程济的关系很紧张。导师的专业选修课,成了展示才华的战场。第一节课开始,程济就和谷墨较量上了,一个小问题,也唇枪舌剑,互不相让。导师对此很宽容。程济总是败多胜少,他很快就从谷墨略带讥诮的眼神中,确认了学术之路的绊脚石。

程济约同门聚会,我依稀记得,那是一家高档酒店顶层的旋转自助餐厅。程济说着漂亮场面话,矜持得体。优雅的环境、精美的食物,都让晓菲等几个女同学眼中,充满羡慕和兴奋神色。程济介绍龙虾的出处、烤肉的切法,特别是在梁城最高酒楼顶层俯视灯火辉煌的城市的快乐。程济说,我们都是梁城的精英,会成为这座城市塔尖看风景的人。

谷墨反唇相讥,说,学问家在经济社会没啥用,风景只在个人内心。如果要取得世俗意义的成功,要经商或当官,搞学问算个屁。

谷墨有点刻薄。他很在乎程济不经意间流露的优越感,及对他的冷库工程师身份的鄙视。谷墨早婚,在冷库时陷入一个温柔女工的爱情。他不顾家庭反对,毅然和女工结婚。他考上硕士研究生,女工很担心。谷墨身材高大,目光炯炯,充满激情和怀疑精神,才来了半年,就有不少女同学对他表示青睐。他毫不为所动,只对师妹晓菲,似乎颇有意思。这一点,我这个对感情不太敏感的笨人,都看得出来。晓菲是"林黛玉"型骨感美人,有些淡淡哀愁的古典风致,符合才子对女性的想象。谷墨看着晓菲,眼睛会笑,笑声会有光,光是蓝色的,蓝色的光也会变成金色的火,烧灼着他的理智。晓菲看着谷墨,眼里也有着光……

大家都看在眼里。晓菲刻意回避这份情感,态度模糊暧昧,反而激起谷墨的斗志。晓菲是师门女神,很多男同学都暗恋她,这也包括我和程济。当我发现谷墨和晓菲的暧昧关系,只是喝了场大酒,把谷墨骂了一顿。我督促他要先离婚,安排好家庭,再去追晓菲,否则就打掉他的门牙,和他绝交。谷墨极少在我面前谈起那个女工,但我知道,他们并非没有感情。女工的照片,被他贴在宿舍橱柜深处。女工温婉可人,眼睛很大很亮。

谷墨被我骂得狼狈,笑着点头。这种处于家庭责任与爱情之间的矛盾撕扯,给谷墨造成了极大痛苦。程济却从没有真正表白过感情。他善于掩饰。但当谷墨和晓菲亲密交谈,程济的脸也是惨白的,白得吓人。我看在眼中,深深为谷墨表示担心。我还从程济眼中看到了深深的忌惮。这是优秀生的通病。优秀得太久,站在潮头太高、太冷,早已习惯居高临下的优等生态度和悲天悯人的情怀。他们喜欢的不是学术,只是成功。有人威胁到他的成功,"见贤思齐"这类论调,在他们身上是不适用的。程济还有良好的家庭背景,也有钱。这些东西,让程济与谷墨的斗争,变得漫长而无趣。

五

从梁大到谷墨的家,打车要一个多小时。

谷墨住在梁师大东校区旧教职工公寓——幸福里。那是学校分给教师的福利房,价格比市面低,位置较偏远。谷墨从梁大调入梁师大,梁师大只给了安家费,他贷款在这里买了房。幸福里说是梁师大教师公寓,如今也没住着多少梁师大的人。早年分到房的老师,趁着房价翻了几次,都把这里卖了,在更高档的小区买了房。谷墨在梁大留校时,因为是本校毕业,和学校签了苛刻条件,不能要学校的福利分房。他一直也没买房,等调入梁师大,房价又飙了起来。谷墨很知足,他没啥钱,这房是他独立供的,房贷未还完。妻子和他离婚后,带着女儿,生活在距此数百公里外的杜县。

我从未来过这里,可在谷墨发的朋友圈,见过这房。谷墨简单装修后,命名为"墨斋",很是幸福了一阵子。

下午一点多,出租车停在幸福里。小区绿化还可以,房子老旧,远远望去,软绵绵地趴在那里,像一只只灰蒙蒙的、钢筋水泥的虫。谷墨住的那栋楼,就在小区偏僻角落,没有扎灵棚,只有楼道口摆着寥寥几个花圈,还有零散进出的、戴白花的人,显示这家人有白事。

这些人我都不认识。谷墨的中学和本科同学、老家杜县的亲朋好友,我都不熟悉。硕士研究生同学,一个也没来。两个面带戚容的女生,得知我的姓名后,招呼我进去。她们是谷墨在梁师大的学生。她们要给我戴白花。我在导师家里的白花,正好还在,省了不少事。

谷墨的遗照,选取的是一张黑白标准照。他正傻傻地看着我笑,目光全是戏谑,还是我二十多年前第一次看到他的模样。灵堂前,我鞠躬施礼,一个中年妇人,扶着个泣不成声的小姑娘,给我还礼。小姑娘瘦瘦高高,眼哭得红肿,依稀看去,有不少谷墨的影子。她应是谷墨的女儿谷金子。中年妇人很冷静,戴着墨镜,从面容上还能看出是谷墨的前妻,那个我记忆中的漂亮女工,只是已发胖,白皙的下巴隆起叠加。我曾听谷墨说,她也是颇有能力的女人,离婚前,就搭上县里一个搞房地产开发的小商人,在冷库辞了职,如今她是全职太太,那商人离了婚,和她生活在一起。她旁边站着个黑胖男人,应该是她现在的丈夫。那位房地产商人正忙着登记来宾姓名,帮着谷墨的学生收礼金。

你是周丹吧,女人说,谷墨说过,你是他最好的朋友,一定会来的。

我没说什么,想拿出准备好的白包,又想了想,问她,谷墨的其他亲人呢?

女人努努嘴,我这才注意,地上还蹲着个农妇打扮的人,面色黧黑,两手颤抖,拍打着地面,那双手红肿粗大,皱纹已开裂。我赶紧扶起她,轻声安慰。

她是谷墨的姐姐,在家务农。她身后几个默不作声的、铸铁般黑硬的男人,大口抽着烟,是谷墨的姐夫和表哥。谷墨的父亲去世早,母亲患病卧床多年,也是无法来的。农村人见世面少,谷墨的几个亲人,想来也是对城市里的应酬比较怯场,这才委托谷墨的前妻在前面和众人周旋。

我掏出五千元礼金,悄悄塞在谷墨姐姐的怀里,说,给谷墨母亲的心意,并让她给我写了电话号码和地址,等闲下来,我要去他的家乡看看。

谷墨在梁大的同事,零星来了几个,都是鞠个躬,交了钱,就离开了,并声称事太多,无法参加追悼会。谷墨在梁师大的同事和学生,倒来了不少,尽管他在梁师大总共就待了六年。金辉院长很忙,没有过来慰问,说是明天直接去殡仪馆主持仪式。

我陪着谷墨的姐姐坐了一会儿。她讲了很多谷墨小时候的事。我安慰几句,见并没有打断她的回忆,就不再说什么。过了许久,她终于停下,茫然看看我,脸上浮现着神经质的苍白。我打起精神,表示还在听。她这才安定,继续讲谷金子的事。金子现在在杜县读中学,那几年,谷墨一直和前妻争夺抚养权,刚说好了,将她转到梁师大附中读书。梁师大附中是梁城最好的中学之一,可惜还未办好,人已经走了,此事到底如何处理,还要看学院的意见……

我踱步出了客厅,去谷墨的书房看看,那里有谷墨生命的痕迹。我在这里坐坐,短暂留住时间一会儿。两排实木打造的黑书橱,整整齐齐地摆放各类学术书籍。他最不能容忍学者有个凌乱的书架,读研时他就这样,书架一尘不染,谁也不让动。第二层中间,有我前几年出版的一本历史小说,扉页还留着我写给他的话——致学术孤勇者大墨兄。书的页面留着些污渍,我能想象到,谷墨边吃饭,边看我的小说,乐得哈哈笑,不小心留下了污渍。黑色皮椅,似乎还有谷墨的温度,好像我还能看到他手舞足蹈的样子,听到他爽朗的笑。这一切都仿佛下午阳光里折射出的尘埃,飘浮、闪亮、轻盈,羽毛般飞翔着,永远地离开了我。

我抽动鼻子,快步出去,穿过客厅,冲到楼下,在小区花坛旁边,擦了擦眼泪。我又平静了一会儿,拨通了晓菲的电话,说,别人都不来,你也该来。

晓菲沉默着,我听到电话那头的抽泣。许久,她才说,谷墨的女儿,还好吗?

我没答她,让她明天无论如何来送谷墨最后一程。

可我要送导师。晓菲叹着气,似乎很难取舍决断。

我说,问过谷墨这边治丧的朋友,也在青云山殡仪馆,时间大概比导师晚一个小时,你在那边忙完,就过去吧。

这么巧,晓菲唏嘘着,导师走了,还忘不下谷墨,他才是导师最欣赏的学生,同日而去,又一起开追悼会,也是前生注定的师生缘分。

我又回到二楼,想多待会儿。此时一别,恐再无相见。谷墨也会彻底消失在我的生活中。寒碜的厨房,冰箱里全是速冻食品,侧卧开裂的玻璃,粘着一条长长的胶布。他的生活就这样,全都糊弄着。那张硬板床,我使劲躺了躺,床板摇晃,发出"吱吱呀呀"响声。我翻起床垫,发现最下层垫子里有几只避孕套、一条女人的黑色蕾丝边内裤,不禁哑然失笑,看来这家伙不像我想的,一直过着纯洁的单身汉生活。

房地产商人过来,欲言又止,我赶紧告知他,丧仪给了谷墨的姐姐,让她捎给家乡的老人。房地产商人勉强地笑了笑,又向我打听谷墨房子现在的市价。我说,梁城不是小城市,更不是杜县,这片大学城住宅,总有两万一平方米吧。

房地产商人高兴起来,找别人说话去了。

我又问了谷墨前妻,他发病的情况。他是晚饭后,看着书,突然感到胸痛,强撑着打了120,被救护车拉到最近的妇幼保健医院。到后才发现是重度心梗,不得已又转院,折腾下来,人已昏迷。曾有谷墨的学生,认为救护车处理病人草率,肯定和那家医院有利益输送,但没啥真凭实据,事情也就不了了之了。

谷墨在ICU(重症监护治疗病房)抢救了两天,没挺过去。他的心脏问题,已有几年了,他有所预感,早写下了遗书,有一段内容,叮嘱让我负责他的文稿,有机会整理发表云云。我和谷墨虽是好友,但这些年相聚也少,我在上海,他在梁城,只是频繁微信联系。谷墨太看得起我,我离开学术界好些年,看论文很吃力,就是整理发表,又能怎样?至多不过在刊物目录挣得一个"黑框"而已。学者们关心的话题,大众也不感兴趣,出版了恐也少有人问津。

我和谷墨前妻说话时,谷金子一直盯着我,我问她,有什么事?

你是周丹叔叔吧,谷金子说,爸爸说,你是个作家。

我拍拍小女孩的头,她搓着手,递上一张素白的卡片,说有一首小诗,是

她写的,纪念谷墨。我眯眼看去,字是极娟秀的,上面写道:

> 羽毛飞上了天
>
> 没有踪迹,或声音
>
> 是谁在世上无缘无故地哭
>
> 余下点点的墨迹,或血泪
>
> 一次别离,轻柔的
>
> 为了别世的相遇

我想起秋天的早晨,我们刚入校不久,去校园给谷墨的母亲挖蚯蚓。他捉到一条大黑蚯蚓,高高举起,快活地大叫。我仰头看去,蚯蚓不断挣扎,谷墨的黑发被风吹动,在阳光下熠熠生辉。倏地,他扯了下头发,几根断发,被指缝夹住,又被风吹起,在金色阳光下,不断飞舞、旋转,羽毛般地飘远了……

六

硕士毕业后,谷墨和程济都升入博士,晓菲留校当了辅导员。晓菲痛哭过几次。她的心气很高,想当女学者。导师安慰她,让她过几年再考。

谷墨和程济的竞争关系,延续到博士阶段。程济撕烂谷墨的书,威胁要找人揍这个"冷库学者"。程济给我的印象是,机灵乖巧、温文尔雅,把他逼到这地步,可见二人关系水火不容。就灵慧而言,谷墨很像导师,但不如导师通达,反而有点愣头愣脑。许是饱经沧桑的阅历使然,导师虽然对学问严肃认真、深厚博大,但也热爱生活,精通很多菜肴的做法,会唱歌、跳广场舞,对待官场和学界,非常懂得处理关系,有极好的口碑和人脉。这些谷墨通通没有,反而程济这些地方更像导师。大概谷墨加上程济,这才和导师性格差不多。

导师努力协调他俩的关系,一度想将程济介绍到其他老师门下。由此可见,谷墨在导师心中的分量,还是更重些。导师时常将谷墨叫到家里吃饭,让师母给他炖母鸡,有时也亲自下厨,给谷墨做拿手的炖鱼。吃完饭,就在导师的大书房,闲侃学术,师徒二人相得益彰,有时也争得面红耳赤,过后导师还是叫谷墨吃饭,他总是给谷墨发短信,说,小墨子,有空来吃饭,要继续上次的讨论哟。

这种待遇,程济是没有的。导师对他更多的是客气。程济很有危机感,更加努力学习。平心而论,程济称得上兢兢业业,专心学术,也有一定悟性,可惜在天赋上和谷墨相比,还有一定差距。谷墨家在杜县,为了学业,读博期间,很少回去。那位女工倒是懂事,没事就坐几个小时班车来看谷墨,将那个小博士房收拾得一尘不染。谷墨有心和她分手,也闹过几次,女工誓死不从,谷墨只能作罢。过了几年,谷墨临毕业,女工怀孕了,两人的关系稳定下来。世事难料,女工一直未调来梁城,独自在杜县带大谷金子。也许女工婚后发现,嫁给一个空头历史学博士,不能给她带来更多回报,两人的关系也最终走向尽头。

晓菲成了谷墨和程济之间矛盾的导火索。

他们都迷恋晓菲,可晓菲没有任何决断,自由地与两人交往,这也造成很多误会。她无动于衷,既不解释,也不鼓励。直到有一次,导师组织的师门聚会,谷墨那天喝高了,又说又笑,直勾勾地盯着晓菲,目光全是"高温烈焰"。程济一个人呆坐角落,低头喝着闷酒。

突然间,谷墨抱住晓菲,深深地亲吻起来。

祥和的酒宴现场,瞬间冷却。晓菲也喝了酒,脸色绯红。她笑了笑,低下了头。程济铁青着脸,挤过去,揪住谷墨的头发,狠狠扇了一记耳光。谷墨不甘示弱,两人战成一团,杯盘狼藉。我当时也在场,去拉架,主要是摁住程济,让谷墨在他的腮上打了两拳。同门里与程济要好的几个人,见此也不干了,揪住我说,拉偏架真可耻。导师气得发抖,桌子拍得山响,大声呵斥。两人最终分开,还是瞪着眼,盯着对方。

只有孟力行师兄,端坐酒桌前,悠然喝着酒,泰山压顶面不改色的大师状。几片翠绿菜叶,黏在他稀疏的头发上。三九大老,紫绶貂冠,得意哉,黄粱公案。二八佳人,翠眉蝉鬓,销魂也,白骨生涯。愚蠢的人类哟。他喃喃地说,也不知说给谁听。

这是"历史性事件"。很多历史的必然,都由不起眼的偶然事件引发,在蝴蝶效应中,变成冥冥的定数。谷墨彻底与程济决裂,两人不再讲一句话,哪怕在一个系工作,有事也让别人传达。导师对两人各打五十大板。我以为,导师还是偏袒谷墨。谷墨有老婆,还如此明目张胆示爱,程济连女朋友都没有,追求师妹无可厚非。不久,有多封匿名信举报谷墨行为不端,要求学校开除谷墨这个道德败坏的好色之徒。导师从中周旋,面对学校的联合调查组,做了很多工作,才最终将事态平息。

匿名信究竟出自程济之手,还是他背后的家族策划,我不得而知。导师还是把程济臭骂了一顿。他说,平生最看不起告密的男人,当年他被人揭发,在甘肃农场种田,也没出卖过人格。他对程济说,一个人做了这样的事,会终生不安! 程济没承认什么,痛哭流涕了一番,才得到了导师谅解。这件事没有促成谷墨和晓菲的姻缘。谷墨的老婆知道后,大闹了一场,威胁要烧了谷墨家的房子,吊死在学校办公楼。为了前途,谷墨妥协了。

谷墨这边没了下文,程济也退出了,很快和梁城文化局一个女职员谈恋爱,结婚生子,再也不谈晓菲,甚至两人当同事,程济也不苟言笑,刻意保持距离。晓菲"剩"了下来。她在管理学院当辅导员,工作任务很重,她坚持学外语,温习专业课,发誓要考博士。她拒绝了好几个青年教师的追求。

我对谷墨说,要不我试试? 咱俩是好兄弟,肥水不流外人田。

谷墨瞪着眼说,不行! 晓菲是我心目中的女神,要是好哥们儿,帮我一起守护她。

我说,守个屁,人家是大活人,也要谈婚论嫁。

硕士毕业三年后,晓菲终于考上博士,继续跟着导师。这步棋走得及时,没过几年,辅导员不能再转教师岗,彻底与教师系统分离,成了教辅人员。伴随晓菲走入学术之路,她对情感的考虑,越来越淡,只是跟着导师做学问。

经过几年苦熬,谷墨和程济进步都很快,特别是谷墨,已在国内权威学术杂志发表数篇论文,获得了几个奖项,在学界产生一定影响。那年留校名额只有一个,导师的意愿是给谷墨,程济家的人脉很硬,竟从学校又要了个名额。这两个冤家,又双双扎根梁城大学,开始了新一轮人生竞争。

我至今无法忘记,谷墨的毕业典礼那天的情形。临近夏天,校园刚下过一场雨,天空飘荡着莫名的、湿漉漉的甜味。校园的白色礼堂,素雅又庄重,融合中西式两种不同风格,相传是民国某建筑大师的得意之作。穿着黑袍博士服的青年学子,都聚会于此。礼堂旁的大槐树,开满乳白色小花。我踩着那条铺满光滑鹅卵石的小径,轻轻走去。谷墨在那群人中如此显眼。他个子高大,又是清瘦长方脸,黑色博士帽对他来说,恰到好处,金黄穗子垂下,又让他多了几分潇洒。他仰起头,眯着眼,看向蔚蓝天空。微醺的阳光,涂抹在脸上,显示出斑斑驳驳的阴影,丝毫不影响他意气风发的状态。

导师站在他身边,微笑地看着得意弟子。导师也身材高大,头发已花白稀疏。六年了,他的脸上长出不少老人斑,眼神有些混浊,但不妨碍他将腰杆挺得笔直。导师从不言老,甚至在公交车上也从不坐,也拒绝别人让座。我走近他们,从导师看着谷墨的目光之中,看到了点点伤感。浪奔浪涌,时间无情。年轻一代成长起来,老一辈学者总要面对这种时间的威胁。我给他们拍了张照片。那张合影,谷墨一直摆在客厅壁橱最显眼的位置。

我有些嫉妒谷墨。谷墨正式踏入学界,我却和主任关系紧张,面临辞职。我不是做学问的料,也能看出,谷墨有才华,有毅力,还有导师的赏识。他会成为一代青年学者中的佼佼者。多年以后,我想起那个午后,那一幕如此不真实。谷墨这片高傲"羽毛",不满足脚踏实地,他要高飞天际,自由自在,他注定和导师走上分歧道路。我只是没想到,十几年师徒缘分,最后竟分道扬镳。谷墨出走梁大,成为"师门叛徒",加入梁师大金辉教授团队。

七

回宾馆的路上,我翻看起了谷墨的日记。

许是学历史的关系,谷墨和程济都喜欢写日记。不同的是,程济的日记,是拿来给别人看的,他记录每天发生的事,也赞美导师,赞美其他学界大佬。程济很大一部分论文和专著,都和这些"赞美"有关,比如《容焕余学术思想研究》《学术理论探微》之类东西,论文四平八稳、严整缜密、符合规范,借助大佬威名,也能唬些外行,发表不困难,甚至可以"学术整理"名义,拿到项目支持。圈里管这样没出息的学者,叫"玩大佬"捧家。

谷墨对这种做法嗤之以鼻。谷墨的日记,只言片语,简单记人录事,也隐晦地以代号讲些看法。导师在他笔下,就是"余老";金辉则不客气地被称为"老金条"(金辉的脸又瘦又长);程济的代号是"程不群",有些刻毒;晓菲是"菲天使",有些"跪舔"的姿态;我的代号是"仲连丹"(取鲁仲连的含义),好像我是见义勇为的古侠客。谷墨家庭不宽裕,我家不过也是工人家庭,硕士研究生三年，在食堂吃饭，我们都合打一份菜。谷墨个子大，为了让他吃饱，我都省着吃，实在不够，自己花钱买榨菜解决。那年谷墨买房，我二话没说，借给他二十万元，甚至推迟了上海买房计划。谷墨都记在心里。

他的日记，也有很多工作记录，例如"凌晨三点，继续改论文，天边发亮，脑神经燃烧，不困""上课八节，坐公交回家，路上堵车，晚饭未吃，腿肿，继续阅读怀特海著作""辅导本科生七人论文写作，耗时半天，学生素养差，气得跳高""开学术会议后回梁城，午夜，喝点浓茶，继续写论文"。这些记录，也能看到谷墨平时生活多忙碌。他的病，完全是熬夜、抽烟、疲劳过度导致。按照学界惯例，我应将谷墨的日记整理出版，进一步写作《谷墨年谱》，似乎这样才是对英年早逝的青年学者最大的肯定。谷墨不在乎身外之物，尽管他在遗嘱中也求我帮他出版《梁城异人考》。他通过史料爬梳，记录梁城自中唐以来的奇人异事，一般历史著作读者，觉得艰深，专业学者又觉得不严肃。谷墨写过不少学术著作，有名气的是《晚清杜县方志研究》《民国梁城的街道》《梁城防疫史录》《革命时代梁城的暴力与秩序》等。这些作品，有的暗藏讽喻，给出版社带来了麻烦，学界口碑也有争议，但不可否认是谷墨的代表作。《梁城异人考》就较古怪，更像心志自道。我在出租车里想了一路，也茫然没有头绪。

回宾馆不久，又接到晓菲的电话，梁城大学的领导，宴请导师在外地的弟子，以尽地主之谊。我没好气地说，人都死了，领导们还在想搞关系，想必你们这些教授学者也需要这样的机会，我是闲人，就不去打扰程济兄了。

你就是酸腐，晓菲没好气地说，谷墨在这点上，和你一个德行。

说到谷墨，我们一下子沉默下去。晓菲有些尴尬，没再勉强我。我落得清静。吃过饭后，在酒店房间做了一个半小时直播，慰劳粉丝相思之苦。我这期讲的是，东亚强国高句丽的灭亡及朝鲜半岛历史沿革。我讲得慷慨激昂，粉丝们也兴奋，频频刷礼物。

午夜时分，醉醺醺的孟力行师兄，乱敲我的门。他是京城干部，自然是梁城大学领导的巴结对象。孟力行读书时特立独行，有才气，喜欢说怪话，为人孤傲，心思又细密，不像谷墨那么热情朴实，因此不得导师喜欢。他后来也读了博士，不过去了一所普通省属院校教书，同学们对他较冷淡，只有我和谷墨给他壮行，请他去昊天大酒店吃海鲜自助大餐。他并不气馁，冷冷地说，我辈岂是蓬蒿人,十年后再看吧。奔丧之际,他也是荣归故里,心情自然得意,喝了点酒,唱起京剧《打虎上山》片段,催促我开门,和他聊学术。

我打着哈欠,说,凌晨才到梁城,奔波一天,去了两处灵堂,内心痛苦,实在无精神头儿陪师兄挑灯夜谈学术。

房间外传出"嘿嘿"的笑声,没了下文。

第二天清晨,大巴车早等在梁大校门口。去殡仪馆吊唁,可直接坐车去。车上大部分是梁大教师。白发苍苍的高冰教授、偏瘫刚恢复的郑教授,都是教过我的老先生,与导师也有深厚友谊,不顾年迈,也要去殡仪馆。我扶着两位老先生上车,略谈了现在的处境。高冰教授叹息着说,史志办是扎实弄资料的地方,你辞职赴沪,以自媒体谋生,浮萍于江湖,荒废学业。郑教授说,老高,老糊涂了,年轻人的职业,不是我们想象的,历史在发展变化嘛。高冰教授点头,扭头对我说,你也不年轻了,还是稳定下来为上策。

我搔着头皮,有些尴尬。古人云,"近乡情更怯",梁大熟人多,多年未见,总要问这问那,有些问题,无法回答,只好保持沉默。我识趣地坐到车尾,尽量低调,还是被同学莫景瑞认了出来。他惊喜地拍了拍我,说,终于回来了。当年我和老莫关系还可以,如今见面不好装不认识。景瑞凑过来,热情地与我攀谈。他说话声音很大,还伴有兴奋笑声,一车人不时对我们侧目。我惶恐,支支吾吾。我这才发现,他头发凌乱,眼圈发黑,脸色苍白,手指有些抽动。他没和我叙旧,却喋喋不休地讲了很多他自己的事,大多是种种不如意,工资低、压力大、家庭矛盾、论文发表难、项目拿不到等等。

他眼睛红肿,想必也是无人倾诉,我同情心又起,只能继续倾听。景瑞是隔壁宿舍的哥们儿,专业是比较文学。他勤奋用功,天不亮,就在阳台朗诵法语诗歌。他洪亮的声音已成宿舍楼"公鸡报晓"式存在。景瑞毕业后,托导师的福,留在了梁大。导师不久因病去世,他在梁大的处境艰难,课程多,资源少,常被大学阀的弟子欺负。

早上还朗读诗歌? 我抽空打断了谈话。

他的眼球转动一下,脸上显出红晕羞涩,很快又恢复严肃,说,那时年少孟浪,现在我坚持早起,背诵莎士比亚戏剧及马克思经典文论。我现在的问题是,需要评上职称……景瑞语速很快,话又密,我仔细听,懂了个大概。他要上教授,缺少权威的 C 刊论文,让我帮着找门路。我不过是网络主播兼作家,哪有那些资源?再说他是比较文学,和我也不搭界,我有些烦闷,还装作耐心。他能找上我,可见病急乱投医。他唠叨着说,你在大上海混文化圈,总比梁城要强,总会认识些重要编辑,我现在就是缺机会。

大巴行驶在路上,路途很远,大概一个小时,车上的人大多陷入昏睡,和漫长的人生相比,人生的最后一站,又仿佛只是一瞬间。早上略带清凉的空气,从车窗钻进,我干脆打开更大一点,让空气猛烈袭击我的脸,这才能让闷热气稍微减缓。景瑞还在顽强地诉说着,他低低的声音,犹如天外梵音,在耳边回响⋯⋯

终于到达青云山殡仪馆。仪式在飞鸿厅,一个小时后举行。景瑞麻利窜下大巴,与等候的人攀谈,我依稀认出几个学术编辑和德高望重的人物,想必这才是景瑞来此的真实目的。晓菲让我帮助整理国内外著名大学、学术机构和文化名人发的唁电,活动开始前挑拣重要的公布。程济要准备省里领导的讲话稿,晓菲负责外联,孟力行师兄被梁大领导请去,和相关领导应酬。我和几个同门,带着十几个梁大博士生和硕士生,整理唁电,安置花圈和挽联等事宜。我惦记谷墨那边情况,发了微信询问,谷墨的姐姐说,人来得不多,有谷墨的几个硕士研究生帮忙,让我不必着急,忙完再过来不迟。

时间到了,厅里却不见动静,飞鸿厅内外都站满了人,花圈与挽联摆放不开,一片白与黑的世界。程济满头大汗跑来,说,省领导秘书打电话,说领导有要事,晚来一会儿,追悼会推迟一个小时,我的心里咯噔一下,这样导师这边就和谷墨的活动撞在一起,我想了想,这里也不少我一个,我先去谷墨那边。

程济擦着汗,冷冷地说,大作家,你不能去,谷墨是师门叛徒。

我再也忍不住,扶了扶衬衫上的白花,说,人都死了,能不能宽容点?谷墨再怎么说,也是同学,学界再大,也不是武林,师门不是全真教,你也不是尹志平!

八

谷墨出走梁大的时间,是我离开梁城,到上海打拼的第三年。

谷墨和导师的治学思路,有不少分歧。导师希望谷墨能在专门史领域扎下根,长成一棵参天大树,谷墨更喜欢黄仁宇一路"大历史"观念,即使谈具体问题,也要综合来谈,同时谷墨也有古良史批评议论之风,追求现实共鸣与思想批判性,导师则希望他符合学术秩序规范,理性严谨,多研究史料,少发表个人看法。

这些分歧,也很正常。导师不强求谷墨改变,只不过对他的研究表示担忧。

谷墨很快就受到了惩戒。谷墨论文发得多,项目却拿得艰难,程济则不声不响拿了两个国家项目,顿时引起校方重视。反观谷墨,有篇文章还惹了麻烦,校领导对他就有些犯嘀咕。谷墨的文章,太有锋芒,易引发争议,得罪人也多,项目要通讯评议,说是盲审,网上查查前期成果就晓得了,拼的还是人脉和口碑。谷墨接连多次,通讯评议都过不了,不禁让人怀疑他的能力。好在导师力挺,在自己的重大项目下拨出个课题,让他做了做,算是有所交代。

程济拿到课题后,经费充足,常出去开会,拜谒学术大咖,联系圈中重要人物,也请人做讲座。程济的文章发表刊物级别也越来越高,虽然赞美大佬的文章,依然不少,但从学术史角度考虑,大佬们的平时事迹、野史逸闻、学术公案,也要有人整理,不能说程济做的毫无价值。容导师去世后,程济立即带着门下博士生,申请校级与省级项目,将“容焕余年谱”“容焕余学术传”两个方向搞起,据说还要以此为基础申请国家重大项目。

相反,由于谷墨的文章常惹麻烦,很多学术刊物编辑,慢慢将他拒之门外。以前发他的论文,有导师的面子在,可谷墨清高自傲,常得罪人,路子也越走越窄。谷墨眼见程济跑到前头,心里发急,有时难免口不择言,又被人传话给了程济。

谷墨和程济同年评上副教授,等到该评教授的年限,两人的斗争白热化了——学院只有一个名额。评审结果,出人意料,程济顺利通过,谷墨名落孙山。谷墨得知消息,独自爬上后山,饮酒后痛哭。还有一个版本是说,程济专门羞辱了谷墨一顿。这才导致谷墨醉倒在后山。导师开导谷墨,说,早点、晚点,又何妨?人生与学术都是长跑,中途的风光,算不得什么,盖棺论定才重要,你忘记了我在第一堂课,对你们讲的了?

导师四十多岁时,还只是讲师,评副教授就搞了四次,每次都被举报,他还戴着“白专分子”的帽子,从中学调入梁大,有人嫉妒他,将他的桌子放在走廊。导师安之若素,在熙熙攘攘的学生中,安坐于白墙之前,读书写作。后经多方交涉,他才有了办公室靠墙的小空间——那已是三年之后了。

您怎么忍过来的? 谷墨禁不住问。

他强任他强,清风拂山冈;他横由他横,明月照大江。导师微笑着说。

我对谷墨讲的故事,有点怀疑,但导师兴趣广泛,喜读《倚天屠龙记》,不是不可能。我更相信谷墨讲的,导师的另一种方法,即"拼命读书"。寒冬深夜,梁大西北角那一排叫"六排房"的平房内,导师围着煤球炉子取暖,聚精会神地读书,读到忘情,常忘了时间……

对于程济的成功,也有很多传闻。有人说,他的家族做了很多工作;有的说,程济项目多,更受校方青睐;也有人说,谷墨被人举报,论文内容有自我重复,违反学术规范。评审结果公布后,程济居然也遭到了举报,点明论文观点抄袭。大家都认为是谷墨干的。我不相信,导师这次帮助了程济,让他顺利通过学校的质询程序。

职称评审的挫折,还不足以让谷墨和师门决裂。他们之间的矛盾,主要来自学科评审、评奖等一系列重要事务的冲突。二十世纪九十年代后期,高校迎来大扩招,各学校之间,也开始了激烈竞争。作为梁城大学领军人物,导师肩负发展学科重任,他必须把握住机遇,于是着急上马一大批项目,大量时间被用于跑学科点,举办国际性学术大会,争取重大项目资金支持,整合政府、产业与学界资源,谷墨因受到导师信任,又担任学科秘书,这些工作也大部分由他承担。这对于清高懒散的谷墨来说,无异于一次次酷刑。

那段时间我常在深夜收到谷墨的短信,都是情绪垃圾。有时他实在痛苦,就和他在 QQ 视频一会儿。我在骗人。谷墨说他面容憔悴,眼光直直的,有点吓人。我说,老谷,成年人了,坚强一点。谷墨揪着头发,痛苦地吼着,认认真真造假,真不是人干的。你的认真,是一种催眠,它会让你在潜意识中将假的当成真的,甚至维护假的……

谷墨第一次和导师发生了正面冲突。他不愿弄假材料,拒绝为学科升级跑点。他对导师的印象也发生改变。"评审前的深夜,提着贵重礼物,穿梭于酒店,以至于有评委忍无可忍,实名举报",这样的丑闻,不应发生在导师身上。导师却以"忍辱负重"为名义,呵斥谷墨沽名钓誉,"拿梁大史学几代人心血开玩笑"。这样的指责,非常严重。谷墨彻夜难眠。

程济适时顶了上去。他出色完成导师交代的任务,获得了各方认可。导师开始疏远谷墨,长时间不和他联系,偶有见面,也呵斥有加,重要场合也不再带谷墨。导师公开赞扬程济"雅量深重如碧玉,沉稳广博似黑岩"。由于几年未评上教授,谷墨在学科也不断被边缘化,很多活动不让他参加。谷墨清闲下来,可痛苦更甚。导师在他的心目中,是"精神父亲"般的存在,如今父子却不再亲密无间。

梁城重大攻关项目"梁城文明史",激化了谷墨与导师的矛盾。项目由导师担任总主持人,四年内出版十余本著作,整合历史、考古、文学、语言学、社会学、经济学、政治学等多个专业,担负着重新考订梁城发源时间,树立梁城"北中国第一文明城市"的重任。梁城对此非常重视,市委书记担任筹备委员会主任,宣传部等各部门全力配合导师,拨款五百余万元。

盛世修史,可谓流芳后世的大事。导师全力以赴,谷墨也循例分了一本著作。他对此并不情愿,一是那本著作不是他想写的,二是他认为,很多史学观点缺乏实证材料,仓促定义,强硬上马,易引起外界质疑。导师管不了这许多,他严令谷墨如期完成。结果是谷墨拖稿,险些耽误项目于"梁城庆祝建市千年庆典"前结项,还是程济来救场,接下谷墨未完成的稿子,用三个月顺利完成。庆功宴上,导师当众叱责谷墨。谷墨不服气,顶撞了导师。导师将酒杯扫落,晶莹玻璃杯碎了一地。谷墨泪流满面,导师则拂袖而去。

导师想将谷墨调离,让他去靠近梁城的城市。那里有所省属理工大学,那里的历史学科,自然不怎么样,且与诸多学科合在一起,没有博士招生点,叫"文化发展学院",院长是导师第一届的博士,也是信得过的人。导师的意思是,让谷墨反省一下,在偏远之地也能慢慢做点东西。谁料谷墨的反抗,非常激烈,他投入梁师大金辉院长的团队。梁师大在史学方面的影响,与梁大难分伯仲,金辉与导师也是多年竞争的对手。谷墨的叛逃,给了导师沉重一击,他大病一场,一个月工夫好像老去了十岁。

谷墨很快领教了导师的手腕。导师向学校打报告,不允许谷墨调离,理由是"防止人才流失",可系里停了谷墨所有课程,办公室没收谷墨的办公桌。有好事者说,学院张秘书向谷墨出示一张物品清单,详细记载谷墨花的学科经费明细,包括出版学术著作资助,请他予以退还。张秘书还勒令谷墨归还所有学校办公用品、图书馆用书,少了一根电脑的数据线,都要亲自打几遍电话催要。

这还远远不够。同门都在微信拉黑或删除了谷墨。师门群也将他踢出来。几个年轻的师弟师妹,还在微博发帖,痛斥谷墨背叛导师的恶劣行径,甚至还有风闻他的博士论文涉及抄袭。这对谷墨造成了很大困扰。梁师大曾专门组织人调查,还是在金辉的干预下,这才作罢。我是大闲人,虽也收到程济发来的通知,要求与谷墨划清界限,但我不是学术界的,也不怕打击报复,就装作置之不理。

即便如此,谷墨的调动之路,依然异常艰难。他当时只是副教授,按理说,不属于啥重要人才,梁城大学是享有盛誉的211重点大学,犯不上难为个青年教师,可梁大一方面停了谷墨的工资,另一方面却迟迟不给他办调动手续,谷墨只能暂时挂在梁师大上课。他找了很多人去说情,导师只是不理。

谷墨曾在暑假期间,站在导师那栋三层小别墅下一整天,哭泣着向导师喊话。导师书房的那扇窗,始终紧闭,他熟悉的、慈祥的身影,始终未曾露面。谷墨最终被晒昏在小楼之下……多年后,我依然无法想象那个场景,酷热的阳光,利剑般穿透谷墨骄傲的自尊。他摇晃着,眼前发黑,那扇窗也摇晃着,如同黑暗中最后的灯盏。学术利益永远高于学术价值?还是说,黑暗的记忆,可以传染,导师早年所受的折辱,也与谷墨所遭遇的权谋,没有太大差别?

几年后,"梁城文明史"出了问题,很多学者指出,项目史实错误多,缺乏实证,有些生硬观点实属"硬给梁城脸上贴金"。好事者甚至整理出一千多条错误。舆论甚嚣尘上,导师名誉大损。谁想这些质疑之声,不知为何,过了一阵子,又偃旗息鼓了。

程济认为,好事者就是谷墨。只有他了解那么多底细,这是谷墨在金辉指使下干的。愤怒之余,程济纠合窑门之下十余名大学教授,写了一系列论战文章,不仅为梁大的项目辩白,且集中火力攻击金辉带头的一项重大项目。一时间,硝烟四起,学术刊物热闹了一阵,甚至引起海外史学界关注。

笔墨官司打了两年,发了一堆权威文章,事实真相慢慢为大家忘记。程济一战成名,学术声望更重,而且成功"出圈",在各大互联网站接受了很多次采访。

谷墨却很沉寂,只有一篇短短的替金辉辩护的文章,发在个不起眼的普通刊物。

九

离开飞鸿厅，我快速奔到几百米外的松柏厅。谷墨的学生在帮着登记，三十来个人，散在四周，大多是谷墨老家的人。谷金子愣愣地盯着停放谷墨遗体的棺材，好像还接受不了父亲躺在那里。我叮嘱她，有任何困难，都要告诉我。谷墨的姐姐，流着泪对我说，你还是来了。谷墨的前妻和那位房地产商人，也略点头致意。听谷墨姐姐说，他们为了谷墨的房产，闹得厉害，说要给谷金子代管，只能过些天，找律师介入了。梁师大也来了领导，包括工会方面的。大家都在等梁师大副校长，也是历史与社会发展学院的院长金辉教授。

金辉不同于一般学界大佬，甚至不像教授。他长着张刀条脸，面容清癯，长发垂耳，长髯及胸，加之着唐装，脚蹬黑底布鞋，腕上是紫檀和绿松石手串，自有仙风道骨的高人气派。金辉研究道教史，炼过丹，对养生学有心得，常给达官贵人开讲座，也开丹方，据说颇灵验。他年近七旬，是梁师大终身教授，学术繁忙，但驻颜有术，脸色红润，刚和发妻离婚，娶了三十多岁的电视台女主持人。老树开新花，自有喜气。参加追悼会，他临时戴上墨镜与黑手套，依然难掩神采。谷墨如有金辉这般懂得生活，恐怕也不会英年早逝。

哀乐响起，追悼会开始。金辉摘下墨镜，闭着眼，两行泪流出。众人愕然，他缓缓走到话筒前，沉声说，墨兄驾鹤西去，此为学界之巨损失，梁师大师生的悲剧。谷墨乃由我引进梁师大，数年来，学术斐然，风采烈烈，呜呼！天妒英才，哀哉！还我挚友，还我学人！

他双手高举，声音嘶哑。大家肃然，噤声不敢打扰。许久，金辉教授睁开眼，环视四周，又戴上墨镜，缓缓退出，不复回顾。众人正吃惊，一个瘦瘦的中年眼镜男，凑上来说，金院长事务繁忙，要去云南开会，下面的活动由我主持……

眼镜男是梁师大的董副院长。活动结束，董副院长还给了谷金子一张折成三角的符纸，说是金教授给的，经过加持，能祈福免灾。

遗体告别开始。谷墨躺在那里，脸比平时胖，妆化得浓，为了掩盖头顶，还戴上了一顶黑色软帽。他再也不能和我彻夜讨论学术，也不能意气风发地爬上山顶发疯，他离开了冰冷的世界，去往了神秘的归乡。

谷金子突然失控，惨叫着奔向父亲。周围的人拉住她。哭声响彻松柏厅，渐渐凄厉,人们不安骚动,仿佛谷金子的举动,有些不合时宜。谷墨依然平静地躺着,没有反应。他太累了,心情也压抑。那段时间,他刚评上教授,金辉让他组织梁师大的重大项目攻关会,也继续担任学术秘书。谷墨非常不情愿,也只能照办。如果再离开梁师大,他还能去哪里?他经常对着导师的合影,默默流泪,抽烟,然后就是毫不顾惜自己地拼命读书。成果出了不少,身体越来越糟。身边也没人照顾,一天吃一顿饭,也是常有的事。有次他深夜给我发微信视频,正在啃着块硬面包。他勉强地笑着,说,心发慌,刚吃了药,好多了。他又拿着那块面包乱晃,露出里面夹着的火腿肠和卤蛋。这是我们读书时喜欢的简易吃法,省钱又方便,四十多岁了,谷墨始终没走出硕士研究生的那段岁月……

追悼会结束,棺材被谷墨的姐姐送往后面的火化炉。人群哄然四散,谷墨的前妻也不见了踪影。我找到匆忙摘去白花的董副院长,询问谷金子能否转入梁师大附中。董副院长为难地说,不好办哟,没有先例,附中名额也紧张。

我干笑两声,转身就走,董副院长歉意地拉住我,说,梁大程济院长过问了此事,说将谷金子转到梁大附中,梁大附中比师大附中档次更高,金子这孩子有福气。

我这才发现,松柏厅角落,摆着个花圈,挽联写着:二十载寒暑冰刀霜剑求真务实,四十年人生功过是非任他评说。署名:程不群。"程不群"是我和谷墨给程济起的外号,讽刺他像《笑傲江湖》的岳不群,是个伪君子。难道是程济送的花圈?他是为求心安,还是顾念同门友谊?还有个更大的花圈,挽联也有意思。上联是:痴人有梦学人有风爱人难无情;下联是:至人无己神人无功真人难有名;横批:来去自由。署名:江湖任我行。这可能是孟力行送的。"任我行"是当年我们封给孟力行的外号,形容他的狂傲做派。

晓菲始终没出现,也没有她的挽联。手机响了,是孟力行的电话,催促我过去,省领导才到,活动刚开始。我又回到飞鸿厅。厅门口已挤满人,只能踮着脚,站在外面。此时接近中午,日头正毒,空气闷热,众人的汗味,混合大厅的消毒水气味,冲得我头脑昏沉。领导讲话很慢,约莫讲了十分钟。掌声响起,领导退场,活动改由程济主持。程济脸色憔悴,先介绍了发唁电的海内外三百多家大学、科研机构与行政部门,还有几百位各界领导与文化名人。接着他朗诵某国学大师写的悼文,声嘶力竭,几乎站立不稳。容门上下近百名弟子,无不悲声以应和,大厅内外,也哭声四起。

天色暗淡，隐隐有雷声，极目处有无数云层翻滚嬉戏，仿佛诸神盛大的告别演出。哀乐再起，我跟跄地跟着众人，鱼贯而入追悼大厅，瞻仰导师最后的遗容。景瑞排在身后，我并未察觉。他悄悄扯了下我的后衣襟，我悚然回头，景瑞低声说，C刊发论文的事，拜托兄了。

我打了个寒战，看到鲜花丛中导师的侧面。他的嘴角翘起，似有冷冷的笑容。我疑心眼花，摘下眼镜擦拭，待要看清，却被后面的人推着，远远离开。

仪式最后，目送师母和导师的几个子女，推着棺材进入后堂。我靠着门厅前的柏树，想抽烟，胸闷得难受，正摸索口袋，头顶忽有炸雷绽放。有人惊叫，似有两条盘旋的暗金色气息，从高耸的烟囱爬出，凝聚成类乎实体，细细长长，有些棱角。它们噬咬争斗，又相互致意，带着些许不甘，最终消失在天际。

雨落得快，眨眼间，白茫溅起，混合土腥气和风声的雨团，迷迷蒙蒙，席卷了活人的世界。众人纷纷躲避，作鸟兽散。晓菲走了过来。一场盛大的活动结束，各方都满意，她的脸色也轻松不少，忙拉住我致歉，要谷墨前妻的微信，说忙得昏了，未能送谷墨，只等活动全部结束，微信转账丧仪。

我甩开她，说，恭喜啦，都说你要当学院的副院长了。

晓菲抿着嘴唇，干笑着说，没谱的事，领导办公会都没讨论呢。

我拱拱手，说，前几年评教授，你的几篇权威论文，是谷墨弄的吧，听他谈过构思。

晓菲有些慌乱，紧抿着嘴唇，并不答话。

你和谷墨好过一段时间？这几年也没断联系？我问。

晓菲的脸涨红，滴血似的，有羞愤之意，说我发神经，居然说昏话。

我咬了咬牙，又说，你到底喜没喜欢过谷墨？或者说，你喜欢导师？

晓菲受了刺激，转为抽噎，泪花涌动着说，现在说这些，有意思吗？

不是我要听，是替导师问你，替飘在天上、没走远的谷墨问你。我说。

别说了，你别说了。晓菲喃喃自语。

我想，这个答案，也许像很多历史神秘事件的真相，也已飘逝在了风里。

十

导师走后，梁大没有忘记他。在程济的呼吁下，学校将餐厅后的那条僻静小路,命名为"容焕余小路"。梁大的莘莘学子,吃饱喝足之余,走在这条小路上,可能会想点学术的事。程济的本意,是将导师的青铜塑像,放在学校办公楼前,或社会与历史发展学院大厅。校友联络办邹主任不同意,说几位校友预订了位置。他们都是大企业家,心系母校,现在重病缠身,想起与母校联系,捐助了一大笔钱,预留两处位置,只等他们去世,安放他们的塑像。梁大关心校友福祉,也要钱去海外引进高科技人才,自然不能不答应。

追悼会结束,容门弟子先参观容焕余小路,又在昊天大酒店聚会。这许是容门最后一次大聚会了。大家格外珍惜。

我喝了不少酒,听了不少谷墨的事,有些我略知一二,有些根本不知道。谷墨离开梁大的手段,极为惨烈。谷墨每天去人事处软磨硬泡,找各级领导,都没啥用,后来索性拖了条床垫,摆在梁大人事处,躺在那里睡觉,玩直播自拍,并威胁领导,如果不放他走,就将视频放到网上。此事对梁大领导造成了压力。谷墨再接再厉,在省教育厅门口,拦阻即将开会的梁大甄校长。他当场下跪,抱住校长的腿,号哭不止。校长又羞又怒,趁着众人围观,谷墨顺势撒出传单,进一步扩大事态。谷墨被教育厅保安拘走,在拘留所待了几天。甄校长也被厅领导呵斥。最后,以违反学校规定,合同期内无故旷工为由,谷墨被罚款五万元,开除出了梁大,人事关系转入人才市场,三个月后,又转入梁城师范大学。此事震撼了省学术界,自此教育厅专门下文,省内高校不能互相挖人才。

谷墨的人事关系被放走,导师没有乘势追击。按照导师在学界的地位,完全可以封杀谷墨,可导师长叹一声,不再提此事。此事源于金辉想撬导师的墙脚,恰逢谷墨在梁大不得志,便许以教授职称、一笔安家费,让他跳槽。谷墨也是天真,即便离开梁大,也不该拜入金辉团队,他不过想找个不错的平台,继续做学问。金辉带着谷墨,出现在各种学术场合,每次他都神采奕奕地介绍,谷墨,青年才俊,容焕余那个老浑蛋的学生,现在跟着我混……

谷墨出走后五六年,导师身体每况愈下,前年查出脑瘤。癌症摧垮了导师。几次手术后,导师迅速消瘦,变得迟钝冷漠、思维混乱、喜怒无常。他只信任晓菲,程济也得不到好脸色,甚至有传言,导师想让晓菲替代程济,出任国家级学科的学术带头人,只是导师晚年精力不济,此事才未成功。病中的导师,思绪常回到安徽老家,梦中说着难懂方言,手里模仿插秧动作。他有时也会想起下放过的甘肃某地,茫然地说,报告管教,339 号已装车完毕,请指示。

有段时间,他的身体好了些,坚持下午爬山,只是不再带门下弟子,仅让晓菲陪伴。据晓菲说,导师经常呆坐着,仰头望天,一言不发。导师的办公桌,还摆着谷墨博士毕业时,他俩照的合影。导师肯定想念谷墨,原谅了谷墨,甚至反思了自己的过错。只不过,他不承认,也不能承认。导师晚年还申请了一个重大项目。他的意思是,谷墨和程济、晓菲都是子课题负责人。导师很早就主持过国家"八五"工程重点项目,或许这只是导师的和解姿态,他希望谷墨回来。可惜的是,谷墨那边,并没有回应……

这次容门大聚会,大家都喝多了。我问程济,花圈是不是他送的,他没回答,红着眼说,不要把人想得那么蠢坏,不让大家送谷墨,自有原因。恩师离世,多少学界对手,暗中窥视,如今要团结,才能在"内卷"的学界,争得一席之地。容门大旗不倒,大家有饭吃!谷墨开了不好的头,我要让其他人看看,背叛师门,要受良心诅咒,没法在学界混!

程济斜斜瞟了眼几个坐立不安的师兄弟。他们都在高校教书。据说导师死后,他们马上与金辉建立了亲密联系。

酒席宴前,一片凌乱。我的酒意上涌,奔出酒店,躲在角落大口呕吐。孟力行也跑出来,笑着说,铜臭气加酸臭气,味道不好闻吧,一起走走?

我甩开他的手,没好气地说,您也是这盛宴的贵客,还是坚持到底吧。

我离开昊天大酒店,茫然地在母校游荡。孟师兄跟在我的身后。不知不觉,我们走到了后山,我有些尿急,寻了个清静之地,开始"放水"。孟力行也解开腰带,肆无忌惮地放出一线尿,事毕点起根烟,悠然地说,听说导师大限来临,最后说过一句话,不算遗嘱,但也是他的人生信条。他在给我们上的第一堂课,写在了黑板上。

我的眼前一亮,说,我们这一级上课,他也曾写过。

宁在直中取,不向曲中求!我们异口同声地喊出。

孟师兄揉揉鼻子,露出讥讽的笑容,说,口号是这样,但你们身在此山,雾里看花,全都是蠢。

这是何意? 我不解地问。

孟师兄说,不论谷墨才华多高,也成不了。这根本不是导师喜欢程济还是谷墨的问题。导师还看不上程济那点家庭背景,也没那么庸俗!

那学术算什么？不是说学术乃天下公器？我说。

孟师兄嗤笑着，说，蛋糕就那么大，吃蛋糕的人越来越多，只有抱团取暖，谷墨不理解导师苦心，以为叛逃到金辉那里，会受重用？他不过是金辉打击导师的工具，贼子贰臣，从来都是利用过后，破抹布般被闲置，你们学历史出身，这道理不明白？

他又喷出一大口烟，说，程济和谷墨，不过是学术守墓人，谷墨为人激烈，也许能一鸣惊人，也许不能。程济比他沉稳，有深挖细耕的劲头，更适合当守墓人。师弟你更可怜了，不过是块丢在墓园外的碎石，进墓园的资格都没有，请原谅，我就是这样直率。

我捏着拳，恨不得在这个冷酷的家伙脸上，打个开花，不知为何，却提不起力气。

哪个时代都不是学术的黄金时代，孟师兄继续说，难道导师流放边疆，想过学术能成大业？还是他在初中教了十几年书培养出了学术自信？除了时代大势，还要有坚韧不拔的毅力和卓绝的钻劲。谷墨做到了吗？他恃才傲物，心胸狭窄，且假装清高，似是不言名利，如果如此，又何必出走梁师大？

孟师兄盯着我，学生时代尖刻的"任我行"，似乎又回到他身上，满血复活。

孟师兄咂了下嘴，又说，换个角度看问题，路就宽阔了。这时代没人经得起推敲，你不行，我不行，谷墨也不行，为何要苛责导师？

我喃喃地说，换不了角度，一切不该这样，一切该有更好的结局……

孟师兄叉着腰，眼中似有泪，他推开我，跑了几步，又颓然停下，气喘吁吁，仰头向天，怒吼着，贼老天！谁想这样？我又能怎样！

雨已停歇，月至半空，好似染黄的鸽卵。天空幽蓝澄净，后山的那条小路，夏虫暗鸣，杂草丛生，野花芬芳，皆沾满雨露，在月光下闪着微光，好一个自在世界。

抬眼望去，前面赫然是那座小亭。那里虽偏僻，但我们读书时，常到此闲逛，此地清幽僻静，不失为反省人生、参悟世界的好去处。小小凉亭，是导师受批斗的伤心之处，也是师门谈笑风生、畅谈学术的欢愉之地。头顶星光灿烂，那些历史的片段，那些形形色色的人，那些震天响起的口号声、同门打闹的欢笑声，似乎搅在一起，又微尘般消散了。

孟师兄说，该给这小亭起个名字。我说，就叫"余墨"吧。

孟师兄闭目想了想，点头说，典出自《宣和书谱》？

我说，还是师兄学问大，有这层意思，纪念导师和谷墨，还有，就是我们这些不合时宜的家伙。

孟师兄大笑，让我给他来上一段直播，看看网络作家的风采，也为纪念导师和谷墨，展现这最后的演出。我苦笑说，戏总要散场，我不过是历史说书人，既然师兄和导师、谷墨要听，就来一段吧。我摆开架势，讲了段"方苞夜探左光斗，名士气节冲霄汉"。小段子出自《左忠毅公逸事》，以我夸张的表演辅助，倒也颇有气势。

月光如酒，天地微醺，时光似乎倒流，我们都回到了青春勃发的岁月。孟师兄挠着秃头，大力吸了几口烟，才打开手机，抖抖地，帮我录着视频。我化身为数百年前，提着灯，深入大牢看望恩师的明代读书人。我的音调忽高忽低，手势不断变幻，孟师兄也不断为我喝彩。寂静的后山，回荡着两个油腻中年人傻兮兮的呼唤。

泪水又逃了出来。小亭的轮廓，也渐渐模糊，似有无数身影在晃动。我停下直播，发觉脚下有什么东西。踢了踢松软的泥土，借着亭下的月光，看到一条黑色的肥壮蚯蚓，奋力钻出地面，缓慢而富于热情地，沿着笔直的小路爬行而去……

【作者简介】房伟，1976年出生于山东滨州。文学博士、教授、博士生导师，中国作协会员、中国现代文学馆客座研究员、"青蓝工程"中青年学术带头人、第八届鲁迅文学奖终评委。于《文学评论》《中国现代文学研究丛刊》等学术刊物发表论文160余篇，获国家优秀博士学位论文提名奖、刘勰文艺理论奖、江苏优秀文艺评论奖等。有学术著作《王小波传》《九十年代中国长篇小说宏大叙事研究》等8部，另有长篇小说《英雄时代》《血色莫扎特》《石头城》、中短篇小说集《猎舌师》《小陶然》，曾获茅盾文学新人奖、百花文学奖、紫金山文学奖、汪曾祺文学奖等奖项，曾入选收获文学排行榜、中国小说排行榜等。现执教于苏州大学文学院。

去云那边

◎　须一瓜

……当我撑大我那风造帐篷上的裂缝，
直到宁静的江湖海洋，
仿佛是穿过我落下的一片片天空，
都嵌上这些星星和月亮。
我用燃烧的缎带缠裹太阳的宝座，
用珠光束腰环抱月亮；
…………
我是大地与水的女儿，
也是天空的养子，
我往来于海洋、陆地的一切孔隙——
我变化，但是不死。
…………

——雪莱《云》

一

一辆白色的 SUV 正准备下高速，它已经奔波了三个多小时。年轻的女人开着车，带着五岁的男孩。男孩一路在看云。在高速公路上，年轻的女人反对小男孩躺着,她要求他坐在配备安全带的儿童专用增高坐垫上,但是,小男孩一下子就放弃了。他还是躺着看车顶大天窗外的云,追云不便时,他就解开安全带,站起来。他只专注于云的变化,似乎在编导云的剧情。这趟行程,路有多远,云的故事就有多远。因为小男孩一会儿坐直,一会儿躺下,一会儿系上安全带,一会儿又解开安全带,女人不得不放慢车速。

女人不时瞟后视镜,并通过耳朵,去捕捉后座的动静。除了云,小男孩对所有的人事,都心不在焉。三岁前没有开过口,家里的老人根据经验,都怀疑他是哑巴,但后来证明医生的判断没错,他会说话,只是不想说话。父亲平时忙,陪伴少,跟他说话,他以点头摇头回应。当爹的有一次大怒:"不许摇头点头!眼睛看着我!用嘴说话!"小男孩就吓得小便失禁了。对那些非要撬开他的嘴巴、动手动脚的热情客人,小男孩眼神排斥,有一次竟然哭了,令家人客人都颇为难堪。总之,他能不开口就不开口,比如:给他食物,他张嘴,就表示接受;拒绝,就是走开;甚至要去洗手间拿遗忘的玩具,里面的人连问他要什么,他只踢门不作答;那些学龄前儿童视听教材,他一律视而不见、听而不闻。偶尔,小男孩发出清晰的单词,或回应了人,犹如钻石光芒,让綦家金碧辉煌,这证明了他的听、说能力,都是正常的。但不能否认的事实是,他几个月的说话量,不及正常孩子的一天。他似乎活在自己的世界里。

有个懒惰的、嘴甜的保姆,被长期雇用了,因为她能给小男孩指认各种云。他们一起去顶楼天台看云,遇上了好云,小男孩会容光满面地回来,又比又画,转达他刚刚经历的一场盛大相遇。比如,满天螺蛳云、棉花罐打翻云、茶垄云、散掉的香菇云、老头撒尿云、老鼠偷油吃的云,还有树根云、吐血云、金片片云、猪奶头云……这个准文盲保姆,用云的想象力,激荡了小男孩云世界的生机勃勃。

有时,保姆洗菜洗一半,或者拖地进行中,突然一声高喊:"哇,看天!天烧起来啦!快看!"

小男孩就连忙牵着她去阳台观赏,或者他们直接就奔向顶楼天台——他们家就在顶楼错层里。高天阔地,小男孩软软的头发,像丝绸旗帜一样飞舞。他会张开胳膊,像十字架一样,仰天旋转,然后拥抱自己的云。保姆倒没那么喜欢云,但她从来没有忘记自己"读云者"的天职,她一边解读云彩,一边玩手机。公平地说,她对看云的孩子有无限耐心。看到天空暗沉,云们归途隐匿,他们就心满意足地一起下天台回家。

旅途中，无数车辆掠过这辆白色SUV。两个半小时的路程，他们已经走了三个多小时。因为车里的云孩子，女人只能尽量以平缓的速度来护佑后座上的看云人。孩子的父亲正在这两个半小时车程的锦天城开会，今天是他的生日。女人决定给丈夫一个意外惊喜，她要带着孩子"从天而降"，给他特别的生日祝福。小男孩对这个建议无感，因为爸爸无论是否出差，都经常不在家。但是，女人说："哎呀，锦天就是出七彩祥云的地方啊！"

小男孩睁大了眼睛，看着女人。

"五颜六色！"女人加大诱惑力度，"满天！红的、绿的、黄的、湖蓝的、金棕的、蓝紫的……"

"各种颜色？"小男孩归纳了一下。

"对啊，"女人说，"前几天电视新闻不都说了？锦天这个季节彩云最多。"

小男孩并没有看到电视，因为外婆大喊他来看云的时候，新闻画面已经闪过了。

女人继续煽动："所以要赶紧！到时我的手机还借你拍照。"

小男孩没有吭声。他把一本云童话绘本放进自己的双肩包，又把一只麂皮象宝宝玩具放进去。这是他出门必带的助眠玩具，他必须捻着象宝宝左耳朵的尖尖才能入睡。女人暗暗得意。一路上，男孩的自言自语表明了她的确拿捏准了他的小七寸。

小男孩说："棉花糖的云，都是加颜色变的。"

女人说："那是假云嘛。真的云，什么颜色都是自己长的。电视上说了，只有特别的地形地貌，才会邀请到天上各种颜色的云——全世界只有锦天最多！"

"它要不来呢？"

"给电视台打电话呀。"

"怎么说？"

"你就说，喂，你们不是说，这几天都有彩云吗？"

男孩笑了，但他说："我不。"

车行了一两公里后，小男孩说："你打。"

年轻的女人愣了一下，反应过来，说："嗯，让爸爸打！他说，喂！我们全家来锦天过生日哪！说好的七彩祥云呢?!"

男孩无声地笑了,看起来很有信心。

二

出高速收费站,SUV 女司机把车靠边,接起一个重复打进的电话。后座上的小男孩,又解开了安全带。他手里有两张嘎嘎响的玻璃纸,一张香槟色,一张宝蓝色,他轮流透过玻璃纸看天。通话中,女人不断回头看后座的小男孩,她语调亢奋,有点急躁,她说:

"还要二十七分钟,估计我会比预计时间再慢点。

"孩子饿了,我会先带他吃点东西。

"不不,不去酒店吃。给他惊喜！这饭点人多,万一被他看到就不好玩啦。

"你把他房卡放总台,交代好就行。估计我们吃好进去你们要开会了。

"知道,你发的流程我看了。下午我出去办点事,最晚五点到酒店给他庆生,不耽误他晚上八点的活动。

"不用不用！他不吃蛋糕,小生日而已。谢谢谢谢。

"不不！小事！就是买些有机菜种——我自己开车导航很方便。

"保密啊！这会让我们綦小朋友开心的!

"当然当然,你们綦总可能都忘了自己生日。对了,你的房卡也留总台一张,到时我可能需要打理一下。"

三

龙帝温泉大酒店从空中鸟瞰,是个拉长的"S"形,尾梢犹如巨幅飘带,飘了七八百米,其实,它模仿的是巨龙飞天的造型。起降锦天的飞机,最容易看到的就是,巨龙在绿树掩映中腾起的龙脊摆动线条。说是龙脊,其实是平的。整个酒店不高,昂起的龙头才十多层,龙尾一层多高。"S"形的屋顶天台,就是斜上的平展龙脊,上面的"龙鳞"——半圆片式的扁平阶梯,缓缓升高,间或又穿插着一方方如茵绿草。龙脊中线,从龙头到龙尾巴都是艺术灯柱,仿佛是"S"形的龙脊在晶莹发光。夜色里,巨大的"龙脊飘带"上,银白的星光小灯,会在草地上满天星般闪烁,如银河在人间的倒影。所以,当地人都叫它"那个星光龙酒店"。

女人的车开进龙帝温泉大酒店差不多是下午两点了。进了大堂,一手牵着孩子、单肩挂着双肩包的女人,一眼看到了唐秘。唐秘却没有认出低扎马尾、穿着牛仔裤平底鞋的老板娘。看到笑着走向自己的女人,小秘书还算机灵,立刻春花绽放地迎了上去。"姐姐真是越来越漂亮了!比年会时更年轻啦!我都没敢认呢!唐秘说,"我正要给綦总房间送资料,那都给姐姐吧。这是他的房卡,918。"

等候电梯的时候,唐秘压低嗓音说:"这次订晚了,没订到大床房,被綦总骂了。是我们秘书组的失误。"唐秘做着鬼脸,从小包里掏出了一个黑蓝色的丝绒小盒,托着递给女人:"祝老板生日快乐!——只是小领带夹,弥补一下我们的工作过失。"女人竖起食指,"嘘"了一声,谨防泄密的样子。小男孩伸手抓过小盒子,女人接过秘书手里的材料,说:"你开会去吧,我自己上去。"

女人上了九层。酒店的扭曲结构,她有点蒙。一名保洁阿姨路过,鞠躬问候,说:"星光自助餐厅往那边,出玻璃门下楼梯就是。"女人更为困惑,阅人无数的保洁阿姨不再掩饰轻慢:"很多阿姨都会走错。小孩爸妈在里面是吗?我带你去。"

女人有点明白自己被误认为保姆了,她倒不生气,只亮了一下手里阿拉伯数字很大的房卡。保洁阿姨说:"噢,918。往那边,拐弯第一间,你碰一下门就开。"

地毯很厚,小男孩跑向自动玻璃门,又跑下楼梯,他看到了自助餐厅。俩服务生想摸他的大脑袋,小男孩立刻原路回转。好在这些都没有被女人注意到,她站在918房门前,门把上,挂着"请勿打扰"的纸牌。女人"吱"地碰卡开门,就在门要自动关上前,小男孩进来了。他没有注意到,他的妈妈站在玄关,呆若木鸡。

标房里的两张小床,已经被拼成一张大床。綦总个子大,拼大床也可以理解,但是,女人看到了床前两双凌乱的拖鞋,是用过的拖鞋:珠粉缎面的是小码,深灰缎面的是大码。

女人蹲在地上,缓了缓困难的呼吸。她心跳如鼓击,口干舌燥。小男孩看到她在深呼吸,便自己爬到窗前的沙发上。他把黑蓝色的小盒打开,拿出领带夹,研究了一下,还咬了一下,很快失去兴趣,便把它夹在小象宝宝的大耳朵上,然后去卫生间尿尿。

女人绕床而行,如她所愿,床头柜上,她看到了安全套盒。她不想碰它。男孩从卫生间出来,塞给妈妈一样东西。女人没有心思看,把小男孩的手推开。她被枕头上一根栗色的直长发吸引。小男孩把从卫生间里拿出来的东西,再次夹到了小象宝宝耳朵上,一边一个,他觉得满意。

女人去了卫生间。卫生间乱堆的浴巾里,她再次看到了一根栗色直长发。女人感到自己上嘴唇的异样,就像几只蚂蚁在爬。是,上嘴唇在发抖。她按住颤抖的上唇,但手指一拿开,它还是在微微颤抖。她想,它如果靠近键盘都能打出字来了。女人看向镜子里的自己,没有涂口红的嘴唇发灰,彻底的素颜,让这张情绪风暴中的脸,就像冰箱里过了保质期的冻肉,红得发灰,白得也发灰。她本来有一头天然微鬈的浓密长发,因为劳作不方便,习惯随手一扎,头发被皮筋常年控制得紧贴头皮。她觉得自己就像一个出土的兵马俑,真丑啊。难怪那个保洁阿姨态度轻慢,她当她是一个带孩子去餐厅与父母会合的迷路保姆。

女人目露凶光地出卫生间,拎起背包,一把拉起沙发上的男孩往门口走。小男孩不想走,女人粗暴地抱起他,男孩双腿乱甩,以示反对。女人语气凶恶:"要干什么你?!"小男孩沉默。女人大吼:"说啊!"小男孩沉默。女人胸腔一阵剧痛,她觉得自己的心脏要炸开,她狠狠掼下小男孩,死死瞪着他。男孩看着疯狂的女人,退着走到沙发边,拿起小象宝宝,紧紧抱在怀里,眼睛里已经有了泪光。

女人心里一颤,扑过去,搂紧孩子。

她是到总台取车钥匙时,才忽然意识到儿子的象宝宝耳朵上的领带夹。她暗吃一惊:首饰盒子还在918的沙发里;更重要的是,她注意到小象另一只耳朵上的水钻发夹——当然是粉色拖鞋主人的。女人低声问:"你是在卫生间拿到的吗?"小男孩没回答。她取下小象耳朵上的水钻发夹。

女人让门童看护一下儿子,她奔向电梯,按了九楼。她再次进了918房间。不知为什么,她的上嘴唇又开始颤抖,她一口咬住上唇。她把扔在沙发上的黑蓝首饰盒拿起,把水钻发卡扔在洗手台边。然后,她退出了房间。她听到了电梯有人出来的声音,走廊空空无处藏身,丈夫回房间的可能性很小,但是她还是做贼一样心虚紧张。厚地毯无声无息,她却感到有人在袅袅走近。她选择了面对915房间,假装找房卡开门。一个苗条的女人走过,她视线的余光里,出现了一袭珠灰洇紫的长裙。随后,身后有门禁"吱"地响了。她顿时浑身暴汗,上嘴唇不可控制地又抖动起来。她努力克制住回头看的念头,但最终,她还是侧脸猛地回瞟了一眼。走廊里已没有任何人了,一切又回到静谧无人的状态。珠灰洇紫的长裙进了哪个房间?918?她搜索视觉记忆的残余,觉得自己看到了那个女人进918房间的背影。栗色的直发被时尚发簪斜绾,垂落的发丝随意而风情,肩型有致,然后是——918的门沉重而缓慢地闭拢。看错了吗?一时之间,她膝盖僵硬、胸口虚空,不知道自己刚才那一眼是想象,是事实,还是整个都是幻觉。

保洁阿姨推着保洁车过来,还是之前那个,和之前一样,有优越感地礼貌:

"需要我帮您开门吗?"

四

今天,对这个叫刘博的男人来说,是个非常可恶的日子。不止今天,这几天都是他妈的可恶的日子。今天的肝火,是昨天的堆积;昨天的肝火,是前天的堆积;前天的肝火,是大前天造的孽!他粗算了一下,已经近五十个小时没睡觉了。肝火如野火,烧得他一直口腔溃疡牙龈出血。一个人,年近半百,又老又傲,他和世界就更加互不妥协了。这样的人,他不口腔溃疡谁溃疡呢?他悻悻地想。

人们尊称他刘博,那是对他学识的尊敬,实际上,很多人看他一个光头,心里就会怀疑他的学问。现在,他不仅光头,还加上三天没刮的灰黑胡子浓密拉碴,再加上一副被透明胶临时补缀起来的眼镜,看起来社会评价更低。这眼镜是今天上午被一个浑蛋打飞的,还好他闪得快,不然以那个家伙的劲道,可能连眼镜一起打进刘博的眼窝里。更可恶的是那个老实的年轻护士,那浑蛋第一脚就把她踹翻了,当时她蹲在病床前为病孩脚腕处扎针。进针两次失败,小孩在哭叫。儿科病房,患儿哭闹是正常的音响。带着几名实习医生查房的刘博正遇见了劲爆瞬间。不是他一把推开了那个浑蛋,护士少不了挨第二脚。但是年轻护士一骨碌爬起来,连滚带爬地扑向病床给孩子拔针,她怕伤着孩子。孩子母亲趁机一巴掌扇在护士脸上,护士帽飞越病床。刘博一把揪提那女人的马尾辫,提摔开她,自然是下了重手。在女人、孩子的尖声鬼叫中,浑蛋男人一拳当头打来。刘博躲避,眼镜飞了。两个男实习医生扑上去死死拧住那浑蛋。

医务科过来处理了,后来,分管领导也来了。浑蛋夫妻拒不道歉,大喊大叫:"护士不会打针!医生很会打人!"刘博让学生报警,分管领导要他冷静,而那护士擦干眼泪就表态说她理解患儿家属的心情,她原谅了患儿父母,弄得院领导比患儿家属还感动。院领导也希望叫刘博的这个男人,能忍辱负重,向患者家属道个歉。刘博转身继续查房去了。

查完房,刘博回到办公室,年轻护士进来,说:"主任别生我的气,我知道您在帮我……"刘博懒得说话,他摘下实习医生替他用透明胶带临时黏住的眼镜,在手里晃荡。护士低声说:"我就是觉得大局为重比较好。"

刘博说:"大局你跟院领导谈。"

护士回避他嘲讽的恶毒眼神,眼看窗外,语调更加怯懦:"……对不起,我真的没多想,就觉得……"

刘博说:"之前你护着患儿很善良,但之后,你装神弄鬼干什么!"

护士泪光闪闪不承认。

刘博摔门而出。

这一天,是好天。蓝色的高空,卷云如丝,天边积云像白塔。但对于刘博来说,这个倒霉日子,才刚刚拉开序幕。大前天,同寝室的大学好友从四川过来开个专业学术会,但这三天他们都还没见上面。第一天,他代二线医生值班,碰到一个笨蛋的住院医生,一夜不断求救,害他整夜"仰卧起坐",根本睡不好。次日是他的门诊日,一百多号病人,看得他滴水未沾、滴尿未撒,精疲力竭才收摊。到院食堂才打了饭,城东儿童医院急呼他过去会诊。会诊结束后,他披星戴月回家,刚洗完澡,又因一个肠套叠的高危娃,被紧急叫回医院实施急诊手术。手术到凌晨四点,回家再洗洗睡,已经快五点。两个半小时后,也就是第三天,是他自己的手术日,早上七点半到医院,一直忙到下半夜,完成了九台手术,最后一台手术结束于凌晨四点多。他到办公室拉开午休床,才休息了一会儿,床还没焐热,就听到走廊外面人声鼎沸,该死的"马大哈"助手竟然忘记告诉病人家属,手术顺利,结果傻等在手术室外的病人家属悬心到天亮。一询问,得知手术早已完成,病人已被送去ICU(重症监护室),立刻举家暴怒了,六七名家属,各个怒喊要投诉。这个叫刘博的倒霉蛋,自然没法睡了,只好起来安抚家属,汇报手术顺利的情况并致歉,然后,查房。本来查房流程结束,他终于可以回家睡大觉了,但是在最后时刻,他的眼镜被人打飞了,而且家属要投诉他"像黑社会老大一样,领着学生打人"。这事看起来尾巴长,院办让他先回去睡觉。

可是,老同学下午就要飞离锦天了,中午告别餐,他必须过去,哪怕一刻钟也是礼貌的。他心里打算的是,见半小时就回家睡觉。

五

这个被称为刘博的光头男人,驱车往吃饭地点"棕榈人家"而去。

从医院过去有七八公里,但从棕榈人家到他家,倒是很近,两公里不到。多年未见的上铺兄弟,小个子、宽肩膀,和过去一样,还是习惯含胸驼背,却动辄发出声如洪钟的哈哈大笑声,睥睨生死得很。事实上,他也确实胆大,因此,他赢得了班花的青睐。二十年过去了,他已是西南医界翘楚。一见面,大家就被光头的胶带破眼镜逗乐了。都是同行,天南地北各自医院都有同样的故事,所以说着说着,就骂着粗话一杯杯喝酒解怒。光头倒没喝。两周前,他们院骨科医生,喝了两杯啤酒,酒驾被刑拘。但是,最后临别,他还是喝了一小口白的。因为老同学说自己和班花离婚了:"婚姻就是一口锅——把两棵小白菜煮烂。"老同学说的时候,高举酒杯,独孤求败,又难掩感伤惆怅。光头告诉他,今天也是自己离婚冷静期的最后一天。话音未落,举桌喧腾:"小白菜呀,锅里黄……"

老同学拿起手机,模拟采访话筒,问他感言。光头男人说:"如果不是冷静期,今天我没回去,她能打我二十个电话,并要求视频为证。她觉得我能出轨全世界。所以——两棵小白菜都煮烂了……"

举桌再次沸腾。老同学提议为婚姻之暖锅干杯,于是光头男人喝下了一杯,之后代驾来电说两分钟到,他又主动敬了大家一杯,然后和老同学拥别。

这个叫刘博的男人,独自下楼到门口。约好的代驾,却迟迟未到,再催促,才明白那家伙因为听错地址，到了岛外一个连锁店。男人倦怠不堪，跌坐在店外石阶上。女老板过来说："拐个弯，都能看到你们小区的白蘑菇顶了。算了，一站多路，我送你吧。"他们才一上车，女老板没有放手刹就猛踩油门，"唔"的一声，把光头男人睡意吓没了，紧跟着是猛烈倒车，车撞到右侧棕榈树上，男人的头撞到副驾驶座窗框上。女老板跳下车察看擦掉的红漆："不好意思！不好意思！你以后别停这有树的位置，很多人……"

疲惫至极的男人，懒得察看刮伤位置，他揉着被撞的包，无力地挥手让她靠边。女老板贴心地喊："一杯啤酒也会抓啊……"

头其实被撞得很痛，而且眼镜的鼻托位置更痛。这个叫刘博的男人从后视镜里，看到了自己右边鼻梁透出点紫青。"我×！"他恨恨地咒骂着。

已经能看到自家小区前的公交站了，只要过这个十字路口，右转进辅道就能直接开进茂盛花木夹道的小区地库口。但是，这个该死的红灯特别慢，横向路早都没车了，它还红着。这路口的红绿灯，简直是不负责任的浑蛋操作。

今天是他倒霉的日子，倒霉的高潮马上就要开启。

六

法院路和主干道湖西一路是个大丁字路口，白色的 SUV 在"丁"字下竖位置的法院路，它要右拐到横在路口前的湖西一路。SUV 要右拐，无须看信号灯，只要没有直行车就行。当时，SUV 女司机眼睛里就是没有直行车的。她内心犹如乱坟岗，戳心堵肺地痛，以至于她都忘了叮嘱小男孩系好安全带。但是，好像就是刚右转，身子还没有正过来，车子左后部就被什么重重地撞了，她听到男孩吃惊的叫声，与此同时，她也踩死了刹车。SUV 很稳地停住了，只见车前路面，掉落了一地的车零件，分尸式的痕迹绵延十几米，痕迹最前段，靠边停着一辆旧的暗红色车。女人被吓到了，连忙出了驾驶室。

她的车，左后轮上，一块花盆大的凹陷，有撞痕，但白漆基本还在，就是一地的车灯、塑料片、保险杠之类零碎，拉拉杂杂地撒了一路，显然都是那辆暗红色破车的，它们把事故现场渲染得很吓人。女司机的心怦怦直跳。一辆黑车打着双闪停在两车间，一个打深色领带、白领模样的短眉细眼的男人，怒不可遏地出来，他直接对前车下来的光头男人发难："你他妈奔命啊！这么快的速度变道超车,你差点撞了我你知道吗!"

光头男人在察看自己破红车的伤情。

SUV 的女司机看着一地狼藉十分心虚,说:"我拐……真没看到你的车……我才……"

这个叫刘博的光头男人,一听就暴怒挥手:"拐弯让直行! 你他妈的新手上路吗!"

"超速!"白领男说,"限速六十迈,你起码八十迈! 要不是我反应快,你得先和我撞!"

那副胶带粘连的破眼镜,都掩饰不了光头男人拧着眉头的凶狠眼神。

看红车肢解似的惨状,SUV 女司机还是惶恐:"……超速,那我们……各一半责任……"

白领男突然高叫起来:"还酒驾! 你报警! 他全责!"

白领男手机一通拍。女司机还有点迟疑,白领男训斥:"你也拍! 正面、侧面、撞击点,包括两车的全景照!"

光头男人用杀人的眼神阴沉地盯着白领男。

白领男很轻蔑地冷笑:"绝对酒驾! 绝对超速! 危险驾驶罪!"

白领男塞给女司机一张名片:"我为你做证,也可为你提供任何法律援助。"

女人麻木地接过名片,她的眼睛直勾勾看向自己的车。不知何时自己下车的小男孩,摇摇晃晃地向她走来,他脸色发紫,两只小手抓着自己的脖子。女人丢了名片,尖叫一声,扑向孩子。光头男人也奔了过去,他推开女人,从背后抱住小男孩。他的两臂围过小男孩胸腹,使劲往上提,一下,一下,又一下,小男孩有时被他提离地面,但终于,小男孩"噗"地吐出了一颗开心果仁。

女人一把抱住小男孩,急得乱摸他喉咙:"还有没有?!"

小男孩在思考。重新恢复的呼吸,大概让他舒服,他仰头看着光头。

女人有点歇斯底里:"说话呀! 还有没有!"

光头男人说:"怎么可能?"

小男孩一脸新奇和疑惑,他指指自己的喉咙,对着光头男人说:"一震,就吸进去了……"

女人起身,把光头男人猛推一趔趄:"都你撞的!"

女人蹲下,上下摸索孩子,果然,她发现孩子额头发际处有个发红的、微微鼓起的山核桃大小的包。女人按压着,小男孩躲闪,说:"壳子……"

女人大惊:"果壳?也呛进去啦?!"

光头男人说:"怎么可能!"

男孩又摸自己的头。女人喊:"很痛?!"

小男孩只摸不说话,他走两步,蹲下来看自己吐出来的开心果,又仰脸看光头。

女人站起来,捡起名片,然后掏手机。光头男人一看她按110,连忙把她按住:"别!私了吧,我帮你修车。我的车我也自己负责。"

那小孩呢?!女人凶神恶煞,和刚才的惶恐迟疑截然不同,她的面目变得十分凶悍。

男人深吸一口气,蹲下,仔细检查了一下男孩。男孩始终眼神清澈地看着他。"想吐吗?"男孩摇头。男人站起来,说:"他没事。"

"没事?!你说没事就没事?!去医院拍片!"

"他真没事。你相信我。"

"放屁!我信你一个酒鬼!"

"我告诉你,以我的酒量,两小杯只是消毒口腔!"

"酒气都喷我脸上了!你哈口气,鸟都掉下来!"

"你以为你是酒精检测仪啊!"男人被她骂得有点想笑,但他的心情太糟,依然铁青着脸。女司机环顾四周,这才发现,刚才那个路见不平的白领男人突然不见了,黑车也开走了。女人再次掏出手机,又骂了一句粗话:"行,浑蛋,就让警察测!"

"好了好了!我他妈都赔你!我全责!我带小家伙去医院,检查检查检查!"男人怒气冲冲。

"去大医院!协和!我必须下午五点前回到龙帝大酒店!"

"协和起码九公里,周六病人多,你回来来不及的。去儿童医院吧,三公里多。不信你自己导航。"女人掏手机导航,男人说,"现在下午两点四十分,这样好不好,你先回酒店休息,也让我休息半小时——我三天没睡——就半小时!我去酒店接你们去医院,保证五点让你们回到酒店!"

女人怒眼圆睁:"你他妈当女司机都弱智?酒驾逃逸,罪加一等!"

光头男人咬紧牙关,他掏出驾照,给女人看:"我不逃。算我求你了,我真的四五十个小时没睡觉,现在,我头晕脑涨。"

女人劈手夺过驾照:"先去医院!人没事你就滚!"

男人咬牙切齿。他给车行朋友打了电话,把车钥匙交给路边银行里的保安。

光头男人上了她的车。他估计这辆该死的进口SUV,够他赔一两万元了。他的那辆黑色车,归即将离去的老婆了。如果今天它们对撞,应该不会像红色的老车那么狼狈,但可能就他妈的得赔更多银子了。

七

这个叫刘博的倒霉男人,他也没想到,去儿童医院的路,突然被修路围挡,车得绕行。女人猛拍方向盘,摁出了七八拍的恐怖长喇叭音。工地上的工人,全部直身在看她。光头男人狠狠抓住了她疯狂的手:"全市禁鸣你不懂吗?!"

"松手!"女人左手突然有了一个黑色喷筒,并用它对准了光头。光头猜那是防狼喷雾。他怒吼着:"神经病!禁鸣多少年了,你他妈开惯了乡下土路吗!把交警按来了,就让交警给你儿子做体检吧!"

女人反唇相讥:"来呀,我看他是先测你还是测我儿子?!"

"行,你摁!什么颅脑血肿、颅底出血你耽误得起,你就继续摁!"

女人老实了。男人恶损了人,自己还是心肺闷痛。×他妈的,今天就是见鬼了!离家一步之遥,偏偏被一个神经病缠上。女人拉着黑脸按他指导的新路开,一脸不信任的叵测表情,明显是提防再遇围挡阴谋,但她又不得不隐忍着,因为小男孩在侧。小男孩在后排,则不时发出零碎的小声音。光头男人觉得,那也是一个小神经病。

开出龙帝温泉大酒店大门后,女人脑子还是一片空白。满腔油泼似的怒火,让她像一支熊熊火炬。开始她只是模糊觉得,今晚绝不在酒店过了,太恶心!现在她需要购买一批有机种子,尤其是儿子指定需要的紫色花椰菜。买了,她连夜回家,让他妈的生日快乐通通见鬼去吧!多一分钟她也待不住了,回去她就着手离婚。但很快,她觉得不对。复仇!她必须先复仇,必须狠狠地复仇！这是狗男女对她的家庭、她的生活最严重的侵犯。这个家，她付出了太多！

得让小三死无葬身之地！得让浑蛋的背叛者无地自容！

下午五点，她必须赶回酒店，回到战场。开过第二个天桥，她就把车靠边了。她已经理清了思路。熄了火，她开始打电话。第一个电话，打给大綦的秘书小唐，先确认大綦晚上的会议大概几点结束。唐秘说："綦总好像不太想参加了，说肠胃有点不舒服，想早点回房休息，让曹副总去。"看不到老板娘脸色的小秘书自作聪明地说："嘻嘻，说不定綦总想给自己过生日吧。"第二个电话，她打给蛋糕店，定制了一个生日蛋糕。她加价，要求下午五点务必送到酒店总台。第三个电话又打给唐秘，说如果晚上有空，多找几个小伙伴，来918房间吃蛋糕。不过，准确时间待定，只要确定人在酒店就可以。还有，最重要的——请大家一律严守秘密。

唐秘兴奋得嗷嗷叫。

计划严密，没想到才布置完不久，就撞了车——这该死的酒驾！

绕路显然远了很多，女人不断因为路况，指桑骂槐地撒野泄愤。光头也阴沉着臭脸，不时回击她咎由自取，是孩子不系安全带的结果。车里的愤懑对峙情绪，张力十足。直到后排的小男孩呼叫："一条！一条！一条！"前排的两个大人都没有反应，小男孩拍了光头男人的椅背，想引起他的注意。光头男人潦草地转了转头，他明白小男孩是看到了辐辏云条。他刚才就看到了，那折扇骨一样的辐辏云，其实很淡，不是爱云人，不是专业观察者，很多人都会忽略。

显然，小男孩很想让陌生人关注到自己的发现。车到湖边，小男孩再次夸张惊呼：

"线！云线！"

小男孩猛踢椅背。

光头男人回了一句："那叫航迹云，飞机干的。"

小男孩又踢了一脚椅背。光头男人说："是飞机尾气形成的凝结痕迹，不算云。"

男孩眼睛闪闪发亮，很快地，他喊："这边，马！小马！"

光头男人偏头看了，说："那叫碎积云。"

"还有！大大花菜云！妈妈要种紫色的花菜！"

光头男人说:"都谁教你的!那叫高积云云塔。这些都是很普通的云,分数很低的。"

小男孩完全兴奋了,他撅着屁股,半站着,不是扒在光头男人的椅背上,就是反转身子看天窗,满天找宝一样指云。保姆解读的云,都被陌生而了不起的名字改变了。这个叫刘博的光头男人,终于被童心点燃,也多少是想摆脱无聊,他不仅有问必答,后来还摇下车窗,伸臂竖起三个指头,用指测法,教男孩区别了一片云是层积云还是高积云。

越来越崇拜他的小男孩,要求停车,他要下车。女人的腮帮在连续鼓起,金鱼一样吐气。捉奸的核弹引爆在即,时间已经太紧了,可是她也不明白,这个自闭症一样的孩子,莫名其妙地和这个面目可憎的光头男人亲近。她不得不承认,孩子的这个状态是让她舒心的。

停车熄火,但她不下车,就在驾驶室,她看着一大一小两个男人,在湖边的草地上,伸长手臂,竖起三根手指,对着天上,做着直臂测云动作。两人重新上车,受小男孩的邀请,光头男人也坐到了后座。小男孩的问题非常多,这样的健谈,让前面的女司机暗暗吃惊。光头对孩子的语气,越来越温和,女人不觉得是男人对付孩子有一套,而是觉得自己的孩子原来这么聪明讨人爱。男人介绍了云的三大家族,描绘了低云族、中云族、高云族在天上的高度和变种。他还让小男孩知道:雷暴云有多狂暴雄壮、为什么积雨云又叫"云彩之王"、高层云为什么无聊得像塑料膜。

女人为了表示领情,参与话题说:"没想到成年人也会对虚妄的东西感兴趣啊。"

光头指着一片像风过沙漠涟漪般的云片,把男孩脑袋拨过去看:"收集云彩,不是要抓住云,我们只是看它、爱它、记住它,这就足够了。云知道的。"

男孩一直点头,还击鼓似的同步抖击小拳头。女人感到被男人排斥在话题之外。他还是对她窝火。女人觉得自己更恼火,但她为儿子的意外快乐而宽容,所以她又厚着脸皮问了一句:"你气象站的?"男人说:"我母亲曾是。"女人说:"你在哪儿上班?"男人说:"……维修厂。""修什么?""看人家需要吧。反正钳子、夹子、刀子、电锯、锉刀、锤子,我都顺手。"

"所以,你的车可以自己修?"女人忍不住悻悻地说了一句。

到了儿童医院急诊室,女人又怒火暗起。首先,急诊并不是你一挂号就给你看,还得排队。候诊长椅上已经坐等了八九个人,还有不断来去的人,不知是否也是候诊人;其次,总共就两个急诊医生。导医小姐说,一辆小学参加区运动会的车被撞了,一下子送来六七个孩子,已经在调度加派医生。而两个值班急诊医生和护士们,在几个急救间之间奔忙,小学生的家长正陆续冲进来,大呼小叫,还有哭哭啼啼的;剩下一个轮转见习医生,满头大汗地接待普通急诊。只能排队干等。

女司机站起又坐下,坐下又跺脚,焦躁得不行。

"喂,"光头男人说,"你看不出来吗? 这么长时间了,他没呕吐,神志清楚——他没事!"

"闭嘴!"女人说,"我同学,被摩托车撞了,全身哪儿都不疼,他也感觉没事。回家到晚上才发现鼻子、耳朵有一点出血。幸好他女朋友坚持去医院,结果你猜怎么样? 什么左颧骨右颧骨,血肿骨折骨裂,脑袋里被撞得像打散的蛋,差点完蛋! ——医学的事,你最好闭嘴!"

"行行,我去个洗手间。"

"你可别想溜! 酒驾的人证、物证,我齐了! "

光头男人转身走了。女人掏出他的驾驶证,又把那个路见不平的好心人名片仔细夹在里面。这时她才发现,名片上写的是律师。律师? 这下子,女人心更安了。

八

叫刘博的光头倒不想溜,但是他太想打个盹儿了。候诊时,那个精力旺盛的小破孩,根本不让他闭眼。他知道门诊二楼有个咖啡座,从洗手间出来,他转上自动扶梯,但是刚要到二楼,就看见咖啡座玻璃墙里,有个熟悉的同行的脸。他不想让人发现他麻烦缠身,只好又掉头而下。他郁闷烦躁至极。

回到急诊大厅,他座位边多了一对夫妻,妻子抱着一个五六岁的男孩,看那腿脚,应该和那个爱云娃差不多大。光头一走近,就听到丈夫在低声斥责:"我们小时候,谁蜜蜂蜇了当回事! 我告诉你,他是男人,你再这样宠他,就是废了他!"

光头这才注意到,那个被蜂蜇的男孩,手腕红肿,头脸似乎也有点肿,松弛无力的嘴巴张着,露出虫蛀的小门牙。爱云的小男孩,也是个方圆脸,眼睛旁的太阳穴特别饱满宽展,加上光洁的大额头、软软肉肉的有型下巴,看起来还真比一般孩子漂亮。一看光头回来,小男孩收回对蜂蜇男孩的傻看,马上挨到他身边,还掏出了两张玻璃纸。

他又开始和光头谈起了云。男孩想用两张彩色玻璃纸制造彩云。那个蜂蜇男孩,在看他们。女司机在看手机,但心思都在儿子这边。

…………

"我还见过这样的!"小男孩把食指和拇指弯成半个圆圈,"天上,就一个小门,姐姐说,是鸡笼门。因为,那么小,只有天上的鸡才能进出……"

光头男人比画了一个弯月手势,小男孩热切点头。男人心不在焉地"哇呜"了一声,说:"那是马蹄涡!非常非常稀罕的云,最多持续一分钟就蒸发了。看见它的人有好运!太厉害了你。"

"那它多少分?"

"四十分吧?也许五十分。"男人说。他开始为身边的蜂蜇男孩分心。蜂蜇男孩闭着眼睛,他的头脸越来越肿,但那对夫妻依然专注于指责对方,他们一直在压抑性地攻击对方,父亲的语气像说黑话:"蜂来富!燕来贵!你的笨蛋儿子说不定就从此转运变聪明了!"孩子的母亲四两拨千斤:"你经常被蜂蜇,是蜇出了科长还是局长?你爸连马蜂都蜇不死,怎么还是全村最穷的人?我们结婚他……"

那个做丈夫的"腾"地站起,急赤白脸,胳膊拧起又放下,他狠狠瞪了一眼正看着他的光头男人和女司机,硬生生收了抡掌动作,然后怒出候诊大厅。被瞪的路人甲和路人乙,第一次互相看了对方一眼,眼神都是默契的悻悻与无辜,还不约而同耸了耸肩。蜂蜇男孩的妈妈,把脸贴着疲倦昏沉的男孩,一边张望着就诊通知屏幕,一边掏出手机。她在电话里,不知对谁,历数丈夫的种种自私、懒惰与不靠谱,声音越来越大。

"那最最多分的云,什么样?"小男孩说。

光头看着这个孩子,他不明白,他为什么不能安静一会儿呢?

男人仰头闭上眼睛。小男孩用力推他。

男人说:"开尔文–亥姆霍兹波,它就像一排排整齐的海浪,卷起的花边……"闭着眼睛的男人,听到了异常的吸气性喉鸣音,他睁眼看蜂蜇男孩,并站了起来。那个年轻母亲还在失望控诉。蜂蜇男孩的脸肿得厉害起来,他额发湿透,面色青紫,呼吸有明显的喉鸣音,手腕伤口周围,出现了一大片明显的疹子。他妈妈在伴有泪水的控诉中,已经谈到离婚事宜。

爱云小男孩坚持要牵光头的手,要他坐下。

光头男人漫应着:"开尔文……也只有一两分钟,看到它的人,所向无敌……"

光头男人突然重拍蜂蜇男孩的妈妈,一手抱孩子一手拿手机通话的女人也跳起来,她也看到了自己孩子的异常。光头男人冲进了诊室,那个见习医生跟着出来。

"喉头水肿!"见习医生让孩子母亲抱娃进了抢救大厅,他要护士过来测孩子血压,并准备静脉输液。光头男人看着几近昏迷的男孩,语气粗暴:"立刻! 环甲膜穿刺! 马上! "

见习医生显然不买光头的账, 因为他自己看起来就是打架打输的急诊脸。但是,见习医生又被光头的霸道气势镇住了。看孩子的样子,也的确像高危的喉头水肿,所以他一扭头,就向急诊大厅另一角落,高喊一个急诊医生的名字。光头厉声大喊:"快! 再慢,就来不及了! "

一名护士奔回来,拿出环甲膜穿刺盒。但是躺在急救台上的男孩,因为呼吸受阻,越来越挣扎,穿刺术变得非常困难。没有经验的见习医生无措地又想去搬救兵,光头忍无可忍,戴上手套就拿起穿刺器械,说:"别动!就一下!我是医生! "

孩子的环甲膜穿刺本来就很不容易,何况一个想摆脱窒息的小孩,但光头男人出手利索准确。男孩气道通了。见习医生差点跪了下来,是感激,是后怕,也是松弛。年轻的见习医生知道,若插管延迟,患者可能在半小时内病情恶化,而那时气管插管及环甲膜穿刺都非常困难。一句话,过敏性急性喉头水肿,一耽误就是致命的。

生死一线间,女人感受到了紧张。她在大门外,隐约看到光头忙碌的身影。她和爱云孩,两次企图混进抢救大厅,都被护士赶出去。第二次又被赶出来的她,翻出了扣留的光头驾驶证,没错,上面没有单位信息,名字叫刘旗云。照片上头发颇多,看起来还蛮讲道理的脸,和眼前凶狠不耐烦的光头不太像。女人想了想,决定给那个路见不平的人打个电话。

电话通了。先是一个女声，问明需求，然后那个白领男的声音就出现了。没想到他第一句话是："女士，算了，冤家宜解不宜结。"女人说："我是外地人，马上要离开锦天，还想请您处理善后呢，您这是……"

律师咳嗽了两声，说："直说吧，这人不坏，他救过我儿子，手术到下半夜，完了还丢出红包。我认出他来了，所以，我走了。"

"他是医生？"

"对，非常有名的医生，只是老了很多，胡子都花白了——如果我没有认错人的话，就是他。但不管怎样，冤家宜解不宜结，退一步，天地两宽。就算是律师给你的人生忠告吧。"

"万一他不是呢？"女人说。

"那，"律师喘出一口粗气，"如果赔偿合理，你还是放他一马吧。总之，一个好医生，他也不知道会在哪里收获回报，甚至长得像他的人也跟着有福了，OK？"

九

离开医院的白色 SUV，往龙帝温泉大酒店而去，时间是下午四点二十一分。

在光头阴郁郑重的恐吓下，女司机终于放弃了等候。周六本来病人就多，再加上校车出事，那些随后闻讯赶来的爷爷奶奶、外公外婆、姑姑舅舅等，把候诊厅吵得像春运火车站。女司机烦躁不堪，她明白，五点钟是不可能赶回酒店了。女人说："行。晚上八点后再来。"

光头男人拒绝再上车，女司机砸了两拳车喇叭。

"言而有信，你是男人吧？"

这个叫刘博的倒霉蛋说："我不是。你要体检吗？"

"上来！"女司机说，"没时间了。请——上车！"

光头男人不动，他坚持说女人八点的活动结束，他一定在儿童医院恭候——虽然男孩绝对没有问题——对此，他愿意打赌两万块。

女人喝令他上车："信不信，我现在报警，警察还能测出你酒驾！"

男人转身而去。他在医院大门外的超市，买了一瓶矿泉水，大喝几口，想想,他又买了两瓶。

女司机赶上来说:"你也知道法网难逃啊,风筝线拽在我手上呢。"

光头男人说:"我告诉你,驾照补办很简单,我徒弟一天就能搞定。至于酒驾,你他妈爱举报就举报吧。老子非常非常需要睡觉!如果杀了你才能让我睡一会儿,我可以切开你的气管!"他往副驾驶座重重扔下两瓶水,转身而去。

机动车道上,SUV 发了一会儿呆,又追了上去。她狂按喇叭,光头男人一转身,小男孩立刻手舞足蹈,大喊:

"爸爸!来!"

光头男人简直七窍生烟。那个额头宽广的小男孩,对他打出了马蹄涡云的手势。光头男人胸口温热,几个沉重的深呼吸,都没有化解掉那个暖和感。他还是坐进了车里。

"我不是你爸爸!"男人还是没好气。

女人咆哮:"他也没当你是真爸爸!只是因为你救了他,他习惯把帮他的人都叫爸爸,他还叫过一个十五岁的中学生爸爸——这是他的礼貌——你以为你是什么东西!"

男人阴郁地说:"你说呢?"

女司机口气忽然转暖:"算你帮我一个忙吧,求你了。"

男人虽然上车,但冷着脸。小男孩把他的手打开,把自己的小手,像豌豆粒一样放在他手心里;另一只小手,示意大手掌把里面的手,豆荚一样包裹起来。

女司机说:"酒店的活动,也许少儿不宜,我需要你陪陪他。如果他耳朵、鼻子开始出血,你最知道怎么办。再说善始善终,是做人的基本责任,对吧?"

男人还是冷漠无言。女人一路无言地开了一会儿车,小男孩趴在男人身上睡着了。沉默有令人厌烦的尴尬,女人打破尴尬,声调亲和得有点低三下四:

"喂,我是不是很像保姆?"

"不像。"

"那你,第一眼觉得我像什么?"

"像被欠薪的保姆。"

女人抄起车门边的喷雾。

男人说:"彩带喷筒。你下车的时候,我看了。"

女人音量猛提,看不出是玩笑还是愤怒:"我保姆?! 你他妈还像个人贩子! 我今天才知道什么叫遇人不淑!"

男人说:"是,我就是懒得拐精神病的人贩子。"

"你的破眼镜和紫鼻梁,怎么回事?"

"被人打了。"

"你打输了?"

"对。我们没有正当防卫的资格。"

"明白了,你们被人捉奸在床了。"

"恐怕比那更糟。"

女人语气再次低伏下来:"谢谢你! 我儿子今天说了比一年还多的话。"

男人没有回应。

女人说:"看得出来吗,他自闭?"

男人没有回应。

"你看不出来吗?"

女人在后视镜里,看到男人闭着眼但微微摇头。

女人说:"其实我非常苦恼。已经在约心理医生了,说先试一个疗程,五次一疗程。"

"他没自闭。"

"他爸说,他四个同学的孩子都自……"

"他没自闭!"

"专家说,现在有很多自闭症的孩子……"

"能目光对视,能食指指物,能正确表达,没有重复古怪动作——他很正常!"

"他这么看云,不古怪吗?"

"很多人爱云。我母亲去世的时候,正好看到窗外的虹彩云,她笑了,都忘了说遗言。"

"你妈是专业……"

男人高声说:"他、不、自、闭! 钱多你就约去。"

"呃……还有,我儿子……"

"你他妈能不能让我打个小瞌睡？对，你不是欠薪保姆，你他妈就是欠薪保姆中的女流氓！"

女人笑了。男人闭着眼，没有看见她的笑。

十

酒店大堂的世界各地时钟中，中国时间下午四时四十一分。女司机一路接了三个电话，可能怕光头再发火，她都是压低嗓音通话的，但光头还是听了个大概。一是那个活动要延迟一刻钟左右，上个会议推迟了；二是有人送来的什么，女人让他交给门童，让门童放在总台；三是703房间可以休息。这些零碎的信息，让光头以为他可以到703房间休息一会儿，没想到，女人把他们领到咖啡座，随后服务员送来了糕点和咖啡。女人说："我带他上去一下，你先吃点东西。"

小男孩甩开了女人的手。他不走，不仅不走，还试图和光头男人挤坐一个沙发座。男人退到双人座上，男孩立刻也坐过去。女人看着光头。咖啡、曲奇饼干、坚果和布朗尼蛋糕，女人把咖啡杯推移到男人面前，男人无动于衷。

"你喝点提神，我很快。"她走了两步又回头，耳语般说，"天网恢恢。人贩子，我儿子信任你，我也想信任你。"

男人看着她，抄起精致的咖啡杯连托碟，重重蹾放到了隔壁空桌，咖啡汁荡漾弹溅到乳白的桌面。这是直截了当的拒绝，他们互相瞪视着。

小男孩大口吃蛋糕，给牛奶加了很多糖。女人往电梯方向而去，还不断回头看。

光头男人从手包里拿出纸和笔，开始画云。小男孩果然上钩，要求自己画。他在自己的双肩包里掏出了一本云绘本和一盒彩色蜡笔。男人去总台要了三张A4纸和一条捆扎用的彩色纤维捆扎绳。男人说："我们说过的辐辏云，就是天街的那种，条条大路通罗马，对不对？看起来是连到天上车站的。天上的车站！你把它画出来，还有两张纸，你再画你看过的最喜欢的云。画满三张，我马上睡着，谁也不许讲话。你画得好，我就能梦见你画的云，只要我俩的脚用绳子连接好——不能断开。到时候我醒来就能告诉你，你画了什么云。"小男孩兴奋得两手直压自己的脸颊。

光头男人终于让自己躺下了,他侧蜷在双人靠背沙发里,小男孩跪坐在他身边的单人沙发上,他小心保持绳子的连接,他一点也不想吵醒光头。小男孩全神贯注,在和光头男人的梦云比赛。二十分钟左右,一个穿黑色西服的苗条挺拔的女人过来了。

男人在酣睡,小男孩在酣画。女主管一眼就认出了这个男人,尽管他侧脸灰暗、胡子拉碴,胶带缠住的眼镜更是邋遢狼狈。但女主管为了确认没有认错人,特意绕着观察了两圈,然后,她轻轻在小男孩脑袋边耳语:

"画得这么好呀?"

小男孩置若罔闻,专注上色。

女主管说:"他是谁?"

小男孩依然在画。

女主管拿起了桌上的小象,小男孩一把按住。

女主管说:"你要不要吃软心巧克力?"

小男孩不睬。

女主管说:"他是谁?"

小男孩依然上色。

女主管厚着脸皮:"哎哟,你是画前天来的七彩祥云?"

男孩这才抬头看她,点头。

女主管微笑:"他是谁?"

"爸爸。"小男孩边画边说。

女主管发蒙,怀疑自己听错了。她再问男孩他是谁,小男孩一把推开了她。

女主管回到总台,示意大家不要打扰咖啡座的人。她自己走出酒店大堂,开始拨打电话。

SUV女司机下楼了,她边走边接电话,出了电梯往咖啡座而来。时间是下午五点三十分。

咖啡厅奶棕色的地毯完全吸音,光头男人在沙发上侧身蜷睡。女司机重新叫来热咖啡和糕点。服务生离去后,女人看了看时间。她不准备马上叫醒他,她拿起手机,为蜷睡的男人和作画的小孩拍了合照。相连的彩色纤维绳,得到了细节突出。女司机脸上浮起笑意。

男人微微睁眼,又闭上了。桌边流光溢彩的身影,令他有点迷惑,揉了揉鼻根他坐直了,渴睡的眼睛还是非常生涩。揉捏鼻根的动作,让受伤的鼻梁钝痛,他清醒了。戴上破眼镜,他明白都不是梦境:那个休闲邋遢的虎狼女司机,已经判若两人。她坐在他右侧、面对大堂的单人沙发上。女人的头发洗吹之后,干净轻盈、丰茂微鬈;一身紧致垂悬的黑裙,被她的二郎腿勾勒出漂亮的腰臀曲线;黑色的高领下,是一片倒扇形的白皙裸露;没有任何首饰,也许自信,也许忘了戴。以光头男人的眼光,如果她再丰满一点,肯定更令人窒息。但显然这女人不在乎,二郎腿上跷着的那条腿的脚尖,挂荡着考究的黑高跟鞋;她的锁骨和挺直的平整颈背,倒散发着知性的美与果敢。光头男人伸了下懒腰,感觉自己就像走出了通宵鏖战的手术室,完成了一个复杂的高危手术,终于回到清新的满天星光下。这是他从深夜的手术室出来,经常有的舒服感觉。

女人好像都是魔术师啊,到底有多少女人会来这一手:一放任,就鹰头雀脑;一收拾,就貌若天仙?

但男人看到了她端咖啡的手,他几乎顿起反感。那只拿咖啡杯的手,无名指的指甲缝里,有着明显的灰线;另一只放在手机上的手,食指和大拇指指甲缝里,也一样有细细污线。男人恶心至极,转开视线。女人看起来在悠闲地喝咖啡,实际上她的眼睛越过咖啡杯,一直盯着大堂里进来的人们。女人很敏感,她还是感受到了男人的反应,立刻把手机上的手,藏到桌下。

光头男人站起来,女人不看他,但一把拽他坐下。他顺着她的视线看,大堂那边,一个高大的白衬衫男人走向总台,他取回了自己的房卡。手搭棕色外套的"白衬衫",身高体厚,气宇不凡,他一路低头看着手机。他身后几步远,一个栗色斜发鬈的紫灰长裙女人跨进大堂。她双手拿着手机,边走边双手按键,在回复着什么;从她的侧脸看,十分甜蜜可人。

光头男人不明就里,他还是想离桌活动一下筋骨。女人却死死拽住他,一边在回应打进来的电话。男人嫌弃地看着她拽着他衣服的手,既厌恶那些指甲灰线,又忍不住被那些污线吸引,这让他情绪更加恶劣。他摔开女人的手。

"你的重要活动,就是鬼鬼祟祟喝咖啡吗?"

女人收起电话,看着男人。

她似乎也有点不知所措。她的眼神黯淡飘忽,有点像病房里濒临死亡的病孩眼睛——他们还不认识生,就要接受死亡了,那双眼睛困惑大于恐惧。这个叫刘博的男人,不想回应这样莫名其妙的无助眼神,他转开眼睛。

女人开口了,嗓子很哑,就是近乎失声的沙哑,她说:"我在捉奸。"

男人心里一震,低头看她。女人幻灭的眼神,挫败而自卑,和她强劲高贵的黑裙,形成显著的反差,这不由令他恻隐。他又坐了下来。小男孩还在画云,那是创造者的入迷状态。女人深深垂下头,男人有点害怕女人哭泣,但只是数秒后,她一甩长发,又侧仰起了脸。这张脸是俊美光洁的。刚才被她的曼妙身形席卷的男人,这才注意到她额角宽广饱满又线条清晰的脸。小男孩很像她。原先秋茄子一样的嘴唇,因为用了车厘子色的亚光口红,比丝绒黑玫瑰的花蕾还性感;之前,他也不记得女司机是什么形状的眉毛,现在,他看到一对流动蓬勃的帅气眉毛;但随着脸一仰,这张脸又出现了倔强和不羁,男人不由联想到了斗兽场。作为男人,他还隐约虚荣地觉得,她需要他。他回应了她。

十一

女人手机信息提示音响了一下,她一看马上站了起来。随后,她嗅了嗅儿子的头发,又意义不明地拍了拍光头男人的肩,快步离开。男人看了一眼总台的时间墙,总台的中国时间指向晚上六点十四分。男人无聊地看着那个匆促的黑色背影拐进电梯通道。收回目光后,他又百无聊赖地直身,想看看小男孩的画作。小男孩立刻用手遮挡,并用小象挡出隔离线,表示拒绝。男人便重重后仰,闭着眼休息。

唐秘与三个小伙伴,和老板娘在等候电梯的大通道胜利会师了。有人提着从总台取的漂亮蛋糕,有人捧着大束鲜花,有人拿着彩带喷筒,一行人兴奋得叽叽喳喳。这些干练的行政员、市场推广的灵巧人,激动亢奋中,没有忘记给老板娘以密集的惊为天人级别的热烈夸赞,夸得女人忍不住一直偷瞄电梯镜子里自己的样子。她并不喜欢这类富贵感的衣裙,但是她确实看到自己的美。这是一个相当正面的激励。女人抿嘴看着摩拳擦掌的"捉奸小分队",唐秘还神气活现地晃了晃手里的文件夹,用她的话说,一切精准到位!

一出九层电梯,一行人就互相嘘嗫声食指,其实,通道里的厚地毯完全吸音,但他们就像鬼魅一样,诡秘夸张地飘行到了918房前。看年轻人狂喜亢奋的乐活表情,女人也有过闪念,是不是急刹车,不要就这么昭告天下,但是年轻人眼神默契地最后互相确认"准备好了"的信号时,她也不由点了头。

唐秘镇定地敲了敲门。笃笃。里面鸦雀无声。

笃!笃!唐秘再次敲了门,这次敲门声更重了。

又隔了几秒钟,唐秘正要再次敲,里面传来含糊的男声:"谁?"

这个声音,女人太熟了。她感到自己口干气短,脑门发凉。

唐秘语调沉稳:"是我,綦总,小唐。"

"什么事?"

"锦天市政府发来一份传真急件,曹副总请您签字。"

"什么内容?"

"不知道,可能跟晚上会谈有关。"

"我肠胃不适,晚上我不去。"

"曹副总说得您签发,走个流程。"

又过了十来秒。

制造惊喜并期待惊喜效果的年轻人,简直快被他们预想的高潮憋疯了,他们彼此扭曲着身子,互相做着鬼脸,故作僵直地摇摆长臂,缓释着临爆的压力。

门,终于开了,但是开得很小,綦总伸手拿文件夹。

一束花重重压在他手上,门差点被推大,但高大的綦总控制住了。与此同时,楼道里爆发出突击式的恐怖欢腾,彩带乱喷,"生日快乐"的狂欢呼啸里,市场部的那个奔放女孩,把指头放在嘴里,吹出了足球场上的那种尖厉呼哨。綦总立刻拧起眉头,他借这个疯狂的呼哨,表达了不悦。其实,他一眼就看见了他的妻子,她笑盈盈的脸,莫名地令他极度愤怒。

没有惊喜。门里的男人,表情复杂,他对手下拱了拱手,脸色冷峻。但年轻人都以正常的想象力,把这个表情解读为"老板彻底反应不过来",这个傻傻的小分队反而更亢奋了,他们试图奋勇进屋切蛋糕。綦总一声沉喝:"谢了!我需要休息。敢把我从马桶上骗开门,也算是心意吧。谢谢大家,我发冷,我很难受。"

女人把蛋糕交给唐秘,顺水推舟:"綦总肠胃不行,你们就拿去分了吃吧。"

女人手上黑色的彩带喷筒并没有交出,但突然的急刹车,让年轻人面面相觑。这么有趣的事,一下子就冷场了?是继续热心热闹走完庆生流程,还是包容理解老板病痛立马暂停?彷徨迟疑中,就在这个时间点,远处电梯门开了,一个呼喊而近的嘹亮童声,在通道里云雀一样高叫。

女人急速挥手,示意年轻人快走。

十二

光头仰靠在沙发上,消失的睡意再也蓄不回。他不时微眯眼看专心作画的小男孩,大部分时间就闭目养神。他没有注意到,更想不到,那位黑西装主管,若无其事地再次无声地来到他们桌子边,掩饰着用手机给他和孩子都拍了照。

男人的电话响了。就在他低头掏手机的时候,女主管立刻转身离去,但光头还是大致辨认出她的背影来。来电是院办负责人:"那个泼妇,被你揪头发的那位,说腰被你甩得让病床撞断了骨头,越来越痛,要求拍片。"

光头说:"拍去!有问题,费用我出;没问题,她自理!"

"孙院的意思是,你休息好了还是马上回来,别让事情发酵。反正也是你的病人家属,就说点软话,哄哄绝对能摆平。"

光头说:"让我道歉?!"

"不是,道歉的话,护士长和我们院办都说了一箩筐了。闹事的夫妻,还是怕你。"

"怕我?!我他妈眼镜还没修呢!他们赔吗?!"

"院长的意思是,大事化小小事化了。不然,他们乱发微信朋友圈什么的,很损坏医院形……"

小男孩是突然站起来的,他手指着大玻璃墙外的天空,两眼发直,直瞪着外面的天空,张口结舌。光头男人被男孩的石化动作惊到,他"嗯嗯"回应着电话,顺势看向酒店外面。露天停车场那边的天空,已是一大片的粉绿、深蓝、浅紫,如明丽的丝缎飘展在高空。他不是因为惊讶不再回应电话里的声音,而是小男孩拔腿就跑,而孩子忘了自己和光头脚上相连的绳子,绳子一绊,小男孩一个狗啃屎跌了出去,男人也一个趔趄,手机摔飞了。

小家伙一骨碌起来,因为解不开绳子,像青蛙一样,双腿乱蹬。光头男人赶紧按住他的腿,为他解绳。男孩急得捶地。"别急,"光头男人说,"它至少会持续二十分钟。"小男孩已经激动得面红耳赤,呼吸急促,他一摆脱绳子,就向电梯通道飞跑。这个不擅奔跑的男孩,跑姿有点跌跌撞撞。男人顾不得解开自己这头的绳子,从另一个桌子的沙发下捞出手机,也猛追。小男孩的奔跑已经无人关注,因为很多服务生和客人,都往大堂门口而去,在各色人等的大呼小叫、赞叹和跳跃中,人们纷纷掏手机拍照。

没错,虹彩云来了。

男人很怕小男孩跑丢,他边追边喊:"你去哪儿?"

这个沉默是金的小家伙居然大声回应:"918!"

男人差点再次摔倒,他被遗留在脚上的一段纤维绳绊倒,往前冲了好几步才平衡了身子,但他还是用另一架电梯追上了九楼。

小男孩冲向918房间。

抱着大蛋糕、闹生日未遂的年轻人的讪讪队形,被一往无前的小男孩穿越而过。918房间门口,夫妻俩互相对视,男人的深沉冷峻,对抗着女人的莫测巧笑。"我来得不是时候?"稳操胜券的女人,显然想做出一个温柔的眼风,但是她的表情不够圆润。丈夫看穿了女人的心机与叵测的妩媚,他按抚着自己的腹部,一只手潦草拥抱了女人。

也许丈夫在等闹生日的年轻人走得更远,也许妻子在等待小男孩走得更近。夫妻俩沉默而潦草地拥抱着,间隙不是亲吻,是泰山压顶的对视。

这活火山一样的拥抱,同样被一往无前的小男孩穿越。

小男孩冲进房间,一把拉开窗帘,同时踮脚跳叫:"看!看!"

夫妻俩呆怔的瞬间,临时监护人也随之闯进,他在小男孩开辟的通道里,直奔窗前,他帮助孩子彻底拉开了沉重的双层遮光大窗帘。

做丈夫的男人的反应比妻子快,他一把搂转女人,把她连拥带推,搂送到窗边。此时,他们一家三口都站在了看得到虹彩云的窗前。大衣柜在他们的身后,因为角度不理想,丈夫把妻子推向贴窗位置,他简直要抱起妻子,而不是矮小的儿子。而光头男人早已后退避让,他看到了大衣柜下露出的紫灰色长裙的一角。

光头踩上去一拧脚尖,裙子机灵地缩回衣柜。

酒店窗子只能推一条不大的缝隙，但即使开窗有限、角度有限，窗框还是显示了云彩后半部的传奇异彩，它已经超尘脱俗、美轮美奂。小男孩发出原始人或者兽类的尖叫。那个做父亲的，脸贴着妻子，呼应着儿子，也发出原始人一样的夸张号叫。

光头男人再次回头，衣柜内置灯亮着。他知道那个女人顺利逃亡了。

与此同时，小男孩突然急推父母，掉头就往房门口跑。光头迟疑了一下，他当然明白那对夫妻斗兽场般的血腥对视，休战只为儿子的虹彩云。光头男人不得不重拾责任追了出去。小男孩一路直奔九楼转下半个楼梯的自助餐厅，来时他就看到餐厅另一头连接的千米大天台，那是天高地远的"龙脊"所在。而光头多次在那儿用餐，也在那银河星光长廊里散过步，小男孩一往那个方向跑，他就明白了。

大地暮色渐起，天上的云彩，却明丽如新日发轫。这一份与人类不般配的世外美丽，使天地都虚幻起来，而虹彩云是活体，它在呼吸、在舒展，它迤逦曼妙，令人呆怔。

只有心事如铁的人，才不会被它点燃。918房间内，女人看到了大衣柜灯由亮转暗的灭灯一瞬。这明灭交替感转瞬即逝，就像不曾存在过。被武力搂抱着推向窗边的女人，其实第一眼就看到了午间合并的大双人床已一分为二，又恢复为原来的标房小床。是的，那双一次性的拖鞋彻底消失了。女人看着虹彩云瑰丽奇幻，再看一脸发青的冷峻男人，她的大脑，有一种类似缺氧性困顿：他们身手真快啊，半分钟不到。

门虚掩着，但楼道悄无声息。男人过去把门开得更大。

门开再大有用吗，谁能跑得掉？女人嘴角一直保留着躬人的甜蜜，男人看透了这份躬人的笑意而进入更严酷的防卫模式。七彩祥云在天，窗里的人，只感到看不见的剑影刀光。女人端详着丈夫：理亏而不妥协的气盛，说明了什么？说明了女人的价值已经损耗到不值得维护了，不是吗？女人夸张笑容里的诱惑和无知感，是山河破碎的自我抵抗，却令做丈夫的男人格外恼怒。他太清楚这个女人的聪明，而柜子对他而言，是个致命的悬念。他咬着嘴唇，回避她的注目，拿出电话打，他要对方给他马上买点肠胃药送来。女人在大衣柜边踱步，轻声慢语犹如对当年热恋的嘲讽：

"一日不见，如隔三揪——揪不是秋啊。但我是想给你惊喜的，没想到惹你这么不高兴。"

"我只是肠胃难受没心情。你来我高兴啊。"丈夫坐在沙发上，一手按摩着腹部，"一阵阵抽痛恶心，我可能发烧了。晚上七点多还要开会，做男人很累。"

女人坐在了男人身边，歪头看男人。男人伸手搭了一下她的肩，又开始按摩自己的腹部。

"你一直没有正眼看我啊。这黑裙，你说好看，我就买了，八九千元呢，值得吗？"

"喜欢就值得。"男人看着窗外，说，"晚上我可能回来比较晚——那些官员你知道，都是一场两场连三场。"

"既然这么难受，就让曹副总去好啦。"

"涉及投资转移，我不去，他不敢拍板。"

"哟，你在出汗，痛得很厉害吗？"女人抚摸男人额头。男人偏开脑袋，说："一阵阵的。吃点药就好。"

"真没事？"女人笑，"那运动一下？以前你总叫它祖传偏方百病消。"

"别逗了。孩子和药，马上就进来。"

女人以妖娆甜糯之姿，重重地坐进男人怀里。她开始拉拉链。

男人一把推开她，站了起来。

女人不为所动，依然保持夸张的燕语莺声："当年柳下惠……"

在大衣柜面前，男人愤怒焦躁得几乎崩盘，但他只能还以温柔："快去看看你宝贝儿子吧。"

女人起身走动，她手拿黑色的喷筒，扶风摆柳地在衣柜前来回走，突然，她对着大衣柜门喷射，深蓝色的玉米粉，纵横交错喷在柜门上，整个房间立刻蓝雾腾腾。丈夫目瞪口呆，随之他弹起身子，像要保护柜门，但他马上意识到没有意义，因此他站直了，干瞪着女人。女人哂笑：

"綦志伟！你别再紧张出汗了，也许里面是空的。"

男人的困惑表情很到位。这个表情是真实的，他是希望柜子里的女人趁乱出去，但他心里没底，她是否身手敏捷，抓得住这闪电般的天助机会？同样的，他之前一直寄望妻子没有发现柜子异样，现在，显然，一切都证明妻子的表情内涵复杂而阴暗。

女人却引而不发。她不开柜门，但她的手在柜门上的蓝色粉末中，来回游走,像是弹钢琴。男人几乎窒息,他感到柜子里的人,会被这样的弹奏弄休克。

"说吧,怎么回事?"

"你疯了?! 你看不出我病了? 你以前从不这样!"

"对,以前! 以前我会做三十七种男人所需的滋补靓汤;以前,你一不舒服,我就帮你艾灸、精油按摩、送药;你和儿子,就是我全部幸福生活的人质。只要你好他好,我赴汤蹈火,零落成泥碾作土,甚至成粪土也心甘情愿。"

"唉,我都知道,但你今天好好的发神经干吗? 我是病人啊!"

"对,今天来了虹彩云。"女人对窗外挥手,满面嘲讽感的夸张春色,让男人想狠狠揍她,女人说,"你现在装病晚了! 下午两点,我就站在这个位置。请问綦总,你们自己搬运的双人床,会比大床房更好做'体操'吗?"

"这房间从来都是标房! 小唐没有订到大床房,还被我骂了。不信你去问!"

"两双穿过的性感拖鞋,女款的也不见了哦,可能连腿还藏在衣柜里——你要不要亲自开门看看?"

"吃错药了你!"男人爆出了吼声,但他很快稳定了语气,"别发疯了,我很难受,一直反胃想吐,我要上卫生间。你去管儿子吧,我们再谈吧。"

"有人看护着呢。綦志伟,说真话吧,我想听一句实话。"

"这就是实话。我不知道服务员是不是给你开错了房间。这样吧,我们都冷静一下,你去看儿子,我去趟洗手间,我上吐下泻……"

女人挡住了他。

"你以为那个物理系的高才生是白读的吗?中午一进来,她就拍了精彩床照。卫生间里,那女人落下的两样东西,她也拍了——其实,她不是傻,是给你个说实话的机会。很遗憾,你没有通过。"

男人两只手捧着腹部,仿佛胃痛难忍。

女人猛地拉开柜门,柜里空洞明亮。

女人略微一震,也有奇怪的轻松感,但她一笑而出,并摔上了房门。

十三

天空蓝得有点发紫。在人们看不见的深空,一定有清泉水在一遍遍荡涤,只为那个时刻，那个丝缎般时刻的到来。也许它不是神祇过境、仙女西行，它只是让有的人，看到自己在天上的美的倒影；只是让有的人，看到自己真正的老家。

龙帝温泉大酒店"S"形的千米龙脊，已经被镀上香槟色的薄薄夕晖。西二郭湖整个水面，金箔闪烁。光头男人站在星光餐厅通往龙脊长廊的玻璃大门口。近千米长的宽展龙脊，的确是最好的观云地了，但因为饭点时刻，那飘带式的超长平台上人影寥寥，更显得那个五岁的孩子，在天地之间的细小孤单。自助餐厅里的食客，没有人发现大玻璃墙外，旷世的奇云，在高天招展；大餐厅内，灯光美食的香氛氤氲里，人们穿梭于一盆盆新鲜的佳肴美味间。在人间，美食就是许多人最美的天。不习惯看天的人很多，一辈子不抬头看天的人也不少，人们低头于在地面奔忙、饕餮、追逐、获得而心满意足。

小男孩面向西天，细小的双臂张大到极限，十个指头，也大张如某种带吸盘的小动物。小小的身影，在用力拥抱，他似乎要把天上的各色云彩，全部揽抱到他瘦小的怀里。他可能是意识到了云太大太大，颓然垂下了小手，看起来像认输的云俘虏。

多次邂逅虹彩云的光头男人，也被今天这浩大的云天画面震撼到了，太磅礴了。

天边，西二郭湖的水面由金转棕，水库边的树梢和山峦，颜色黑棕庄重。大地的肃穆，更映衬出西天高空上，流丽万端的虹彩云。宝蓝一泻的天幕上，兀自绵延气象万千的那抹宝石般的瑰丽，因为过分超然与靡丽，有了收摄魂魄的迷幻感。光头男人觉得，这是他见过的最磅礴飘逸的虹彩云，它简直就是高天里横过人间的仙锦魔缎，在天空自由飘扬。

也只有到了龙脊，天高地远，才能看清今天虹彩云的全貌。它就像一前一后两只迎风而飞的天鹅翅膀，后面这扇漫天巨翅，从翅膀根的紧实到翅膀末飞羽的轻扬，颜色阶梯，在流丽渐变。翅膀根上，可能云层太厚，只有薄的边缘，被透着橙光的金绿色勾勒了轮廓，然后整个飘飞的羽翅，在湖蓝、湛蓝、果绿、淡黄、粉紫、紫蓝、柠檬黄、金棕中，晕染魔变，逆风飞翔，又犹如仙丝柔道在高空梦幻翻转。大翅膀渐渐拉长，但始终在色变中保持明丽的绚烂，有时候是天蓝、粉绿缠绞着淡紫罗兰；有时候，整个底部陡然灰红又翻出清新的灰紫蓝，随后是柠檬黄转淡绿浅粉，最后，翅膀的亮度开始渐渐散淡。就在光头男人以为虹彩云就要谢幕之际，天空的巨翅从中间开始，就像高光核爆，腾涌出耀目的白金色，以它的亮黄金色为中点，金粉绿、金橙、金黄、金红次第铺展开，天空瞬间光亮沸腾，越来越炫目。这才是真正的高潮，它就像一种浩瀚的呼唤，正普天而降。

小男孩仰天呆立，就像电击过的小布偶。光头男人走到了他身边，孩子已经泪流满面。光头把手搭在孩子小小的肩上，搂着他的小肩头。小男孩没有回头看光头男人，他的眼里只有天上的虹彩云，就像在谛听云的呼唤。

餐厅的自动大玻璃门又开了，黑衣女人站在门口。

犹如一个天人之约，她看到了万里长天上，最绚烂的绝世云彩。

她扔掉了手臂上的风衣，向他们走来。虹彩云照亮了她的微笑，天上地上，各自明丽万千。她就像走在 T 台上的模特，蓬松的发卷，随着弹性的步伐在脸边自信跳荡。当小男孩和她一对视，女人立刻俯身，平伸双臂，对高空的虹彩云，做了很不模特的大波浪身形。一脸泪痕的小男孩，因为激动，因为有了生命中最为重要的见证人而再次泪如泉涌。他哭出了声。

女人奔过去，与小男孩贴脸，并把自己的手机递给他。

光头男人有点困惑，他一时不能理解这个捉奸的暴虐复仇者，怎么忽然如此若无其事、意气风发，918 房间里发生过什么？是丈夫成功地摆平了妻子？还是另一场恶战，正在酝酿中？本来，光头男人以为女人没空赏云的，现在看起来，容光焕发的女人，没有错过虹彩云的云约。她看起来似乎正在滋长恢复自我、修复破绽的能力。

光头男人退往身后的长椅，坐了下来。小男孩亢奋于各种拍照中。

女人绕着草坪走到光头身边："看到了吗？我走过的这一块儿，和我家天台上种植的菜地差不多大。之前，人家告诉我，一家人，只要有席梦思那么大的一块儿菜地，就吃不完了。我不信，我一口气种了两张半席梦思那么大的菜地。"

光头男人点头。

"地大，品种节奏能更好掌控。完全不用去市场买菜，我儿子、先生吃到了最新鲜、最安全的有机蔬菜。因为吃不完，我每周开车二十多公里，把新摘的蔬菜，送到我公公婆婆家，顺道送到我小姑子家。再多，我就送给左邻右舍，送给物业。"

光头男人隐约感到了沉重,他凝视着若无其事的女人。

女人则望着开始暗淡的天空。他才意识到,她平静正常的声音,其实很悦耳。

"他两三岁都不说话,我决定放弃工作。医学研究证实,农药与自闭症密切相关。我信任有机食品的治愈力,我信任食品是人类与大自然最深刻的连接。我没有种过菜,但是,我从头学。我去水源最干净的农村菜地,买了三万块钱的泥土,拜了三位老菜农为师。我知道怎么清洁土壤,每次使用后,又怎么修复它们;我知道用鱼粪、厨余垃圾、灰烬,自堆有机肥;我去购买加工处理过的鸡粪、牛粪;每天两三个小时,我在天台上浇水、施肥、捉虫;周六周日,除了陪伴儿子,我都在打理天台的绿色菜园。每个季节我的菜园都生机勃勃,芥菜、青椒、空心菜、油菜、莴苣、芫荽、西红柿、秋葵、丝瓜、豆角,还有迷迭香、薄荷、芝麻菜……"

女人声腔里有清美的齿音,渐渐失色的虹彩云余光,依然让她的微笑,柔暖和善。

"有一次,我公婆因为我送菜耽误了他们的门球比赛而劝我,不要种那么多。我丈夫说,你们就知足吧,你媳妇是可以把火箭送上天的人,这样的人来给你们种菜送菜,你们是上辈子修了高速公路还是造了跨海大桥?"

女人一直笑着,就像说别人的段子,可是,光头男人感到了寒意。她春风明媚的脸上,第一颗泪珠越过睫毛后,其他的便一颗连一颗地掉了下来。她依然努力微笑:"我儿子爱吃我种的菜——不过,现在,他爸爸已经觉得农药与自闭症的关系,是专家扯淡。"

女人对着光头张开她的十指、手心,然后是手背。这个叫刘博的男人,看到了这双手,手指修长,但手心粗糙,至少有三个指头的指缝发黑。光头男人的恶心感略减,但还是不舒服。

"你该戴手套。"

女人说:"两三天就要拔草。最难根除的是酢浆草和天胡荽。酢浆草看起来茎细好拔,但根系下面却留着透明大颗粒,在土壤深处,手指得插下去才能摸索到,才能清除;天胡荽的根,也是环绕纠缠。你只能铲起泥土,掰松,像清理蜘蛛网一样,才能拔除。戴了手套,手指就不再灵活。插入指甲缝的土,可以剔出,但被污染的弧线是清洗不掉的。如果场合需要,我会腾出时间去美甲,把它们遮掩住。不过,这些年,已经没有什么需要我的重要场合了。"

女人始终微笑着,隐约露出洁白的牙齿,莫名令人酸楚。那些流淌的泪水,荒谬得像是别人在流泪。

光头男人很想安抚这个女人,就像拥抱那个小男孩;但是,女人的微笑又令他迟疑。他干咳了几声,说:"呃,呃,我不是说你,而是,那个,很多女人,为了一个男人,把全世界关在门外,很蠢。就等于把自己关在牢里,男人回家,她就像被探监一样高兴。她不知道虹彩云,也不知道人间的紫灰裙子。"

女人一下瞪大眼睛。

"你看到啦?!"

光头男人摇头。

"你看到了!"

光头男人耸了耸肩:"我一定懂你的意思,但我和他,"男人一指小男孩,"我们两个男人都认为,地上的任何裙子,都没有天上的虹彩云美。你愿意让你儿子,看到哪一样?"

女人终于言行一致地哭泣了。她放声痛哭。

光头也终于感到了女人的脆弱无依。咖啡厅的那个眼神,那个濒死患儿般无辜绝望的眼神,是孤苦真实的。女人哭得呛咳,她跪在地上咳着哭。

小男孩听到了妈妈的哭声,他急忙往回跑,他站在两个大人跟前,轮流审视着他们,眼光里有愤怒又有点狐疑。女人看出了孩子的担心,她把双手平伸给光头,这个叫刘博的男人,把自己的手覆盖上去,他们互相牵住了对方的手。小男孩羞怯地笑了,他扔下手机,把自己的小手,也摞放上去。

女人说:"我知道封闭体系里的熵增与死亡,我更知道,抓住了胃就抓住了男人是个愚蠢笑话。我也知道所有的爱情,都会被操持家务磨损……"

玻璃门那边,那位黑西装女主管身边,还站着一位着套装的短发女子。她们是亲姐妹,她们都拿着手机,在给三个彼此握手的人拍照。

虹彩云已经全部转灰。

十四

白色 SUV 开出了龙帝温泉大酒店的林荫道,时间是晚上八点二十分。

光头说:"你确定不去儿童医院了?"

"嗯。"

女司机说:"在儿童医院候诊的时候,我就知道我儿子没问题了。"

"那好,你按我的导航开吧。"

女司机点头。小男孩不怎么看星空,他还是喜欢云天,他问:"明天,它还来不来?"

两个大人都没有回答他,他就打了一下男人的手臂,这个动作,把问题归属了。男人说:"可能还来。"小男孩一指驾驶者,说:"她有一条很多颜色的裙子。"

男人说"噢"。

"那么多颜色从哪里来?"

也只有男人接得住孩子跳跃的思维,他说:"穿过薄云的太阳光发生了衍射, 薄云里有均匀的细水珠——均匀的冰晶也可能——小冰晶的云是贝母云,我们说过的,它是高云族——反正它们都是均匀的小水珠或小冰晶,把太阳光藏着的赤橙黄绿青蓝紫都散出来了。只要云很薄、很均匀、很自由……"

小男孩说:"妈妈的裙子,风吹到天上,也是虹彩云。"

"当然。所有的妈妈都是虹彩云。她下来给你种菜做饭,就变成雨水;她要做她自己,就又会飞上天变成虹彩云。只是呢,很多妈妈忘记自己是虹彩云,所以,就变成天天下雨的雨水了。"

二十分钟后的夜街头,就能看到超过杧果行道树很高的协和医院鲜红的大招牌。导航说,过红绿灯就进辅道。女人一看到了协和医院大招牌,就扭脸看光头。这个叫刘博的男人,在低头看新进来的微信,随之黯然一笑。

女司机说:"彩票中大奖了?"

男人念:"一、重婚罪,指在有合法配偶的情况下又与他人结婚或建立事实婚姻所构成的犯罪;二、离婚冷静期,过错方和非过错方,照样可以调整财产分割五五比例。过错方拿小头。"

女司机说:"法律课?"

男人说:"对,最后一课。再过三个小时,有个女人也要变回虹彩云了。"

女司机忽然感到失落,自问自答般:"有多少虹彩云为别人变成了雨水?"

男人摇头:"水云选择,不在婚姻,也不在男人,全由女人自己决定。女人都是天空大地的养子。你儿子都知道,只有最轻盈、最自由的云,才可能变成虹彩云。"

协和医院大门口,车子靠边,这个叫刘博的男人下车。车子启动而去。

行驶了十几米,车子停了。男人疑惑着走过去。

女人把一本驾照还给男人。男人接过,再次挥手让行。他看着白色车在杧果行道树的斑驳光影下远去,但是二十米不到,车又靠边停下了,打着双闪灯。这个叫刘博的光头男人,跑了过去。

女人降下玻璃窗,说:"他还有事。"

后排玻璃窗也降下,男人看着孩子。

小男孩说:"我的书,什么时候给我?"

男人有点忘了。

"给云打分的。"男孩说。

"噢,《云彩手册》。让她把地址发我,买好了,我寄给你。"

"她刚刚不高兴了。"小男孩说,"还嗷了一声。"

女人扭身敲打小男孩的头。

光头走到驾驶座那边。过往的车灯里,女司机脸上的泪痕在暗亮着,她僵直地看着远方迷离的灯光车流。男人伸手,拍了拍她的头顶:"别连夜往回赶了,拐弯不让直行的人,夜里更危险,还带着孩子。"

女人点头,声音暗哑:"其实,夜间开车我眼睛很花,但我,不知道去哪里好……"

女人又说:"你现在去哪儿?"

男人说:"去找一个该死的人道歉——你别回去了。"

男人又说:"到家都半夜了。"

每一辆过往的车的灯,都让女人的新泪泪泪暗亮。

男人说:"真的,别回去了。"

女人说:"我在想,我是不是该去找我儿子最喜欢叫爸爸的那个人?"

男人倾身拍了拍车窗框:"喂,小伙子,你有几个好爸爸?"

后座的小男孩伸长两只手臂并拢后,双剑合璧般,直直指向车外的光头男人。

这个叫刘博的男人,忍不住笑了。

他对着女司机说:"别回去了。听话。"

他声音很轻,后排的小男孩听不清他说了什么。

【作者简介】须一瓜,本名徐萍,女。1984年开始创作,著有长篇小说《太阳黑子》《白口罩》,中短篇小说集《淡绿色的月亮》《你是我公元前的熟人》《蛇宫》《提拉米酥》等。作品多次被各选刊选载,曾获百花文学奖、华语文学传媒大奖及《人民文学》等刊优秀作品奖。长篇小说《太阳黑子》被改编为电影《烈日灼心》。